Von Olivia Manning
ist als Heyne-Taschenbuch erschienen:

Im Fluß der Zeit · Band 01/8042

OLIVIA MANNING

WIE BLÄTTER IM WIND

Roman

Deutsche Erstausgabe

WILHELM HEYNE VERLAG
MÜNCHEN

HEYNE ALLGEMEINE REIHE
Nr. 01/8058

Freunde und Helden/Friends and Heroes
Titel der Originalausgabe
THE BALKAN TRILOGY (Teil III)

Aus dem Englischen übersetzt
von Norbert Treuheit und Gottfried Röckelein

Teil I und Teil II sind in dem Heyne-Taschenbuch
»Im Fluß der Zeit«
(Nr. 01/8042) bereits erschienen.

Der Baum der Gefahr/The Danger Tree
Titel der Originalausgabe
THE LEVANT TRILOGY (Teil I)

Aus dem Englischen übersetzt
von Norbert Treuheit und Gottfried Röckelein

Printed in Germany 1990
Umschlagfoto: Bilderdienst Kindermann, Berlin/BBC
Umschlaggestaltung: Atelier Ingrid Schütz, München
Satz: IBV Satz- und Datentechnik GmbH, Berlin
Druck und Bindung: Presse-Druck Augsburg

ISBN 3-453-04182-8

Für Dwye und Daphne Evans

Inhalt

Teil III

FREUNDE UND HELDEN

Die Antagonisten

1

Als der Hoteldiener anrief, um mitzuteilen, daß ein Gentleman in der Halle wartete, ließ Harriet Pringle den Hörer fallen und rannte, ohne ihre Schuhe anzuziehen, aus dem Zimmer.

Sie hatte zwei Tage neben dem Telefon gesessen. Aus Angst und vor Erwartung hatte sie in den letzten drei Nächten in Athen nicht schlafen können. Sie hatte ihren Mann in Rumänien zurückgelassen, einem Land, das seither vom Feind besetzt war. Vielleicht hatte er es geschafft herauszukommen. Der Mann in der Halle konnte Guy sein. Während sie nun um die Ecke der Treppe bog, sah sie, daß es nur Yakimov war. Sie ging schnell zurück, um ihre Schuhe anzuziehen. Sogar Yakimov konnte Neuigkeiten bringen.

Als sie wieder herunterkam, stand er vornübergebeugt wie ein altes Pferd unter seinem Panamahut mit zerknitterter Krempe, und der Anblick weckte ihre schlimmsten Befürchtungen. Unfähig zu sprechen, berührte sie seinen Arm. Er hob sein trauriges, geistesabwesendes Gesicht und lächelte, als er sie sah.

»Alles in Ordnung«, sagte er. »Der liebe Junge ist auf dem Weg hierher.« So eifrig war er darauf bedacht, sie zu beruhigen, daß seine großen, traubengrünen Augen aus den Höhlen zu treten schienen: »Habe eine Nachricht. Habe sie irgendwo bei mir. Muß hier sein. Jemand in Bukarest rief die Gesandtschaft an. Einer unserer Jungs sagte zu mir: ›Du kennst doch diese Mrs. Pringle? Reich ihr das doch schnell rein, wenn du vorbeikommst.‹« Seine Finger griffen wie Fühler in die Taschen seines Anzugs aus Shantung-Seide: »Stück Papier, weißt du. Nur ein Stück Papier.«

Er versuchte es in seiner Brusttasche. Als er den langen, knochigen Arm hob, sah sie die violette Seide seines Hemdes durch die abgetragene Shantung-Seide seines Jacketts scheinen und die blauweiße und haarlose Achselhöhle durch sein abgetragenes Hemd. Die Taschen waren so durchgescheuert, daß die Nachricht herausgefallen sein konnte. Während sie ihn beobachtete, wagte sie kaum zu atmen, wußte sie doch, daß jede Spur von Ungeduld ihn erschrecken würde.

Ihre Beziehung zueinander war inzwischen ganz gut, doch das war nicht immer so gewesen. Yakimov – Prinz Yakimov – hatte sich in der Wohnung der Pringles eingenistet und war nicht mehr daraus zu verdrängen gewesen, bis ihm Bukarest zu gefährlich geworden war. Sie hatte ihn nicht gemocht, und er hatte sie gefürchtet, aber bei ihrem Wiedersehen in Athen versöhnten sie sich miteinander. Er war hier die einzige Person, die ihre Ängste verstand, und sein Mitgefühl war ihr einziger Trost gewesen.

»Ah!« Er hielt vor Befriedigung die Luft an: »Hier haben wir's! Hier ist er! Er war bei mir sicher, wie du siehst!«

Sie nahm den Zettel und las: *»Nehme den gleichen Weg wie du. Bis heute abend.«*

Die Nachricht mußte Stunden vorher eingegangen sein. Es war jetzt später Nachmittag. Guy würde schon in Sofia gelandet sein, um festzustellen, daß das rumänische Flugzeug nicht weiterfliegen würde und er seinen Flug mit der Lufthansa fortsetzen mußte. Die deutsche Fluglinie hatte sich bereit erklärt, alliierte Passagiere über neutrales Territorium zu befördern, aber Harriet hatte von Flügen gehört, die nach Wien umgeleitet wurden, damit britische Staatsangehörige als feindliche Ausländer verhaftet werden konnten. Harriet selbst war nicht in Gefahr gewesen, aber bei Guy, einem Mann im wehrfähigen Alter, konnte es leicht anders sein.

Als er sah, wie sich ihre Miene veränderte, sagte Yakimov verlegen: »Bist du nicht froh? Ist das keine gute Nachricht?«

Sie nickte. Während sie sich auf einen Sitz in der Hotelhalle sinken ließ, flüsterte sie: »Wundervoll«, beugte sich dann vornüber und vergrub das Gesicht in den Händen.

»Mein liebes Mädchen!«

Sie hob den Kopf, die Augen feucht, und lachte: »Guy wird bei Sonnenuntergang hier sein.«

»Da hast du's! Ich sagte dir, daß er auf sich aufpassen kann.«

Vor Erschöpfung und Erleichterung verwirrt, blieb sie, wo sie war, da sie wußte, daß die Spannung noch nicht vorüber war. Sie mußte noch bis Sonnenuntergang durchhalten.

Yakimov betrachtete sie beunruhigt und sagte dann: »Warum kommst du nicht ein bißchen mit raus? Schnapp etwas frische Luft. Wird dir bestimmt guttun.«

»O ja. Gern.«

»Dann setz schön dein Häubchen auf, mein Mädchen.«

Sie trat wie nach einer langen Krankheit ans Tageslicht. Am Ende der im Schatten liegenden Straße sah sie die Sonne. Als Yakimov sich in die entgegengesetzte Richtung wandte, sagte sie: »Könnten wir nicht da hinunter gehen?«

»Da?« Er schien beunruhigt. »Das ist der Syntagmaplatz. Dort willst du hin? Verlängert den Spaziergang allerdings etwas.«

»Haben wir denn ein bestimmtes Ziel?«

Yakimov antwortete nicht. Sie betraten den Platz zuerst über einen kleinen, regelmäßig angelegten und staubigen Park, in dem verdorrte Orangen an den Orangenbäumen hingen. Die Gebäude, sagte Yakimov, seien Hotels und wichtige Büros. Einige davon waren mit Marmor und andere mit rotbraunem Stuck verkleidet. Am oberen Ende des Platzes befand sich das Parlamentsgebäude, das früher einmal ein Palast gewesen war und noch immer mit der Ornamentik eines Palastes geschmückt war. Daneben lagen die öffentlichen Gärten, ein Dschungel buschiger Bäume, aus dem sich die Federbuschwipfel der Palmen erhoben. Vier riesige Palmen mit silbrigen, samtigen Stämmen standen gegenüber dem Eingang zum Park. Gebäude, Bäume, Palmen, Verkehr, Menschen – alles flimmerte in der flüssigen Hitze des Herbstnachmittags.

»Athen«, dachte Harriet: »Die ersehnte Stadt.«

Bukarest war von Europa eingeschlossen gewesen, aber hier hatte sie den Mittelmeerraum erreicht. In Bukarest begann gerade der Winter. In Athen, so schien es, würde der Sommer ewig fortdauern.

Wenn sie bis zum Abend überleben konnten, würden sie und Guy hier zusammen sein. Sie stellte sich vor, wo sein Flugzeug jetzt sein würde: im Empyreum über dem Pfauenblau und dem Grün der Ägäis. Mit der Kraft ihres Willens befahl sie ihm, auf Kurs zu bleiben. Er hatte die unglückselige Hauptstadt verlassen und damit die wahnsinnig gewordene Gefolgschaft der Neuen Ordnung, und nun mußte sie nur auf seine sichere Ankunft warten. Sie versuchte, sich auf diesen Gedanken zu konzentrieren, aber Bilder der Erinnerung ließen sie abschweifen. Sie dachte an diejenigen, die sie zurückgelassen hatten. Sie dachte an Sascha.

Yakimov, der gleichzeitig Gastgeber und Führer spielte, wies auf Sehenswürdigkeiten hin. In dem bescheidenen Bewußtsein, sich in einer günstigen Ausgangsposition zu befinden, hatte sein Verhalten einen Hauch von Großartigkeit.

»Schöne Stadt«, sagte er. »Habe sie schon immer gemocht. Natürlich alte Jagdgründe von deinem alten Yak.«

Er hatte einen Berg Schulden zurückgelassen, und noch hatte keiner seiner neuen Freunde davon erfahren. Er hatte eine Anstellung gefunden. Obwohl seine Kleidung hoffnungslos heruntergekommen war, war sie doch zumindest gereinigt und gebügelt, und er trug sie mit der Haltung eines Menschen, der bessere Zeiten gesehen hatte. Er nickte in Richtung eines kunstvollen Eckgebäudes und sagte:

»Das G. B.«

»Was passiert dort?«

»*Mein liebes Mädchen!* Das G. B. ist das beste Hotel. Das Grande Bretagne, weißt du. Wo Yaki immer seine Socken wusch. Habe vor, wieder dorthin zu ziehen, sobald ich ein bißchen besser bei Kasse bin.«

Als sie in die Hauptstraße einbogen, stockten seine Schritte, sein großer, magerer Körper fiel in sich zusammen. Sie hatten erst vielleicht zweihundert Meter zurückgelegt, aber als er sich seinen Weg durch die Menge bahnte, fing er an zu murren: »Langer Spaziergang, das. Hart für deinen Yak. Die Füße sind auch nicht mehr, was sie einmal waren. Ermüdender Ort, dies: hinauf, hinunter, heiß und staubig. Ständiges Bedürfnis nach Erfrischung.«

Sie hatten inzwischen ein großes Café im Blickfeld, und er gab einen Seufzer der Erleichterung von sich und sagte: »Zonar's. Das neueste Café. Sehr schön. Um die Wahrheit zu sagen, Yakis Lieblingsort.«

Alles an dem Café – eine Ecke mit großen Glasfenstern, gestreiften Markisen, Stühle und Tische auf dem Gehsteig – hatte den Glanz des Neuartigen. Die Gäste waren noch immer sommerlich gekleidet, die Frauen in Seidenkleidern, die Männer in silbergrauen Anzügen; die Kellner trugen weiße Jacken, und ihre Tabletts und Kaffeekannen glitzerten in der Sonne. Hinter den Fenstern konnte Harriet Verkaufstheken sehen, die extravagante Pralinéschachteln und köstliche Kuchen feilboten.

»Es sieht nicht gerade billig aus«, sagte sie.

»Bißchen teuer«, stimmte Yakimov zu. »Aber günstig gelegen. Und außerdem, irgendwo muß man ja hingehen.« Sie überquerten die Seitenstraße, und als sie das Trottoir des Cafés erreichten, blieb Yakimov stehen: »Wenn ich das nötige Kleingeld hätte, würde ich dich zu etwas Schönem einladen.«

Das war also das Ziel des ›Frische-Luft-Schnappens‹ gewesen! Harriet verstand seine Form der Einladung. Er hatte die Nachricht überbracht, und von ihr wurde jetzt die Gegenleistung erwartet. Sie sagte: »Im Hotel haben sie mir etwas rumänisches Geld gewechselt; laß mich also einen Drink spendieren.«

»Liebes Mädchen, natürlich. Wenn du einen brauchst, werde ich dir mit Freude Gesellschaft leisten.« Er sank in den nächsten Korbsessel und fragte eindringlich: »Was nimmst du?«

Harriet sagte, daß sie gerne Tee hätte.

»Denke, ich selbst nehme einen Schluck Cognac. Ich habe das Gefühl, daß er mich austrocknet, der viele Tee.«

Als die Bestellung kam, legte der Kellner einen Zettel neben sein Glas. Yakimov schob ihn zu Harriet hinüber, und als er dann seinen Brandy schlürfte, kehrte auch seine Liebenswürdigkeit zurück. Er sagte:

»Große russische Kolonie hier, weißt du. Reizende Leute;

die besten Familien. Und es gibt einen Russischen Club mit russischem Essen. Köstlich. Einer der Mitglieder sagte zu mir: ›Vornehmer Name, Yakimov. War Ihr Vater nicht Kurier des Zaren?‹ «

»War dein Vater Kurier des Zaren?«

»Frag mich nicht, Mädchen. Alles lange vorbei. Yaki war damals nur ein Knäblein. Aber mein Papa war Teil des Gefolges. Kein Zweifel, was das anbelangt. Mein Mantel, der mit dem Zobelfutter, war ein Geschenk des Zaren. Aber das habe ich doch schon mal erzählt, oder?«

»Du hat es ein- oder zweimal erwähnt.«

»Nehme an, du weißt, daß meine alte Mama tot ist.«

»Nein. Das tut mir leid.«

»Jetzt gibt's keinen Wechsel mehr für Yaki. Guter Mensch, die alte Mama, nett zu ihrem armen Jungen, hinterließ aber keinen Cent. Hatte eine Leibrente. Hat sie alles mit ins Grab genommen. *Schlechte* Idee, eine Leibrente.«

Er leerte sein Glas und schaute erwartungsvoll Harriet an. Sie nickte, und er rief noch einmal den Kellner.

In der Vergangenheit war sie über Yakimovs Gier verärgert gewesen, jetzt war ihr alles gleichgültig, ausgenommen die zu langsam verrinnende Zeit. Die Zeit war ein Hindernis, das es zu überwinden galt. Sie wünschte sich nichts so sehr, wie den Flughafenbus an der gegenüberliegenden Ecke anhalten zu sehen.

»Schau dir diesen Knaben an!« sagte Yakimov: »Der dort, der über und über mit Teppichbrücken behängt ist. Türke ist er. Ich kannte einmal einen von denen in Paris. Ein Freund von mir, ein Amerikaner, kaufte seinen gesamten Bestand auf. Armer Kerl, lief heim, ohne einen Teppich um sich. Holte sich einen Lungenentzündung und starb.«

Sie lächelte, wußte sie doch, daß er versuchte, sie zu unterhalten; aber sie konnte sich nicht auf sein Geplapper konzentrieren. Sie blickte sich um und war ganz verwirrt, weil sie sich so sicher fühlte und nicht glauben konnte, daß es eine Stadt mit soviel Ruhe, Sicherheit und Behaglichkeit geben konnte. Ihre Nerven reagierten noch immer auf das Durcheinander ihrer letzten Monate in Rumänien. Während Yakimov erzählte, verblaßte das herrliche Café und verschwamm vor ihren Augen, und sie sah statt dessen die Bukarester Wohnung, wie sie in der Nacht, bevor sie wegging, gewesen war, als die Pringles zurückkehrten und die Türen offen fanden, die Lichter an, die Betten abgezogen, Bilder zerschlagen, Teppiche zerrissen und Bücher auf den Boden geworfen und zertrampelt.

Sie und Guy hatten Sascha versteckt gehalten, einen jungen jüdischen Deserteur der Armee. Die Rüpel der Eisernen Garde hatten auf ihrer Suche nach Beweisen gegen Guy den Jungen gefunden. Sascha war verschwunden. Das war alles, was sie wußten, und wahrscheinlich alles, was sie je wissen würden.

Yakimov rief sie mit einem Husten zurück. Sein Glas war wieder leer, aber in diesem Moment fuhr der Flughafenbus vor, und sie kramte in ihrer Tasche, um die Rechnung zu bezahlen. »Ich muß gehen«, sagte sie.

»Geh doch noch nicht, liebes Mädchen. Noch genügend Zeit für einen weiteren. Dieser Bus wartet zwanzig Minuten oder mehr. Er ist *immer* dort. Nur noch einen... nur noch einen einzigen«, jammerte er, als sie davoneilte.

Freudlos beobachtete er, wie sie die Straße überquerte und den Bus bestieg. Hätte er gewußt, daß sie ihn so im Stich lassen würde, hätte er seinen Cognac nicht so schnell ausgetrunken.

Sie setzte sich auf einen Platz und war bereit zu warten, gleichgültig, wie lange. Nur einfach im Bus zu sein bedeutete einen weiteren Angriff auf die Zeit. Es kam ihr so vor, als würde sie bis zu dem Zeitpunkt, wo das Flugzeug landete, ihre Ängste völlig bezwungen haben.

2

Harriets Flugzeug war damals pünktlich gelandet. Es war in einem erhabenen Augenblick zwischen den Hügeln hinabgeschwebt, einem dieser bei Pindar gepriesenen Augenblicke, wo die marmorne Stadt und alle ihre Hügel rosarot und amethystfarben im Abendlicht glühten.

Während sie auf den verdorrten Grasbüscheln des Flugplatzes stand und jeden Augenblick als Vorboten von Guys Ankunft erwartete, sah Harriet den strahlenden Glanz als ein Geschenk für ihn an. Aber der Höhepunkt war bereits überschritten, und es begann, dunkel zu werden. Für eine kleine Weile blieb das Glühen wie Wein auf den Hügeln, dann war sie mit sich und ihrer erwartungsvollen Stimmung allein. Nahezu eine Stunde verging, ehe die Lufthansamaschine mit blinkenden Landelichtern über dem Parnes auftauchte.

Endlich war sie am Boden. Harriet sah Guy auf den Stufen. Kurzsichtig und in den Scheinwerfern der Bodenbeleuchtung verloren, wußte er, daß er sie ohnehin nie würde finden können, und blieb deshalb stehen: ein großer, unordentlicher Mann mit Brille, einem Buch in der einen und einem alten Rucksack in der anderen Hand, der darauf wartete, daß sie ihn holte. Sie starrte ihn einen Moment lang an und konnte die Wirklichkeit nicht fassen; dann rannte sie auf ihn zu. Kaum hatte sie ihn erreicht, begann sie hemmungslos zu weinen.

»Was ist denn nur los?« fragte er.

»Was denkst du wohl? Ich habe mir natürlich Sorgen gemacht.«

»Aber doch nicht meinetwegen«, machte er sich über sie lustig, runzelte die Stirn, um seine Betroffenheit zu verbergen, und schüttelte sie am Ellenbogen: »Du wußtest doch, daß mit mir alles in Ordnung sein würde.« In seiner Bescheidenheit überraschte es ihn, daß die Gefahr, in der er sich befunden hatte, sie so stark berührt hatte. Er legte einen Arm um sie und sagte: »Dummerchen, und sie schmiegte sich fest an ihn und führte ihn zur Zollabfertigung.

Als das Gepäck vom Flugzeug kam, war auch Guys Koffer dabei. Er war zurück in die Wohnung gegangen und hatte Koffer und Rucksack mit Büchern vollgestopft.

»Was ist mit deiner Kleidung?« fragte Harriet.

»Ich hab' noch eine Garnitur Unterwäsche zum Wechseln im Rucksack. Um die anderen Sachen habe ich mich nicht gekümmert. Kleidung kann man überall bekommen.«

»Und Bücher«, sagte sie, aber es war nicht die Zeit zum Streiten: »War jemand in der Zwischenzeit in der Wohnung gewesen?«

»Nein, sie war genau so, wie wir sie hinterließen.«

»Und nichts Neues von Sascha?«

»Nichts Neues.«

Als der Bus an der Ecke gegenüber von Zonar's anhielt, deutete Harriet auf die großen, glänzenden Fenster mit der Korbsesselgruppe davor und sagte: »Yakimov ist hier. Dies ist seine Lieblingskneipe.«

»Yaki ist hier! Herrlich! Laß uns das Gepäck loswerden und losziehen und ihn aufsuchen.«

»Hast du Geld?«

»Keine Drachme. Aber du mußt etwas haben.«

»Nicht viel. Und ich bin todmüde.«

Obwohl er darauf brannte, diese für ihn neue Welt zu erschließen, mußte Guy zugeben, daß auch er müde war. Die Tatsache verwirrte ihn, aber als er nachdachte, sagte er: »Ich war letzte Nacht nicht im Bett. Vielleicht kommt es daher.«

»Was hast du denn die ganze Nacht gemacht?«

»David und ich blieben auf und spielten Schach. Ich wollte in der Wohnung schlafen, aber David sagte, das wäre wahnwitzig, deshalb gingen wir auf sein Zimmer.«

»Hast du ihn in Bukarest zurückgelassen?«

»Nein. Sein Job beinhaltet keine diplomatischen Privilegien, deshalb wurde er nach Belgrad beordert. Wir reisten bis Sofia zusammen.« Guy lächelte bei dem Gedanken, daß sie sich als Kameraden getrennt hatten, denn sie hatten, wie David sagte, das *bouleversement* bis zum Schluß durchgestanden: »Als wir zu Abend aßen«, sagte er, »saßen um uns herum lauter deutsche Offiziere. Ich fürchte, wir waren ein bißchen zu lustig. Ich hatte den Entschluß gefaßt, daß ich bleiben würde, egal was kommen würde, und David nannte mich den aufrechten Zinnsoldaten. Wir konnten nicht aufhören zu lachen. Die Deutschen drehten sich dauernd um, um uns zu betrachten. Ich glaube, sie hielten uns für verrückt.«

»Wenn du in Rumänien bleiben wolltest, mußt du verrückt gewesen sein.«

»Ach, ich weiß nicht! Ich hatte noch keine Anweisung zu gehen; aber am nächsten Morgen setzte sich die Gesandtschaft mit mir in Verbindung und sagte, man würde uns alle rauswerfen, und zwar dieses Mal endgültig und sofort. David war gerade auf dem Weg zum Flughafen, deshalb fuhr ich mit ihm. Der junge Fitzsimon versprach zu versuchen, dir eine Nachricht zu schicken.«

»Ja, jemand hat telefoniert. Yakimov brachte sie. Weißt du, er ist ein wahnsinnig wichtiger Mensch oder zumindest sagt er das. Er ist im Informationsbüro angestellt.«

»Der gute alte Yakimov. Ich freu' mich *wirklich*, ihn wiederzusehen.«

Im schummerigen Licht des Speisesaals des Hotels, der sich im Untergeschoß befand, wirkte Guys Gesicht, das normalerweise eine frische Farbe aufwies, grau und angespannt. Während sie aßen, seufzte er vor Müdigkeit und Freude, aber er hatte nicht die Absicht, zu Bett zu gehen. Es war noch früh, und niemand konnte wissen, was das Leben noch an Überraschungen parat haben mochte.

Er sagte: »Laß uns ausgehen und die Stadt ansehen.«

Sie gingen ins Zonar's, aber Yakimov war nicht dort. Sie spazierten eine halbe Stunde umher, ohne jemanden zu treffen, den sie kannten – ein Umstand, der Guy zu verblüffen schien; dann, endlich, gab er zu, daß er erschöpft war und jetzt ins Hotel zurück wollte.

An seinem ersten Morgen in Athen sagte Guy: »Ich muß den Direktor aufsuchen und mir einen Job besorgen. Hast du irgend etwas über ihn herausgefunden?«

»Nur, daß er Gracey heißt. Yakimov kennt ihn nicht, und ich hatte mir zu viele Sorgen gemacht, um an so etwas zu denken.«

»Wir werden zur Organisation gehen«, sagte Guy. »Wir werden unsere Ankunft melden und um ein Gespräch mit Gracey bitten.«

»Ja, aber nicht heute morgen, unserem ersten Morgen hier. Ich dachte mir, wir könnten uns den Parthenon anschauen gehen.«

»Den Parthenon!« Guy war erstaunt über diesen Vorschlag, aber als ihm klar wurde, wie wichtig dieser Ausflug für sie war, versprach er: »Wir werden hingehen, aber nicht heute. Schon deshalb nicht, weil dafür keine Zeit ist.«

»Ich hatte es zur Feier deiner Ankunft geplant. Es sollte das erste sein, was wir gemeinsam machen.«

Guy mußte lachen. »Das hat doch sicher keine Eile. Der Parthenon steht seit über zweitausend Jahren da, und er wird auch noch morgen dasein. Möglicherweise steht er vielleicht sogar noch nächste Woche.«

»Die Organisation auch.«

»Sei vernünftig, Schatz. Ich bin nicht im Urlaub. Die Anweisung lautete, daß sich alle des Landes verwiesenen Männer im Kairoer Büro melden müssen. Ich dürfte gar nicht hier sein. Es war für mich riskant, hierherzukommen, und es wird die Dinge nicht verbessern, wenn ich in der Minute, in der ich ankomme, gleich zu einer Stadtrundfahrt losziehe.«

»Niemand weiß, daß du hier bist. Wir könnten einen ganzen Morgen für uns haben.« Harriet widersprach, aber nur schwach, wußte sie doch, daß er, wie üblich, recht hatte. Kairo war zu einer Zwischenstation für Angestellte der Organisation geworden, die durch den Vormarsch der Deutschen aus Europa hinausgeworfen worden waren, und Guy, der hoffte, dem Durcheinander und der Arbeitslosigkeit entgehen zu können, war entgegen den Anweisungen hierher gekommen. Er konnte sich nur dadurch rechtfertigen, daß er eine Anstellung fand.

Als er ihre Enttäuschung sah, drückte er ihre Hand und sagte: »Wir werden einen ganzen Morgen nur für uns haben; das verspreche ich. Gleich nachdem alles geregelt ist. Und wenn du zum Parthenon gehen willst – nun gut, dann werden wir eben dorthin gehen.«

Harriet bemerkte, daß Guy bereits den Hotelportier danach gefragt hatte, in welcher Gegend sich das Büro der Organisation befand, und nach dem Frühstück mußten sie ohne Verzögerung losziehen. Das Büro befand sich in einer Schule, und die Schule war in dem alten Viertel in der Nähe des Museums. Wie es der Hotelportier empfohlen hatte, nahmen sie die Straßenbahn, die am Hotel vorbeiführte, und während sie auf dem oberen Deck saßen, schauten sie auf die Gehsteige hinunter, die an diesem strahlenden Morgen schon voll waren. Harriet ließ ihre Finger in Guys Hand gleiten und sagte: »Wir sind hier zusammen. Was immer geschieht, niemand kann uns dies nehmen.«

»Niemand wird es uns nehmen«, sagte Guy. »Wir sind hier, um zu bleiben.«

Harriet war beeindruckt. Die Tatsache, daß Guy von Natur aus tolerant und duldsam war, gab seinen gelegentlichen Ansprüchen in bestimmten Situationen ein übernatürliches Gewicht. Sie war sofort überzeugt, daß sie bleiben würden.

Die Straßen in der Gegend des Omoniaplatzes waren altmodisch und verfallen, aber die Schule – ein großes Haus, das auf einem Grundstück in einer Ecke stand – war im Stil des neunzehnten Jahrhunderts restauriert worden, und in dem sandigen Vorhof gab es Zinnien- und Geranienbeete. Die doppelte Eingangstür zeigte eine kunstvolle Messingarbeit und Glasfelder mit eingravierten Schwertlilien. Das innere Treppenhaus, mit roten Teppichen ausgelegt, führte zu einem großen Gang, wo es eine weitere Tür mit Glasscheiben gab. Auf dieser stand: »Vorlesungssaal«. Als sie durch das Glas hineinschaute, sah Harriet einen Mann auf einem Podium, der in einem vollbesetzten Raum vor Oberstufenschülern dozierte.

»Was glaubst du, wer hier gerade seine Vorlesung hält?« fragte sie mit leiser Stimme. Zu kurzsichtig, um es selbst erkennen zu können, fragte Guy: »Wer?«

»Toby Lush.«

»Ich glaube es nicht.«

»Ja. Toby – mit Pfeife und allem Drum und Dran.«

Guy faßte sie am Arm und zog sie weg von der Tür: »Glaubst du, sie sind beide hier? Toby Lush und Dubedat?« fragte er.

»Wahrscheinlich. Ich erinnere mich jetzt, daß Yakimov gesagt hat, Toby bekleide eine einflußreiche Position.«

Guy schwieg für einen Moment, ehe er mit fester Stimme sagte: »Das ist gut.«

»Warum ist das gut?«

»Sie können ein Wort für mich einlegen.«

»Aber werden sie das auch tun?«

»Warum nicht? Ich half ihnen, als sie Hilfe brauchten.«

»Ja, aber als du am meisten Hilfe brauchtest, haben sie sich aus Rumänien verdrückt und dich zurückgelassen, und du mußtest alleine zurechtkommen.«

Sie standen in einem Gang, in dem auf den Türen »Direktor«, »Abteilungsleiter«, »Bibliothek« und »Lehrerzimmer« stand. Bevor Harriet weitere Anschuldigungen gegen Lush und Dubedat vorbringen konnte, öffnete Guy die Tür, auf der »Bibliothek« stand, und sagte: »Wir können hier drinnen warten.«

Ein griechisches Mädchen saß an der Ausleihe. Sie begrüßte sie freundlich, schien aber schockiert zu sein, als Guy fragte, ob er den Direktor sprechen könne.

»Der Direktor ist nicht hier«, sagte sie.

»Wo können wir ihn finden?« fragte Harriet.

Das Mädchen senkte den Blick und schüttelte den Kopf, als ob der Direktor eine zu erhabene Persönlichkeit sei, um unbefangen über ihn reden zu können. »Wenn Sie warten«, sagte sie zu Guy, »können Sie vielleicht Mr. Lush sprechen.«

Guy sagte: »Ich möchte lieber einen Termin ausmachen, um Mr. Gracey zu sprechen.«

»Ich glaube nicht, daß das möglich ist. Sie müßten da schon Mr. Lush konsultieren. Aber ich könnte für Sie einen Termin vereinbaren, um Mr. Dubedat zu sprechen.«

»Ist Mr. Dubedat jetzt hier?«

»Oh, nein. Nicht im Moment. Er hat viel zu tun. Er arbeitet zu Hause.«

»Ich verstehe.«

Harriet murmelte: »Laß uns gehen.«

Guy blickte völlig verdutzt drein: »Wenn wir gehen«, sagte er, »müssen wir nur wieder zurückkommen. Da wir schon mal hier sind, können wir genauso gut bleiben und mit Toby sprechen.«

Guy wanderte langsam um die Bücherregale herum, doch Harriet blieb in der Nähe der Tür und wartete darauf zu sehen, wie sich Toby Lush verhalten würde, wenn er sie beide entdeckte. Die beiden Männer, Lush und Dubedat, waren aus verschiedenen besetzten Ländern nach Bukarest gekommen, und Guy hatte sie beide nacheinander eingestellt. Sie waren enge Freunde geworden, und ohne sich mit Guy oder irgend jemand anderem zu besprechen, waren sie heimlich zusammen weggegangen, aus Angst vor dem deutschen Vormarsch.

Harriet konnte Toby, noch bevor er eintrat, den Gang entlangschlurfen hören. Er stolperte gegen die Tür und ins Zimmer, die Haare in den Augen, die Arme voller Bücher. Er stieß gegen Harriet, starrte sie an und erkannte sie voller Entsetzen. Er schaute argwöhnisch umher, erblickte Guy und ließ seine Bücher fallen, um seine Pfeife zu ergreifen. Er zog heftig daran, dann gelang es ihm hervorzustoßen: »Na, na, na!«

Guy drehte sich um und lächelte mit solch entwaffnender Freundlichkeit, daß Toby sich wieder faßte, vorwärts stürzte und ihn bei der Hand packte.

»Wunderbar«, stieß Toby hervor, wobei sich sein großer, buschiger Schnurrbart beim Sprechen im Atemrhythmus hin und her bewegte. »Wunderbar! Und Harriet auch.« Er schwang herum zu ihr, als ob er sie gerade erst wahrgenommen hatte. »Wann seid ihr hier angekommen, ihr wundervollen Menschen?«

Als Guy zur Antwort ansetzte, rief Toby: »Gehen wir ins Büro«, und drängte sie eilends aus der Bibliothek, ehe sie noch ein Wort sagen konnten. In dem Zimmer, das mit »Abteilungsleiter« gekennzeichnet war, ließ er die beiden sich setzen; er nahm hinter einem großen Schreibtisch Platz. »Nun denn«, sagte er zufrieden und musterte sie, wobei seine Augen vor falscher Jovialität hervortraten.

»Wer hätte das gedacht!« sagte er, als hätte er noch Zweifel daran, daß sie tatsächlich physisch anwesend waren. »Dann habt ihr es also doch noch geschafft?«

»Wieso *doch noch?*« fragte Harriet.

Toby faßte das als Witz auf. Während er lauthals lachte, schwabbelte sein aschfahles Gesicht mit den derben Zügen wie etwas, das zu weich war, um seine Form zu behalten, und er klammerte sich an seine Pfeife, dem einzigen Bollwerk in einer Welt, in der alles möglich war. Gekleidet war er noch immer in sein altes Jackett mit den Lederflicken, die ausgeleierten Flanellhosen, die er seine »Buxen« nannte, und die schweren Haferlschuhe; aber trotz seiner Kleidung deutete sein Verhalten darauf hin, daß er eine bedeutende Persönlichkeit geworden war. Nachdem die erste Begrüßung vorüber war, lehnte er sich wichtig in seinem Stuhl zurück und sagte zu Guy:

»Dann seid ihr also auf dem Weg in den geheimnisvollen Osten, ja? Den geheimnisvollen Nahen Osten, sollte ich wohl besser sagen.«

»Nein, wir wollen hier bleiben. Kannst du es arrangieren, daß ich Gracey sprechen kann.«

»Oh!« Toby blickte auf seinen Schreibtisch hinab. »Hm.« Sein Kopf sank tiefer und tiefer, während er über Guys Ersuchen nachdachte, und dann sagte er in einem ehrfürchtigen Ton: »Mr. Gracey ist ein kranker Mann. Er empfängt unter gewöhnlichen Umständen niemanden.«

»Und wie ist es unter *außer*-gewöhnlichen Umständen?« fragte Harriet.

Toby blinzelte bedeutsam mit einem Auge, nahm seine Pfeife aus dem Mund und sagte ernst: »Mr. Gracey hat eine Rückgratverletzung.«

Er schob seine Pfeife durch seinen Schnurrbart zurück und fing an, sie wieder anzuzünden.

»Wer macht seine Arbeit, während er krank ist? fragte Guy.

»Hm. Hm.« Toby zog an seiner Pfeife, schnaufte und war dann gezwungen, ein Streichholz wegzuwerfen und ein anderes anzuzünden. »Niemand«, sagte er schließlich, und fügte hinzu: »*Wirklich*.«

»Wer hat dann die Leitung?«

»Das ist schwer zu sagen. Mr. Gracey verrichtet zwar keine Arbeit, aber er hat gerne das Gefühl, weiter alles unter Kontrolle zu haben. *Du* verstehst das!«

Guy nickte. Er verstand es in der Tat. »Aber«, sagte er, »er muß einen Stellvertreter haben. Er kann doch diese Schule niemals ganz alleine leiten.«

»Nein, nein«, Toby zündete ein weiteres Streichholz an, und es gab eine lange Verzögerung, in der das Anzünden der Pfeife andauerte. Endlich, erstaunlicherweise, entwich dem Kopf der Pfeife ein Rauchstreifen, und während er das Streichholz schüttelte, bis die Flamme erlosch, beugte er sich vertraulich nach vorne: »Tatsache ist, daß sich Mr. Gracey etwas in der Klemme befand, als wir hier ankamen. Seine zwei Assistenten waren abgeschwirrt und hatten ihn... nun ja...« Toby warf Harriet einen nervösen Blick zu, bevor er seinen Satz zu Ende sprach. »...hängenlassen.«

»Warum?«

»Das war so eine Sache. Ich kenne nicht die Details, aber du weißt ja, wie es ist: ein Mißverständnis, ein paar hitzige Worte. So was passiert! Egal, sie machten sich auf alle Fälle davon.«

»Wie haben sie das geschafft? In der Organisation ist man doch u. k. gestellt?«

»Sie wurden versetzt. Einer von ihnen hatte Einfluß – sein Vater war Parlamentsabgeordneter oder irgend so was. Nicht ganz astrein, wenn ihr mich fragt. Sie wollten nach Hause, aber sie wurden in den Fernen Osten geschickt. Mr. Gracey forderte zwei neue Assistenten an; das Büro in London hatte niemanden, den es schicken konnte. Seine Planstellen waren ausgeschöpft. Man sagte ihm, er müsse warten und den Laden mit einheimischen Lehrkräften in Gang halten. Er hatte zwei oder drei Griechen und einen Malteser, aber keiner konnte eine Vorlesung halten. Das war der Stand der Dinge, als wir auftauchten.«

»Sie waren dann also tatsächlich die Rettung?« sagte Harriet.

»In gewisser Hinsicht waren wir genau das.«

Guy fragte: »Wer hält jetzt die Vorlesungen?«

»Dubedat hält einige. Um genau zu sein...« Toby druckste ein bißchen herum, und nach einer Pause sagte er triumphierend-kokett: »Ab und zu halte ich selbst eine Vorlesung.«

»Worüber?«

»Englische Literatur, natürlich.«

Guy schien um einen Kommentar verlegen, und Harriet sagte: »Es sieht so aus, als ob Gracey froh sein wird, daß er jetzt Guy hat.«

Tobys Gesicht spannte sich vor Argwohn: »Das weiß ich nicht. Kann ich nicht sagen.« Er sah auf seinen Schreibtisch hinunter und murmelte: »Die Zahl der Schüler nimmt ständig ab... gibt nicht viel Arbeit in diesen Zeiten... einheimische Lehrer mußten entlassen werden... sehr ruhig hier...«

Harriet unterbrach ihn: »Aus dem, was Sie sagen, geht doch klar hervor, daß jemand gebraucht wird, der das Heft in die Hand nimmt.«

»Das muß Mr. Gracey entscheiden.« Toby setzte sich steif hin und warf Harriet einen scharfen Blick zu. Er versuchte, sie von dem Gespräch auszuschließen, drehte sich auf seinem Sitz herum und sah Guy direkt an. »Mr. Gracey hatte diesen Unfall, aber er gibt sich nicht geschlagen. Man muß ihn bewundern. Er tut sein Bestes, um die Schule vom Krankenbett aus zu leiten, wenn du weißt, was ich meine. Zu einem Mann wie ihm kann man nicht einfach sagen: ›Sie sind dem nicht gewachsen. Sie brauchen jemanden, der das Heft in die Hand nimmt.‹ Oder, kann man das?« Vor lauter Emotionalität runzelte er die Stirn, und Guy, der durch diesen Appell sichtlich berührt war, nickte voller Mitgefühl und Verständnis. Es gab eine lange Pause der Anteilnahme, die von Harriet unterbrochen wurde.

Sie wollte wissen: »Wann kann Guy Mr. Gracey sprechen?«

Toby richtete sich auf und legte seine Hände auf den Tisch, als ob er durch Harriets Mangel an Takt gezwungen sei, seine Autorität hervorzukehren: »Ich könnte...« Er zögerte und saugte ein letztes Mal an seiner Pfeife, ehe er sich festlegte: »Ich könnte dir einen Termin für ein Gespräch bei Dubedat verschaffen.«

»Meinen Sie das im Ernst?«

Toby ignorierte sie und sprach Guy direkt an: »Ich kann nicht genau sagen, *wann* er dich empfangen kann. Es wird vielleicht erst in zwei oder drei Tagen gehen. Er steckt bis zum Hals in Arbeit. Weißt du, er ist es praktisch, der hier den Laden schmeißt! Aber ich bin sicher, er *wird* dich empfangen.« Toby nickte beruhigend und stand dann auf. »Wo wohnt ihr im Augenblick?« Er notierte sich den Namen des Hotels und streckte dann eilends eine große, weiche Hand aus. »Wir bleiben in Verbindung.« Er machte eine Pause, zog noch einmal an seiner Pfeife und fügte dann hinzu: »Und ich werde für dich tun, was ich kann. Das verspreche ich.«

Als die Pringles in die staubige Hitze des Morgens zurückkehrten, waren sie schon bis zum Omoniaplatz gegangen, ohne daß einer von ihnen ein Wort gesagt hätte, dann platzte Harriet heraus: »Ein Vorstellungsgespräch bei Dubedat! Sind wir so weit gekommen?«

Guy lachte kurz und entrüstet auf und mußte zugeben: »Das war schon ganz schön kaltschnäuzig.«

Er sah blaß aus, weshalb Harriet ihm auch nicht sagte, daß er ihre Meinung nach die ganze Situation durch seine unkritische Großmütigkeit selbst verursacht hatte. Toby hatte gar keine Qualifikationen, und Dubedats Qualifikationen waren mittelmäßig. Keiner von beiden besaß große Fähigkeiten. Guy hätte sehr wohl ohne sie zurechtkommen können und mußte am Ende auch ohne sie zurechtkommen. Hätte er sie nicht angestellt, wären sie nach Ägypten geschickt und wahrscheinlich einberufen worden. Statt dessen waren sie verärgert gewesen, weil Guy sie nicht mehr tun ließ, als unterrichten. Toby hatte Vorlesungen halten wollen, aber Guy hatte glatt abgelehnt. Harriet hatte den Ton noch im Ohr, in dem Toby gesagt hatte: »Die komische Vorlesung halte ich doch selbst«, und war sich darüber im klaren, daß er Guy nie verziehen hatte, daß dieser zwischen ihm und seinen Ambitionen stand. Sie konnte erkennen, daß Guy eine eigene Methode hatte, sich Feinde zu schaffen. Er gab nicht zuwenig, er gab nicht zuviel. Von denjenigen, die zuviel geben, wird immer erwartet, noch mehr zu geben, und ihnen werden Vorwürfe gemacht, wenn sie beginnen, sich zu weigern.

Sie sagte: »Wenn ich du wäre, würde ich darauf bestehen, Gracey zu sprechen. Und akzeptiere kein ›Nein‹ als Antwort.«

»Ich werde sicherlich darauf bestehen, Gracey zu sprechen. Ich werde Dubedat sagen…«

»Du willst doch nicht etwa Dubedat aufsuchen? Wenn du gescheit bist, dann sieh zu, daß du nichts mit ihm zu tun hast.«

»Warum nicht? Er ist ein Kumpel.«

»Genau wie Toby Lush ein Kumpel ist.«

»Toby ist ein Esel, aber Dubedat ist anders. Er ist kein Idiot. Mit ihm kommt man eher zurecht.«

»Wir werden ja sehen.«

Guys Vertrauen, auch sein unberechtigtes Vertrauen, hatte seine eigene Dynamik, und sie würde nichts tun, um es zu schwächen. Ihre Position war ohnehin sowieso schon schwach genug. Sie begnügte sich damit zu sagen: »Toby glaubt, er müsse uns nur einfach entmutigen, und dann würden wir schon von selbst verschwinden. Er weiß, daß wir nicht viel Geld haben. Ohne Geld kann sich niemand in einer Großstadt im Ausland lange über Wasser halten.«

»Wir werden uns so lange über Wasser halten, wie wir können«, sagte Guy, und in der Stadionstraße fand er ein Wechselbüro, das ihm Drachmen für seine rumänischen *Lei* gab. Das Geld wurde ihm nur widerwillig gewechselt, und der Kurs war niedrig, aber Guy freute sich, überhaupt etwas zu bekommen. Kaum hatte er das Geld in der Tasche, wollte er es auch schon ausgeben. Er sagte: »Laß uns in das Café gehen, das du mir gezeigt hast: Yakimovs Stammlokal.«

»Zonar's. Es ist nicht billig.«

»Egal.«

Sie fanden Plätze in der Sonne und saßen inmitten der wohlhabenden, feinen Griechen, die gerade seine englische Zeitung lasen, die die Überschrift trug: *»Sieben deutsche U-Boote versenkt.«* Die Überschrift erfüllte die Pringles mit Verwunderung, denn in Rumänien waren sie, wie jeder andere, der Meinung gewesen, daß die einzigen versenkten Schiffe britische Schiffe waren.

Sobald er das englische Paar sah, kam ein freundlicher, zittriger, alter Grieche auf Guy zu und hielt ihm ein Exemplar der Zeitung hin. Guy gab ihm einen Geldschein, und der alte

Mann machte sich damit weder hastig aus dem Staub, noch bettelte er um mehr, sondern er zählte sorgfältig das Wechselgeld auf den Tisch und schickte sich an, weiterzugehen. Als Guy ihm einige der Münzen zurückschob, verbeugte er sich und nahm sie auf.

Guy las die Zeitung, während Harriet die Männer beobachtete, wie sie sich durch die Stühle hindurchzwängten und Nougat, Erdnüsse und griechisches Gebäck verkauften. Einer von ihnen, der ihre Aufmerksamkeit erregt hatte, bot ihr ein gewaltiges, melonengelbes Stück an. Sie hob das Kinn wie eine Griechin und murmelte: »Oichi.« Der Mann bot ihr andere an, cremefarbene, goldfarbene, beige und braun; bei jedem neuen hob Harriet das Kinn weniger, und ihr »Oichi« war kaum mehr vernehmbar. Der Mann wurde nicht ungehalten wie die schrecklichen Bettler in Bukarest, sondern lächelte amüsiert aufgrund ihres Gebarens und ging weiter. Leger in ihren Stuhl zurückgelehnt, spürte sie, daß die Spannung immer mehr nachließ, als ob eine Last, die sie seit langem mit sich herumtrug, allmählich an Gewicht verlor. Wie anders würde das Leben hier sein, in diesem trägen Sonnenschein, wo das Schicksal Rumäniens ein unbedeutender Tumult und zu weit weg war, um für sie von Wichtigkeit zu sein!

Hier mußte man nur Engländer sein, um anerkannt zu werden. Es lag nicht nur daran, daß die Griechen und die Engländer ein gemeinsames Anliegen hatten, sondern sie spürte auch Sympathie zwischen ihnen. Wenn sie hier bleiben könnten, würden sie nie wieder Grund haben, sich Sorgen zu machen. Sie wollte, daß er anerkannte, daß sie jetzt endlich Frieden gefunden hatten und sagte: »Es ist wunderbar!«

Er blickte von seiner Zeitung auf, drehte sein Gesicht in die Sonne und nickte.

»Sich sicher zu fühlen!« sagte sie. »Sich ganz einfach sicher zu fühlen! Es ist wunderbar, unter Menschen zu sein, die auf deiner Seite sind.« Da sie aus einem Land gekommen war, das sich aus Angst verkauft hatte, registrierte sie die entspannte und unbefangene Art der Griechen um so bewußter.

Sie hatten ein Recht darauf, entspannt und unbefangen zu sein; ihre Würde war unangetastet.

Als er die kleine, zweiseitige Zeitung gelesen hatte, begann er, die Passanten mit eifrigen, forschenden Blicken zu taxieren, und wollte sie kennenlernen. Während Harriet sich damit begnügte, Menschen zu beobachten, sehnte sich Guy danach, mit ihnen zu kommunizieren, und sie wünschte sich, es würde jemand auftauchen, mit dem er sich unterhalten konnte. Und es tauchte auch jemand auf: Toby Lush.

Sie sagte: »Lieber Himmel! Schau mal!«

Guy schaute und machte ein langes Gesicht. Toby wirkte nervös, als er aus dem Taxi stieg, und während er sich durch die Menschen auf dem Gehweg hindurchdrängte, waren seine Bewegungen so unharmonisch, daß er einen geradezu verstörten Eindruck machte. Beim Anblick der Pringles warf er seine Arme in die Luft und rief: »Da seid ihr ja! Ich dachte mir, daß ich euch hier finden würde!« Er ließ sich auf einen Stuhl fallen und wischte mit der Hand den Schweiß ab, der in Rinnsalen sein Gesicht hinunterlief. »Muß was trinken. Was ist mit euch?« Er streckte den Arm nach einem vorbeilaufenden Kellner aus und riß dabei dessen Tablett zu Boden.

Die Pringles verhielten sich zurückhaltend, während Toby sich einen Ouzo bestellte; dann sagte er: *»Also!«*, als sei er im Begriff, eine Lösung für Guys Dilemma zu präsentieren. Nach einer Pause fügte er mit fester Stimme hinzu: »Ich habe mit ihm persönlich gesprochen.«

»Mit dem Direktor?« fragte Guy.

»Nein, nein. Mit Dubedat. Und er sagte mir, daß ich dir sagen soll: ›Wir werden tun, was wir können.‹« Toby sah Guy an und erwartete Dankbarkeit, doch Guy sagte nichts. Beunruhigt fuhr er fort: »Immerhin hast du auch für uns getan, was du konntest.«

»Was glaubst du, könnt ihr für mich tun?«

Die Frage schien Toby zu beruhigen, der auf seinem Stuhl zusammensank und seine Pfeife herausholte. Mit bedeutsamer Miene sagte er: »Der Gute meint, wir könnten dir ein paar Unterrichtsstunden verschaffen.«

»So eine Unverschämtheit!« sagte Harriet.

Toby stieß ein gequältes Lachen aus und wandte sich Guy zu, als ob er andeuten wollte, daß das Leben einfacher wäre, wenn es keine Frauen gäbe. Dadurch noch wütender gemacht, sagte Harriet weiter: »Guy ist ein Mitglied der Organisation. Er wurde in London eingestellt, erhielt von dort seinen Einsatzort zugewiesen und steht unter Vertrag. Gracey ist hier der Direktor. Wenn Guy ihn sprechen will, ist er verpflichtet, Guy zu empfangen.«

»Das glaube ich nicht«, sagte Toby wie jemand, der die Situation im Griff hatte. »Ihr Mann hat kein Recht, hier zu sein.«

»Er hat dann ein Recht, wenn es hier einen Job gibt. Sie sagten, daß Gracey im Londoner Büro Dozenten angefordert hatte.«

»Das war vor einem Jahr. Die Lage hat sich seither geändert. Nach Europa wird niemand mehr geschickt. Europa ist abgeschrieben.«

»Griechenland ist nicht abgeschrieben.«

»Nicht im Moment, aber wer weiß, was geschehen wird? Hier ist es langsam brenzlig. Seit August ist es sehr brenzlig geworden.«

»Warum? Was geschah im August?«

»Die Italiener haben ein griechisches Schiff torpediert. Es hat deswegen viel böses Blut gegeben. Es kann praktisch jeden Tag einen Riesenknall geben.«

»Oh!« Harriet hatte nichts zu sagen. Dies war eine Welt, in der nur der Unwissende glücklich sein konnte.

Toby bemerkte, daß er ihr einen Dämpfer verabreicht hatte, tätschelte väterlich ihre Hand und grinste. Nachdem seine maskuline Überlegenheit nunmehr gefestigt war, trank er seinen Ouzo pur, wie ein Mann, und sagte: »Es ist so! Wir werden mit Mr. Gracey sprechen. Wir werden ihn morgen besuchen. Vielleicht schauen wir sogar heute abend noch bei ihm vorbei. Warum nicht? Jedenfalls kannst du dich auf uns verlassen. Wir werden ein gutes Wort für dich einlegen. Wir werden sagen, daß du ein anständiger Kerl bist, ein guter Lehrer, kontaktfreudig, zuverlässig. Einer der Besten, genau gesagt.«

Guy hörte sich mit ausdruckslosem Gesicht die Aufzählung seiner Tugenden an und sagte schließlich: »Wir brauchen etwas Geld.«

»Da muß ich mich drum kümmern.« Toby überprüfte den Kassenbon neben seinem Glas und holte eine Handvoll Kleingeld heraus.

»Überlaß das mir«, sagte Guy.

»Oh. Na gut. Muß in die Schule zurück; hab' einen arbeitsreichen Tag. Hab' um zwölf schon wieder Vorlesung. Also, mach dir keine Sorgen. Warte einfach ab, bis du von uns hörst.« Toby rief ein Taxi und war fort.

»Er wurde uns nachgeschickt«, sagte Harriet. »Er rief Dubedat an, und Dubedat sagte: ›Geh ihnen nach, du verdammter Idiot. Halte sie bei Laune. Halt sie davon ab, selbst etwas zu unternehmen.‹ Sie wollen nicht, daß wir mit Gracey sprechen, das ist klar. Aber warum?«

»Also wirklich, Darling!« Guy mißbilligte, daß sie ihre Mitmenschen verdächtigte. »Sie sind keine Verschwörer. Sie schulden mir *wirklich* etwas, und Dubedat sah es wahrscheinlich auch so.«

»Sie wollen uns nicht hierhaben.«

»Warum sollten sie uns nicht hierhaben wollen?«

»Aus verschiedenen Gründen. Wenn Gracey dich kriegen kann, will er vielleicht sie nicht mehr haben. Dann ist da auch noch die Tatsache, daß du zuviel weißt.«

Guy lachte: »Was weiß ich?«

»Du weißt, daß sie in Rumänien Schiß gekriegt und Reißaus genommen haben.«

»Sie verloren die Nerven. Das könnte jedem passieren. Sie können doch nicht im Ernst denken, daß wir das weitersagen würden. Sie wissen, daß sie uns vertrauen können.«

»Aber können wir ihnen trauen? Ich finde nicht, daß wir warten sollten. bis wir von ihnen hören. Wir sollten herausfinden, wo Gracey ist, und ihn aufsuchen.«

»Kennen wir jemanden, der Gracey kennt?«

Sie schüttelte den Kopf und ließ ihre Hand in Guys Hand gleiten. »Außer Yakimov haben wir keine Freunde.«

Hand in Hand saßen sie einige Augenblicke da und dachten über ihre Situation nach, als Harriet, durch das Fenster des Cafés blickend, ein Lachen von sich gab: »Es gibt hier noch jemanden, den wir kennen und der, was noch viel wichtiger ist, vielleicht Gracey kennt.«

»Wer ist es?«

»Er ist dort drinnen, beim Kuchenessen.«

Guy schaute sich um und sah einen kleinen Mann an einem Ecktisch im Innern des Cafés sitzen. Der Kragen seines Mantels war bis über die Ohren hinauf-, sein Filzhut bis zu den Augen heruntergezogen; seine Schultern waren hochgezogen wie gegen einen Luftzug. Er trug Handschuhe. Mit einer silbernen Gabel schob er Stückchen von *mille-feuille* durch den Kragen in den Mund. Von seiner Person war nichts zu sehen, außer einer stumpfen, echsengrauen Nase: die Nase von Professor Lord Pinkrose, der ebenfalls vor den Gefahren Bukarests getürmt war.

»Pinkrose«, sagte Guy ohne Enthusiasmus.

Pinkrose war in einer Zeit der Katastrophe nach Rumänien geschickt worden, um eine Vorlesung zu halten, und hatte Guy, wie jemand anderen, die Schuld an dem gegeben, was er dort vorfand. Die Pringles konnten wenig von ihm erhoffen.

Plötzlich rief eine vertraute Stimme: »Mein lieber Junge!« Und Pinkrose war vergessen. Guy stieß einen Schrei aus, sprang auf und streckte Yakimov seine Arme entgegen, der in sie hineinwankte.

»Wie schön dich zu sehen!« sang Yakimov im Ton liebevollen Entzückens. »Wie *schön* dich zu sehen! Der liebe Junge wohlauf und sicher hier unter uns!«

Sie litten unter Untätigkeit. Da die Luft jeden Tag kühler und klarer wurde, weigerte sich Harriet, herumzusitzen und auf eine Nachricht von Dubedat zu warten, und sagte: »Laß uns die Sehenswürdigkeiten anschauen, solange wir die Möglichkeit haben.«

Guy, dem es nicht gefiel, aus dem Bezirk herausgeführt zu werden, in dem die Sozialkontakte stattfanden, besuchte das Museum nur kurz. Am nächsten Tag stimmte er widerwillig zu, zum Parthenon hinaufzugehen. Er stieg die Stufen zwischen den baufälligen Häusern der Plaka empor und konnte ihrem besonderen Charakter, ihren bunten Fensterläden, den kleinen Gärtchen und den unbekannten Bäumen nichts abgewinnen. Mehrmals blieb er stehen und blickte, wie Lots Weib, in Richtung Stadtzentrum zurück, wo vielleicht gerade jetzt eine Nachricht für ihn eintreffen könnte. Er war, ob es ihm gefiel oder nicht, ein u. k. gestellter Zivilist mitten im Krieg, und er war der Meinung, daß nur Arbeit seinen Zivilistenstatus rechtfertigen konnte. Nun hatte man ihm sogar seine Arbeit weggenommen.

Harriet litt mit ihm und sagte: »Wenn wir bis morgen von den beiden nichts hören, mußt du zur Gesandtschaft gehen und darum bitten, daß sie dir einen Kontakt mit Gracey vermitteln. Damit könnten wir das Problem so oder so lösen.«

»Wir könnten es damit auf die allerschlechteste Art lösen. Wenn Gracey mich nicht sehen will, würde man mir befehlen, das erste Schiff nach Alexandria zu nehmen. Und dann müßten wir einfach gehen. So wie die Dinge stehen, könnte Dubedat vielleicht etwas für uns tun. Wir müssen ihm vertrauen«, sagte Guy, obwohl seiner Miene der Ausdruck des Vertrauens fehlte.

Als sie ihn so sah, die nackte Realität vor Augen und zu der Schlußfolgerung gezwungen, daß der Glaube an das Gute im Menschen eine Sache, die Abhängigkeit davon aber eine ganz andere war, empfand Harriet heftiges Mitleid mit ihm. Er blieb wieder stehen, und sie sagte: »Möchtest du lieber zurückgehen?« Sie hatte ihn gegen seinen Willen hierhergebracht und hatte ihre Freude an dem Ausflug verloren, da er sie nicht teilen konnte.

Er sagte: »Nein. Du willst den Parthenon sehen. Bringen wir es hinter uns.«

Er trottete weiter in der zunehmenden Hitze. Ohne zu reden, spazierten sie um den Fuß des Akropolis-Hügels herum und stiegen zum Eingang hinauf. Als sie durch die Propyläen schritten und in Sichtweite des Parthenons kamen, blieb Guy vor Verwunderung stehen und gab ein erstauntes Gemurmel von sich. Harriet, die gesunde Augen besaß, hatte den Tempel schon die ganze Zeit klar erkennen können, während sie in Athen umhergewandert war. Er war auf einem Hügel errichtet worden und überraschte das Auge immer wieder, wie ein halbaufgegangener Mond. Guy, der kurzsichtig war, sah ihn nun zum ersten Mal. Er schob seine Brille herunter und versuchte, seine Sehweite dadurch zu verbessern, daß er durch die schräggestellten Linsen schielte, und dann bewegte er sich vorsichtig weiter über den unebenen Untergrund. Sie rannte verzückt voraus, als befände sie sich kurz vor einer übernatürlichen Erfahrung. Sie stellte sich vor, daß die Anordnung der Säulen gegen den kobaltblauen Himmel von magischer Bedeutung war, und sie ging von einer zur anderen und preßte die Handfläche auf den sonnendurchwärmten Marmor. Aus einer bestimmten Entfernung hatten die Säulen ein leuchtendes Weiß; jetzt sah sie, daß sie auf der dem Meer zugewandten Seite aprikosenfarben schimmerten. Voller Staunen ging sie von Säule zu Säule und berührte dabei jede, als sei sie ein Freund. Als Guy zu ihr kam, deutete sie auf den Dunst über Piräus und sagte: »Kannst du das Meer sehen?«

Sie beobachtete ihn, wie er wieder seine Brille herabschob, und war gerührt, als sie sich daran erinnerte, wie er ihr erzählt hatte, daß er es als kleiner Junge nicht gewagt hatte, seine Eltern wissen zu lassen, daß er kurzsichtig war, da die Kosten einer Brille den Haushalt in eine Krise gestürzt hätten. In der Schule hatte er nicht von der Tafel ablesen können und war deshalb für dumm gehalten worden, bis ein einfühlsamer Lehrer das Problem erkannte.

»Dadurch, daß das Meer so nahe ist, haben wir immer eine Möglichkeit wegzukommen«, sagte sie. »Irgendein Schiff fährt immer.«

Nach einem langen Blick in Richtung Meer sagte Guy: »Ich kann nicht schwimmen.«

»Du kannst nicht schwimmen?«

»Bis ich achtzehn war, habe ich das Meer nicht einmal gesehen.«

»Aber habt ihr denn kein Schwimmbad gehabt?«

»Doch, aber es machte mir Angst – der Lärm und dieser eigenartige Geruch.«

»Chlor. Ein richtig giftiges Gelb, von dem dieser Geruch kommt. Ich mag es auch nicht.«

Sie saßen auf der obersten Stufe, Piräus und der fernen Silhouette des Peloponnes zugewandt, und Harriet dachte bestürzt über die Tatsache nach, daß Guy nicht schwimmen konnte. Es gab keine Sicherheit in der Welt. Von hier oben aus, auf dem höchsten Punkt der Akropolis, sah sie sich beide schiffbrüchig im Mittelmeer treiben, und sie grübelte über das Problem nach, wie sie Guy über Wasser würde halten können.

Guy hingegen saß vier Minuten lang still da, schaute dann auf seine Armbanduhr und meinte: »Ich glaube, wir sollten zurückgehen. Es *könnte* etwas dasein.«

Als sie im Hotel eintrafen, überreichte der Portier Guy einen Briefumschlag. Darin befand sich eine Karte, auf der die Worte »Wir geben uns die Ehre« eingeprägt waren. Mr. Dubedat und Mr. Lush luden Mr. und Mrs. Pringle für diesen Abend zu einem Drink bei einer Adresse in Kolonaki ein.

Die Wohnung, in der Dubedat und Toby wohnten, war an einem Hang hoch über dem Kolonakiplatz gebaut. Die Pringles wurden von einer Haushälterin eingelassen und zu einer Terrasse gebeten, wo sie auf ihre Gastgeber warten sollten. Von hier aus konnten sie über die Hausdächer blicken und den Hymettos sehen. Die Terasse, mit Marmorfliesen, einem Marmortisch mit Einlegearbeiten, mit schmiedeeisernen Stühlen und hochgezogenen Kletterpflanzen, die das über ihren Köpfen angebrachte Gitter bedeckten, beeindruckte Harriet. Sie beobachtete, wie sich die Tönung der rosa- und cremefarbenen Häuser gegen den piniengesprenkelten Hang brach, und dachte sich, daß Toby und Dubedat ausgezeichnet für sich selbst gesorgt hatten. Das Viertel hatte eine Atmosphäre von Wohlstand ohne Pomp: die teuerste Art von Wohlstand.

»Den beiden scheint es ja sehr gut zu gehen«, sagte sie.

Guy sagte: »Sei ruhig.«

»Ich nehme an, daß ich wenigstens sagen darf, daß ich hier ganz gerne selbst wohnen würde?«

Toby Lush war geräuschlos auf Gummisohlen hinzugekommen und hatte es gehört. Er schluckte und prustete vor Genugtuung, machte aber eine Verbeugung vor Guys egalitären Prinzipien und sagte: »Nichts ist zu gut für die Arbeiterklasse, was?«

Demokratischer Unfug war für Dubedat, der fünf Minuten später kam, kein Thema. Er besaß die aggressive Selbstsicherheit eines Mannes, der schlechte Zeiten gesehen hatte, der es aber zwischenzeitlich allein geschafft hatte, und zwar gerade noch zur rechten Zeit. Er ging auf Harriet zu, als sei sie die letzte und endgültige Herausforderung. Er streckte ihr die Hand entgegen, und als er anfing zu sprechen, bemerkte sie, daß er versuchte, seinen Liverpooler Akzent zu unterdrücken.

»Tja«, sagte er, »das ist sehr nett.« Er lächelte, und sie sah, daß seine Zähne poliert, seine Fingernägel manikürt und die Schuppen aus seinem Haar gebürstet worden waren. Seine Gestik wirkte betont lässig und gekünstelt.

Guy ging erwartungsvoll auf ihn zu, aber Dubedat winkte ihn bloß zu einem Stuhl. »Aber setz dich doch bitte hin«, bat er in einer umgänglichen Art, die er sich neu zugelegt haben mußte. Seine Blicke und sein Lächeln galten Harriet, und Guy schien nicht mehr als ihr Anhängsel zu sein. Harriet wußte, daß er sie genauso wenig mochte wie sie ihn. Sie nahm daher an, daß er glaubte, jeden bezirzen zu können, wenn es ihm erst gelang, sie zu bezirzen. Guy zuliebe reagierte sie so, wie er es von ihr erwartete.

Die Haushälterin rollte einen Teewagen herein, vollgeladen mit Flaschen und Gläsern. »Was wollen wir alle trinken?« fragte Dubedat.

»Was gibt es?« fragte Harriet, beeindruckt und bescheiden.

»Oh, alles.« sagte Dubedat.

Und tatsächlich, es gab alles.

»Soll ich eingießen?« fragte Toby.

»*Nein*«, sagte Dubedat scharf. »Setz dich hin.«

Während er eingoß, klirrten die Gläser gegeneinander. Sein Gesicht, mit dem hervorstehenden Zinken und dem sehr kleinen Kinn, war so angespannt wie das Gesicht einer nach Futter suchenden Ratte. Er wurde sehr rot, und einmal ließ er den Verschluß der Karaffe fallen.

»Kann ich dir helfen, mein Guter?« fragte Toby beflissen.

»Das kannst du *nicht*«, erwiderte Dubedat heftig, worauf Toby zurückwich und so tat, als ob er einen Schlag erhalten hätte.

Er sagte: »Mein lieber Schwan!« und sah die Pringles an, doch niemand lachte. Sowohl Guy als auch Harriet waren nervös, und jeder spürte die delikate Natur dieses Zusammentreffens.

Als jeder seinen Drink hatte, setzte sich Dubedat selbst brüsk hin. »Ich habe mit Mr. Gracey gesprochen.« Es gab eine Pause, während er sein Glas auf den Tisch stellte und ein Taschentuch herauszog, um seine Fingerspitzen abzuwischen. Er dehnte die Pause effektvoll aus und sagte dann: »Ich bedauere, sagen zu müssen, daß ich keine guten Nachrichten für euch habe.«

Die Pringles sagten nichts. Dubedat runzelte seine Stirn über Toby, der sich um die Gruppe herumbewegte, wie ein nervöser alter Schäferhund. »Setz dich hin, Lush«, sagte er mit Schärfe in der Stimme. Toby gehorchte auf der Stelle.

Als ob ein Hindernis aus dem Weg geschafft sei, räusperte sich Dubedat und sagte nachdrücklich: »Ich bin euretwegen an Mr. Gracey herangetreten. Er würde euch empfangen, er würde euch sehr gerne empfangen, aber es geht ihm nicht gut.«

»Dann ist er also wirklich krank?« fragte Harriet.

»Er hatte einen Unfall. Es geht ihm schon seit einiger Zeit nicht gut. Er hat seine Höhen und Tiefen. Im Moment fühlt er sich so, daß er niemanden empfangen kann. Er sagt, ihr sollt nach Kairo weiterreisen.«

»Angenommen, wir warten ein paar Tage...«, begann Guy.

»Nein«, unterbrach ihn Dubedat mit ruhiger Unnachgiebigkeit. »Er kann nicht zulassen, daß ihr hier herumhängt... er kann die Verantwortung nicht übernehmen. Er will, daß ihr das nächste Schiff nach Alex nehmt.«

Guy versuchte es mit Logik: »Aber ich werde überall herumhängen müssen. Ägypten ist voll von Leuten aus der Organisation, Flüchtlinge aus Europa, die alle auf Jobs warten. Das Kairoer Büro weiß nicht, was es mit ihnen anfangen soll. Sie denken sich alle möglichen erbärmlichen, kleinen Jobs im Delta und in Oberägypten aus. Die Arbeit ist minimal: reine Zeitverschwendung. Wenn ich schon auf Arbeit warten muß, würde ich lieber hier warten.«

»Zweifellos. Aber Mr. Gracey will nicht, daß du wartest. Du sollst weiterreisen. Das ist eine Anweisung, Pringle.«

Es gab eine Pause, dann sagte Guy mit sanfter Entschiedenheit: »Mr. Gracey wird mir das persönlich sagen müssen. Ich werde bleiben, bis ich ihn sprechen kann.«

Dubedat wurde wieder rot und nahm seinen alten Ausdruck gereizter Erbitterung an. Seine Stimme wurde schrill und verlor an Klangfarbe. »Aber du kannst nicht bleiben. Du dürftest eigentlich gar nicht hier sein, und Mr. Gracey will auch nicht, daß du hier bist. Du wirst in Ägypten erwartet. Was das Kairoer Büro angeht, so giltst du bei denen als vermißt. Deshalb kann dich Mr. Gracey nicht bleiben *lassen*. Deshalb hat er ganz recht – ja, da hat er ganz recht! Du solltest das wissen!« Dubedat nahm wieder den herrischen Ton an, mit dem er einst jeden verurteilt hatte, dem das Glück mehr gewogen war als ihm.

Guy, der sich wegen Dubedats anfänglicher Überschwenglichkeit schon Sorgen gemacht hatte, sagte jetzt gefaßt: »Ich beabsichtige zu bleiben.«

Dubedat gab ein verärgertes Gelächter von sich. Das Geräusch hektischen Pfeifennuckelns kam von Toby aus dem Hintergrund. Einige Augenblicke lang sagte keiner etwas. Dann sammelte sich Dubedat wieder und wollte mit Guy vernünftig argumentieren: »Schau, es gibt hier keinen Job für dich. Wegen des Krieges und aus diesem und jenen Grund ist die Schule nicht mehr das, was sie einmal war. Mr. Gracey ging es nicht gut genug, um sich darum zu kümmern. Die Zahlen sind zurückgegangen. So sieht es mehr oder weniger aus. *Es gibt ganz einfach keine Arbeit.*«

»Also ist, wie Harriet sagte, jemand nötig, der den Laden wieder auf die Beine bringt.«

»Mr. Gracey ist der Chef.«

»Genau«, stimmte Guy zu. »Und ich bin nicht bereit, Athen zu verlassen, bevor ich ihn gesprochen habe.«

Dubedat stieß hörbar die Luft aus und deutete damit an, daß Guys völliger Mangel an gesundem Menschenverstand die Dinge für alle Beteiligten schwierig gestaltete, und mit der Geste desjenigen, der seinen letzten Trumpf ausspielt, sagte er: »Dein Gehalt wird in Kairo ausbezahlt.«

»Ich kann ein Telegramm ans Londoner Büro schicken.«

»Dies ist Mr. Graceys Amtsbereich. Das Londoner Büro kann dich nur an ihn verweisen.«

»Da bin ich mir nicht so sicher.«

Zwischen Überraschung und Wut hin- und hergerissen, rutschte Dubedat auf seinem Stuhl umher. Es war ihm nie in den Sinn gekommen, daß Guy, der kompromißbereiteste aller Menschen, sich als so kompromißlos herausstellen könnte. Jetzt, wo er zum ersten Mal auf Guys Hartnäckigkeit stieß, trat etwas Böses in seinen Blick. Er griff mit der Hand in seine Innentasche und brachte einen Brief hervor. »Ich hatte gehofft, wir würden das alles auf freundliche Weise bereden können. Ich hätte nie gedacht, daß ich dies hier würde hervorholen müssen. Aber gut, hier ist es. Du schaust dir das am besten gleich mal an.«

Nachdem Guy es gelesen hatte, reichte er es an Harriet weiter. Es war eine maschinengeschriebene Erklärung, die jeden, den es betraf, darüber informierte, daß Mr. Gracey während der Dauer seiner Dienstunfähigkeit Mr. Dubedat zu seinem offiziellen Vertreter ernannte. Harriet gab es Guy zurück, der es schweigend und mit ausdrucksloser Miene noch einmal studierte.

»Da siehst du also.« Dubedat rutschte vor Aufgeregtheit umher und sagte dann in einem Ton, der Endgültigkeit suggerieren sollte: »Was ich sage, zählt. Mr. Gracey kann dich nicht empfangen. Er wird dich nicht empfangen, und er wird für deinen Aufenthalt hier nicht verantwortlich sein. Das heißt also: Wenn du klug bist, nimmst du das erste Schiff von Piräus aus und reist ab.« Er entriß Guy den Brief, faltete ihn mit zittrigen Fingern und steckte ihn zurück in seine Innentasche.

Guy sah auf, sagte aber nichts.

Dubedat wurde etwas konzilianter, beugte sich zu ihm hin und sprach mit ernster, fast flehentlicher Eindringlichkeit. »Wenn ich du wäre, würde ich gehen. Wirklich, glaub es mir. Zu deinem eigenen Besten.«

Guy sagte noch immer nichts. Er behielt seinen ausdruckslosen, aber matten Gesichtsausdruck bei, und Harriet konnte Guys Demütigung kaum ertragen. Bescheiden, wie er ansonsten war, war er sich aber auch seiner natürlichen Autorität bewußt, der Autorität des aufrechten Mannes. Er glaubte an die Menschen. Er war immer davon ausgegangen, daß seine Großzügigkeit wiederum Großzügigkeit hervorrufen würde. Indem er anderen half, würde, wenn die Notwendigkeit bestand, im Gegenzug ihm selbst geholfen werden. Es war nicht leicht für ihn zu akzeptieren, daß Dubedat, diese personifizierte Mittelmäßigkeit, den er aus Menschenfreundlichkeit eingestellt hatte, versuchen würde, ihn aus Athen hinauszujagen. Und das Erstaunliche dabei war, daß Dubedat sich durchaus in einer Position befand, wo er dies tun konnte.

Es gab nichts weiter zu sagen. Die Sonne war untergegangen, während sie redeten. Harriet betrachtete das farbenprächtige Nachglühen des Abends auf dem entfernten Hügel und kam sich vor wie in einem Zug, der an etwas Zauberhaftem vorbeiraste, so daß sie daran keinen Anteil nehmen konnte. Dann war also Athen nicht für sie bestimmt! Aber was gab es dann für sie in dieser aus den Fugen geratenen Welt? Wo konnten sie ein Zuhause finden?

Auch Dubedat hatte das sich verändernde Licht bemerkt. »Ach, du meine Güte«, sagte er, »wir müssen gehen. Wie schade! An einem anderen Abend hättet ihr vielleicht zum Abendbrot bleiben können.«

Toby erklärte: »Wir sind bei Major Cookson eingeladen. Eine Art königlicher Befehl. Er möchte, daß jeder pünktlich ist.«

Die Pringles fragten nicht, wer Major Cookson war. Es spielte keine Rolle. Es war nicht wahrscheinlich, daß sie eine königliche Einladung erhielten. Guy trank sein Bier aus, und sie gingen beinahe wortlos.

Die Lichter wurden in den kleinen Geschäften und Cafés auf dem Platz von Kolonaki angemacht. Der Nationalgarten war dunkel. Pfefferbäume wuchsen entlang des Bürgersteigs, und ihr farngleiches Blattwerk hing wie eine Rauchwolke über ihnen in der Luft. Aus den Geschäften drang der Geruch von Dillgurken.

Harriet sagte: »Wirst du tatsächlich dem Londoner Büro telegrafieren?«

»Ja.«

Seine Entscheidung beunruhigte sie. Aufgrund ihrer ungewissen Situation, erschienen ihr die Straßen feindselig, und sie begann, Kairo als Zufluchtsort zu sehen. »Vielleicht sollten wir besser das nächste Schiff nehmen«, sagte sie.

Guy sagte: »Nein«, sein Gesicht starr vor Entschlossenheit. »Ich will nicht nach Ägypten gehen. Es gibt hier einen Job, und ich beabsichtige zu bleiben.«

Ihr Geld war fast aufgebraucht. Sie konnten sich Zonar's nicht leisten, deshalb gingen sie zu Fuß die ganze Stadionstraße entlang und setzten sich in ein Café am Omoniaplatz. Während sie einen billigen, süßen, schläfrig machenden, dunkelroten Wein tranken, dachte Harriet an Yakimov und fragte sich, wie er seine Jahre der Bettelarmut in ausländischen Hauptstädten überlebt hatte. Mit Guy neben sich und im Bewußtsein, daß das Schlimmste, was jemand tun konnte, war, sie nach Ägypten zu schicken, war ihr sehr zum Heulen zumute.

3

Das Hotel, in dem die Pringles wohnten, war Harriet als das zentral gelegenste der billigen Hotels empfohlen worden. Es war düster und ungemütlich, doch von den Engländern wegen seiner Lage bevorzugt – und weil es als außerordentlich solide galt. Athen hatte seit 1939 Flüchtlinge aufgenommen, und noch bevor die Polen eintrafen, waren die aus Smyrna zurückströmenden Griechen und die Weißrussen noch nicht alle untergebracht, die ein dauerhaftes Zuhause suchten. Hotelzimmer waren rar; Wohnungen und Häuser noch rarer.

Die Pringles waren in ein Einzelzimmer gepfercht worden, und man hatte ihnen ein größeres Zimmer versprochen, falls plötzlich eines frei werden sollte. Als Harriet den Portier an dieses Versprechen erinnerte, sagte er ihr, daß Hotelzimmer nie plötzlich frei werden würden. Die Menschen blieben monatelang im Hotel. Einige hatten es zu ihrem Zuhause gemacht. Mrs. Brett beispielsweise wohnte dort schon seit über einem Jahr.

Harriet kannte Mrs. Brett, eine Engländerin mit hagerem Gesicht, die sie vorwurfsvoll ansah, wann immer sie sich auf der Treppe begegneten. Eines Tages, eine Woche nach Guys Ankunft, hielt Mrs. Brett sie an und sagte: »So ist also Ihr Mann doch noch angekommen?«

Als Harriet versuchte, sich an ihr vorbeizuschieben, wich Mrs. Brett nicht von der Stelle, sondern sagte: »Sie erinnern sich vielleicht nicht an mich?«

Harriet erinnerte sich. Als sie noch allein in Athen und wegen der Nachrichten aus Rumänien beunruhigt gewesen war, war Harriet an diese englische Landsmännin herangetreten und hatte ihr die Tatsache anvertraut, daß sie ihren Gatten in Bukarest zurückgelassen hatte. Mrs. Brett hatte erwidert: »Er wird in ein Gefangenenlager gesteckt werden. Sie werden ihn nach dem Krieg zurückkriegen. Mein Mann ist tot.«

Dies mag als Anteilnahme und Trost gemeint gewesen sein, aber es tröstete Harriet überhaupt nicht, die der Frau jetzt nur noch aus dem Weg gehen wollte.

»Ich würde gerne Ihren Mann kennenlernen«, sagte Mrs. Brett. »Bringen Sie ihn am Samstag zum Tee. Ich wohne hier im Hotel: Zimmer Nr. 3, erster Stock. Kommen Sie um vier Uhr.« Und ohne eine Zusage oder Ablehnung abzuwarten, war sie weg.

Harriet beeilte sich, es Guy zu erzählen: »Diese Frau hat uns zum Tee eingeladen.«

»Oh, wie nett!« sagte Guy, für den jeder gesellschaftliche Kontakt besser war als überhaupt keiner.

»Aber das ist die Frau, die sagte, du würdest in ein Gefangenenlager gesteckt werden.«

»Ich bin sicher, sie meinte es nicht böse«, erwiderte Guy zuversichtlich.

Die Pringles wohnten im obersten Stockwerk des Hotels in einem winzigen Zimmer mit Blick auf einen gekachelten Lichtschacht. Das Zimmer war möbliert mit zwei hintereinander stehenden Betten, einem Schrank und einer Frisierkommode. Mrs. Bretts Zimmer, das vorne hinaus lag, war ein Wohnschlafzimmer und vollgestopft mit einem Sessel, einem Tisch und einem großen Bett. Mrs. Brett hatte zwei Gemälde aufgehängt, eines mit Anemonen und eines mit Maiglöckchen, und sie hatte ihr Geschirr auf dem Tisch neben einem großen Schokoladenkuchen aufgestellt.

Guy, der entzückt war, daß jemand ihnen gegenüber eine freundschaftliche Geste gemacht hatte, ging mit solch herzlicher Begeisterung auf Mrs. Brett zu, daß sie sofort ganz aufgeregt wurde, um die beiden herumhüpfte und rief: »Setzen Sie sich. Setzen Sie sich.« Noch ein anderer Besucher befand sich im Zimmer. Es war ein vierschrötiger Mann mittleren Alters, der langsam begann, Gewicht anzusetzen.

»Also wirklich!« jammerte Mrs. Brett. »Ihr zwei großen Männer! Was soll ich bloß mit euch beiden machen? Und«, sie wandte sich mit gespieltem Entsetzen an den Mann mittleren Alters. »Alison Jay sagte auch noch, sie werde hereinschauen.«

»Meine Güte!« murmelte der Mann.

»Das kriegen wir schon hin. Wir haben das früher auch hingekriegt. Mrs. Pringle kann den kleinen Stuhl nehmen – sie ist ein Leichtgewicht; und ich werde Miß Jay den Sessel geben, wenn sie kommt. Jetzt ihr zwei! Hier.« Sie plazierte die beiden Männer nebeneinander auf die Bettkante. »Setzt euch«, befahl sie ihnen. »Ich brauche keine Hilfe.«

Ein Hotelkellner brachte eine Kanne Tee, und während Mrs. Brett die Tassen füllte und jeden Gast mehrmals fragte, ob er Milch und Zucker nehme, sagte der Mann neben Guy durch den Trubel hindurch: »Ich heiße Alan Frewen.«

»Habe ich euch nicht miteinander bekannt gemacht?« rief Mrs. Brett und schob dabei ihren Gästen Tassen zu. »Das sieht mir wieder ähnlich; ich stelle nie jemanden vor.«

Alan Frewen, dessen großer Kopf auf breiten Schultern saß, hatte ein Gesicht, das wirkte, als sei es aus braunem Fels gemacht; allerdings nicht gemeißelt, sondern seine gegenwärtige Form schien das Ergebnis einer Einwirkung von Wasser zu sein. Seine Augen waren von heller Farbe, die durch die dunklen Höhlen noch heller schien, und sie hatten einen wehmütigen Ausdruck. Als er so auf der Kante des Bettes saß und seinen Tee umrührte, trug er die Miene eines geduldigen Leidens zur Schau. Nachdem er seinen Namen genannt hatte, hatte er nichts mehr zu sagen, sondern schaute dauernd voller Unbehagen auf Mrs. Brett, weil sie ständig auf den Beinen war, während er dasaß.

Sie sagte zu Guy: »Dann kommen Sie also gerade aus Rumänien? Sagen Sie uns doch bitte: Sind die Deutschen nun dort oder *nicht?*«

Während Guy ihr antwortete, beobachtete Alan Frewen ihn, und das große, dunkle Gesicht entspannte sich, als ob etwas in Guys Erscheinung und Verhalten seinen Kummer zerstreute. Er beugte sich nach vorne, um zu sprechen, aber Mrs. Brett gab ihm keine Chance. Sie sagte zu Guy:

»Sie sind ein Mann der Organisation, nicht wahr? Ja, Prinz Yakimov erwähnte es. Ich könnte Ihnen über die Organisation ein paar Dinge erzählen. Sie kannten natürlich meinen Mann? Wissen Sie, was sie ihm hier antaten?«

Als Guy »nein« sagte, ließ Alan Frewen ein leises Stöhnen hören, da er wußte, daß er eine Geschichte zu hören bekommen würde, die er schon kannte und nicht mehr hören wollte.

Mrs. Brett ignorierte Frewen und sah Guy an: »Ich nehme an, Sie wissen, daß mein Mann Direktor der Schule war?«

»Tatsächlich? Das wußte ich nicht.«

»Aha!« sagte Mrs. Brett und bereitete dadurch die Pringles schon auf eine grausame Erzählung vor. Sie hielt sie in erwartungsvoller Spannung, während sie die Tassen herumreichte. Alan Frewen beobachtete sie gequält und gleichzeitig fasziniert. Sie setzte sich endlich hin und fing an.

»Mein Mann war Direktor, aber er wurde ausgebootet. Und zwar auf sehr niederträchtige Weise ausgebootet. Sie müssen davon gehört haben.«

»Wir kennen hier nur sehr wenige Leute«, sagte Guy.

»Es war ein Skandal, und es wurde viel darüber geredet. Man sprach auch außerhalb Athens davon. Mein Mann war ein Wissenschaftler, ein sehr begabter Mann.« Sie hielt inne und fixierte Guy vorwurfsvoll. »Aber Sie müssen von ihm gehört haben? Er schrieb eine Geschichte der Venezianischen Republik.«

Besänftigend sagte Guy: »Ja, natürlich«, worauf sie fortfuhr:

»Sie kennen diesen Burschen Gracey, nehme ich an?«

»Ich…«

»Es war Gracey, der ihn hinausintrigierte. Gracey und dieser fiese Kerl von Cookson.«

Harriet sagte: »Wir haben von Cookson gehört. Er scheint hier eine wichtige Persönlichkeit zu sein.«

»Er ist reich, nicht wichtig. Zumindest nicht das, was *ich* wichtig nenne. Er nennt sich selbst ›Major‹. Er mag vielleicht irgendwann einmal in der Armee gewesen sein, aber ich habe da meine Zweifel. Er lebt in großem Stil in Phaleron. Er ist einer von diesen Leuten, die nicht zu arbeiten brauchen, ihre Finger aber überall mit drin haben wollen. Er will Macht; er will Menschen beeinflussen.«

»Und er ist ein Freund von Gracey?«

»Ja, Gracey ist einer von dieser Bande. Als wir am Anfang hierher kamen, lud uns Cookson nach Phaleron ein, aber Percy wollte nicht hingehen. Er war mit seiner eigenen Arbeit beschäftigt *und* leitete die Schule. Er hatte wirklich keine Zeit für Festivitäten, kann ich Ihnen sagen.«

»Wie lange ist das her?«

»Das war, als der Krieg begann. Wir kannten den alten Direktor: ein feiner Mann, ebenfalls ein Wissenschaftler. Er trat in den Ruhestand, als der Krieg ausbrach, und bot Percy die Stelle an. Ich sagte Percy, er solle annehmen. Es war Krieg, und er war kein junger Mann mehr, aber auf diese Art konnte er seinen Teil dazu beitragen. Ich denke, ich hatte recht.«

Mrs. Brett machte eine Pause, und Alan Frewen rührte in seinem Tee, als wollte er selbst zum Reden ansetzen, aber Mrs. Brett vereitelte es wieder. »Nun, Percy übernahm die Schule hier, und alles lief glänzend, bis dieser Gracey auftauchte.«

»Wo kam er her?«

»Aus Italien. Er hatte in der Nähe von Neapel gelebt, irgendeinem reichen italienischen Jungen Privatunterricht erteilt, ein bißchen geschrieben und so weiter; hatte eine tolle Zeit verlebt, stelle ich mir vor, aber er wußte, daß es nicht so weitergehen konnte. Er bekam es mit der Angst zu tun. Er entschloß sich leider, hierherzukommen; dann, als er hier war, suchte er einen Job, und Percy stellte ihn als Abteilungsleiter ein. Oh, was für ein dummer Mensch! Percy, meine ich.« Sie schüttelte den Kopf und schnalzte mit der Zunge gegen die Rückseite der Zähne.

»Er konnte das kaum vorher wissen«, sagte Alan Frewen.

Mrs. Brett stimmte zu, als ob ihr der Gedanke erst jetzt in den Sinn gekommen sei. »Nein, das ist richtig, das konnte er nicht.«

»War Gracey denn nicht qualifiziert?«

»Überqualifiziert. Das war das Problem. Er war nicht gewillt, unter Percy zu arbeiten. Nein, er wollte nicht zweite Geige spielen – er wollte Percys Job. Er suchte Cookson auf und ging ihm um den Bart und sagte: ›Sie können sich selbst davon überzeugen, daß Percy Brett nicht dazu geeignet ist, die Schule zu leiten.‹ Und ich kann Ihnen sagen, es gibt nichts, was Cookson lieber tut, als sich im Mittelpunkt einer Intrige zu befinden. Diese beiden schmiedeten ein Komplott, heckten Pläne aus und erzählten jedem, daß Percy zu alt und für die Arbeit nicht richtig ausgebildet sei. Und Gracey schaffte es, daß Cookson an das Londoner Büro schrieb...«

»Weißt du wirklich, daß das alles so war?« protestierte Alan Frewen sanft.

»Oh, ja.« Mrs. Brett schaute ihn grimmig an. »Ich habe auch meine Spione. Und als nächstes ließ das Londoner Büro einen Inspizienten herfliegen, der überprüfen sollte, ob die Schule ordentlich geleitet wurde. Stellen Sie sich das mal vor!

Ein Inspizient, der seine Nase in Percys Angelegenheiten steckt... Und was meinen Sie, passierte *dann?*«

Mrs. Bretts Stimme war bei dieser tragischen Fragestellung schrill geworden, und als Alan Frewens und Harriets Blick sich trafen, sagte ihr sein mitleidiger Ausdruck, daß Mrs. Bretts Agressivität lediglich der Ausdruck dafür war, daß sie sich unglücklich fühlte.

Düster und müde schlug er die Augen nieder, und Harriet, die gehofft hatte, etwas über Gracey zu erfahren, fing an sich zu fragen, ob das, was sie hörten, mehr war als eine Ausgeburt einer kranken Fantasie. Guy war offensichtlich dieser Meinung. Sein Gesicht war ganz gerötet vor betroffener Anteilnahme, und er wartete gespannt darauf zu erfahren, was als nächstes geschah.

»Percy wurde krank«, sagte Mrs. Brett. »Er wurde gerade dann krank, als der Inspizient eintraf. Stellen Sie sich vor, was das für mich bedeutete: Da schnüffelte ein Inspizient herum, und Gracey und Cookson erzählten ihm alles, was sie wollten, und mein armer Percy war zu krank, um sich zu verteidigen.

Er sagte zu mir: ›Girlie,‹ – er nannte mich immer *Girlie* – ›hätte nie gedacht, daß sie mich so behandeln würden!‹ Wissen Sie, er arbeitete wie ein Pferd. Den Unermüdlichen, nannte ich ihn immer. Er hat aus der Schule etwas gemacht. Alles, was Gracey gemacht hat, war ein florierendes Unternehmen zu übernehmen und es herunterkommen zu lassen. Und der arme Percy! Er war wochenlang krank; neun, zehn Wochen... Er hatte Typhus.« Sie keuchte vor Anstrengung und vor Gefühlsüberschwang, und ihre Stimme wurde immer schwächer. »Und sie haben ihn rausgeworfen. Ja, sie haben ihn rausgeworfen. Ein Bericht wurde losgeschickt, und dann kam ein Telegramm: Gracey bekam die Leitung hier übertragen; Percy sollte einen befristeten Job in Beirut übernehmen. Aber er erfuhr nie davon. Er starb. Ja, wissen Sie, er starb!« Sie blickte Guy an und sagte mit heiserer Stimme: »Ich mache mir selbst Vorwürfe.« Sie ballte eine ihrer plumpen Hände zur Faust, drückte die Fingerknöchel gegen den Mund, und sah dabei Guy weiter an, als ob er alleine verstand, wovon sie sprach. Nach einigen Augenblicken ließ sie die Hände in den Schoß fallen. »Er wollte nie hierherkommen. Ich brachte ihn dazu. Ich habe das gedeichselt... ja, ich habe das gedeichselt, wirklich. Ich schrieb einen Brief und schlug Percy für den Job vor, und deshalb wurde er ihm angeboten. Wissen Sie, wir lebten in Kotor. Ich hatte so die Nase voll davon. Diese engen Straßen, diese schreckliche Bucht. Ich fühlte mich eingeschlossen. Ich wollte in eine große Stadt. Ja, ich war dran schuld. Es war mein Fehler. Ich brachte ihn hierher, und er bekam Typhus.«

Guy legte seine Hand auf die ihre und sagte: »Er hätte überall Typhus bekommen können – sogar in England. Auf jeden Fall überall im Mittelmeerraum. Haben Sie *Tod in Venedig* gelesen?«

Mrs. Brett schaute ihn ausdruckslos an, verdutzt über seine Frage, und um sie abzulenken, fing er an, ihr die Geschichte von Manns Novelle zu erzählen. Als er zum Höhepunkt der Handlung kam, legte er eine dramatische Pause ein. Mrs. Brett dachte, er habe zu Ende erzählt, oder sollte es wenigstens getan haben, und unterbrach ihn: »Als Gracey übernahm, war Percy noch am Leben. Sie warteten nicht einmal ab, bis er tot war.«

Harriet fragte: »Ist das der Grund, weshalb die beiden Dozenten um Versetzung baten?«

»Sie haben davon gehört, stimmt's?« Mrs. Brett wandte sich ruckartig Harriet zu. »Mich würde interessieren, von wem Sie es wissen.?«

»Dubedat und Lush erwähnten es.«

»Die!« sagte Mrs. Brett voller Empörung. »Die sind vielleicht ein sauberes Pärchen!«

»Die sind ganz bestimmt ein sauberes Pärchen«, sagte Harriet, und sie hätte noch mehr gesagt, wenn sie nicht durch ein lautes Pochen an der Tür unterbrochen worden wäre.

»Das ist sie! Das ist sie!« rief Mrs. Brett, sprang mit dem Eifer eines Kindes hoch und riß die Tür auf, daß sie gegen das Bett knallte: »Komm herein! Komm herein!« rief sie überschäumend, und herein kam eine äußerst korpulente Frau.

Die Fülle der Frau wurde noch verstärkt durch ihre weißen

Seidengewänder und ihrem Umhang, der von dem Luftzug zwischen Tür und Fenster wie ein Spinnaker hinter ihr aufgebauscht wurde. Ihre Beine waren in türkischen Hosen, ihre großen Brüste quollen unter einer ärmellosen Jacke hervor, von der meterlange Fransen herunterhingen. Wie sie so dastand und die Mitte des Zimmers füllte, wackelte ihr Fett an ihr herum wie ein Faß, das von ihren Schultern hing.

»Na«, forderte sie. »Wo soll ich mich denn hinsetzen, Bretty?«

»In den Sessel, in den Sessel.« Hocherfreut über die Ankunft des neuen Gastes, erzählte Mrs. Brett den Pringles: »Miß Jay regiert die Englische Kolonie.«

»Tu' ich das?« fragte Miß Jay selbstzufrieden. Sie ließ sich in den Sessel sinken und sah auf ihre großen Bastschuhe hinunter.

Nachdem sie die Pringles vorgestellt hatte, sagte Mrs. Brett: »Ich habe ihnen gerade erzählt, wie Gracey Percy behandelt hat.«

»Mh«, sagte Miß Jay. »Ich dachte mir, ich lass' dich das hinter dich bringen, bevor ich aufkreuze.«

»Ich bin noch nicht fertig.« Mrs. Brett schwang herum zu Guy: »Und was glauben Sie, haben die getan, *nachdem* Percy tot war?«

Beim Versuch, sie abzulenken, sagte Alan Frewen: »Könnte ich noch etwas von diesem köstlichen Tee haben?«

»Wenn das Wasser soweit ist, nicht vorher«, sagte Mrs.Brett und fuhr mit entschlossener Gereiztheit fort: »Nachdem Percy tot war, beschloß ich, eine kleine Party zu geben... einen kleinen Gedenkabend in memoriam...« Der Kellner erschien an der Tür mit dem heißen Wasser. Mrs. Brett nahm ihm die Kanne ab, schlug ihm die Tür vor der Nase zu und fügte mit Bestimmtheit hinzu: »Ein kleiner Gedenkabend in memoriam.«

Miß Jay sagte: »Wie wär's, wenn du mir eine Tasse geben würdest, bevor du wieder anfängst?«

Mrs. Brett bediente grantig ihre Gäste, dann, als der Tee eingeschenkt war, wandte sie sich wieder Guy zu: »Sie verstehen, warum ich Ihnen dies erzähle, nicht wahr? Ich war der Meinung, Sie sollten etwas über die Leute wissen, die diese herrliche Stadt vergiften. Es gibt nicht nur Cookson und Gracey; da ist auch noch dieser Archie Callard.«

Alan Frewen sagte: »Archie kann wirklich lästig sein. Er hat einen etwas absonderlichen Sinn für Humor.«

»Glaubst du, daß das, was sie mit mir gemacht haben, humorvoll sein sollte?«

»Ich weiß es nicht.« Alan Frewen schaute verwirrt drein. »Vielleicht so eine Art makabrer Humor.«

»Makaber? Ja, allerdings, ›makaber‹ ist das richtige Wort! Was glauben Sie, was sie taten?« Mrs. Brett ging direkt auf Guy los: »Als Cookson hörte, daß ich meine kleine Party im King George gebe, arrangierte er am gleichen Abend selbst eine Party. Eine sehr protzige Party. Was halten Sie denn davon? Natürlich hatten sie alle ihre Finger im Spiel: der Major, Callard und Gracey...«

»Oh, ich bin sicher, daß er seine Finger im Spiel hatte. Drei gerissene Kerle verschwören sich gegen eine arme alte Frau! Jeder war zu Cooksons Party eingeladen – außer mir natürlich. Es war die größte Party, die Cookson je gegeben hat.«

»Und Ihre Party war verdorben?« fragte Guy.

»Ich hatte gar keine Party. Niemand kam. Einige meiner besten Freunde ließen mich im Stich, um nach Phaleron zu gehen. Ich habe seither nie mehr mit ihnen gesprochen.«

»Es war wirklich äußerst gemein«, murmelte Alan Frewen.

»Du warst nicht da; du warst nach Delphi gefahren«, entlastete Mrs. Brett ihn. »Und du...« nickte sie in die Richtung von Miß Jay. »Du warst auf Korfu.« Sie lächelte die beiden an, die nicht in Athen gewesen waren, um an dem Verrat teilzunehmen, dann erinnerte sie sich plötzlich an Harriet, drehte sich ihr zu und fragte: »Was halten Sie von alldem, he? Was halten Sie von dieser Sorte Menschen, die wir hier haben?«

Harriet blickte zur Seite, bemerkte, daß Miß Jay sie scharf und kritisch beobachtete, und wußte, daß alles, was sie auch sagte, wiederholt werden würde, aller Wahrscheinlichkeit nach mit Mißbilligung. Sie sagte: »Ich kenne sie nicht, und wir leben so anders. Unsere Erlebnisse ließen uns nicht viel Zeit für gesellschaftliche Probleme.«

»Sie hatten Glück. Ich hätte auch lieber Erlebnisse gehabt«, sagte Mrs. Brett. »Wir alle beneiden Sie.«

Als Harriet in ihr verwelktes, altes Gesicht blickte, sah sie ein Aufflackern von Freundlichkeit, doch Miß Jay sagte trotzig: »Erlebnisse! Der Himmel bewahre uns vor Erlebnissen.«

»Die Pringles sind gerade aus Bukarest gekommen«, sagte Mrs. Brett. »Sie sahen, wie die Deutschen einmarschierten.«

»Ach, tatsächlich!« Miß Jay beäugte die Pringles, als ob sie die Deutschen mitgebracht haben könnten. »Von denen wollen wir hier niemanden sehen.«

Alan Frewen betrachtete Guy mit Interesse und fragte ihn, wie lange er zu bleiben beabsichtige.

Guy sagte: »Solange wir können. Aber es hängt von Gracey ab. Ich kam hierher in der Hoffnung, daß er mich einstellen würde.«

»Und wird er das tun?« fragte Frewen.

»Es sieht nicht so aus. Das Problem ist, daß ich ihn nicht dazu kriege, mich zu empfangen. Sie sagen, er sei zu krank, um irgend jemand zu empfangen.«

Mrs. Brett unterbrach: »Wer hat Ihnen denn das gesagt?«

»Toby Lush und Dubedat.«

»Wie seltsam!« Alan Frewen sah Mrs. Brett an, dann Miß Jay, und sein Gesicht verzog sich wie das Gesicht eines kleinen Jungen, der zu lächeln versucht, während er Prügel bekommt. »Ich glaube nicht, daß Gracey viel fehlt, und du?«

»Das ist er, wie er leibt und lebt«, sagte Mrs. Brett. »Man kommt nicht an ihn ran; er will nicht, daß man an ihn rankommt. Er überläßt alles diesen beiden Flegeln. Es ist skandalös, wie die Schule heruntergekommen ist.«

Alan Frewen lächelte noch immer sein sonderbares Lächeln und sagte: »Ich kenne Colin Gracey recht gut. Wir waren zusammen am King's. Ich könnte vielleicht ein Wort...«

»Ich würde mich da nicht einmischen«, unterbrach ihn Miß Jay mit solcher Entschiedenheit, daß sich Frewen zurückzuziehen schien. Sein Lächeln verschwand, und er sah so verloren aus, daß sich Guy, dessen Hoffnungen zunächst geweckt und dann wieder zerstört worden waren, bemüßigt fühlte, ihn in Schutz zu nehmen.

»Ich nehme an, wir müssen es Dubedat überlassen«, sagte Guy. »Immerhin ist er Graceys Stellvertreter.«

Mrs. Brett fing an zu protestieren, aber Miß Jay hatte von der Unterhaltung genug gehabt. Sie packte ihre Freundin am Arm und sagte: »Ich habe von einer Wohnung gehört, die dir gefallen könnte.«

»*Nein?*« rief Mrs. Brett vor Aufregung, und Guys Probleme waren vergessen.

»In Lykabettos. Zwei amerikanische Mädchen haben sie im Moment. Sie fahren mit dem nächsten Schiff. Sie vermieten sie möbliert weiter. Sie suchen jemand, der ein Auge auf ihre Siebensachen hat, jemand Zuverlässigen. Sie verlangen nicht viel dafür.«

»Das wär' genau das Richtige für mich.«

Während Mrs. Brett mit ihrer Freundin über die Wohnung diskutierte, schaute Alan Frewen auf seine Armbanduhr, und Harriet zwinkerte Guy zu. Die drei erhoben sich. Miß Jay blickte sie heiter an, froh darüber, sie gehen zu sehen, wohingegen Mrs. Brett ihren Aufbruch kaum zur Kenntnis nahm.

Frewen blieb auf dem Treppenabsatz stehen und betrachtete die Pringles, als ob er etwas zu sagen hätte. Als er nichts sagte, beschloß Guy hinunterzugehen und an der Rezeption zu fragen, ob eine Nachricht für ihn da sei. Sie stiegen die Treppe gemeinsam hinab. Unten sprang ein schwarzer Retriever, der an den Geländerpfosten gebunden war, hoch und veranstaltete eine Begrüßungsorgie.

Daraufhin gelang es Frewen, sein Schweigen zu brechen: »Das ist Diocletian.« Er band die Leine los, setzte eine dunkle Brille auf, um sich gegen das Zwielicht der Straße zu wappnen, machte aber keine Anstalten zu gehen. Er hielt seinen Hund nah bei sich, stand da, das Gesicht von der dunklen Brille fast verdeckt, und konnte immer noch nicht sagen, was er sagen wollte.

Während sie ihn beobachtete, dachte Harriet: »Ein rätselhafter, verschlossener Mann.«

An der Rezeption war nichts für Guy, und als sich die Pringles verabschiedeten, sagte Alan Frewen endlich: »Kennen Sie die Akademie? Es war früher die Amerikanische Akademie für Altertumswissenschaften, doch die Amerikaner gingen nach Hause, als der Krieg anfing. Jetzt ist es eine Pension für alleinstehende Burschen wie mich. Ich habe gerade überlegt, ob Sie nicht mal rauskommen und mit mir Tee trinken könnten?«

»Aber natürlich«, sagte Guy.

»Wie wär's mit Donnerstag? Es ist zwar ein Werktag, aber ich habe nicht viel zu tun. Ich bräuchte nicht vor sechs ins Büro zurück.«

»Was arbeiten Sie?« fragte Harriet.

»Ich bin der Information Officer.«

»Yakimovs Chef?«

»Ja, Yakimovs Chef.« Alan Frewen lächelte sein schiefes Lächeln und, da die Einladung nunmehr sicher übermittelt war, ließ er sich von seinem Hund davonziehen.

4

Harriet wurde normalerweise von der ersten Straßenbahn geweckt. Am Donnerstagmorgen wurde sie jedoch von einem jaulenden Klageton geweckt, der an- und abschwoll, an- und abschwoll und schließlich sogar Guy aus dem Schlaf riß. Guy hob den Kopf vom Kissen und sagte: »Was in aller Welt ist das?«

In der Zwischenzeit hatte Harriet sich daran erinnert, was es war. Sie hatte es in Wochenschauen gehört. Es war die Luftschutzsirene.

Sie zog ihren Morgenmantel an und ging auf den Treppenabsatz hinaus, zu dem Fenster, das auf die Straße hinuntersah. Die Geschäfte wurden gerade aufgemacht, und die Ladenbesitzer waren aus den Türen herausgetreten. Männer und Mädchen, die zur Arbeit gingen, waren stehengeblieben, um miteinander zu sprechen, und alle gestikulierten sie verwirrt oder entsetzt. Menschen rannten die Hoteltreppen hinunter. Harriet wollte fragen, was los war, aber niemand nahm sich für sie Zeit. Als der Sirenenton endgültig abschwoll und in einem letzten Schluchzen erstarb, kam eine Gruppe Polizisten aus der Richtung des Platzes gerannt. Sie brüllten im Laufen, und einige hatten ihre Revolver herausgenommen und fuchtelten damit herum, als ob sie eine Revolte anzetteln wollten. Innerhalb einer Minute waren all die nichtsahnenden, erstaunten Zuschauer in Geschäfte und Eingänge zurückgedrängt worden. Autos wurden angehalten und ihre Insassen wie alle anderen in die Häuser geschickt. Die Polizisten rannten weiter, wobei sie allen erdenklichen Lärm machten, und liefen die Straße leer hinter sich zurück.

Es war ein schöner, milder Morgen. Harriet zog das Fenster hoch und lehnte sich hinaus, sah aber nur eingesperrte Gesichter, verlassene Gehwege, stehengelassene Autos.

Der Situation angemessen, sprang Guy in seine Alarmkleidung, bestehend aus Hose und Pullover, und rief zu Harriet hinüber: »Ist dort unten etwas los?«

»Die Polizei hat die Straße geräumt.«

»Es muß sich um einen Angriff handeln.«

»Gehen wir runter und finden es raus.« Harriet sprach mit der Ruhe einer alten Kämpin. An Unruhen gewöhnt, kleidete sie sich an mit dem Gefühl, daß sie in die Realität zurückkehrte, und als sie die Treppen hinunter in die Halle rannten, wußte sie, was sie zu erwarten hatte. Sie hätte den Schauplatz beschreiben können, noch bevor sie ihn sah, denn sie hatte dies schon zuvor einmal am Abend einer Krise in einer Hotelhalle in Bukarest erlebt.

Aber hier gab es jemanden, den sie kannte. Mrs. Brett, in einem Morgenmantel, das Gesicht gerötet, sprach jeden an, wobei ihr graubrauner Zopf umherhüpfte, da sie den Kopf ruckartig von einer Seite zur anderen bewegte.

Der Portier war am Telefon, sprach Griechisch mit ein paar englischen Wörtern, und seine freie Hand schlug auf den Tisch, um zu betonen, was er sagte. Die anderen Gäste, Engländer, Polen, Russen und Franzosen plapperten schrill durcheinander, während von außen der Crescendo der Entwarnung zu hören war.

Als sie die Pringles sah, rief Mrs. Brett: »Wir sind im Krieg.

Wir sind im Krieg.« Als sie das sagte, ließ der Hoteldiener den Hörer auf den Rezeptionstisch fallen, breitete die Arme aus, als wolle er jeden umarmen und sagte: »Wir sind eure Verbündeten. Wir kämpfen an eurer Seite.«

»Ist das nicht großartig!« sagte Mrs. Brett.

Dieses Gefühl des Großartigen beherrschte die Hotelhalle, so daß man den Eindruck gewann, daß sich insgeheim jeder danach gesehnt hatte, seinen aktiven Beitrag zum Krieg zu leisten und nun die Erfüllung dieser Sehnsucht verspürte. Weil sie Engländer waren, wurde den Pringles von Menschen gratuliert, die ihnen vorher keinen Blick gegönnt hatten. Sie hörten immer und immer wieder, wie der griechische Premierminister um drei Uhr morgens vom italienischen Gesandten geweckt worden war, der ihm sagte, er hätte ein Ultimatum zu überbringen. »Kann man das nicht zu einer anständigen Tageszeit überbringen?« fragte Metaxas. Als er dann aber sah, daß es sich um die Forderung handelte, Griechenland sollte eine italienische Besetzung akzeptieren, sagte er ohne auch nur einen Augenblick zu zögern: »Nein.«

»Oichi«, sagte der Portier. »Er sagte ›Oichi‹.«

Mrs. Brett erklärte, daß Mussolini ebenfalls seine Triumphe brauchte. Er hatte sich ein kleines Land ausgesucht, in der Annahme, ein kleines Land sei ein schwaches Land, und er bräuchte nur eine Forderung zu stellen und die Griechen würden sich unterwerfen. Aber Metaxas hatte »nein« gesagt, und deshalb war Griechenland, mitten in der Nacht und während die Athener schliefen, in den Krieg eingetreten.

»Ja, ja, ja!« seufzte Mrs. Brett, erschöpft vor Glücksgefühl und Aufregung, und fuhr die Pringles vorwurfsvoll an: »Sie sehen, Sie sind nicht die einzigen, die Abenteuer erleben. Auch hier geschieht etwas.« Sie schickte sich an, nach oben zu gehen, drehte sich dann um und rief: »Schon etwas von Gracey gehört?«

»Leider nein«, sagte Guy.

»Na, jedenfalls: Bleiben Sie hier. Seien Sie wie Metaxas! Bleiben Sie standhaft. Sagen Sie ihm, daß er Ihnen einen Job geben muß. Wenn ich noch mit ihm reden würde, würde ich es ihm selbst sagen.«

Guy erwähnte, daß sie diesen Nachmittag zu Alan Frewen zum Tee gingen. Mrs. Brett sagte, daß auch sie eingeladen wurde, daß aber Miß Jay sie mitnehmen würde, um die versprochene Wohnung anzusehen.

»Gehen Sie nur hin«, drängte sie Guy. »Er wird Sie Gracey vorstellen.«

»Das glaube ich nicht. Er sagte nichts von Gracey.«

»Oh, er wird es tun; Gracey lebt dort oben. Er wohnt in der Akademie. Alan wird sich etwas einfallen lassen – Sie werden sehen! Cookson glaubt, er ist hier der einzige Macher, aber das ist er nicht. Vieles geschieht in meinem kleinen Zimmer, von dem er nichts weiß.« Sie stieß ein hohes, kreischendes Gelächter aus und rief über die Schulter: »Oh, ja. Ich bin auch ein Macher.«

Das Geld der Pringles war fast zu Ende. Sie hatten gerade noch genug, um ihre Hotelrechnung zu bezahlen und Zwischendeckkojen auf dem Schiff zu kaufen, das am Samstag auslaufen würde; aber aus der Inspiration des Augenblicks heraus beschlossen sie, auf das Hotelfrühstück zu verzichten und statt dessen so bald wie möglich auszugehen und Kaffee im Sonnenschein zu trinken. Die Straßen waren voller Menschen, die Glückwünsche austauschten, als sei der erste Tag eines Urlaubs und nicht der erste des Krieges. Es schien Anlaß zum Jubeln zu sein, bis die Pringles Yakimov trafen, der sein Fahrrad den Berg hinaufschob, wobei ein düsterer Blick sein langes Kamelsgesicht noch länger werden ließ.

In der Vergangenheit war er durch jede Krise mit dem Optimismus des Uniformierten gegangen. Jetzt, wo er im Informationsbüro arbeitete, blieb ihm nichts verborgen.

»Die Griechen werden keine zehn Tage durchhalten«, sagte er.

»Ist es so schlimm?« fragte Guy.

»Viel schlimmer. Keine Armee. Keine Luftwaffe. Nur ein einziges Schiff, das den Namen verdient. Und die Ittaker sagen, sie wollen uns vom Erdboden bomben. Was wird aus uns werden, möchte ich mal wissen? Die lassen einen doch in diesen Kriegsgefangenenlagern verhungern.«

»Wir werden doch evakuiert werden?« sagte Harriet.

»Weiß ich nicht. Kann ich nichts dazu sagen. Das kommt darauf an.«

Als sie die Höhe der Universitätsstraße erreicht hatten, schob er sein Fahrrad an, sprang auf, landete irgendwie im Sattel, saß mit der wackligen Würde eines Vogels auf der Stange droben und fuhr in Schlangenlinien davon.

Die Pringles kannten Yakimov und wußten, daß sie sich auf nichts verlassen konnten, was er sagte. Sie kauften eine englische Zeitung, die die neue Front mit Optimismus kommentierte und die Tatsache groß aufmachte, daß die Briten Hilfe versprochen hatten.

Harriet sagte: »Was immer geschieht, ich möchte hierbleiben. Du nicht?«

Sie war sich seiner Antwort sicher und war daher entsetzt, als er erwiderte: »Ich möchte mehr denn je bleiben, aber...«

»Aber, was?«

»Ich kann nicht für einen Mann wie Gracey arbeiten.«

Ihr wurde klar, daß Mrs. Brett das Problem war. Als Harriet nach dem Teetrinken Guy gefragt hatte, was er von Mrs. Bretts Geschichten hielt, wollte er sich nicht über sie auslassen. Gefangen in dem Konflikt zwischen seinem Wunsch hierzubleiben und der Tatsache, daß er nur durch Graceys Gunst bleiben konnte, mußte er zunächst nachdenken.

»Dann glaubst du also alles, was sie sagte?« fragte Harriet.

»Ich kann mir nicht vorstellen, daß sie es erfunden hat.«

»Es mag etwas Wahres dran sein, aber ich hatte das Gefühl, sie ist ein bißchen verrückt. Wenn wir die ganze Wahrheit wüßten, würden wir bestimmt feststellen, daß es ganz anders war.«

»Ich weiß nicht. Sie mag übertrieben haben, aber die anderen haben Gracey auch nicht verteidigt. Er scheint ziemlich widerwärtig zu sein.« Bei dem Gedanken an Gracey schaute Guy zornig und trotzig drein, und Harriet wußte, daß er in dieser Stimmung keinen Versuch unternehmen würde, ihn für sich einzunehmen. Guys Fähigkeit, Menschen für sich zu gewinnen, funktionierte nur bei Menschen, für die er Achtung empfand. Er war nicht in der Lage, sich zu verstellen. War er erst einmal von der Richtigkeit seiner moralischen

Prinzipien überzeugt, konnte er stur sein. Sobald er Gracey verachtete oder Grund dazu hatte, im gegebenen Fall seine eigene Integrität anzuzweifeln, war ihre Sache so gut wie verloren.

Allmählich sah sie sich schon auf dem ägyptischen Schiff, das in zwei Tagen abfuhr.

Bis Mittag war das erste Beifallsgeschrei über den Kriegseintritt verklungen. Als die Pringles sich aufmachten, um die Akademie zu suchen, waren bereits Nachrichten über einen Luftangriff auf die Fabriken in Eleusis eingetroffen, und ein Gerücht besagte, daß Patras bombardiert worden sei. Athen war soweit unversehrt geblieben und in der bleiernen Schwere des Nachmittags versunken.

Die Pringles folgten den Angaben des Portiers und gingen auf der Hauptstraße in Richtung Kifissia. Sie waren alleine auf dem langen, breiten, sonnenweißen Gehsteig, als ein LKW-Konvoi voller Wehrpflichtiger auf der Fahrt zum Bahnhof an ihnen vorbeifuhr. Die Pringles winkten und riefen »Viel Glück«, und die jungen Männer erkannten sie als Engländer und riefen zurück: »Zito the British navy« und »Zito Hellas«. Und während Harriet rief und winkte, beugte sich einer der Männer herunter und sagte auf englisch: »Wir sind Freunde.« Als sie seine dunklen, begeisterten Augen sah, war sie ganz hingerissen vom Glorienschein des Krieges und warf sich Guy um den Hals und rief: »Es ist wundervoll!«

Guy drängte sie weiter und sagte: »Sei nicht albern. In einer Woche sind sie vielleicht alle schon tot.«

»Ich will nicht nach Ägypten«, sagte sie, aber er weigerte sich, das Thema zu diskutieren.

Die Akademie kam ins Blickfeld: ein großes Gebäude im italienischen Stil, ockerfarben und weiß gestrichen, auf einem Gelände, das die Sonne zu einem gleichmäßigen Gelbbraun ausgetrocknet hatte.

Alan Frewen wartete auf sie im Gesellschaftsraum. Er eilte ihnen entgegen, und sein Hund folgte ihm auf den Fuß. Seine Stimmung entsprach den aufregenden Ereignissen des Tages, und er sagte: »Ich bin froh, daß Sie so bald gekommen sind. Möglicherweise muß ich nochmals ins Büro, wahrscheinlich aber nicht. Im Moment ist der Information Service nicht viel mehr als ein Witz, aber wenn die Griechen auf irgendeine Weise Widerstand leisten, dann müssen wir unsere Ärmel hochkrempeln.«

»Können denn die Griechen überhaupt Widerstand leisten?« fragte Guy. »Haben sie denn irgendwas, mit dem sie Widerstand leisten können?«

»Nicht viel, aber sie haben Kampfgeist; und damit haben sie schon viel schlimmere Zeiten überstanden.«

Während Alan redete, sah sich Harriet um. Sie verspürte eine nervöse Spannung, weil sie sich in Graceys Umfeld aufhielt, und sie wollte die anderen Insassen des riesigen Raumes sehen, die auf ausgeblichenen Sesseln und Sofas saßen und den Eindruck vermittelten, einander gut zu kennen, gleichzeitig aber unbeteiligt und distanziert zu sein, wie Menschen, die zwar zusammen in einer Gemeinschaft existierten, aber ihr Leben voneinander abschotteten. Der Raum selbst war durch die Intensität des Lichtes so ausgebleicht wie der Garten. Sogar die Bücher in den Bücherschränken aus Pechkiefer hatten alle die gleiche Farbe, und die Büsten, die von oben herabschauten, waren staubig und so fahl wie alles andere. Sie machte eine Bewegung auf einen Bücherschrank zu, aber Alan hielt sie zurück und sagte: »Alles verschlossen. Wir sind hier zwar in der Akademie, gehören aber nicht dazu. Die Studenten ließen ihr *Material* zuück, aber wir dürfen es natürlich nicht anfassen.«

Er führte sie auf die Terrasse hinaus, wo Stühle und Liegestühle, ausgebleicht wie alles andere, Risse von der Sonne bekamen. Steinstufen führten zu einem Garten hinunter, wo von den Blumenbeeten nicht mehr übrig war, als ein Gewirr dürrer Stengel. Der Rasen dahinter war vom Glutofen des Sommers verbrannt und rissig. Die Tennisplatze waren von Olivenbäumen, Pinien und Zitrusbäumen abgeschirmt. Der Wind, der über die Terrasse wehte, war von einem klebrigen Duft erfüllt – einzigartig und aufreizend –, der von den Pinien stammte und vom Laubwerk, das ausgedörrt und zu Pulver zerfallen war.

»Das ist der Duft Griechenlands«, sagte Harriet.

Alan Frewen nickte behäbig: »Das könnte er sein.«

»Können wir hier draußen Tee trinken?«

»Das dürfen wir leider nicht. Miß Dunne – die hier die Entscheidungen trifft – sagt, es mache zuviel Arbeit für die Mädchen. Die Mädchen sagen, ihnen wäre es egal, aber Miß Dunne sagt nein.« Eine Glocke läutete, und sie gingen hinein und setzten sich neben die Glastüren. Tee und Kuchen wurden gebracht, und Alan sagte: »Ich bin froh, daß Sie hier sind und mir beim Kuchenessen helfen. Als ich hörte, daß das letzte Schiff ausgelaufen war, befürchtete ich schon, daß Sie an Bord wären.«

»Das letzte Schiff? Meinen Sie das Schiff, das am Samstag auslief?«

»Ja. Es wird kein weiteres geben. Die Ägypter wollen ihre Schiffe nicht riskieren, und wer kann es ihnen verdenken? Heute früh lief noch ein Schiff aus, und das Personal der Reederei schloß das Büro und fuhr mit. Mir wurde gesagt, daß ein paar besonders clevere Leute es schafften, an Bord zu kommen, obwohl ich nicht weiß, von wem sie die Information gekriegt haben könnten.«

Guy sagte: »Es gibt doch bestimmt griechische Schiffe?«

»Nein. Jedenfalls keine für Zivilisten. Griechenland befindet sich jetzt im Kriegszustand.«

»Und auch keinen Flugverkehr?«

»Es hat nie einen Flugverkehr mit Ägypten gegeben.«

Harriet sah Guy an und lachte: »Freiheit ist die Anerkennung des Zwanges.«

»Was ist mit Saloniki?« fuhr Guy unbeirrt fort. »Es muß doch einen Zug nach Istanbul geben?«

»Das ist eine Kriegszone oder wird es bald sein. Egal, es wurde eine Anweisung herausgegeben: Ausländern ist es nicht erlaubt, Athen zu verlassen. Eine Ausnahmegenehmigung für Saloniki wird man Ihnen vielleicht verweigern.«

»Ist das möglich?«

»Während eines Ausnahmezustandes ist hier alles möglich. Griechische Beamte sind sehr argwöhnisch.«

»Also können wir nicht weg? Niemand kann weg?«

»Vielleicht gibt es irgendwann mal ein Evakuierungsschiff. Die Gesandtschaft meint, man sollte die englischen Frauen und Kinder fortschicken. Ich weiß es nicht. Bisher ist noch nichts arrangiert worden. Falls Mrs. Pringle fort möchte, könnte ich ihr wahrscheinlich eine Schiffspassage besorgen.«

Harriet sagte: »Ich bleibe hier, wenn ich kann.«

»Das ist die richtige Einstellung. Und überhaupt, was soll dieses Gerede über Züge nach Istanbul? Ich dachte, Sie wollten hier bleiben?«

»Schuld daran sind Mrs. Bretts Geschichten. Guy gefällt die Vorstellung nicht mehr, für Gracey zu arbeiten.«

»Oh!« Alan Frewen rieb die Spitze seines Schuhs auf dem Rückgrat seines Hundes auf und ab und lächelte gequält vor sich hin, während sich der Hund vor Behagen dehnte und streckte. Er dachte einige Augenblicke lang nach und sagte: »Mrs. B. hat da einen Tick. Sie erzählt dauernd Geschichten von Cookson und seinem Zirkel. Ich meine, Brett wurde zwar gemein behandelt, aber er war ein alter Kauz und total unfähig, die Schule zu leiten. Die ganze Arbeit wurde von den beiden Dozenten getan, die ihn mochten. Sie gingen, als Gracey die Leitung übernahm, aber ich glaube, das wissen Sie schon.«

Harriet sagte: »Was war das für eine Geschichte mit dieser Gedenkfeier?«

»Es war eine Brüskierung, aber eine von ihr provozierte. Sie war verschiedene Male auf eine unverzeihliche Weise unverschämt gegenüber Cookson. Sie beschuldigte ihn praktisch, ihren Mann ermordet zu haben. Sie ist ein bißchen hysterisch. Sie haben es ja selbst gesehen.«

»Wenn Sie in Athen gewesen wären, wären Sie dann zu Cooksons Party gegangen?«

Frewen runzelte bei Harriets Frage leicht die Stirn, lächelte dann aber wieder: »Vielleicht. Wissen Sie, es wäre eine schwierige Entscheidung gewesen. Cooksons Partys sind schon großartig.«

Guy sagte voller Überzeugung: »Ich bin sicher, Sie wären nicht gegangen. Kein anständiger Mensch würde eine einsame, alternde Frau auf diese Weise behandeln.«

Frewens Lächeln verschwand. Er warf Guy einen langen, spöttisch-fragenden Blick zu, aber noch ehe er etwas sagen konnte, kam eine Frau mittleren Alters in Shorts und mit einem Tennisschläger unter dem Arm durch die Glastür herein. Sie war erhitzt und verschwitzt, atmete schwer, trug eine Brille, hatte eine stämmige Figur und unordentliches, fuchsrotes Haar. Sie begrüßte ein, zwei Männer mit einer schrägen Grimasse, rollte dann, als sie die Fremden entdeckte, erschrocken und verlegen mit den Augen und rannte aus dem Zimmer.

»Wer war das?« flüsterte Harriet.

»Das ist Miß Dunne, die gnadenlose Sportlerin.«

»Arbeitet sie in der Gesandtschaft? Was macht sie?«

»O etwas so streng Geheimes, daß man sie angeblich mit verbundenen Augen zur Arbeit führt. Aber ich weiß es nicht, und ich würde auch nicht wagen zu fragen. Sie ist eine Waschechte, vom Auswärtigen Amt losgeschickt. Die meisten von uns haben nur einen befristeten Job, das heißt, sie rangiert etwas über uns.«

Harriet flüsterte: »Pinkrose.« Guy sah schnell auf. Sie beobachteten, wie Pinkrose mit einer Kuchenschachtel den Raum durchquerte. Er setzte sich nieder, stellte die Schachtel sehr vorsichtig auf den Tisch und öffnete sie. Als sein Tee kam, nahm er drei Stücke garnierte Torte heraus, legte sie sich auf einem Teller zurecht und studierte sie. Er wählte eines aus, balancierte es auf einen kleineren Teller, überlegte es sich anders, transportierte es wieder auf den großen Teller zurück und studierte die drei erneut.

Harriet fragte Alan Frewen: »Kennen Sie ihn?«

»Den kenne ich allerdings. Er ist so was wie ein Kollege von mir.«

»Sie meinen, er hat einen Job gefunden?«

»Ja, obwohl Job der falsche Begriff ist. Er ist irgendwie ins Informationsbüro geraten. Ich haben ihm einen Schreibtisch in der Nachrichtenredaktion gegeben, und er werkelt dort herum. Das ermöglicht es ihm, hier zu wohnen. Er hat denen in der Gesandtschaft erzählt, daß er sich kein Hotel leisten könne.«

»Sie scherzen doch, oder?«

»Nein. Er hätte nach England zurückgekonnt. Es gab ein Schiff von Alex aus um das Kap herum, aber es war ihm zu gefährlich. Er sagte, er habe eine zarte Konstitution und würde in einem angenehmen Klima den anderen weniger zur Last fallen.«

»Möglicherweise bereut er es jetzt.«

»Wenn er das tut, beeinträchtigt es jedoch nicht seinen Appetit.«

Nach dem Tee spazierten sie mit dem Hund im Garten umher, und als sie durch die Limonenbäume, die der Auffahrt Schatten spendeten, zurückkamen, sagte Alan zögernd: »Ich habe Gracey gegenüber erwähnt, daß Sie heute nachmittag hier sein würden. Er schlug vor, daß Sie ihn vielleicht gegen sechs aufsuchen könnten. Wenn Sie nicht wollen, kann ich Sie natürlich auch entschuldigen.«

Guy wurde rot, und kurz darauf sagte er: »Das ist sehr freundlich von Ihnen.«

»Oh, nein. Ich habe es wirklich nur so nebenbei erwähnt. Es war seine Idee.«

»Ich werde natürlich hingehen. Ich bin Ihnen sehr dankbar.«

»Ich bringe Sie hinauf zu Graceys Zimmer, aber ich kann nicht bleiben. Ich muß ins Büro zurück.«

Graceys Tür war am Ende des langen Ganges im oberen Stockwerk. Alan klopfte. Die Stimme, die zum Eintreten aufforderte, war fest, melodisch und hatte einen schönen Klang.

Bei dem Zimmer handelte es sich um ein Eckzimmer mit Fenstern, die nach Norden und Osten auf die Gärten hinausschauten. Zwischen den beiden Fenstern lag Gracey auf einem kleinen Sofa ausgestreckt; nahe bei sich hatte er einen Tisch und um sich herum Stühle.

Er begrüßte sie mit hoher Stimme: »Ah, kommen Sie doch herein! Setzen Sie sich! Wie schön, die beiden jungen Leute endlich kennenzulernen! Alan, seien Sie so gut und gießen Sie uns einen Sherry ein! Die Flasche ist auf der Kommode.«

Nachdem er die Gläser herumgereicht hatte, sagte Frewen, daß er gehen müsse.

»So bald schon?« Gracey klang sehr enttäuscht. »Haben Sie derartig viel zu tun?«

»Leider überhaupt nicht. Ich wünschte, es wäre so. Die Situation verlangt, daß etwas getan wird, und wir wissen nicht, was wir tun sollen. Aber wir müssen wenigstens den Schein wahren. Ich glaube, ich schaue lieber mal vorbei.«

Gracey zog die Verabschiedung in die Länge, also ob er es nicht ertragen könne, sich von Alan zu trennen; als sie sich dann endlich getrennt hatten, stützte er sich auf und beugte sich ernst nach vorn zu Guy: »Sie müssen mir von Ihrer Flucht aus Bukarest erzählen. Ich möchte jede Einzelheit wissen.«

Er sprach, als ob ihre sichere Ankunft für ihn eine große Erleichterung gewesen sei, und die verwunderten Pringles wußten nicht, was sie sagen sollten. Ihre Flucht war vorbei und abgeschlossen, die Einzelheiten verloren an Wichtigkeit. Keiner wußte, was jetzt gerade in Rumänien geschah. Eine Tür hatte sich hinter ihnen geschlossen, und sie mußten sich jetzt um andere Probleme kümmern.

Guy war unbeholfen, weil er Gracey mißtraute, aber er tat sein Bestes, um den Zusammenbruch Rumäniens zu beschreiben, während Harriet den Mann beobachtete, der, wie ihnen gesagt wurde, zu krank gewesen war, um sie zu empfangen. Der Art und Weise nach, wie sein langer, anmutiger Körper auf dem Sofa lag, war Gracey Invalide, aber der Eindruck, den er machte, war der von vollkommener Gesundheit, ja beinahe vollkommener Jugend. Sie hatte das Gefühl, daß dieser blonde Kopf eine geradezu schockierende Attraktivität besaß. Es dauerte einige Minuten, ehe diese Wirkung allmählich nachließ. Um seine Augen waren Falten, seine Wangen waren im Verhältnis zu seinen übrigen Gesichtszügen zu voll, und sein Haar war nicht von der Sonne, sondern vom Alter ausgebleicht. Er mußte vierzig oder älter sein; vielleicht fünfzig. Sie versuchte, sich ihn mumifiziert vorzustellen: Er hätte unheimlich alt sein können; jemand, bei dem der Alterungsprozeß fast, aber nicht vollständig, angehalten worden war. Während er Guy ansah und ihm zuhörte, erstarrte sein Lächeln auf seinem Gesicht.

Guys Befangenheit machte die Sache schwierig. Auch wenn er Mrs. Bretts Geschichten nicht gehört hätte, wäre er nicht in Bestform gewesen. Er war ein Mensch, dessen Charme und Vitalität am deutlichsten dann zutage traten, wenn er selbst sie versprühte. Jetzt, wo er von Graceys Großzügigkeit abhängig war, schwand sein Elan.

Gracey ließ ihn sich noch etwas länger abmühen und dann fragte er: »Sie haben natürlich Lord Pinkrose kennengelernt?«

»Ja.«

»Er schaut vielleicht heute abend vorbei. Ich bin sicher, er wird entzückt sein, Sie zu sehen. Meine Freunde sind so nett. Major Cookson ist besonders nett. Sie kommen alle nach dem Abendessen, um mich aufzuheitern. Manchmal ist hier alles voll.«

Gracey nippte an seinem Sherry. Dann, als sei der richtige Augenblick gekommen, fragte er – und stellte die Frage wie eine Falle: »Was genau haben Sie in Bukarest gemacht?«

Guy war überrascht, antwortete aber sanft: »Ich war der Assistent von Professor Inchcape, der die Englische Abteilung der Universität Bukarest leitete. Als der Krieg ausbrach, wurde er Leiter der britischen Propaganda für den Balkan, und ich leitete die Abteilung. Zu dieser Zeit war sie natürlich schon um einiges kleiner.«

»Natürlich. Und unser Freund Dubedat? Was für eine Rolle spielte er bei alldem?« Gracey beugte sich wieder nach vorn zu Guy, und sein Lächeln ermutigte zu vertraulichen Mitteilungen.

Guy antwortete steif: »Dubedat hat Ihnen doch bestimmt erzählt, was er gemacht hat?«

Gracey lehnte sich zurück, beantwortete die Frage nicht, schien aber darüber nachzudenken und sagte dann: »Ich bin Dubedat dankbar; und Lush eigentlich auch. Sie haben sich als unbezahlbar erwiesen. Als ich meinen Unfall hatte, übernahmen sie die Arbeit und ermöglichten es mir dadurch, mich in Ruhe und Frieden wieder zu erholen. Sie haben vielleicht davon gehört, daß es hier ein paar Probleme gegeben hatte. Zwei Dozenten gingen weg. Sie hatten Brett sehr gemocht. Er war ein hoffnungsloser Direktor, dennoch ein netter alter Knabe, und seine Leute waren mir gegenüber voreingenommen. Deshalb gingen sie, und ich stand da und mußte mit dem Ganzen allein fertig werden. Das Londoner Büro konnte keinen Ersatz besorgen. Als Dubedat und sein Freund auftauchten, habe ich mich nicht besonders genau nach ihrer Lehrererfahrung erkundigt. Ich war froh, sie zu bekommen.«

Graceys Tonfall implizierte, daß er sich jetzt erkundigte. Er schaute erwartungsvoll Guy an, doch der sagte bloß: »Ich verstehe.«

In etwas schärferem Ton sagte Gracey: »Ich habe nie die Zusammenarbeit mit ihnen bereut; ich frage mich nur, warum Sie sie gehen ließen.«

»Sie zogen es vor zu gehen«, sagte Guy.

»Ach?« Gracey betrachtete Guy mit lebhaftem Interesse. »Ich nehme an, es hat Eifersüchteleien gegeben. Dubedat und Lush sind rührige Burschen; neigen vielleicht dazu, sich zuviel aufzubürden. Immerhin wurden sie nicht offiziell eingestellt. Vielleicht hatte sie jemand aus dem Weg haben wollen? Am ehesten Professor Inchcape?«

Guy sagte: »Professor Inchcape kannte sie kaum. Sie wurden von mir eingestellt.«

Gracey bedachte Guy noch immer mit seinem warmen Lächeln und sagte: »Die Geschichte scheint sich jedenfalls so abgespielt zu haben: Sie erhielten die übliche Order, das Land zu verlassen, und niemand unternahm etwas zu ihren Gunsten. Man ließ sie einfach gehen.«

»Das haben sie Ihnen erzählt?«

Gracey war perplex. »Irgend jemand hat mir das erzählt. Es ist so lange her, daß ich die Einzelheiten schon fast vergessen habe.«

»Darf ich fragen«, fragte Guy, »ob Dubedat erwähnt hat, daß ich in der Hoffnung nach Athen gekommen bin, daß die Organisation mich hier brauchen könnte?«

»Ja. Oh, ja. Dubedat ließ mich wissen, daß Sie stark daran interessiert sind zu bleiben.« Gracey setzte sich auf und sah, wie in Trance, aus dem Fenster, wo die Sonne sich hinter die

Olivenbäume geschoben hatte und das Licht durch die kleinen, silbergrauen Blätter gebrochen wurde.

»Ich habe nicht die Absicht zu kritisieren«, sagte er. »Sie waren Ihrem Professor gegenüber verantwortlich; ohne Zweifel stimmte er zu. Aber glauben Sie nicht, daß es bei Ihnen in Bukarest etwas gemangelt hat an – ja, woran eigentlich? Sagen wir mal an *Seriosität?* Nun, um es anders auszudrücken: War es nicht ein wenig, ein ganz klein wenig unangebracht, ausgerechnet während der schwärzesten Tage des Zusammenbruchs von Frankreich ein Theaterstück zu inszenieren.«

Von dieser Kritik überrascht, wurde Guy rot und sagte: »Nein, ich...« Aber Gracey fuhr fort: »*Und* zu einem Zeitpunkt, wo Ihre Studenten englisches Grundwissen benötigten, um in englischsprechende Länder zu kommen?«

»Ich nehme an, daß Dubedat Ihnen erzählt hat, daß er selbst in dem Stück mitgespielt hat?« sagte Harriet.

Guy machte eine Bewegung mit der Hand, um sie zum Schweigen zu bringen. Dubedats Rolle in dem Stück war ein irrelevanter Punkt, auf dem er nicht herumreiten wollte. Da Guy stets gewillt war, mehr zu arbeiten als die meisten, und da er sich seiner eigenen Integrität bewußt war, war er schon seit Jahren nicht mehr an Kritik gewöhnt, und er neigte dazu, sich als darüber erhaben zu betrachten. Aber er war bereit, die Berechtigung von Graceys Kritik zu akzeptieren und sagte nur: »Gehe ich dann recht in der Annahme, daß dies der Grund ist, warum Sie mich nicht einstellen wollen?«

»Lieber Himmel, nein«, lachte Gracey. »Das ist nur eine persönliche Meinung. Die Frage Ihrer Einstellung obliegt mir nicht mehr länger. Ich bin *hors de combat.* Ich habe mein Amt abgegeben, und ich darf hinzufügen, ich bin dabei, Griechenland zu verlassen. Ein Freund, ein sehr großer Freund, ist der Meinung, ich müsse eine anständige Behandlung bekommen. Er hat mir angeboten, mich in den Libanon zu schicken, wo es eine ausgezeichnete Klinik gibt.«

Harriet sagte: »Mr. Frewen sagt, es gebe keine Schiffe. Die ägyptische Schiffahrtslinie hätte ihren Betrieb eingestellt.«

»Das betrifft mich nicht. Ich hoffe, einen Vorzugsflug zu bekommen, aber das ist natürlich alles streng geheim.«

»Das heißt also, daß Dubedat die Leitung hat?« sagte Guy.
»Jemand muß sie ja haben«, sagte Gracey. »Aber ich weiß nicht, wer nach meinem Weggang die Leitung übernehmen wird. Es gibt mehrere Kandidaten für den Posten.«
»Ich nehme an, das Londoner Büro weiß...«
»Oh, herrje, ja. Telegramme sind hin und her gegangen. Es dauert heutzutage alles so lang.«
»Besteht die Möglichkeit, daß Dubedat ernannt wird?«
»Dubedats Name war erwähnt worden, aber es liegt nicht an mir. Das Londoner Büro wird die Entscheidung treffen.«
Guy starrte mit gerunzelter Stirn und leicht vorgeschobenen Lippen in sein Glas. Er hatte sein Gespräch mit Gracey gehabt; er hatte jetzt keinen Grund mehr für Verdächtigungen oder Klagen. Er sah zu Harriet hin, stellte sein Glas nieder und wollte gehen. Er sagte: »Wenn es keine Transportmöglichkeiten gibt, werden wir in Athen bleiben müssen – jedenfalls für den Moment. Ich nehme nicht an, Sie wollen, daß ich hier herumhänge und nichts tue?«
»Oh!« Gracey machte eine Geste, die andeutete, daß diese Angelegenheit zu trivial war, um weiter besprochen zu werden. »Diskutieren Sie das mit Dubedat aus. Er hat jetzt die Verantwortung für die Schule. Wenn Sie nicht versuchen, ihn von oben herab zu behandeln, wird er sich als recht hilfsbereit herausstellen. Gehen Sie zu ihm und seien Sie nett zu ihm.«
Die Pringles machten sich daran, sich zu erheben.
»Bleiben Sie noch eine Weile. Trinken Sie noch einen.«
Es war ein herzlicher Befehl, aber es war ein Befehl. Guy und Harriet lehnten sich widerwillig wieder in ihren Sitzen zurück, aber nicht ohne Hoffnung. Sie konnten nirgendwo sonst hingehen. Sie konnten also genausogut bleiben und durch ihr Bleiben vielleicht noch etwas erreichen.
Gracey lehnte sich nun zurück, als ob ihn das Gespräch ermüdet hätte. Die Pringles, niedergeschlagen wie sie waren, stellten keine besonders gute Gesellschaft dar, und sie hatten das Gefühl, daß er auf bessere Gesellschaft wartete.
Harriet sagte: »Das ist ein nettes Zimmer.«
Gracey betrachtete es voller Zweifel: »Ziemlich sparta-

nisch, finden Sie nicht? Eine Studentenbude. Dies war natürlich ein Wohnheim für die jungen Leute. Ziemlich kalt im Winter. Und das Essen ist furchtbar.«

Graceys Klagen gingen weiter, während sich Harriet in dem riesigen, kahlen Zimmer neidvoll umsah. Die Sonne stand tief, und die Fenster lagen im Schatten, doch draußen funkelte noch immer das Sonnenlicht wie ein bernsteinfarbener Fruchtlikör in den Olivenbäumen. Das ferne Glühen wurde in das Zimmer reflektiert, so daß das Dämmerlicht um sie herum so goldbraun wie der Glimmer in einem Apatit war.

Dies, dachte sie, wäre das richtige Zimmer für sie. Die unpolierten Dielen, der staubige Kräuterduft und die Geräumigkeit, die durch die Aussicht auf den Garten noch geräumiger erschien, kamen ihr bekannt vor. Einen Moment lang wußte sie, wo sie alldem schon vorher begegnet war, aber dann war dieses Wissen wieder verschwunden. Als sie es durch Kinderbucherinnerungen hindurch verfolgte, kam durch ein Geräusch die Erinnerung zurück.

Jemand öffnete die Tür. Gracey, sofort wiederbelebt, setzte sich auf und rief: »Archie, was für eine Freude!«

Ein junger Mann betrat das Zimmer, mit einem schüchternen, zurückhaltenden Lächeln, und schlich sich herein, als wüßte er, daß er mehr als willkommen war, und als wollte er dieser Tatsache durch demonstrative Bescheidenheit begegnen.

Gracey sagte zu Harriet: »Dies ist Archie Callard.« Als er dann sah, daß ein zweiter Besucher dem ersten folgte, fügte er enttäuscht hinzu: »Und das ist Ben Phipps.«

Beide beachteten die Pringles, wie sie Leute beachten mochten, von denen sie gesprächsweise gehört hatten. Ben Phipps starrte sie mit unverhohlener Neugierde an, während Callard ihnen lediglich einen abschätzenden Blick zuwarf, den er sofort hinter gespielter Gleichgültigkeit verbarg.

»Wo ist der Major?« fragte Gracey ungeduldig.

Callard murmelte kurz angebunden: »Auf eine Party gegangen. Er kommt nach.«

Es war den Pringles klar, daß sie zur Besichtigung durch

Graceys Freund aufgehalten worden waren. Nach der Vorstellung konnten sie ruhig wieder in der Versenkung verschwinden, und sie waren auch nicht in der Stimmung, etwas anderes zu tun. Guy, der normalerweise durch neue Bekanntschaften angeregt wurde, saß ruhig da und hielt sein Glas wie eine Maske vor den Lippen. Harriet versuchte, sich mit der Situation dadurch abzufinden, daß sie sich von ihr loslöste und die Gesellschaft so ansah, wie sie sich ein Theaterstück ansehen würde.

Auf den ersten Blick konnte sie keinen Grund sehen, warum Callard so sehr und Phipps so wenig willkommen geheißen wurde. Callard war derjenige, der besser aussah, klar, aber Phipps hatte Vitalität und eine Bereitschaft zu gefallen. Als er gebeten wurde, »wie ein guter Junge« die Drinks einzugießen, ging er mit Feuereifer an die Arbeit. Vielleicht war er zu bereitwillig. Wenn dies ein Fehler war, dann war es keiner, dessen Callard sich schuldig gemacht hätte. Er warf sich in voller Länge auf eines der zwei Betten, und als ihn Gracey weiter über den Verbleib des Majors befragte, machte er sich nicht die Mühe einer Erwiderung.

Dafür gab Phipps die Antworten um so bereitwilliger und freute sich, daß man ihn anhörte. Als die Drinks herumgereicht waren, setzte er sich in die Mitte des Zimmers, um sich damit irgendwie vorteilhaft zu produzieren, und bereitete sich darauf vor zu plaudern.

Gracey wandte sich an ihn als den Fachmann und fragte: »Was gibt es Neues von der Front? Passiert überhaupt etwas dort oben?«

Phipps war klein, hatte einen kräftigen Knochenbau, die Gesichtszüge eines Mischlings und schwarzes Borstenhaar. Er rutschte nach vorn und saß auf seinen kräftigen, dicken Hinterbacken. Er sagte mit Bestimmtheit: »Gibt nicht viel Neues. Die Stadt ist voll von Gerüchten, aber keiner weiß etwas Genaueres.«

Archie Callard sagte durch das Kissen hindurch: »Die Italiener werden morgen hier sein – und das ist kein Gerücht.«

Gracey drehte ruckartig den Kopf und sagte vorwurfsvoll: »Das ist nicht sehr komisch, Archie.«

»Es sollte ja gar nicht komisch sein. Heute früh um sechs Uhr haben sie die Grenze überschritten. Sie marschieren auf Athen zu. Wer oder was sollte sie daran hindern, direkt hierherzukommen?«

Gracey wandte sich flehentlich an Phipps: »Die werden doch wohl irgendwie Widerstand leisten? Metaxas sagte, sie würden kämpfen.«

Als Phipps seinen Gastgeber ansah, zeigte sein Gesichtsausdruck gutgelauntes Entgegenkommen, was daher rührte, daß sein Blick durch eine sehr dicke, schwarzrandige Brille abgemildert wurde. Harriet betrachtete ihn von der Seite und bemerkte hinter den geschliffenen Gläsern einen wachen Blick, der schwarz und hart wie Kohle war.

»Oh, sie werden kämpfen, keine Angst«, sagte Phipps. »Sich unterwerfen widerspricht jeglicher griechischer Tradition. Sie sind ein stolzes Volk, und sie werden bis zum Ende kämpfen. Aber...« Er hatte mit der Absicht begonen, Gracey zu beruhigen, ließ sich aber von seiner sachkundigen Redseligkeit dazu verleiten, eine alles andere als beruhigende Wahrheit darzulegen. »Sie haben keine Waffen. Der alte Musso hat sich seit Monaten vorbereitet, aber hier hat die Regierung überhaupt nichts gemacht. Sie haben Krieg kommen sehen und sich bloß zurückgelehnt und ihn kommen lassen. Die Hälfte von ihnen ist natürlich pro-deutsch. Sie wollen, daß alles schnell vorbei ist. Sie wollen einen Zusammenbruch Griechenlands und den Sieg der Achsenmächte...«

Guy, dessen Aufmerksamkeit durch die Kritik an der Regierung Metaxas geweckt worden war, beobachtete ihn gespannt, während Gracey, der sich mehr für das Besondere als für das Allgemeine interessierte, unruhig auf seinem Sofa umherrutschte und schließlich voller Protest unterbrach:

»Also wirklich, Ben! Du willst mir doch bloß Angst einjagen. Beide wollt ihr das. Ich weiß, daß ihr nur unartig seid, aber das ist wirklich nicht nett. Ich bin Invalide. Ich habe große Schmerzen beim Gehen. Ich könnte ohne Hilfe nirgendwohin. Wenn die Italiener einmarschieren, könnt ihr euch aus dem Staub machen. Aber was mache ich?«

Phipps lachte schallend los. »Wir sitzen alle im gleichen

Boot«, sagte er. »Wenn es überhaupt ein Schiff gibt, werden wir dafür sorgen, daß du heil davonkommst. Wenn es keines gibt, wird keiner von uns weit kommen. Die Italiener werden die Brücke über den Isthmus von Korinth in die Luft jagen, und wir werden hier festsitzen.«

»Warum sich Sorgen machen?« Callard setzte sich lachend auf. Mit zu langem, rotbraunem Haar, zu vollem Mund, zu großen Augen, sah er zugleich verdorben und attraktiv aus, und wußte es. »Die Italiener sind charmant, und sie waren bisher immer sehr nett zu mir.«

»Daran zweifle ich nicht«, sagte Gracey pikiert. »Aber die Zeiten haben sich geändert. Sie sind jetzt Faschisten, und sie sind der Feind. Sie werden zu einem Haufen gefangener Zivilisten nicht sehr nett sein.« Die Wirklichkeit des Krieges berührte ihn zum erstenmal und erschütterte seine weltmännische Art. Er runzelte die Stirn über Ben Phipps, der sich möglicherweise seiner Ängste bewußt war, der aber in dieser Situation zu angeregt war, um sich von ihnen bremsen zu lassen.

»Ich muß sagen«, sagte Phipps, »mir gefällt die Vorstellung, wie Metaxas im Bademantel herunterkommt, um Grazzi zu empfangen. Es war ungefähr halb vier. Das Ultimatum gab den Griechen circa zweieinhalb Stunden, um das Land mit allem Drum und Dran zu übergeben. Metaxas sagte: ›Ich könnte in dieser Zeit nicht mal mein Haus übergeben, geschweige denn mein Land.‹ Ich habe nie besonders viel von ihm gehalten, aber ich muß zugeben, das hat er toll gemacht.«

»Ja, aber was soll ich tun?« fragte Gracey ungeduldig. »Ich muß zur Behandlung nach Beirut.«

Er hatte den Vorzugsflug, mit dem er geprotzt hatte, bereits wieder vergessen und wand sich dermaßen vor Angst und Not, daß Harriet nicht anders konnte, als Mitleid mit ihm zu empfinden. Sie sagte: »Ich habe gehört, es soll ein Evakuierungsschiff geben. Es ist für Frauen und Kinder gedacht, aber ich bin sicher...«

»Frauen, Kinder und Invaliden«, unterbrach Archie Callard. »Keine Angst, Colin. Der Major wird dich sicher wegbringen. Er wird es schon deichseln.«

Gracey beruhigte sich, und sein Lächeln kehrte wieder zurück. »Auf den Major kann man sich in der Tat verlassen.« Als ein Klopfen an der Tür zu hören war, fügte er fröhlich hinzu: »Und hier ist der Mann höchstpersönlich. *Entrez. Entrez.*«

Pinkrose trat ein.

»Oh, es ist Lord Pinkrose.« Gracey begrüßte ihn ohne Enthusiasmus.

Pinkrose bemerkte nicht, wie er begrüßt wurde. Er trabte durch das Zimmer, nickte Callard und Phipps zu, igngorierte die Pringles und fing sofort an: »Ich mache mir Sorgen, Gracey; ich mache mir äußerste Sorgen. Wir befinden uns im Krieg – aber das wissen Sie vielleicht schon? Ja? Nun, ich ging zur Gesandtschaft, um wegen meiner Repatriierung zu fragen. Ich hätte mit Frewen sprechen können, aber ich hielt es für besser, gleich mit der oberen Etage zu verhandeln.«

»Wen haben Sie gesprochen?« fragte Gracey.

»Den jungen Bird.«

»Mein Gott!« Archie Callard erstickte sein Gelächter im Kissen. »Und der ist für Sie ›obere Etage‹?«

»Was hat er gesagt?« fragte Gracey.

»Nicht viel. Nicht viel. Nein, nicht viel. Es wird vielleicht ein Schiff fahren.«

Gracey schien es nicht zu gefallen, daß Pinkrose von dem Schiff wußte, und er sagte tadelnd: »Falls es ein Schiff gibt, wird es für Frauen und Kinder sein, nicht für *Männer.* Sie können sich nicht gewaltsam Zugang verschaffen. Das würden Sie nie schaffen.«

»Wirklich?« Pinkrose warf Gracey einen entsetzten und verärgerten Blick zu, den Gracey ungnädig parierte. Die beiden Männer starrten sich in einem wütenden Ausbruch von beiderseitigem Egoismus an.

Das Licht des Tages war geschwunden. Im gespenstischen Schimmer der späten Dämmerung wirkte Graceys vertrocknete Jugend morbid, während Pinkrose' Wangen so grau und runzlig wie Echsenhaut waren. Als er Pinkrose wie ein Gespenst in der finsteren Hölle zornig vor sich hinstarren sah, riß sich Gracey zusammen und sagte mit angestrengter Liebenswürdigkeit:

»Sei ein guter Junge, Ben, und schalte die Lichter ein.«

Nachdem die Beleuchtung wieder den Normalzustand hergestellt hatte, lehnte sich Gracey zurück und sagte: *»Ich muß* vielleicht auf das Schiff; hätte ich aber die Wahl, würde ich nicht im Traum daran denken. Das Mittelmeer ist voll von feindlicher Marine: U-Boote, Minen und so weiter. Es ist ein gefährliches Meer.«

»Oh!« sagte Pinkrose gedehnt.

Archie Callard, der sich vor Belustigung aufrecht setzte, stimmte zu. »Ich würde auch nicht im Traum daran denken. Jedes britische Schiff im Mittelmeer ist ›Freiwild‹, und es wird keinen Konvoi geben. Die Navy kann keinen Kreuzer entbehren.«

»Oh!« sagte Pinkrose noch einmal, und er sah sich ängstlich um.

Er wollte gerade anfangen zu sprechen, als an der Tür ein erneutes Klopfen zu vernehmen war und Gracey ihm über den Mund fuhr, indem er freudig sagte: »Der Major, endlich!«

Sie alle beobachteten die Tür, wie sie ganz langsam aufging und sich eine Hand durchschob und ihnen zuwinkte. Ein Kopf erschien. Breit lächelnd erkundigte sich der Major mit einer dünnen, ins Komische verzerrten Stimme: »Darf ich reinkommen?«

»Komm rein, komm um Gottes willen rein«, rief Gracey.

Der Major hatte mehrere hübsch eingewickelte Päckchen bei sich, die er zu Graceys Tisch trug und dort ablegte.

»Was zum Naschen«, sagte er, trat dann zurück, um den Invaliden mit einer bewundernden Zuneigung zu mustern. »Wie geht's uns denn heute?«

Mit gespieltem Mißmut sagte Gracey: »Diese lästigen Italiener! So was Unangenehmes!«

»Nicht für dich. *Du* brauchst dir doch keine Sorgen zu machen. Überlaß das deinen Freunden.«

Cookson war mittleren Alters und von mittlerer Größe, mit einem gepflegten Alltagsgesicht und trüben blauen Augen. Er hatte eine straffe Körperhaltung und die Hände am unteren Saum seines gepflegten, dunklen fest zugeknöpften Jakkettes gefaltet. Als er sich setzte, setzte er sich mit einer präzisen Bewegung, öffnete eine Hand, die ein zusammengerolltes Taschentuch hielt und betupfte seine Nasenlöcher.

Archie Callard zeigte plötzlich Energie, sprang vom Bett, kam an den Tisch und begann, an den Päckchen zu schnuppern und seine Nase in Tüten zu stecken.

»Ungezogen!« Der Major verabreichte ihm einen erstaunlich unsanften Klaps, und er sprang wie ein Ballettänzer zur Seite. Gracey kicherte hilflos vor sich hin.

Es gab in gewisser Hinsicht etwas Gemeinsames zwischen den dreien, die offensichtlich ein Spiel andeuteten, das man in der Öffentlichkeit nicht spielte. Pinkrose schaute verdutzt zu, doch es war anscheinend Ben Phipps, der hier der wahre Außenseiter war.

Gracey wollte etwas von der Party hören, bei der der Major aufgehalten worden war. Während er sich mit Cookson und Callard unterhielt, unternahm Phipps mehrere Versuche, einbezogen zu werden, wurde aber jedes Mal ignoriert. Dies löste bei ihm eine solche Verkrampfung aus, daß er sich selbst in den Vordergrund schob und zu viel und zu laut redete, worauf die anderen ihn erbost anschauten.

Harriet empfand wegen seines Verhaltens Unbehagen, und sie erkannte, daß die überkultivierte Stimme und die übergroße Brille nichts als Angeberei waren, um die Substanzlosigkeit der eigenen Persönlichkeit zu verschleiern. Sie vermutete, daß er finanzielle Schwierigkeiten und Probleme mit einer ungewissen Zukunft hatte und daß er ein Mann war, der vom Leben immer mehr verlangen würde, als ihm das Leben geben wollte.

Der Major fing an, die Päckchen zu öffnen, und sagte: »Ich dachte, da ich nicht zur Abendessenszeit hier sein konnte, wäre es schön, wenn wir alle gemeinsam einen kleinen Bissen zu uns nähmen.«

»Was für eine reizende Idee!« sagte Gracey.

Er hatte sich nicht die Mühe gemacht, die Pringles Cookson vorzustellen, und sie wußten, daß man jetzt von ihnen erwartete, daß sie aufbrachen. Als sie aufstanden, verabschiedete Gracey sie mit einem Lächeln.

»Kommen Sie doch mal wieder«, sagte er.

Noch bevor sie das Zimmer verlassen hatten, wurden die Päckchen geöffnet.

Unten in der Halle rief eine Glocke zum Abendessen. Mochte das Essen in der Akademie auch mittelmäßig sein, die Beleuchtung trostlos, die Zimmer kahl – Harriet sehnte sich danach, hier untergebracht und behütet zu sein, als Mitglied einer Gemeinschaft, verpflegt, von Bekannten umgeben und beschützt.

Die Straßen waren unbeleuchtet. Die Behörden hatten Verdunkelung angeordnet. Die Pringles hielten sich fest umschlungen in der Dunkelheit des unbekannten Stadtteils, wo die Gehwege uneben und die Grundstücke ohne Zäune waren. Guy, der unter diesen Bedingungen ziemlich blind war, fiel über ein paar Stufen und stöhnte vor Schmerz.

Harriet sagte voller Wut: »Dieser gottverdammte Dubedat!« Guy mußte lachen: »Du kannst ihn nicht die Schuld an der Verdunkelung geben.«

»Nein, aber ich gebe ihm die Schuld für viele andere Dinge. Ich möchte wissen, was er Gracey über dich erzählt hat.«

»Ich auch; aber was spielt das für eine Rolle? Dubedat wollte mehr tun, als nur zu unterrichten. Er fragte mich, ob er ab und zu eine Vorlesung halten könnte. Ich lehnte ab. Ich muß seinen Stolz verletzt haben.«

Harriet verspürte zum erstenmal das Gefühl, daß sie jetzt von Guys Nachsicht genug hatte, und sie sagte: »Dubedat ist nichts als eine eingebildete Null. Es ist nur schade, daß du ihn überhaupt je eingestellt hast. Ich hoffe, du hast nicht vor, ihn um irgendeine Gefälligkeit zu bitten.«

»Nein. Wir werden abwarten, wer Graceys Job bekommt.«

»Könnte das Londoner Büro Dubedat ernennen? Wäre das möglich?«

»Alles ist möglich. Die wissen nur, was Gracey sie wissen läßt. Er sagte, es gebe mehrere Kandidaten. Die Wahl wird im Endeffekt Graceys Wahl sein, weil sie die Person auswählen werden, die er vorschlägt. So einfach ist das.«

»Er kann doch nicht Dubedat vorschlagen.«

»Er kann einen viel Schlimmeren vorschlagen...«

»Das bezweifle ich. Aber wir werden ja sehen. Was machen wir in der Zwischenzeit bezüglich unserer Finanzen?«

»Keine Bange. Die Organisation wird uns nicht verhungern lassen.«

»Wirst du Gracey deswegen ansprechen?«

»Nein. Ich werde ein Telegramm an das Kairoer Büro schicken.«

»Das hättest du schon vor Tagen machen können.«

»Wenn ich das gemacht hätte, wären wir nach Kairo beordert worden. Jetzt sind wir eben hier gestrandet. Sie werden mir mein Gehalt geben müssen.«

Plötzlich sah die Welt wieder rosig aus. Ihre hoffnungslose und geldlose Situation hatte sie mit Angst erfüllt, aber mit einem Mal war diese Angst verflogen. Sie umarmte Guy in dem Gefühl, daß seine körperliche Anwesenheit eine Lösung aller Probleme des Lebens darstellte und sagte: »Was würde ich ohne dich tun?«

Vielleicht war er nicht so zuversichtlich, wie er es sie glauben machen wollte, denn er erwiderte ihre Umarmung, als ob er selbst in der Dunkelheit dieser Stadt verloren sei, die ihm nichts anzubieten hatte. Sie blieben einige Minuten eng umschlungen stehen, jeder für den anderen dankbar, und führten sich dann gegenseitig hinunter und über den Hauptplatz zum Hotel. Dort aßen sie im Untergeschoß zu Abend, dem einzigen Ort, wo sie eine Mahlzeit bekommen konnten, ohne sie sofort bezahlen zu müssen.

5

Die jungen Männer in der Stadt wurden immer weniger. Der Portier verließ das Hotel der Pringles jedoch nicht eher, bis er jedem herzlich »Lebewohl« gesagt hatte. Sein Platz wurde von einem alten Mann eingenommen, der einen Schnurrbart hatte wie der große Venizelos.

Jeden Tag wurden Lastwagenladungen Wehrpflichtiger durch die Straßen zum Bahnhof gefahren, und die Mädchen warfen ihnen Blumen zu. Bauern kamen mit Pferden nach Athen, da diese für die Armee benötigt wurden. Von den Italienern aber war nichts zu sehen.

Mussolini hatte Hitler gesagt, daß er Griechenland in zehn Tagen einnehmen würde, genauso wie die Deutschen Frankreich eingenommen hatten. Am Ende der zehn Tage waren seine Truppen noch immer am Kalamas, an dem Punkt, an dem die Griechen auf sie gewartet hatten.

Der italienische Rundfunk beschwerte sich über ihren Empfang. Er sagte, daß der Duce angeboten hatte, Griechenland auf eine freundliche, eher beschützende Weise zu besetzen und daß er nicht auf den Widerstand vorbereitet gewesen sei. Die Italiener würden ein oder zwei Tage brauchen, um diesen Schock zu überwinden.

Der italienische Gesandte hatte Athen nicht verlassen und war schwer gekränkt, daß sein Telefon abgestellt worden war. Er rief Metaxas an, um zu fragen, weshalb er denn auf eine solche Weise behandelt wurde. Griechenland und Italien befänden sich nicht im Kriegszustand.

»Mein Herr«, erwiderte Metaxas, »dies ist nicht die Zeit für eine philologische Diskussion«, und legte auf.

Der Krieg hatte seine eigene Komik, aber niemand bildete sich ein, daß diese Komik lange andauern würde. Hinter den Italienern stand das Rüstungspotential der Achsenmächte. Und hinter allen Witzeleien stand Angst, die griechische Front würde plötzlich zusammenbrechen und der Feind über Nacht einmarschieren.

Von der Britischen Gesandtschaft war die Order ausgegeben worden, daß britische Staatsbürger darauf vorbereitet sein müssen, Griechenland innerhalb einer Stunde zu verlassen. Jede Person könne einen Koffer mitnehmen, und der Koffer solle fertig gepackt bereitstehen. Als Guy in der Gesandtschaft erschien und darum bat, sein Gehalt von Kairo nach Athen zu überweisen, wurde er von einem Untersekretär empfangen, der zu ihm sagte: »Wenn Sie das so wünschen, werde ich dem Diplomatengepäck eine Notiz darüber beilegen; ich vermute aber, daß zu dem Zeitpunkt, an dem die Überweisung hier ankommt, Sie bereits auf dem Weg dorthin sind, wo sie herkam. Wollen Sie das riskieren? Also gut! Sie kennen ja die Prozedur? Ihr Jungs bekommt euer Gehalt aus dem Budget der Gesandtschaft. Wenn Sie wollen, können Sie einen kleinen Vorschuß haben, um Ihre Hotelrechnung zu begleichen.«

Die Rechnung wurde, zu Harriets Erleichterung, beglichen, aber bis die Überweisung eintraf, würden sie kein Geld ausgeben können.

Die Pringles hörten nichts mehr von Gracey. Von Dubedat kam auch kein Wort, doch ein paar Tage nach ihrem Besuch in der Akademie rief der Hotelportier an, um Bescheid zu geben, daß ein Besucher auf dem Weg nach oben war.

Harriet öffnete die Tür. Draußen stand Toby Lush und sagte feierlich: »Ich würde gern ein Wort mit ihm persönlich sprechen.«

Guy sortierte gerade seine Bücher. Toby begrüßte ihn mit ungewöhnlicher Ernsthaftigkeit, setzte sich auf die Bettkante und betrachtete seine Pfeife. Die Pringles warteten. Endlich rückte er mit der Sprache heraus:

»Wir haben gehört, du hast Mr. Gracey aufgesucht?«

Guy sagte: »Ja.«

»Nun, es ist so...« Toby steckte die leere Pfeife in den Mund und zog nachdenklich daran. »Als wir hierherkamen, der gute Junge und ich, mußten wir Arbeit finden. Immerhin mußte wir *essen*. Als wir also Mr. Gracey trafen, haben wir etwas dick aufgetragen. Würde unter diesen Umständen jeder tun.«

»Was genau habt ihr ihm gesagt?«

»Ach, dieses und jenes. Wir sagten, wir hätten oben in Bukarest ein paar Vorlesungen gehalten... und noch einiges mehr. Du willst doch nicht den ganzen Scheiß hören, oder? Wir haben halt ein bißchen angegeben und Sprüche geklopft. Du verstehst schon. Aber die Sache ist die: Der gute Junge ist jetzt völlig durcheinander und hofft, daß du uns nicht verpfiffen hast.«

»Ich habe überhaupt niemanden verpfiffen.«

»Dann ist es ja gut. Aber...« Ein Ausdruck von Schläue

und Gerissenheit überzog Tobys Gesicht, und er richtete den Pfeifenstiel auf Guy. »Angenommen, Mr. Gracey fragt dich direkt, was wir gemacht haben?«

Vor Verärgerung erwiderte Guy ganz förmlich: »Ich würde ihm sagen, daß ich über die Angelegenheit meiner Freunde nicht diskutiere.«

»Na prima! Ganz prima!« Toby fiel ein deutlich hörbarer Stein der Erleichterung vom Herzen: »Und du hast auch nicht erwähnt, daß wir abgehauen sind?«

»Bestimmt nicht!«

»Fein. Wunderbar. Ich hab's doch gesagt, daß du so was nie machen würdest.« Sehr erleichtert lehnte sich Toby zurück gegen die Wand, nahm seinen Tabak und seine Streichhölzer heraus und bereitete sich damit auf ein Plauderstündchen vor.

Harriet dachte nicht daran, darauf einzugehen. »Jetzt«, sagte sie, »würde ich ganz gerne Sie etwas fragen. Was haben *Sie* Gracey erzählt? Haben Sie gesagt, daß Guy seine Zeit damit verschwendet hat, daß er *Troilus und Cressida* inszenierte?«

Toby zuckte zusammen und runzelte gequält die Stirn. »Ich? Niemals.«

»Und Dubedat?«

Toby setzte sich auf. Während er mit fahrigen Handbewegungen seine Sachen zusammenraffte, sagte er: »Wie soll ich das wissen? Er trifft Mr. Gracey auch privat. Er erzählt mir nicht alles.« Er stand auf. »Muß jetzt verduften. Der gute Junge zerbricht sich nämlich ein bißchen den Kopf. Ich werde ihn wissen lassen, daß du nicht gepetzt hast. Er wird es zu schätzen wissen.«

»Das sollte er auch.«

Toby zog davon wie ein begossener Pudel. Als er gegangen war, sagte Harriet zu Guy: »Dubedat will Direktor werden. Er hat Angst, du könntest ihm einen Strich durch die Rechnung gemacht haben.«

»Zumindest sieht es so aus«, mußte Guy zustimmen. Blaß und unglücklich kehrte er zu seinen Büchern zurück und wollte nichts mehr davon wissen. Harriet bemitleidete ihn zwar in seiner Desillusionierung, hatte aber letztlich dafür wenig Verständnis. Die Wirklichkeit konnte durch die Unfähigkeit, Tatsachen anzuerkennen, nicht geändert werden.

Sie hatte mit Guy in der Abgeschlossenheit des Zimmers ausgeharrt, aber jetzt, da sie sich durch das Gefühl, die Stärkere von beiden zu sein, in gehobener Stimmung befand, sagte sie: »Komm, laß uns spazierengehen.«

Er rührte sich nicht. »Geh du. Ich hab' keine Lust.«

»Aber was willst du denn ganz allein hier oben in diesem Zimmer machen?«

»Arbeiten.«

»Hast du Arbeit?«

»Ich sammle Zitate für eine Vorlesung über Coleridge.«

»Das kannst du doch immer noch machen! Du wirst vielleicht monatelang keine Vorlesung mehr halten.«

Er schüttelte den Kopf. Über seine Bücher gebeugt, pfiff er leise vor sich hin: ein Zeichen von Streß. Harriet stand an der Tür, sehnte sich danach auszugehen und wußte nicht, was sie sagen sollte. Während vergangener Krisen – der Fall Frankreichs, der endgültige Zusammenbruch in Bukarest – hatte er sich Fluchtmöglichkeiten geschaffen: Zuerst durch die Inszenierung von *Troilus und Cressida,* dann durch die Organisation von Ferienkursen. Dadurch, daß er sich in die eine oder andere Beschäftigung stürzte, war es ihm gelungen, Ängste an der Peripherie des Bewußtseins zu halten; jetzt, ohne Stellung, ohne Freunde, ohne Geld, versuchte er, seinen alten Fluchtmustern zu folgen. Aber es gab keine Route, die für ihn offen war. Alles, was er tun konnte, war, hier in diesem dunklen, schmalen Zimmer zu sitzen und zu versuchen, sich in Arbeit zu versenken.

»Wäre es nicht besser, in der Schulbibliothek zu arbeiten?« fragte sie.

»Ich geh' da lieber nicht hin.«

Eines Nachmittags, als sie alleine umherwanderte, begegnete sie Yakimov, und während sie so die Universitätsstraße entlangschlenderten, ergriff sie die Gelegenheit, sich über einige Leute zu erkundigen, die sie in Athen getroffen hatten.

»Wer ist Major Cookson?«

Yakimov antwortete prompt. »Sehr bedeutend und distinguiert.«

»Ja, aber was *macht* er?«

Das war schon schwieriger. »Was er *macht*, liebes Mädchen?« Yakimov dachte angestrengt über diese Frage nach, dann hellte sich sein Gesicht auf: »Glaube... ja, in der Tat, ich bin da im Besitz von internen Informationen was dies anbelangt: Er ist ein hohes Tier beim S. S.«

»Gütiger Himmel, bei der deutschen SS?«

»Nein. Beim Secret Service.«

Da es wenig Sinn hatte, dieses Hirngespinst noch weiter zu verfolgen, fuhr Harriet fort, sich über Callard und Phipps zu erkundigen. Yakimov stöhnte, weil man ihn zwang, seinen Verstand anzustrengen, und tat beide als »sehr distinguiert« ab.

»Was ist mit Mrs. Brett und Miß Jay?« ließ Harriet nicht lokker.

»Frag mich nicht, liebes Mädchen. Die Stadt ist voll von diesen alten Jungfern.«

»Ja. Aber was *tun* sie alle hier?«

»Nicht viel. Sie leben hier.«

Die Engländer, die in Bukarest lebten, waren dort zur Arbeit gegangen. Die Engländer in Athen waren eindeutig von einer anderen Sorte. Sie war zum erstenmal auf Menschen gestoßen, die ohne Beschäftigung im Ausland lebten, und war wegen deren Untätigkeit verblüfft. Da sie aber von Yakimov nichts mehr erfuhr, beschloß sie, ihre Neugierde bei Alan Frewen zu befriedigen. Er hatte sie und Guy gefragt, ob sie am Sonntagmorgen mitgehen würden, wenn er Diocletian im Nationalgarten spazierenführte.

Wie verabredet, kam er vorbei, und Guy sagte zu Harriet, wie er es zuvor getan hatte: »Geh du.«

Sie bat ihn: »Komm doch bitte mit, Schatz. Er will nicht alleine mit mir gehen. Warum nimmst du nicht deine Arbeit mit und setzt dich in den Park, während wir herumspazieren!«

Resolut in seiner Auflehnung gegen alles, was sinnlose

Umstände bereitete, sagte Guy: »Nein, ich fühle mich hier wohl. Geh nur hinunter. Alan wird froh sein, dich für sich alleine zu haben.«

Harriet konnte es nicht glauben. Sie ging zaghaft in die Halle hinunter, wo Alan wartete, und sein Gesicht war durch die Brille so verdeckt, daß sie unmöglich erraten konnte, wie er sich fühlte. Er war genau so schüchtern wie sie, und so sagte keiner von ihnen etwas, bis sie den Platz erreichten.

Er humpelte, und mehrere Male, wenn der Hund an der Leine zog, hatte er Schwierigkeiten, nicht den Halt zu verlieren. Er entschuldigte sich und erklärte, daß er einen Gichtanfall erlitten hatte.

»Ich mußte drei Tage lang zu Hause bleiben«, sagte er. »Was aber nicht weiter tragisch war. Es ist noch alles ruhig im Büro. Es gibt nicht viel zu tun, außer das Informationsblatt herauszubringen.«

»Was ist Yakimovs Aufgabe?« fragte sie.

»Oh, seine Aufgabe ist es, es auszutragen.«

»Ist das alles?«

Alan lachte und beließ es dabei.

Es hatte einen Regenschauer gegeben, den ersten im Herbst. Er hatte den Boden kaum angefeuchtet, aber der mit malvenfarbenen und blauen Wolken übersäte Himmel ließ die Frische des Frühlings erwarten. Harriet sehnte sich nach Guys Begleitung, nicht nur, um ihrer beider Befangenheit zu verringern, sondern auch um sich gemeinsam mit ihm am Wechsel der Jahreszeiten zu erfreuen.

Plötzlich brach es aus ihr hervor: »Guy ist sehr unglücklich. Was können wir für ihn tun?«

»Ihr hattet also kein Glück bei Gracey?«

»Überhaupt keins. Er sagte, er hätte sein Amt abgegeben. Er schlug vor, Guy soll zu Dubedat gehen und ihn um Arbeit bitten.«

Stirnrunzelnd sah Alan auf den Boden, dachte über das nach, was sie soeben gesagt hatte, und begann dann, mit Nachdruck zu sprechen: »Ich meine wirklich, das kann so nicht weitergehen. Man macht sich schon über die Schule lustig. Es gibt schon alle möglichen Geschichten über die Vorlesungen. Offensichtlich hat Lush angedeutet, daß sich Dante und Milton möglicherweise in den Straßen von Florenz begegnet sind. Als einer der Studenten ihn darauf aufmerksam machte, daß zwischen den beiden ungefähr dreihundert Jahre lagen, sagte Lush: ›Oh, Mann! Ist mir da ein Schnitzer unterlaufen?‹ Cookson hat die beiden einige Zeit lang in Schutz genommen, aber es hat Beschwerden gegeben. Ich weiß, daß Mrs. Brett einen Brief nach London geschrieben hat. Ich bin sicher, daß sie jemand Zuverlässigen und Verantwortungsbewußten ernennen werden, wenn Gracey geht. Mein Ratschlag ist: Wartet.«

»Guy würde dem zustimmen, aber ich fürchte, er empfindet die Warterei als Belastung.«

»Ich weiß. Ich weiß.« Alan nickte verständnisvoll, und von da an hatte sie das Gefühl, daß zwischen ihnen Harmonie herrschte.

Es fiel ihr auf, daß Alan der erste Freund war, den sie und Guy gemeinsam kennengelernt hatten. Die Menschen, die sie in Bukarest kennengelernt hatte, waren die gewesen, die Guy schon vor seiner Heirat gekannt hatte, und sie redete sich ein, daß sie nur deshalb akzeptiert wurde, weil sie Guys Frau war. Es war dies eine Situation, in der sie sich noch isolierter vorkam, weil die Rolle der Ehefrau für sie noch vollkommen neu war. Damals hatte sie geglaubt, sie hätte nicht nur ihre Freunde zurückgelassen, sondern auch ihre Individualität. Jetzt kam ihr das immer absurder vor. Warum eigentlich sollte Alan Frewen sie nicht als gleichwertigen Ersatz für Guy betrachten?

Sie gingen an den Palmen vorbei, die mit ihren großen, silbrigen und samtigen Stämmen am Eingang zum Park standen. Im Innern schlängelten sich die sandigen Wege kurvenreich unter Zweigen mit kleinen, zitternden Blättern hindurch. Die Sonne kam und verschwand. Ihre Schritte verursachten keinerlei Geräusch, und sie gelangten in eine tropische Feuchtigkeit, die von erdigen Gerüchen erfüllt war. Alan ließ Diocletian von der Leine, der sofort losschoß und unter den buschigen Bäumen, die das Sonnenlicht auf die dunkle, weiche und pulvrige Erde filterten, umherschnüffelte. Die Wege waren sich alle sehr ähnlich. Das Laubdach war hell, ein durchbrochenes Netzwerk trockener, raschelnder, grüner Zweige, die den Sand mit Licht und Schatten sprenkelten. Dann eröffnete sich ihnen eine Aussicht. Ein Fahrweg war von grauen, gummiartigen Bäumen gesäumt.

»Judas-Bäume«, sagte Alan. »Die müssen Sie sich mal im Frühling betrachten.«

»Ist das die Zeit, wenn sie blühen?«

»Sie blühen rechtzeitig zu Ostern.«

Und wo würden sie zu Ostern sein? Alan hatte zum Warten geraten, aber er hatte nicht mehr gesagt. Und was konnte er schon sagen? Dadurch, daß sie hierhergekommen waren, hatten Guy und sie ihr eigenes Problem geschaffen, und nun mußten sie es auch selbst lösen.

Sie hatte gedacht, daß sie nur in ein freundliches Land zu kommen brauchten und das Leben würde beginnen; und jetzt waren sie hier, und das Leben ließ immer noch auf sich warten. In Bukarest hatten sie Arbeit und ein Zuhause gehabt. Sie hatten Sascha gehabt. Guy würde hier vielleicht eine Anstellung finden, sie würden vielleicht sogar ein Zuhause finden, aber Sascha, fürchtete sie, war für immer verloren. Sogar die Erinnerung an ihn verschwand in der Vergangenheit. Seit einer Woche oder länger hatte sie nicht mehr an ihn gedacht, obwohl die ganze Zeit über die leere Dunkelheit, in die er verschwunden war, wie ein Schatten auf ihrer Seele lastete. Sie nahm an, daß er tot war, genau wie ihr geliebtes, rotes Kätzchen, das vom Balkon ihrer Wohnung gefallen war. Wenn man die Erinnerung an die Toten nicht ertragen konnte, dann mußten sie aus der Erinnerung ausgesperrt werden. Das war das einzige, was man gegen die Unbegreiflichkeit des Leids tun konnte.

Sie wurde durch das Kreischen von Wasservögeln und die Schreie von Kindern aus ihren Gedanken zurückgeholt. Sie gingen durch ein Wäldchen, wo die Luft getränkt war vom modrigen Geruch von Seewasser.

Alan sagte: »Wo ist Diocletian? Ich nehme ihn besser an die Leine.«

Als sie unter den Bäumen hervor und zu einer sonnenbeschienenen Lichtung kamen, wo kleine, eiserne Stühle am sandigen Seeufer standen, hielt er den Hund bei Fuß. Der See war klein. Eine Brücke überspannte das Wasser, das jetzt, in den letzten Tagen der trockenen Jahreszeit, eigentlich kein Wasser mehr war, sondern eher ein glänzender, grünlicher Film, in dem Enten, Gänse und Schwäne umherplanschten. Die Kinder fütterten gerade die Vögel, und die zuschnappenden und streitenden Vögel machten dabei einen höllischen Lärm.

Alan sagte, er müsse sich niedersetzen, und humpelte zu zwei freien Stühlen. Vorsichtig berührte er mit seinem großen Hintern die kleine, eiserne Sitzfläche und ließ dann seine massige Gestalt mit einem Seufzer niederplumpsen. Als sie beide saßen, kam ein Aufseher heran, blieb etwas entfernt von ihnen stehen und wartete respektvoll auf das Geld, das als Gebühr zu entrichten war. Als Alan ihm das Geld überreichte, gab der alte Mann ihm ein paar kleine Münzen zurück, die von so geringem Wert waren, daß man sich damit höchstens das Recht kaufen konnte, sich eine Weile ans Seeufer setzen zu dürfen. Alan sprach Griechisch mit dem Aufseher und erzählte Harriet danach, daß sie sich über den Krieg unterhalten hatten. Der alte Mann sagte, er hätte zwei Söhne an der Front, aber er sei nicht im mindesten beunruhigt, da die Engländer ja versprochen hätten, den Griechen zu helfen, und alle sagten, daß die Engländer das stärkste Volk auf der Welt seien.

»Er kennt mich«, sagte Alan. »Ich komme oft hierher, um Cavafy zu lesen. Ich nehme an, Sie kennen Cavafy? Nein? Eines Tages werde ich Ihnen ›Die Barbaren‹ übersetzen. Es paßt in unsere Zeit.«

»Werden die Engländer Hilfe schicken?«

»Ich wünsche, ich wüßte es. Viel haben sie nicht zu schikken. Ich habe gehört, daß die Griechen nicht an halbherzigen Unternehmungen interessiert sind, und ich glaube nicht, daß wir uns zu einem großangelegten Feldzug entschließen können.«

Über den Krieg gab es nicht viel zu sagen, und als sie alles gesagt hatten, saßen sie lange Zeit in der Sonne. Harriet überlegte, wie sie an ihn die Fragen richten konnte, die Yakimov nicht beantwortet hatte. Endlich überwand sie ihre Zurückhaltung und fragte:

»Kennen Sie Cookson schon lange?«

»Im Laufe der Jahre sah ich ihn hin und wieder.«

»Dann leben Sie schon lange hier? Waren Sie dann vor dem Krieg einer von denen, die im Ausland lebten und nichts taten?«

Alan machte sich über ihren vorwurfsvollen Ton lustig und sagte: »Nein, war ich nicht. Ich mußte mir meinen Lebensunterhalt verdienen. Ich kam als Fotograf hierher. Ich hatte ein Studio auf dem Lykabettos, und ich lebte an Orten wie Mykonos, Nauplia, Delphi und Olympus. Wenn ich mich an einem Ort niederließ, versuchte ich immer, ihn in mich aufzunehmen und ihn dann zu dokumentieren. Ich schrieb ein paar Einführungsworte für Bildbände, nichts Besonderes, denn die Fotos waren die Hauptsache. Ich möchte ganz Griechenland dokumentieren.«

»Und was werden Sie danach tun?«

»Wieder am Anfang beginnen.«

»Und Diocletian ist immer mit dabei?«

»Natürlich. Diocletian ist graecophil wie ich. Ich brachte ihn aus England mit, als ich das letztenmal vor fünf Jahren dort war – teils seinetwegen und teils aus dem Grund, um nicht mehr zurückzumüssen.« Als er ihren fragenden Blick sah, lächelte er. »Wenn ich ihn mit zurücknähme, müßte er in Quarantäne. Wir würden sechs Monate getrennt sein, was unvorstellbar ist. Er beschützt mich. Wenn meine Verwandten vorwurfsvolle Briefe schreiben, antworte ich: ›Ich würde sehr gerne kommen und euch besuchen, aber da ist das Problem mit Diocletian.‹«

»Aber nehmen wir an, Sie müßten fort? Ich meine, wenn wir alle fortmüßten? Was machen Sie dann?«

»Darüber denke ich nach, wenn es soweit ist.«

Sie ergriff die Möglichkeit, auf Cookson zurückzukommen. »Er scheint sehr einflußreich zu sein«, sagte sie.

»Er ist es auch, glaube ich. Er lebt schon lange hier und kennt sehr viele einflußreiche Leute. Er ist beliebt. Er ist ein ziemlich charmanter alter Knabe; er hat dieses Haus in Phaleron – am Meer, im Sommer sehr angenehm. Er ist gastfreundlich. Seine Partys sind berühmt, und niemand möchte von ihnen ausgeschlossen sein.«

»Ist er verheiratet?«

»Er war es einmal, glaube ich.«

»Und jetzt?«

Alan lachte. »Jetzt? Ich weiß es wirklich nicht. Er lud mich einmal zu ›einer seeehr kleinen und seeehr merkwürdigen Party‹ ein. Ich bin ziemlich schnell wieder gegangen; ich habe rechtzeitig bemerkt, daß es immer merkwürdiger wurde.«

»Er scheint Gracey gegenüber besonders nett zu sein.«

»Ja, sie sind dicke Freunde. Gracey hat sich bei ihm eingeschmeichelt, so wie alle anderen auch. Mehr braucht es nicht.«

»Ich wünschte, Guy könnte das auch«, sagte Harriet. »Aber er tut nie den richtigen Leuten schön.«

»Das ist ja gerade das Schöne an ihm oder nicht?«

»Ja, vielleicht. Aber ich glaube nicht, daß es uns irgend etwas bringen wird.«

Alan lachte, und als er nichts sagte, fuhr sie fort, ihn über Gracey auszufragen. War er wirklich Invalide?

»Wer weiß das schon? Sicher ist, daß er beim Pendeli-Kloster ausrutschte und sich dabei den Rücken verletzte. Das ist schon recht vielen passiert, aber ich kannte bisher niemanden, der danach monatelang liegen bleiben mußte. Jedenfalls scheint er fest entschlossen zu sein, in diese libanesische Klinik zur Kur zu gehen.«

»Ich glaube, er hat dieses ganze Spiel satt.«

»Wirklich?« Alan sah sie mit lebhaftem Interesse und sichtlich amüsiert an: »Sie meinen die Verletzung? Sie glauben tatsächlich, er zieht hier eine Schau ab?«

»Ja, Mrs. Brett sagt, er sei stinkfaul. Ich bin sicher, er wollte die Schule niemals richtig leiten, er wollte nur eine elegante Galionsfigur sein; doch die Dozenten liefen ihm davon und hinterließen ihm die ganze Arbeit. Er muß doch froh gewesen sein, daß Toby und Dubedat auftauchten. Und der Unfall war ein Geschenk des Himmels. Damit konnte er seine Untätigkeit zwar eine Zeit entschuldigen, aber inzwischen dauert dieses Spiel schon zu lange. Jetzt sitzt er nur noch da, bis er weg kann.«

»Da mögen Sie recht haben.« Alan rutschte an die Stuhlkante und schaffte es aufzustehen. Er wies die Vorstellung zurück, daß Gracey ein Rätsel von geringer Bedeutung war, und sagte: »Es sieht so aus, als bekämen wir gleich wieder einen Regenschauer.«

Die Sonne war verschwunden. Die Erwachsenen riefen die Kinder vom See zurück, und einige Regentropfen bildeten kleine Mondkrater um die flatternden Wasservögel.

Auf dem Rückweg unter den Bäumen starrte Alan vor sich hin und sagte kein Wort. Wenn er nicht durch Fragen animiert wurde, schien er kein Bedürfnis zu einer Unterhaltung zu empfinden, und Harriet fragte sich, warum solch ein verschlossener und stiller Mensch überhaupt Gesellschaft suchte. Da es ansonsten nicht viel anderes zu sagen gab, konnte sie genausogut weiterhin Fragen stellen. Was war mit Archie Callard? Klar, er war ein Freund des Majors, aber war er sonst noch etwas?

»Er ist ein kluger junger Mann«, sagte Alan. »Kein Idiot, kann ich Ihnen versichern; aber sein reicher Vater stellt für ihn ein Handicap dar. Er ist nicht gezwungen zu arbeiten, aber beklagt sich fortwährend, daß er nicht genügend Geld zur Verfügung hat. Gelegentlich fängt er irgendein Projekt an, von dem er hofft, daß es Geld einbringt. Er ging nach Lemnos, um nach einem Labyrinth zu suchen, das wahrscheinlich nie existiert hat. Seit kurzem lebt er auf Patmos und hat vor, eine Biographie des heiligen Johannes zu schreiben. Natürlich wird es ihm dann zu langweilig, und schon ist er wieder zurück, und das wär's dann wieder für den Moment.«

»Und Ben Phipps? Ich kann mir nicht vorstellen, daß der einen reichen Vater hat.«

»Nein, den hat er wirklich nicht. Er arbeitet hier als Journalist und hat ein paar Sachen veröffentlicht. Ich habe nichts davon gelesen, aber ich glaube, er hat schon einen gewissen Ruf.«

»Was will er bei dieser Gruppe?«

»Er wartet und hofft.«

»Aber was kann er sich denn erhoffen?«

»Sozialen Aufstieg. Er hat die Nase voll davon, mit seinem journalistischen Kleinkram immer nur gerade so sein Auskommen zu haben. Er möchte einen einfachen, festen, gutbezahlten Job; einen Job, der ihn im gesellschaftlichen Umfeld vorne stehen läßt.«

»Sie meinen Graceys Job?«

»Der würde ihm ebenso recht sein wie jeder andere.«

»Ich verstehe. Falls er ihn bekommt, glauben Sie, er würde dann Guy einstellen?«

»Das kann sehr gut möglich sein. Ich weiß, daß er nicht viel von Rosenkrantz und Güldenstern hält.«

»Lush und Dubedat? Die Verräter, die dem König dienten. Ich frage mich, welche Belohnung die bekommen werden, die Gracey dienen?«

»Wir werden es früh genug wissen.«

Sie waren jetzt wieder bei Harriets Hotel angelangt, und als sie stehenblieb, sagte Alan: »Ich treffe Yakimov im Zonar's. Wollt ihr uns nicht Gesellschaft leisten?«

Sie sagte: »Ich würde sehr gerne. Ich sehe mal nach, ob ich Guy aus dem Zimmer locken kann.« Worauf sie die Treppe hinaufrannte, um ihn zu überreden.

Sie erwartete fast, daß er nicht mehr dasein würde, denn er war ruhelos, gesellig und süchtig danach, andere zu beeinflussen und zu unterhalten, und er war nicht gerade jemand, der zwei Stunden alleine in dem kleinen Zimmer verbringen würde; doch er lag immer noch auf dem Bett, den Kopf auf das Kopfkissen gestützt, die Brille zu den Augenbrauen hochgeschoben, einen Bleistift im Haar und Bücher um sich herum.

Sie schimpfte: »Du bist jetzt schon lange genug hier drinnen. Du brauchst einen Drink. Komm mit.«

»Lieber nicht.«

»Was ist denn mit dir los, um Himmels willen? Bist du krank?«

»Nein«, er zog die Brille herunter, um Harriet sehen zu können. »Wir haben kein Geld.«

»Laß dir von Yakimov einen Drink ausgeben. Du hast ihm schon häufig genug einen spendiert, als er schlecht bei Kasse war.«

»Ich kann nicht in Cafés gehen, in der Hoffnung, daß jemand anderer für mich zahlt.«

»Ach, komm doch bitte. Ich zahl' für dich.«

»Nein. Laß mich nur.«

»Dann komm mit runter in den Speisesaal und iß etwas.«

Er folgte ihr und aß, ohne viel zu sagen. Sie hatte gehofft, daß sie sich hier in Griechenland, wo sie alleine und voneinander abhängig waren, näher sein würden, als sie es bisher gewesen waren. Jetzt kam es ihr so vor, als sei sie ihm näher gewesen, als er noch nicht hier gewesen war; am nähesten, wahrscheinlich, als sie sich ihm in der Lufthansamaschine über der Ägäis vorgestellt hatte. Kaum war er jedoch angekommen, hatte er schon wieder einen Schritt von ihr weg getan.

Er konnte nicht in Zweisamkeit eingesperrt werden. Seine vorrangige Beziehung war die Welt, und sie fragte sich, ob er eine andere wirklich begreifen konnte. Sein momentaner Konflikt war keiner, der sie betraf, sondern er betraf eine Menschheit mit einer saumseligen Zahlungsmoral, und er befand sich auf dem Rückzug vor ihr. Und so saßen sie jetzt beide da, hatten Freizeit und Freiheit – etwas, das sie in ihrem ersten Ehejahr nicht gekannt hatten –, und Guy sperrte sich mit seinem Dilemma ein, während sie Spaziergänge mit einem Fremden unternahm.

6

Am nächsten Morgen wurde Guy beim Frühstück ans Telefon gerufen und kehrte danach völlig verändert zurück. Er nahm die Treppen zum Speisesaal im Laufschritt, sein Gesicht strahlte, und er rief Harriet zu: »Beeil dich. Wir gehen zur Gesandtschaft.«

»Wirklich? Warum?«

»Das Büro in Kairo hat meiner Anwesenheit hier zugestimmt. Anscheinend haben sie inzwischen so viele Leute in Ägypten, wie sie unterbringen können. Sie wollen nicht noch mehr. Die Gesandtschaft sagt, daß ich etwas Geld kriegen kann.«

Harriet begleitete ihn und wartete in der Kanzlei, während Guy den Buchhalter aufsuchte, von dem er die Genehmigung erhielt, einen Betrag vom Konto der Gesandtschaft abzuheben. Sie konnte seine vor Glück ganz aufgeregte Stimme hören, und als er herauskam, schob er gerade seine Drachmenscheine in ein altes Zweipenny-Kassabuch, das er in seiner Brusttasche aufbewahrte. Er drückte mit dieser Handlung seine Gleichgültigkeit gegenüber Geld aus, wobei ihn aber, wie Harriet inzwischen wußte, der Mangel an Geld keineswegs gleichgültig ließ.

»Und was glaubst du?« sagte er: »Unser alter Freund Dobbie Dobson wird aus Bukarest hierhergeschickt. Wir werden einen Freund bei Hofe haben.«

»Meinst du wirklich?« fragte Harriet zweifelnd.

»Natürlich.« Guy war sich dessen so sicher, und während sie die Hauptstraße hinunterschlenderten, sagte er: »Ich mag Dobson. Ich mag Dobson wirklich. Er ist so natürlich und so liebenswürdig.«

Auch Guy war natürlich und liebenswürdig, was in Anbetracht der Armut, in der er aufgewachsen war, noch überraschender war. Für Harriet hatte es den Anschein gehabt, als besäße er eine einzigartige Einstellung zum Leben, eine Einstellung, die ein Produkt aus Vertrauen und Einfachheit war. Aber Harriet hatte erkennen können, daß die Einfachheit durchaus komplexer war, als sie schien, und daß sein Vertrauen in sich und andere erschüttert werden konnte. Als er kein Geld hatte, war er auf Tauchstation geblieben, und jetzt, wo er wiederauftauchte, stellte er sich ihr in leicht veränderter Gestalt dar.

Sie sagte: »Bei dir bin ich mir nie ganz sicher, wo die Show aufhört und die Wirklichkeit beginnt.«

»Mach dir deswegen keine Sorgen«, sagte er. »Wo möchtest du heute abend essen?«

»Überall, bloß nicht in der Hotelgruft.«

»Laß uns Frewen einladen. Er kann uns sagen, wo wir hin sollen.«

Zur Mittagszeit fanden sie Alan im Zonar's, seinem Stammlokal. Als er die Einladung entgegennahm, wurde er rot, und aus einer Dankbarkeit heraus, die man schon fast überschwenglich nennen konnte, verzog sich sein Gesicht zu seinem typischen schmerzlichen Lächeln. Sie konnten erkennen, wie sehr er sich Freunde wünschte. Und wie seltsam, dachte Harriet, daß er so wenige hatte, und nach all den Jahren in Griechenland von Neuankömmlingen wie Yakimov oder den Pringles abhängig sein sollte. Lag es daran, weil er zwar auf Menschen zuging und den ersten Schritt zu einer Freundschaft tat, dann aber nicht weitergehen konnte? Sie konnte sich ihn mit vielen Bekannten vorstellen, von denen ihn aber keiner richtig kannte.

Er schlug vor, in eine Taverne zu gehen, wo sie vielleicht griechische Tänze zu sehen bekommen würden. Er kannte eine hinter der Römischen Agora. Am Abend holte er sie dann im Taxi ab und überreichte Harriet einen Strauß kleiner, blaßlila Blumen.

Sie sagte: »Alpenveilchen, jetzt schon!«

»Ja, sie sind hier früh dran. Die Pflanzen beginnen hier schon wieder mit dem Wachstum, noch ehe sie richtig damit aufgehört haben.«

»Das heißt, der Winter ist zu Ende, bevor er richtig anfängt?«

»Leider nein. Der Winter kann sehr bitter sein, und er wird aller Wahrscheinlichkeit nach jeden Tag über uns hereinbrechen. In den Bergen hat das Wetter schon umgeschlagen. Frontberichte sprechen von ›Sturzbächen‹. Ich hoffe bloß, daß die Italiener mit ihrem schweren Gerät im Schlamm stekkenbleiben.«

Sie wurden in einer breiten, dunklen Straße abgesetzt, durch die der Wind kalt hindurchblies. Alan führte sie durch Verdunkelungsvorhänge in eine kleine Taverne hinein, wo nur der Besitzer anwesend war und dasaß, als sei er wegen der ausbleibenden Gäste verzweifelt. Als er Alan sah, sprang er auf und begann, ihnen eine Anzahl von Tischen anzubieten, die um eine freie Fläche herumgruppiert waren. Es handelte sich um eine Tanzfläche, aber es war niemand zum Tanzen da.

Während sie sich niedersetzten, blieb er eine Weile bei ihnen stehen und unterhielt sich mit Alan. Seine Stimme war dabei so voller Trauer, die erhobenen Hände übermittelten eine solche Tragik, daß die Pringles schon auf traurige Nachrichten vorbereitet waren, noch bevor es Alan möglich war, sie zu übersetzen. Der Besitzer hatte zwei Söhne, die selbst geschickte Tänzer waren und konkurrierende Tänzer aus der Nachbarschaft angelockt hatten. Aber jetzt waren seine Söhne und alle anderen jungen Männer in den Krieg gezogen, und er war hier ganz alleine übriggeblieben. Aber selbst wenn seine Söhne zu Hause wären, würde nicht getanzt werden, denn die Griechen hatten das Tanzen eingestellt. Niemand würde tanzen, während Freunde und Brüder und Geliebte im Krieg waren. Nein, niemand würde wieder tanzen, ehe nicht jeder einzelne feindliche Soldat von Griechenlands Erde vertrieben war. Dennoch blieb die Taverne offen, und der Besitzer war froh, Alan und seine Begleiter zu empfangen. Als ihm Guy und Harriet vorgestellt wurden, schüttelte er ihnen die Hand und sagte, daß es noch etwas Lamm mit Tomaten und Zwiebeln gebe und, Gott sei Dank, würde natürlich immer guter weißer und roter Wein dasein.

Er ging in die Küche, und Alan entschuldigte sich für die Stille und für die gedrückte Stimmung. Da sie ihn so geknickt dasitzen sah, fragte ihn Harriet über die jungen Männer aus. Wie tanzten sie? Wo lernten sie es?«

Alan ging sofort darauf ein und sagte: »Oh, alle griechischen Burschen können tanzen. Tanzen ist hier eine natürliche Form, sich auszudrücken. Wenn Musik erklingt, läuft jemand auf das Tanzparkett, streckt die Hand aus, ein anderer gesellt sich zu ihm, und der Tanz beginnt. Und dann ist da noch der *Zebeikiko!* Der Tanz, bei dem sie die Arme um die Schultern des anderen legen. Am Anfang sind es vielleicht nur zwei oder drei, dann gesellt sich ein weiterer hinzu, dann noch jemand; und die Frauen klatschen und... oh dear me!

Das ganze Lokal scheint vor Erregung zu beben. Ich kann euch sagen, da gerät das Blut ganz schön in Wallung!«

»Ich möchte es gerne einmal sehen.«

»Das werden Sie vielleicht auch. Der Krieg wird nicht ewig dauern.«

Als der Wein gebracht wurde, lud Alan den Besitzer ein, mit ihnen auf einen schnellen Sieg zu trinken. Der alte Mann hielt sein Glas hoch und sagte: »Niki, niki, niki«, und fügte dann hinzu, daß die Italiener am Boden liegen würden, noch ehe der Monat vorüber war. Er hatte daran keine Zweifel.

Als er sie verließ, war es still im Raum bis auf das Surren der Lampen, die knapp unterhalb der an die Wand gehefteten Drucke hingen. Einer dieser Drucke zeigte die Jungfrau Maria, auf byzantinische Art gemalt; ein anderer war ein farbiges Kriegsplakat, auf dem die Frauen von Epirus, barfuß, die Röcke über die Knie geschürzt, ihren Männern halfen, Geschütze den Berg hinaufzukarren.

Nachdem der Besitzer das Essen gebracht hatte, zog er sich taktvoll zurück, setzte sich an seinen eigenen Tisch und war anscheinend in Gedanken versunken, bis Alan ihm zurief: »Wo sind all die Gäste?«

Der Besitzer sprang wieder auf, um eine Antwort zu geben. Er erklärte ihnen, daß in dieser Zeit niemand Lust hatte auszugehen, während ihre jungen Männer kämpften und ihr Leben ließen.

Als der Mann zu seinem Platz zurückging, blickte ihm Alan mit erinnerungsseliger Sympathie nach, worauf Harriet meinte: »Sie lieben Griechenland, nicht wahr?«

»Ja. Ich liebe das Land, und ich liebe die Leute. Sie besitzen eine herrliche Lebendigkeit und Freundlichkeit. Sie wollen natürlich selbst geliebt werden; aber das tut ihrer Individualität und Unabhängigkeit keinen Abbruch. Kennt ihr schon die Geschichte von dem griechischen Schreiner, der gebeten wurde, sechs Eßzimmerstühle anzufertigen?«

»Nein. Erzählen Sie bitte.«

»Der Kunde wollte, daß sie alle gleich aussehen, und der Schreiner nannte ihm einen außergewöhnlichen hohen Preis. ›Kommt nicht in Frage‹, sagte der Kunde. ›Tja‹, sagte der Schreiner, ›wenn ich jeden anders machen kann, mach' ich sie zum halben Preis.‹«

Alan erzählte einige Zeit lang von den Griechen und ihrer Landschaft: »Eine idyllische, unverdorbene Landschaft«. Guy, der sich für praktischere Aspekte des griechischen Lebens interessierte, unterbrach ihn und fragte, ob Alan mit ›unverdorben‹ nicht unterentwickelt meinte und mit ›idyllisch‹ nicht einfach Zustände, die sich seit den Tagen des Ottomanischen Reiches nicht geändert hätten. Wie war es möglich, sich an der Schönheit eines Landes zu erfreuen, wenn die Bewohner in Armut und Elend lebten?

Alan war erschrocken über Guys implizite Kritik. Sein großes, melancholisches Gesicht wurde dunkel, und er schien nicht in der Lage, etwas zu sagen. Als ob seine Eitelkeit verletzt worden wäre, sagte er nach ein paar Augenblicken:

»Ich habe viel von dem Land gesehen. Ich habe nicht bemerkt, daß die Leute unglücklich sind.«

Es lag eine defensive Gereiztheit in seiner Stimme, und Harriet hätte, wenn sie gekonnt hätte, das Thema sofort abgebrochen, doch Guy war nicht so schnell zu bremsen. Überzeugt davon, daß Alan – ein menschenfreundlicher intelligenter Mann – dazu gebracht werden konnte, seine Anschauungen zu teilen, fragte Guy mit erwartungsvollem Interesse:

»Aber sind sie glücklich? Können Menschen unter einer Diktatur glücklich sein?«

»Einer Diktatur!« Alan reagierte zunächst überrascht und lachte dann. »Man *könnte* es möglicherweise eine Diktatur nennen, aber dann eine sehr wohlwollende. Ich nehme an, du hast dich mit K. K. E-Mitgliedern unterhalten? Was hätten sie getan, wenn sie an die Macht gekommen wären? Bevor Metaxas die Macht ergriff, hatte es den Versuch gegeben, einer mehr oder weniger primitiven Gesellschaft ein modernes politisches System aufzuzwingen. Die Folge war Chaos. In den alten Zeiten hatte es die übliche, halb-orientale Korruption gegeben, aber sobald es ein Maß an demokratischer Freiheit gab, uferte die Korruption ins Unermeßliche aus. Das einzige, was Metaxas tun konnte, war, das System außer

Kraft zu setzen. Das Experiment wurde gestoppt. Nur vorübergehend natürlich.«

»Wann glauben Sie, wird es wieder beginnen?«

»Wenn das Land soweit ist, sich selbst zu regieren.«

»Und wann wird das sein? Was wird getan, um Griechenland auf das gleiche Niveau wie die fortgeschrittenen Länder zu bringen? Ich meine natürlich fortgeschrittenere Industrieländer?«

»Nichts, hoffe ich.« Alan sprach mit einer Schroffheit, die sowohl Guy als auch Harriet überraschte. »Griechenland ist richtig, so wie es ist. Metaxas hat keinen persönlichen Ehrgeiz. Er ist eine Art väterlicher Despot, wie die Despoten der klassischen Welt; und alles in allem macht er seine Sache recht gut.«

Während Guy in Gedanken Alans geistige Grenzen beurteilte und kritisch betrachtete, sagte er: »Sie haben es lieber, wenn die Bauern in pittoresker Armut verharren, nehme ich an?«

»Ich habe es lieber, wenn sie so bleiben, wie sie sind: höflich, großmütig, ehrenhaft und mutig. Ich gebe zu, Athen ist nicht mehr, was es einmal war. Es gab einmal eine Zeit, in der jeder Fremde in der Stadt wie ein Gast behandelt wurde. Da aber immer mehr Fremde hierherkamen, konnte das natürlich so nicht weitergehen; und doch blieb etwas übrig. Die große Tradition der *Philoxenia* – der Freundschaft gegenüber einem Fremden – existiert noch immer auf dem Land und auf den Inseln. Sie existiert hier – in einem kleinen Café wie diesem!« Alans Stimme wurde vor Emotionalität ganz leise; er mußte einen Augenblick innehalten, ehe er sagen konnte:

»Ein großes Volk! Warum sollte irgend jemand wünschen, es zu ändern?«

Guy nickte anerkennend: »Ein großes Volk, ja! Sie verdienen etwas Besseres als ein Leben an der Armutsgrenze.«

»Der Mensch lebt nicht vom Brot allein. Ihr jungen Radikalen wollt die Welt in eine Stätte der Massenproduktion verwandeln, und das wollt ihr noch dazu von heute auf morgen fertigbringen. Ihr berücksichtigt nicht, daß verschiedene Länder sich auf verschiedenen Entwicklungsstufen befinden.«

»Es ist nicht nur eine Frage der Entwicklung, sondern eine Frage der Freiheit; insbesondere der Gedankenfreiheit. Es gibt doch politische Gefangene in Griechenland. Stimmt das etwa nicht?«

»Das weiß ich nicht. Kann sein, aber wenn Leute dazu entschlossen sind, lästig zu werden, dann ist das Gefängnis der beste Ort für sie.«

»Sie sind dazu entschlossen, die Verhältnisse ihrer Landsleute zu verbessern.«

»Sind wir das nicht alle?« fragte Alan mit der Schroffheit eines sanftmütigen Menschen, der auf dem Umweg über seine Ideale angegriffen wurde. Er packte seine dunkle Brille aus und spielte an ihr herum.

Harriet sah, daß seine Hände zitterten, und sagte »Schatz, laß uns von etwas anderem reden.« Doch Guy war zu sehr in sein Thema vertieft. Während er ausführlich von guten Schulen, Kliniken, Schwangerschaftsfürsorge, Wohlfahrtsheimen, Bauernkollektiven und gemeindeeigenen Industrien sprach, wurde Alans Gesicht zunehmend düsterer. Schließlich unterbrach er ihn und protestierte.

»Sie kommen aus einem Industriegebiet. Sie können Fortschritt nur industriebezogen anerkennen. Griechenland war nie ein Industrieland, und ich hoffe, es bleibt so.«

»Kann Griechenland sein Volk ohne Industrie ernähren?«

Ohne den Versuch zu unternehmen, darauf zu antworten, sagte Alan: »Ich liebe Griechenland. Ich liebe die Griechen. Ich möchte nicht, daß sich hier etwas verändert.«

»Sie sprechen wie ein Tourist. Ein Land *muß* seine Bevölkerung ernähren.«

»Es ernährt sie doch. Niemand verhungert hier.«

»Woher wissen Sie das? Verhungern kann ein langsamer Vorgang sein. Wie viele Griechen müssen denn jedes Jahr auswandern?«

Alle am Tisch hatten plötzlich das Gefühl, daß die Diskussion in eine Sackgasse geraten war. Alan legte seine Brille hin, betrachtete sie und stieß dann ein Lachen aus: »Sie müssen sich mal mit Ben Phipps unterhalten«, sagte er. »Ich glaube, ihr würdet euch verstehen.«

»Wirklich?« fragte Harriet ganz überrascht.

»O ja. Ben gibt damit an, ein Progressiver zu sein.«

»Das gefällt doch Cookson bestimmt nicht?«

»Ben wird in Phaleron nicht ernst genommen. Wie Sie ja wissen, ist es heutzutage modern, links zu sein. Phipps wird als eine Art Hofnarr aktzeptiert. Er kann glauben, was er will, solange er nicht versucht, irgend etwas zu ändern.«

»Ich möchte ihn gerne wiedersehen.«

»Ich glaube, das läßt sich machen!«

»Laßt uns noch eine Flasche trinken.«

Alan hatte in Guys Augen an Achtung verloren, doch er war sich dessen nicht bewußt. Er sah aus wie ein Junge, der die Schule hinter sich hatte, zu den Schönheiten Griechenlands zurückkehrte und lang und breit über seine Reisen auf dem Festland und zu den Inseln erzählte. Guy lehnte sich zurück und beteiligte sich nicht weiter an der Unterhaltung, sondern wohnte dem Ganzen mit einem interessierten Lächeln bei und betrachtete Alan mit nicht mehr Ernsthaftigkeit, als Cookson etwa Phipps betrachtete. Aber als die Flasche leer war, hatten sie Brüderschaft getrunken.

Beim Abschied nahm der Besitzer ihre Hände und hielt sie so lange, daß sie glaubten, er könne es kaum ertragen, wieder alleine in der leeren Stille zurückgelassen zu werden, die einmal voller Leben war, voller Musik und voller tanzender junger Leute.

Draußen herrschte wenig Verkehr, und es gab keine Hoffnung auf ein Taxi. Alan, der vor ihnen herging, führte sie durch enge Straßen zur Platia Plaka, an der sie gerade ankamen, als der Fliegeralarm ertönte. Die polizeilichen Anordnungen besagten, daß während eines Alarms jeder Schutz suchen mußte, aber die Luftangriffe, die täglich geflogen wurden, zielten auf Piräus, und die Athener umgingen die Anordnungen, wenn sie konnten. Alan machte den Vorschlag, sich am Platz auf den Stühlen vor dem Café hinzusetzen. Sie konnten dann schnell nach innen gehen, falls die Polizei auftauchte.

Das Mondlicht, das immer wieder kurz durch eine langsam dahinziehende Bewölkung schien, streifte die alten

Häuser und die Bäume und die Tafel, die darüber Auskunft gab, daß Byron hier irgendwo in der Nähe gewohnt hatte. Die Ranken der Pfefferbäume im Zentralpark bewegten sich wie Seegras im Wind. Es war jetzt zu kalt, um nach Einbruch der Dunkelheit im Freien zu sitzen, aber die Frische draußen war der heißen, rauchigen Luft hinter dem Vorhang des kleinen Cafés vorzuziehen.

Als der Cafébesitzer draußen Stimmen hörte, schaute er durch die Vorhänge und fragte, ob sie Kaffee wollten. Alan erklärte ihm, daß sie nur auf das Ende des Luftangriffs warteten. Der Besitzer sagte, daß sie vielleicht lange warten müßten, und lud sie zu einem Kaffee auf Kosten des Hauses ein. Der heiße, süße Kaffee kam in kleinen Tassen, und der Kellner ließ, als eine Willkommensgeste, den Vorhang etwas offenstehen, während drinnen jemand auf einer Concertina zu ihren Ehren ›Tipperary‹ spielte. Sie tranken ihren Kaffee und bestellten noch einen. Der Mond verschwand hinter den Wolken, und es wurde ganz dunkel; nur zwischen den Vorhängen schimmerte noch Licht nach draußen.

Alan sagte: »›Ihre Verwegenheit übersteigt ihre Kräfte, und ihr Wagemut übersteigt die Vernunft, und nie verlieren sie die Hoffnung im Leid.‹«

»Thukydides?« sagte Guy. Alan nickte, und Harriet bat ihn: »Rezitier doch etwas aus deinen Übersetzungen von Cavafy.«

Er überlegte eine Weile und fing dann an: »Warum warten wir hier zusammen auf dem Marktplatz? Es sind die Barbaren, die heute kommen...« Er hielt inne. »Es ist ein langes Gedicht; zu lang.«

»Wir haben nichts anderes zu tun als zuzuhören«, sagte Harriet, und sie erkannte plötzlich, wie glücklich sie war – hier mit Guy, der endlich aus seiner Zurückgezogenheit herausgekommen war, um ein Gefährte dieser Freiheit zu sein, die, da sie weder Vergangenheit noch Zukunft hatte, eine Lakune der Zeit darstellte; ein Geschenk der Muse, das nur angenommen und genossen zu werden brauchte.

Alan war gerade dabei, seine Rezitation von neuem zu beginnen, als Entwarnung ertönte. »Ein anderes Mal«, sagte er.

»Jetzt muß ich zurück und meinen armen, alten Diocletian füttern.«

7

Alan hatte Harriet gefragt, ob sie ihn bei Gelegenheit wieder ins Grüne begleiten würde, und als ihnen ausgerichtet wurde, daß ein Besucher in der Hotelhalle wartete, sagte sie zu Guy: »Willst du nicht auch mitkommen?«

Guy, dessen alte Sehnsucht nach Kontakt mit dem Leben wiederhergestellt war, sagte: »Ja, sehr gerne.« Als sie die Treppe hinunterrannten, blieb er jedoch abrupt stehen und flüsterte: »Ich will ihn nicht sehen.«

»Wen?«

»Es ist schon wieder Toby Lush.«

Guys gekränkter und ängstlicher Gesichtsausdruck machte sie wütend. »Ich werde ihn mir vornehmen«, sagte sie. »Du wartest hier.«

Mit seiner lederbesetzten Jacke, den traurigen Überresten eines Schnurrbarts und den in die Augen hängenden Haaren sah Toby wie ein harmloser alter Hirtenhund aus. Er grinste Harriet an, als ob er den Auftrag hätte, eine erfreuliche Nachricht zu übermitteln, und schien über ihren Ton ganz erschrocken zu sein, als sie fragte:

»Was wollen *Sie* denn hier?«

»Meinen alten Kumpel sprechen. Ist er da?«

»Nein.«

»Wann kann ich ihn sprechen? Es ist dringend.«

»Sie können ihn nicht sprechen. Sie können eine Nachricht hinterlassen.«

»Nein. Ich habe Anweisung, Guy persönlich zu sprechen.«

»Er weigert sich, Sie zu sehen. Wenn Sie irgend etwas zu sagen haben, können Sie es mir sagen.«

Toby hustete und trippelte nervös hin und her, aber schließlich mußte er reden. »Es wird ein Evakuierungsschiff geben. Es ist alles arrangiert. Ich soll euch von Dubedat ausrichten, daß er für euch zwei Kojen organisiert hat.«

»Ach nein? Warum?«

»Das ist eure Chance, verstehen Sie das nicht? Hier gibt es nichts für euch: Keine Arbeit, kein Geld, keine Wohnung, und jetzt marschieren auch noch die Italiener ein. Ihr habt einen Mordsdusel, daß ihr hier rauskommt.«

»Und fährt Gracey auch?«

»Ja, wir verlieren ihn traurigerweise.«

»Und Sie und Dubedat?«

»Nein, wir würden fahren, wenn wir könnten, aber wir müssen die Stellung halten. Auf dem Schiff ist kein Platz für uns Männer. Der Gute ließ seine Beziehungen spielen, und, da er denen erklärt hat, daß ihr hier praktisch nur gestrandet seid, haben sie die Vorschrift ein wenig gedehnt.«

Toby lachte nervös. Sein feuchter Schnurrbart zitterte unter seiner Nase, und er fügte hinzu: »Ich würde lieber fahren als bleiben.«

»Sie überraschen mich. Die Nachrichten von der Front sind nämlich gut. Mir wurde gesagt, daß die Italiener überhaupt nicht kämpfen würden. Eine ganze Division sitzt in einer Schlucht des Pindos-Gebirges in der Falle und versucht nicht einmal, sich freizukämpfen.«

»Oh, Sie können doch diese Geschichte nicht glauben. Die Griechen sagen dieses und jenes. Die Ittaker sind vielleicht für den Moment gestoppt worden, aber sie brechen mit Sicherheit durch. Sie haben Panzer, LKWs, große Geschütze, lauter so Zeug. Wenn die mal durchgebrochen sind, sind die im Handumdrehen da. Eigentlich wollen wir nicht hierbleiben, aber wir haben hier einen Job.«

»Sie hatten auch in Bukarest einen Job und haben sich trotzdem verdrückt.«

»Also bitte!«

Toby hatte fortwährend seine Taschen abgesucht, und da er jetzt ein Streichholz gefunden hatte, fing er an, damit im Pfeifenkopf herumzustochern. »Seien Sie fair!« sagte er. »Der gute Junge hat sich für euch ein Bein herausgerissen. Und ihr könnt von Glück reden, daß ihr fahren könnt.«

»Aber wir fahren nicht.«

Tobys Augen traten hervor. »Ich werdet fahren, und zwar ganz bestimmt. Das ist eine Anweisung. Ihr habt doch den Brief gesehen. Dubedat ist jetzt der Boß hier, und wenn Guy vernünftig ist, macht er keine Schwierigkeiten. Wenn er sich in Kairo zum Dienst meldet, halten wir hier die Klappe. Kein Wort darüber, daß er entgegen den Anweisungen hierhergekommen ist. Das verspricht der gute Junge. Also seid vernünftig. Es ist das einzige Schiff. Das letzte Schiff. Deshalb übergebt uns eure Pässe, und wir erledigen alles Nötige.«

Harriet wiederholte: »Wir werden nicht fahren.« Sie stieg die Treppen hoch, während Toby rief: »Wir werden im Büro in Kairo anrufen. Wir werden uns beschweren...«

Guy war ins Zimmer zurückgegangen, wo Harriet ihn auf dem Bett ausgestreckt vorfand, ein Buch in der Hand und mit der Miene des demonstrativ Desinteressierten, hinter der sich in Wahrheit seine Erwartung eines neuerlichen Verrates verbarg.

»Wir werden auf das Evakuierungsschiff beordert. Auf Dubedats Befehl.«

»Ist das alles?« lachte Guy und ließ sein Buch fallen.

»Es ist das letzte Schiff. Wenn wir nicht mitfahren, sitzen wir fest.«

»Wir könnten an keinem besseren Ort festsitzen.«

8

Am Abend, bevor das Schiff ablegte, gab Cookson noch eine Abschiedsparty für Gracey. Yakimov war unter den eingeladenen Gästen.

»Wer war denn alles dort?« fragte ihn Harriet am Tag danach.

»Alle«, sagte Yakimov.

Harriet fühlte sich ausgeschlossen, da sie der Meinung gewesen war, daß sie und Guy Teil des englischen Lebens in Athen wären; aber anscheinend war das nicht der Fall. Doch als das Schiff ausgelaufen war, begann sich eine andere Atmosphäre zu verbreiten. Unsicher darüber, wer gefahren war und wer nicht, begegneten sich die Zurückgebliebenen mit Glückwünschen. Wie Veteranen, die zurückgelassen worden waren, um sich dem Vormarsch des Feindes entgegenzustemmen, empfanden sie ein neues Gefühl von Wärme füreinander.

Zur gleichen Zeit hatte sich die Lage geändert. Kaum war das Schiff aus dem Hafen, als in den Straßen Jubel ausbrach aufgrund der Nachricht, daß die Alpini Division, die im Pindos in der Falle saß, sich bis auf den letzten Mann ergeben hatte. Die Griechen hatten 5000 Soldaten gefangengenommen. Die Menschen sagten zueinander: »Selbst Musso kann die Ittaker nicht dazu bringen, daß sie kämpfen.« Die Griechen, die zwar gekämpft, sich aber eingebildet hatten, daß der Kampf hoffnungslos war, fingen nun an, den Feind als Papiertiger zu sehen, der umfällt, sobald der Held zuschlägt.

Die allgemeine Aufregung erreichte ihren Höhepunkt, als Angehörige der Royal Air Force in Tatoi und Eleusis eintrafen und gerade dann in den Straßen auftauchten, als die Griechen vor Triumph und Hoffung ohnehin schon ganz aus dem Häuschen waren.

Guy und Harriet waren von Alan zu Zonar's eingeladen worden und sahen die verlegenen jungen Engländer mit ihren rosigen Gesichtern, denen in jeder Straße Bewunderer nachliefen und ihnen zujubelten. Auf dem Weg zum Café kam ihnen eine Menschenmenge entgegen, die die Straße herunterrannte und einen bärtigen englischen Piloten auf den Schultern trug. Als er in Richtung Hermesstraße getragen wurde, riefen die Griechen den Evzonen-Schlachtruf »Aera! Aera!«, worauf der Pilot die Arme in die Luft streckte und ihnen antwortete: »Yo-ho-ho und eine Buddel voll Rum.«

Auf dem Bürgersteig erzählte eine Frau jedem, daß genau dies der Pilot sei, der einen italienischen Bomber über Piräus abgeschossen hatte. Die Behauptung wurde als Tatsache interpretiert, und die Griechen, die draußen vor Zonar's saßen, applaudierten. Als die Pringles sich zu Alan setzten, fragte ein in der Nähe sitzender Mann, der sie Englisch sprechen hörte: »Was bedeutet dieses ›Yo-ho-ho und eine Buddel voll Rum?«

»Es ist ein alter englischer Schlachtruf«, erwiderte Alan, und als seine Worte die Runde machten, brach der Applaus von neuem los.

Der Pilot war nun nicht mehr zu sehen, aber bevor sich die allgemeine Begeisterung legen konnte, hielt an der Ecke ein LKW mit einer Ladung griechischer Soldaten. Die Soldaten hockten auf Ballen von Decken und dicker Kleidung, die von den Athenern gestiftet worden waren und die alles, was sie entbehren konnten, den Truppen, die jetzt in Regen und Schnee kämpften, zur Verfügung stellten. Beim Anblick des LKWs traten die Leute auf die Straße, um den Soldaten die Hände zu schütteln. Harriet, die von der Erregung angesteckt wurde, nahm Alans Glas und lief damit auf die Straße, wo sie es zu den Männern hochhielt. Einer von ihnen nahm es lächelnd entgegen und führte es an seine Lippen. Doch ehe er trinken konnte, fuhr der Lastwagen mit dem Soldaten und dem Glas davon.

Harriet sagte: »Oh, das tut mir leid.«

»Du hättest nichts Passenderes tun können«, versicherte ihr Alan. »Die Griechen lieben Gesten dieser Art«, und er fügte hinzu: »Da wir uns zum ersten Mal treffen, seit das Schiff ausgelaufen ist, müssen wir darauf trinken, daß ihr trotz allem dageblieben seid. Und ich glaube, ihr habt klug gehandelt. Ich bin davon überzeugt, daß wir miterleben werden, wie die Schwachen die Starken und die Opfer die Räuber bezwingen.«

Sie tranken, und Harriet sagte: »Ich nehme an, Dubedat hat jetzt endgültig die Leitung übernommen?«

»Nein«, sagte Alan. »Auf der Party kam es zu einem interessanten kleinen Vorfall. Vor allen Leuten verlangte Gracey von Dubedat die Rückgabe des Briefes, der ihn zum stellvertretenden Direktor ernannte, da Gracey entschieden hatte, die Schule bis zur Ernennung eines neuen Leiters zu schließen.«

»Trotzdem kann Dubedat ja noch zum Leiter ernannt werden.«

»Das könnte passieren. Wer weiß, was die vorhaben? Ach ja, und da haben wir ja noch einen weiteren Anwärter auf den Titel. Guy sagte, er wolle ihn gerne wiedersehen.«

Auf Ben Phipps' Gesicht war alle Heiterkeit verschwunden gewesen, als er die Universitätsstraße überquerte, doch beim Anblick von Alan winkte er, kam zum Tisch geeilt und betrachtete die Tischrunde mit betonter Fröhlichkeit. Sein Gehabe war jedoch zu durchsichtig; zwischen dem Menschen und dem Schauspieler schien ein erheblicher Unterschied zu bestehen.

Er sagte: »Kann leider nicht lange bleiben. Ich esse in Phaleron zu Abend und hatte Probleme mit dem Auto. Mußte es in Psychiko zurücklassen.«

»Ich hoffe, du hast wenigstens Zeit für einen Drink«, sagte Alan mit ironischer Schärfe, worauf der Mensch Phipps versuchte, mit dem freundlichen Schauspieler eins zu werden. »Hey«, sagte er, »sei doch nicht gleich sauer. Ich bin noch nicht ganz auf dem Dampfer. Ich hab' noch einen kleinen Kater, als Folge der großen Abschiedsparty.«

Die beiden Männer unterhielten sich über Cooksons Party, als Mrs. Brett mit ihrer Freundin Miß Jay auf dem Weg ins Café vorbeikam. Sie machte bei ihnen am Tisch halt, um mitzuteilen, daß sie gerade aus dem Hotel ausgezogen sei.

»Ich habe jetzt eine eigene Wohnung. Ich werde Partys geben – wartet nur! Glänzende Partys. Du kommst doch, ja?« verlangte sie von Alan und wandte sich dann ruckartig den Pringles zu: »Und Sie beide?« Sie ignorierte Ben Phipps, der über sie hinwegsah, als sei sie ihm unbekannt. Nachdem sie damit fertig war, die Wunder ihrer neuen Wohnung zu beschreiben, warf sie ihm einen giftigen Blick zu und sagte: »So sind wir also Gracey los! Ich habe gehört, es herrschte großer Jubel drunten in Phaleron! Offensichtlich bin ich nicht die einzige, die froh ist, ihn von hinten zu sehen.«

Phipps fühlte sich getroffen, wandte sich Miß Jay zu und fragte sie sanft: »Wie hat Ihnen die Party des Majors gefallen? Wie ich sehen konnte, haben Sie am Büfett ja kräftig zugelangt.«

Als Antwort fegten Miß Jay und ihr weißer Spinnaker ins

Café davon, doch Mrs. Brett wich nicht vom Fleck, und durch die Anwesenheit eines Feindes angeregt, sprach sie noch erregter als sonst. »Was ist mit Lord Pinkrose?« fragte sie. »Er ist doch hoffentlich nicht auch abgereist?«

Alan stand etwas unsicher auf seinem gichtigen Bein und lächelte gequält und verlegen. »Nein, er ist nicht abgereist. Er zauderte bis zum letzten Augenblick, entschloß sich aber dann, in Athen zu bleiben. Ich glaube, daß die Nachrichten von der Front ein entscheidender Faktor waren.«

»Um so besser für ihn.« Mrs. Brett sprach in einer Weise, als ob Pinkrose durch sein Bleiben ungewöhnlichen Mut an den Tag gelegt hätte. »Mir wurde gesagt, er sei im Rennen um die Leitung der Schule, und ich hoffe, er bekommt sie. Ein Gelehrter und ein Gentleman, das ist es, was wir hier brauchen. Es gibt nicht viele von dieser Art. Es wäre eine schöne Abwechslung, mal einen von dieser Sorte zu haben.«

Schließlich gingen sie, und während sich die anderen Männer niedersetzten, sank Phipps sichtlich mitgenommen auf seinen Stuhl. Seine Stimme war schwach geworden. »Ich wußte gar nicht, daß Pinkrose ein Kandidat für die Stelle ist?«

»Ja, das ist er tatsächlich.«

»Ein aussichtsreicher Kandidat?«

»Wer weiß? Auf alle Fälle ist er dauernd um Gracey herumscharwenzelt. Ich habe ihn immer gesehen, wie er sich mit kleinen Geschenken in Graceys Zimmer geschlichen hat: mit einer Flasche Sherry, mit Pralinen, ein paar Blumen...«

»Du lieber Himmel«, sagte Harriet.

Alan lachte. »Ich werde nie den Anblick von Pinkrose vergessen, wie er wie ein Liebhaber mit zwei Tuberosen in der Hand dastand und affektiert grinste.«

Ben Phipps lachte nicht, er sah auf seine Armbanduhr.

Alan sagte: »Eigentlich habe ich dich hergebeten, weil Pringle hier gerne einige deiner jungen griechischen Freunde kennenlernen würde, und zwar die Linken.«

»Oh?« Ben Phipps schaute Guy nicht an. Seine schwarzen, punktförmigen Augen flackerten hinter seiner Brille hin und her, als er, mit Blick auf Alan, sagte: »Ich habe sie in letzter Zeit nicht oft gesehen.«

Guy wollte unbedingt mehr wissen und sagte: »Ich nehme an, es handelt sich hauptsächlich um Schüler der Oberstufe?«

»Ja, hauptsächlich«, sagte Phipps. »Die Älteren werden jetzt beim Militär sein.« Es gab eine Pause, während der Guy ihn voller Erwartung ansah, bis Phipps gezwungenermaßen und stirnrunzelnd zu Alan sagte: »Du könntest ihn mal ins Aleko's mitnehmen. Sie halten sich immer dort auf. Stell ihn Spiro vor, dem Burschen hinter der Bar; er wird ihn mit den anderen in Kontakt bringen.«

»Das ließe sich vielleicht machen«, stimmte Alan widerwillig zu.

Phipps besah sich Guy zum erstenmal und sagte erklärend: »Ich bin seit einiger Zeit nicht mehr dort gewesen.« Dann sah er, wie ein Bus hielt und sprang mit den Worten auf: »Mein Bus. Fürs erste Tschüs«, und hastete los, um ihn noch zu erreichen.

Alan blickte ihm nach und sagte: »Bevorzugte Freunde läßt der Major für gewöhnlich in seinem Delahaye abholen. Ich glaube, der arme Ben hat allen Grund, nervös zu sein. Und er scheint gerade seine linke Gesinnung abzustreifen.«

Harriet sah Guy direkt an und sagte plötzlich: »Was spricht eigentlich dagegen, daß du Direktor wirst?«

Er sah sie ganz erstaunt an und fing dann an zu lachen, als ob sie einen Witz gemacht hätte. »Ja, warum nicht? Du bist das einzige Mitglied der Organisation, das sich in Athen befindet. Pinkrose ist Dozent in Cambridge. Er hat keine Ahnung von der Arbeit der Organisation.«

»Darling, das ist völlig ausgeschlossen.« Guy sprach in einem entschiedenen Ton und hoffte dadurch, den Gedanken gleich im Ansatz zu ersticken.

»Aber warum?«

Etwas ungeduldig erklärte er: »Ich bringe nicht die Erfahrung mit für einen Direktor. Ich wurde als Dozent eingestellt. Wenn ich hier einen Lehrauftrag bekomme, kann ich schon sehr zufrieden sein.«

»Du würdest mehr Erfahrung mitbringen als Phipps oder Dubedat.«

»Wenn einer von beiden ernannt werden würde – und ich bin mir ziemlich sicher, daß das nicht der Fall sein wird, – wäre es ein skandalöser Kuhhandel. Ich werde da nicht mitspielen. Ich werde die Situation sicherlich nicht dahingehend ausnutzen, um mehr zu bekommen, als mir zusteht.« Er wandte sich wieder von ihr ab und sagte zu Alan: »Ich möchte gerne in das Lokal, das Phipps genannt hat.«

»Aleko's? Wir können später dahin gehen, aber...« Alan sah sich nach dem Kellner um.

Die Dämmerung setzte ein; plötzlich zog ein kalter Wind auf, und die Leute verließen die im Freien aufgestellten Tische. Alan sagte: »Ich hatte gehofft, ihr würdet mit mir zu Abend essen?« Als Harriet ihm ein zustimmendes Lächeln schenkte, fragte er: »Gibt es ein Lokal, wo du gerne hin möchtest?«

»Könnten wir in den Russischen Club gehen?«

Allan lachte. Es war offensichtlich eine bescheidene Bitte, und er sagte: »Aber sicher. Die nennen sich zwar Club, aber es wurde noch nie jemand abgewiesen.«

Der Club, ein einziger Raum, war in den frühen Zwanzigern tapeziert und dekoriert worden, und seither nie mehr. Beim Eintreten sagte Alan: »Vielleicht sehen wir Yakimov«, und sofort erblickten sie ihn, an einem kleinen Tisch sitzend, mit einem Teller voller Pfannkuchen vor sich.

Er sah mit einem Auge auf und murmelte liebenswürdig: »Mein gutes Mädchen! Meine lieben, alten Knaben! Schön, euch zu sehen«, aber eigentlich wollte er sie gar nicht sehen. Während sie neben ihm standen, strich er roten Kaviar zwischen seine Pfannkuchen, schaute dann versunken und mit einem hingebungsvollen Lächeln auf dieses große Sandwich, ehe er schließlich ein Kännchen mit Sauerrahm darübergoß.

»Du verwöhnst dich ja nicht schlecht«, sagte Alan.

»Eine kleine Feier!« erklärte Yakimov. »Hab' mein Auto verkauft, meinen guten alten Hispano-Suiza. Ein deutscher Offizier hat ihn in Bukarest gekauft. Ich dachte, ich würde von dem Geld nie etwas zu sehen bekommen, aber mein alter Freund Dobson brachte mir ein Bündel Geldscheine mit.

Euer Yaki ist einmal bei Kasse. Nicht groß bei Kasse natürlich. Nur ein bißchen Kleingeld. Muß versuchen, es gut einzuteilen.« Er wartete darauf, daß sie weitergingen. Wenn er bei Kasse war, benötigte er keine Freunde. Wenn er sein eigenes Essen kaufen konnte, aß er gut und alleine.

Alan und die Pringles setzten sich an ein Erkerfenster und schauten auf die Akropolis hinaus, wie sie im letzten, vagen Dunkelrot der Dämmerung verschwand. Auch sie aßen Pfannkuchen mit rotem Kaviar und Sauerrahm, und Harriet sagte: »Köstlich.«

Guy war nachsichtig gegenüber dem Russischen Club. Er war auch nachsichtig gegenüber Alan Frewen. Er konnte die Tatsache hinnehmen, daß einige seiner Freunde – wie er es nannte – unpolitisch waren, ähnlich wie jemand farbenblind sein konnte. Er gab Alan nicht die Schuld an seinem intellektuellen Unvermögen, aber sein leicht zerstreutes Verhalten ließ klar darauf schließen, daß seine Gedanken anderswo waren. Harriet wußte, daß er praktisch nur die Zeit totschlug, bis er zum Aleko's gehen und diejenigen kennenlernen konnte, die wie er dachten. Aber Alan hatte Aleko's vergessen. Da er Guy und Harriet hierher eingeladen hatte, konnte er sich entspannen und glücklich in seinem Stuhl zurücklehnen und das Essen so richtig genießen. Er sah aus, als hätte er es sich hier für den Rest des Abends bequem gemacht.

Guy war schon ganz nervös, weil er gehen wollte, zeigte aber trotzdem Geduld. Harriet machte es Spaß. Etwas an dem Lokal rief einen alten, längst begrabenen Traum von Sicherheit wach, einen Traum, den sie verachtet hatte, als sie nach London gezogen war, um dort ihren Lebensunterhalt mit anderen, unkonventionellen jungen Leuten zu verdienen. Damals hätte sie die Vorstellung eines geordneten Ehelebens voller Spott zurückgewiesen. Sie hatte aus Abenteuerlust geheiratet.

Damals in Bukarest hatte sie es komisch gefunden, als Yakimov gesagt hatte: »Wir befinden uns hier in einem stillen Seitengewässer. Wir sollten eigentlich recht angenehm durch den Krieg kommen.« Denn sie und Guy waren in der Erwartung von Gefahr losgefahren und hatten durchaus damit gerechnet, auch den Tod finden zu können. Jetzt, nach den unruhigen Monaten, den Intrigen und der langen Ungewißheit, wußte sie, daß sie dankbar wäre, wenn sie irgendwo eine Zuflucht finden könnte. Aber die Ungewißheit war noch nicht vorbei.

Sie sagte: »Werden die Italiener *wirklich* durchbrechen?«

»Warum?« Alan lachte. »Willst du denn, daß sie durchbrechen?«

»Nein, aber wenn wir den Winter hier verbringen, werden wir uns etwas Warmes zum Anziehen besorgen müssen. Ich habe alles in Bukarest zurückgelassen, und Guy hat nichts als Bücher mitgebracht.«

»Ihr braucht auf alle Fälle irgendeine Art von Mantel.«

Guy sagte: »Harriet kann sich einen besorgen, wenn sie will, aber ich spüre die Kälte sowieso nie.«

»*Und*«, sagte Harriet, »wir müssen eine Wohnung finden.«

»Unsinn«, sagte Guy. »Das Hotel ist billig und liegt günstig.« Er wollte keine Zeit damit verschwenden, die Probleme von Kleidung und Wohnung zu diskutieren. Das Wichtigste war ihm, das Essen hinter sich zu bringen. Als Alan wieder die Speisekarte aufnahm, sagte er: »Ich möchte nichts mehr. Wenn wir noch ins Aleko's wollen, sollten wir, glaube ich, gehen.«

Noch immer widerwillig, sah Alan Harriet an: »Was hältst du von einem Baklava? Du willst doch bestimmt auch eins, oder? Und ich muß sagen, ich würde gerne selbst eins essen.«

Guy lächelte, während sie ihr Baklava aßen. Aber Harriet, die wußte, daß er insgeheim gehen wollte, hatte keinen richtigen Spaß am Essen. Als Alan noch Kaffee vorschlug, sagte sie: »Vielleicht sollten wir besser gehen. Es wird spät.«

»Na gut.« Alan stand behutsam und stöhnend auf, und während er sein Gleichgewicht zu erlangen suchte, grüßte er deprimiert zur Anrichte hinüber, auf der die Kaffee-Cona stand. Harriet registrierte die Enttäuschung hinter seinem Humor und nahm jetzt Guy dessen Ungeduld übel, der sie zuvor selbst nachgegeben hatte. Sie beschloß, nicht mit ins Aleko's zu gehen. Da sie Politik langweilte, brachte sie immer weniger die Bereitschaft auf, die von Guy ausgewählten Freunde zu akzeptieren, nur um in Guys Gesellschaft zu sein.

Yakimov hatte sein Abendessen ebenfalls beendet. Während er bequem in einem alten Korbsessel lehnte, über den er seinen zobelgefütterten Mantel gebreitet hatte, schlürfte er ein Glas Kümmel.

»Wohin des Wegs?« fragte er, wobei er ihrem Aufbrechen deutlich mehr Interesse entgegenbrachte als ihrer Ankunft.

Alan sagte: »Wir gehen ins Aleko's.«

»Tatsächlich, alter Junge! Und wo ist das?«

»Hinter dem Omoniaplatz. Ein kleines Café, das von den Progressiven besucht wird. Kommst du mit?«

»Ich glaube nicht. Nicht ganz *simpatico*. Nicht ganz der Ort für euren armen, alten Yaki.«

Sie mußten auf der Suche nach einem Taxi zum Syntagmaplatz gehen, und während Alan so dahinhumpelte, machte er mehr als einmal den Vorschlag, Aleko's auf einen anderen Abend zu verschieben. Guy wollte davon nichts hören. Als er ein Taxi am oberen Ende des Platzes entdeckte, rannte er ihm nach, erwischte es und kam damit zurück.

Um ihm gar nicht erst die Gelegenheit zu geben, große Überredungskünste anzuwenden, sagte Harriet gleich: »Ich werde nicht mitkommen. Ich gehe zurück zum Hotel und ins Bett.«

»Ganz wie du willst. Ich bleibe nicht lange.« Guy packte Alan am Arm und zog ihn ins Taxi, bevor dieser auch noch eine Entschuldigung vorbringen würde; dann schlug er die Tür zu und rief: »Aleko's. Omoniaplatz.«

Harriet beobachtete, wie das Taxi davonfuhr und staunte einmal mehr über Guys Energie und Entschlossenheit, wenn es galt, seinen politischen Interessen nachzugeben. Warum konnte er nicht die gleichen Kräfte mobilisieren, wenn es um seine Karriere ging? Er war dauernd bereit – nur allzu bereit, dachte sie manchmal – zu geben, zu helfen, Mitgefühl zu zeigen, für andere zu arbeiten, aber er hatte wenig Ehrgeiz, wenn es um ihn selbst ging.

Als sie ihn kennenlernte, hatte sie sich eingebildet, er

bräuchte nur eine Chance; jetzt hegte sie immer mehr den Verdacht, daß er gar keine Chance wollte. Er wollte in keinen Konkurrenzkampf hineingezogen werden. Er wollte sich amüsieren. Er wollte auch seinen eigenen Weg gehen, und um dies durchzusetzen, konnte er egoistisch wie kein Zweiter sein. Aber er fand für alles eine Rechtfertigung. Ja, er fand für alles eine Rechtfertigung. Und wenn er einmal sonst keine fand, konnte er immer noch auf einen selbstverfaßten moralischen Lehrsatz zurückgreifen.

Sie spazierte niedergeschlagen zum Hotel zurück. Langsam befürchtete sie, daß er ein Mann war, der letztlich wenig erreichen würde. Er würde nur einfach seine Kraft vergeuden.

Die Sieger

9

An einem Abend in der stahlblauen Frische einer Novemberdämmerung begannen die Kirchenglocken zu läuten. Sie hatten fast einen Monat lang geschwiegen. In ganz Griechenland war kein einziger Glockenton zu hören gewesen, solange sich noch ein einziger ausländischer Eindringling auf griechischem Boden befand. Nun hallte ganz Athen vom Klang der Glocken wider. Menschen kamen auf die Straße gerannt, riefen lauthals vor Freude, und als Harriet auf den Flur hinaustrat, hörte sie, wie sich die Zimmermädchen von Stock zu Stock etwas zuriefen.

Die Italiener waren zurückgetrieben worden. Die Griechen hatten die albanische Grenze überschritten. Griechische Geschütze waren auf die albanische Stadt Koritza gerichtet, und griechische Granaten schlugen in den Straßen ein. All dies war geschehen, ohne daß die Glocken geläutet hatten. Was mochte jetzt der Grund dafür sein, daß sie läuteten?

Harriet stieß das Flurfenster auf und schaute hinaus, auf der Suche nach einer Antwort. Eines der Zimmermädchen, das sie dort sah, rief ihr etwas auf griechisch zu. Als Harriet den Kopf schüttelte, um zu zeigen, daß sie nichts verstand, hob das Mädchen eine Hand und schlug damit auf das Fensterbrett: »Koritza«, rief es. »Koritza.«

Koritza war also gefallen. Es war ein Sieg. Der erste griechische Sieg des Krieges. Als Harriet lachte und in die Hände klatschte, faßte das Mädchen sie um die Taille und schwang sie in einem wahren Freudentaumel herum.

Draußen war es fast finster, aber die Verdunkelung war vergessen. Die Italiener waren jetzt viel zusehr mit anderen Dingen beschäftigt, um aus ein paar beleuchteten Fenstern Vorteil zu ziehen. Im Radio fing jemand zu sprechen an. Die Stimme, schnell, gefühlsbetont, triumphierend, war aus all den beleuchteten Fenstern und Eingängen zu hören, und die Menschen in den Straßen brachen in Hochrufe aus, wann immer das Wort ›Koritza‹ fiel. Eine andere Stimme drang sehr laut vom Platz herüber und kämpfte gegen den Spektakel aus Rufen, Musik, Applaus und dem durchdringenden Glockenläuten an. Harriet konnte es fast nicht ertragen, im Innern des Hauses zu bleiben, hatte aber Angst hinauszugehen, weil sie befürchtete, Guy könnte zurückkommen, um sie zu holen.

Es wurde langsam Winter. Es gab noch immer schöne Tage, aber meistens war der Himmel weiß vor Kälte, und ein starker, scharfer, sandiger Wind fegte den Staub die Bürgersteige entlang. In der Nacht zuvor hatte es in Strömen geregnet. Als Harriet in den Park ging, sah sie, wie der Wind die Palmwedel wie Haarbüschel von einer Seite auf die andere trieb. Die Wege, die eine Woche zuvor noch warm und ruhig gewesen waren, bildeten jetzt zugige Rinnen, und es war so kalt, daß sie spürte, wie notwendig sie einen Mantel brauchte, wenn sie nicht dauernd im Haus bleiben wollte.

Sie hatte Guy bei seinen Büchern zurückgelassen, mit denen er eine Vorlesung über Ben Jonson vorbereitete, und eilte jetzt zurück, um ihn in die Geschäfte mitzunehmen, mußte aber feststellen, daß er fortgegangen war. Er hatte keine Nachricht hinterlassen. Sie wußte, daß er ins Aleko's gegangen war.

Guy hatte sie einmal dorthin mitgenommen, aber der Besuch hatte sie deprimiert. Sie mochte zwar die griechischen Burschen, aber sie hatte Hemmungen ihnen gegenüber; sie war eben so veranlagt, daß sie nur mit ein oder zwei Personen gleichzeitig zurechtkommen konnte. Guy hingegen fühlte sich, wie sie feststellte, pudelwohl. Er war ein Heranwachsender unter Heranwachsenden, und sie waren alle von dem Glauben beseelt, daß sie zusammen die Welt verbessern würden. Sie fühlte sich unbehaglich angesichts des Vertrauens dieser Menschen in gewisse politische Führer und ihrer Verdammung anderer, angesichts der verschwörerischen Atmosphäre wie ihrer eigenen Schuldgefühle und

Selbstzweifel. Sie war ein Individuum und konnte als solches nicht hoffen, die Welt zu verbessern. Die Geschichten, die die anderen inspirierten – Geschichten von Ungerechtigkeit und Not und Elend – erzeugten in ihr nur ein Gefühl persönlichen Versagens.

»Aber man muß seine Individualität opfern«, erklärte ihr Guy. »Sie ist nichts als Egoismus. man muß sich mit anderen rechtschaffenen, selbstlosen Menschen zusammentun – dann kann man etwas erreichen.«

Diese Vorstellung deprimierte sie.

Guy, der dabei war, die griechische Volkssprache zu lernen, konnte bereits mit den Oberstufenschülern in ihrer eigenen Sprache abstrakte Ideen diskutieren. Er verblüffte sie.

Einer der jungen Männer sagte zu Harriet: »Er ist wunderbar – so herzlich, so freundlich und so un-englisch! Wir haben ihn zum Griechen ehrenhalber ernannt!« Als Ehren-Grieche bewundert und sehr geschätzt, hielt er sich ständig im Aleko's auf.

Harriet, isoliert und ein bißchen eifersüchtig, weigerte sich, ein weiteres Mal in das Café zu gehen. Guy nannte sie apolitisch. Alan Frewen war ähnlich abqualifiziert worden. Er sei die Sorte Mensch, meinte Guy, die die Regierung für die beste hielt, die ihnen am wenigsten Unannehmlichkeiten bereitete. Damit war Alan erledigt; doch Alan, der keine Ahnung hatte, daß seine Grabrede bereits gesprochen war, lud sie weiterhin ein, als ob er sich als beider Freund betrachtete.

Im Schlafzimmer klingelte das Telefon; es war Alan, der vom Büro aus anrief: »Ich habe gehört, daß Athen *en fête* ist. Kein Abend also für kalten Hammelbraten in der Akademie. Wollt ihr nicht mit ins Babayannis kommen? Dort geht jeder hin, wenn es etwas zu feiern gibt.«

»Ich mache mir Gedanken wegen Guy«, sagte Harriet »ich denke, er muß im Aleko's sein.«

»Ich hole dich mit dem Taxi ab. Unterwegs werden wir dann den alten Bolschewiken herausholen.«

Als sie zu Alan ins Taxi stieg, wies er den Fahrer an, durch die Plaka zu fahren. »Ich möchte, daß du dir etwas ansiehst«, sagte er zu Harriet. Sie bogen in den Platz ein, wo die Lautsprecher gerade sangen: »Anathema, anathema...« Natürlich galt der Fluch denjenigen, die sagten, die Liebe sei süß: »Ich habe sie versucht«, hieß es in dem Lied, »und herausgefunden, daß sie Gift ist.« Aber der Fluch galt auch denen, die sich eingebildet hatten, Griechenland sei ein Selbstbedienungsladen. Die Italiener hatten es auch versucht und herausgefunden, daß es Gift war.

Als sie durch die engen Plaka-Straßen fuhren, tauchte der Parthenon auf. Er war mit Flutlicht beleuchtet, ein Tempel weißen Feuers, der in der Schwärze des Himmels hing.

Harriet rang nach Luft und sagte: »Ich habe nie zuvor etwas so Schönes gesehen.«

»Gibt es denn noch etwas Schöneres?« fragte Alan.

Auf der Platia Plaka, wo sie während des Luftangriffs gesessen hatten, waren die Verdunkelungsvorhänge des Cafés zur Seite geschoben. Das Licht, das grünlich-blaß durch die trüben Fenster fiel, beleuchtete die tanzenden Männer auf der Straße.

»Das ist der *Zebeikiko*«, rief Harriet ganz erregt von all dem Jubel.

Die Stadt befand sich im Rausch. In den engen Straßen kroch das Taxi durch eine Menge sich bewegender Schatten. Man hörte Mundharmonikas und Akkordeons; und unter großem Gelächter sangen die Menschen Volkslieder, in die sie neue Verse über das Verhalten Mussolinis und seiner lächerlichen Armee einfügten.

Als sie beim Aleko's ankamen, schickte Harriet Alan mit den Worten hinein: »Wenn wir beide gehen, wird uns Guy nur zum Bleiben überreden.«

Alan blieb einige Minuten drinnen, kam dann wieder heraus und sagte mit einem Achselzucken: »Er sagt, er wird später ins Babayannis nachkommen.«

Tief enttäuscht sagte Harriet: »Aber ich will, daß er mit uns kommt. Ich will, daß er alles sieht. Ich will, daß er sich auch über all das freut.«

Seufzend kletterte Alan ins Taxi zurück. »Du mußt ihn so akzeptieren, wie er ist«, sagte Alan. »Schließlich überwiegen doch seine Tugenden seine Fehler.«

In der Taverne mit dem Namen Babayannis waren die Vorhänge zurückgebunden, und der einladende Geruch von Essen drang heraus. Das Licht im Eingang war abgedunkelt worden, doch es war noch hell genug, um einen mit Steinplatten gefliesten Vorraum zu zeigen, in dem die Speisen in Kupfertöpfen auf einem Küchenherd betrachtet werden konnten. Der Koch kannte Alan. Er sprach Englisch und erklärte, daß er einmal in Soho gearbeitet hatte. Er war betrübt, weil er den englischen Gästen so wenig zu bieten hatte, aber das beste Fleisch ging an die kämpfenden Soldaten, und die Restaurants mußten sich mit dem begnügen, was sie bekommen konnten. Harriet blickte in die braune Creme des Moussaka, die rotbraunen Eintopfgerichte aus Paprikaschoten, Tomaten, Auberginen und kleinen weißen Zwiebeln und sagte: »Keine Angst. Das ist gut genug für mich.«

Der Innenraum war voller Menschen. Die Lichter waren nicht sehr hell, aber die ganze Taverne schien vor Lebensfreude zu strahlen. Kaum daß sich Alan und Harriet gesetzt hatten, kam Costa, der Sänger, zum Singen heraus. Er lachte, als er erschien, und lachte die ganze Zeit, als ob er seine Hochstimmung nicht unterdrücken könnte. Das Publikum reagierte augenblicklich auf seine Fröhlichkeit und fing an, wie wild zu klatschen und zu rufen und verlangte Lieder, die sie seit Beginn der Invasion nicht mehr gehört hatten. Früher waren es traurige Lieder gewesen, und sie erzählten von der Notwendigkeit, zu kämpfen und zu sterben, und von den getrennten Liebenden und den Geliebten, die nicht zurückkehrten. Aber all das, so glaubten sie wohl, war nun vorüber. Jetzt brauchten sie nichts anderes zu tun, als zu feiern.

Mitten in diesem Spektakel stand Costa lachend da, wandte sich von einer Seite zur anderen, und seine Zähne blitzten in dem langen, dunklen, faltigen Gesicht;, dann hob er eine Hand, und der Lärm erstarb. Die Zuhörer saßen schweigend und mit gespannter Aufmerksamkeit da und atmeten kaum, aus Angst, sie könnten ein Wort überhören.

Er sagte: »Die Eindringlinge sind geflohen. Aber es sind immer noch Italiener auf unserem Boden, sehr viele Italiener, mehrere Tausend. Doch es sind alles Gefangene.«

In dem darauffolgenden Tumult weinten die Menschen Freudentränen und sprangen lachend auf, während die Tränen in Strömen die Wangen hinunterliefen. Costa fragte: »Was soll ich singen?« und sang »Yalo, yalo« und »Drunten am Strand« und jedes weitere Lied, nach dem sie verlangten. Es konnte keinen Zweifel geben: Die Tage der Trauer waren vorüber, und die Menschen konnten sich wieder frei bewegen.

Harriet flüsterte mehrere Male vor sich hin: »Wenn nur Guy hier wäre!«

Alans Gesicht verzog sich zu einem tragischen Lächeln: »Keine Bange«, sagte er. »Costa wird später noch einmal singen.«

Als der Sänger sich zurückzog, strömten die Menschen, die am Eingang gewartet hatten, herein. Unter ihnen erkannte Harriet Dobson, der in Bukarest Kulturattaché gewesen war und sich jetzt in Athen befand. Harriet teilte nicht Guys Vertrauen in Dobsons gutmütigen und aufrichtigen Charakter, aber sobald er sie erblickte, faszinierte er sie.

Er packte sie mit liebevoller Vertrautheit an den Schultern: »Wie schön!« sagte er. »Wir sind alle zusammen hier. Wie ungezogen von euch beiden, sich anstelle der Hitze, des Schmutzes, der Fliegen, der Krankheiten und all der anderen Freuden des Nahen Ostens Griechenlands auszusuchen! Aber wen kümmert's? Das Londoner Büro bestimmt nicht.« Er strich mit der Hand vergnügt über seine babyweichen Haartollen und wiegte seinen weichen, rundlichen Körper vor und zurück. »Seien Sie bloß froh, daß Sie nicht mehr in Bukarest sind. In diesen Tagen ist vom ›Paris des Ostens‹ nicht mehr viel zu erkennen. *Und* was glauben Sie, ist zu all dem obendrein noch passiert? Ein ganz fürchterliches Erdbeben. Erinnern Sie sich an den Wohnblock, in dem Sie gewohnt haben, den Blocul Cazacul? Er ist total eingestürzt. Ging zu Boden wie ein weggeworfenes Handtuch und begrub alle Bewohner unter sich.«

Harriet starrte ihn an, war ganz schockiert über diesen Bericht und sagte dann: »Ich hoffe, daß unser Vermieter mit begraben wurde.«

Dobson riß seine blauen Babyaugen auf und lachte, als hätte sie eine außerordentlich witzige Bemerkung gemacht. »Das nehme ich schon an. Das nehme ich schon an«, sagte er voller Entzücken, als er weiterging.

Auch Harriet lachte. Bukarest war schemenhaft verblaßt, und seine Zerstörung berührte sie wenig. Doch als sie sich auf die Vergangenheit konzentrierte, sah sie plötzlich Sascha tot unter den Trümmern. Einen Augenblick lang erhaschte sie sein genaues Bild, dann war es wieder weg. Sascha war auch zu einem Schemen geworden. Als sie ihre Erinnerung nach seinem Gesicht durchforschte, stellte sie plötzlich fest, daß sie in ein anderes Gesicht sah. Ein junger Mann beobachtete sie. Als sich ihre Blicke trafen, drehte er den Kopf weg. Seine Reaktion entsprang einer Befangenheit. Er sah jung aus wie ein Schuljunge, doch er trug eine Uniform eines englischen Leutnants. Sie bemerkte, daß es sich bei den Männern, mit denen er am Tisch saß, um Cookson, Archie Callard und Ben Phipps handelte.

»Wer ist der englische Offizier an Cooksons Tisch?« flüsterte sie Alan zu.

»Englischer Offizier? Ach ja, Charles Warden. Er ist soeben von Kreta hierhergekommen.«

»Aber ich dachte, die Griechen wollten keine britischen Truppen auf dem Festland?«

»Er ist im Büro des Militärattachés. Wußtest du, daß wir hier eine Militärmission einrichten werden? Nun, ich glaube, er wird als zukünftiger Verbindungsoffizier aufgebaut.«

Harriet musterte den jungen Offizier einen Moment lang und sagte: »Er sieht sehr gut aus.«

»Wirklich?« Alan warf ihm einen schrägen, abschätzigen Blick zu und sagte: »Ja, vielleicht hast du recht.«

Sascha war nicht gutaussehend gewesen, aber er hatte ein sanftes Gesicht gehabt, wie das von einem gezähmten und sensiblen Tier. An Charles Warden war nichts Sanftes. Sie hatte ihn einmal dabei ertappt, wie er sie betrachtete, und er würde sich kein zweites Mal dabei ertappen lassen. Er blickte von ihr weg, und sein Profil, das etwas Arrogantes an sich hatte, wies auf einen schwierigen und gefährlichen Charakter hin. Alan hatte gezeigt, daß er Warden nicht mochte, und wahrscheinlich hatte er recht.

›Kein angenehmer junger Mann‹, dachte sie.

Als man den Wein brachte, sah Harriet Dobsons lachende Augen und sagte zu Alan: »Glaubst du, wir könnten eventuell in die Akademie ziehen? Vielleicht könnte Dobson ein Wort für uns einlegen.«

»Du würdest den Ort hassen«, sagte Alan. »Es geht dort zu wie in einem fürchterlichen Mädcheninternat. Diese herrische, rothaarige Jungfer Dunne will nicht einmal den armen, alten Diocletian auf den Stühlen schlafen lassen.«

Seine Klagen konnten sie jedoch nicht entmutigen. Sie erinnerte sich an Graceys geräumiges, leicht heruntergekommenes Zimmer und konnte sich ihre Tage darin ganz gut vorstellen – sinnvoll gestaltet, geordnet und schön. Sie hatte genug von Unordnung und hatte erfahren, daß im Krieg Angst an die Stelle von Hoffnung trat. Niederlage an die Stelle von Erfolg, und daß man seine Gefühle vergeudete, um dem Leben schließlich nichts als dessen Abfallprodukte zu entreißen: Unsicherheit und Furcht.

Sie sagte: »Für eine Weile würde ich sehr gerne in einer geordneten Gemeinschaft leben. Man kann nämlich auch ein zuviel an Unordnung haben. Im Handumdrehen fängst du an zu glauben, daß der Krieg das eigentliche Leben ist.«

»Oder daß das Leben Krieg ist?«

Sie nickte. »Ich konnte dem hiesigen Frieden nicht trauen. Es war fast eine Erleichterung, als der Fliegeralarm ertönte. Ich hatte sofort das Gefühl, daß ich mich zurechtfinden würde.«

Alan lachte, und einige Minuten später sagte er: »Würdest du unter Umständen arbeiten wollen?«

»Aber sicher.«

»Wir werden nämlich unser Personal aufstocken müssen, wenn die Mission eintrifft. Ich weiß noch nichts Definitives, vielleicht kann ich dir etwas anbieten. Wir werden ja sehen. Ah!« Mit tiefer Befriedigung sagte er laut: »Hier ist ja endlich unser Mann.«

Guy, der sich durch das Restaurant schlängelte, war nicht

allein. Er redete ausgelassen, und seine Stimme verriet Harriet, daß er mehr als genug getrunken hatte. Ihm folgte eine Schar junger Männer in Luftwaffenuniform, unter ihnen der bärtige Pilot, den sie gesehen hatte, wie er auf Schultern am Zonar's vorbeigetragen wurde.

Die Prozession erregte die Aufmerksamkeit des ganzen Raumes. Sogar Cooksons Tisch hielt im Gespräch inne, um aufzublicken. Guy führte seine ›Trophäen‹ herein, winkte Dobson zu, und dieser, selbst nicht mehr ganz nüchtern, stand auf und umarmte Guy stürmisch.

»Willkommen«, sagte Alan. »Willkommen.«

Wortreich, aber vage, stellte Guy die anderen vor, denn er hatte die Flieger aufgesammelt, als diese ziellos durch die engen Gassen der Plaka schlenderten, und er wußte nicht, wie sie alle hießen.

Der Kellner wurde ganz aufgeregt und eingebildet, weil die britische Fliegermannschaft an seinen Tisch gekommen war, und holte Stühle, wo immer er welche auftreiben konnte, und mit souveräner Geste bat er die Soldaten, Platz zu nehmen. Er bestand darauf, daß sich der Pilot und der Bordschütze links und rechts von Harriet setzten. Während dies geschah, blickte Harriet zu Charles Warden hinüber und stellte fest, daß er sie beobachtete. Er lächelte sie fragend an, doch jetzt war es an ihr, den Blick abzuwenden, und zwar mit einem Gesichtsausdruck, der ihm zu verstehen gab, daß sie genügend junge Männer hatte und sehr gut ohne ihn auskam.

Sie wollte wissen, wie der Pilot hieß.

»Surprise«, sagte er. »Überraschung.« Surprise – und was noch? Nichts – nur Surprise. Aber er mußte doch noch einen anderen Namen haben? Er schüttelte lächend den Kopf. Falls er einen hatte, so hatte er ihn vergessen.

»Warum nennt man Sie Surprise?«

Er lachte, gab aber keine Auskunft. Er lümmelte auf seinem Stuhl, mit vor schläfriger Belustigung halb geschlossenen Augen, und betrachtete ihre Fragen als Witz. Er schien auf nichts eine Antwort zu wissen. Er lachte einfach nur.

Harriet wandte sich an den Bordschützen, einen etwas älteren Mann, der, wie er sagte, Zipper Cohen hieß. Sie fragte: »Sagen Sie mir, warum wird er Surprise genannt?«

Cohen sagte: »Als der Staffelführer ihn sah, war er so überrascht, daß er vom Stuhl fiel.«

»Warum?«

»Weil er einen Bart trug.«

»Das ist bei der Air Force verboten, oder? Wieso kann er es sich dann erlauben?«

»Er kann sich alles erlauben.«

Der Navigator, Chew Buckle, war ein kleiner, schlanker junger Bursche, mit einer spitzen Nase, der in normalen Zeiten wahrscheinlich mißmutig und ungesellig war. Er hatte zwar auch jetzt nichts zu sagen, doch er lachte ohne Unterlaß.

Guy war ziemlich betrunken, aber die Flieger waren noch betrunkener und gingen jedem ernsten Thema aus dem Weg, ganz so, wie ein Blinder Hindernissen aus dem Weg geht. Nur Zipper Cohen war zur Unterhaltung bereit. Er nahm ein Zigarettenetui heraus, öffnete es, und zeigte Harriet ein Foto, das im Deckel steckte. Er beobachtete interessiert, wie sie das Bild der jungen Frau mit einem Kind auf dem Arm betrachtete.

»Meine Frau und meine kleine Tochter«, sagte er. Er schien der einzige zu sein, der noch einigermaßen bei Verstand war, und als Harriet ihm das Zigarettenetui zurückreichte, saß er da und starrte auf das Bild, das ihn mit der wirklichen Welt verband. Aber dies dauerte nicht lange. Schon einen Augenblick später schloß er das Etui wieder, steckte es weg und fragte, was mit den Mädchen in dieser Stadt los sei. Harriet sei die einzige gewesen, die ihn seit seiner Ankunft angelächelt hatte.

»Die griechischen Mädchen wollen uns einfach nicht anschauen«, beschwerte er sich.

»Das ist eben ihre Art, ihren Männern an der Front treu zu sein.«

Zipper brach in schallendes Gelächter aus. »Ich hoffe, meine Alte ist ebenso loyal wie die.« Von der wilden Heiterkeit der jungen Männer angezogen, versuchte Alan mit

Chew Buckle, der neben ihm saß, ein Gespräch anzufangen. Warum sie so weit hinter der Front stationiert seien, wollte er wissen.

Chew Buckle kicherte. Er war ein Mann, dem der Krieg zwar übel mitspielte, der sich jedoch nicht engagierte. Wurde ihm eine direkte Frage gestellt, wußte er, daß man etwas von ihm erwartete, konnte aber kaum sagen, was es war.

Der Krieg hatte ihm seine Identität genommen, ihm aber nichts gegeben, das als Ersatz hätte dienen können. Er kicherte und schüttelte den Kopf und kicherte.

Zipper erklärte, daß die Griechen in ihrer Angst, die Achsenmächte zu provozieren, die Briten deutlich hinter der Front hielten, mit dem Hintergedanken, daß die Deutschen sie vielleicht nicht bemerken würden. »Wir schafften es gerade noch nach Albanien und zurück. Als wir letzte Nacht landeten, hatten wir keinen Liter mehr im Tank.«

»Und angenommen, man zwingt Sie zur Landung?«

Zipper lachte. »Es ist ein freundliches Land. Nicht wie der Hellfire-Paß.«

Die Erwähnung des Hellfire-Passes ließ das Gelächter wieder aufflammen, und Chew Buckle sagte in einer tiefen rauhen Stimme: »Dort schneiden sie einem die Eier ab.« Die anderen brachen vor Lachen fast zusammen.

Es dauerte etwas, bis es den drei Zivilisten gelang herauszufinden, daß am Hellfire-Paß die Araber, wenn sie einen Piloten gefangennahmen, ihn als Geisel hielten, um Lösegeld zu erpressen, und als Beweis seiner Existenz seine entbehrlichen Körperteile an das Bombengeschwader schickten.

Als Costa zurückkehrte, um noch einmal zu singen, hatte die allgemeine Hochstimmung einen zweiten Kristallisationspunkt, und als sich Costa für den Applaus bedankte, winkte er der Fliegercrew zu, um zu zeigen, daß sie genauso Teil der Unterhaltung waren wie er. Gläser mit Wein wurden den jungen Männern spendiert, und als besondere Ehre wurden Äpfel in Scheiben geschnitten und in die Gläser gelegt. Guy und Alan bestellten selbst noch ein paar Flaschen, um so die Komplimente erwidern zu können; Gläser wurden hin- und hergereicht, wurden an Costa weitergegeben, dann an den Besitzer und die Kellner, und bald standen die Tische um sie herum voll mit Gläsern, einige leer, einige halbvoll, und einige, die noch darauf warteten, getrunken zu werden. Das ganze Restaurant schwankte im Alkoholdunst, und Bewunderung, Zuneigung und der Triumph des Tages vibrierten im ganzen Raum.

Plötzlich rannte einer der Kellner, ein gertenschlanker Mann mittleren Alters, in die Mitte des Tanzparketts, fing an zu tanzen, und das Publikum klatschte den Takt dazu. Cookson und seine Freunde schauten auch zu, klatschten aber nicht, sondern zeigten nachsichtiges Wohlwollen.

Guy befand sich in einer überglücklichen Verfassung. Er litt zwar darunter, daß seine eigene Energie nirgendwo gebraucht wurde, während von anderen Männern voller Einsatz verlangt wurde, aber es hatte den Anschein, daß ihn jetzt nichts entmutigen konnte. Eine Art Elektrizität ging von ihm aus und steckte die Nebentische an, und sogar die Flieger wurden gesprächig. Urkomisch und ausgelassen erzählten sie, wie sie jeden Morgen exakt zur gleichen Zeit über Vlona hinausgeschickt wurden. Es war als doppelter Bluff gedacht. Die Italiener sollten diese Taktik für so unmöglich halten, daß sie sich deshalb nicht darauf einstellten.

»Doch diese Schweine erwarten uns jedes Mal«, rief Zipper Cohen, und Surprise schüttelte sich auf seinem Stuhl vor Lachen und sagte: »Gott sei für die griechische Luftwaffe gedankt. Sie fliegen alles. Die würden sogar mit zusammengeschnürten Serviertabletts in die Luft gehen.«

Der Wein wirkte sich auf Guy genauso aus wie auf die Fliegercrew. Bei den Griechen war er Ehren-Grieche, unter den kämpfenden Soldaten war er ein Ehren-Soldat. Harriet wußte, daß sie in ihrem ganzen Leben nicht das Ziel von so viel Begeisterung sein würde und war vor Stolz auf ihn ganz gerührt.

Es befanden sich jetzt sechs Männer auf der Tanzfläche, und das Klatschen war in eine rhythmische Begleitung übergegangen, die den Raum erfüllte. Unglücklicherweise glaubte Major Cookson, mit seiner Gruppe gerade dann gehen zu müssen, als die Stimmung ihren Höhepunkt erreichte. Er sagte zu den umsitzenden Gästen, daß alles zwar sehr nett sei, er aber zu seinem Bedauern einige Freunde eingeladen habe, nach dem Essen bei ihm vorbeizuschauen, und er müsse in Phaleron sein, um sie zu empfangen. Diejenigen, die bei ihm waren, standen ebenfalls auf, wenngleich eher widerwillig. Harriet spürte, daß Charles Warden sie anblickte, als er ging, aber sie hielt die Augen auf Zipper Cohen gerichtet.

Cooksons Aufbruch bereitete dem Tanzen ein Ende. In dem Schweigen, das nun eintrat, warf Chew Buckle den Kopf zurück und sang zur Melodie von ›Clementine‹:

»In einer Blenheim, über Vlona,
Genau um Neune in der Früh,
Gleiche Mannschaft, gleiches Flugzeug,
Gleiche Zeit und gleiches Ziel.
›Raus die Bomben‹ schreit der Captain,
Trefft ihr gut, kriegt ihr 'nen Orden
Und wenn nicht, 'nen Tritt in
... wie heißt er doch gleich wieder?«

Unter dem Applaus kletterte Buckle langsam und bedächtig auf seinen Stuhl, dann auf den Tisch, wo er sich nach allen Seiten verbeugte, ehe er, ebenso langsam, wie er hochgekommen war, niedersank, und sich zwischen den Flaschen schlafen legte.

Alan meinte, es sei an der Zeit, die Jungs nach Tatoi zurückzubringen. Er ging hinaus, um ein Taxi zu bestellen, während Guy Chew Buckle aufweckte und die anderen zum Gehen antrieb. Als sie den Raum verließen, rief Dobson ihnen nach:

»Hey, ihr beide! Es gibt eine Filmsondervorstellung. Sie müssen kommen. Wir unterstützen damit die griechischen Kriegsanstrengungen. Nach der Vorstellung geben wir einen Empfang.«

Guy schaute Harriet an und fragte: »Möchtest du gerne hingehen?«

»Sehr gerne«, sagte sie.

»Dann solltest du es auch.« In seiner Hochstimmung legte er schwungvoll den Arm um ihre Schultern und sagte: »Weißt du, wenn du wohin willst, brauchst du es nur zu sagen. Was auch immer du willst – du mußt es mich nur wissen lassen. Das weißt du doch, oder?« Er sprach so überzeugend, daß Harriet nur erwidern konnte: »Ja, natürlich, Schatz.«

10

Es gab jetzt täglich etwas zu feiern. Zwar keine so entscheidenden Siege mehr wie Koritza, aber man rückte stetig vor, und es gab immer Geschichten von griechischer Tapferkeit und Heldenhaftigkeit. Die Menschen standen Schlange, um Lebensmittel und Kleidung für die Soldaten zu spenden, die die Eindringlinge zuerst niedergezwungen hatten und sie jetzt aufs Meer zurücktrieben.

Im Pindos-Gebirge fiel Schnee. Da er die Pässe blockierte und die gefährlichen Stellen der wilden, weglosen Gegend unkenntlich machte, ließen die zurückströmenden Italiener ihre Geschütze und schweren Waffen zurück. Es hieß, daß der bloße Anblick eines unbewaffneten Griechen eine ganze italienische Division in die Flucht trieb. Plakate zeigten Griechen bei der Verfolgung des Feindes, wie sie ohne alle militärische Ausrüstung wie die Gemsen von Fels zu Fels sprangen. Der italienische Rundfunk nannte sie Wilde, die nicht nur ihre Feinde die Abgründe hinabstürzten, sondern ihnen auch noch die herrliche Ausrüstung nachwarfen, die das italienische Volk unter so großen Opfern für sie gekauft hatte.

Während es in Albanien schneite, regnete es in Athen. Ein kalter Wind blies. Die Häuser waren nicht geheizt. Die Leute gingen in die Cafés, und während sie sich hinter den Verdunkelungsvorhängen im Warmen zusammendrängten, versicherten sie einander, daß der Sieg spätestens im Frühjahr, wenn nicht gar schon an Weihnachten errungen sein würde.

Guy hielt seine Untätigkeit nicht mehr länger aus. Er ging ins Aleko's und gab seine Absicht bekannt, einen Englischkurs abzuhalten. Würde vielleicht irgendein Schüler das Wohnzimmer in seinem Haus zur Verfügung stellen? Die Burschen, die durch seine Überschwenglichkeit selbst überschwenglich wurden, boten alle ihre Wohnzimmer an.

Als Guy zur ersten Unterrichtsstunde erschien und etwa ein Dutzend Schüler erwartet hatte, fand er das Zimmer bis zur Tür voll mit jungen Leuten, die ihn nicht nur als Lehrer feierten, sondern auch als Repräsentanten Großbritanniens. Einige von ihnen hatten schon die Instituts-Schule besucht, bevor sie ihre Pforten schloß, aber die Mehrheit verstand nur wenig Englisch. Sie meinten, wenn sie schon zu jung zum Kämpfen waren, dann konnten sie wenigstens die Sprache ihres großen Verbündeten erlernen. Durch ihre Reaktion noch weiter angespornt, begann Guy einen Unterrichtsplan zu entwerfen. Er wollte die Schüler in verschiedene Leistungsstufen aufteilen und jeden Abend einen Kurs abhalten. Aber wo?

Unter dem Druck von Verpflichtungen hatte Guy jetzt die Bedingungen, die er am meisten genoß. Er wollte immer mehr tun. Als er eines Nachts in das Hotelzimmer zurückkam, erzählte er Harriet, daß die Schüler unbedingt ein Stück von Shakespeare aufführen wollten. Er dachte an eine Inszenierung von *Othello* oder *Macbeth*.

»Aber dann werde ich dich überhaupt nicht mehr zu Gesicht bekommen«, sagte Harriet voller Entsetzen.

»Darling, ich muß arbeiten. Du würdest doch nicht wollen, daß ich hier herumhänge, während andere Männer kämpfen?«

»Nein, aber auch ich kann mein Leben nicht damit verbringen, daß ich nichts tue; und vor allem nicht in diesem erbärmlichen kleinen Zimmer.«

»Du kannst doch jederzeit in ein Café gehen.«

»Alleine?«

»Alan wäre froh, wenn du ihn begleiten würdest.« Guy hatte Alan degradiert und in die Position von Harriets Freund gedrängt.

»Ich möchte nicht immer mit Alan zusammensein. Außerdem reden die Leute.«

»Lieber Himmel, was macht das aus?«

»Wenn du mit Dobson sprechen würdest, könnte er uns bestimmt etwas in der Akademie verschaffen. Wir könnten vielleicht sogar Graceys Zimmer bekommen.«

Nach langer Überredung trat Guy deswegen an Dobson heran, allerdings ohne Erfolg. Dobson erklärte – »auf recht nette Art«, wie Guy sagte –, daß die Zimmer für den Fall reserviert werden mußten, daß Angestellte des Auswärtigen Amtes auftauchten.

Dobson hatte gesagt: »Gracey hatte kein Recht, dort zu wohnen. Ich weiß nicht, wie er es fertiggebracht hat, aber ich habe den Verdacht, es war der Einfluß des Majors. Jedenfalls, wenn er geblieben wäre, hätte man ihm jetzt mitgeteilt, sich eine ›alternative Unterkunft‹ zu suchen. Ihr seht also, es ist ein Fall von ›da kann man nix machen‹.«

»Und das wär's dann auch«, sagte Guy zu Harriet, froh darüber, daß seine beschwerliche Aufgabe erledigt war.

Harriet mußte es akzeptieren: Die Akademie war nichts für sie. Sie sagte: »Wenigstens hat er uns Eintrittskarten für die Filmvorführung geschickt.«

»Welche Filmvorführung?«

»Von der er uns erzählt hat. Ein neuer englischer Film wurde hergeschickt. Es wird der erste neue Film sein, den wir seit dem Zusammenbruch von Paris sehen.« Sie gab ihm die Karten, die ihnen den Eintritt zu einer Vorführung des Films *Pygmalion* ermöglichten. Guy reichte sie ihr zurück.

»Tut mir leid. Das geht bei mir nicht. Das ist der Abend, für den ich versprochen habe, vor einer Versammlung von Schülern über linke Politik in England zu reden.«

»Aber du hast mir versprochen, mich dorthin zu begleiten. Als wir im Babayannis waren, hast du gesagt, wir würden hingehen.«

»Tut mir leid, das habe ich vergessen. Jedenfalls ist die Versammlung viel wichtiger. Ich kann die Schüler nicht im Stich lassen.«

»Aber mich kannst du im Stich lassen?«

»Red keinen Unsinn. Was bedeutet schon eine Filmvorführung?«

»Aber ich habe mich darauf gefreut. Ich habe seit Monaten keinen neuen englischen Film mehr gesehen.«

»Du findest jemand anderen, der dich begleiten kann. Gib meine Karte Alan.«

»Er braucht deine Karte nicht. Er geht mit griechischen Freunden hin.«

»Dann bitte Dobson, daß er dich mitnimmt.«

»Ich würde nicht im Traum daran denken, Dobson darum zu bitten.«

»Es ist nur ein Film. Warum gehst du nicht alleine hin?«

»Es gibt ja auch einen Empfang; und ich gehe nicht alleine. Ich würde es abscheulich finden. Das solltest du eigentlich verstehen. Du hast mir versprochen, mich dorthin zu begleiten, und ich will, daß du mich begleitest. Ich habe mich darauf gefreut. Dann mußt du eben die Schüler bitten, die Versammlung zu verschieben.«

»Das kann ich nicht. Ich kann ihnen nicht den Spaß verderben. Wenn man eine Verabredung mit Engländern nicht einhält, dann kann man das erklären. Aber mit Fremden ist das anders. Sie würden denken, daß mehr dahintersteckt. Sie würden es nicht verstehen.«

»Du erwartest von mir, daß ich das verstehe?«

»Natürlich.«

Für Guy war die Diskussion nichts Besonderes gewesen, und Harriets Enttäuschung war für ihn so bedeutungslos, daß er kaum einen Gedanken daran verschwendete. Für sie war es erschütternd. Sie konnte es nicht glauben. Sie war sicher, daß Guy es sich nochmals überlegen und die Versammlung auf einen anderen Tag verlegen würde, und danach würde er ihr dann die Verschiebung des Termins als ein Zeichen ihrer Bedeutung füreinander erklären; aber er tat nichts dergleichen.

Die Tage vergingen. Sie fing an, sich zu fragen, ob er sich wegen der Filmvorführung noch einmal Gedanken gemacht hatte. Das war nicht der Fall; und er war überrascht, als sie es in letzter Minute noch einmal ansprach.

»Aber wir haben doch über all das schon diskutiert«, sagte er. »Ich habe dir erklärt, daß ich zu dieser Zusammenkunft gehen muß. Es kommt nicht in Frage, sie zu verschieben. Wenn es die Wahl gibt zwischen einer Filmvorführung und einer politischen Versammlung, dann muß natürlich die Versammlung vorrangig sein.«

Für Harriet schien es eine Wahl zwischen weit mehr als dem zu sein. Sie sagte: »Du hast mir versprochen, mich zu begleiten.«

»Ich habe dir gesagt, du sollst dich von jemand anderem begleiten lassen.«

»Wo ich auch hingehe, ich muß jemand anderen finden, der mich begleitet. Warum? Mit dir verheiratet zu sein, ist nicht viel anders, als überhaupt nicht verheiratet zu sein. Du solltest meine Gefühle verstehen. Ich will, daß du mich begleitest; nur um mir zu zeigen, daß du verstehst. Du bist mein Mann.«

»Mein Mann!« wiederholte er. »Das Problem ist, du klammerst dich zu sehr an Personen und Dinge. Du hast dir die Augen ausgeweint, als das Kätzchen starb. Du hättest nicht mehr Aufhebens machen können, wenn es ein Baby gewesen wäre.«

»Nun, es war kein Baby.«

Er ignorierte dies und fuhr fort: »*Mein* Mann! *Mein* Kätzchen! Du hast *mir* versprochen. Was für eine Einstellung!« Sein Gesicht verschloß sich zu einer Maske des Starrsinns. Er fing an, seine Bücher zusammenzuraffen, nur darauf bedacht wegzukommen, ehe sie wieder damit anfing.

Sie unternahm gar nicht den Versuch, erneut damit anzufangen. Statt dessen sagte sie sich, daß die Versammlung nicht wegen seiner politischen Ideale so wichtig war, sondern weil sie ihm das bieten würde, was er am meisten brauchte: Aufmerksamkeit. Er sehnte sich einfach danach, wieder im Mittelpunkt zu stehen. Beim Abhalten von Vorlesungen oder beim Unterrichten, bei der Inszenierung von Theaterstücken oder bei der Beratung von Schülern: Er war dabei immer das, was er am liebsten sein wollte – das Zentrum der Aufmerksamkeit. Das bedeutete ihm mehr als sie.

Als er sich mit einem verständnislosen, aber entschlossenen Gesichtsausdruck davonmachte, war sie wütend, aber mehr noch als das: Sie fühlte sich im Stich gelassen. Lange Zeit saß sie auf dem Bett, fassungslos und völlig vereinsamt. Die Erwähnung des Kätzchens hatte das Gefühl des Verlustes erneuert. Sie hatte das Kätzchen verloren, sie hatte Sascha verloren, sie hatte den Glauben an Guy verloren. Auf dem Bett liegend, brach sie plötzlich zusammen und fing an, hemmungslos zu weinen.

Sie hätte vielleicht jemand bitten können, sie zum Empfang mitzunehmen. Aber dies zu tun, fand sie, wäre ein öffentliches Eingeständnis gewesen, daß Guy sie im Stich gelassen hatte. Sie stellte sich vor, daß man sie aus Gefälligkeit begleiten würde, als ein Objekt des Mitleids, als eine gedemütigte Kreatur, der man Unrecht getan hatte. Wenn sie allein ginge, wäre es dasselbe. Guy hatte sich in der Vergangenheit über das, was er den weiblichen ›Zenana-Komplex‹ nannte, lustig gemacht; keine intelligente Frau konnte sich von solchen Gefühlen einschränken lassen. Und dennoch wirkte etwas aus ihrer Erziehung nach, was die Möglichkeit des Alleine-Ausgehens bisher voll ausgeschlossen hatte.

Es war ein Vollmondabend. Da sie nichts zu tun hatte, ging sie hinaus und machte sich – von dem Ereignis angezogen – auf den Weg hinauf durch Kolonaki und an dem Saal vorbei, in dem der Film gezeigt werden sollte. Sie hatte vielleicht gehofft, daß jemand, der sie kannte, sie sehen und dazu überreden würde, mit hinein zu gehen; aber sie ging so schnell und entschlossen, daß jeder, der sie sehen konnte, annahm, sie eilte zu einer Verabredung.

Und jemand sah sie wirklich. Charles Warden stand gerade vor dem Saal, und als sie einen schnellen sehnsüchtigen Blick zur offenen Tür warf, sah sie sein weißes Gesicht im weißen Schein des Mondes. Als sie im Schutz des Schattens sicher daran vorbei war, blickte sie zurück. Er sah ihr nach, mit Bedauern; und mit Bedauern ging sie weiter.

In ihrer Unzufriedenheit setzte sie ihren Weg den Berg hinauf energisch fort, bis sie den höchsten Punkt der Stadt erreichte, wo die alten Häuser, dicht zusammengedrängt zwischen Bäumen und Sträuchern, ein eigenes kleines Dorf bildeten. Es war hier gewesen, wo Alan sein Athener Studio gehabt hatte. Ein Pfad führte in das unebene, offene Gelände der Bergkuppe. Als sie ihm folgte, fand sie sich in einer verlassenen Einöde wieder, die weiter und weiter aus der menschlichen Existenz hinausführte, und der Mond war ihr einziger Gefährte. Das große, weiße, schweigsame Gesicht, ausdruckslos in einem leeren, graublauen Himmel, sonderbar nah, gleich über ihrer Schulter, vergrößerte noch ihr Gefühl der Einsamkeit.

Athen lag ausgebreitet unter ihr wie ein Stadtplan aus Silber. Als sie um den Berg herumging und Piräus in Sicht kam, fingen die Sirenen an zu heulen. In dieser Höhe war ihr hysterisches Geheule leise und schien keine Beziehung zur Stadt zu haben, die in dem blauweißen Licht eine Spielzeugstadt hätte sein können, ein Objekt aus Kristall und Mondstein.

Rein aus Gewohnheit suchte sie nach Schutz. Vor ihr war eine Hütte, in der im Sommer Erfrischungsgetränke verkauft wurden. Während sie sich gegen diese lehnte, beobachtete sie, wie die Bomber vom Meer hereinkamen. Die Geschütze eröffneten das Feuer, aber die Maschinen flogen ungerührt weiter. Ein Bomber warf einen ›Christbaum‹ ab, der unpassend und theatralisch im fernen Monddunst hing. Außer dem fernen Plop-plop der Geschütze schien das ganze Spektakel eine stumme Pantomime zu sein, bis plötzlich eine Explosion die Luft erschütterte. Ein Feuer loderte auf.

Die ganze Zeit über lag die weiße, unschuldige Stadt wie ein Opfer gefesselt und geknebelt da, unfähig zurückzuschlagen. Es war ein kurzer Angriff. Innerhalb eines Augenblicks hatten die Angreifer abgedreht. Sie blitzten im Mondlicht kurz auf und waren dann wieder verschwunden. Das Feuer brannte unverwandt weiter, das einzige Lebendige unter den weißen Spielzeughäusern.

Es ertönte keine Entwarnung, und gelangweilt und kalt machte sie sich endlich daran weiterzugehen. Der Pfad führte sie zur obersten Häuserreihe. Das befreiende Tuten der Entwarnung stieg an, als sie zur Universitätsstraße hinunterging. Nach dem menschenleeren Gipfel erschien ihr sogar Toby Lush wie ein Freund, als sie ihn traf. Sie erzählte ihm, wo sie gewesen war, und er prustete und sagte: »Donnerwetter! Ich würde diesen Spaziergang nachts und alleine nicht für viel Geld machen.«

»Aber das ist doch bestimmt nicht gefährlich?«

»Weiß nicht. Es gibt in den meisten Städten schlechte Menschen. Man sagte mir, daß es nicht ratsam sei, nach Einsetzen der Dunkelheit auf den Areopag zu gehen.«

»Meine Güte!« Sie war dadurch sichtlich aus der Ruhe gebracht, weil sie aus Unwissenheit heraus ein Risiko eingegangen war, und als sie sich nachträglich an die aschenfarbenen Bergkuppen in dem gespenstischen Licht erinnerte, schien dort überall Bedrohliches gelauert zu haben. Sie ging zum Hotel zurück, verblüfft darüber, den längsten und einsamsten Spaziergang ihres Lebens überlebt zu haben.

11

Die Glocken läuteten erneut wegen der Eroberung von Muskopolje. Sie läuteten wieder wegen Konispolis. Und am ersten Tag im Dezember, als der Regen in Strömen auf Athen niederging, läuteten sie wegen des großen Sieges von Pogradec. Diese Schlacht, die sieben Tage andauerte, wurde in einem Schneesturm geschlagen. Der alte Portier, der mit den Neuigkeiten in der Hotelhalle wartete, spielte für die Pringles und andere Ausländer das Drama des Gefechts nach. Er stolperte umher, um zu zeigen, wie die Italiener durch den Schnee geblendet worden waren, richtete sich dann auf, mit starren Augen und ernstem Gesichtsausdruck, und stellte dar, wie den Griechen durch Unsere Liebe Frau von Tenos die wundersame Durchdringung der schlechten Sicht zuteil geworden war.

»Warum Unsere Liebe Frau von Tenos?« fragte jemand.

Weil seine Frau, die aus Tenos stammte, ihrem Sohn nur zwei Tage vor der Schlacht ein Tenos-Medaillon geschickt hatte, erklärte der Portier.

Sieg folgte jetzt auf Sieg. Wenn die Glocken zu läuten anfingen, lachten wildfremde Menschen und riefen einander zu: »Was, schon wieder einer!« Die Athener tanzten in den Straßen. Alte Männer tanzten wie junge Burschen, und auf den Gehwegen klatschten die Frauen mit den Händen dazu. Die Leute sagten, die Griechen hätten Mussolinis halbe Armee gefangengenommen. Was das eroberte Kriegsmaterial anbelangte, so könnten sie damit die ganze Welt herausfordern.

Wenn jemand in ein Café kam und einen Ortsnamen rief, den zuvor noch niemand gehört hatte, dann brauchte man gar nicht fragen, was es war. Es war ein Sieg. Im Handumdrehen war der Name bekannt. Jeder wiederholte ihn: Er war der am meisten genannte Name in Athen. Dann, über Nacht, wurde er zum Sieg von gestern, und ein anderer Name trat an seine Stelle.

Nach Pogrodec kamen der Sieg am Ostrovicë; dann Premeti, Santa Quarante, Argyrokastro und Delvinë. Die Evzonen eroberten die Höhen von Ochrida in einem Schneesturm. Der Angriff dauerte vier Stunden, und die griechischen Frauen, die ihren Männern gefolgt waren, kletterten barfuß den Berghang hinauf, um ihnen Essen und Munition zu bringen.

Bei jedem Sieg läuteten die Glocken. Die Menschen fragten fröhlich: »Was jetzt?« Die Griechen hatten eine kleine Stadt eingenommen, die niemand auf der Landkarte finden konnte. Dann kam der Vormarsch zum Stehen. Die Griechen waren entlang der gesamten albanischen Grenze vorgerückt, und weil sie auf einen solchen Erfolg nicht vorbereitet waren, hatten sie sich zu weit von ihren Versorgungs- und Nachschubeinheiten entfernt. Da es sich um einen Durchbruch im großen Maßstab handelte, mußten sie ihn ernst nehmen.

An dem Morgen, als die Nachricht von der Eroberung von Santa Quaranta eintraf – eine wichtige Eroberung, da die Griechen einen Hafen brauchten, in dem sie Nachschubgüter löschen können –, kehrte Guy früh zum Mittagessen zurück. Er hatte, eher beiläufig, von einem Schüler gehört, daß der neue Direktor ernannt worden war. Die Schule sollte wieder öffnen, die Schüler, die es leid waren, von einem Haus zum nächsten zu ziehen, schickten einen aus ihren Reihen vor, um Guy zu sagen: »Wir sind sehr dankbar, Sir, aber jetzt müssen wir zum Unterricht in die Schule gehen. In keinem Haus steht mehr ein Zimmer für den Unterricht zur Verfügung. Unsere Eltern bestehen darauf, daß wir uns dort anmelden, wo es auch Unterrichtsräume gibt.«

»Und wer ist der neue Direktor?« fragte Harriet. »Nicht Dubedat?«

»Nein.«

»Pinkrose?«

»Nein.«

»Dann ist es Ben Phipps?«

»Nein.«

»Es gibt niemand anderen.«

»Archie Callard.«

Ganz elektrisiert sagte Harriet: »Aber das ist ja viel besser, als wir erwartet haben. Von Dubedat und Pinkrose hatten wir nichts zu erhoffen, aber bei Archie Callard kann man es nicht wissen. Er tut vielleicht etwas für dich.«

»Ja.«

Sie gingen in den Speisesaal des Hotels, wo es in diesen Tagen, in denen Lebensmittel knapp wurden, auch nicht schlechter war als anderswo. Guy verhielt sich so, als ob nichts Besonderes geschehen sei, aber er schien verwirrt und durcheinander zu sein, und er konnte sich nicht auf das Essen konzentrieren.

Harriet sagte: »Wann glaubst du, daß Callard davon gehört hat?«

»Gestern, nehme ich an.«

»Dann kann er sich doch immer noch mit dir in Verbindung setzen.«

»O ja. Ich zerbreche mir deswegen nicht den Kopf.«

»Falls er es nicht tut, was wirst du dann machen?«

»Ich weiß es nicht, ich habe noch nicht darüber nachgedacht.«

»Du hast das Recht, ihn jederzeit von dir aus anzusprechen. Er ist jetzt dein Direktor.«

»Ja«, sagte Guy zweifelnd, beunruhigt über die Möglichkeit, genau dies tun zu müssen. Harriet, die von seiner Ängstlichkeit wußte, wenn es darum ging, eine Schlacht in eigener Sache zu schlagen, dachte daran, wie wenig sie sich doch gekannt hatten, als sie übereilt und im Schatten des Krieges heirateten. Der Schatten war natürlich schon seit Jahren dagewesen; aber während der warmen, staubigen Sommertage, in denen sie sich kennenlernten, war es der Schatten einer Lawine gewesen, die jeden Moment losbrechen konnte. Da es sonst nichts gab, wohin man sich wenden konnte, wandten sich die Menschen einander zu. Guy hatte absolutes Vertrauen ausgestrahlt. Wäre er unter dem Schutzmantel einer wohlhabenden Familie aufgewachsen, hätte er nicht mehr Unbekümmertheit, gute Laune, Großzügigkeit und Verantwortungsbereitschaft dem Leben gegenüber an den Tag legen können. Dadurch, daß er sich selbst anbot, schien er gleichzeitig den Schutz menschlicher Wärme, gesunden Menschenverstand und Zuverlässigkeit anzubieten. Und in gewisser Hinsicht waren jene Qualitäten auch vorhanden, aber in anderer Hinsicht bestand Guy auch aus einem komplizierten Geflecht von unerwarteten Torheiten, Ängsten und Unentschlossenheit.

Sie sagte: »Er *muß* dich zum Abteilungsleiter ernennen. Es gibt niemand anderen, der fähig genug wäre, diese Funktion zu übernehmen. Pinkrose oder Ben Phipps wären vielleicht als Direktoren denkbar gewesen; aber was das Unterrichten betrifft, wen gibt es da schon?«

»Dubedat.«

»Mach dich doch nicht lächerlich, Darling.«

Die einzige Wärme im Hotel stammte von einem Ölofen im Restaurant. Die Tische waren um ihn herum aufgestellt, und die Gäste ließen sich Zeit damit, wieder auf ihre Zimmer zu gehen. Die Pringles saßen noch immer über ihren Täßchen mit grauem, wäßrigem Kaffee, als der Portier mit einem Brief herunterkam, der abgegeben worden war. Er gab ihn Guy, der ihn öffnete, auflachte und lässig sagte: »Er ist von Callard. Eine Einladung nach Phaleron zu Tee. Er wohnt dort zur Zeit bei Cookson. Du sollst auch mitkommen.«

»Aber das ist doch wunderbar, Schatz.«

»Vielleicht. Wir wissen nicht, was er will.«

»Aber klar wissen wir das. Er hat die Stelle des Direktors; jetzt braucht er jemanden, der die Arbeit macht.«

»Komm. Ich lade dich jetzt zu einem richtigen Kaffee im Braziliana ein.«

In der kleinen Bar, die so winzig war, daß es keine Sitzplätze gab, standen die Gäste Ellenbogen an Ellenbogen und tranken den starken, schwarzen Kaffee, der schon in guten Zeiten rar war, jetzt aber reinen Luxus darstellte. Als sie in die Menge blickte, entdeckte Harriet Ben Phipps. In eine Ecke neben der Tür gedrängt, stand er alleine da und starrte mit einer Miene bitterer Niedergeschlagenheit auf die Straße hinaus. Konnte es sein, daß ihm die Stelle des Direktors so viel bedeutet hatte?

Wenn sie ihn mehr gemocht hätte, hätte sie Guy auf ihn aufmerksam gemacht, und Guy wäre zu ihm hingeeilt, um ihn zu trösten. Aber Guy war zu kurzsichtig, um ihn zu bemerken, und sie zu aufgeregt, um weiter darüber nachzudenken.

Es war ein Tag der Sepiafarben. Als der Busfahrer sie in Phaleron aussteigen ließ, sahen sie ein gelbliches Meer, das träge seine Schaumkronen ausbreitete, ähnlich einem gelangweilten Bridgespieler, der ein unbrauchbares Blatt vorzeigt. Der Strand war leer wie ein arktischer Strand, und fast genauso kalt. Die Strandpromenade, die sich bis weit in die Ferne erstreckte, war grau und leer, aber es gab Palmen.

»Das Mittelmeer«, sagte Harriet.

Guy richtete seine Brille, um es zu betrachten: »Nicht gerade das Meer aller Träume«, sagte er. Doch an diesem Nachmittag mußten sie über etwas anderes nachdenken.

Während sie an Villen vorbeigingen, in denen niemand zu wohnen schien, summte er vor sich hin, um seinem Selbstvertrauen für das bevorstehende Gespräch Ausdruck zu verleihen, und legte ein zu schnelles Tempo vor. Harriet, die neben ihm hertrottete, hielt schweigend mit. Sie beeilten sich, um sich dem Augenblick zu stellen, in dem die Unsicherheit ihrer Situation endlich behoben werden sollte.

Cooksons Villa war leicht zu finden. Es war die größte der am Meer stehenden Villen, und ihr Name – »Porphyry Pillars« – war in lateinischen Buchstaben angebracht. Die Villa war aus weißem Marmor. Die Säulen – im Baedeker erwähnt, hatte Alan gesagt – zeigten sich bei diesem Licht nicht von ihrer besten Seite.

Harriet flüsterte: »Sie schauen aus wie Corned beef«, aber Guy bedeutete ihr mit einem finsteren Blick zu schweigen.

Ein Butler ließ sie in eine kreisförmige Eingangshalle treten, wo noch mehr Säulen standen, nicht aus Porphyr, sondern aus weißem Marmor, und führte sie dann in einen riesigen Salon, der mit Möbeln aus Korfu angefüllt und mit bernsteinfarbenen Samtvorhängen dekoriert war.

Durch den goldfarbenen Schimmer hindurch kam ihnen der Major entgegen und wechselte sein zusammengerolltes Taschentuch von der einen Hand in die andere, damit er sie begrüßen konnte.

»Wie reizend, Sie wiederzusehen«, sagte er, obwohl sie ihn vorher kaum gesprochen hatten. Er bat Harriet, auf einem bernsteinfarbenen Satinsofa Platz zu nehmen, wo sie wie auf einem Ehrenplatz saß, und entschuldigte sich bei Guy: »Tut mir leid, daß Archie nicht hier ist. Er hatte eine Verabredung zum Mittagessen in Athen und ist noch nicht zurückgekommen.«

Guy wies sich selbst die Schuld zu, weil sie zu früh gekommen waren, aber der Major protestierte: »Oh, nein. Es ist Archie, der Verspätung hat. So ein unartiger Junge! Er ist manchmal ein bißchen launisch. Sei's drum. Für eine kleine Weile habe ich Sie für mich alleine, deshalb müssen Sie mir von Bukarest erzählen. Ich bin einmal dort gewesen und habe Dutzende von Prinzen und Prinzessinen kennengelernt; alle reizend, versteht sich von selbst. Ich hoffe, ihnen wird nichts geschehen. *Was* für ein débâcle! Wie erklären Sie sich das?«

Guy unterhielt sich bereitwilliger mit Cookson, als er sich mit Gracey unterhalten hatte. Während Guy die rumänische Katastrophe analysierte, gab Cookson Ausrufe des Erstaunens und Entsetzens von sich und bestand dann darauf zu erfahren, wie die Pringles es geschafft hatten, heil davonzukommen. »Und Sie«, fragte er Harriet teilnahmsvoll, »waren Sie nicht schrecklich besorgt über all das? Vielleicht hatten Sie sogar ein bißchen Angst? Und als Sie fortgingen, waren Sie da sehr, *sehr* traurig?«

Während der Major von Harriet zu Guy und von Guy zu Harriet blickte, verbreitete er ein so verständnisvolles Mitgefühl, daß er Harriet vollkommen für sich einnahm. Seine Haltung war die eines höflichen und wohlwollenden Gastgebers, der Neuankömmlinge im Kreis seiner Freunde willkommen heißt. Und was für ein vornehmer Freundeskreis! Sie konnte gut verstehen, warum die arme Mrs. Brett im Wettstreit um gesellschaftliches Prestige kaum Chancen hatte.

Aber Guy war nicht so leicht zu beeindrucken und nicht so schnell bereit, Mrs. Brett fallen zu lassen. Obwohl er auf den Major einging – schließlich war er grundsätzlich unfähig, auf jemanden nicht einzugehen –, so war es doch nicht seine übliche, uneingeschränkte Reaktion auf eine Freundschaftsbezeugung. Ein- oder zweimal, als Geräusche im Haus zu hören waren, blickte er um sich, in der Hoffnung auf Archie Callards Ankunft. Der Major, der solche Momente der Unaufmerksamkeit offensichtlich nicht bemerkte, sagte: »Erzählen Sie mir...« und stellte eine Frage nach der anderen und tat sein Bestes, um sie von ihrer Unruhe abzulenken. Doch zuviel hing von dem bevorstehenden Gespräch ab. Die Atmosphäre war liebenswürdig, doch Guys Gedanken wanderten umher, und der Major murmelte schließlich: »Wo *kann* Archie bloß sein?«

Endlich ging die Tür auf, und Callard erschien. Trotz der mangelhaften Beleuchtung erkannten die Pringles an seiner Miene, daß er sie vergessen hatte. Er war nicht alleine. Charles Warden war bei ihm.

Harriet und Warden tauschten einen erschrockenen Blick aus, und Harriet spürte, wie sie versteinerte. Es war, als ob jemand den beiden einen Streich gespielt hätte.

Callard hatte seine frühere Art amüsierter Gleichgültigkeit gegenüber dem Leben abgelegt und war im Bewußtsein seiner neuen Verantwortlichkeit sachlich und beherrscht. »Wie schön, daß Sie gekommen sind«, sagte er. »Sie kennen sich alle, nicht wahr?«

Harriet und Warden akzeptierten dies als Vorstellung, verbeugten sich gegenseitig kühl und warteten darauf, was als nächstes geschehen würde.

Der Major, der wegen Callards neuer Stellung ganz durcheinander zu sein schien, erhob sich und sagte:

»Mein lieber Archie, ich glaube, ich führe Mrs. Pringle und Charles in den Garten, während ihr beide euer kleines Gespräch führen könnt. Es ist gerade noch so hell, daß man sehen kann, wo man hintritt. Aber braucht nicht zu lange. Ich bin sicher, wir sehnen uns alle nach einer Tasse Tee.«

Er öffnete die Verandatüren und führte die jungen Leute nach draußen. Harriet war ganz aufgeregt, doch als sie sich beim Schließen der Tür umblickte, sah sie drinnen Guy mit einem vor Anspannung verzerrten Gesicht. Von schlechtem Gewissen geplagt, weil sie so bereitwillig mitgegangen war, eilte sie dem Major nach und benahm sich dabei so, als seien er und sie die einzigen Personen im Garten. Er führte sie um die Beete herum, beschrieb ihr die Blumen, die nach den Regenfällen des Frühlings blühen würden, und obwohl es nicht viel zu bewundern gab, kommentierte sie alles mit Ausrufen des Staunens und Entzückens. Aufgrund ihres lebhaften Interesses geschmeichelt, sagte er: »Sie müssen den Garten erst im April sehen! Aber ich hoffe natürlich, daß Sie vorher noch viele Male vorbeischauen.«

Über den Rasen waren Zitrusbäume verstreut, die in einsamen Posen umherstanden und wie Tänzer aussahen, die auf den Beginn eines Balletts warteten. Harriet drehte Charles Warden weiterhin den Rücken zu, doch als sie stehenblieb, um einige kleine Zitronen zu begutachten, mußte sie sich unwillkürlich umdrehen, und sie sah, daß er sie ironisch lächelnd betrachtete. Sofort drehte sie sich wieder um. Sobald sie den Major wieder eingeholt hatte, brach sie erneut und erst recht in Begeisterung aus.

Als sie um das Haus herumgingen und das Meer in Sicht kam, waren die Wolken von kirschroten Streifen durchzogen. Die Sonne ging gerade mit einem Leuchten unter, das man nur erahnen konnte. Für einen Augenblick wurde der Garten von einem herbstlichen Glühen gestreift, dann schlossen sich die Wolken wieder, und es blieb nur noch die winterliche Dämmerung.

»Ja«, sagte der Major mit Bedauern, »wir müssen hineingehen; aber Sie werden doch wiederkommen, ja? Ganz *bestimmt?* Ich gebe während des Winters ein paar kleine Partys, die mir helfen sollen, die düsteren Wochen zu überstehen. Es herrscht immer ein Mangel an schönen Mädchen – ich meine natürlich an schönen englischen Mädchen. Es gibt genügend hübsche Griechinnen, und wie hübsch die sein können! Trotzdem, die englischen Mädchen sind etwas anderes: so schlank, so rosig und weiß, so *natürlich.* Versprechen Sie, daß Sie kommen werden?«

Mit einem bescheidenen Lächeln versprach es Harriet.

Die Kronleuchter im goldenen Salon waren eingeschaltet worden. Der Major klopfte gegen die Glasscheibe, öffnete die Tür und sagte: »Dürfen wir uns zu euch gesellen?«

»Ja, natürlich«, sagte Callard, als ob er überhaupt nicht verstehen konnte, was sie dort draußen suchten.

Anscheinend war drinnen das Gespräch schon einige Zeit vorher beendet worden. Harriet war in bester Stimmung eingetreten, doch als sie Guys Augen sah, verlor sie ihren Optimismus. Er warf ihr einen warnenden Blick zu und starrte dann trübsinnig zu Boden. Sie wollte jetzt eigentlich nur noch dieser hinterhältigen Gesellschaft entrinnen, aber der Major sagte gerade: »Kommen Sie. Ihr habt eure Geschäfte hinter euch gebracht, also können wir uns jetzt eine schöne Tasse Tee genehmigen.«

Das Eßzimmer befand sich auf der anderen Seite der Eingangshalle. Der Tee wurde auf einem Tisch mit vergoldeten Rokokobeinen und einer Platte aus koloriertem Marmormosaik serviert. Die Mosaiksteinchen bildeten eine Komposition aus Früchten und Wildbret und trug in goldenen Buchstaben den Titel: »Die Freuden des Überflusses«. Auf der Mitte des Bildes stand ein Teller mit sehr kleinen Törtchen. Der Major sagte:

»Meine Güte! Schaut sie euch an! So, wie die Törtchen im Preis zulegen, nehmen sie in der Größe ab. Eines Tages werden sie, fürchte ich, ganz verschwunden sein.«

Als ob er diese Bemerkung als unanständig oder geschmacklos empfinden würde, sagte Archie Callard: »Dann brauchst du sie auch nicht mehr zu bezahlen.«

Der Major lachte, wußte sich gerügt und fuhr in einem bittenden Ton fort: »Aber Archie, solch lächerlich kleine Törtchen! Schau dir bloß dieses mal an! Wer hätte schon das Herz, es zu essen? Wirklich, ich schäme mich ja, aber...« Er wandte sich Harriet zu: »Es ist nicht leicht, heutzutage welche zu kriegen, nicht mal im Xenia! Finden Sie Einkaufen nicht schrecklich schwierig?«

»Wir wohnen in einem Hotel«, sagte sie.

»Wie klug! Aber doch hoffentlich nicht im G. B.? Wie ich höre, hat nämlich die Militärmission von unserem Darling G. B. Besitz ergriffen, und alle unsere Freunde wurden hinausgeworfen. Es ist schon traurig, in solchen Zeiten aus seiner Suite hinausgeworfen zu werden! Wer weiß, wo sie alle gelandet sind! Und keine Cocktail-Partys mehr in diesem wunderschönen Salon. Nicht, daß dort viele stattgefunden hätten, seit das Evakuierungsschiff die Damen mit fortnahm. Dennoch«, fügte er schnell hinzu: »Wir dürfen uns nicht beschweren. Andere haben ihren Platz eingenommen.«

»Also wirklich!« sagte Archie Callard, »du scheinst andeuten zu wollen, daß das Schiff die rechtmäßigen Bewohnerinnen Athens mitgenommen und nur das Strandgut des Krieges zurückgelassen hat.«

»Archie, jetzt reicht's aber.«

Callard war erfreut darüber, den Major schockiert zu haben, und schenkte jetzt seine ganze Aufmerksamkeit Charles Warden. Er wollte *alles* über die Mission erfahren. Was war ihre Funktion? Wie viele Offiziere gab es dort? Welche Funktion würde Charles selbst haben?

Kurz und bündig gab der junge Mann zur Antwort, daß er nichts wisse. Die Mission sei gerade erst eingetroffen.

Harriet vermeinte einen Hauch von Arroganz aus seinem Ton herauszuhören, und sie verurteilte ihn nicht nur als unfreundlichen jungen Mann, sondern auch als einen, der sich selbst zu wichtig nahm.

Irgendwo im Haus klingelte das Telefon. Ein Diener kam, um mitzuteilen, daß Mr. Callard verlangt wurde.

Archie Callard legte den Kopf mit ärgerlicher Miene in den Nacken und fragte, wer am Apparat sei. Als ihm gesagt wurde, daß es die britische Gesandtschaft sei, stöhnte er: »Oh, dear!« Der Major seufzte, als wollte er ausdrücken, daß das Leben in diesen Zeit eben so sei.

Callard verließ den Raum, und die anderen warteten schweigend. Harriet sah Charles Warden an und bemerkte, daß sein Blick fest auf sie gerichtet war, und sie wandte den Kopf wieder ab. Warden sagte zu Cookson: »Es tut mir leid, aber ich muß ins Büro zurück.«

»Aber *Sie* müssen doch nicht gehen, oder?« lächelte der Major Harriet an. »*Bitte* bleiben Sie und trinken Sie noch ein Glas Sherry.«

Ehe sie antworten konnte, kam Archie Callard schnellen Schrittes zurück, und sein Verhalten veränderte sich dramatisch. Sowohl seine falsche Ernsthaftigkeit wie auch seine Ironie waren verschwunden. Er hatte jetzt sein Rollenspiel abgelegt. Mit starrem Gesicht und hochnäsigem Zorn ignorierte er die Gäste und fuhr Cookson an: »Hast du gewußt, daß Bedlington in Kairo ist?«

»Bedlington in Kairo? Nein, nein. Das wußte ich nicht.«

Verstört und beunruhigt betupfte der Major seine Nasenlöcher. »Aber was soll das? Was ist passiert?«

»Du hättest es wissen müssen.«

»Das hätte ich vielleicht, aber niemand hat mir etwas gesagt. Die Leute sind zu sehr beschäftigt, um mich auf dem laufenden zu halten, und da ich hier draußen wohne, bin ich ein bißchen aus der Welt. Warum bist du so verärgert? Was ist denn los?«

»Das werde ich dir später erzählen.«

Callard ging wieder und knallte die Tür hinter sich zu.

»Was kann bloß sein?« sagte der unglückliche Major. »Archie ist solch ein temperamentvoller Junge! Wahrscheinlich ist es etwas ganz Banales.«

Die Einladung zum Sherry wurde nicht wiederholt. Der Major war dermaßen aus der Fassung gebracht, daß er es kaum bemerkte, wie die Gäste zusammen fortgingen.

Auf Charles Warden wartete draußen ein Stabswagen, und er bot den Pringles an, sie mitzunehmen. Durch diese Freundlichkeit ermutigt, gewann Guy schnell seinen Elan zurück, und als sie die dunkle Piräusstraße entlangfuhren, erzählte er redselig von seinem Plan, für die Flieger in Tatoi ein Unterhaltungsprogramm auf die Beine zu stellen. Möglicherweise war ihm der Gedanke dazu gerade erst gekommen – Harriet war auf jeden Fall nichts davon bekannt –, aber während er jetzt redete, entwickelte sich die Idee immer weiter und inspirierte ihn immer mehr. Das Gespräch in Phaleron war vergessen. Wenn er deprimiert gewesen war, so war er es jetzt nicht mehr, und Harriet staunte über seine Fähigkeit, sich wieder zu fangen.

Falls ihm nichts angeboten worden war, falls seine Zukunft – wie sie fürchtete – ohne Perspektive war, so füllte er diese Leere bereits wieder mit Ideen und Plänen. Das Unterhaltungsprogramm im Tatoi war nur ein Projekt. Er sprach von der Möglichkeit, *Othello* oder *Macbeth* zu inszenieren. Und warum sollte er nicht *Troilus und Cressida* wieder auf die Bühne bringen?

Nie war er so am Ende, daß man Mitleid mit ihm haben mußte! Er wurde niemals – was bei ihr viel zu oft der Fall war – durch Enttäuschungen handlungsunfähig. Er wandte ihnen einfach den Rücken zu.

Harriet bemerkte, daß Charles Warden zusammen mit Guy und nicht über Guy lachte. Während er Guys Plänen zuhörte, murmelte er vor sich hin, als ob Guy und Guys Vitalität Dinge seien, die er selten, wenn überhaupt je angetroffen hatte. Sie erkannte jetzt, daß seine Zurückhaltung gegenüber Callards Fragen kein Ausdruck von Arroganz gewesen war, sondern eine Mißbilligung von Callards anmaßenden Sticheleien. Sie mußte sich eingestehen, daß der junge Mann keinesfalls so unfreundlich war, wie sie gerne geglaubt hätte.

Der Wagen hielt vor dem Haupteingang des Grande Bretagne.

»Laßt uns bald wieder zusammenkommen«, sagte Guy.

»Ja, unbedingt«, stimmte ihm Charles Warden zu.

Auf dem Heimweg zum Hotel konnte Guy von nichts anderem sprechen als von dieser neuen Freundschaft, bis Harriet ihn unterbrach: »Darling, sag' mir, was Callard anzubieten hatte.«

»Oh!« Guy wollte sein Glücksgefühl nicht gestört wissen. Mit betonter Gleichgültigkeit, als ob die ganze Angelegenheit keine Rolle spielte, sagte er: »Nicht viel. Eigentlich war er nicht in der Lage, mir irgendeine Zusage zu machen.«

»Aber er muß doch einen Grund gehabt haben, weswegen er nach dir geschickt hat?«

»Er wollte mich kennenlernen, das ist alles.«

»Hat er dir denn überhaupt nichts gesagt?«

»Doch, schon. Er sagte mir ... er war der Ansicht, er sollte es mir persönlich sagen – was immerhin sehr anständig von ihm war –, daß er gezwungen wurde, Dubedat zum Abteilungsleiter zu machen. Er hatte keine Wahl. Er mußte es Gracey versprechen.«

»Ich verstehe.« Einige Minuten lang war sie derart enttäuscht, daß sie nichts mehr sagen konnte.

Guy redete weiter, tat alles, was er konnte, um Callard zu rechtfertigen. Da sie wußte, daß das, was er sagte, ein Ausdruck seiner eigenen Enttäuschung war, hörte Harriet nur zu und wurde an seiner Stelle wütend. Am Ende sagte sie:

»So wurde also Archie Callard zum Direktor ernannt, unter der Voraussetzung, daß er Dubedat für dessen Dienste gegenüber Gracey belohnte?«

»Es scheint so. Ich muß sagen, Callard zeigte ziemliches Bedauern. Er sagte: ›Mir tut dies leid. Ich hoffe, Sie weigern sich nicht, unter Dubedat zu arbeiten?‹«

»Er erwartet von dir, unter Dubedat zu arbeiten? Er muß verrückt sein.«

»Er sagte, daß es Arbeit geben würde, aber nicht sofort. Er hoffte, daß er mich irgendwie einsetzen kann, wenn der ganze Betrieb erst einmal angelaufen ist. Ich muß sagen, ich fand Callard ziemlich nett. Er ist wirklich kein übler Mensch.«

»Vielleicht ist er das wirklich nicht. Aber du stehst jetzt da, bist der beste Englischdozent am Ort, und man erwartet von dir, daß du hier rumhängst, in der Hoffnung, daß Dubedat dir ein paar Unterrichtsstunden anbietet. Es ist ungeheuerlich.«

»Ich bin entgegen den Anweisungen hierher gekommen. Ich werde jede Arbeit annehmen müssen, die ich bekommen kann.«

»Was hat das alles mit Lord Bedlington und der Tatsache auf sich, daß er in Kairo sein soll? Könntest du ihm nicht schreiben oder telegrafieren? Du wurdest von der Zentrale in London eingestellt. Du hast ein Recht, deinen Fall vorzubringen.«

»Mag sein, aber was würde es nützen? Bedlington weiß nichts über mich. Gracey, Callard und vermutlich Cookson standen hinter Dubedat. Es gibt niemanden, der hinter mir steht. Ich bin hier bloß ein Eindringling. Die Tatsache, daß ich von London eingestellt wurde, gibt mir nicht das göttliche Recht auf eine Bombenstelle. Ich könnte Ärger machen – aber wenn ich das tue und nichts erreiche, werde ich für den Rest meiner Laufbahn bei der Organisation verspielt haben.« Guy legte den Arm um die Schultern der niedergeschlagenen Harriet und drückte sie an sich: »Zerbrich dir nicht den Kopf. Dubedat hat die Stelle, und ich wünsche ihm dabei viel Glück. Wir werden schon gut zusammenarbeiten.«

»Ihr *werdet nicht* zusammenarbeiten. Du wirst die Arbeit machen, und Dubedat wird fürchterlich wichtig tun.«

Guys Nachsicht gegenüber seiner Situation ärgerte Harriet mehr als die Situation an sich. Er hatte es geschafft, im Lehrberuf tätig zu werden, und jetzt, argwöhnte sie, war sein Ehrgeiz zum Erliegen gekommen. Wegen seiner fehlenden Konfliktbereitschaft würde er das Opfer derer mit mehr Ehrgeiz sein, und es würde ihm überhaupt nichts ausmachen. Es war schließlich einfacher, sich herumkommandieren zu lassen, als anderen Befehle zu erteilen.

Voller Bitterkeit fragte sie: »Wird es unser ganzes Leben so weitergehen?«

»Wie ›so‹?«

»Daß du die Arbeit machst, und die anderen kassieren die Lorbeeren?«

»Um Himmels willen, Darling, was willst du eigentlich? Wäre es dir lieber, wenn ich Verwaltungsbeamter werden würde: ein Klugscheißer, der von den Talenten anderer Leute schmarotzt?«

»Warum nicht, wenn Geld dabei herausschaut? Warum solltest du für deine Talente weniger bezahlt bekommen als andere Leute für den Mangel daran? Warum unterstützt du solch eine Situation?«

»Das tue ich nicht. Es liegt in der Natur der Dinge in diesem Gesellschaftssystem. Wenn wir eine Volksregierung haben, werden wir das alles ändern.«

»Das möchte ich sehen!«

Sie hatten das Hotel erreicht. Harriets Hände waren zu Fäusten geballt, und als Guy sie nahm und in seine Hände legte, lächelte er in ihr kleines, blasses, zorniges Gesicht und sagte, was er schon viele Male vorher gesagt hatte: »›Tritt zwischen sie und ihre Sell im Kampf.‹«

»Einer muß ja kämpfen« sagte sie. Und als sie diese Bemerkung wiederholte, die sie als Kind aufgeschnappt hatte, fügte sie hinzu: »Wenn man nicht kämpft, rennen sie einen über den Haufen.«

Guy machte sich über sie lustig: »Wer sind ›sie‹?«

»Die Menschen. Das Leben. Die Welt.«

»Das glaubst du doch nicht wirklich?«

Sie gab darauf keine Antwort. Sie war um seinetwillen viel gekränkter als er selbst. Sie hatte sich eingebildet, daß er, weil er ein liebenswürdiger Mensch war, auch Glück haben müsse, und jetzt sah sie, wie andere, die weder fähig noch liebenswürdig waren, ihm vor die Nase gesetzt wurden. Sie fühlte sich betrogen, versuchte jedoch, sich mit den Dingen abzufinden. »Ich nehme an, wir können froh sein, daß wir überhaupt hier sind; und wir können froh sein, zusammen zu sein. Wenn du bereit bist, unter Dubedat zu arbeiten, dann gibt es nichts mehr dazu zu sagen.«

»Ich bin bereit zu arbeiten. Es spielt keine Rolle, unter wem ich arbeite. Ich kann froh sein, überhaupt angestellt zu werden. Mein Vater war sein halbes Leben lang arbeitslos, und ich habe mitbekommen, wie sich das auf ihn ausgewirkt hat. Wir brauchen uns nicht zu beklagen. Andere Männer kämpfen im Krieg und werden getötet.«

»Ja«, sagte sie und umarmte ihn, weil er bei ihr und am Leben war.

Eine Bekanntmachung in der englischen Zeitung informierte darüber, daß die Schule unter der Leitung von Mr. Archibald Callard wieder ihre Pforten öffnete. Mr. Dubedat würde Abteilungsleiter sein, assistiert von Mr. Lush. Aber aus irgendeinem Grund gab es eine Verzögerung.

Die Schüler waren in die Schule zurückgekehrt und warteten in der Bibliothek, doch Mr. Callard, Mr. Dubedat und Mr. Lush tauchten nicht auf. Die Sekretärin in der Bibliothek sagte, daß sie nicht im Schulgebäude waren. Es gab niemanden, der die Einschreibungen vornahm. Die Büros waren verschlossen und blieben auch die nächsten paar Wochen verschlossen.

12

Es war ein trüber Dezember. Der griechische Vormarsch war steckengeblieben. Die Zeitungen erklärten, daß es sich hierbei um eine notwendige Atempause handelte: Die Nachschubverbindungen mußten ausgebaut, die Truppen mit frischem Material versorgt und die Streitkräfte insgesamt neu organisiert werden. Es gab keinen Grund, niedergeschlagen zu sein. Doch die Siege, das Läuten der Glocken, das Tanzen, die Verbrüderung im Triumph – all diese Dinge fehlten, und die Stadt wirkte leblos und ernüchtert. Sogar das Schauspiel mit den italienischen Gefangenen vermochte die Menschen in dem harten Winter wenig abzulenken, wo es drinnen genauso kalt wie draußen war und die Lebensmittel aus den Läden verschwanden.

Die Gefangenen wurden durch die Hauptstraßen geführt:

Ein ungeordneter Haufen von Männern in zerlumpten Uniformen, ohne Kopfbedeckung und mit gesenkten Köpfen, damit der Regen von ihrem Haar heruntertropfen konnte. Sie waren geschlagene Männer. Doch in jedem Trupp waren einige, die trotz ihres Elends unbeschwert wirkten, die Umherstehenden mit heimlichen und versöhnlichen Blicken anlächelten oder den Eindruck erweckten, daß sie die ganze Sache für eine Farce hielten.

»Wo gehen die hin?« fragten Leute, die besorgt darüber waren, daß es noch mehr Mäuler zu stopfen geben würde. Doch die Gefangenen sollten nicht in Griechenland bleiben. Sie wurden nach Piräus gebracht und in Lager der westlichen Wüste verschifft.

Kein Wunder, daß einige von ihnen lächelten. Sie würden dort besser essen als die Griechen, und ein Lager in der Sonne war angenehmer als die albanischen Berge, wo die Soldaten bis zu den Hüften im Schnee campieren mußten.

In der Kantine, die für britische Militärangehörige eingerichtet worden war, spülte Guy Geschirr ab, und Harriet arbeitete als Bedienung. Bei den Soldaten handelte es sich hauptsächlich um Flieger, aber es waren auch einige Pioniere und Angehörige des Royal Army Service Corps eingetroffen. Lebensmittel und Treibstoff wurden von der Naafi geliefert, und die Zivilisten waren in diesen Winternächten nicht nur für Beschäftigung, sondern auch für Wärme dankbar.

Die Ehefrauen der englischen Diplomaten organisierten die Arbeit und vereinbarten unter sich, daß die Lebensmittel an die Soldaten und nur an diese ausgegeben wurden. Sie hatten sich ehrenwörtlich verpflichtet, selbst nicht einen Bissen anzurühren. Viele Frauen durchlitten zum ersten Mal ein ungewohntes Hungergefühl, während sie Speck, Würste, Eier und Tomaten brieten und Soldaten bedienten, die ihre Teller mit Selbstverständlichkeit aufnahmen, weil sie davon ausgingen, daß die Zivilisten genausoviel aßen wie sie selbst.

Eines Abends, als Harriet zwei gebratene Würste an einen Tisch trug, wäre sie fast in Tränen ausgebrochen. Ein Soldat, der sie mit geschultem Blick beobachtete, sagte: »Du siehst ganz schön verhungert aus. Schaut sie nicht verhungert aus?« fragte er seine Freunde. »Hab' niemanden mehr so ausgehungert gesehen, seit mein Alter für 'nen halben Shilling den Fußballrasen gemäht hat und sie ihm deswegen sein Krankengeld gestrichen haben.«

Harriet lachte, aber die Männer machten sich ihretwegen Gedanken und fragten: »Ihr kriegt doch hier was zu futtern, oder?«

Sie erklärte die Regeln der Kantine, und der erste Mann sagte: »So was Blödes. Im Depot haben die das Zeug haufenweise 'rumliegen. Hier.« Er schob ihr seinen Teller zu, »hau mal kräftig rein!«

Sie lachte wieder, schüttelte den Kopf und ging davon, aus Angst, sie könnte der Versuchung erliegen. Die Regelung war nun einmal getroffen worden, und niemand hatte den Mut, dagegen zu verstoßen, am allerwenigsten Harriet, die in diesem Diplomatenzirkel sowieso Hemmungen hatte.

Einige Abende später traf dieselbe Gruppe von Pionieren mit einem Paket ein, das sie Harriet in die Arme drückten: »Wir haben es gewonnen«, sagten sie. »Es ist für dich.«

Als sie es in der Küche öffnete, entdeckte sie darin eine Lammkeule. Die anderen Frauen betrachteten es naserümpfend, und Harriet erklärte: »Sie haben es gewonnen.«

Nur Mrs. Brett, die am Gasherd Dienst tat, wußte etwas dazu zu sagen: »Und ich bin sicher, das haben sie auch. Es gibt immer irgendeine Tombola oder eine Auslosung oder sonst so ein Spiel in diesen Lagern.« Während sie das Fleisch beäugte, flüsterte sie Harriet vertraulich zu: »Das ist ein schönes Stück Lamm.«

»Ja, aber was soll ich damit anfangen?«

»Hat nicht viel Wert für Sie, stimmts? Wo könnten Sie es schon braten? Mir hätten sie es geben sollen.«

Harriet schenkte es ihr. Mrs. Brett verpackte es fachmännisch und legte es zu ihren Straßenkleidern. Beim Zurückkommen stupste sie Harriet an und sagte grimmig und mit schroffem Mitgefühl: »Jetzt ist also dieser Archie Callard tatsächlich neuer Direktor geworden? Was wird er denn für Guy tun?«

»Sehr wenig. Er sagte, daß er Gracey versprochen habe, Dubedat die Stelle des Abteilungsleiters zu geben.«

»Es ist zum Kotzen.« Mrs. Brett starrte Harriet einige Augenblicke an und schien dann zu einem Ergebnis gekommen zu sein: »Sie wollen doch aus dem Hotel heraus, oder? Also ich kenne da ein griechisches Ehepaar, das seine Villa vermieten will. Es ist kein tolles Haus, wohlgemerkt, aber man muß heutzutage für alles dankbar sein.«

Als Harriet sich bei ihr bedanken wollte, unterbrach Mrs. Brett sie streng: »Danken Sie mir nicht. Sie haben mir doch den Braten geschenkt. Gehen Sie und schauen Sie sich die Villa an, bevor jemand anderer Wind davon bekommt.«

Die Villa lag am Stadtrand zwischen den Straßen, die nach Piräus beziehungsweise Phaleron führten und war deshalb wahrscheinlich billig. Guy ließ sich überreden, sie zu besichtigen, wollte aber zu den beiden Zimmern und ihrem rein funktionalen Mobiliar keinen Kommentar abgeben. Ihm genügte das Hotel. Bevor er heiratete, hatte er monatelang überhaupt ohne Zimmer gelebt, wobei er seine Besitztümer in einem Rucksack mit sich herumgetragen und in den Häusern von Freunden geschlafen hatte, oft auf dem Fußboden. Er sträubte sich gegen die Extravaganz der Villa, aber noch mehr sträubte er sich gegen die Bus- und Metrofahrten, die der Umzug in das Haus für ihn mit sich bringen würde.

Der Besitzer der Villa, Kyrios Dhiamandopoulos, war Künstler – *très moderne,* sagte seine Frau – und hatte die Villa selbst entworfen. Kyria Dhiamandopoulou ging auf die Dachterrasse hinauf und ließ die Pringles alleine, damit sie ihre Entscheidung treffen konnten.

»Können wir sie nehmen?« fragte Harriet.

»Willst du sie wirklich?«

»Es ist wahrscheinlich das Beste, was wir bekommen können.«

»Warum bleiben wir nicht, wo wir sind?«

»Weil wir ein Haus für uns haben können. Ein Zuhause. Eigentlich unser erstes richtiges Zuhause.«

»Unser erstes Zuhause? Und was war dann die Wohnung in Bukarest?«

»Das war was anderes. Ein Haus ist ein Zuhause, eine Wohnung ist es nicht.«

»Warum?«

»Ein Haus ist gut für die Seele.« Sie war bei dem Gedanken an ein eigenes Haus ganz aufgeregt, selbst bei dem Gedanken an dieses Haus, und Guy sagte: »Na schön, nimm es.« Er betrachtete Harriets exzentrische Anfälle als ein Zeichen von Unreife. Normalerweise ignorierte er sie, doch diesmal hatte er das Gefühl, nachgeben zu müssen.

13

Als Weihnachten näherrückte, sagte Guy: »Jetzt bin ich seit drei Monaten ohne Arbeit. So langsam gehe ich kaputt.« Jede Art von Arbeitslosigkeit, selbst Arbeitslosigkeit, bei der man Geld bekam, schien für ihn eine Beschneidung der grundlegendsten Menschenrechte zu sein. In seiner Verzweiflung schaute er in der Bibliothek der Schule vorbei und hoffte, daß sein Auftauchen Archie Callard daran erinnern würde, wie dringend er Arbeit brauchte. Aber Archie Callard war nicht in der Schule. Die Sekretärinnen sagten, daß sie Mr. Callard überhaupt noch nicht zu Gesicht bekommen hätten. Die Schüler hatten das Warten aufgegeben und waren gegangen. Die Bibliothekarin war wegen Guys sanfter Art sofort für ihn eingenommen und gab zu, daß dies »alles sehr seltsam« sei. Falls dies so weiterginge, würde es sogar *un scandale* geben.

Als wieder ein Brief für Guy eintraf, stammte er nicht von Archie Callard oder Dubedat, sondern von Professor Lord Pinkrose. Pinkrose bezeichnete sich darin als Leiter der Englischen Schule und bestellte Guy in die Akademie. Harriet rief daraufhin Alan an und fragte: »Was ist denn jetzt los?«

Er sagte: »Alles, was ich weiß, ist nur: Archie ist draußen, und Pinkrose ist drinnen. Wie es jedoch dazu gekommen ist – da wäre ich froh, wenn ihr mir das sagen könntet.«

Die Pringles waren über diesen Wechsel nicht sonderlich erfreut. Archie hatte in gewisser Hinsicht guten Willen gezeigt, doch von Pinkrose konnten sie nichts erwarten. Wann immer er sie traf, tat er so, als seien sie Luft für ihn.

Als es gerade einmal aufhörte zu regnen, gingen sie zu Fuß zur Akademie hinauf. Das Gebäude kam in Sicht, und seine ockergelbe Farbe leuchtete unter dem schweren Himmel. Da sahen sie einen Soldaten, der sich unter sichtlichen Schmerzen in ihre Richtung bewegte. Sein linker Fuß war bandagiert, paßte aber noch in einen unverschnürten Stiefel, während der rechte Fuß so dick bandagiert war, daß man nichts drüberziehen konnte. Unter seinem rechten Arm hatte er eine Krücke, und alle paar Meter blieb er stehen, um sich auszuruhen, wobei er sich mit der freien Hand gegen die Mauer stützte.

Jeder hatte vom glorreichen griechischen Vormarsch gehört, aber nicht alles daran war glorreich. Die Wahrheit kam jetzt ans Licht. Es gab schreckliche Geschichten über das Martyrium, das dadurch verursacht worden war, daß der Krieg das Land unvorbereitet heimgesucht hatte. Viele Soldaten waren zu Krüppeln geworden; die einen durch lange Märsche in Stiefeln, die nicht paßten, die anderen, weil sie überhaupt keine Stiefel besaßen und barfuß im Schnee kämpften. Sie mußten sich im Gebirge durch Schneestürme kämpfen und blieben tagelang durchnäßt. Ihre zerlumpten Uniformen froren ihnen am Körper fest. Hände und Füße erfroren und infizierten sich, weil es keine sulphonamidhaltigen Medikamente gab. Ihre Wunden wurden nicht versorgt. Es gab Tausende von Fällen von Wundbrand und Tausende von Amputationen.

Beim Näherkommen betrachteten die Pringles den Soldaten mit Ergriffenheit und voller Mitgefühl. Er begegnete ihrem Mitleid mit Gleichgültigkeit. Sein abgehärmtes Gesicht war schmerzverzerrt und mürrisch. Er war ausschließlich auf den jeweils nächsten Schritt konzentriert.

Auf der anderen Seite der Straße war ein Krankenhaus. Andere Verwundete schleppten sich über den asphaltierten Platz.

Als sie das sahen, wetterte Guy gegen die prodeutschen Minister, die gewußt hatten, daß es Krieg geben würde, und die dennoch verhindert hatten, daß medizinische Vorratslager angelegt wurden. Harriet sagte dazu nichts, denn sie wußte, daß sie beim Versuch, etwas zu sagen, in Tränen ausbrechen würde.

Die Tür der Akademie war nur angelehnt. Sie gingen hindurch zum Aufenthaltsraum, wo die Luft vor Kälte unangenehm feucht war. Niemand war da, um sie zu empfangen. Die Bewohner waren um diese Zeit bei der Arbeit, und im ganzen Gebäude war es ruhig. Da sie nicht wußten, was sie sonst tun sollten, setzten sie sich nieder und warteten. Pinkrose mußte ihre Ankunft beobachtet haben. Zehn Minuten lang ließ er sie zappeln, dann hörten sie das Getrippel seiner kleinen Füße die Treppen herunter- und den gekachelten Flur entlangkommen.

»Ah, da sind Sie ja!« sagte er. Sein Ton überraschte sie. Es war kein freundlicher Ton, aber er ließ die Vermutung zu, daß er eventuell etwas anzubieten hatte.

Guy stand auf. Pinkrose warf ihm einen schnellen, schiefen Blick zu und starrte dann in den leeren offenen Kamin. Er trug Mantel, Schal und Halstücher, und obwohl er keinen Hut aufhatte , war auf seinem plattgedrückten, hundebraunen Haar an der Stelle ein Ring zu sehen, wo sein Hut gesessen hatte.

Er nahm einen Brief aus seiner Manteltasche, entfaltete ihn langsam und sagte: »Ich habe nach Ihnen geschickt... Ja, ich habe nach Ihnen geschickt. Lord Bedlington... übrigens, sind Sie ihm bekannt?«

Guy sagte: »Nein.«

»Hm, sehr merkwürdig... er hat Sie für die Stelle des Abteilungsleiters ausgewählt. Sie sollen dazu ernannt werden. Es handelt sich um eine klare Anweisung. Das heißt, eigentlich *sind* Sie schon ernannt. Es steht in diesem Brief hier. Sie können ihn lesen, falls Sie es wünschen. Ja, ja, falls Sie es wünschen, können Sie ihn durchaus lesen.« Er schob Guy den Brief hin, als wollte er mit dem Inhalt nichts zu tun haben.

Verlegen wegen dieser Unhöflichkeit, sagte Guy: »Darf ich fragen, was geschehen ist? Ich wurde nämlich erst kürzlich nach Phaleron hinausgebeten, um Mr. Callard zu sprechen.«

»Ich weiß, daß Sie dort waren. Ja, das weiß ich. Mr. Callard hatte Informationen aus dem Büro in Kairo, daß er Direktor werden sollte, aber die Ernennung wurde nicht bestätigt. Nein, sie wurde nicht bestätigt. Im Gegenteil, sie wurde widerrufen. Mr. Callards Unterrichtung der Öffentlichkeit war etwas verfrüht *und* ein ganz klein wenig unklug, wie ich meine. Lord Bedlington entschied, daß die Stelle einen älteren Mann verlangte. *Ich* werde nun Direktor werden, und ich habe Mr. Callard gebeten, den Posten eines Sekretärs für soziale Angelegenheiten zu bekleiden – ein Posten, der seinen besonderen Talenten eher entspricht.«

Wortlos, nur mit einem fragenden Blick, erkundigte sich Guy, wie dies zustande gekommen war. Nach einer kurzen Denkpause ließ sich Pinkrose zu einer Erklärung herab: »Ich nahm mit Lord Bedlington Kontakt auf... Ich machte es mir zur Aufgabe, mit ihm in Kontakt zu treten. Wir waren zusammen in Cambridge. Er wußte nicht, daß ich in Athen bin. Ich fürchte, Mr. Gracey hatte es versäumt... hatte versäumt, mich zu erwähnen. Ein Versehen, kein Zweifel. Macht nichts, die Sache wurde in Ordnung gebracht; und Bedlingtons Wünschen entsprechend ernenne ich Sie zum Abteilungsleiter.«

»Darf ich fragen, ob Sie so freundlich waren, mich zu empfehlen?«

»Nein. Nein. Ich kann nicht sagen, daß ich das getan hätte. Ich empfahl niemanden. Sie sind Bedlingtons Wahl.«

»Und was ist mit Dubedat und Toby Lush? Soll ich sie einstellen?«

Pinkrose tat so, als hätte er noch nie von Dubedat und Lush gehört. »Sie können einstellen, wen Sie wollen«, sagte er.

»Wann wird die Schule wieder eröffnen?«

»Ich schlage vor, am ersten Januar. Ja, der erste Januar ist ein exzellenter Zeitpunkt.«

»Und kann ich mit den Einschreibungen beginnen?«

»Sie können machen, was Sie wollen.« Pinkrose spazierte aus dem Raum, ohne ein weiteres Wort zu sagen, und es blieb Guy und Harriet selbst überlassen, ihren Weg hinaus zu finden. Sie gingen die Stufen in den Garten hinunter, wo sich das frische Grün durch die dürre Schicht toter Pflanzen schob. Sobald sie sich in sicherem Abstand vom Haus befanden, sagte Harriet: »Das war interessant. Es sieht so als, als ob Pinkrose, wenn es darauf ankommt, härter sein kann, als wir dachten.«

Vor Freude über beide Ohren grinsend, sagte Guy: »Wir wissen jetzt, wie er zu seiner Stelle gekommen ist; aber weiß der Himmel, wie ich zu meiner gekommen bin.«

»Du hast sie auf alle Fälle. Und nur darauf kommt es an.« Harriet war ebenso glücklich wie er: »Trotz deiner Narreteien ist das Glück anscheinend auf deiner Seite.«

14

Zwei Tage vor Weihnachten fingen die Glocken wieder an zu läuten. Die Griechen hatten Himarë an der albanischen Küstenstraße eingenommen. So setzte sich also der Vormarsch fort, und die Hoffnung auf einen endgültigen Sieg ließ alle den Winter leichter ertragen. Jeder war sich sicher, daß in ein paar Wochen, in einem Monat oder weniger, der Feind um die Bedingungen für eine Kapitulation bitten würde. Der Krieg war so gut wie vorüber.

Und dennoch, es war ein kümmerliches Weihnachten. In den Läden gab es wenig zu kaufen, und die Geschäfte taten alles, um die Fenster mit Palmen und Lorbeer zu Ehren der griechischen Helden und mit Olivenzweigen für den erwarteten Frieden zu schmücken.

Man konnte Kerzen sehen und Bänder – blau-weiße Bänder und rot-weiß-blaue Bänder –, und für die kurze Zeit der Dämmerung durften die Schaufenster beleuchtet werden. Sie kamen alle heraus auf die Straßen, um den Lichterschein zu betrachten, aber sobald die Dunkelheit vollständig hereingebrochen war, mußte wieder verdunkelt werden, und diejenigen, die es sich leisten konnten, drängten sich in die Cafés. Die anderen gingen nach Hause.

Die Pringles waren zu zwei Weihnachtspartys eingeladen

worden, zu der von Mrs. Brett und zu der von Major Cookson. Die Einladung des Majors traf zuerst ein, doch Guy war der Meinung, daß sie die von Mrs. Brett annehmen sollten. »Das schulden wir ihr«, sagte er. »Sie würde es uns nie verzeihen, wenn wir zu Cookson gehen würden.«

»Warum schulden wir es ihr?« fragte Harriet, der die Vorstellung einer Party in Phaleron viel besser gefiel.

»Man hat sie sehr schlecht behandelt.«

»Wahrscheinlich hat sie das auch verdient. Ich würde viel lieber zu Cooksons Feier gehen.«

»Das kommt nicht in Frage. Sie würde sehr verletzt sein.«

Schließlich setzte sich Guy einfach über Harriet hinweg, wie es immer der Fall war, und die Diskussion war damit beendet.

Am ersten Weihnachtstag war der Himmel bewölkt. Die Partys begannen nicht vor acht Uhr, und irgendwie mußten sie noch den Tag hinter sich bringen. Es war ein trauriger und leerer Tag für diejenigen, die kein Zuhause hatten.

Als sie hinausgingen, um in den verdunkelten Straßen spazieren zu gehen, trafen die Pringles auf Alan Frewen, der gerade seinen Hund ausführte. Sie schlossen sich ihm an und gingen Richtung Zonar's, wo Ben Phipps saß und ins Leere starrte. Sobald er sie erblickte, sprang er auf und fragte voller Eifer: »Wo geht ihr denn hin?« Sie wußten es nicht.

Die Universitätsstraße lag vor ihnen, ewig lang, schnurgerade, grau und öde, und auf ihr war nur eine Gestalt zu sehen: Yakimov. Sein großer, zerbrechlicher Körper war unter dem Gewicht seines pelzgefütterten Mantels vornübergebeugt. Als er vier bekannte Gesichter sah, fing er an zu laufen, stolperte dabei mehrere Male über den herabgerissenen Saum seines Mantels, kam schließlich mit einem honigsüßen Lächeln bei ihnen an und flötete:

»Wie herzerwärmend, eure lieben, vertrauten Gesichter zu sehen! Was kann man an diesem Tag des Jubels und der Freude anstellen? Wo, ach wo nur kann der arme Yaki einen Bissen zu essen bekommen?«

Alan sagte, er hätte Diocletian als Weihnachtsgeschenk einen richtig langen Spaziergang versprochen. Wie wär's also, wenn sie mit dem Bus zum Meer hinunterfahren und den Strand entlangspazieren würden?

Yakimov war von diesem Vorschlag nicht sonderlich begeistert, aber als sich die anderen zur Bushaltestelle aufmachten, folgte er ihnen mit einem Seufzer. Im fahlen Licht war die Strandpromenade grau, doch die rosa und gelben Farben der Häuser waren von einer unnatürlichen Reinheit, während die Villa des Majors so weiß war wie ein Totenschädel inmitten eines Ringes aus Palmen und dunklen Pinien.

Ben Phipps, der im Bus still gewesen war, weil er anscheinend nicht sicher wußte, ob seine Anwesenheit in dieser Gruppe gerne gesehen wurde, runzelte die Stirn, als der Hund um ihn herumjagte. Als das Spektakel nachließ, sagte er: »Ich hörte gestern abend ein paar Neuigkeiten.«

»Gute Neuigkeiten, hoffe ich«, sagte Guy.

»Keine besonders guten. Es sind vielleicht sogar verdammt schlechte Neuigkeiten.«

Als ihm jeder zuhörte, fuhr Phipps fort: »Einer unserer Jungs, der sich auf einem Aufklärungsflug über der bulgarischen Front befand, glaubt, etwas im Schnee gesehen zu haben. Etwas äußerst Komisches. Er ging etwas tiefer, um sich das mal genauer anzusehen, und fiel dabei beinahe aus seinem Pilotensitz. Was glaubt ihr, was er gesehen hat? Die Deutschen haben dort massenweise Zeug aufgefahren: Panzer, Geschütze, LKWs, alle möglichen schweren Waffen. Alles mit Tarnanstrich. Und zwar *weiß*.«

»Soll das heißen, daß das Zeug noch nicht sehr lange dort stehen kann?« sagte Harriet. »Aber es könnte doch an Ort und Stelle angestrichen worden sein.«

Phipps warf ihr einen überraschten Blick zu, weil sie sofort das Wesentliche dieser Information begriffen hatte, was ihm aber gar nicht gefiel. »Unwahrscheinlich«, sagte er. »Dieses Zeug wird nicht gestrichen, das wird gespritzt. Das ist Fabrikarbeit.«

»Könnte es nicht an Ort und Stelle gespritzt worden sein?«

»Schon möglich.« Da er sich selbst als *die* Informationsquelle in Athen betrachtete, schien er eher verärgert über die Tatsache zu sein, daß Harriets Vermutungen Sinn ergaben.

»Wo hast du das alles gehört?« wollte Alan wissen.

»In der Messe in Tatoi. Ich schreibe gerade einen Artikel über die britische Intervention in Griechenland. Wahrscheinlich ist alles streng geheim, aber als ich dort war, war von nichts anderem die Rede. Der Pilot war gerade eingetroffen. Die hatten gar keine Zeit gehabt, ihn zum Stillschweigen zu verdonnern, und die Jungs unterhielten sich darüber.«

»Du glaubst also, die Deutschen bereiten eine Invasion vor?«

»Da kann ich auch nur raten. Niemand weiß etwas Genaueres. Aber behaltet es besser für euch.« Ben Phipps hatte das Gefühl, daß er vielleicht doch zuviel gesagt hatte, und er sah die Pringles streng an und drehte sich dann um, um Yakimov zu verwarnen, doch Yakimov trottete erst in einiger Entfernung hinter ihnen drein.

Die Gruppe, die wegen der Besonderheit des Tages ohnehin gedrückter Stimmung war, wurde noch bedrückter, als sie die Möglichkeit eines deutschen Angriffs in Erwägung zog. Und wie wahrscheinlich dieser jetzt erschien! Warum sollte der stärkere Partner der Achse untätig zusehen, während der schwächere eine schmachvolle Niederlage erlitt? Doch wer konnte schon den Gedanken ertragen, daß die Griechen umsonst gelitten hatten?

Guy sagte: »Die bulgarischen Straßen sind die schlechtesten in Europa. Es gibt nur eine einzige Brücke über die Donau. Wie sollte all dieses schwere Zeug an die Grenze gelangt sein? Glaubst du nicht, daß das alles Ammenmärchen sind?«

»Tja also...« Nachdem er seine Sensation derartig aufgebauscht hatte, sah sich Ben Phipps jetzt genötigt, sie etwas abzumildern: »Der Pilot hat irgend etwas gesehen, na gut, aber vielleicht war es nicht das, wofür er es hielt. Es könnten Attrappen gewesen sein – etwas, was man aufgestellt hat, um den Griechen Angst einzujagen, oder eigentlich den Yugos. Die haben doch diese vertrackte Situation in Jugoslawien: Peter und Paul. Welchen der beiden wird's wohl erwischen. Die pro-deutsche Gruppe steht hinter dem Regenten; die anderen stehen hinter dem König. Wenn Paul freie Hand bekommt, werden die Deutschen loslegen. Im Moment haben sie nur wenige Truppen im Land. Sie wollen nicht noch mehr unproduktives Territorium unter Kontrolle halten müssen.«

Alan brummte zustimmend. Es war keine große Hoffnung, aber in diesen Tagen lebten sie von genau solchen Hoffnungen. Und schließlich gab es noch die unausrottbare menschliche Vorstellung, daß nichts so schlimm sein konnte, wie es schien. Langsam befreiten sie sich aus ihrer Niedergeschlagenheit und bemerkten, daß Yakimov sie im Geschwindschritt eingeholt und ein oder zwei Sätze von Phipps' Rede aufgeschnappt hatte.

»Was war das, alter Junge? Die Nazi-Bazis kommen hierher?«

Als er so in Yakimovs große, ängstliche Augen blickte, konnte Ben Phipps nur lachen: »Das habe ich nicht gesagt.«

»Aber wenn sie kommen: Was wird dann bloß aus uns?«

»Das genau ist die Frage!«

Harriet sagte: »Wir haben das Meer. Es gibt mir ein Gefühl der Sicherheit.«

»Diese große, lächerliche Masse von nutzlosem Wasser!« Ben Phipps schielte darauf: »Ich würde mich weitaus sicherer fühlen, wenn es nicht da wäre.«

Guy sagte: »Ich neige dazu, dem zuzustimmen«, und die beiden Männer lachten, wie über einen Witz.

Phipps' Verhalten gegenüber Guy strahlte Verständnis und zunehmende Intimität aus, während sich Guy stärker ihrer gemeinsamen Interessen bewußt war und sich so verhielt, als sei ihre Übereinstimmung nur eine Frage von Zeit und Gelegenheit. Harriet war darüber beunruhigt, denn sie hatte das Gefühl, daß die Beziehung zwischen den beiden die Formen einer beginnenden Liebesaffäre annahm. Sie wurde kritischer gegenüber Phipps und hatte bei ihm den Verdacht, daß er zu der Sorte Mann gehörte, die, wenn gleich sexuell normal veranlagt, das eigene Geschecht vorzieht. Er mochte sie nicht und mochte wahrscheinlich generell keine Frauen. Er hatte die Aura des Unruhestifters an sich, des natürlichen Feindes einer Ehe. Er war der Typ Mann, der zwar die Konventionen beachtete, oder sie zu beachten schien, während er gleichzeitig verheiratete Männer verunsicherte und aufhetzte und so die Autorität von Ehefrauen unterminierte.

Sie ging zwischen den beiden, doch als sie die Landspitze bei Edam erreichten, kehrten sie um, und Phipps schob sich an Guys Seite. Er sagte: »Ich habe gehört, daß du zum Abteilungsleiter ernannt worden bist, und ich war sehr froh darüber. Ich konnte mit diesem Trottel Dubedat nie viel anfangen. Und was ist mit Callard? Ich wette, er wurde mit einer netten kleinen *douceur* abgefunden?«

»Er wird Sekretär für soziale Angelegenheiten.«

»Sekretär für soziale Angelegenheiten!« Phipps' Stimme klang vor Empörung ganz hohl. »Der Rest von uns reißt sich den Arsch auf, um sich den Lebensunterhalt zu verdienen, während er in Phaleron herumliegt und dafür auch noch bezahlt wird.«

Guy lachte. Dieser Wortwechsel bestätigte das gegenseitige Verständnis zwischen ihnen. Die unglückliche Situation im Zonar's, als sie einander vorgestellt wurden, war vergessen, und Guys Verhalten verlor den letzten Rest an Zurückhaltung.

Phipps wurde vertraulich: »Ich will gar nicht so tun, als sei ich nicht hinter der Direktorenstelle hergewesen. Ich *war* es. Ich brauche etwas mehr als das Einkommen eines freien Journalisten, um mich über Wasser zu halten, doch es war Gracey, der mich glauben ließ, ich könnte den Job bekommen. Er hat mich reingelegt. Und Pinkrose und Dubedat. Wir waren alle hinter der Stelle her, das weißt *du* ja bestimmt. Er ließ uns alle seine Botengänge machen, ihm Geschenke mitbringen und um sich herumkreisen wie Planeten um die Sonne. Wenn er sprach, lauschten wir mit offenen Mündern. Wir warteten alle darauf, daß die Krone aus seinen kraftlosen Fingern fiel; jeder dachte, er würde sie auffangen, wenn sie herunterfällt.«

»Wußtest du, daß Callard mit im Rennen war?«

»Nein. Das war ein Geheimnis zwischen Archie und Colin Gracey. *Und* dem Major natürlich. Der Rest von uns blöden Dusseln wurde einfach an der Nase herumgeführt. Ich habe einen gewissen Ruf – vielleicht hast du davon gehört, daß ich ein bißchen schreibe. Im Left Book Club wurde ein Buch von mir veröffentlicht. Ich bin nicht unbekannt. Ich habe Freunde in England, die ein bißchen ihren Einfluß geltend machten. Und dann auf einmal heißt es aus Kairo, daß Archie die Stelle bekommt. Gracey hat mich zum Narren gehalten. Ich war wild. Ich war sogar fuchsteufelswild.«

»Aber warum hat sich Gracey Callard ausgesucht?«

»Aus Gründen der Freundschaft. Gracey gefiel es, sich in den richtigen Kreisen zu bewegen.«

»Und hatte Callard irgendwelche Qualifikationen?«

»Er hat in irgendeinem Fach einen Abschluß; ein ›Ausreichend‹ in Geschichte oder irgendsowas. Es ist natürlich zur Zeit recht modern, den Abschluß mit einem ›Ausreichend‹ zu machen. Einer seiner Bewunderer in Oxford beschrieb ihn als einen, ›der ein intellektuelles Vermögen verplempert‹. Falls dieses Vermögen existiert, dann hat er es aber gut unter Verschluß gehalten. Ich habe nichts davon bemerkt. Du etwa?« Phipps sprach hastig und drängend, so, als ob sich jetzt endlich ein angestautes Gefühl erfahrener Ungerechtigkeiten entladen würde. »Ich könnte den Job besser machen; du könntest den Job besser machen; sogar Dubedat könnte es besser. Und doch wurde die Stelle einfach Callard gegeben als ob er ein natürliches Anrecht darauf gehabt hätte.«

Guy nickte voller Verständnis für Phipps' Entrüstung. »Er hatte wirklich gedacht, er hätte ein Anrecht darauf, sagte Guy. »Ein Klassenrecht. Es gibt eine Sorte reicher, privilegierter junger Männer, die sich einbilden, sie wären bei allem und jedem in die vorderste Reihe hineingeboren worden; sogar in der Kunst. Wenn sie sich für's Schreiben oder Malen entscheiden, dann müssen sie gleich Genies sein. Es gibt welche, die richtig grantig werden, wenn sich das Gegenteil herausstellt. Wirklich, du kannst es mir glauben oder nicht, da gab es jene, die es einfach ungeheuerlich fanden, daß D. H. Lawrence, der Sohn eines Bergarbeiters, so viel Talent haben sollte. Einige von ihnen bleiben Dilettanten und sind fest davon überzeugt, daß sie, wenn sie sich nur entschließen würden, ihre Talente anzuwenden, etwas Beachtliches zustande brächten; aber sie entschließen sich nicht dazu.«

Ben Phipps' Gelächter ließ ihn plötzlich innehalten. Er warf den Kopf zurück und rief: »Du hast recht. Genau das ist Archie: ein Genie per Geburtsrecht, das sich entschlossen hat, Dilettant zu sein. Der große ›Was-könnte-ich-nicht-alles-wenn‹.« Phipps' Gelächter brach abrupt ab. Er sagte: »Ich kann dir eines sagen: Wenn diese Ernennung bestätigt worden wäre, hätte ich eine Untersuchung angestrengt.«

»Ich glaube, Pinkrose hat eine Untersuchung angestrengt.«

»Hat er das? Gut für ihn. Trotzdem, ich kann ihn mir einfach nicht als Direktor vorstellen. Er ist zu engstirnig, zu sehr die Magnifizenz. Die Stelle ist was für einen Jüngeren. Ich hätte sie bekommen sollen.«

»Das find' ich auch«, sagte Guy und gab damit eine eindeutige Ehrenerklärung für Phipps ab. Harriet betrachtete Phipps und sagte:

»Das sollten Sie besser Pinkrose nicht weitersagen.«

»Was glauben Sie eigentlich, das ich bin?« Phipps starrte sie zornig an, und sie starrte zurück, ohne ein Anzeichen von Versöhnlichkeit. Wenn Guy eine Ehrenerklärung abzugeben beliebte, war sie ebenso bereit dazu, eine Kriegserklärung abzugeben. Phipps drehte ihr den Rücken zu und sagte zu Guy: »Bei Pinkrose' Ernennung war doch auch ein bißchen Schummelei im Spiel, trau ich mir doch wetten? Wie hat er es denn angestellt?«

»Er ist ein Freund von Lord Bedlington. Sie kannten sich in Cambridge.«

»Ha!« sagte Phipps und wußte damit alles. Die beiden gingen etwas schneller, zogen den anderen davon und sprachen leise und in vertraulicher Übereinstimmung miteinander. Harriet schnappte hier und da ein Wort auf und hörte, daß sie in der Art aufgebrachter Verschwörer die Unterdrückung der linksgerichteten Opposition in verschiedenen Ländern diskutierten, die für beide gleichbedeutend mit der Unterdrükkung idealer Lebensweisen war.

»Schau sie dir an!« sagte Harriet zu Alan. »Sie benehmen sich wie ein paar Schulmädchen, die gerade Sex entdecken.«

Alan lächelte. Er spürte ihre Eifersucht, wollte damit aber

nichts zur tun haben und machte sich statt dessen auf die Suche nach flachen Steinen, die er zur Unterhaltung für Diocletian über Wasser springen ließ.

Yakimov sagte vertraulich zu Harriet: »Ich vermute, du bist ein ganz klein bißchen hungrig, liebes Mädchen. Ich bin es jedenfalls. Wo wollen wir essen? Wir sollten uns mit diesem Problem befassen, findest du nicht auch?«

»Ja, ich glaube, das sollten wir.«

Sie hatten gehofft, in einem der Strandrestaurants essen zu können, die vor dem Krieg für ihre Langusten und Meeräschen bekannt waren. Jetzt hatten sie jedoch alle geschlossen, nicht etwa aus Mangel an Fischen, sondern aus Mangel an Fischern.

Sie sagte: »Wir könnten es in Piräus versuchen. Dort müßte es doch irgendein Lokal für die Männer geben, die im Hafen beschäftigt sind.«

»Glaubst du, daß dies unsere einzige Möglichkeit ist?« Yakimov sah finster drein. »Ich weiß, liebes Mädchen, man darf sich nicht beschweren. Das gehört sich nicht. Müssen an die kämpfenden Männer denken; aber es trifft euren armen, alten Yak schon ganz schön arg. Ich verrichte auch eine wichtige Arbeit. Ich brauche was zu futtern. Kriege nicht viel bezahlt, aber zumindest regelmäßig. Zum ersten Mal seit Jahren hat euer Yaki etwas Kleingeld zur Verfügung, und dann kann er weder für Geld noch für gute Worte eine anständige Mahlzeit bekommen.«

»Es ist hart«, stimmte Harriet zu. »Aber denk dran, du gehst doch auf die Weihnachtsparty des Majors.«

»O ja. Da gibt's bestimmt was zu beißen.« Er wandte sich Alan zu: »Was ist mit dir, alter Junge?«

Alan war, wie die Pringles, zu beiden Feiern eingeladen. Er sagte, er habe sich entschlossen, Mrs. Brett zu erdulden.

Harriet sah zu Guy und Phipps hin, die immer noch ihre Köpfe zusammengesteckt hielten. »Warum pfeifen wir nicht einfach auf Mrs. Brett?« sagte sie.

Ganz schockiert sagte Alan: »Nein. Nein. Das geht doch nicht.«

Es fing zu regnen an. Der Regen fiel wie ein zarter Schleier und legte sich wie zerstampftes Eis kühlend auf ihre Gesichter. Auf der Strandpromenade kam jemand auf sie zu: ein Mann mit einem Fischerkorb, das erste menschliche Wesen, das sie zu Gesicht bekamen, seit sie aus dem Bus ausgestiegen waren. Sie alle verspürten eine Art von Hunger, die zwar noch nicht mit »Hungern« umschrieben werden konnte, die aber chronische Unbehaglichkeit bewirkte. Als der Mann näherkam, beobachtete ihn Harriet erwartungsvoll, obwohl sie gerade über etwas anderes redete – sie war sich sicher, daß er nur ihretwegen hier war. Er würde Fische in seinem Korb haben und würde sein Restaurant nur deshalb öffnen, damit sie etwas zu essen bekamen. Diese ihre Willenskraft schien ihn auf eine Holzhütte zuzutreiben, das Vorhängeschloß aufsperren und hineingehen zu lassen.

Als ob er Harriets Traum mitgeträumt hätte, seufzte Alan vor sich hin und sagte: »Es sieht so aus, als ob wir doch noch etwas bekämen.«

Die Bretterhütte hatte einen Vorbau, der eine Art Veranda über dem Strand bildete. Vom Ufer führte eine Treppe hinauf.

Von der gleichen Erregung ergriffen wie die anderen gingen Ben Phipps und Guy die Treppe hinauf und klopften an die Tür. Alan, Harriet und Yakimov sahen hoffnungsvoll von unten aus zu. Der Mann kam heraus und war überrascht über die Kundschaft, doch als Phipps erklärte, was sie wollten, lächelte er und sagte, daß er gerade von Tourkolimano gekommen sei, wo es ihm gelungen war, ein paar Rote Meeräschen zu kaufen. Er winkte sie zu den Verandatischen, da die Hütte selbst gerade so groß war, daß man darin kochen konnte.

Die Veranda hatte ein Dach, und an den Seiten standen Wandschirme aus Binsen, so daß die Gäste vor dem Regen, wenn auch nicht vor der Kälte geschützt waren.

Als der Geruch gebackener Meeräschen aus der Küche drang, zog Yakimov die Schultern hoch und faltete wie im Gebet die Hände über der Brust. Die anderen schluckten ihre Ungeduld hinunter und starrten auf das Meer hinaus. Der Regen wurde stärker und prasselte auf den glänzenden Sand und auf das Dach über ihren Köpfen. Diocletian war am Strand geblieben, hatte aber bald genug davon und kam herauf und suchte seinen Herrn. Als er Alan gefunden hatte, schüttelte er sich kräftig und begann eifrig zu schnuppern. »Platz«, sagte Alan, und er legte sich hin, mit dem Kopf auf den Pfoten, aber mit ruhelosen Augen, ganz nervös vor Hunger, wie alle anderen.

Die Unterhaltung war eingeschlafen. Harriet fragte Yakimov, ob er im Russischen Club noch immer *Blinis* bekommen könne. Er seufzte: »*Hélas!* Kein Kaviar, kein Rahm, keine *Blinis*. Aber manchmal gibt es Tintenfisch. Magst du Tintenfisch?«

»Nicht sehr.« Sie hatte einen angeborenen Horror vor achtfüßigen Kreaturen, war aber froh, überhaupt etwas zu bekommen, da jetzt nicht nur das Fleisch der Tiere, sondern auch Herz, Nieren und Leber an die Armee gingen, während die Zivilisten die Eingeweide aßen. Grau, schmierig und wie Schnürsenkel gebunden, hatten sie eine Ruhrepidemie verursacht.

Die Meeräschen waren fertig. Der Besitzer eilte heraus, um den Tisch zu decken, und Alan fragte, ob er irgendwas für den Hund erübrigen könne. Der Mann beugte sich nieder, kraulte Diocletian hinter den Ohren, schüttelte mitleidsvoll den Kopf und umschrieb mit traurigen Gesten den Zustand des Hundes. Als er die Meeräschen herausbrachte, legte er dem Hund drei Tintenfische hin. Diocletian öffnete sein Maul, und schon waren sie weg. Die Gruppe beobachtete es mit aufgerissenen Augen, aber die Tintenfische waren klein gewesen, und die Meeräschen waren auch klein. Sie verschwanden genauso schnell wie die Tintenfische. Guy sagte: »So hatten wir schließlich doch noch unser Weihnachtsessen.«

»Ich wünschte, wir könnten es noch einmal haben«, sagte Yakimov. »Meint ihr, er würde uns noch ein paar braten?«

»Wir haben unsere Ration bekommen.«

Der Mann kam heraus und sagte, daß er jetzt ginge, daß seine Gäste aber noch sitzen bleiben sollten, bis der Regen nachließ. Er weigerte sich, etwas für die Tintenfische zu nehmen, die ein Geschenk für den Hund waren, und er verlangte sehr wenig für die Meeräschen. Nachdem sie bezahlt hatten, blieb er noch eine Weile und unterhielt sich mit Alan mit so viel Lebhaftigkeit und Gelächter, daß Harriet und Yakimov, die beide kein Griechisch verstanden, dachten, er würde eine unterhaltsame Geschichte erzählen. Als er allen zum Abschied die Hand geschüttelt und sich mit seinem Fischkorb auf den Weg gemacht hatte, sagte Alan: »Er erzählte, daß er nicht die Absicht gehabt hatte, heute aufzumachen. Er war in der Morgendämmerung nach Tourkolimano gegangen und hatte den ganzen Morgen lang gewartet, um Fische zu kriegen. Sie waren für seine eigene Familie bestimmt. Er kam nur hierher, um sein Messer zu holen, aber als er merkte, daß wir Engländer sind, konnte er es uns nicht abschlagen.«

»Das heißt also, wir haben sein Essen gegessen?« fragte Harriet.

Phipps sagte: »Ich nehme an, er hat noch welche in seinem Korb.«

Guy war völlig überwältigt und pries die Großzügigkeit der Griechen und ihre Tradition der Gastfreundschaft. Er redete eine ganze Weile, und am Ende sagte Harriet: »Und sie sind arm. Wenn man wirklich arm ist, muß man einfach alles verkaufen.«

»Aber für Diocletians Futter hat er nichts verlangt. Das war ein Geschenk.«

»Ja, wenn du arm bist, verkaufst du entweder deine Sachen, oder du verschenkst sie. Was du dir nicht leisten kannst, ist, sie zu behalten.«

Phipps hob den Saum von Yakimovs Mantel hoch, und nachdem er das Futter gemustert hatte, pfiff er und sagte: »Zobel, Donnerwetter! Hatte immer geglaubt, es sei Kaninchenfell.«

Yakimov war überhaupt nicht gekränkt, lächelte und sagte: »Schöner Mantel. Gehörte einst dem Zaren. Der Zar gab ihn meinem armen, alten Papa.«

»Ich dachte, du seist Engländer.«

»Sicher, bin ich auch. Ein typischer Engländer, könnte man sagen. Mutter Irin.«

»Und dein Vater?«

»Russe. Weißrusse, natürlich.«

»Das heißt, du magst den Haufen nicht, der jetzt an der Macht ist, die Sowjets?«

Auf Yakimovs Gesicht erschien ein mißtrauischer Blick. »Kann ich nicht sagen, alter Junge. Gäbe wahrscheinlich einen Haufen zu sagen, über den Haufen drüben und den herüben.«

Phipps starrte Yakimov mit gespielter Strenge an und sagte dann: »Diese Geschichte da, daß du für den Nachrichtendienst arbeitest? Da ist doch kein wahres Wort dran?«

Erfreut über Phipps' Interesse murmelte Yakimov: »Bin nicht befugt, dazu etwas zu sagen.«

»Hm, Na ja. Wenn ich du wäre, würde ich ein Dementi veröffentlichen.«

»Wirklich, alter Junge? Warum?«

»Das würde ich eben, nur so. Der Britische Nachrichtendienst ist hier nicht besonders beliebt. Die Italiener haben sich über seine Aktivitäten aufgeregt. Ich bin fest davon überzeugt, daß es keinen Angriff gegeben hätte, wenn diese Dussel sich rausgehalten hätten.«

Yakimovs Augen wurden vor Beunruhigung ganz feucht. Er sagte: »Ich wünschte, du würdest das genauer erklären, alter Junge.« Aber Phipps nickte bloß mit der drohenden Miene desjenigen, der viel weiß, aber nichts sagt. Yakimov schniefte vor Angst.

»Veralber ihn nicht«, sagte Alan.

Entmutigt und gelangweilt betrachteten sie den Regen, wie er schwer in den Sand platschte. Frierend und angeödet blieben sie auf den wackeligen Verandastühlen sitzen, weil sie nichts anderes tun und nirgendwo anders hin konnten. Plötzlich sagte Yakimov: »Athen, das Edinburgh des Südens!«

Es war schon lange her, seit er sich das letzte Mal dazu hatte aufraffen können, seinen Geist sprühen zu lassen, weshalb ihn die anderen erstaunt betrachteten. Er lächelte und verstummte, und längere Zeit sagte niemand ein Wort.

Alan brach das Schweigen und sagte, daß ihm sein Freund

Vourakis von einer interessanten Sache berichtet hatte. Die Griechen erzählten sich die Geschichte, daß einer mit der Nachricht vom Sieg bei Koritza nach Athen gerannt sei, ›Nenikiamen‹ gerufen hätte und tot umgefallen sei.

»Das habe ich schon einmal gehört«, sagte Ben Phipps.

»Wir alle haben das schon einmal gehört«, sagte Alan. »Nach dem Sieg von Marathon, rannte der Läufer Phidipides mit der Nachricht nach Athen und fiel, ›Nenikiamen‹ rufend, tot um.«

»Es ist möglich«, sagte Guy, »daß die Marathon-Geschichte ebensowenig wahr ist wie die Koritza-Geschichte.«

»Das ist möglich«, nickte Alan. »Aber es geht nicht darum, ob es wahr oder nicht wahr ist. Dieser Krieg sammelt seine Legenden, wie andere Kriege auch.«

Der Regen trommelte auf die Latten über ihren Köpfen, und der Rhythmus wurde alle paar Minuten unterbrochen, wenn ein Überlaufrohr einen Schwall Wasser freigab. Schließlich flaute der Regen ab. Es wurde dunkler, und sie mußten aufstehen und losziehen.

Als sie die Bushaltestelle erreichten, kam ein Auto hupend hinter ihnen heran.

Der Wagen, ein Delahaye, fuhr langsam an der Bordsteinkante entlang, und ein Kopf mit wildem, strohfarbenem Haar rief: »Hallo, ihr da drüben!«

Der Wagen hielt an, und Toby Lush sprang heraus. »Was führt euch alle nach Phaleron?« Er rannte auf Guy zu, rutschte auf der nassen Straße aus und wäre in seinem Bemühen, möglichst schnell zu ihm zu gelangen, fast der Länge nach hingefallen. »Was für ein Glück, euch zu treffen! Kommt. Steigt ein. Es ist Platz für alle da.«

Yakimov und Ben Phipps, denen man das nicht zweimal sagen mußte, setzten sich auf die Rücksitzbank. Obwohl Guy Toby nicht unbedingt brüskieren wollte, verspürte er nicht den Wunsch, von ihm chauffiert zu werden.

Alan sagte: »Für den Hund ist kein Platz. Ich fahr mit dem Bus.« Er humpelte davon, und Guy blickte ihm nach.

»Steig ein. Steig ein.« Toby packte Guys Arm und dirigierte ihn auf den Vordersitz. »Vorne passen drei hin«, rief er und ergriff dann Harriets Ellenbogen: »Kommen Sie. Hinein mit Ihnen, neben Guy.«

Er war aufgeregter als sonst, und während der Fahrt erzählte er ihnen, daß er mitgeholfen hatte, die Villa für die Party des Majors vorzubereiten. »Sie bauen ein kaltes Buffet auf. Junge, Junge! Wartet, bis ihr es gesehen habt. Ihr kommt doch alle, oder?« Er war ausgelassen, als hätte er einen Preis gewonnen, was er, im gewissen Sinne, auch hatte. Der Preis war Guy, und Toby hatte ihn nicht ohne Grund gekapert.

»Bin wahnsinnig froh, daß du die Stelle bekommen hast«, sagte er. »Keiner wär' besser dafür geeignet. Bin *wahnsinnig* froh. Wir sind beide wahnsinnig froh. Ich will damit nicht sagen, daß der gute Junge nicht sauer gewesen wäre. Das war er schon ein bißchen. Ist ja logisch; aber was er sagte, war: ›Wenn ich es schon nicht sein soll, dann bin ich froh, daß es wenigstens unser Freund Pringle ist.‹«

Guy antwortete mit einem ironischen ›Oh!‹, doch es war eine amüsierte und harmlose Ironie. Ermutigt fuhr Toby fort: »Ihr öffnet im neuen Jahr, stimmt's? Ihr werdet noch Lehrer brauchen, oder? Tja, also, was ich sagen wollte: Du kannst dich auf uns zwei verlassen. Wir werden dir helfen.« Sein herzlicher und freundlicher Ton suggerierte, daß alles vergeben und vergessen war. Guy sagte nochmals ›Oh!‹ und lachte. Harriet dachte, daß es gar nicht unwahrscheinlich war, daß Dubedat und Toby Lush, wenn die Schule wieder ihre Pforten öffnete, als volle Lehrkräfte eingesetzt werden würden.

»Vielleicht denkst du, wir hätten uns wie zwei Scheißkerle benommen«, sagte Toby. »Also, das haben wir nicht. Ich möchte, daß du das weißt. Wir hätten für dich getan, was wir für dich hätten tun können, doch bei Gracey stießen wir damit auf taube Ohren. Deshalb konnten wir letztendlich überhaupt nichts tun.«

»Trotz Dubedats Funktion als verantwortlicher Leiter?« fragte Harriet.

»Das war alles Nonsens.« Empört blies Toby durch seinen Schnurrbart. »Der gute Junge lag an der Kette. Er wagte es nicht, irgend etwas zu unternehmen, ohne vorher Gracey zu konsultieren.«

»Und warum war Gracey Guy gegenüber taub? Weil ihm vielleicht jemand gesagt hatte, Guy hätte seine Arbeit vernachlässigt, um ein Stück zu inszenieren?«

»Hören Sie mal!« platzte Toby Lush ganz verletzt heraus. »Wir haben ihm erzählt, daß das Stück ein totaler Erfolg war. Wir haben ihm gesagt, daß Seine Exzellenz in der königlichen Loge saß und daß alle Karten ausverkauft waren. Es war Gracey, der was dagegen hatte – und ich kann Ihnen auch sagen, warum. Er war eifersüchtig. Er konnte es nicht ertragen, daß jemand etwas machte, was er selbst noch nicht gemacht hatte.«

»Er hätte doch wohl selbst ein Theaterstück inszenieren können?« fragte Guy.

»Er hätte fürchterliche Angst gehabt, das Risiko auf sich zu nehmen. Stell dir vor, es wäre durchgefallen! Außerdem war er viel zu faul dazu.«

»Warum haben Sie uns das nicht früher gesagt?« fragte Harriet.

»Es gibt eben noch so etwas wie Loyalität.«

»Warum erzählen Sie es dann jetzt?«

»Oh, nein!« Toby war jetzt verletzt und entrüstet. »Ihr könnt uns nicht die Schuld geben. Schaut bloß, wie der gute Junge behandelt wurde. Er hat sich halb tot gearbeitet und die ganze Arbeit für Gracey gemacht, und was hat er jetzt davon? Wir sind loyal, gut, aber...«

»Guy gegenüber waren Sie nicht loyal«, unterbrach ihn Harriet, doch Guy hatte von den Feindseligkeiten genug und brachte sie zum Schweigen, indem er Toby wortreich versicherte, daß nach der Wiedereröffnung der Schule sowohl er als auch Dubedat soviel Arbeit bekämen, wie sie wollten.

Als Toby Guy und Harriet an ihrem Hotel absetzte, streckte er mit einer großartigen, alles verzeihenden Geste die Hand aus und zog damit einen Schlußstrich unter alle Unstimmigkeiten der Vergangenheit. »Bis heut' abend«, sagte er.

Guy erklärte ihm, daß sie nicht auf die Weihnachtsparty des Majors gehen könnten, weil sie bei Mrs. Brett zugesagt hatten.

»Warum geht ihr nicht auf beide?« fragte Toby, und als Ben Phipps und Yakimov halfen, ihn zu überreden, sagte Guy: »Na ja, ich denke, das könnten wir eigentlich.«

»Gut. Ich hol' euch ab«, sagte Toby und schnaufte wichtigtuerisch. »Leider werd' ich euch nicht zur alten Ma Brett fahren können. Das ist das Auto des Majors. Er hat es mir gegeben, weil ich für ihn ein paar Besorgungen erledigen soll. Also, dann bis später.«

Guy war überrascht, daß Harriet keine besondere Freude über diese Änderung ihrer Pläne zeigte.

»Du machst es nicht mir zuliebe«, sagte sie. »Du machst es Toby Lush und diesem schrecklichen kleinen Phipps zuliebe.«

Er mußte lachen: »Schatz«, forderte er, »sei doch bitte nicht so unvernünftig.«

Als Toby zurückkehrte, um die Pringles abzuholen, saß Dubedat auf dem Vordersitz. Um die Situation zu entspannen, grüßte Guy ihn freundlich, doch Dubedat saß weiter mit hochgezogenen Schultern da und gab keinen Laut von sich. Er hatte sein feines Benehmen wieder abgelegt und war mißmutig wie eh und je. Er unternahm keinen Versuch, im Wagen ein Gespräch anzufangen, und als sie in die hell erleuchtete Eingangshalle in Phaleron traten, bemerkten die Pringles, daß sein Gesicht wieder von Falten der Unzufriedenheit durchzogen war. Toby, der fröhlich mit Guy geplaudert hatte, wollte bei den Pringles bleiben, aber Dubedat wollte davon nichts wissen. Er pfiff Toby zurück und marschierte mit ihm in einen anderen Raum davon, worauf Harriet sagte: »Besonders gesprächig ist Dubedat ja nicht.«

»Wahrlich nicht. Ich glaube, er denkt, daß ich ihn irgendwie reingelegt und um eine Stelle gebracht hätte.«

»Er dachte wahrscheinlich, daß er ein Recht darauf hatte. Er denkt bei allen, er hätte ein Recht darauf. Und wenn er es dann nicht bekommt, wurde er reingelegt. Das erklärt seinen verärgerten Gesichtsausdruck.«

Guy lachte und drückte ihren Arm. »Du bist ein schreckliches Mädchen!« sagte er.

Die Pringles waren früh dran, aber die Räume waren bereits voller Menschen. Yakimov schob sich zu ihnen durch. Er sah deprimiert aus. »Schöne Zustände sind das hier«, beschwerte er sich. »War als erster hier. Als erster auf dem Spielfeld, und dann sagte doch der Butler, daß man erst dann eine Gabel anfassen dürfe, wenn der Major das Kommando dazu gibt. Er paßt auf die Fressalien auf. Sieht dem Major überhaupt nicht ähnlich. Wenn wir erst warten, bis die ganze Horde eingetroffen ist, dann kriegt man ja kaum noch was.« Voller Empörung hatte er das Eßzimmer verlassen, konnte aber nicht lange davon wegbleiben. »Komm und schau dir das mal an«, sagte er zu Harriet. »Muß sagen, es ist ein hervorragender Festschmaus.«

Guy hatte inzwischen Ben Phipps gefunden, weshalb Harriet bereitwillig mit in das Eßzimmer ging, wo sich die hungrigen Gäste um das Büffet drängten und alles versuchten, um ihren Hunger zu verbergen.

Yakimov wurde gegen Harriet gedrückt und flüsterte: »Die meisten von ihnen waren pünktlich hier. Normalerweise geht es nach dem Prinzip, ›wer zuerst kommt, mahlt zuerst‹, aber das letzte Mal sind sie wie Wölfe über das Ganze hergefallen und haben es innerhalb einer Viertelstunde aufgefressen. Ich nehm' an, es hat Beschwerden gegeben. Ich würde empfehlen, daß wir hier neben den Tellern stehen bleiben. Sobald der Startschuß ertönt, greif dir einen und schlag zu.«

»Woher stammt das alles?« fragte Harriet voller Verwunderung.

»Das darfst du nicht fragen, mein liebes Kind. Iß und sei dankbar. Mein Gott, schau dir das an! *Sahne.*«

Als immer mehr Leute hereindrängten, wurden die in der Mitte so gegen das Büffet gedrückt, daß sie sich kaum auf den Füßen halten konnten.

Yakimov wand sich in den Qualen der Vorfreude und sagte zum Butler: »Mein lieber Junge, hier wird es bald einen Aufruhr geben.« Der Butler sah sich nach dem Major um.

Harriet bemerkte, daß Guy ihr von der Tür aus zuwinkte, sie solle zu ihm kommen. Als sie weggehen wollte, sagte Yakimov: »Geh nicht. Sie geben gleich das Kommando.«

»Ich komme sofort zurück.«

Guy faßte sie am Handgelenk und sagte in heftiger Entrüstung: »Wer glaubst du, ist hier.«

»Ich hab' keine Ahnung.«

»Der japanische Konsul.«

»Woher weißt du das?«

»Ben hat ihn mir gezeigt.«

Ben Phipps, der hinter Guy stand, sah eher belustigt als entrüstet aus und sagte: »Letztes Weihnachten lud der Major den deutschen Gesandten ein, ein alter Kumpel von ihm. Der sagte dauernd: ›Was bedeutet schon ein Krieg zwischen Freunden?‹ Die britischen Diplomaten waren außer sich, und Cookson hat einen Anschiß bekommen.«

Guy zog Harriet aus dem Zimmer und sagte: »Komm! Wir gehen.«

»Noch nicht. Laß uns zuerst was essen. Und wir haben auch noch nichts gesehen.« Sie schaute um sich und betrachtete die prächtigen Kleider der reichen griechischen Frauen, die Treibhausblumen, die Lorbeerkränze, die die Marmorsäulen schmückten, und sagte: »Ich möchte noch nicht gehen.« Gerade als sie das sagte, sah sie Charles Warden. Er hatte sie schon länger beobachtet, und als sich ihre Blicke trafen, machte er einen Schritt auf sie zu. Ganz impulsiv bewegte sie sich von Guy weg, der bei ihr blieb und sagte: »Hol dir deinen Mantel. Ich bleibe nicht hier.«

»Aber wir befinden uns nicht im Krieg mit Japan.«

»Ich werde nicht in einem Raum mit dem Repräsentanten einer faschistischen Regierung bleiben. Außerdem werden wir bei Mrs. Brett erwartet.«

Ben Phipps schaute in die andere Richtung. Bevor Harriet noch etwas sagen konnte, führte Guy sie mit festem Griff in den Alkoven, wo sie ihren Mantel hatte. Der Major, der noch immer eintreffende Gäste begrüßte, blickte verdutzt, als er sah, daß die Pringles aufbrachen. »Sie wollen doch sicherlich nicht schon gehen?« protestierte er.

»Wir müssen leider«, sagte Guy. »Mrs. Brett hat uns zum Abendessen eingeladen.«

»Oh!« Der Major holte bei der Erwähnung von Mrs. Brett

tief Luft und kicherte, doch es war ein gereiztes Kichern. Er konnte es nicht ertragen, daß irgend jemand, nicht einmal so junge Leute wie Guy und Harriet, seine Party verließ, um auf eine andere zu gehen.

Sie hatten kaum das Haus betreten, als sie sich auch schon wieder draußen befanden. Harriet, die ähnlich gereizt war wie der Major, sagte: »Der Herr Sowohl-als-auch ist geblieben.«

»*Wer?*«

»Dein Freund Phipps.«

»Du täuschst dich aber auch in jedem Menschen.«

»Das glaub' ich nicht. Ich habe Dubedat nie gemocht, und ich hatte recht. Ich hatte meine Zweifel bei Toby Lush...«

»Du hast bei jedem deine Zweifel.«

»Tja, du lernst aber auch die dubiosesten Leute kennen.«

Guy erwiderte darauf nichts, sondern hielt sie fest bei der Hand und eilte mit ihr zur Bushaltestelle, wo gerade ein Bus abfahren wollte. Der Bus trug sie fort, aber Harriets Gedanken blieben zurück bei den glitzernden Kleidern, der wunderschönen Villa – und bei Charles Warden.

Die Wohnung von Mrs. Brett an den Hängen von Lykabettos war mit zwei elektrischen Heizstrahlern ausgerüstet. Elektrische Heizstrahler waren wertvolle Besitztümer geworden, die man jetzt zu keinem Preis kaufen konnte. Die Gäste, die sich über die warmen Zimmer freuten, unterhielten sich noch immer über die Heizstrahler, als die Pringles eintrafen.

Mrs. Brett rief, sich selbst beglückwünschend: »Was habe ich doch für ein Glück gehabt! Ja wirklich, was habe ich doch für ein Glück gehabt! Die Mädchen haben sie zurückgelassen. Ich öffnete einen Schrank, und da standen sie. Ich dachte: ›Was für vernünftige Mädchen, die ihre Pennies für so etwas ausgeben, statt für dummen Flitterkram.‹«

Sie spreizte ihre großen Hände vor einem der Heizstrahler, zitterte am ganzen Körper und wurde fast verrückt, weil sie der Mittelpunkt von so viel Interesse war. Als die Pringles versuchten, sie anzusprechen, schob sie sie beiseite und ging in die Küche, wo etwas auf dem Herd kochte.

Das Zimmer war voll von Gästen mittleren und fortgeschritteneren Alters, hauptsächlich Frauen, die in Athen geblieben waren, weil sie keinen Grund hatten, irgendwo anders hinzugehen. Harriet sah niemanden, den sie kannte, und dachte: »Wenn wir nicht gekommen wären, wären wir auch nicht vermißt worden.« Sie blieben weiter unbegrüßt, bis Mrs. Brett in das Zimmer zurückkehrte. Als sie sie bemerkte, stürzte sie sich auf Guy, als ob sein Eintreffen ein langerwartetes Ereignis sei. »Ruhe«, rief sie. »Ruhe. Na, was ist denn. Ich möchte, daß ihr alle den neuen Abteilungsleiter der Englischen Schule kennenlernt: Mr. Guy Pringle.« Diese Ankündigung wurde so eindrucksvoll vorgetragen, daß ein aufgeregtes Klatschen einsetzte, noch bevor überhaupt jemand Zeit hatte, darüber nachzudenken, warum geklatscht wurde. Mit erhobenen Händen stand Mrs. Brett einige Augenblicke lang da und freute sich über die Verwirrung, die sie angerichtet hatte, entschloß sich dann aber, sie aufzuklären. Sie sagte:

»Ihr habt alle die Bekanntmachung gelesen, wonach Archie Callard der neue Direktor der Schule werden sollte! Vielleicht wissen nicht alle von euch, daß er nun doch nicht der neue Direktor ist. Die Ernennung wurde nicht bestätigt. Nein. Lord Bedlington hat entschieden, daß Lord Pinkrose besser dafür geeignet sei, in einem solch wichtigen kulturellen Zentrum die verantwortliche Leitung zu übernehmen, und ich bin sicher, ihr alle gebt ihm recht. Lord Pinkrose ist eine *Persönlichkeit*, nicht wie ... nun, wir wollen keine Namen nennen. Jedenfalls wurde Lord Pinkrose beauftragt, Guy Pringle hier zum Abteilungsleiter zu ernennen; und wißt ihr warum?« Sie grinste in den Kreis verdutzter Gesichter und wandte sich dann an Guy: »Wissen Sie warum?« Guy schüttelte den Kopf.

»Weiß Lord Pinkrose warum?«

»Ich glaube nicht«, sagte Guy.

»Ich werde es Ihnen sagen, warum. Ich werde euch allen sagen, warum. Ich hatte die Finger drin. Oh, ja, das hatte ich. Mein Percy hatte Freunde in hohen Positionen. Wir kannten viele Leute. Die arme, alte Witwe hat noch immer Einfluß.

Wir hatten Lord Bedlington schon vor Jahren kennengelernt, als er einfach nur der junge Bobby Fisher war, der herumreiste. Er besuchte uns immer in Kotor und hat bei uns gewohnt. Er ist gerade zum Vorsitzenden der Organisation gewählt worden, und als ich hörte, daß er in Kairo ist, habe ich ihm einen Brief geschickt. Und zwar einen deutlichen Brief, das kann ich euch sagen. Ich habe ihn wissen lassen, was hier so läuft. Ich habe ihm alles über Gracey und Callard und Cookson erzählt. Ich habe geschrieben, wie empört wir alle sind über die Art, wie die Schule heruntergekommen ist; und ich sagte ihm, daß es unter Callard nicht besser werden würde. Ich sagte ihm, daß Callard nicht mal eine Schneckenzucht leiten könnte. Ja, das sagte ich. Ich sage immer alles offen heraus. Und ich sagte ihm, daß es da diesen netten jungen Burschen gibt, diesen Guy Pringle, und der würde die ganze Zeit unfair behandelt werden. Ich habe Bobby Fisher die Augen geöffnet, das kann ich euch sagen. Der langen Rede kurzer Sinn: Unser Freund Guy Pringle hat die Stelle gekriegt, die er verdient.« Sie hob die Hände über den Kopf und applaudierte selbst.

»Was für ein *éclaircissement!*« sagte Miß Jay eisig. »Genau wie der letzte Akt in einem Weihnachtsmärchen.« Aber all ihre Einwände wurden durch Guy zerstreut, der Mrs. Brett umarmte und sagte: »Danke. Vielen Dank. Sie sind eine großartige Frau!« Er küßte sie energisch auf beide Wangen.

Mit rotem Kopf, leuchtenden Augen und noch ganz außer Atem wegen ihrer Ansprache, hüpfte Mrs. Brett, nicht wenig betrunken, in seinen Armen auf und nieder, schnalzte mit ihren Fingern nach links und nach rechts und rief dabei: »Das ist für Gracey; und das ist für Callard! Und das ist für den Drahtzieher in Phaleron! Ihr könnt zu Cookson hingehen und ihm sagen, daß immer noch Leben in dem alten Mädchen steckt!«

Falls sie Peinlichkeit hervorgerufen hatte, so eroberte die spontane und ungekünstelte Herzlichkeit Guys die Sympathie der anderen Gäste, und die Peinlichkeit ging schließlich im Gelächter unter. Jeder, sogar Miß Jay, schloß sich Mrs. Brett an, als diese zu klatschen anfing. Harriet beobachtete das Ganze aus dem Hintergrund und sah, wie sich alle um ihn scharten, während er sich lächelnd zu ihr umblickte und ihr die Hand entgegenstreckte, als ob er sagen wollte: »Siehst du, wie recht ich hatte, hierher zu kommen«, doch er sagte nichts. Er wollte sie bloß in den Spaß integrieren.

Das Spektakel klang ab, als Mrs. Brett rief: »Der Fleischeintopf! Der Fleischeintopf!« und in die Küche zurückrannte.

»Wird auch langsam Zeit«, sagte Miß Jay, deren schweres, cremefarbenes Wollkleid mit all seinen Fransen wie ein Sack an ihr herunterhing.

Die mageren Zeiten machten sich bei Miß Jay bemerkbar, und ihr unförmiges, häßliches Gesicht erinnerte fatal an die Schnauze eines Bluthundes. Doch es war nicht nur ihr Fleisch, das zusammengefallen war. Auch ihre bösartige Überheblichkeit hatte an Wirkung verloren, und ihre Bemerkungen machten keinen Eindruck mehr.

Während der von Mrs. Bretts Rede verursachten Aufregung hatte Harriet Alan Frewen unter den Gästen entdeckt, und sie begab sich jetzt zu ihm hinüber.

»Uns sind Büroräume im Grande Bretagne zugewiesen worden«, erzählte er ihr. »Und da wir jetzt mehr Platz haben, werde ich dir einen Job suchen.«

Der Duft geschmorten Fleisches drang aus der Küche heraus, wo Mrs. Brett gerade eine Kiste geborgter Teller ausgepackt hatte. Sie kam ins Zimmer und rief: »Essen ist fertig«, und erklärte anschließend, wie sie am Tag zuvor ein Taxi gemietet hatte und nach Kifissia gefahren war, weil sie von einem kleinen Landbesitzer gehört hatte, der aus den hohen Preisen Gewinn zu schlagen versuchte und für das Fest all seine Ziegen abschlachtete. Sie konnte den Landbesitzer jedoch nicht ausfindig machen, sondern war von einem zum anderen weitergereicht worden, doch am Ende hatte sie es zuwege gebracht, einen ganzen Schlegel eines Zickleins zu kaufen. »Und was glaubt ihr, was ich daraus gemacht habe? Einen richtigen Lancashire Fleischeintopf, mit all dem was dazugehört. Ich komme nämlich aus Lancashire, müßt ihr wissen…«

Während Mrs. Brett erzählte, nahm der Duft des Fleischeintopfes an Intensität zu, und Miß Jay unterbrach sie mit den Worten: »Faß dich kurz, Bretty. ich helf dir beim Auftragen.«

Mit gieriger Miene teilte sie den Eintopf mit der Schöpfkelle aus. Die Teller waren schnell wieder leer, und Mrs. Brett ging herum und drängte jeden, noch etwas zu essen: »Wer will noch nachfassen? Es ist noch mehr im Topf.«

»War das nicht eine schöne Party!« Guys Stimme hallte durch die leere Dunkelheit, als sie nach Hause gingen: »Die Party beim Major hätte dir nicht halb so gut gefallen.«

Da Guy in der absoluten Dunkelheit so gut wie blind war, klammerte er sich an Harriet, als sie den schmalen und vor Nässe glitschigen Bürgersteig entlangwankten. »Ist Mrs. Brett nicht großartig? Ihr habe ich es zu verdanken, daß ich genau den Job gekriegt habe, den ich mir am meisten gewünscht habe.«

Glücklich, sich mit ihm freuen zu können, drückte Harriet Guys Arm und sagte: »Alan meint, daß der Krieg vielleicht noch dieses Jahr zu Ende gehen könnte.«

»Vielleicht. Die Deutschen haben fast ganz Europa. Wir stehen alleine da. Wir können vielleicht zu einer Art Waffenstillstand gezwungen werden.«

»Aber würde das bedeuten, daß der Krieg dann *tatsächlich* zu Ende ist?«

»Nein; und da brauchen wir uns gar nichts vorzumachen. Er wäre nicht zu Ende. Es gäbe eine demütigende Unterbrechung mit Not und Elend, und dann müßten wir wieder zurück in den Kampf.«

»Eigentlich hat der richtige Feind ja noch gar nichts abgekriegt. Der richtige Krieg hat ja noch nicht einmal begonnen.«

»Er könnte noch weitere zwanzig Jahre dauern«, sagte Guy.

Die Aufregung der Party ließ nach. Die Wärme des Weins wich von ihnen, und als sie in den feuchten Windstoß der Hauptstraße einbogen, hielten sie sich aneinander fest in dem Wissen, daß sie das Ende der Feindseligkeiten und des

Chaos vielleicht niemals erleben würden. Der gefräßige Moloch Krieg könnte ihr Leben verschlingen.

Am nächsten Tag sprudelte Yakimov vor Neuigkeiten über. Dadurch, daß die Pringles die Party des Majors verlassen hatten, hätten sie einen »Mordskrach« verpaßt. Jeder würde darüber reden. Spät am Abend hatte Phipps, den Yakimov als »ein bißchen bedüdelt« beschrieb, den Major angegriffen, weil dieser die Ernennung Archie Callards betrieben und Phipps über seine Chancen getäuscht hatte.

»Callard hat in seinem ganzen Leben noch keinen Finger krumm gemacht«, ließ er den Major und eine aufmerksame Zuhörerschaft wissen. »Was hätte der denn deiner Meinung nach für einen Direktor abgeben sollen? Er wäre eine Galionsfigur gewesen, und noch dazu eine armselige! Er ist ein Playboy und ein Angeber, und seine einzigen Referenzen sind seine Neurosen.«

»Und so weiter und so weiter«, sagte Yakimov, entsetzt und entzückt zugleich über eine solch klare Sprache.

Callard, der zugehört hatte, hatte den Gleichgültigen gemimt, aber der Major war außerordentlich aufgebracht gewesen. Er hatte geschnieft und seine Nase betupft und versucht, Phipps zum Schweigen zu bringen. Am Ende hatte er sich jedoch der Herausforderung gestellt, und ›Ben P. ein paar Wahrheiten an den Kopf geknallt‹. Er sagte ihm, daß Gracey, um eine Stellungnahme gebeten, ein Telegramm an das Londoner Büro geschickt und mitgeteilt hatte, daß Phipps aufgrund seiner politischen Haltung, seines Umgangs mit unerwünschten Personen und seiner allgemein spöttischen Einstellung gegenüber Regierung und Verwaltung vollkommen ungeeignet sei, irgendeine verantwortungsvolle Position zu bekleiden.

Nachdem er dies offenbart hatte, war der Major in einen hysterieähnlichen Zustand geraten und hatte schrill geschrien: »Und dem stimme ich zu. Ich stimme dem zu. Ich stimme dem zu.«

»Dann weißt du ja, was du mich mal kannst«, hatte Phipps zu ihm gesagt, war wütend aus dem Haus geschossen und hatte die Eingangstür so heftig zugeknallt, daß das Glas herausfiel, in tausend Scherben zerbrach und sich über die ganze Eingangshalle verteilte.

Guy sagte: »Wir können froh sein, daß wir nicht dabei gewesen sind.« Eine Meinung, die Harriet nicht teilte.

Die Romantiker

15

Im neuen Jahr, als der Umzug in die Villa direkt bevorstand, hatte Guy dermaßen viel zu tun, daß er über den Umzug nicht einmal sprechen konnte. Er war zur Arbeit zurückgekehrt wie ein rückfälliger Alkoholiker zur Flasche. Er schäumte vor Tatendrang fast über.

Manchmal wartete er morgens nicht einmal aufs Frühstück. Als Harriet ihn fragte, was er den ganzen Tag über tat, antwortete er, daß er Stundenpläne zusammenstelle, Vorlesungsreihen plane, Schüler einschreibe und die Bibliothek umorganisiere. Und was, um alle Welt, hielt ihn jeden Abend so lange in der Schule zurück? Er führte Beratungsgespräche mit Schülern, sagte ihnen, welcher Kurs der für sie geeignetste war. Bald würde er sogar noch mehr zu tun haben, weil er nämlich mit den Proben für das Unterhaltungsprogramm beginnen wollte, das er den Fliegern in Tatoi versprochen hatte.

»Das steht auch noch immer auf dem Programm?«

»Sicher.«

»Es scheint ja überhaupt kein Ende zu geben.«

»Natürlich gibt es kein Ende«, erwiderte Guy vergnügt. »Genau das macht ja den Lehrerberuf aus.«

Als sie ihn fragte, ob er ihr dabei helfen würde, ihre Sachen in die Villa hinüberzuschaffen, konnte er nur lachen.

»Mittags oder abends, das würde schon genügen«, sagte Harriet.

»Schatz, das ist unmöglich.«

Sie lud das Gepäck in ein Taxi. Das Taxi kam aber nicht durch die schmale Straße zur Villa durch. Als Kyria Dhiamandopoulou sah, wie Harriet die Kisten zur Tür schleppte, fragte sie scherzhaft: »Wo ist dieser nette Mr. Pringle?«

»Arbeiten.«

»Ach, der arme Mann!«

Kyria Dhiamandopoulou war abmarschbereit, aber sie mußte noch auf ihren Mann warten, der aus geschäftlichen Gründen nach Athen hineingefahren war. Sie war eine kleine, gutaussehende Frau, die es trotz der Lebensmittelknappheit geschafft hatte, mollig zu bleiben. Als sie sich kennengelernt hatten, war sie kurzangebunden gewesen und hatte abgespannt gewirkt; jetzt, da sie wegzog, war sie bester Laune.

Sie bestand darauf, daß Harriet auf das Dach hinaufkommen müsse, wo die Mittagssonne warm hinschien. »Schauen Sie, wie schön«, sagte sie. »Im Frühling werden Sie sehen, daß es sehr schön ist.« Ein Marmortisch stand unter einer Pergola, die von einer Pflanze überwachsen war. Kyria Dhiamandopoulou berührte die Zweige, die wie eine ausgetrocknete Zigarre zerbröckelten. »Meine schöne Pflanze«, seufzte sie. »Wie traurig, daß ich sie verlassen muß! Hier, hier, setzen Sie sich hier! Es ist nicht so kalt, denk ich? Wir werden Kaffee trinken, bis mein Mann kommen zurück.«

Sie hastete davon, um ein Tablett mit Tassen von der Größe von Eierbechern und ein Messingkännchen mit türkischem Kaffee zu holen. Während sie an den kleinen Tassen mit süßem, schwarzem Kaffee nippten, zeigte sie auf die entfernte Straße nach Piräus und auf den felsigen Hügel, der das Dach vor dem Seewind schützte. »Auf der anderen Seite ist ein Fluß. Jetzt nicht viel, aber wenn mehr Regen gibt, wird mehr Fluß geben. Es ist der Ilissós. Sie haben von ihm gehört? Nein? Die klassischen Schriftsteller erzählen von ihm. Es ist eine antike Stätte, wissen Sie. Vor der Invasion bauten sie hier, aber jetzt haben sie aufgehört. Es ist ruhig, wie auf dem Land«, seufzte sie wieder. »Wie traurig, daß wir fortziehen müssen!«

»Aber warum ziehen Sie fort?« fragte Harriet.

Kyria Dhiamandopoulou blickte sie prüfend an, ehe sie sich dazu entschloß, sie die Wahrheit wissen zu lassen.

»Ich träume die Wahrheit.«

»Wirklich?«

»Ich werde Ihnen erzählen. Sie kennen, *par exemple*, jene alte Frau, die auf der Stadiou bettelt? In Schwarz, mit Fingern, die so umwickelt sind?«

Harriet nickte. »Ich habe Angst vor ihr. Man sagt, sie sei leprakrank, aber das ist doch wohl nicht möglich?«

»Ich weiß nicht, aber ich mag sie nicht. Jetzt, ich werde es Ihnen erzählen. Ich hatte einen Traum. Ich träumte, daß sie auf der Stadiou auf mich kommt zugerannt. Ich renne von ihr weg... Ich renne in ein Geschäft, eine Apotheke; sie rennt mir nach. Ich schreie, sie schreit. Was für Horror! Sie ist verrückt geworden. Nun, nächster Tag, ich vergaß. Man vergißt, Sie wissen! Ich ging auf Stadiou, und dort war Frau, und als sie mich sah, sie stürzt auf mich zu... ›Mein Traum!‹ schreie ich und renne in ein Geschäft. Es ist eine Apotheke – dieselbe Apotheke, stellen Sie sich vor! Die Leute drinnen erschrocken, daß ich schreie – dasselbe! Genau dasselbe! ›Helft mir, sie ist verrückt!‹ rufe ich, und jemand schlägt die Tür zu. Der Besitzer ruft die Polizei an. Ich setze mich in einen Stuhl, und mein Körper zittert. Es war unbeschreiblich!«

»Ja sicher! Aber Sie ziehen doch bestimmt nicht deswegen fort?«

»Nein. Das war nur *ein* Traum. Ich habe viele. Einige vergesse ich, an einige erinnere ich mich. Ich träumte, daß die Deutschen hierherkommen.«

»Sie meinen zu diesem Haus?«

»Ja, zu diesem Haus. Wenn ich wache auf, ich sage zu mein Mann: ›Jetzt ist Zeit fortzuziehen. Ich habe einen Bruder in Sparta. Wir werden zu ihm gehen.‹«

»Sind Sie sicher, daß es Deutsche waren? Es hätten doch auch Italiener sein können.«

»Es waren Deutsche. Ich sah das kleine Hakenkreuz. Sie kamen den Weg herunter. Sie schlugen auf die Tür.«

»Was geschah dann?«

»Mehr habe ich nicht gesehen.«

»Aber Griechenland befindet sich nicht im Krieg mit Deutschland.«

»Das richtig. Trotzdem wir gehen nach Sparta.«

»Wenn die Deutschen hierherkommen, werden sie dann nicht auch nach Sparta kommen?«

»Dafür habe ich keinen Hinweis.«

Harriet, die für Übernatürliches ohnehin leicht empfänglich war, war über Kyria Dhiamandopoulous Traum bestürzt. Doch Kyria Dhiamandopoulou, die Harriets ängstliche Erstarrung mit Gemütsruhe verwechselte, sagte: »Ihr Engländer habt starke Nerv!«

Noch bevor Harriet dieses Kompliment zurückweisen konnte, drang ein Hupen von der ungeteerten Straße am Ende des Weges herunter, und Kyria Dhiamandopoulou sprang freudig auf und rief: »Mein Mann. Jetzt können wir fahren«, und sie rannte hinunter zu Kyrios Dhiamandopoulos, der bereits begonnen hatte, das Auto zu beladen.

Harriet ließ sich von der freudigen Erregung und der Nervosität der Abreise anstecken und vergaß den Traum. Aber dann, von einem Augenblick zum anderen, waren die Dhiamandopoulaioi fort, und sie blieb in der ungewohnten Stille alleine zurück.

Als sie die Kleidungsstücke ausgepackt hatte, ging sie hinaus, um einen Blick auf den Ilissós zu werfen. Der Weg führte über den Hügel durch feuchten, grauen Lehm, aus dem Kiesel wie Knochen herausragten. Auf der anderen Seite schlängelte sich ein kleines Rinnsal zwischen hohen Lehmböschungen hindurch, die mit windgebeugten Pinien bewachsen waren. Er bot einen traurigen Anblick, dieser kleine Fluß, der die klassischen Schriftsteller beschäftigt und so lange überlebt hatte. Halbfertige Häuser standen da zwischen Zement- und Sandhaufen, aber die Gegend schien verlassen.

Die Erinnerung an Kyria Dhiamandopoulous Traum quälte sie wieder, und sie wußte, sie hatte einen Fehler gemacht. Sie hatte Guy gegen seinen Willen hierhergebracht. Sie hatten kein Telefon. Das Haus war einfach zu abseits gelegen. Man würde sie vergessen, und eines Tages würden sie aufwachen, um festzustellen, daß die Deutschen an die Tür klopften.

Ganz kalt vor Angst ging sie in die Villa zurück und fand Guy im Wohnzimmer vor. Fröhlich rief sie: »Wie wunderbar. Aber warum bist du hier?«

Sie rannte zu ihm hin und schlang die Arme um ihn, aber er reagierte nicht darauf. Er war gerade dabei, seine Bücher auszupacken, und hielt ein Buch in der Hand. Er sah es an, schob dabei die Unterlippe vor.

»Was ist los?«

Er gab einige Zeit lang keine Antwort, dann sagte er: »Sie haben die Schule geschlossen.«

»Wer? Wer hat sie geschlossen? Cookson?«

»Cookson? Red keinen Unsinn. Die Behörden haben es getan. Sie hatten nicht mitgekriegt, daß wir die Absicht hatten, wieder zu öffnen. Als sie bemerkten, daß wir mit der Einschreibung begonnen hatten, ordneten sie eine sofortige Schließung an.«

»Aber warum?«

»Ach, die alte Angst, die Deutschen zu provozieren. Ich vermute, britische kulturelle Aktivitäten könnten als Provokation angesehen werden!«

»Das tut mir leid.« Sie hielt ihn weiter umarmt, aber in seiner Niedergeschlagenheit wartete er nur einfach darauf, daß sie ihn wieder losließ. Sie ließ die Arme sinken, und er kehrte zu seinen Büchern zurück.

»Was wirst du tun?«

»Oh.« Er überlegte und raffte sich dann auf: »Ich werde genug zu tun haben. Zum einen organisiere ich diese Air-Force-Revue. Da kann ich jetzt sofort mit den Proben beginnen.« Während er seine Bücher ordnete, wurde er vergnügt und sagte: »Hierherzuziehen war schließlich doch keine so schlechte Idee.«

»Meinst du? Meinst du das wirklich?« Sie war erleichtert, denn im Dämmerlicht hatte die leere, ungemütliche und sehr kalte Villa noch schlimmer als eine Fehlentscheidung ausgesehen; sie hatte wie eine Katastrophe gewirkt.

»O ja. Es ist herrlich, ein Badezimmer und eine Küche zu haben, und zwei Zimmer für uns alleine. Wir können eine Party geben.«

»Ja, das können wir.«

Sie hatte nicht vorgehabt, von Kyria Dhiamandopoulous Traum zu erzählen, konnte es aber doch nicht unterdrücken.

Guy sagte: »Du glaubst ihr das doch nicht, oder?«

»Du meinst, sie hat das alles erfunden? Warum sollte sie?«

»Die Leute erzählen alles mögliche, um sich interessant zu machen.«

Harriet war unfähig, dies zu akzeptieren und sagte: »Du glaubst, es gibt nichts auf der Welt, was nicht auf rationale Weise erklärt werden kann?«

»Ja, du etwa nicht?«

»Ich nicht«, lachte sie ihn aus. »Das Problem ist, daß du Angst vor dem hast, was du nicht verstehst, und deshalb sagst du, es würde nicht existieren.«

Als sie zusammen alle ihre Besitztümer aus- und einräumten, überkam Harriet die Lust, den Tag auf besondere Weise ausklingen zu lassen. »Laß uns heute abend etwas unternehmen! Laß uns ausgehen und im Babayannis essen!«

Er sagte: »Hm!« Angesichts ihrer Erregung wagte er es nicht, zu widersprechen, aber sie spürte, daß es einen Haken gab. Es stellte sich heraus, daß er ausgemacht hatte, nach Tatoi zu fahren. Ben Phipps würde ihn hinausfahren. Sie waren zu einem Drink in die Offiziersmesse eingeladen worden.

»Wir müssen Vorbereitungen für die Revue besprechen«, sagte er.

Ungerechtfertigterweise war sie geneigt, Phipps die Schuld an Guys Verabredung zu geben, weswegen sie verärgert sagte: »Ich weiß nicht, was du an ihm findest. Er läßt sich doch nur deswegen mit dir ein, weil er sich mit Cookson zerstritten hat.«

»Willst du nicht, daß ich einen Freund habe?«

»Nicht diesen Freund. Du könntest bestimmt einen besseren finden. Was ist mit Alan Frewen?«

»Alan? Gut, er ist ein netter Kerl, aber er ist ein hoffnungsloser Reaktionär.«

»Du meinst, er ist nicht ständig deiner Meinung? Wenigstens ist er ehrlich. Er ist nicht so ein Intrigant wie Phipps.«

»Ben ist vielleicht ein Intrigant«, lachte Guy. »Aber er ist amüsant und intelligent. Wenn du in einer so kleinen Gesellschaft wie dieser mit den Leuten, die du kennst, überkritisch bist, wirst du bald ganz ohne Freunde dastehen.«

»Warum warst du dann so kritisch gegenüber Cookson?«

»Dieser Faschist! Was immer du auch über Ben sagen

magst, er ist schon immer ein Progressiver gewesen. Er hat die richtigen Ansichten.«

»Würde er ihretwegen den Kopf hinhalten?«

»Wer weiß? Schlechtere Männer als Ben Phipps haben wegen schlechterer Ansichten die Köpfe hingehalten.«

»Du meinst, daß die Situation den Menschen prägt?«

»Manchmal prägt der Mensch die Situation.«

Sie sagte bitter: »Ich bin überrascht, daß du es überhaupt für nötig erachtet hast heimzukommen.«

»Du sagtest doch, daß ich dir beim Einzug helfen sollte.«

»Ja, dann laß dich von mir nicht aufhalten.«

Unbeeindruckt erwiderte er, er müsse los, um den Bus nach Athen zu erwischen.

Sehr früh am nächsten Morgen wurden die Pringles von einem Geräusch geweckt. Jemand ging in der Villa umher. Was sie vorfanden, war eine alte Frau, die wie ein Vogelgerippe aussah und deren Körper in einem schwarzen Baumwollkleid steckte. Um den Kopf hatte sie ein schwarzes Tuch gebunden. Sie war gerade dabei, den Frühstückstisch zu dekken. Beim Anblick der Pringles blieb sie mit offenem Mund und grinsend stehen, so daß die Pringles feststellen konnten, daß sie keinen einzigen Zahn mehr besaß. Sie zeigte mit dem Finger auf sich selber und sagte: »Anastea.«

Guy versuchte, so gut er konnte, sie auf griechisch auszufragen. Der Herr und die Herrin hatten vergessen, ihr zu sagen, daß sie wegzogen, doch das beunruhigte sie weiter nicht. Eine Herrschaft war gegangen, eine andere war gekommen. Sie sagte, daß sie morgens immer die Hausarbeit und die Einkäufe machte; am Abend kam sie dann, um das Essen zu kochen. Guy sagte: »Laß sie bleiben. Wir können es uns leisten.« Harriet hatte ihre Zweifel, sagte aber: »Wir könnten es uns leisten, wenn ich einen Job bekäme.«

Während sich die Pringles in ihrer fremden Sprache unterhielten, stand Anastea mit verschränkten Armen da, überzeugt davon, daß die Großen der Welt schon für sie sorgen würden. Als Guy nickte, grinste sie wieder und setzte ihre Arbeit ohne viel Aufhebens fort.

16

Das Informationsbüro, das einst ein unwichtiges Anhängsel der Gesandtschaft gewesen war, besaß nun einen unabhängigen Status innerhalb des Bereichs der Militärmission. Harriet fand, daß das ›Informationsbüro (Billardzimmer)‹ im gesamten Grande Bretagne ausgeschildert war, aber als sie zum Billardzimmer kam, das sich im hinteren Teil des Hotels befand, bemerkte sie, daß man es auch direkt durch den Seiteneingang hätte erreichen können. Hinter der Tür des Billardzimmers war kein Geräusch zu vernehmen. Sie stellte sich vor, daß Alan Frewen und Yakimov dahinter arbeiteten, doch als sie die Tür öffnete, wurde sie von zwei ältlichen Damen angestarrt, die sie noch nie vorher gesehen hatte.

In einem grauen Zwielicht, das durch die Deckenkuppel fiel, saßen sich die Frauen an aneinandergeschobenen Schreibtischen gegenüber. Es gab keine andere Beleuchtung. Von der Tür aus, wo Harriet stand, sahen die beiden alten, leichenblassen Gesichter identisch aus; aber als Harriet näherkam, sah sie, daß die eine, die offensichtlich Ältere, ganz verwirrt war, während die andere das Gehabe eines Zerberus an den Tag legte.

»Ja, was wünschen Sie?«

»Ich suche Mr. Frewen.«

»Nicht hier.«

»Prinz Yakimov?«

»Nein.«

Beide Frauen hatten ihre Arbeit unterbrochen. Die ältere beugte sich über eine Schreibmaschine, ihre knotigen, braunroten Lippen waren feucht, zitterten und standen offen; das Braun ihrer Augen war bis auf einen sepiafarbenen Schleier verblaßt, und sie spiegelten Verständnislosigkeit wider. Die jüngere Schwester hingegen – sie konnten nur Schwestern sein – hatte noch immer einen dunklen, scharfen Blick, den sie auf Harriets Brust richtete.

»Wann wird Mr. Frewen zurücksein?« fragte Harriet.

Die jüngere Schwester schien förmlich vor Wut zu zittern. »Das kann ich Ihnen wirklich nicht sagen«, sagte sie, wobei ihr Zittern eine derartige Abwehrhaltung ausstrahlte, daß Harriet das Gefühl hatte, sie würde aus dem Zimmer hinausgeworfen werden. Die Frauen hatten den Grund ihres Kommens erraten und wollten ihr nichts sagen. Besiegt zog sie von dannen.

Alan und Yakimov waren oft im Zonar's. Beim Eintreten fand Harriet nur Yakimov vor. Er saß im Innern des Lokals und hatte sich gerade ein paar ungewöhnliche Schalentiere kommen lassen, die auf einer Silberplatte mit geviertelten Zitronen und dünnen, dreieckigen Brotschnitten serviert wurden. Als sie sich ihm näherte, wurde er ganz nervös, aus Angst, dieses extravagante Mahl mit jemandem teilen zu müssen, und er sagte: »Wäre heute morgen fast in Ohnmacht gefallen. Mangelhafte Ernährung, du weißt schon. Für euch junge Leute ist das ja nicht so schlimm, aber der arme Yaki spürt sein Alter. Willst du mal probieren?«

»Oh, nein, danke. Ich suche Alan Frewen.«

»Ist heimgegangen, um seinen Hund zu füttern.«

»Wann treffe ich ihn im Büro an?«

»Nicht vor fünf. Der alte Knabe ist ein bißchen aufgebracht. Wenn du mich fragst, es ist wegen Lord Pinkrose. Die Schule ist geschlossen worden – das weißt du wahrscheinlich schon – und deshalb haben wir wieder Lord P. am Hals.«

»Und Alan will ihn nicht haben?«

»Bitte, sag niemandem, daß du es von mir hast, liebes Kind. Alan ist sehr diskret; ein Muster an Diskretion, könnte man sagen. Und ich habe nichts gegen Lord P. Sehr distinguierter Mann, leistet wichtige Arbeit...«

»Was für wichtige Arbeit?«

»*Geheime* Arbeit, liebes Kind. Und er hat einflußreiche Freunde. Heute morgen sagte er, daß hier ein Leiter des Propagandabüros benötigt wird, deshalb schickte er ein Telegramm an einen Freund in Kairo – einen wahnsinnig einflußreichen Freund...«

»Lord Bedlington?«

»Kann sein. Bedlington! Kommt mir bekannt vor. Jedenfalls sieht es so aus, als ob Lord P. befördert werden würde. Traurig für Alan. Er hat kein Wort gesagt, kein einziges Wort, aber mir kam es so vor, als ob er doch ein bißchen eingeschnappt sei.«

»Verständlicherweise«, sagte Harriet.

»Hmmmm.« Aus Angst, sich festzulegen, gab Yakimov nur ein vages Gemurmel von sich. In Anerkennung ihrer Gegenwart hatte er sich ein paar Zentimeter von seinem Stuhl erhoben, rief nun aber mitleiderregend: »*Bitte* setz dich doch. Ich würde dich gern zu einem Ouzo einladen, aber ich bin nicht einmal sicher, ob ich diese Kleinigkeit bezahlen kann.«

Harriet setzte sich, und Yakimov machte es sich wieder in seinem Stuhl bequem und drückte die Zitrone über den Schalentieren aus. »Warum bestellst du dir keine? Gönn dir auch mal etwas.«

Harriet, die davon überzeugt war, daß sie nur eine dieser Meeresfrüchte essen mußte, um an Typhus zu erkranken, fragte: »Was ist das?«

»Seeigel. Bekam sie immer an der Strandpromenade in Neapel. 'ne echte Delikatesse. Ich habe sie dem Oberkellner hier vorgeschlagen, und er sagte: ›Die Leute würden sie nicht essen.‹ Ich sagte: ›Lieber Himmel, wenn du mal bedenkst, alter Junge, *was* die Leute in dieser Zeit sonst noch alles essen.‹« Während er die Seeigel gierig, schlürfend und schluckend in Angriff nahm, redete er weiter. »Versuch sie mal; versuch sie mal«, drängte er sie, aber Harriet, die ihr unbekannte Fleisch- und Fischspeisen mied, bestellte lieber ein Käsesandwich.

»Wer sind diese Frauen im Billardzimmer?« fragte sie.

»Die zwei Twocurrys. Gladys und Mabel. Mabel ist die Bekloppte. Zwei blöde alte Ziegen.«

»Was arbeiten sie?«

»Ein ungelöstes Rätsel, liebes Kind.«

»Alan meinte, er könnte mir einen Job im Büro verschaffen.«

»Ja, warum nicht?« Yakimov hatte die Seeigel so schnell hinuntergeschlungen wie Diocletian die Tintenfische und wischte den übriggebliebenen Saft mit den Brotschnitten auf. »Hervorragende Idee!«

»Aber ich würde nicht für Pinkrose arbeiten wollen.«

»Wir haben Krieg, liebes Kind.« Yakimov wischte ihre Bedenken mit Herablassung beiseite. »Man kann sich nicht aussuchen, für wen man arbeiten will, weißt du. Schau mich an. Jeder muß seinen Teil beitragen.«

Nachdem er gegessen hatte, saß er eine Weile mit schweren Augenlidern da und rutschte dann in seinem Mantel nach unten. »Zeit für die Heia«, sagte er und fing an zu dösen.

Harriet war sich unsicher, ob sie gehen oder bleiben sollte, und schaute sich gerade nach dem Kellner um, als sie Charles Warden vom Balkonrestaurant herunterkommen sah. Er sah zunächst unschlüssig in ihre Richtung und schritt dann geradewegs auf Yakimov zu. Yakimov öffnete ein Auge, und Charles Warden sagte: »Ich habe eine Besichtigungserlaubnis für den Parthenon. Warum kommen Sie nicht mit?« Er drehte sich um, um Harriet einzubeziehen. »Sie beide«, fügte er hinzu.

Aus dem Schlaf geweckt, seufzte Yakimov: »Ich nicht, lieber Junge. Dein Yaki ist nicht fit... überarbeitet und unterernährt... das Alter macht sich bemerkbar...« Er räkelte sich und nickte wieder ein.

Charles Warden sah mit einem herausfordernden Lächeln zu Harriet hin, und sie stand auf.

Wortlos spazierten sie durch die Plaka. Während jeder darauf wartete, daß der andere etwas sagte, beobachtete Harriet ihn aus den Augenwinkeln heraus und sah, wie sein energisches und ebenmäßiges Profil leicht aufwärts gerichtet war, als wälze er ein gewichtiges Problem. Aber sie wußte, daß seine Gedanken bei ihr waren. Sie wollte etwas sagen, das sie aus seiner mißtrauischen Wachsamkeit aufschrecken sollte, aber ihr fiel nichts ein.

Als sie durch die engen, verwirrenden Straßen gingen, erkannte sie, daß er sie zielsicher geradewegs zu den Stufen führte, die zur Akropolis hinaufstiegen. Auf dem Weg nach oben fragte er plötzlich ganz unvermittelt: »Wo in Athen wohnst du?«

»Am Ilissós. Es ist eine antike Stätte.«

Diese Bemerkung amüsierte ihn, und er sagte: »Der Ilissós fließt mitten durch Athen.«

»Das glaube ich nicht.«

»Ich versichere es dir. Der größte Teil davon natürlich unterirdisch.«

»Wir wohnen ziemlich weit draußen. Auf halbem Weg nach Piräus. Eine ziemlich verlassene Gegend, wenngleich nicht so verlassen, wie ich anfangs angenommen hatte. Auf der anderen Seite des Flusses kann man ein paar kleine Häuser sehen, und an der Straße nach Piräus wohnen natürlich auch Leute. Sie sind recht freundlich; sie erkennen uns an, weil Anastea bei uns arbeitet. Es gefällt mir jetzt besser. Es ist ein Zuhause, oder zumindest so etwas Ähnliches.«

Er sagte: »Ich wäre recht froh, wenn ich irgendein Zuhause hätte.« Er erzählte ihr, daß er anfangs, nach seiner Ankunft, im Grande Bretagne gewohnt hatte, daß er aber hinausgedrängt worden war, als die Mission eintraf. Sie mußten ihm dann ein Zimmer im Corinthian besorgen.

»Darüber kann man sich doch nicht beklagen.« Aus Nervosität sprach sie in ziemlich scharfem Ton, und er war etwas irritiert, weil er offensichtlich annahm, daß sie jetzt eine Betrachtung über junge Soldaten beginnen würde, die es schafften, in die besten Hotels einquartiert zu werden. Er blickte in die Ferne, und sie wußte, sie würde wieder zu ihrem strapaziösen Schweigen zurückkehren, wenn ihr nicht einfiel, worüber sie sprechen konnten. Sie sagte: »Du scheinst Athen recht gut zu kennen.«

»Ich war schon vor dem Krieg hier.«

»Kanntest du Cookson damals?«

»Er war ein Freund meiner Familie. Ich wohnte bei ihm, als der Krieg begann.«

»Es muß im Sommer dort sehr schön sein?«

»Ja, aber der Krieg hing die ganze Zeit wie eine Drohung über uns.«

»Ich kenne das. Und es war ein wunderschöner Sommer. Warst du auf Urlaub hier?«

»Nicht nur. Ich kam hierher, um die griechische Volkssprache zu lernen.«

»Du hast Sprachen studiert?«

»Alte Sprachen.«

»Hast du einen Abschluß in alten Sprachen?«

»Nein. Mir blieb keine Zeit. Nach dem Krieg werde ich weitermachen.«

Sie erkannte, daß er zwei, wenn nicht drei Jahre jünger sein mußte als sie, und nicht viel älter als Sascha. Seine Jugend hatte noch den Glanz der Unberührtheit, ähnlich dem einer frisch geprägten Münze. Sie spürte, daß er noch nichts vollbracht hatte, noch nichts erlebt hatte. Sein ganzes Leben lag noch vor ihm. Damit er weitererzählte, sagte sie: »Ich nehme an, daß du hierher abkommandiert wurdest, weil du Griechisch sprichst?«

»Ja.« Er lachte. Sie fragte sich, ob er ihre Fragen als unangebracht oder naiv empfand? Er betrachtete sie lächelnd und wartete darauf, daß sie weiterfragte, aber sie weigerte sich, noch mehr zu sagen.

Während sie um den Fuß der Akropolis herumwanderten, waren sie sich beide einer Spannung bewußt, die von einem Moment auf den anderen in Mißverständnis umschlagen konnte.

Seit Harriet das letzte Mal hinaufgestiegen war, hatte sich die felsige Flanke des Hügels verändert. Die ersten Regenfälle hatten ausgereicht, um die Erde wieder zum Leben zu erwecken. Jedes Fleckchen Erde überzog sich allmählich mit einem Flor winziger Triebe, die so zart waren, daß ein Darauftreten ihre Zerstörung bedeutet hätte.

Am Beulé-Tor überprüfte der Evzone-Wachposten Charles' Genehmigung und musterte dann Harriet voller Anerkennung. Als er die Genehmigung zurückgab, präsentierte er sein Gewehr mit soviel Aufwand und Geklapper, wie es seine Ausrüstung zuließ.

Diese Vorführung bewirkte, daß Harriet ihre nervöse Zurückhaltung aufgab. Lachend fragte sie: »Hast du etwa Anspruch auf dieses Zeremoniell?«

Charles wurde rot und brach selbst in Gelächter aus: »Sie übertreiben gern ein wenig, wenn ein Mädchen dabei ist.«

Sie war entzückt. Losgelöst von den Beschränktheiten der Wirklichkeit hob sie ab in ein Reich romantischer Vorstellungen und sah Charles nicht als normalen jungen Mann – normale junge Männer hatte sie schließlich schon zu Dutzenden gekannt, von denen einige ebenso gut aussahen wie er – sondern als Soldaten, dem Respekt und Ehrerbietung gebührten und erwiesen wurden. Sie war ihr eigenes Symbol: Sie war das Mädchen, dessen Anwesenheit dem romantischen Märchen erst eine Qualität verlieh und es vervollständigte. Ernüchterung folgte der Verzückung fast augenblicklich auf dem Fuße. Harriet war außerordentlich erstaunt darüber, als sie sich dabei ertappte, wie sie auf das Blendwerk des Krieges hereingefallen war. Sie war gegen den Krieg und den Popanz drum herum. Sie war dankbar dafür, mit einem Mann verheiratet zu sein, der, ob es ihm nun gefiel oder nicht, vom Wehrdienst befreit war. Sie würde sich nicht von diesem Spiel mit Tod und Zerstörung beeindrucken lassen – einem Spiel, in dem Charles Warden eine sehr unbedeutende Figur war. Sie sah ihn aus den Augenwinkeln heraus an und wollte sich schon über ihn lustig machen; als sie aber bemerkte, daß seine Augen auf ihr ruhten, fühlte sie sich statt dessen warm und erregt, und die Luft um sie herum vibrierte verheißungsvoll.

Sie hatten das Plateau ganz für sich allein. Es pfiff ein frischer Wind zwischen den Säulen hindurch, und der durch die Winterluft klar erkennbare Horizont entfaltete seinen Farbenreichtum. Wieder und wieder hatte der Regen während der letzten Wochen die Steinplatten abgewaschen und der Wind hatte sie dann wieder getrocknet, so daß jetzt die gesamte große Bodenfläche das Gold und das Blau und das Silber des Himmels reflektierte und aussah, als sei sie aus Perlmutt gemacht.

Harriet wanderte umher und war erstaunt über den schimmernden Glanz des Marmors, in dessen Vertiefungen noch kleine Regenpfützen von den morgendlichen Schauern übriggeblieben waren. Als sie zu Charles zurückkehrte, sagte sie: »Wenn du mich nicht hierher gebracht hättest, hätte ich nie gewußt, daß es so etwas gibt.«

Ihre Freude erfreute auch ihn, und zum ersten Mal fiel ihr seine Unkompliziertheit auf. Sie hatte ihn für eingebildet und kritisch gehalten, und jetzt fand sie, daß er nicht nur jung, sondern auch naiv war, fast so naiv wie Sascha.

»Warum müssen sie die Akropolis für die Öffentlichkeit geschlossen halten?« fragte sie.

Charles wußte es nicht. Im siebzehnten Jahrhundert war der Parthenon von einer venezianischen Kanonenkugel getroffen worden, und er vermutete, daß die Griechen vielleicht weitere Zerstörungen fürchteten.

Sie kam auf die goldfarbene Patina auf den Säulen zu sprechen und fragte ihn, warum sie, seiner Meinung nach, auf der meerzugewandten Seite am dunkelsten war. Mit ernster und forschender Miene legte er seine Hand auf die Oberfläche, als ob er durch die Berührung das Geheimnis des unterschiedlich reagierenden Marmors erspüren könnte. Seine Hand war breit, die Finger waren nicht länger als der Handteller – die Hand eines intelligenten und praktischen Menschen, sicher nicht die Hand eines Visionärs. Ihre Abneigung hatte sich in Zuneigung verwandelt – und zwar plötzlich. Sie war darüber erstaunt und besorgt, wie bei etwas Übernatürlichem.

Während seine gespreizte Hand wie ein Stern auf der Säule lag, sagte er, daß seiner Meinung nach der salzige Wind irgendein Mineral aus dem Marmor gezogen hatte. »Eisen, würde ich meinen. Es ist nämlich irgendeine Art von Rost. Der Marmor ist im Lauf der Zeit oxidiert.«

Sie beobachtete ihn, hörte aber eigentlich gar nicht richtig zu. Als er sich umdrehte und feststellte, daß ihre Augen ganz konzentriert auf ihn gerichtet waren, lächelte er überrascht, und sie bemerkte, wie dieses plötzliche, unbefangene Lächeln sein Gesicht verwandelte. Als sie einander anblickten, sagte eine Stimme: »Liebe mich.«

Harriet wußte nicht, ob er es gesagt hatte oder ob sich die Worte in ihrer Seele von selbst zusammengefügt hatten, aber sie waren da und hingen zwischen ihnen im Raum und sie waren sich dessen bewußt und waren deshalb aufgewühlt und beunruhigt.

Sie sagte: »Ich muß zurück. Ich bin um fünf mit Alan Frewen verabredet.«

»Ich muß auch gehen.«

Sie kehrten zurück, wie sie gekommen waren, ohne zu reden, doch jetzt war ihr Schweigen nicht mehr düster, aber anstrengend und brüchig. Ein einziger Satz konnte ihre geheimen Wünsche in Worte fassen und damit bestätigen –, wenn es der richtige Satz war. Keiner wollte das Risiko zu sprechen auf sich nehmen; zumindest nicht jetzt, nicht in diesem Augenblick.

Als sie sich der Stadtmitte näherten, empfand Harriet eine unerträgliche Spannung wegen dieses aufgeschobenen Satzes. In der Hermesstraße, als der Aufruhr der Gefühle immer bedrohlicher wurde, plante sie ihre Flucht. Sie würde etwas kaufen – aber was? Sie dachte an Schreibpapier, aber noch ehe sie den Schreibwarenladen erreichten, spürte sie die Schwingungen, die einem Fliegeralarm unmittelbar vorausgingen. Sie blieb stehen. Charles schaute sie fragend an. Einen Augenblick lang waren sie wie gebannt, als ob das Zittern der Luft eine sinnlich wahrnehmbare Äußerung ihrer angespannten Nerven darstellte. Dann heulten die Sirenen los.

Sie sagte: »Den Anordnungen zufolge muß ich einen Luftschutzkeller aufsuchen.«

Charles war zwar von dieser Anordnung ausgenommen, doch er ergriff Harriets Arm und sah sich nach einem Luftschutzkeller um. Die Straße leerte sich. Sie folgten den anderen in das Untergeschoß eines Bürogebäudes, das noch nicht fertiggestellt war, als der Krieg ausbrach. Sie gingen die Treppen hinunter und durch eine Schwingtür. Drinnen standen sie im Dunkeln.

Obwohl sie nichts sehen konnten, konnten sie das Atmen der anwesenden Menschen spüren, und da sie nicht sicher waren, wer oder was sich vor ihnen befand, blieben sie gleich hinter der Tür stehen. Eine Vorsichtsmaßnahme gegen Panik verbot es, während eines Luftangriffs zu sprechen, doch der ganze Luftschutzraum war voller leiser Geräusche, als ob auf dem Boden lauter Mäuse umherrannten. Der Verkehr war angehalten worden, und in der Stadt war es still. Als dann das Krachen einsetzte, war es entsetzlich. Eine Explosion folgte der anderen, und jede war so ohrenbetäubend, daß sie den Eindruck hatten, als würden die Bomben direkt über ihnen detonieren. Der Beton bebte, und ein entsetztes Aufstöhnen ging durch den überfüllten Luftschutzkeller. Harriet verspürte eine Bewegung, und aus Angst vor einer möglichen Panik streckte sie ihre Hand aus und ergriff Charles' Hand, der sie ihr bereits entgegengestreckt hatte.

Er flüsterte: »Keine Angst. Das sind nur die Geschütze auf Lykabettos.«

»Auf Lykabettos sind Geschütze?«

»Ja, dort ist eine neue Flugabwehrstellung.«

Es war ein langer Luftangriff. Die Luft wurde heiß. Wann immer die Geschütze von Lykabettos das Feuer eröffneten, ging das gleiche eigenartige Aufstöhnen durch den Luftschutzraum, und wie eine Brise wehte die Furcht über ihre Köpfe und ließ die Menschen erschauern. Als Harriet gegen die Tür drückte, öffnete sie sich einen Spalt, und als das Zwielicht durch den Türspalt fiel, flüsterte sie Charles zu: »Können wir uns nicht da draußen unterstellen?« Sie schlüpften auf leisen Sohlen hinaus.

Noch zwei Menschen waren auf der Kellertreppe: eine Frau und ein kleiner Junge. Die nicht mehr ganz junge Frau saß da und hatte den Jungen auf ihren Knien. Sie drückte die Wange des Kindes an ihre Brust, und ihre eigene Wange ruhte an seinem Kopf. Ihre Augen waren geschlossen, und sie öffnete sie auch dann nicht, als Harriet und Charles herauskamen. Sie nahm nur das Kind wahr, das sie mit inbrünstiger Zärtlichkeit einhüllte, als versuchte sie, es mit ihrem ganzen Körper zu schützen.

Harriet wollte ihre Intimität nicht stören und wandte sich deshalb ab, doch ihr Blick wurde wieder zu ihnen hingezogen. Fasziniert vom Anblick dieser beiden in ihrer Liebe versunkenen menschlichen Wesen, holte sie tief Luft, und ihre Augen füllten sich mit Tränen.

Sie hatte Charles vergessen. Als er sagte: »Was ist denn los?« empfand sie seinen leicht spöttischen Ton als Affront. Sie sagte: »Nichts.« Er faßte sie mit der Hand am Ellenbogen, und sie bewegte sich von ihm weg, aber im selben Moment ertönte das Entwarnungssignal, und sie konnten wieder ins Freie treten.

Draußen auf der Straße fragte er noch einmal: »Was ist denn los?« und fügte in dem unbeholfenen Versuch, mitfühlend zu sein, hinzu: »Bist du nicht glücklich?«

»Ich weiß nicht. Ich habe noch nicht darüber nachgedacht. Muß man denn glücklich sein?«

»Das habe ich nicht gemeint. ›Glücklich‹ ist nicht das richtige Wort. Ich weiß nicht, was ich sagen wollte.«

Sie wußte, was er gemeint hatte, aber sie sagte nichts.

»Guy ist ein wunderbarer Mensch«, sagte er schließlich. »Findest du nicht, daß du Glück hast, mit ihm verheiratet zu sein?«

»Du kennst ihn doch kaum.«

»Ich kenne Leute, die ihn kennen. Jeder scheint ihn zu kennen, und alle sprechen sie in den höchsten Tönen von ihm. Eleko Vourakis sagte: ›Guy Pringle macht alles, um jemandem zu helfen.‹«

»Ja. Das ist allerdings richtig.«

Charles wußte nicht, was er von ihrer Zustimmung halten sollte, und er gab ein Lachen von sich – das kurze, verärgerte Lachen eines Mannes, der argwöhnt, daß ihm etwas vorgeschwindelt wird. Es kam ihr der Gedanke, daß ihr erster Eindruck von ihm doch eine gewisse Berechtigung gehabt hatte. Was immer er auch für ein Mensch sein mochte, er war keinesfalls unkompliziert. Sie war erleichtert, als sie das Grande Bretagne erreichten.

»Triffst du Frewen jetzt?« fragte er.

»Ja. Ich bekomme vielleicht eine Stelle im Informationsbüro.«

»Dann arbeitest du ja nur eine Tür neben mir.«

»Es ist noch nicht sicher.«

»Trinkst du morgen nachmittag mit mir Tee?«

»Morgen nicht.«

»Wann denn dann?«

»Donnerstag wäre möglich. Ich muß erst sehen, was Guy vorhat.«

Er öffnete die Hoteltür, und als das Innenlicht auf sein Gesicht fiel, bemerkte sie, daß er verdrossen aussah. »Vielleicht kannst du mir Bescheid geben«, sagte er.

»Ja, ich gebe dir Bescheid.« Sie riß sich los, ging noch einmal zum Billardzimmer und konnte sich kaum erklären, warum sie so beschwingter Stimmung war. Dieses Mal würdigten die beiden Twocurrys sie keines Blickes. Über den Schreibtischen hingen zwei Glühbirnen mit grünen Lampenschirmen, und sie waren so weit heruntergezogen, daß außer den Schreibtischplatten und den Silhouetten der beiden Frauen nichts zu sehen war. Harriet fragte Mr. Frewen, und als ob sie zu beschäftigt sei, um zu sprechen, winkte die Jüngere sie zu einer Tür.

Alan und Yakimov saßen in einem Zimmer, das als Nachrichtenzentrale beschildert war. Es war früher das Schreibzimmer des Hotels gewesen, und es standen noch elegante kleine Sekretäre und vergoldete Stühle mit Gobelinbezügen umher. Jedes Möbelstück war mit Informationsblättern behangen, auf die mit Blaudruck blockweise Nachrichten kopiert waren, die man entweder als wichtig markiert oder dick durchgestrichen hatte.

Alan war hinter einem massiven Schreibtisch plaziert, der aus dem Büro des Hotelbesitzers stammen konnte. Er saß gerade mit einem Bleistift in der Hand über Informationsblättern und strich Nachrichten entweder durch oder unterstrich sie, gab sie dann an Yakimov weiter, der in unterwürfiger Bescheidenheit vor dem Schreibtisch saß. Das Hotel stellte jetzt eine militärische Institution dar und war aus diesem Grunde beheizt. Dennoch saß Yakimov im Mantel da. Beim Anblick Harriets mühte er sich hoch, nicht nur erfreut darüber, daß sie ihn bei der Arbeit sah, sondern auch, weil er für sie die Arbeit unterbrechen mußte.

Alan war weniger umgänglich. Er schien sich in der Position des Arbeitgebers unbehaglich zu fühlen, dennoch war er auf ihren Besuch vorbereitet. Er hatte Bücher, Landkarten, Akten und Zeitungsausschnitte für sie aufgestapelt, und er fing sofort an, ihr zu erklären, wie sie das ganze Material zusammenstellen mußte, um daraus ein Handbuch für die Truppen zu machen, die sich auf die Invasion der Dodekanesischen Inseln vorbereiteten. Er war gerade mitten in seinen Erklärungen, als Miß Gladys Twocurry eintrat und damit begann, die Post in eine Ablage zu sortieren. Alan hielt inne, und als Harriet ihm Fragen stellen wollte, hob er die Hand und bedeutete ihr zu schweigen. Miß Twocurry registrierte schließlich, daß sie nichts mitbekommen würde und machte sich wieder aus dem Staub.

Alan ging nicht weiter auf diesen Vorfall ein, sondern sagte zu Harriet: »Ich hatte gehofft, dich mit Yakimov hier einzuquartieren, aber allem Anschein nach sollen wir einen Leiter der Propaganda bekommen.«

»Lord Pinkrose?«

»Ja. Die Gesandtschaft sagt, daß seine Ernennung kurz bevorsteht. Er hat beschlossen, daß er mein Büro haben müsse, und so mußte ich hier einziehen. Im äußeren Büro wird für dich mehr Platz sein. Laß dich von niemandem über deine Arbeit ausfragen. Sag einfach, es ist dir nicht gestattet, darüber zu reden.«

Er sammelte Harriets Arbeitsunterlagen zusammen und führte sie in das Billardzimmer zurück, wo er eine Deckenleuchte einschaltete, die ein Durcheinander ans Licht brachte, das normalerweise in der Düsterkeit des Tages oder den Schatten der Nacht verborgen blieb.

Offensichtlich empört darüber, schnalzte Miß Gladys Twocurry mit der Zunge.

Alan ging an ihr vorbei, ohne sie anzuschauen. Die Billardtische, mit ihren dicken Beinen und kleinen, gehäkelten Kugelfängen, waren an die Wand geschoben und mit Tüchern abgedeckt worden. Die Tücher, die zum Schutz des Frieses gedacht waren, hatten sich im Lauf der Zeit verschoben. Lose Blätter lagen aufgehäuft auf der grünen Oberfläche, die inzwischen vom Staub grau geworden war. Neben den Billardtischen standen Eßtische, Sekretäre, Feldtische der Armee und Spieltische, und jede Tischplatte war mit Briefen, Berichten, Informationsblättern, Zeitungen, Landkarten und Plakaten bedeckt, und das alles lag wie Kraut und Rüben durcheinander und war mit der Zeit gelblich geworden. Ein offener Sekretär war vollgefüllt mit Rollen von Zeichenpapier, das durch die Sommerhitze schon ganz spröde geworden war, und als Alan sie auf den Boden hinunterwischte, bekamen sie Sprünge wie Geschirr, worauf Miß Gladys wieder, dieses Mal etwas lauter, mit der Zunge schnalzte.

Alan sagte: »Hier kannst du arbeiten. Wenn du irgend etwas brauchst, laß es mich wissen.« Er ging aus dem Zimmer.

Während Harriet ihre Bücher und Papiere zurechtlegte war sie sich bewußt, daß die Twocurrys hinter ihr sie beobachteten. Miß Mabels Schreibmaschine stand still. Miß Gladys schien nicht zu atmen. Dann plötzlich durchquerte Miß Gladys das Zimmer, und ihre individuelle Duftnote, ein Geruch wie altes Hammelfett, erfüllte die Luft in Harriets unmittelbarer Umgebung. Sie schielte auf ein Exemplar des *Mediterranean Pilot*, das Harriet aufgeschlagen auf dem Tisch liegen hatte.

In scharfem Ton fragte sie: »Was tun Sie hier?«

»Ich arbeite. Ich bin eingestellt worden.«

»Tatsächlich! Und was arbeiten Sie, wenn ich fragen darf?«

»Das kann ich Ihnen leider nicht sagen.«

»*Tatsächlich!*« Miß Gladys zitterte vor Entrüstung. »Wer hat Sie eingestellt? Lord Pinkrose?«

»Ich wurde von Mr. Frewen eingestellt.«

»Ah!« In der offensichtlichen Annahme, einen Fehler aufgedeckt zu haben, drehte sich Miß Gladys um und ging voller Entschlossenheit aus dem Zimmer.

Harriet wartete etwas ängstlich, wenngleich sie wußte, daß ihre Besorgnis albern war. Wenn Pinkrose etwas gegen sie hatte, konnte er nicht mehr tun, als sie zu entlassen. Und da er noch nicht Leiter des Propagandabüros war, konnte er bis zu diesem Zeitpunkt noch nicht einmal das tun.

Wieder ging die Tür auf. Sie konnte Pinkrose' Knurren und Hüsteln hören, und als sie über die Schulter schaute, sah sie, daß er in sicherer Entfernung von ihr stehengeblieben war und sie anblickte, als ob er alles bestätigen wollte, was auch immer Miß Gladys gesagt hatte.

»Guten Abend, Lord Pinkrose«, sagte Harriet.

Er hüstelte und brummte »Ja, ja«, ging dann zu einem Bücherregal, nahm ein Buch herunter, schlug es auf, blätterte darin herum, schlug es wieder zu und stellte es zurück. Er sagte mehrmals ›Ja, ja‹, während Miß Gladys hoffnungsvoll dabeistand und zuschaute. Harriet widmete sich wieder ihrer Arbeit. Nachdem er sich mit mehreren anderen Büchern beschäftigt hatte, kehrte Pinkrose dem Bücherregal den Rükken zu und fing an, mit Papieren herumzurascheln, wobei er einige Male mit einem drängenden Unterton ›Ja, ja‹ sagte, ehe er dann plötzlich davonschoß. Miß Gladys schnaufte verärgert. Zum ersten Mal kam es Harriet in den Sinn, daß Pinkrose genausoviel Angst vor ihr hatte, wie sie vor ihm.

Am nächsten Morgen, kurz nachdem sie im Büro angekommen war, klopfte ein Militärbote an die Tür und trat mit einer Nachricht ein.

»Bringen Sie es her.« Miß Gladys deutete herrisch auf einen Punkt auf dem Fußboden neben sich.

Der Bote sagte: »Das ist für Mrs. Pringle.«

Harriet nahm die Nachricht entgegen und las: »Gehst du heute zum Mittagessen?« Es war keine Unterschrift vorhanden. In den vorgesehenen Raum für eine Antwort schrieb sie ›Ja‹ und reichte dann den Zettel zurück. Miß Mabel hackte weiter auf ihrer Schreibmaschine herum, doch Miß Gladys beobachtete das Ganze mit der Ungläubigkeit eines Menschen, der sich fragte, wie weit die Unverschämtheit überhaupt gehen kann.

Charles Warden wartete am Seiteneingang und stand mit einer Lässigkeit da, als ob er nur kurz stehengeblieben sei, um über etwas nachzudenken, und gleich wieder weitergehen würde. Als Harriet »Hallo« sagte, wirkte er überrascht, und sie sagte: »Jemand lud mich zum Mittagessen ein. Ich dachte mir, daß du vielleicht derjenige bist.«

»Du warst dir nicht sicher. Es könnte auch ein anderer sein?«

»Ich kenne natürlich andere Leute.«

»Natürlich«, stimmte er ihr zu, aber seine ernste und abwartende Miene verriet, daß er mit der Antwort nicht ganz zufrieden war. Sie lachte, und sein Benehmen änderte sich. Er schien über sich selbst zu lachen und fragte: »Wohin sollen wir gehen? Ins Zonar's?«

Sie sagte ja, aber eigentlich wollte sie nicht ins Zonar's gehen. Es war das Restaurant, in dem Alan zu Mittag aß und in das er gewöhnlich Yakimov mitnahm. Ben Phipps verkehrte dort auch des öfteren. Sie wußte, daß, aufgrund von Charles' vorteilhafter äußerer Erscheinung und dem für jeden erkennbaren guten Einvernehmen zwischen ihnen beiden, ihre Freundschaft mißverstanden werden konnte. Es war unloyal Guy gegenüber, solche Mißverständnisse heraufzubeschwören. Aber dies war nicht leicht zu erklären. Außerdem hatte Guy gesagt, daß er sich um die Verdächtigungen anderer Leute nicht kümmere. Warum sollte sie also zögern, Ausreden erfinden, dem Problem ausweichen und sich Schuldgefühle auferlegen lassen?

Als das Zonar's ins Blickfeld kam, war es Charles, der zögerte: »Willst du unbedingt dort hingehen?« fragte er. »Wir werden wahrscheinlich Leute dort treffen, die wir kennen. Laß uns doch ins Xenia gehen! Das Essen ist dort noch immer ganz passabel.«

»Ja, ich würde gern mal das Xenia sehen.«

Niemand, den Guy kannte, ging je dorthin. Bei dem Gedanken an dieses teuere Restaurant war Harriet ganz aufgeregt, aber als sie feststellte, daß es schmuddelig war, daß an den Wänden braune Tapeten mit Pfauen und Frauen in altägyptischen Posen klebten und daß es Lampen aus Lalique-Glas gab, war sie enttäuscht.

Die noch freien Tische waren reserviert, und Charles mußte warten, während der Oberkellner, der einen englischen Offizier nicht abweisen wollte, seine Tischliste konsultierte, um zu entscheiden, was er für sie tun konnte. Schließlich wurde für sie gleich neben dem Vorhang, der das Restaurant von der berühmten Xenia-*Confisserie* trennte, in der Major Cookson seine sehr kleinen Törtchen gekauft hatte, ein extra Tisch aufgestellt.

Harriet sagte: »Dieses Lokal ist ein Relikt aus den Zwanzigern.«

»Aber der Wein ist gut«, sagte Charles, um es zu verteidigen.

Die meisten der Anwesenden waren Geschäftsleute, aber es gab auch einige Offiziere, griechische Offiziere auf Urlaub oder englische aus der Mission. Die Atmosphäre war alles andere als anregend, und obwohl der Wein, wie Charles gesagt hatte, gut war, schien das Essen – imitierte französische Küche – viel schlechter zu sein als die Eintopfgerichte in den Tavernen.

Harriet hatte eine Hand auf den Tisch gelegt und als sie eine Berührung verspürte, sah sie, daß Charles seinen kleinen Finger ausgestreckt hatte und mit seinem Fingernagel an ihrer Handkante entlangstrich.

»Erzähl mir, warum du gestern geweint hast.«

»Ich weiß es nicht. Eigentlich aus keinem bestimmten Grund. Ich glaube, ich hatte einfach Angst.«

»Vor dem Luftangriff? Du weißt, daß Athen nicht bombardiert wurde.«

»Die Geschütze haben mich erschreckt.«

Er lachte wieder wie einer, der sich belogen fühlt, und sie erkannte langsam, daß dies für ihn typisch war. Er gab nicht einmal vor, ihrer Erklärung Glauben zu schenken. Ihre ursprüngliche Abneigung erwachte wieder, und sie wünschte, sie wäre woanders. Wäre sie erst einmal weg, würde sie ihn nie mehr sehen.

Apathie und Resignation stellten sich zwischen ihnen ein. Charles blickte mißmutig drein. Sie hatte das Gefühl, daß er ihr vorwarf, sie würde zwar bereitwillig mit ihm flirten, ihm dann aber nichts erzählen. Er richtete seine hellen kalten Augen auf sie und fragte: »Wie lange bist du schon verheiratet?«

»Wir heirateten, kurz bevor der Krieg ausbrach. Guy war auf Heimaturlaub.«

»Hattet ihr euch schon lange gekannt?«

»Nur ein paar Wochen.«

»Ihr habt es eilig gehabt zu heiraten?«

Die Fragen hatten etwas Spöttisches, fast Höhnisches an sich, und sie antwortete mit der Absicht, ihn zu verärgern: »Eigentlich nicht. Ich hatte das Gefühl, daß ich ihn schon mein ganzes Leben lang kannte.«

»Aber war das wirklich so? Kanntest du ihn wirklich?«

»Ja, in gewisser Hinsicht.«

»Aber nicht in jeder Hinsicht?«

Sie wußte, er revanchierte sich für ihre Weigerung, sich ihm anzuvertrauen, doch sie war sich ihrer eigenen Stärke bewußt und antwortete gelassen: »Nicht in jeder Hinsicht. Es gibt immer Dinge, die man bei jedem menschlichen Wesen erst mit der Zeit herausfindet.«

»Aber du findest ihn noch immer wunderbar?«

»Ja. Zu wunderbar, vielleicht. Er bildet sich ein, er kann alles für jeden tun.«

»Aber nicht für dich?«

»Er betrachtet mich als einen Teil von sich. Er ist der Meinung, er braucht nichts für mich zu tun.«

»Und bist du mit dieser Situation zufrieden?«

Gäste, die auf freie Plätze warteten, standen auf der anderen Seite des Vorhangs Schlange, was ihr den Vorwand lieferte zu sagen: »Findest du nicht, wir sollten gehen?«

»Du hast noch fast nichts gegessen.«

»Ich bin nicht sehr hungrig.«

Draußen, im hellen, kurzen Licht des Nachmittags und mit zwei Stunden Freiheit vor sich, fragte Charles: »Was möchtest du jetzt gerne tun?«

Die Frage war eine Testfrage, und an seinem Tonfall konnte sie erkennen, daß er erwartete, sie würde die Frage an ihn zurückgeben. Ungerührt sagte sie: »Ich war noch nie in der Lykabettos-Kapelle. Laß uns da hinaufgehen.«

»Wenn du willst.«

Er verbarg seinen Unmut nicht. Obwohl er sich dem Berg zuwandte, täuschte er doch kein Interesse an dem Ausflug vor. Sie spürte die Distanz zwischen ihnen und eine freudlose Erleichterung darüber, daß es ihr nichts ausmachte. Ihre Beziehung würde nicht weitergehen.

Sie befragte ihn über die Möglichkeit eines deutschen Angriffs. Er gab eine gleichgültige Antwort: ein deutscher Angriff ›sei drin‹. Er sei es von Anfang an gewesen.

Sie sagte: »Es gibt das Gerücht, daß die Deutschen an der Grenze Waffen und Material konzentrieren.«

»Dieses Gerücht gibt es schon die ganze Zeit.«

»Für den Fall, daß es keinen Angriff gibt, was, glaubst du, wird dann passieren? Können die Griechen gewinnen?«

»Ich weiß es nicht. Ich bezweifle es. Den Griechen geht die Munition aus. Es heißt, daß die momentanen Vorräte keine zwei Monate mehr reichen werden.«

»Aber wir können ihnen doch bestimmt Munition liefern?«

»Das hätte keinen Sinn. Die griechischen Feuerwaffen wurden bei Krupp gekauft. Unsere Munition paßt da nicht.«

»Können wir nicht sowohl Waffen als auch Munition liefern?«

Er antwortete mit lakonischen Grimassen, und sie wußte, daß er mit einem inneren Groll sprach, der ihr nichts zugestand. »Wir haben keine Waffen, die wir liefern könnten. In Kairo spazieren unsere eigenen Leute untätig umher, weil wir keine Waffen für sie haben. Aber selbst wenn wir alle Gewehre dieser Welt hätten, würde sich immer noch das Problem des Transports ergeben.«

»Wir können keine Schiffe entbehren?«

»Unsere Verluste sind beträchtlich, verstehst du!«

Sie blickte ihn kurz aus den Augenwinkeln an und sah, wie seine Miene finster wurde und er deutlich auf Distanz ging. Sie fragte sich, ob er ihr Angst machen wollte, und protestierte: »So schlimm wird's ja wohl auch nicht sein, oder? Willst du vielleicht andeuten, daß wir den Krieg sogar verlieren könnten?«

Er lachte sein ironisches Lachen: »Oh, ich denke, wir überstehen es schon irgendwie. Wie immer.«

Es war ein langer Aufstieg. Die Straße endete bei der Häuserreihe, wo die Patersons ihre Wohnung hatten. Danach kam nur noch ein holpriger Weg. Zu dem Zeitpunkt, als sie die Kirche erreichten, stand die Sonne nur noch knapp über dem Horizont, und die weißgekachelten Wände waren im winterlichen Sonnenuntergang gelbbraun. Ein frischer Wind fegte über den Kirchhof. Der Platz war verlassen bis auf einen Jungen, der Limonade verkaufte und gerade seinen Stand zusammenpackte, Charles stand da, geduldig und nicht sehr mitteilsam, während sich Harriet gegen die Mauer lehnte und über das riesige Häusermeer blickte, das sich dunkel gegen das Grün des Hymettos abhob. Sie drehte sich um und fragte Charles, ob er zuvor schon einmal in der Kirche gewesen sei.

Er starrte von ihr weg. Sie dachte schon, er würde ihr keine Antwort geben, aber nach einem kurzen Augenblick sagte er, daß er hier schon zu Ostern gewesen sei, wenn der Platz für die Griechen zum Wallfahrtsort wurde und wenn sie Kerzen hinauftrugen, was aus der Ferne aussah wie zwei Lichterschlangen, die eine den Berg hinauf, die andere hinunter.

»Ich nehme an, du hast die Prozessionen gesehen? Christi Grablegung und die große Auferstehungsprozession am Ostersonntag?«

»Natürlich.«

»Glaubst du, sie werden sie dieses Jahr auch abhalten?«

»Vielleicht, wenn alles gutgeht.« Er antwortete widerwillig, als ob sie ihn zwingen würde, ihr Auskünfte zu erteilen, doch als ihre Fragen aufhörten, sagte er: »Die Evzonen sind in Albanien. Ohne sie würden die Prozessionen nur halb so schön sein. Am Ostersonntag tragen sie ihre Paradeuniform: Fustanella und Quastenkäppchen und Pumps mit Bommeln.« Er lachte auf einmal. »Die Prozessionen enden immer auf dem Platz... die Mädchen auf der Hotelterrasse hatten diese Wunderkerzen, und sie schleuderten die Funken auf die Röcke der Männer hinunter, um sie in Brand zu setzen...«

Sie lächelte und streckte ihre Hand nach ihm aus: »Wenn sie die Prozessionen dieses Jahr abhalten, könnten wir sie doch zusammen anschauen.«

Er nahm ihre Hand, aber da war noch etwas, was nicht stimmte. Auf den Boden starrend, sagte er: »Es ist nur eine befristete Abkommandierung. Ich werde wahrscheinlich zu Ostern nicht mehr hier sein. Das weißt du doch, oder?«

»Nein, das wußte ich nicht...«

Sie ging von der Mauer weg. Der Ausblick war für sie bedeutungslos geworden. Sie bemerkte, wie kalt der Wind war. Die Sonne war schon fast untergegangen. Sie machten sich daran, die Stufen hinunterzugehen.

Sie hatte an eine lange, sich langsam entwickelnde Beziehung gedacht, aber es wurde ihr jetzt klar, daß er von dem Bewußtsein besessen war, daß ihnen nur sehr wenig Zeit zur Verfügung stand. Sie hatte die Illusion einer ungezwungenen Vertrautheit gehabt, hatte sich vorgestellt, wie sie hier zusammen festsaßen und sehr wahrscheinlich das gleiche Schicksal teilen würden. Es war alles ein Hirngespinst gewesen. Was immer ihrer beider Schicksal auch sein mochte, er würde es nicht mit ihr teilen. Guy und sie würden sich vielleicht nicht retten können, aber sie konnten es zumindest versuchen.

Er gehörte einer anderen Gruppe von Menschen an. Seine Aufgabe war es nicht, sein eigenes Leben zu schützen, sondern das Leben anderer. In der momentanen Situation ging er vielleicht kein größeres Risiko ein als sie selbst; er schwebte in keiner größeren Lebensgefahr als sie selbst. Und doch, als sie ihn so im Dämmerlicht von der Seite anblickte, sah sie ihn, wider aller Vernunft, romantisch und verklärt, wie einen jener opferbereiten jungen Männer des letzten Krieges, deren Gesichter sie in ihrer Kindheit verfolgt hatten. Mit seinem makellosen, vollkommenen Aussehen war er nicht fürs Leben bestimmt. Zu überleben war nicht die Rolle, die ihm zugedacht war. Sie war zum Leben bestimmt, aber er war eine romantische Figur, die bereits das Todeszeichen trug.

Und der Beziehung war keine Zeit gegeben.

Es war noch nicht ganz dunkel, als sie das untere Ende der Straße erreichten. In den Geschäften waren die Lichter eingeschaltet, aber die Verdunkelungsvorhänge noch nicht zugezogen. Sie gingen an einem kleinen Lebensmittelladen mit leeren Regalen vorbei. Aus Gewohnheit schaute sie hinein, nur für den Fall, daß es etwas zu kaufen gab. Sie sah nichts, außer einem Glas Gurken.

Als sie die Straße zum Grande Bretagne überquerten, sagte Charles: »Können wir uns später noch mal sehen? Wir könnten im Corinthian zu Abend essen.«

Es lag etwas Kategorisches in dieser Bitte, sie klang fast wie ein Befehl, aber sie mußte widerstehen: »Ich geh' zu Guys Proben.«

»Mußt du hingehen?«

»Ich hab' es ihm versprochen.«

»Ich verstehe.«

Sie waren am Haupteingang des Hotels angekommen,

und er wollte schon hineingehen, ohne noch ein weiteres Wort zu sagen.

Sie sagte: »Kommst du am Sonntag zum Mittagessen?«

»Wohin?«

»Zu uns. In die Villa am Ilissós.«

»Ja, wenn ich kann.« Er wandte sich zum Gehen, blieb dann stehen und fügte etwas liebenswürdiger hinzu: »Ich würde gerne kommen.«

»Ja. Dann komm doch.« Ihre Stimme war süß und verführerisch, und er lächelte und sagte: »Dann werde ich natürlich kommen.«

17

Guy hatte sich nicht vollständig zur Untätigkeit verdammen lassen. Er hatte die griechischen Beamten aufgesucht und sie überredet, ihm die Schlüssel für die Schule zurückzugeben. Als Ergebnis seines ernsthaften und energischen Appells gaben sie ihre Zustimmung, daß die Bibliothek geöffnet bleiben und das Schulgebäude als Club benutzt werden durfte. Er war jetzt dabei, die Show für die Flieger in Tatoi einzustudieren, und die Proben dazu wurden im Vorlesungsraum abgehalten.

Pinkrose hatte keine Einwände dagegen, weil er gar nichts davon wußte. Seine Ernennung zum Leiter des Propagandabüros war bestätigt worden. Als Guy ihn darum bat, ein Vorhaben zu genehmigen, das er in Angriff genommen hatte, um die Schulen wieder funktionsfähig zu machen, antwortete Pinkrose, daß er viel zu beschäftigt sei, um sich wegen Angelegenheiten dieser Art den Kopf zu zerbrechen. Guy könne tun, was ihm beliebte.

Pinkrose kam an mehreren Tagen während der Woche ins Informationsbüro und schloß sich in dem Raum ein, der früher Alans Büro gewesen war.

»Was treibt er?« fragte Harriet.

»Er schreibt an einer Vorlesung«, erwiderte Alan ernst. »Sein Thema ist: ›Byron: Griechenlands Dichterfürst‹.«

»Wann wird er sie halten?«

»Das bleibt abzuwarten.«

Die Tatoi-Show machte Fortschritte. Guy hatte das Titellied selbst geschrieben, und wenn er daheim war, was nicht sehr häufig geschah, sang er es überall im Haus, bis ihn Harriet bat, damit aufzuhören.

»Habe ich gesungen?« fragte er dann bedauernd. »Das hab' ich gar nicht gemerkt.« Und bereits einen Moment später sang er dann schon wieder:

»Ob Sketch, ob Witz, ob Spiel, ob Spaß,
die R.A.F.-Revue bietet allen was.«

Am Morgen des Tages, an dem Harriet mit Charles zu Mittag aß, hatte Guy erwähnt, daß die Hauptattraktion der Revue, ein Stück mit dem Titel *Maria Marten*, am gleichen Abend zum ersten Mal vollständig durchgeprobt werden würde.

»Du kannst vorbeikommen und es dir anschauen«, sagte er. »Du könntest sogar im Chor mitsingen.«

Die Einladung überraschte sie. In der Vergangenheit hatte er sie davon abgehalten, Proben beizuwohnen. Er hatte sie aus der Inszenierung von *Troilus und Cressida* herausgenommen – eine Sache, die sie ihm noch nicht verziehen hatte –, und als sie dagegen protestierte, es damit begründet, daß sie nicht zusammenarbeiten könnten. Das Problem war, daß sie ihn nicht ernst genug nahm.

Sie antwortete ihm jetzt: »Möchtest du wirklich, daß ich komme? Betrachtest du mich nicht als ein Element destruktiver Realität in deiner Fantasiewelt?«

Von ihrem Spott unberührt, sagte er: »Die Revue ist etwas anderes. Sie ist nicht zu vergleichen mit einer seriösen Inszenierung. Sie ist eigentlich nur Gaudi. Warum kommst du nicht einfach heute abend?«

»Vielleicht komme ich.« Da sie noch immer die damalige Zurückweisung im Gedächtnis hatte, wollte sie sich nicht gleich festlegen, aber später am Tag sagte sie dann doch zu Charles: »Ich geh' zu Guys Probe.«

Sie befand, daß sie so etwas wie ein Versprechen abgegeben hatte; entschlossen machte sie sich nach dem Abendessen auf den Weg und betrachtete ihr Versprechen als eine Geste ihrer Treue. Als sie die Schule erreichte, konnte sie schon von der Straße hören, daß geprobt wurde. Der Chor schien hundert Stimmen zu haben:

»Ob Sketch, ob Witz, ob Spiel, ob Spaß,
die R.A.F.-Revue bietet allen was.«

Sie schaute durch die Glastüren und sah hundert Münder sich öffnen und schließen. Oder zumindest sah es aus, als wären es hundert.

Sie kannte vielleicht zehn Menschen in Athen. Guy kannte natürlich mehr. Sie konnte mit seiner Kontaktfreudigkeit nicht Schritt halten. Obwohl sie sie als gegeben hinnahm, fragte sie sich: Wo fand er all diese Menschen? Vorsichtig hineinlugend, erkannte sie, daß unter ihnen fast all jene Frauen waren, die auf Mrs. Bretts Weihnachtsfeier gewesen waren. Da sie wegen der großen Zahl von Mrs. Bretts Gästen zu verwirrt gewesen war, hatte sie gar nicht erst versucht, sie auseinanderzuhalten und zu identifizieren. Doch Guy hatte sie alle als Individuen betrachtet, und nachdem er jede einzelne individuell angesprochen hatte, waren sie hierhergekommen, um ihm zu helfen; und jetzt sangen sie, ob sie es nun konnten oder nicht.

Sie sah und hörte, wie Mrs. Brett laut und falsch vor sich hinsang. Und am Klavier saß – ausgerechnet – Miß Jay.

Der Chor schöner Mädchen – hauptsächlich Schülerinnen und ein oder zwei Stenotypistinnen der Gesandtschaft – stand aufgereiht in der Mitte des Raumes. Dahinter stand die gleiche Anzahl ansehnlicher junger Männer. Sie verursachten nur einen Teil des Lärms. Jeder sollte mitmachen, während Guy den Dirigenten spielte, zu inspirieren versuchte, ermahnte, selbst alles gab und dies auch von allen anderen verlangte.

»Los, lauter!« schrie er und duldete keine Kompromisse, sondern verlangte von ihnen alles, was sie an Lautstärke, Energie und Hingabe bringen konnten.

Die einzigen, die von dieser Pflicht befreit waren, war die Besetzung von *Maria Marten* – Yakimov, Alan Frewen und Ben Phipps, die in einer Reihe an der Wand saßen und ›ihre Stimmen schonten‹.

Diejenigen, die Harriet kannten, waren zu vertieft, um sie zu bemerken. Sie trat unbemerkt ein und setzte sich neben Ben Phipps, der mit den Händen in der Tasche und ausgestreckten Füßen dem Ganzen mit süffisantem Grinsen folgte.

Sie waren am Ende des Liedes angelangt. Guy war bei weitem nicht zufrieden. Er wischte sich mit seinem Taschentuch über das Gesicht und sagte den Burschen und Mädchen des Chors, daß sie sich noch mehr anstrengen müßten. Auch die anderen müßten sich noch mehr anstrengen. Selbst wenn sie gar nicht auf der Bühne auftreten würden, nur hinter der Kulisse zur Unterstützung agierten, selbst dann sei nur ihr Bestes gerade gut genug. Also! Er steckte das Taschentuch weg und gab Miß Jay ein Zeichen. Das Lied erschallte von neuem.

Guy hatte sein Jackett abgelegt. Er sang, so laut er konnte. Er zog seine Krawatte aus und knöpfte den Kragen seines Hemdes auf. Er krempelte seine Ärmel hoch, aber als er mit den Armen in der Luft herumfuchtelte, rollten sich die Ärmel wieder auf, und die Manschetten flatterten ihm um den Kopf.

»Noch einmal«, forderte er, noch bevor sich der Chor bis zum Ende durchgehechelt hatte. »Was wir wollen, ist Schwung. Bringt mehr Schwung hinein. Dies ist doch für die Jungs in Tatoi. Los jetzt, sie haben dort draußen nicht viel zu lachen. Legt euer ganzes Herz und eure Seele hinein.«

Während sie ihn beobachtete, wie er so die Akteure mit der Kraft seiner ganzen Persönlichkeit antrieb, fragte sich Harriet: ›Wie bin ich bloß dazu gekommen, jemanden zu heiraten, der so ganz anders ist als ich?‹

Aber sie hatte ihn geheiratet; und unbewußt war es vielleicht seine Andersartigkeit, die sie geheiratet hatte.

Obwohl sie nicht den Wunsch hatte, viele Menschen zu kennen, und den Streß des Zusammenseins mit Leuten auch gar nicht lange aushielt, war sie doch stolz auf seinen großen Bekanntenkreis. Ja, sie verspürte sogar Befriedigung deswegen, spürte, daß sie lebte, wenngleich es auch nur ein Leben aus zweiter Hand war. Aber aus zweiter Hand zu leben, bedeutete, nur aus der Entfernung zu leben. Indem sie sich Guys erschöpfendem Unternehmungsgeist entzog, entzog sie sich auch Guy. Dieser Mann lebte nur von seinen Aktivitäten. Wenn sie nicht bereit war, sich von ihm mitschleifen zu lassen, dann, so fürchtete sie, mußte sie zusehen, wie er wie ein Wirbelwind an ihr vorbeifegte, und vielleicht würde der Tag kommen, an dem sie ihm zum Abschied zuwinken mußte.

Der Chor sang das Lied wieder und wieder. Die jungen Leute konnten sich schon fast nicht mehr auf den Beinen halten, als sie endlich entlassen wurden. Guy zeigte nicht die geringsten Anzeichen von Erschöpfung und rief die Besetzung von *Maria Merten* zu sich. Er sah sich um, bemerkte Harriet und winkte ihr zu, hatte jedoch nicht die Zeit, mit ihr zu sprechen. Ben, Alan und Yakimov standen schon bereit.

Als die Probe zu Ende war, ging Guy inmitten einer lärmenden Gruppe zum Omóniaplatz. Die Mädchen mußten frühzeitig nach Hause zurückkehren, und die männlichen Schüler wurden beauftragt, sie sicher heimzubringen. Aber für Guy war dies nicht das Ende des Abends. Er bestand darauf, daß alle anderen auf einen Drink mitkamen.

Mrs. Brett und ihre Freundinnen, ganz berauscht von all der Aufregung, ließen sich ins Aleko's führen, ein Café, in das sie sich unter normalen Umständen nicht wagen würden. Als sie so in dem schlichten, kleinen Raum hinter den Verdunkelungsvorhängen saßen, war Mrs. Brett ebenso ausgelassen, wie sie es bei ihrer eigenen Party gewesen war. Sie erblickte zum ersten Mal an diesem Abend Harriet, packte sie am Handgelenk und rief: »Sie Glückliche, Sie!«

Harriet lächelte: »Ja, ich glaube, das bin ich.«

»Meine Güte, was für ein Glück Sie haben.« Sie schaute um sich und rief, den Lärm noch übertönend: »Hat sie nicht Glück, dieses Mädchen?« Und nahm als selbstverständlich an, daß sie für alle Anwesenden sprach.

Ohne Zweifel tat sie das wirklich. Harriet saß abseits an der Wand und sah einen strahlenden und überglücklichen Guy im Mittelpunkt der Gruppe. Sie erkannte jetzt, daß das, was er am meisten liebte, die unkomplizierte, allgemeine Verbrüderung im Bad der Menge war. Natürlich hatte sie dies schon vorher vermutet. Im Zug nach Bukarest hatte sie ihn beobachtet, wie er, von ihn bewundernden rumänischen Frauen umgeben und mit glühendem Gesicht, als ob er Wein getrunken hätte, seine Arme ausstreckte, um sie alle zu umarmen. Konnte für jemanden, der so in das Allgemeine verliebt war, das Besondere jemals wirklich etwas bedeuten?

Als er in ihre Richtung schaute und ihrem reservierten Blick begegnete, streckte er den Arm nach ihr aus und zog sie ins Gewühl. »Wie hat dir *Maria Marten* gefallen?« fragte er.

»Es ist sehr lustig. Die Soldaten werden begeistert sein.«

»Ja, das werden sie.« Hätte er ein großes Werk arrangiert, das alle Zeiten überdauert hätte, er hätte nicht zufriedener sein können. Jetzt wollte er sie nicht mehr gehen lassen. Den Arm um ihre Schulter gelegt, drückte er sie an sich und redete mit einschmeichelnder Geduld auf sie ein, als sei sie ein schüchternes Kind.

Aber sie war kein Kind, und sie war nur schüchtern, wenn sie, wie jetzt, in ein Durcheinander von Menschen gezwungen wurde, die sie kaum kannte. Er wollte unbedingt, daß sie seine Freude an der Gesellschaft teilte, während sie sich zu einem Lächeln zwang und im Grunde nur fort wollte. Unfreiwillig im Mittelpunkt dieses Spektakels festgehalten, ertrug sie die Situation, so lange sie konnte, und schaffte es dann schließlich zu entfliehen. Er blickte ihr nach, ein bißchen verdutzt und ein bißchen traurig, und fragte sich, was sie eigentlich noch mehr wollen konnte. Aber das Problem beschäftigte ihn nicht lange. Abgelenkt von einer Frage, die ihm zur Inszenierung gestellt wurde, befand er sich augenblicklich wieder in einem Hin und Her von Vorschlägen und Gegenvorschlägen von so eminenter Bedeutung für das Gemeinwohl und von einer solchen, mit entsprechendem Zeitaufwand verbundenen Dringlichkeit, daß das Problem des Zusammenlebens bis morgen zur Seite geschoben werden mußte, oder bis übermorgen, oder, noch besser, bis zu dem Tag, an dem der Tod kommen und ihn holen würde.

18

Als Harriet Guy davon erzählte, daß sie Charles Warden zum Mittagessen eingeladen hatte, sagte er: »Schön! Aber ich werde nicht lange hier sein.«

»Ich dachte, du wolltest ihn gerne mal wiedersehen.«

»Das ist natürlich richtig; aber wir proben heute den ganzen Nachmittag.«

Harriet hatte auch Alan Frewen eingeladen. Als Anastea hörte, daß zwei Gäste kommen würden, warf sie die Arme in die Luft und fragte, was sie denn essen sollten? Ihr Mann, der als Nachtwächter arbeitete, konnte manchmal, wenn er sich früh am Morgen anstellte, Lebensmittel für die Pringles und für seine eigene Familie ergattern. Aber es wurde immer schwieriger; er konnte leicht drei Stunden lang anstehen und am Ende doch nichts bekommen. Da sie sah, daß die alte Frau wegen des Problems ganz verzweifelt war, versprach Harriet, in Athen selbst etwas aufzutreiben.

Die Villa, eine dünne Sommerkonstruktion, war jetzt sehr kalt. Für die Öfen gab es kein Öl, und an einem schönen Tag war es draußen wärmer als drinnen. Der Sonntag war heiter, aber böig. Als Alan mit seinem Hund zur Villa herausspaziert kam, nahmen die Pringles ihn zu einem Ouzo mit auf die Dachterrasse hinauf. Harriet schaute zur Piräus-Straße hinüber, auf der sie den Stabswagen zu sehen hoffte, und sagte: »Charles Warden wird auch kommen.«

»Wirklich?«

»Du magst ihn doch, oder? Du mußt ihn schon vor dem Krieg gekannt haben.«

»Ich kannte ihn flüchtig. Ein recht verwöhnter Bursche, findest du nicht?«

»Würde ich eigentlich nicht sagen.«

Die Antwort erschreckte Alan etwas, weil sie ihm das Gefühl gab, gegenüber einem anderen Gast eine Unhöflichkeit begangen zu haben. Er beugte sich deshalb nach unten und beschäftigte sich einige Zeit damit, das Halsband von Diocletian zu richten.

Auf der Piräus-Straße fuhr ein Militärfahrzeug vorüber.

Harriet schaute ihm nach und vermutete, daß es aus Versehen vorbeigefahren war, doch es drehte nicht um. Guy sah auf seine Armbanduhr und sagte, daß seine Probe für halb drei angesetzt war. Harriet sagte: »Ich denke, wir sollten besser essen.«

»Was ist mit dem jungen Warden?«

»Wir können nicht den ganzen Tag auf ihn warten.«

Harriet hatte in Athen nichts außer Kartoffeln bekommen, und sie hatte Anastea aufgetragen, sie zu backen. Als sie dann auf den Tisch kamen, waren sie zerstampft und zubereitet wie ein riesiger, weißer Pudding.

Alan lachte über Harriets Entschuldigungen: »Kartoffeln sind in jeder Form ein Luxus für mich. Alles, was wir zur Zeit in der Akademie bekommen, ist Salat aus Margeritenblättern.«

»*Kann* man denn Margeritenblätter überhaupt essen?«

»Wenn es keine Margeritenblätter sind, weiß ich wirklich nicht, was sie dann sind.«

Als sie sich alle ihre Portionen genommen hatten, stellte Harriet den Teller für Diocletian auf den Boden. Der Hund hatte gerade die letzten Überreste der Kartoffeln mit der Zunge aufgeschleckt, als Anastea aus der Küche kam und einen Schrei ausstieß. Für gewöhnlich war sie ausgesprochen geduldig und tolerant, was die Eigenheiten ihrer Herrschaft anbelangte, doch jetzt machte sie mit vor Wut gespanntem Gesicht eine drohende Bewegung auf den Hund zu. Alan erblaßte und rang nach Atem.

Harriet hatte Anastea vergessen. Sie sagte: »Was können wir ihr geben?« Doch sie erhielt keine Antwort auf diese Frage.

Guy streckte die Hand in die Tasche und sagte: »Ich werde ihr etwas Geld geben.«

»Was nützt ihr das Geld? Sie möchte etwas zu essen.«

Anastea selbst sagte nichts. Sie hatte zum Ausdruck gebracht, was sie von der Sache hielt, trug jetzt das Geschirr ab und ging.

Dieser Vorfall beschleunigte Guys Abgang, und Alan und Harriet unternahmen einen Spaziergang.

Harriet erwog, ihre Einstellung zum Leben zu verändern. Was sie brauchte, war geistige Unabhängigkeit. Sie würde emotionalen Verwicklungen den Rücken zukehren und stattdessen Kompensation in Arbeit und Gesellschaft suchen. Charles war so gut wie vergessen; doch als sie zur Villa zurückkehrte, fragte sie Anastea, ob in ihrer Abwesenheit jemand angerufen habe oder vorbeigekommen sei.

»Kaneis, kaneis«, antwortete Anastea.

Und damit basta, beschloß Harriet.

19

Sorry wegen gestern. Heute beim Mittagessen?

Harriet antwortete: *Nein.*

Der Militärbote war innerhalb von zehn Minuten wieder zurück. Die zweite Nachricht lautete: *Verzeih und sag ja!* Wieder antwortete Harriet: *Nein.* Eine dritte Nachricht ging ein: *Abendessen und Erklärungen?* Harriet kritzelte darauf: *Unmöglich.*

Miß Gladys Twocurry sagte: »Es geht nicht an, daß dieser junge Mann mit seinen lauten Stiefeln hier ständig ein- und ausgeht. Er bringt meine Schwester ganz aus der Fassung.«

»Es ist aber ein wesentlicher Bestandteil meiner Arbeit«, erwiderte Harriet.

»Wenn das so weitergeht«, drohte Miß Gladys, »werde ich mich bei Lord Pinkrose beschweren.« Der Bote kehrte jedoch nicht mehr zurück.

Miß Gladys hatte ebenfalls eine Schreibmaschine, eine neuere und schönere als die, die Miß Mabel zur Verfügung stand. Sie stand auf einem Billardtisch und wurde zweimal pro Woche von einem griechischen Bürojungen zu ihrem Schreibtisch hinübergetragen. Sie benutzte sie, um die Matrize für das zweimal pro Woche erscheinende Informationsblatt zu schreiben, das Yakimov auf seinem Fahrrad ausfuhr. Das Matrizeschreiben, ihre Hauptbeschäftigung, wurde als die wichtigste Tätigkeit im Büro betrachtet. Der Vervielfältigungsapparat stand in einer Ecke und war mit einem Tuch zugedeckt, wenn er nicht in Gebrauch war. Der griechische Junge hatte ihn abzudecken und die Druckerschwärze aus dem Behälter zu verteilen. Darauf folgte ein Räuspern, Seufzen und tiefes Durchatmen von Miß Gladys, die dann die Matrize einspannte. War dies geschehen, drehte der junge Bürogehilfe die Kurbel und stapelte die Abzüge ordentlich aufeinander. Sobald zwanzig fertig waren, wurden sie Miß Mabel gereicht, die sie zusammenfaltete und in Briefumschläge steckte. Die Briefumschläge gingen dann an Miß Gladys, die sie anhand einer Liste mit einer deutlichen, schulmädchenhaften Handschrift adressierte. Wenn die adressierten Umschläge sich anzuhäufen begannen, wurde Yakimov durch den Jungen herbeigerufen und erschien startbereit im Mantel und mit zusammengeklammerten Hosenumschlägen.

Jeder Beteiligte betrachtete die Herstellung und Auslieferung des Informationsblattes als eine höchst anspruchsvolle Unternehmung. Wenn eine Frage auftauchte, wurde sie nur im Flüsterton besprochen.

Wenn Yakimov die Briefe in seine Schultasche packte, sprach er ebenfalls nur im Flüsterton; und wenn er dann zu seiner Auslieferungsrunde aufbrach, tat er dies mit angespanntem und ernstem Gesicht.

Nachdem der letzte Brief abgezogen, gefaltet, in einen Umschlag gesteckt, adressiert und ausgeliefert worden war, war jeder erschöpft. Doch der Erschöpfteste von allen war Yakimov, der, sobald er unversehrt ins Büro zurückgekehrt war, in seinen Stuhl sank und aussah, als würde er, wie der Läufer Phidipides, vor Anstrengung sterben.

Insgesamt wurden ungefähr vier- bis fünfhundert Briefumschläge ausgeliefert, einige an griechische, die meisten aber an englische Einwohner Athens und seiner Umgebung. Harriet war überrascht gewesen, wie viele britische Staatsangehörige zurückgeblieben waren und welch großes Gebiet Yakimov mit seinem Fahrrad abstrampeln mußte. Die in Stapeln zusammengebündelten Briefe trugen nicht nur Adressen im Stadtzentrum, sondern waren auch für Kifissia, Psychiko, Patissia, Kalamaki, Phaleron und Piräus bestimmt.

Als sie zum ersten Mal miterlebte, wie die Briefe zur Auslieferung fertiggemacht wurden, versuchte sie Miß Gladys' Feindseligkeit zu durchbrechen und sagte: »Ich wußte nicht, daß der arme Yaki so schwer arbeitet.«

»Der arme Yaki!« Miß Gladys schnappte entsetzt nach Luft. »Sprechen Sie von Prinz Yakimov?«

Dadurch, daß sie lachte, verbesserte Harriet die Stimmung überhaupt nicht. Sie persönlich mochte ja Yakimov als Witzfigur betrachten, aber für die Twocurrys war er keine Witzfigur. Ihre respektlose Art gegenüber einem Mann mit einem Titel stempelte Harriet als jemand ab, der eine zu hohe Meinung von sich hatte. Im Büro leitete Miß Gladys verschiedene Male Bemerkungen mit den Worten ein: »Ich maße mir nicht an«, oder »Ich kenne meinen Stand«, und sie sah ihren eigenen Stand dadurch erhöht, daß sie mit einem Lord und einem Prinzen zusammenarbeitete.

Die Twocurrys waren nicht alleine in ihrer Achtung vor Yakimovs Titel. Mehrere unter den übriggebliebenen Engländern waren stolz darauf, bei ihren Parties einen Prinzen zu haben, der sich bewußtlos trank.

Alan erzählte Harriet, wie Yakimov kurz nach seinem Eintreffen auf dem Balkon einer Wohnung gesichtet wurde, in der gerade eine Party im Gange war. Während er mit trauriger Stimme vor sich hinsang, entblößte er das Organ, dessen sekundäre Funktion die Erleichterung der Blase ist, und produzierte im Mondlicht eine kristalline ballistische Kurve, die bis auf die Köpfe der Leute hinunterreichte, die in einem Straßencafé unter ihm saßen und Kaffee tranken.

Alan erzählte die Geschichte mit nachsichtiger Sympathie. In Rumänien, wo es viel zu viele Prinzen gab, die zudem fast alle arm waren, wäre eine derartige Episode voller Abscheu und Entrüstung erzählt worden. Seine Lage war dort so hoffnungslos geworden, daß er wie die Bettler vor Hunger und Kälte gestorben wäre, hätte Guy ihn nicht in die Wohnung aufgenommen. In jenen Tagen hatte sich Yakimov stets abfällig über die griechische Küche geäußert, und doch war es gerade hier in Griechenland, wo er wieder zu Kräften kam und Freunde fand.

Harriet, die ihn recht häufig traf, konnte nicht verstehen, wie sie ihn jemals nicht hatte mögen können. Er war nicht nur ein Freund geworden, sondern auch ein alter Freund. Sie hatten gemeinsame Erinnerungen, die ihnen zu der Ungezwungenheit einer engen Beziehung verhalfen.

Wenn Alan und Yakimov zu Zonar's oder Yannaki gingen, nahmen sie Harriet immer mit. »Komm mit, Kindchen. Wir freuen uns, wenn du dabei bist«, pflegte Yakimov zu sagen, als sei er es und nicht Alan, der die Rechnung beglich.

Yakimov spendierte seinen Begleitern keine Drinks. Diese Gewohnheit hatte sich vermutlich in den Zeiten seiner Armut verflüchtigt, aber hin und wieder, wenn die Gläser leer waren, wurde er unruhig, als könnte sie zurückkehren, würden es die zeitlichen und finanziellen Umstände nur erlauben. Doch der Fall trat nie ein. Alan sagte dann: »Wie wär's mit noch einem?« Worauf Yakimov immer einen Moment lang unbeweglich blieb und anschließend mit großer Erleichterung sagte: »Warum nicht?«

Alan und Yakimov sprachen auch über *Maria Marten* und über den Klatsch bei den Proben, und Harriet erfuhr von den beiden mehr als von Guy. Es war Yakimov, der erwähnte, daß Dubedat und Toby Lush an Guy herangetreten waren und angefragt hatten, ob sie in der Revue mitmachen könnten. Guy hatte ihnen nichts versprochen, und die beiden stellten später fest, daß die Proben ohne sie weitergingen.

»Ein kleiner Schock für sie«, sagte Yakimov. »Man hat mir erzählt, daß Dubedat verärgert war. Ein klein bißchen ungehalten, du verstehst schon. Er erzählt jedem, daß die Show in Bukarest – wie hieß sie doch gleich wieder, liebes Kind? – ein ziemlicher Murks geworden wäre, wenn es ihn nicht gegeben hätte. Er sagt, daß das Stück nur durch seine schauspielerische Leistung gerettet wurde. Hat er dem Major erzählt. Schon ein bißchen arg unfair uns anderen gegenüber, findest du nicht? Oder würdest du das nicht sagen?« Yakimov sah Harriet beunruhigt an, die ihm jedoch versicherte, daß es ihrer Meinung nach *seine* schauspielerische Leistung war, die die Inszenierung zu einem solch großartigen Erfolg werden ließ, und sie sagte: »Du warst ein hervorragender Pandarus.«

Mit großer Genugtuung sagte er: »Habe hart arbeiten müssen. Guy hat mich hart rangenommen.« Er dachte eine Zeit lang nach, dann verzog er leicht gekränkt das Gesicht. »Aber was hab' ich davon? Nichts. Sobald alles vorbei war, war euer alter Yaki vergessen.«

»Unsinn.«

»Ja, vergessen«, insistierte Yakimov trübsinnig. »Ein netter Bursche, der Guy. Der beste auf der ganzen Welt. Ein wahrer Mensch, aber ein ganz klein wenig oberflächlich. Versteht nicht, was in so einem armen Yaki vorgeht.«

Harriet erschrak über diese Kritik; sie hatte sich eingebildet, sie sei die einzige, die an Guy etwas auszusetzen hatte. Und noch mehr erschrak sie darüber, daß sie gerade an Yakimov kam. Yakimov, den sie hungrig und obdachlos aufgelesen hatten, hatte sieben Monate lang bei ihnen gewohnt, und sie war verärgert, daß er es wagte, Guy zu kritisieren, und noch dazu vor Alan.

Und doch, so erschrocken und verärgert sie auch war, so erkannte sie dennoch, daß er aus einer echten Kränkung heraus sprach. Guy hatte ihn groß herausgebracht; doch dann, als das Stück vorbei war, hatte er ihn links liegenlassen. Guys Selbstverständnis war von seinen humanitären Idealen geprägt, aber wußte er denn wirklich etwas von irgendeinem anderen Menschen? Wußte er denn irgend etwas über sie? Sie hatte da ihre Zweifel. Auch in ihr begann sich ein Gefühl der Kränkung breitzumachen.

Yakimov hatte dafür büßen müssen, daß er Guy zu nahe gekommen war. Sie vermutete, Guy war empfindlich gegenüber denjenigen, die ihm so nahe kamen, daß sie seine Freiheit gefährdeten. Es kam ihr der Gedanke, daß er die gleiche Empfindlichkeit auch ihr gegenüber haben könnte. Warum hatte er ihr nicht selbst davon erzählt, daß Lush und Dubedat um eine Rolle in der Revue gebeten hatten und von ihm abgewiesen worden waren. Vielleicht hatte er vergessen, es ihr zu erzählen, aber noch wahrscheinlicher war es, daß er vorgezogen hatte, es ihr nicht zu erzählen. Er würde nicht zugeben, daß er von den beiden genausowenig hielt wie sie. Eher würde er Dubedat und Lush vor ihr in Schutz nehmen.

Sie spürte, daß seine Einstellung den für eine Ehe notwendigen Grundkonsens über gegenseitigen Beistand vermissen ließ.

Aber vielleicht existierte die Vorstellung über einen solchen Grundkonsens nur in ihrem Kopf. Es wäre unmöglich, Guy einzureden, daß ihm etwas fehlte, was es für ihn gar nicht gab. Er würde es als Egoismus verurteilen. Möglicherweise hatte er sogar eigene Vorstellungen von der Ehe, doch sie bezweifelte es. Da er sie geheiratet hatte, hatte er einfach aufgehört, sie als ein anderes Individuum zu betrachten. Sie hatte ihm einmal vorgeworfen, daß er ihre Gefühle weniger berücksichtigte als die anderer Menschen, mit denen sie in Kontakt kamen. Ganz überrascht hatte er geantwortet: »Aber du bist ein Teil von mir. Ich brauche deine Gefühle nicht zu berücksichtigen.«

In Bukarest, wo er trotz der faschistischen Demonstrationen mit seinen Kursen für jüdische Studenten weitergemacht hatte, sagte er: »Sie brauchen mich. Sie haben niemand anderen. Ich muß sie moralisch unterstützen.« Und doch schien er unfähig zu sein zu verstehen, daß sie, unter den Bedingungen, unter denen sie beide lebten, ebenfalls ›moralische Unterstützung‹ nötig hatte. Da sie jede Krise allein bewältigen mußte, hatte es für sie den Eindruck, als sei sie in eine feindliche Welt befördert und dann sich selbst überlassen worden.

Wenn sie hier auch nichts anderes hatte, so hatte sie doch ihre Arbeit und die Freundschaft zu Alan und Yakimov. Alan sah sie jetzt täglich und verhielt sich ihr gegenüber viel ungezwungener. Er plauderte meist munter drauflos, wenngleich es immer noch Bereiche gab, wo er befangen war. Einer davon war Pinkrose und alles, was mit Pinkrose zu tun hatte.

Als Harriet fragte: »Hat er etwas gegen meine Anwesenheit im Büro?«, zuckte Alan nur mit den Achseln, antwortete jedoch nicht darauf. Pinkrose hatte sich selbst ins Büro hineingedrängt. Obwohl er zu nichts nutze war, war er doch Alans Vorgesetzter geworden, und als solcher durfte nicht über ihn geredet werden. Doch in Verbindung mit den Twocurrys durfte er erwähnt werden.

Alan sagte: »Sofort, als sie ihn zu Gesicht bekam, hat sich Gladys selbst zur Oberradfahrerin ernannt. Ich vermute fast, sie ist ein bißchen in ihn verknallt.«

Harriet wollte wissen, wie die Twocurrys überhaupt zu ihren Stellen im Informationsbüro gekommen waren. Alan erzählte es ihr:

»Wir bauten das Büro mit ganz geringen Mitteln auf. Ich mußte jede Hilfe nehmen, die ich kriegen konnte. Später bekamen wir einen Zuschuß, und ich hätte eine richtige Sekretärin haben können: eines dieser entzückenden, englischsprechenden griechischen Mädchen. Statt dessen behielt ich Gladys und Mabel. Sie brauchten das Geld. Ich brachte es einfach nicht übers Herz, sie rauszuschmeißen; und jetzt hab' ich Gladys, die mir bei allem, was ich mache, nachspioniert und die beim kleinsten Ärger losrast, um sich bei Pinkrose zu beschweren. Die Moral von der Geschicht: Laß dein Herz niemals über deinen Verstand regieren.«

»Du könntest sie doch jetzt abservieren.«

»Oh, Pinkrose würde sie nie gehen lassen. Er beschrieb sie neulich als ›unbezahlbar‹.«

»Ich nehme an, sie bekommen nicht viel bezahlt?«

»Nein, nicht viel. Sie bekommen zu zweit nicht mal ein ganzes Gehalt; aber andererseits füllen sie auch kaum eine ganze Stelle aus. Mabel ist meiner Meinung nach mehr Last als Hilfe.«

Die Briefe, die von Miß Mabel getippt werden sollten, mußten sehr sorgfältig und in zentimetergroßen Buchstaben aufgesetzt werden. Ihre Sprechweise, die Harriet nur selten mitbekam und die sie stets erschütternd fand, wurde nur von Miß Gladys verstanden. Sie bewegte sich nie ohne Hilfe von ihrem Platz weg. Wenn sie die Toilette aufsuchen mußte, fing sie ein panisches Geplapper an, bis Miß Gladys sie hinausführte. Wenn es für beide an der Zeit war, nach Hause zu gehen, zog Miß Gladys zuerst ihren eigenen Mantel und Hut an, ergriff dann ihre Schwester am Oberarm und half ihr auf die Beine. Während Miß Mabel schimpfte und protestierte, vor sich hinlallte und stöhnte, zog ihr Miß Gladys die Überkleider an.

Wohin gingen sie, wenn sie das Büro verließen? Wie lebten sie? Was wollten überhaupt Frauen wie die beiden Twocurrys in Athen? Alan sagte, daß sie die Töchter eines inzwischen verstorbenen Künstlers seien, eines romantischen Witwers, der dafür gespart hatte, um zusammen mit seinen kleinen Töchtern nach Griechenland zu ziehen. Sie hatten zwei Zimmer in der Plaka gefunden, und der Vater verdiente, während er noch lebte, ihren Lebensunterhalt dadurch, daß er Skizzen von Athen zeichnete, die er an Touristen verkaufte. Das war noch in den achtziger Jahren des vorigen Jahrhunderts gewesen, doch die Schwestern lebten noch immer in denselben Zimmern in der Plaka. Vor dem Krieg hatte Miß Gladys im Archäologischen Institut gearbeitet, wo sie zerbrochene Tongefäße zusammenstückelte. Sie hatte Miß Mabel jeden Tag mitgenommen, und Alan sagte: »Da der Leiter nicht um alles in der Welt wußte, was er mit ihr anfangen sollte, verfrachtete er sie mit einer Schreibmaschine in ein Zimmer. Wochen später hörte man seltsame Geräusche durch die Tür dringen... klack, klack, klack. *Sie hatte sich das Schreibmaschineschreiben selbst beigebracht*. Als der Krieg ausbrach, wurde das Archäologische Institut geschlossen, und die Twocurrys standen mutterseelenallein in der Welt. Und dann kam der gute Hirte Alan und hat sich ihrer erbarmt. Und jetzt«, Alan zeigte sein schmerzliches Grinsen, »kennst du ihre ganze Geschichte.«

»Dann ist das Büro also ihr Leben?«

»Ich kann mir nicht vorstellen, daß in ihrem Leben noch etwas anderes eine Rolle spielt.«

Harriet war sich nicht sicher, ob in ihrem eigenen Leben noch etwas anderes eine Rolle spielte. Aber es war immerhin Leben. Ihre Stellung im Büro war zwar unbedeutend, aber zumindest anerkannt. Sie wurde sogar zu einer Party beim griechischen Informationsminister eingeladen. Hoch erfreut über diese Auszeichnung, wollte sie ihre Freude mit jemandem teilen und eilte zu Alan, um ihn zu fragen, ob sie Guy mitnehmen konnte. Alan rief beim Ministerium an, worauf eine neue Einladungskarte zugestellt wurde, die an Kyrios und Kyria Pringle adressiert war. Aber als Guy sie sah, sagte er, daß er die Einladung nicht annehmen könne. Seine Revue sollte in der ersten Februarwoche in Tatoi aufgeführt werden, und die Probenarbeit war inzwischen so intensiv geworden, daß er keine Zeit mehr für Parties hatte. Letztendlich spielte es keine Rolle. Metaxas, den der Krieg vom Diktator zum Helden gemacht hatte, starb Ende Januar an Diabetes, Herzversagen und Überarbeitung. Die Party mußte abgesagt werden.

20

In der letzten Woche der Probenarbeit verschwand Guy aus Harriets Blickfeld. Das einzige Mal, daß sie ihn bei Tageslicht zu Gesicht bekam, war beim Trauergottesdienst für einen englischen Piloten in der englischen Kirche. In den paar Minuten, die sie nach der Beerdigung zusammenwaren, beschwerte sich Harriet bei Guy, daß er es denn doch wohl übertrieb. Die Revue war schließlich, wie er selbst gesagt hatte, nur ein Spaß. Die Flieger würden kein überkritisches Publikum sein. Aber Guy konnte nicht anders, als sein Äußerstes zu geben. Er mußte gleich weiter zur Generalprobe nach Tatoi und würde es wahrscheinlich nicht schaffen, in der Nacht nach Hause zu kommen. Wo würde er schlafen? Nun, wenn er überhaupt zum Schlafen käme, würde er sich wahrscheinlich im Haus eines griechischen Oberstufenschülers, der in der Nähe des Flugplatzes wohnte, auf den Fußboden legen. Er war nicht in die Pubertät zurückgekehrt; sie kam zu dem Schluß, daß er ihr nie entwachsen war.

Am nächsten Abend wurden die Schauspieler und ihre Freunde in Militärfahrzeugen nach Tatoi gefahren, wo der größte Hangar zum Theater umfunktioniert worden war. Der Wind, der über das dunkle Areal des Flugplatzes fegte, brachte Schneeregen mit. Die Frauen waren für die unangenehm feuchte und eisige Kälte in dem Hangar nicht warm genug angezogen, und der Offizier vom Dienst, der bemerkte, daß die Besucher fröstelten, ließ pelzgefütterte Fliegerjacken aus der Kleiderkammer holen und staffierte sie damit aus.

Der Vorhang ging hoch, und die Burschen und Mädchen, noch ganz fiebrig von den nächtlichen Strapazen, legten stürmisch los:

»Ob Sketch, ob Witz, ob Spiel, ob Spaß,
die R.A.F.-Revue bietet allen was.«

Trotz all der Arbeit war die erste Hälfte der Show weder besser noch schlechter als andere Shows dieser Art. Es war *Maria Marten*, die die Revue zu einem Triumph werden ließ.

Maria, gespielt von Yakimov, wurde mit ungläubigem Schweigen empfangen. Er trug falsche Augenwimpern, eine blonde Perücke, ein Kattunkleid und ein Sonnenhäubchen und sah aus wie ein als Rotkäppchens Großmutter verkleideter Wolf, nur daß dieser Wolf die Imitation eines schockierend aufreizenden Teenagers darstellte. Als er ans Rampenlicht trippelte, den Zeigefinger ans Kinn legte und einen Knicks machte, erhob sich im hinteren Teil des Hangars ein Geheul. Die Männer, die den echten Frauen respektvoll applaudiert hatten, gerieten anhand dieser Travestie von Weiblichkeit in einen geradezu ekstatischen Taumel ordinärster Anzüglichkeiten. Yakimov bedankte sich für die Rufe und Pfiffe, indem er mit den Wimpern klimperte. Das Geheul brach erneut los. Volle drei Minuten vergingen, ehe jemand sprechen konnte.

Alan, eine abscheuliche und düstere Mutterfigur, eröffnete das Stück, indem er sagte: »Gar unwohl siehst du aus in jüngster Zeit, Maria, Liebes! Was drückt dich, Kind?« Worauf Maria schüchtern und mit Zwitterstimme erwiderte: »Etwas Seltsames ist mir widerfahren, liebe Mutter.« Dies löste unbeschreiblichen Tumult aus, durch den Rufe zu hören waren wie »Paß bloß auf, Mädchen!«, »Komm mit auf mein Zimmer« und »Komm mal zum Onkel Doktor hinter den Hangar, da wirst du kuriert.«

Der Text, den sich die Schauspieler selbst ausgedacht hatten, war im Original schon deftig genug gewesen, aber in der stimulierenden Atmosphäre der Probenarbeit war noch viel mehr hinzugefügt worden. Mit Yakimov im Mittelpunkt, entwickelte sich zwischen Schauspielern und Publikum ein ordinärer Dialog. Marias gewaltsamer Tod ließ auf beiden Seiten ein Gefühl des Verlustes aufkommen.

Das Begräbnis ihrer Leiche durch William Corder, den Ben Phipps spielte, wurde mit angespanntem Schweigen verfolgt. Phipps hob das Grab mit der allergrößten Umständlichkeit aus, aber als er es wieder zuschaufelte, sagte er: »Die Arbeit ist leichter als die andere«, und die Spannung löste sich. Jemand rief: »Vergiß nicht, es zu tarnen«, worauf erneut ein großes Geschrei einsetzte. Der Schurke schielte schurkisch durch seine Brille und stellte fest, daß er seine Pistole verloren hatte. Dann kam ihm die schreckliche Erleuchtung: Er hatte sie mit der Leiche begraben. Das Publikum stöhnte auf. Jemand fragte: »Hast du dafür unterschrieben, Kumpel?« Corder, dem es an Mut mangelte, das Grab wieder aufzuschaufeln, zog ab.

Im nächsten Akt stand Corder, in Pose geworfen und prächtig mit einem Gehrock bekleidet, den Zylinder auf dem Arm balancierend, neben einer eingetopften Palme. »Jetzt, da ich hier in London bin, ist alles gut«, erzählte er dem Publikum; doch es war nicht lange gut. Guy suchte Corder in seiner Eigenschaft als Untersuchungsbeamter des Polizeigerichts auf und präsentierte das belastende Beweisstück: die Pistole, die im Grab gefunden worden war. Corder wies die Beschuldigung zurück. Mit tiefer, schicksalsschwerer Stimme erklärte Guy: »Hier sind Eure Initialen auf dem Handgriff des Pistols: W. C.« Der Rest ging in einem Pfeifkonzert unter. Am Galgen, die Schlinge schon um den Hals, war es Corder gestattet, noch eine letzte, trotzige Rede zu halten. Vom Publikum hörte man keinen Mucks. Von Furcht und Mitleid geläutert, hatte es sich selbst stumm geschrien.

In der Offiziersmesse wurde für die Besucher eine Party gegeben. Harriet hatte Charles Warden auf einem der vorderen Sitzplätze gesehen. Da sie nicht wußte, ob er zu der Party mitgekommen war oder nicht, stellte sie sich mit dem Rücken zum Raum und spürte seine Anwesenheit hinter sich, während sie Mrs. Brett zuhörte. Mrs. Brett, die Surprise und andere Piloten um sich geschart hatte, wollte kundtun, wieviel sie über deren Flugbedingungen Bescheid wußte. »Es ist wirklich eine Schande, daß man euch keine Start- und Landebahn in Grenznähe gibt. Dieser ewig lange Anflug – 200 Meilen, oder? – und der ganze Schnee und die starke Bewölkung! Kein Wunder, daß die Kampfkraft der Staffel immer mehr nachläßt.«

Surprise antwortete mit seinem unbekümmerten Lachen: »Tut sie das?«

»O ja«, versicherte ihm Mrs. Brett. »Man hat mir gesagt, daß Ersatzteile knapp sind. *Sind* die Ersatzteile knapp?«

»Wir kommen schon zurecht.«

»Mag sein, aber die Lage ist ernst.« Mrs. Brett zog empört den Kopf ein, aber Surprise, ein Aristokrat des Krieges, dem man nichts anhaben konnte, außer ihn zu töten, lachte erneut.

Jemand berührte Harriet am Arm. Sie war darauf vorbereitet, wandte sich um und sah Charles mit einem freundlichen Lächeln an. »Wie hat dir denn *Maria Marten* gefallen?« fragte sie.

»Na ja ... es war recht lustig. Ich habe so etwas vorher noch nie gesehen.«

»Nicht einmal in der Schule?«

»In der Schule schon gleich gar nicht. Ich möchte mich entschuldigen: Ich konnte am Sonntag nicht zum Mittagessen kommen. Ich wurde aufgehalten. Ich hätte angerufen, aber die Telefonzentrale konnte eure Nummer nicht ausfindig machen.«

»Wir haben kein Telefon.«

»Ich hatte leider Bereitschaft. Jemand kam mit dem Flugzeug vom Hauptquartier in Kairo.«

»Eine wichtige Persönlichkeit?«

»Eine sehr wichtige.«

»Vermutlich darf ich nicht fragen, wer?«

»Ich sag's besser nicht; obwohl ich mir denken kann, daß es sowieso bald jeder wissen wird.«

»Ist etwas los?«

»Es sieht so aus. Können wir uns morgen treffen?«

»Heißt das, du willst es mir dann sagen?«

»Das kann ich nicht.« Es ärgerte ihn, daß sie so schnippisch war, und er sagte: »Es kann sein, daß ich nicht mehr sehr lange hier bin.«

»Wo wirst du hingehen? Zurück nach Kairo?«

»Nein. Können wir morgen zusammen zu Mittag essen?«

»Ich denke nicht, daß das geht.«

»Übermorgen dann?«

»Lieber nicht.«

Als er anfing zu argumentieren, schlüpfte sie an ihm vorbei und ging zu Guy, der, entspannt und leutselig, gerade hohe Offiziere mit einer Beschreibung der Proben für *Maria Marten* unterhielt. Er legte einen Arm um ihre Schulter und stellte sie voller Stolz vor: »Meine Frau.«

Sie warf einen Blick dorthin zurück, wo sie Charles hatte stehen lassen, aber er war nicht mehr da. Sie konnte ihn nirgendwo im Raum sehen. Ihre Stimmung sank. Für sie hatte die Party ihren Reiz verloren. Sie fand, daß es an der Zeit war, nach Hause zu gehen.

Als Toby Lush das Billardzimmer betrat, kicherte Miß Gladys kokettierend: »Ja, Mr. Lush, das ist aber eine Ehre! Das ist wirklich eine Ehre! Wir bekommen Sie nicht sehr häufig zu sehen, nicht wahr.«

Toby prustete und kicherte und tat sein Bestes, um auf die gleiche Art zu antworten, doch der Anblick Harriets beraubte ihn all seines Charmes, und so mußte ihn Miß Gladys fragen: »Wollen Sie zu seiner Lordschaft?«

Toby schien nicht zu wissen, was er wollte. Um Zeit zu gewinnen, kaute er geräuschvoll auf seiner Pfeife herum, doch da die Frage beantwortet werden mußte, murmelte er: »Vielleicht hat er einen Moment für mich Zeit; natürlich nur, wenn er nicht zu beschäftigt ist.«

»Aber setzen Sie sich doch bitte. Ich werde mal nachsehen, was sich da drinnen tut.«

Miß Gladys verließ das Zimmer, und Toby setzte sich auf die Kante von Harriets Schreibtisch: »Ich wußte nicht, daß Sie hier arbeiten. Vom alten Pinkers eingestellt, hm?«

»Nein. Von Alan Frewen.«

»Ah!«

Harriet hatte weder mit Toby noch mit Dubedat gesprochen, seit die Schule geschlossen worden war, aber sie hatte gehört, daß sie für Cookson arbeiteten, und sie hatte sie mit dem Delahaye in Athen umherfahren sehen.

Sie fragte ihn, ob sie ihre Wohnung aufgegeben hatten.

»Sie hat uns aufgegeben. Der gute Junge hatte sie von Archie Callard gemietet. Archie wollte wieder zurück, leider, aber jetzt, wo er sie hat, wohnt er nicht drin. Er ist immer in Phaleron. Von Athen hat er jedoch die Schnauze voll. Er sagt, er will mal was ganz Tolles unternehmen... nach Kairo fahren, in den Krieg ziehen, zur Long Range Desert Group gehen. Der Major läßt schon seine Beziehungen spielen.«

»Was kann denn der Major da machen?«

»*Der Major!* Alles.«

»Aber er kann auch keine Transportmöglichkeit beschaffen, wo es keine gibt.«

»Seien Sie sich da mal nicht so sicher. Flugzeuge aus Kairo kommen hierher. Wenn eine wichtige Persönlichkeit in einem davon mit zurückfliegen möchte, könnte er es schon arrangieren.«

»Ist Archie Callard denn so eine wichtige Persönlichkeit?«

»Nein, aber der Major. Und keiner weiß, was Archie Callard alles vorhat. Er redet davon, eine Privatarmee aufzubauen.«

»Gibt es denn heutzutage noch Privatarmeen?«

»Klar. Davon gibt's noch viele.«

»Ich höre, daß Sie beim Major angestellt sind?«

»Wir helfen ihm ein bißchen. In Phaleron gibt es nicht viel Personal. Der Chauffeur ist gegangen, und so habe ich seine Stelle. Der Major ist sehr anständig. Er hat uns die Wohnung über der Garage gegeben.«

»Und was arbeitet Dubedat?«

»Der ist Mädchen für alles.« Toby senkte seine Stimme, als habe er etwas Unanständiges zu enthüllen: »Der gute Junge arbeitet ein bißchen im Garten, putzt das Silber, macht die Betten. Neulich wies ihn der Butler an, die Fliesen in der Eingangshalle abzuwaschen. Ganz schön tief gesunken, nicht wahr? Ein Mann wie er, und dann Fliesen abwaschen! Wenn alles mit rechten Dingen zugegangen wäre, wäre er jetzt Direktor. Er kommt einfach nicht darüber hinweg. Es ist skandalös, wie der gute Junge behandelt wurde.«

Freudlos darüber nachgrübelnd, starrte Toby auf den Boden, bis Miß Gladys wieder erschien. »Kommen Sie mit«, sagte sie, und da er gleichzeitig aufstehen und einen Schritt nach vorn tun wollte, wäre Toby beinahe hingefallen.

Alan hatte das Essen in der Akademie immer als ›abscheulich‹ bezeichnet, aber der Sonntag, für den er die Pringles zum Mittagessen einlud, versprach ein besonderes Ereignis zu werden. Er wollte nicht mehr verraten, denn er wollte keine Hoffnungen wecken, die sich vielleicht nicht erfüllen würden. Während sie zwischen Regenschauern die breite, graue, windige Vassilis Sofias entlanggingen, erzählte Guy überschwenglich von einer Neuinszenierung der Revue, die noch größer, noch komischer und mit noch besseren Kostümen zugunsten der griechischen Kriegsanstrengungen in Athen aufgeführt werden sollte. Die Zeiten waren unheilverkündend, doch einmal mehr war Guy ihnen entflohen.

Es gab jetzt keine Siege mehr. Die Glocken hatten aufgehört zu läuten. Die Athener, die unter Bedingungen lebten, die denen einer andauernden Belagerung glichen, waren von der Gegenwart angeödet und sahen wenig, was sie in der Zukunft würde aufheitern können. Die Griechen versanken im Schneematsch des Gebirges. An der albanischen Küste steckten sie fest. Einige sagten, sie hätten die Hoffnung aufgegeben, Vlona einzunehmen. Die Soldaten waren erschöpft. Es gab nichts zu essen. Die Munition ging zu Ende.

Als sie zur Akademie abbogen, schaute Harriet in den Vorhof des Militärhospitals und sah, wie sich die Verwundeten noch immer über den nassen Asphaltplatz schleppten.

Guy sagte: »Wir müssen unseren Titelsong noch verbessern. Ich finde zwar nicht, daß er schlecht ist, aber wir können nicht ewig dasselbe singen.«

»Vermutlich nicht.«

Februar, in anderen Jahren der Vorbote des Frühlings, zögerte in diesem Jahr das bitterkalte Wetter hinaus. Die Soldaten in den verschneiten Bergen litten unerträgliche Strapazen und beklagten sich darüber, daß der Nachschub die Front nicht erreichte. Die unterernährten, völlig durchgefrorenen Athener hatten keinen Nachschub, den sie schicken konnten.

Harriet sagte: »Sie werden einem Waffenstillstand zustimmen müssen.«

»Was?«

»Schau dir doch diese Männer an. Meinst du, die Griechen können so weitermachen?«

Guy schaute zu ihnen hin, und sein Gesicht zog sich zusammen; nach einer langen Pause sagte er: »Vielleicht greifen die Briten ein.«

»Das scheint bloß niemand zu wollen.«

Das Gerücht, daß britische Truppen schon auf dem Weg seien, hatte genausoviel Jubel wie Besorgnis ausgelöst, denn die Menschen fürchteten, daß dies lediglich einen deutschen Angriff beschleunigen würde.

»Trotzdem«, sagte Guy, »alles wäre besser als die Sackgasse, in der sie jetzt stecken.«

Drinnen in der Akademie war es kälter als draußen. Im Kamin im Aufenthaltsraum war ein kleines Holzfeuer angeschürt worden, aber die Feuchtigkeit hing wie ein Nebel in der Luft. Die meisten Stühle waren schon besetzt, und die Unterhaltungen klangen überraschend heiter. Alan hatte eine Flasche Ouzo auf seinem Tisch stehen, und er füllte die Gläser, sobald er Guy und Harriet den Raum durchqueren sah.

»Dann ist es also *wirklich* ein besonderes Ereignis!« sagte Harriet.

»Ja«, pflichtete Alan ihr bei. Und als sie sich hingesetzt und mit dem Ouzo aufgewärmt hatten, erzählte er ihnen, daß einem der Akademiebewohner, einem Mann namens Tennant, von einem Offizier eines besuchsweise im Hafen liegenden Kreuzers ein Stück Rindfleisch versprochen worden war. »Dieses Versprechen«, sagte Alan, »führte zu leichten Unstimmigkeiten. Wie üblich versuchte Miß Dunne in ihrer herrischen Art, die Sache in die Hand zu nehmen. Noch bevor das Fleisch eingetroffen war, hängte sie einen Zettel ans Schwarze Brett, der besagte, daß an diesem Sonntag keine Gäste erlaubt seien. Ich wandte mich an Tennant, der ja letztendlich derjenige sein sollte, der darüber entschied. Er sagte: ›Lad ein, wen du willst. Das Rindfleisch trifft vielleicht gar nicht erst ein. Und falls wir es doch kriegen sollten, wird es wahrscheinlich von diesem beschissenen Koch versaut.‹«

Die geschlagene Miß Dunne saß neben dem Kamin, den Blick auf ein Buch gerichtet und offensichtlich unberührt von dem, was das Blut der anderen hungrig Wartenden in Wallung versetzte.

Über der allgemeinen Lebhaftigkeit war aus einer entfernten Ecke die deutliche und schulmeisterliche Stimme von Pinkrose klar zu vernehmen. Er hatte auch Besuch, dem er gerade die Intention und den Inhalt seiner Vorlesung über Byron beschrieb.

Harriet überlegte, ob der Besuch Miß Gladys Twocurry sein konnte, und fragte: »Glaubst du, daß die jüngere Miß Twocurry Pinkrose gegenüber Absichten hat?«

Alan nickte ernst: »Da bin ich mir ganz sicher. Und – da mußt du mir zustimmen – sie würde gar keine schlechte Lady Pinkrose abgeben.«

Während sie darauf warteten, daß es zum Mittagessen läutete, lauschten sie notgedrungen dem Monolog Pinkroses, der so lange andauerte, bis es um ihn herum ganz still geworden war. Endlich erklang die Glocke, und ein Aufseufzen ging durch den Raum. Die Heimbewohner zwangen sich, sich nicht vorzudrängen, und ließen die Frauen vorangehen. Als Miß Dunne sah, daß sie nicht die einzige ihres Geschlechts war, beeilte sie sich, die erste zu sein. Harriet konnte nun Pinkroses Gast sehen. Es war Charles Warden.

Die Hauptmahlzeiten wurden in der Akademie an einem großen, runden Tisch eingenommen, wie es früher Sitte gewesen war, als die Teilnehmer an den Mahlzeiten Studenten mit einem gemeinsamen Interesse waren und wie eine große Familie lebten. Alan hatte gesagt: »Ich befürchte, daß unsere Tischgespräche im Refektorium eines Trappistenklosters nicht fehl am Platz sein würden. Manchmal erwähnt jemand seine Arbeit, aber natürlich nicht, wenn Besucher zugegen sind. Ihr werdet wahrscheinlich auf vollkommenes Schweigen stoßen.«

Das Mahl wurde serviert. Jeder – Diocletian nicht ausgenommen – erhielt eine Scheibe Rindfleisch, zerkocht und trocken, aber eben immer noch Rindfleisch, und die Speisenden gaben ein paar anerkennende »Ahs« und »Mhs« von sich. Ein Mann ging gar so weit zu sagen: *»Ja sowas!«* Pinkrose hielt sich an die allgemeine Wortkargheit und sprach im Flüsterton. Charles hörte aufmerksam zu und hielt den Blick gesenkt.

Das Fleisch wurde mit Salat gereicht. Harriet musterte die ledrigen dunklen Blätter und sagte: »Das könnten Margeritenblätter sein.« Alan reichte ihr Öl und Essig. »Du mußt viel draufgießen«, riet er ihr. »Nur das Olivenöl hält uns am Leben«, und Miß Dunne, die gegenüber saß, zog die Augenbrauen hoch.

Guy, der sich nicht so leicht einschüchtern ließ, fragte seinen Tischnachbarn, ob etwas Wahres an der Geschichte sei, daß die Briten an der griechischen Front intervenieren wollten.

Fassungslos über eine solche Frage, rang der Mann nach Atem und flüsterte: »Das würde ich nicht meinen wollen.«

»Nein? Ich habe gehört, daß auf Lemnos britische Truppen bereits ausschiffen.«

Miß Dunnes Gesicht, das von Natur aus schon eine rosige Farbe hatte, wurde noch rosiger; sie konnte sich nicht mehr zurückhalten und platzte schließlich heraus: »Auch wenn Sie das gehört haben sollten, so haben Sie noch lange kein Recht, es weiterzuerzählen.«

»Das wird überall weitererzählt«, sagte Alan und versuchte Guy dadurch abzulenken, daß er zu bedenken gab, Naxos sei eine wahrscheinlichere Zwischenstation für Truppen, die nach Piräus wollten.

»Aber wollen sie denn nach Piräus?« fragte Guy. »Vielleicht liegt ihr Einsatzgebiet bei Saloniki.«

Miß Dunne war über diese Diskussion entsetzt und

schnappte mit weit aufgerissenen Augen nach Luft, als ob sie zu ersticken drohte. Guy bemerkte ihr Unbehagen, beugte sich zu ihr hin und fragte mit interessierter Freundlichkeit: »Was machen Sie in der Gesandtschaft?«

Ihre Antwort kam prompt: »Ich habe nicht die Angewohnheit, über meine Arbeit zu reden.«

Harriet dachte, das sollte sogar für Guy deutlich genug sein; doch weit gefehlt. Von ihrer trampelhaften Art und ihrem eingebildeten Getue herausgefordert, beschwatzte und umschmeichelte er sie, als sei sie eine schwierige Schülerin, und erzählte ihr von der Revue. Die Aufführung würde wiederholt werden, und er schlug vor, daß sie dabei mitmachte.

Während er redete, zappelte Miß Dunne so sehr auf ihrem Stuhl umher, bis sie schließlich mit ihrem Stuhl einen halben Meter oder mehr vom Tisch entfernt saß. Als Guy innehielt, um ihre Antwort zu hören, schüttelte sie heftig den Kopf. Die Umsitzenden beobachteten seine Taktik mit verhaltener Freude.

Nachdem das Thema Revue abgehakt war, sagte Guy, daß er selbst Tennis spielte. Wäre Miß Dunne bereit, ihm einmal ein Spiel zu gewähren?

Daraufhin errötete Miß Dunne noch mehr, und die Röte breitete sich aus, bis hin zu den Wurzeln ihrer roten Haare und bis zu ihrem smaragdgrünen Kleid. Gleichzeitig legte sich ein schlaues Grinsen über ihr großes, karminrotes Gesicht. Sie sagte neckisch: »Ich werde darüber nachdenken.«

Harriet warf Alan einen flehentlichen Blick zu und erregte die Aufmerksamkeit von Charles. Er lächelte sie freundlich an, und sie lächelte zurück. Nach diesem Blickkontakt verlor das Leben seine bedrohliche Trostlosigkeit, und die Welt sah wieder freundlicher aus.

Alan sagte, daß er den Kaffee auf sein Zimmer bestellt hatte. Harriet stieg widerwillig hinter Alan und Guy die Treppe hinauf und hatte das Gefühl, daß man sie von dem einzigen Menschen wegführte, mit dem sie zusammensein wollte.

Alans Zimmer hatte nur ein Fenster und war kleiner als das, das von Gracey bewohnt worden war. Als sich die Tür schloß, wandte sich Harriet an Guy:

»Diese idiotische Frau dachte, du machst Annäherungsversuche.«

»Darling! Also wirklich! Du machst dich lächerlich.« Er wandte sich hilfesuchend an Alan, der aber eher zu Harriets Ansicht neigte.

»Ich habe deine Strategie bewundert«, sagte er. »Ich glaube wirklich, daß du Miß Dunnes Herz erobert hast. Keine geringe Leistung. Aber andererseits könnte höchstens ein absoluter Misanthrop einem derart unkomplizierten und gutgemeinten Annäherungsversuch eines Mitmenschen widerstehen.«

Alan hatte vor kurzem einige Fotos zusammengestellt, die er während seiner Wanderungen in Griechenland aufgenommen und die er irgendwo aufbewahrt hatte. Als er jetzt die großen Abzüge einzeln aus ihren Portfolios heraushob, betrachtete er sie mit liebevoller Wehmut, bevor er sie an Harriet und Guy weiterreichte.

Er war so froh darüber, daß seine Freunde mit ihm zusammen die von ihm besuchten Sehenswürdigkeiten anschauten, daß Harriet ganz gerührt war und sich nach Kräften bemühte, nicht mehr an Charles zu denken. Sie besah sich aufmerksam die Bilder mit den felsigen Inseln, den Olivenbäumen, den klassischen Tempeln, die sich gegen das Meer abzeichneten, und den kalkweißen Kirchen und Häusern, die um die Mittagszeit aufgenommen worden waren, wenn die überschatteten Mauern durch reflektiertes Licht schimmerten, und sagte: »Wir wollten hierher kommen. Dies ist das Land, wo wir am liebsten sein wollten, aber wir haben noch nichts gesehen. Wir könnten genausogut im Gefängnis sitzen.«

Ganz impulsiv sagte Alan: »Ich werde Griechenland nie verlassen.«

»Aber wenn die Italiener kommen, wie kannst du dann bleiben?«

»Ich könnte mich auf den Inseln verborgenhalten. Ich spreche die Sprache. Ich habe überall Freunde. Die Leute würden mich verstecken. Ja, ich bin sicher, sie würden mich verstekken.«

Als sie Alan beobachtete, wie er so sprach, sah sie ihn als einen gewichtigen Mann, ruhig, leicht zynisch und doch sanftmütig, geduldig und langmütig. Sie hatte gedacht, er würde Griechenland und seinen Hund nur lieben, aber jetzt erkannte sie, daß für ihn Griechenland nicht nur eine Liebe, sondern ein Heiligtum war. Aber sie konnte sich nicht vorstellen, daß sein Plan, hierzubleiben und sich zu verstecken, mehr als ein romantisches Hirngespinst war. Auch in Bukarest waren Engländerinnen gewesen, ehemalige Gouvernanten, ohne Freunde und mit Geld, das sich außerhalb Rumäniens befand, und die ebenfalls entschlossen gewesen waren zu bleiben, am Ende aber doch mit den anderen außer Landes gingen.

Während Alan erzählte, hörte sie Pinkroses erhobene Stimme im Garten und schritt, als sei überhaupt nichts, ans Fenster. Pinkrose stand, eingehüllt bis zu den Augen, in der Einfahrt und verabschiedete Charles. Sie beobachtete, wie Charles salutierte, sich umwandte und zum hinteren Gartenzaun davonmarschierte. Die Zitronenbäume verdeckten ihr die Sicht, doch sie blieb am Fenster stehen und schaute in die Richtung, in die er gegangen war.

Guy und Alan studierten noch immer konzentriert die Fotos, wobei Alan ausführlich über seine Technik beim Fotografieren referierte. Harriet wußte, daß Guy kein Wort verstand, und ihr schien, daß nichts von dem, was Alan sagte, irgendeinen Bezug zum Leben hatte. Nichts in diesem Zimmer hatte irgendeinen Bezug zum Leben. Sie konnte kaum ihre Ungeduld unterdrücken, Charles aus dem Garten hinaus und zum Stadtzentrum hinunter zu folgen, wo er sich wahrscheinlich genau jetzt fragte, was aus ihr geworden war.

Alan war hingerissen, weil Guy seine Arbeiten bewunderte, und er staubte noch mehr Portfolios ab, öffnete sie und sagte mit der Bewegtheit eines einsamen Menschen: »Ihr bleibt doch zum Tee, oder?«

Guy hatte für den Nachmittag zwar schon andere Pläne, aber diese Bitte war zuviel für ihn:

»Aber sehr gerne«, sagte er.

21

Harriet war sich sicher, daß sie am nächsten Morgen von Charles hören würde. Sie litt, genau wie er gelitten hatte, unter einer fieberhaften Sehnsucht; doch der Bote kam nicht. Als der Morgen ohne ein Lebenszeichen von ihm verstrich, ebbte ihre Aufgeregtheit ab. Sie hatte sich geirrt. Es war alles ein Irrtum gewesen. Es gab nichts, worauf sie hoffen konnte.

Als sie mittags das Büro verließ, ging Charles gerade an der Tür vorbei. Er lächelte sie schräg an, eilte aber weiter und war zu geschäftig, um stehenzubleiben. Er sah sich nicht um. Seine langen, schnellen Schritte führten ihn über den Platz zum Corinthian. Er verschwand im Inneren.

Geknickt ging auch sie über den Platz, langsam, ohne festes Ziel. Als sie sich dem Corinthian näherte, kam Charles wieder heraus. Er stand oben auf den Eingangsstufen mit einem Telegramm in der Hand. Als er sie sah, kam er heruntergehüpft, als sei alles nur ein Spiel, und fragte leichthin: »Wo gehst du zum Essen hin?«

»Ich weiß es noch nicht.«

Sie spürte, daß er etwas von ihr erwartete, aber sie wußte nicht, was. Der Zwischenfall hatte sie irritiert, und sie wollte weitergehen, aber er verzog sein Gesicht zu einem Ausdruck eigenartiger Bestürzung, fast Verbitterung: »Geh nicht weg.«

»Ich dachte, du hättest keine Zeit.«

»Jetzt schon. Ich mußte dieses Telegramm abholen. Es hätte wichtig sein können.«

»Aber das war es nicht?«

»Nicht sehr. Auf jeden Fall nicht so wichtig, daß es nicht warten kann.«

Als sie nicht mehr weiter wußte, sagte sie: »Ich habe darauf gewartet, etwas von dir zu hören.«

»Du hast mich in Tatoi abblitzen lassen. Jetzt bist du an der Reihe.«

»Wirklich?« lachte sie und musterte ihn überrascht, als sei sie einen Schritt von ihm entfernt. Hinter seinen anerzogenen guten Manieren hatte sie seine fordernde Arroganz erkannt – eine Eigenschaft, die Alan dazu veranlaßt hatte, ihn als ›kleinen, verzogenen Jungen‹ zu bezeichnen. Im Moment unterdrückte er sie. Vielleicht war er auf der Hut, aber er vermittelte einen Eindruck von Bescheidenheit. Sein starrer, flehentlicher Blick brachte Sascha in ihre Erinnerung zurück, und während sie ihre Hand ausstreckte, lächelte sie und sagte: »Na, dann komm. Gehn wir essen.«

Im zweiten Stadium ihrer Beziehung kam es Harriet so vor, als sei ihr ganzes Tun und Trachten darauf gerichtet, Charles zu sehen; doch sie war nicht jenseits aller Vernunft von ihm besessen. Sie wußte, daß sie früher einmal mit der gleichen, zwingenden Ausschließlichkeit an Guy herangetreten war. Sie war an ihn herangetreten und abgeprallt. Hätte Charles sie gefragt, hätte sie geantwortet, daß sie ihre Eheschließung als etwas Unausweichliches empfunden hatte. »Gib nicht mir die Schuld. Es ist alles zu kompliziert.« Charles fragte sie aber nicht. Offensichtlich hatte er beschlossen, daß auch bei Erklärungen die Reihe an ihr sei. Ungefragt gab sie keine Antworten. Sie besaß ihre eigene Art von Loyalität.

Ein zartes Grün überzog die Bäume am oberen Ende des Syntagmaplatzes. Als sie bemerkte, daß der Park wieder zu neuem Leben erwachte, sagte sie zu Charles, daß sie unbedingt hineingehen und die Wasservögel besuchen müßten.

»Welche Wasservögel?«

»Die auf dem Teich in der Mitte des Parks.«

»Oh?« Er lächelte, sagte aber nichts weiter dazu.

Als sie an den Palmen vorbeigingen, die am Eingang Wache standen, sagte sie: »In diesem Land scheint man sogar von den Bäumen zu verlangen, daß sie wie Säulen aussehen.«

»Glaubst du nicht, daß die ersten Säulen wie Bäume aussehen sollten?«

»Ja, wahrscheinlich. Wie klug du bist! Wenn du dein Examen hinter dir hast, wirst du dann Archäologe werden?«

»Das glaube ich nicht.«

»Was wirst du dann tun?«

»Ich habe wirklich keine Ahnung.«

Seine Unbestimmtheit erstaunte sie. Jeder andere junge Mann aus ihrem Bekanntenkreis betrachtete die Zukunft als einen Daseinskampf und plante die Art und Weise, wie er seinen Lebensunterhalt verdienen wollte, lange vor seinem zwanzigsten Lebensjahr. Wenn Charles diesbezüglich gleichgültig war, bedeutete das, daß sein familiärer Hintergrund sehr viel anders als der ihrige sein mußte. Es war etwas an ihm, das sie nicht kannte – die Aura der Reichen, der mehr als Reichen; aber sie würde ihm darüber keine Fragen stellen. Er stellte ihr keine Fragen über ihre Familie und Erziehung, und er sprach auch nicht von der seinen.

Das Gefühl, einander ähnlich zu sein, erstaunte sie beide. Es war wie Magie. Sie kamen sich wie im Märchen vor und fürchteten sich, diesen Zustand zu zerstören. Obwohl sie nicht genau sagen konnte, worin diese Ähnlichkeit bestand, stellte sich Harriet manchmal vor, daß er der Mensch war, der ihr auf der Welt am meisten glich, ihr Spiegelbild.

Aus Angst, irgendeine überraschende Entdeckung beim andern könne diesen Zauber zerbrechen, unterdrückten sie ganz instinktiv ihre Ungleichheiten. Sie unterhielten sich nur sporadisch und gezwungen und spazierten im Park umher, ohne ein Wort zu sagen.

Trotz des Krieges, der Kälte, des Mangels an Essen und Hoffnung begann der Frühling wieder mit kleinen, roten Trieben auf den Glyzinien und mit Knospen auf den Aprikosenbäumen. Harriet lauschte auf das Lärmen von Kindern und Vögeln, aber da war nichts. Je weiter sie unter den Bäumen voranschritten, desto angespannter wurde die Stille.

»Bist du sicher, daß dies die Stelle ist?« fragte sie.

Er nickte, und ehe sie erneut etwas sagen konnte, kamen sie aus der Lichtung heraus. Es war derselbe Teich, aufgefüllt durch den Winterregen. Die Sonne brach durch und malte kleine Flecke auf die Wasseroberfläche. Am sandigen Ufer standen die zur Seite gekippten Eisenstühle. Alle Requisiten waren vorhanden, aber es war eine Bühne ohne Leben. Keine Kinder, keine Vögel, keine Erwachsenen, kein alter Mann, um die kleinen Münzen einzusammeln. Der Wasserspiegel war glatt, die Luft erfüllt von Schweigen.

»Wo sind sie alle? Was ist mit den Vögeln geschehen?«

Er lachte kurz und spöttisch. »Was meinst du wohl?«

Sie fragte sich, ob ihre Bestürzung ihn belustigt hatte, aber er wirkte nicht belustigt. Sein Lächeln war beinahe unversöhnlich, als ob sie ihn verletzt hätte und er dafür jetzt sie verletzen wollte. Sie sagte nichts. Sie hüllte sich in Schweigen, weigerte sich, ein Gefühl zu zeigen. Sie schritten durch das dichte Buschwerk zum Zappiongarten. Das Sonnenlicht war kalt. Die gestutzten Büsche boten keinen Schutz vor dem Wind. Schwarze Schneewolken kamen vom Meer herein. Am Ende des Gartens leuchteten die riesigen Säulen des Tempels des Olympischen Zeus vor dem schweren Himmel.

Harriet blieb stehen und sagte: »Ich gehe nicht weiter. Ich muß zurück. Ich habe noch zu arbeiten.«

Reuevoll sagte Charles: »Trink erst noch Tee mit mir«, und es klang so, als ob sein Vorschlag alles in Ordnung bringen würde.

»Nein, ich gehe lieber ins Büro zurück.« Harriet wandte sich um und ging entschlossen zurück.

Als sie das Grande Bretagne vor sich sahen, sagte Charles: »Mußt du hinein?«

»Ja.«

»Komm, trink noch Tee mit mir!«

Sie gab keine Antwort, aber als sie am Eingang zum Büro anlangten, ging sie mit ihm weiter zu seinem Hotel.

Das Corinthian war noch neu genug, um prunkvoll auszusehen. Seine Modernität war aktuell geblieben, weil in diesen Tagen niemand die Zeit hatte, es künstlich auf ›alt‹ zu trimmen. Das Foyer mit seinem blauroten Teppich und seinen schweren, quadratischen Sesseln hatte eine hinter Wandleisten verborgene, indirekte Beleuchtung. Das Hauptlicht stammte von den Glasvitrinen, die jetzt nichts zur Schau stellten außer Schmuck, den niemand kaufen wollte.

Obwohl es voll war mit Flüchtlingen und Militärangehörigen, hatte das Hotel, soweit möglich, einen gewissen Standard aufrechterhalten, und es war einer der wenigen Orte, wo sich junge griechische Frauen ohne männliche Anstandsdame treffen konnten.

Mehrere junge Griechinnen saßen an den Walnußtischen, einige davon mit ihren Verlobten, die sich auf Heimaturlaub von der Front befanden. Als Harriet Charles durch das blaurote Dunkel folgte, bemerkte sie, daß Archie Callard mit Cookson zusammen Tee trank. Sie erregte Callards Aufmerksamkeit, und sie sah, wie er Charles betrachtete, sich dann umdrehte und Cookson etwas zumurmelte, der ostentativ in eine andere Richtung blickte und mit gekünsteltem Amüsement eine Grimasse schnitt.

Sie nahm neben Charles Platz und fragte ihn: »Siehst du Cookson häufig?«

»Ich sehe ihn ab und zu. Er lädt mich manchmal zum Abendessen ein.«

»Hat er dich jemals zu einer seiner kleinen und recht komischen Parties eingeladen?«

»Nein. Gibt er kleine, komische Parties? Was geschieht dort? Inwiefern sind sie komisch?«

Die Naivität von Charles' Nachfragen ließ sie innehalten, und statt zu antworten, fragte sie: »Wie hast du Pinkrose kennengelernt?«

Ein langsames und leicht abfälliges Lächeln breitete sich über Charles' Gesicht. »Er war mein Tutor. Du glaubst doch hoffentlich nicht, daß ich mit Pinkrose auf komische Parties gehe!«

Sie errötete und gab darauf keine Antwort, aber einen Augenblick später sagte sie: »Wenn ich dir so zuwider bin, warum willst du mich dann sehen?«

Sein Lächeln verschwand sofort. Ein betroffener und verwunderter Gesichtsausdruck trat an seine Stelle. Charles machte eine Bewegung auf sie zu und wollte gerade etwas sagen, als Guys Stimme wie ein gequälter Aufschrei durch das Foyer drang: »Darling!«

Charles schreckte zurück. Die Brille schief auf der Nase, das Haar vom Wind zerzaust, in den Armen einen unordentlichen Wust von Papier, hastete Guy auf sie zu, wobei sein für ihn charakteristisches wirres Aussehen noch durch eine in irgendeinem Kummer begründete zusätzliche Achtlosigkeit gesteigert wurde. Etwas war nicht in Ordnung. Da sie sich einbildete, er habe sie aufgespürt, um ihr Vorwürfe zu machen, saß Harriet steif da. Doch es war nichts dergleichen.

Am Tisch angekommen, ließ er Bücher und Papiere auf einen Haufen fallen und sagte: »Was glaubst du wohl, was passiert ist?«

Sie schüttelte den Kopf.

»Pinkrose hat die Show gestoppt!«

»Welche Show?«

»Na, die Revue natürlich. Die Show, die wir in Tatoi gezeigt haben. Er verbietet eine zweite Aufführung.«

»Ich verstehe nicht...«

»Er sagt, sie sei unanständig. Wir haben gerade in der Schule geprobt, als ein Botenjunge aus dem Informationsbüro einen Brief brachte. Pinkrose schrieb, bei ihm seien Beschwerden über die Show eingegangen, und er könne es nicht zulassen, daß das Schulgebäude für Proben benutzt wird. Ebenso könne er Alan Frewen, Yakimov und mich nicht länger daran teilnehmen lassen. Als ob sie ohne uns weiterlaufen würde!«

Harriet befreite sich aus ihrer Verwirrung und sagte: »Der Haken ist bestimmt *Maria Marten*. Könntet ihr es nicht rauslassen?«

»Aber *Maria Marten* ist die Hauptattraktion. Jeder spricht darüber. Jeder will es sehen. Yakimovs Darbietung war der Erfolg der Show. Wir haben schon fast alle Eintrittskarten verkauft.«

»Das tut mir leid.« Harriet hätte gern mehr gesagt, aber Guy hatte sich mit seinen Aktivitäten so weit von ihr und aus ihrer Welt entfernt, daß sie sich nur wundern konnte, warum er mit seiner nervösen Aufgeregtheit noch zu ihr kam. Sie blickte zu Charles auf, der sich erhoben hatte und jetzt unbehaglich dastand, bis Guy, als habe er ihn erst jetzt wahrgenommen, »Hallo« sagte.

Charles sagte: »Möchtest du nicht auch etwas Tee?«

»Ja, gerne.«

Guy zog einen Stuhl heran und übernahm die Unterhaltung, wobei ihm gar nicht der Gedanke kam, daß sie irgendein anderes Thema von Interesse haben könnten als die Revue und das katastrophale Verbot, das Pinkrose ausgesprochen hatte.

Harriet schlug vor, den Geschwaderkommodore in Tatoi zu bitten, einmal vernünftig mit Pinkrose zu reden.

Charles sagte: »Die Blenheims sind weiter vorverlegt worden.«

Guy nickte: »Ben sagt, er wird versuchen, sich mit dem Offizier vom Dienst in Verbindung zu setzen, aber das wird dauern.«

Harriet sagte: »Jetzt wissen wir, warum Toby Lush ins Büro kam, um mit Pinkrose zu sprechen.«

»Aber *der* würde sich doch bestimmt nicht beschweren.«

»Irgend jemand hat sich beschwert. Yakimov sagt, daß Dubedat sauer war, weil er bei der Revue nicht mitmachen durfte. Ich wette, daß er flennend zu Cookson gerannt ist; und dann wurde Toy Lush losgeschickt, um sich bei Pinkrose zu beschweren.«

»Das glaubst du?«

»Ja, das glaube ich.«

»Du könntest recht haben«, sagte Guy und sah geknickt drein, was er gewöhnlich immer dann tat, wenn Harriet die nüchternen Mechanismen enthüllte, die dem aufregenden Feuerwerk des Lebens zugrunde lagen. Auch Charles schaute geknickt drein, aber aus einem anderen Grund. Harriet versuchte, ihn durch eine Bitte abzulenken.

»Du hast doch *Maria Marten* gesehen. Es ist ja wirklich nur eine Gaudi. Du kennst Pinkrose. Kannst du ihn nicht dazu überreden, vernünftig zu sein?«

Während sie sprach, bemerkte sie auf Charles' Gesicht den Groll eines Kindes, dem man etwas weggenommen hat. Er sagte: »Ich glaube nicht, daß er sich von mir beeinflussen läßt«, und schaute weg. Er müsse ins Büro zurückkehren.

Obwohl auch Harriet zurück mußte, ließ sie ihn gehen und verzögerte ihren Aufbruch als eine Geste des Mitgefühls gegenüber Guy.

»Woher wußtest du, wo du mich finden konntest?«

»Ben Phipps hat dich hier hereingehen sehen.«

»Hat er das? Na, so was!« Sie schaute hinüber, wo Cookson und Callard gesessen hatten, und registrierte dankbar, daß sie bereits gegangen waren. Sie hatte plötzlich keine Lust mehr, sich mit Guys Dilemma zu befassen, wußte sie doch, daß er mit diesem Problem ganz hervorragend auch ohne ihre Hilfe fertig werden würde.

Sie sagte, daß sie zurück zur Arbeit gehen müsse. Zu ihrer Überraschung sagte er, er würde sie um sieben Uhr abholen. Sie könnten dann zusammen nach Hause gehen. Sie hatte gehofft, am Abend Charles zu treffen, der den vorsichtigen Vorschlag gemacht hatte, sich gemeinsam die Sängerin im Pomegranate anzuhören. Sie hatten aber noch nichts fest ausgemacht. Wenn Guy schon einmal nach Hause gehen wollte, konnte sie nur zustimmen.

Der folgende Morgen hatte etwas Bedeutungsvolles an sich. Pinkrose und Alan Frewen waren in die Gesandtschaft zitiert worden und fuhren in getrennten Taxen ab. Das Informationsblatt beinhaltete nichts Schlimmeres als Luftangriffe auf Köln und einen ›Zusammenstoß‹ in Libyen. Keiner wußte, was los war, aber Yakimov und Miß Gladys schlichen im Billardzimmer umher und redeten nur in gedämpftem Flüsterton miteinander, als würden sie unter einer Decke der Geheimhaltung ersticken.

Mittags, als Harriet sah, daß Charles auf sie wartete, gab sie ihm gar nicht erst die Möglichkeit, beleidigt zu sein. Sie stürzte auf ihn los und fragte aufgeregt: »Was ist denn da im Gange?«

»Tja... *irgendwas.*« Er versuchte, reserviert zu bleiben, aber auch er schien von den Ereignissen nicht unberührt zu sein. »Es sieht so aus, als ob unsere Jungs in ein, zwei Tagen hier sein werden.«

»Heißt das, daß du Athen verlassen wirst?«

»Ich weiß es nicht. Auf jeden Fall noch nicht sofort. Komm mit ins Hotel zum Essen. Ich muß erreichbar bleiben.«

Als sie beim Corinthian ankamen, brachte sie die Tatsache aus der Fassung, daß an einem der Tische draußen im Sonnenschein Guy und Ben Phipps saßen. Guy sprang auf, als hätte er auf sie gewartet, und Ben Phipps zog Harriet mit ungewohnter Herzlichkeit auf den Stuhl neben sich und fragte sie, was sie trinken wolle.

Die Einladung schloß Charles nicht mit ein, der neben dem Tisch stand und sich im unklaren war, ob er sie verloren hatte oder nicht. Ben Phipps grinste zu ihm hinauf. »Na, ihr seid ja ein schöner Haufen von Hornochsen! Dieses Mal habt ihr uns ja schön in die Scheiße geritten.«

»Wirklich?«

»Was denkst *du* denn? Hitler wartet nur darauf, in Bulgarien einzumarschieren. Wir brauchen nur einen Mucks zu machen, und er sitzt uns im Handumdrehen im Genick.«

Charles versuchte, informiert aber wortkarg zu wirken, und sagte: »Bei diesem Spiel ist doch völlig klar, daß sie die erste Karte spielen werden.«

»Mag sein; und dann, was werdet ihr dann tun? Als Letztes hattet ihr eine Streitmacht angesagt, ›nicht groß, aber tödlich‹. So verdammt tödlich, daß sie keiner Fliege Angst eingejagt hätte. Kein Wunder, daß dieses Blatt weggelegt wurde. Aber wie könnt ihr eure Karten aufbessern? Was habt ihr denn noch an Trümpfen anzubieten?«

Charles versuchte weiterhin, gelassen zu wirken, doch er war zu jung und unerfahren, um Phipps gewachsen zu sein. Er konnte nicht so tun, als wüßte er etwas, was Phipps nicht wußte. Irritiert sagte er: »Es muß doch jetzt einsatzbereite Truppen geben, wo sich Benghasi in unserer Hand befindet.«

»Ein paar Einheiten. Und was ist mit dem Nachschub?«

Beklommen versuchte Charles, das Argument zu umgehen. »Die hohen Tiere wissen schon, was sie machen.«

»Wenn du das glaubst, bist du übergeschnappt.«

Charles warf Harriet ein kaltes und verärgertes Lächeln zu und rannte dann die Stufen zum Hotel hinauf.

»Gott sei Dank sind wir dieses hochnäsige Arschloch los«, grinste Ben Phipps verschwörerisch zu Guy hinüber, aber Guy sah dabei nicht glücklich aus. Er ergriff Harriets Hand und streichelte sie mit seinem Daumen, als wolle er Phipps' naßforschen und sinnlosen Angriff auf Charles ungeschehen machen. Harriet hatte abgenommen, und ihre Hände, die normalerweise schon dünn waren, sahen jetzt richtiggehend zerbrechlich aus. »Kleine Affenpfoten«, sagte er.

Harriet beobachtete die Hoteltür. Als sie das letzte Mal Charles dort verschwinden gesehen hatte, war er umgehend wieder herausgekommen. Dieses Mal kam er nicht wieder heraus. Ganz impulsiv wollte sie ihm folgen und klarstellen, daß sie keine Schuld an dem Zwischenfall hatte, aber das konnte sie natürlich nicht tun.

Auch Guy wußte, daß sie das nicht tun konnte. Mit einem letzten Druck der Hand erteilte er ihr die Absolution und ließ sie dann los. Charles war in die Flucht geschlagen, und die beiden Männer konnten sich nun wieder den Dingen zuwenden, die sie interessierten.

Harriet vermutete, daß Phipps hinter all dem stand. Sie hatte keinen Zweifel daran, daß er es war, mit seiner scharfen und mißtrauischen Beobachtungsgabe, der sie mit Charles zusammen gesehen und Guy den Rat gegeben hatte, etwas zu unternehmen. Es war sicher Guys Idee, sie durch einen Appell an ihr Mitgefühl zurückzuholen; Phipps hatte sich ganz offensichtlich amüsiert, und doch – warum mischte er sich in Guys Angelegenheiten ein? Bestimmt nicht aus Zuneigung zu Guy. Etwas an seiner Art ließ sie sein Verhalten mit seiner Person in Verbindung bringen. Er hatte das Bedürfnis, Macht auszuüben und Personen oder Situationen zu beherrschen. Nachdem er aus dem Phaleron-Klüngel hinausmanövriert worden war, hatte er Guy in Beschlag genommen, und er wollte nicht, daß Harriet irgendwie störend dazwischentrat.

Wenn er schon seine Freunde nicht von ihren Frauen fernhalten konnte, so konnte er doch zumindest die Frauen unter Kontrolle halten und den, wie er sie nannte, ›Bitte-beachtemich-Tricks‹ Einhalt gebieten. Sie war sich sicher, daß er sie nie als eigenständige Persönlichkeit betrachtet hatte, die vielleicht einen gerechtfertigten Grund für ihre Revolte haben könnte. Sie war ein lästiges Anhängsel, das in den Hintergrund gedrängt werden mußte und dort zu bleiben hatte.

Guy begegnete Harriets verdrossenem Blick und sagte: »Ich finde, wir sollten besser für Harriet etwas zu essen besorgen.«

Scheinbar auf ihr Wohlbefinden bedacht, stand Phipps

emsig auf: »Probieren wir's im Zonar's?« Er und Guy waren auf ungewohnte Weise um sie besorgt, als stünde sie knapp vor einem physischen oder nervlichen Zusammenbruch, und führten sie zu Zonar's, wo Ben Phipps sich auf griechisch mit einem der Kellner unterhielt. Der Kellner verschwand, um nachzusehen, was sich machen ließ, und kehrte mit der Aussicht auf ein Omelett zurück. Die beiden Männer waren hoch erfreut. Als sie zusahen, wie ihr ein kleines, zitronenfarbenes Omelett serviert wurde, schienen sie zu glauben, daß sie jetzt alle Probleme Harriets gelöst und auch den letzten Grund für eine Beschwerde ihrerseits beseitigt hatten. Da sie nunmehr damit aufhören konnten, sich ihretwegen Sorgen zu machen, wandten sie sich wieder einer viel drängenderen Notwendigkeit zu: der Notwendigkeit, die Welt zu verbessern.

Obwohl Guy hatte zugeben müssen, daß Phipps ›ein kleiner Intrigant‹ war, respektierte er ihn doch als einen ›politisch Gebildeten‹. In einem breiteren gesellschaftlichen Spektrum hätte Guy ihn amüsant gefunden, aber er hätte nicht den Umgang mit ihm gesucht. Hier in Athen fühlte sich jeder glücklich, jemanden zu finden, der die gleichen radikalen Anschauungen hatte wie er selbst. Ein wie großer Intrigant Ben auch sein mochte, Guy war dennoch der Ansicht, daß er der Welt mehr zu bieten hatte als ein Bursche wie Alan Frewen, der nichts weiter als ein ruhiges Leben führen wollte.

Zehn Jahre älter als Guy und eine anerkannte Figur des linken Flügels, war Phipps ein Meister darin, die Urheber von Mißwirtschaft und administrativer Unfähigkeit aufzuspüren, und er war jederzeit dazu bereit, über die geheimnisvollen Mächte zu sprechen, die der Welt ihren gegenwärtigen Zustand beschert hatten. Einige von ihnen – wie zum Beispiel die Zoippus Bank, der deutschamerikanische Bund und gewisse Wall-Street-Juden, die Hitler finanziell unterstützt hatten, in der Hoffnung, dadurch die gesamte jüdische Rasse zu zwingen, nach Palästina überzusiedeln – waren Guy neu. Phipps sagte manchmal, er habe dies alles durch persönliche Ermittlungen aufgedeckt. Mehr als einmal hatte Harriet ihn sagen hören, er könne nachweisen, daß es den Machenschaften der Bankiers, dem Big Business, den Finanziers, Stahl-Aktionären und gewissen *intrigants* der alliierten Mächte, die sich noch immer mit Hilfe des Vatikans in einem ungewöhnlichen Konklave mit deutschen Kartellen befanden, zu verdanken sei, daß Hitler an die Macht gekommen war, und ohne sie alle hätte es keinen *casus belli* und keinen Krieg gegeben. Harriet hatte den Eindruck, daß diese Hypothese für Phipps zum Evangelium geworden und das Leben selbst nur noch ein Faktor unter vielen war. Mit dieser These ließen sich alle Fragen beantworten. Vielleicht beruhte seine Hypothese auf einem wahren Fundament, aber dann hatte Phipps dieses Fundament dazu benutzt, um darauf sein eigenes Fantasiegebäude zu errichten; und politische Fantasie langweilte Harriet noch mehr als Politik selbst.

Als sie ihr Omelett aufgegessen hatte, wurde sie unruhig und dachte daran, einen Spaziergang zu unternehmen. Guy legte seine Hand über die ihre und hielt sie mit den Worten zurück: »Hör doch mal Ben zu.«

Harriet benutzte eine Gesprächspause, um sich nach der Revue zu erkundigen. Guy sagte ihr, daß Alan Frewen es auf sich genommen hatte, mit Pinkrose zu sprechen. Harriet versuchte noch eine weitere Frage zu stellen, aber Guy bedeutete ihr, Phipps nicht zu unterbrechen. Endlich kam Phipps bei seiner üblichen Schlußfolgerung an und hielt dann inne, damit Guy seine eigene Überzeugung aufzeigen konnte: Hätten die Mächte, die den Krieg herbeigeführt hatten, ihren Reichtum und ihre Energie dafür verwendet, die Ideen von Marx umzusetzen, dann gäbe es bereits jetzt das Paradies auf Erden.

Sowohl Guy als auch Ben Phipps waren stolz auf ihren unbeugsamen Materialismus, und doch, befand Harriet, hatte Phipps eher den Eindruck eines Mystikers in die Funktionsweisen der Hochfinanz, während Guy *Das Kapital* las wie ein Pfarrer die Bibel. Als sie sah, wie sie sich beide an politische Dogmen klammerten wie andere Menschen an Gott, sagte sie sich, daß sie zwei hoffnungslose Romantiker waren. Ihre Unterhaltung hatte nichts mit der Realität zu tun. Harriet langweilte sich. Ben Phipps langweilte sie. Guy und Phipps zusammen langweilten sie. Würde der Tag kommen, wo es Guy war, der sie langweilte?

Sie erinnerte sich an die Zeit, als sie sich gewünscht hatte, daß er ihr Leben in die Hand nahm. Diese Phase dauerte nicht lange. Sie war bald zu dem Schluß gekommen, daß Guy vielleicht belesener und besser informiert sein mochte, daß aber, was das Leben anbelangte, ihr eigenes Urteil ihr bessere Dienste leistete als seines. Er war dauernd bereit, an andere zu glauben, aber dieser Glaube überlebte nur deshalb, weil sich Guy den Tatsachen entzog. Er sah das Leben als etwas an, das nicht aus sich heraus Bestand hatte, sondern erst nach Unterstützung durch die Fantasie funktionieren konnte. Er war Materialist, ohne Realist zu sein; und daher übernahm er aus beiden Weltanschauungen das Schlechteste.

Ben Phipps beendete seine Rede, als er bemerkte, wie spät es war. Er mußte zurück, um die Ereignisse des Tages niederzuschreiben. Guy sprach wie einer, der sich einer neuen Verantwortung bewußt ist, und bot Harriet an, sie an diesem Abend in das Kellercafé Elatos auszuführen und fragte: »Wie steht's mit dir, Ben?« Ben sagte: »Ich werde euch Gesellschaft leisten, aber wie die Dinge so stehen, muß ich in der Nähe eines Telefons bleiben.«

Es schien, als ob Guy jetzt tatsächlich die Absicht hatte, ihr Leben in seine Hände zu nehmen. Doch es war zu spät. Viel zu spät. Und Phipps war ständig dabei, wo immer sie auch hingingen.

»Darling«, sagte sie. »Ich kann nicht begreifen, wie du ihn dauernd ertragen kannst.«

Guy war erstaunt. »Er ist ein höchst lebendiger und anregender Begleiter.«

»Ich will ihm jedenfalls nicht mehr zuhören. Besonders jetzt nicht, wo sich hier einiges ereignet.«

»Wenn ihm mehr Leute zugehört hätten, dann hätte all dies hier überhaupt nicht geschehen müssen.«

»Wie kannst du nur so etwas Lächerliches sagen!« Sie bekam langsam Angst, einen Mann geheiratet zu haben, den sie nicht ernst nehmen konnte.

»Außerdem«, fügte Guy als Rechtfertigung hinzu »Ben weiß, was hier vor sich geht. Er weiß mehr als die meisten. Er hat mir erzählt, daß britische Truppen auf Lemnos ausschiffen, und er hatte recht. Und jetzt hat er herausgefunden, daß sie gerade auf das Festland übersetzen. Das hätte dir vermutlich nicht einmal dein Freund Frewen sagen können.«

»Das hätte er zweifellos sehr wohl tun können; doch er tat es nicht. Ich vermute, dies sind interne Informationen.«

»Tja, wenn du interne Informationen willst, hältst du dich lieber an Ben.«

Bedeutende Besucher trafen in Athen ein. Der Parthenon wurde für sie geöffnet; Ben Phipps, der beabsichtigte, über dieses Ereignis zu berichten, besorgte Eintrittskarten und nahm die Pringles mit. Der britische Außenminister stand am Beule-Tor und lächelte Harriet an, als sie an ihm vorüberging. Harriet lächelte zurück in das jugendliche, attraktive, vertraute Gesicht und war ganz hingerissen, als sei ein leibhaftiger Teil Englands hierhergekommen, um ihnen in ihrer Isoliertheit beizustehen.

Ben Phipps verhielt sich ruhig, bis sie sich auf dem Plateau befanden; dann grinste er zu Guy hinüber, und seine Augen funkelten dabei vor fröhlicher Ironie, und sein ganzer vierschrötiger, schwerer Körper zuckte vor Begierde, die Feierlichkeit dieses Augenblicks zu zerstören. Als er anfing: »Ich wette...«, sagte Harriet: »Halt die Klappe.«

»Deine Frau ist eine verdammte Konservative«, beschwerte er sich.

»Oh, nein.« Guy legte seinen Arm um ihre Schulter. »Sie ist nur eine Romantikerin.«

»Das ist das gleiche.«

»Das würde ich nicht sagen. Romantiker sind relativ harmlos.«

Sie beschlossen, zum Museum zu gehen. Als sie in den Parthenon hineingingen, stieg Charles gerade mit zwei anderen Offizieren am östlichen Ende die Stufen herauf und kam auf sie zu. Er sah Harriet. Er erkannte ihre Begleiter und sah dann weg. Er lächelte in sich hinein. Weder Guy noch Ben

Phipps bemerkten ihn. Bei den Stufen gelang es ihr zurückzublicken, doch er war schon nicht mehr zu sehen.

Im Museum war nicht viel übriggeblieben, aber noch genug, um sie verweilen zu lassen. Harriet stand lange Zeit da und betrachtete die antiken Pferde mit ihren weichen, geschwungenen Nacken und dachte: ›Es macht nichts. Es war eine unmögliche Situation.‹ Jetzt war sie, Gott sei Dank, vorüber.

Als sie wieder herauskamen, ging die Sonne gerade unter, und die wichtigen Besucher waren schon gegangen. Die letzten Offiziere schlenderten, wie Silhouetten im Dämmerlicht, in Richtung Tor. Vor dem Tor ging Alan Frewen gerade vorsichtig den felsigen Hang zur Straße hinunter, und Ben Phipps fragte ihn: »Was macht denn der feine Herr hier?«

Alan lachte: »Das weißt du doch so gut wie ich.«

»Wäre er eventuell zu einem Interview bereit?«

»Schon möglich.«

»Wo ist er jetzt?«

»Wahrscheinlich auf halbem Weg nach Zypern.«

»Danke, daß du mir das gesagt hast. Komm, ich nehm' dich im Auto mit zurück.« Als Ben Harriet und Alan am Büro aussteigen ließ, sagte Guy, daß er sie um sieben Uhr wieder abholen würde. Er und Ben würden sie zum Abendessen mit ins Babayannis nehmen.

Sogar Tintenfisch war jetzt Mangelware. Die Speisenkarte im Babayannis bot Lungeneintopf an und eine Art Leberwurst, die Harriet eine chronische Magenverstimmung bereitet hatte.

Guy sagte: »Was soll's? Es gibt genügend Wein!«

Beide Männer zogen es vor zu trinken; doch Harriet wollte lieber essen als trinken. Sie war ganz gereizt vor Hunger und fühlte sich lange genug von Phipps und Guy gefangengehalten; und sie wurde noch mehr gereizt durch Guys albernes Benehmen. Und alles, was gesprochen wurde, erschien ihr wie eine Bestätigung ihrer Ansicht. In der Vergangenheit hatte sie sich darüber beschwert, daß sich Guy nicht genug um sie gekümmert hatte. Doch jetzt war es ihr zuviel.

Harriet stocherte in den grauen, schlüpfrigen Leberwürsten herum und hörte einmal mehr, wie Phipps die Erwiderung Hemingways auf Fitzgeralds Beobachtung wiederholte: ›Die Reichen sind anders als wir.‹

»Er sagte«, erzählte Phipps hämisch, »›ja, sie haben mehr Geld.‹«

Wutentbrannt fixierte sie Phipps und sagte: »Ich nehme an, Sie stimmen mit Hemingway überein?«

»Sie nicht?«

»Nein, ich nicht. Ich finde, seine Antwort entlarvt Hemingway und seine Beschränktheit. Er verstand einfach nicht, was Fitzgerald ausdrücken wollte.«

»Sieh einer an!« Ben Phipps lächelte nachsichtig. »Und was wollte er ausdrücken?«

»Er wollte ausdrücken, daß die Reichen eine Geisteshaltung haben, die einzig auf Geld beruht.«

»Ich kann nicht sagen, daß mir das aufgefallen wäre.«

»Das sollte Ihnen aber aufgefallen sein. Sie sind doch lange genug bei Cookson herumgehangen.«

»Cookson hat mich amüsiert.«

»Und Sie haben Cookson amüsiert. Man hat mir erzählt, daß Sie in Phaleron der Hofnarr waren.«

»Ich habe mich allerdings über ihn und sein Geld lustig gemacht.«

»Als eine Art von Selbstverteidigung.«

»Selbstverteidigung?«

»Sie wissen doch sicher, daß Lachen eine Art Verteidigung ist? Wir machen uns über die Dinge lustig, die wir am meisten fürchten.«

»Sie macht nur Spaß«, sagte Guy, aber Ben Phipps wußte, daß dies nicht der Fall war. Seine Miene zeigte keinerlei Nachsicht mehr. Sein Gesicht wurde hart, und sie sah ihm an, daß er den Impuls, sie zu beleidigen, gerade noch unter Kontrolle bringen konnte.

Er konnte sie ebensowenig leiden wie sie ihn, also warum sollte sie hier ihre Zeit verschwenden, um einem Menschen als Zuhörer zu dienen, den sie verachtete? Was Guy betraf, der beklommen lächelnd dasaß, so wirkte er in diesem Moment lediglich wie ein Gefängniswärter, der sie mit Menschen umgab, die sie nicht interessierten, und sie mit Gesprächen strapazierte, die sie langweilten. In ihrer Ehe hatte sie keine Befreiung gefunden. Sie hatte sie weiter in das Gefängnis ihres eigenen Ichs zurückgedrängt. Sie registrierte jetzt überdeutlich, wie schnell die Zeit verstrich, und sie spürte, daß sie eigentlich gar nicht wirklich lebte, sondern daß man versuchte, sie mit einer Imitation von Leben abzuspeisen.

Als der Abend fortschritt und Phipps unweigerlich zu den Ursachen für alles Übel in der Welt zurückkehrte, erreichte Harriet beim Zuhören den Punkt, wo sie bewußt und gezielt aufbegehrte. Bei der Erwähnung der geheimnisvollen Zoippus Bank unterbrach sie ihn: »Es gibt keine Zoippus Bank. Es gab nie eine und es wird nie eine Zoippus Bank geben. Ich bin mir ziemlich sicher, daß kein Jude jemals Hitler finanziell unterstützt hat. Ich weiß, daß der Vatikan sich nie mit Krupp eingelassen hat und Wall Street und Bethlehem Steel...«

»Du weißt einen Scheiß«, sagte Ben Phipps.

Harriet begegnete dem Haß seiner kleinen Augen und sagte ebenfalls voller Haß: »Du *häßlicher* kleiner Zwerg!«

Sein Kinn fiel nach unten. Sie konnte erkennen, daß sie ihn getroffen hatte.

Guy fühlte sich ebenfalls getroffen. Bestürzt protestierte er: »Darling!«

Den Tränen nahe sprang sie auf und hastete durch das volle Restaurant. Guy holte sie ein, als sie gerade die Eingangshalle verließ. Er sagte: »Komm zurück.«

»Nein.« Wütend fuhr sie ihn an: »Warum schleppst du mich überall mit hin, damit ich diesem Ben Phipps zuhören muß. Du weißt, daß ich ihn nicht ausstehen kann.«

»Aber er ist mein Freund.«

»Und Charles Warden war mein Freund.«

»Das war etwas anderes...«

»Das finde ich nicht. Du möchtest die Gesellschaft von Phipps; ich ziehe Charles vor.«

»Aber du brauchst Charles nicht. Du hast mich.«

Harriet antwortete darauf nicht.

Schmerzerfüllt und hilflos argumentierte er mit ihr: »Warum kannst du Ben nicht leiden? Er ist viel unterhaltsamer als die Leute, die *du* magst. Für mich ist Alan Frewen ein Langweiler. Und was Charles Warden angeht! Er ist ein ganz netter Kerl, aber er nimmt sich selbst zu ernst. Er ist ziemlich unreif.« Guy schaute sie an und wartete auf Zustimmung, doch als diese nicht kam, sagte er: »Aber er sieht gut aus. Ich vermute, das bedeutet dir etwas?«

»Er sieht gut aus, das stimmt; aber das hat damit nichts zu tun. Als ich ihn das erste Mal sah, dachte ich sogar, er sei eingebildet und unfreundlich.«

»Und jetzt denkst du das nicht mehr?«

»Nein.«

Guy senkte den Kopf und legte die Stirn in Falten, um seine Verzweiflung zu verbergen. Er fragte: »Willst du mich verlassen?«

»Guter Himmel, nein; von so was kann keine Rede sein.«

Guys Kopf sank tiefer. Jämmerlich und verlegen sagte er: »Ich nehme an, du möchtest mit ihm eine Affäre beginnen?«

»Also wirklich!« Harriet war über eine solche Frage entsetzt. Und noch dazu eine nicht beantwortbare Frage! »Bestimmt nicht! Als ob das überhaupt jemand könnte – bei dem Leben! Wo alles so vergänglich ist. Wo man keine Zeit hat und keine Gelegenheit! Aber es war nie die Frage... Es war nur, weil ich so einsam war!«

»Du bist jetzt nicht mehr einsam. Du bist immer mit mir und Ben unterwegs.«

»Ben ödet mich an.«

»Darling, du weißt, ich möchte dir nichts wegnehmen.«

»Was gibt es denn schon, das du mir wegnehmen könntest? Charles wird nicht mehr lange hier sein. Ich möchte ihn nur gerne wiedersehen.«

»Na gut. Aber komm mit zurück an den Tisch. Sei nett zu Ben. Er weiß, daß er häßlich ist. Du brauchst es ihm nicht auch noch unter die Nase zu reiben. Sag ihm, daß es dir leid tut, und sei ein braves Mädchen.«

»Es tut mir leid. Ich wollte ihm nicht weh tun.«

»Na, dann komm.« Guy nahm ihre Hand und führte sie ins Restaurant zurück.

22

Die Luftangriffe waren jetzt häufiger: ein Anzeichen für drohendes Unheil. Manchmal war es morgens kaum möglich, zwischen den Alarmen nach Athen hineinzufahren. Als Harriet an einem solchen Morgen von der Metrostation Monastiraki kam, stieß sie auf zwei britische Panzer. Sie hatten in der Hermesstraße Halt gemacht, und die Soldaten standen auf der Straße beieinander.

In der Nacht hatte es geschneit. Die Bürgersteige waren feucht; das Licht, das von dem dunklen, verhangenen Himmel kam, hatte die blaue Fluoreszenz des Schneelichts, und doch stand bereits ein Baum, dessen Äste über eine Gartenmauer hingen, in voller Blüte.

Harriet war nicht die einzige, die stehenblieb, um die Panzer zu betrachten. Einige Passanten betrachteten voller Verblüffung den sandfarbenen Tarnanstrich und die aufgemalten Palmen und Kamele. Harriet war dies alles vertraut, aber auf eine abstruse, beunruhigende Weise, als ob es zu einem Leben gehörte, das sie vor langer Zeit einmal gelebt hatte. Die jungen Engländer kamen ebenfalls aus der Vergangenheit. Sie alle sahen einander ähnlich: nicht groß, wie sie die Engländer in Erinnerung hatte, sondern gut gebaut, mit von der Sonne geröteten Gesichtern und ausgebleichtem blondem Haar. Als sie sich ihrer bewußt wurden, hörten sie auf zu reden. Sie sahen sie verzückt an, und sie schaute zurück, und alle erinnerten sich an die Welt, aus der sie gekommen waren, und alle waren zu schüchtern, um etwas zu sagen.

Unvermittelt ging sie davon. Im Büro war die Atmosphäre sehr gefühlsgeladen, und sogar Miß Gladys war so berührt, daß sie in einen Redeschwall ausbrach: »Unsere Jungs kommen! Unsere Jungs kommen! Ist das nicht großartig! Ich war natürlich im Bilde. O ja, ich wußte es die ganze Zeit. Lord Pinkrose hat Andeutungen gemacht, aber nicht zufällig. O nein, nicht zufällig! Er sagt öfter etwas, um zu zeigen, daß er mir vertraut.«

Als Ben Phipps hereinkam, wartete er das Ende ihrer Rede nicht ab, sondern hastete durch die Nachrichtenzentrale, wobei er alle Türen offenstehen ließ, so daß man ihn laut schimpfen hören konnte: »Jetzt haben wir es. Wir haben die Boches direkt herausgefordert.«

Er war gerade aus Piräus gekommen, wo, wie er sagte, Truppen von Bord gingen und unmittelbar vor dem deutschen Konsulat Nachschub abgeladen wurde.

»Weiß das die Gesandtschaft?« fragte Alan.

»Ich habe sie angerufen, aber was können sie schon machen? Die Griechen befinden sich mit den Deutschen nicht im Kriegszustand; zumindest noch nicht. Und dort liegt das ganze Zeug jetzt also, für alle gut sichtbar. Die Italiener bombardieren es, und der deutsche Militärattaché macht sich Notizen. Als ich dort eintraf, zählte er gerade die Geschütze. Er nickte mir zu und sagte auf deutsch: ›*Wie gewöhnlich – zu wenig und zu spät!*‹ «

»Ist das wahr?«

»Es wäre verdammt komisch, wenn es das wäre.«

»Ich meine, ist es wahr, daß die Deutschen die Ausschiffung beobachten?«

»Natürlich. Geh hin und überzeug dich selbst.«

Alan legte die Hand auf das Telefon, hielt inne und zog sie wieder zurück.

»Da ist nichts zu machen«, sagte Phipps. »Die Armee hat – wie üblich – Scheiß gebaut. Aber was soll's? Wir haben sowieso keine Chance.«

»Da bin ich mir nicht so sicher«, sagte Alan. »Es ist erstaunlich, was wir alles fertigbringen, wenn wir in die Enge getrieben sind. Aber was immer auch geschieht, es ist besser, zusammen mit den Griechen zu leiden, als sie in ihrem Kampf alleine zu lassen.«

Im Hochgefühl der Erwartung und der Vorbereitung auf den Kampf, der, trotz allem, ja zum Erfolg führen könnte, sah es Harriet als gerechtfertigt an, mit Charles Kontakt aufzunehmen. Sie schrieb: ›Ich möchte dich sehen. Warte um ein Uhr auf mich‹, und gab den Zettel einem Militärboten, der im Flur stand. Charles wartete, ohne zu lächeln, am Seiteneingang auf sie und empfing sie mit einem angespannten, reservierten und zugleich fragenden Blick.

Sie fürchtete schon, sich nicht besonders klug verhalten zu haben, und sagte: »Ich gehe in die Plaka. Kommst du mit?«

Er gab ihr keine Antwort, sondern folgte ihr durch die Menschenmassen, die sich auf den Straßen befanden, um die britischen Geschütze und LKWs in der Stadt ankommen zu sehen. »Das ist aufregend, nicht wahr?«

»Es ist vielleicht für dich aufregend.«

»Für dich nicht?«

»Für mich bedeutet es, daß ich nicht mehr lange hier sein werde.«

Sie kamen auf den Platz, an dem Byron gelebt hatte. Tische und Stühle waren vor das kleine Café gestellt worden, doch niemand konnte in dem bitterkalten Wind draußen sitzen. An dieser Stelle fragte Charles plötzlich: »Wohin gehst du?«

»Zur Schneiderin. Ich hatte gehofft, du würdest dolmetschen; mein Griechisch ist nicht sehr gut.«

Er wurde blaß und starrte sie verärgert und vorwurfsvoll an: »Ist das der Grund, weshalb du mich sehen wolltest? Bloß, damit ich dir behilflich bin?«

»Nein.« Seine Reaktion verletzte sie. Sie hatte angenommen, daß er diese Bitte als eine Geste der Vertrautheit betrachten und sofort wissen würde, daß sie nur ein Vorwand war, damit er mitkam: »Möchtest du mir nicht behilflich sein?«

Sein Gesichtsausdruck veränderte sich nicht. Einige Minuten lang schwieg er, als ob er sich nicht dazu durchringen könnte zu sprechen, dann sagte er heftig: »Wo ist diese Schneiderin?«

»Hier. Aber es ist nicht wichtig. Gehen wir ins Zonar's und schauen wir, ob wir ein Sandwich kriegen können.«

Er stimmte dem weder zu, noch äußerte er sich gegenteilig, aber er machte kehrt, als sie kehrtmachte, und ging mit ihr zurück in Richtung Universitätsstraße. Weil sie mißverstanden worden war, versuchte sie nicht noch einmal, ein Gespräch anzufangen, sondern betrachtete sich ein- oder zweimal sein ernstes Profil und fragte sich, was sie denn an diesem kühlen, distanzierten und zornigen Fremden so anziehend fand. Dies wäre natürlich der Augenblick gewesen, sich loszureißen, doch die Anziehung blieb. Selbst jetzt, wo sie ihn so distanziert und unerreichbar erlebte, war sie eigentlich doch nicht gewillt, ihn zu verlassen.

Ein halbes Dutzend australischer LKWs hatte an der Ecke von Zonar's geparkt, und die Soldaten waren herabgeklettert. Einige von ihnen tranken mit griechischen Freunden, die sie gerade kennengelernt hatten; andere stolperten draußen zwischen den Tischen umher, warfen ab und zu einen Stuhl um, waren aber immer noch einigermaßen nüchtern und vernünftig. Die Griechen schienen sich aufrichtig über sie zu freuen, aber Charles blieb stehen, vergaß, daß er beleidigt war und sagte: »Wir gehen besser nicht dort rein.«

»Warum denn nicht?«

»Für die niederen Dienstgrade ist der Zutritt verboten, was für mich die Sache schwierig macht. Aber schlimmer noch: Sie trinken, also ist mit Ärger zu rechnen. Ich möchte nicht, daß du da hineingezogen wirst.«

»Also wirklich! Das ist doch lächerlich.«

Er packte sie am Arm und führte sie nachdrücklich weg. Sie lachte ihn aus und weigerte sich, sich länger von seiner schlechten Laune die Stimmung verderben zu lassen. Sie sagte: »Wenn du dort nicht hinwillst, gehen wir eben zu meiner Schneiderin!«

Sie führte ihn zurück in die Plaka, wo eine junge Griechin ihr zwei Abendkleider machte. Charles übersetzte etwas widerwillig ihre Instruktionen und sagte dann: »Ich warte draußen auf dich.« Als sie hinausging, erwartete sie fast, daß er bereits gegangen war, aber er stand in der Gasse neben einem Blumenladen. Er hatte unterdessen Veilchen gekauft und hielt ihr jetzt den Strauß entgegen. Sie nahm ihn und hielt ihn sich an den Mund.

Sie sprach durch den süßen Duft der Blütenblätter: »Wir dürfen nicht streiten. Dazu haben wir keine Zeit.«

»Nein, dazu haben wir wirklich keine Zeit.« Er lachte sein ironisches Lachen und fragte: »Also, wohin willst du jetzt gehen?«

»Mir ist es gleichgültig, wo wir hingehen. Aber sei nicht mehr verärgert.«

»Wir könnten vielleicht irgendwo was essen. Fürs Mittagessen ist es bereits zu spät, aber wenn wir ins Corinthian gehen – da kenn' ich einen der Kellner. Er wird uns etwas bringen.«

Während sie zum Platz zurückhetzten und dabei den Massen auf den Bürgersteigen auswichen, hielt Charles sie fest und zog sie mit sich, ganz gebannt von der hektischen Atmosphäre im Zentrum, wo sich soviel tat. Sie waren beide in Hochstimmung, während sich der Zauber ihrer Beziehung aufs neue entfaltete.

Wie lange würde er voraussichtlich noch in Athen bleiben? Er wußte es nicht. Die Mission sollte in das Expeditionskorps integriert werden, aber er hatte noch immer seine Arbeit im Büro des Militärattachés und würde bleiben, bis seine Abkommandierung eintraf. Das konnte innerhalb der nächsten Tage sein oder auch erst in zwei oder drei Wochen. Niemand schien zu wissen, wann die einzelnen Einheiten eintreffen würden. Die Aufstellung der Streitkräfte verlief einigermaßen chaotisch, da sie überhastet geschah und die einzelnen Truppenteile von verschiedenen Abschnitten abgezogen und neu zusammengewürfelt wurden.

Nur eine Sache war sicher: Es gab keine Sicherheit und sehr wenig Zeit.

Die LKWs, die jetzt in Massen aus Piräus kamen, versuchten, ihren Weg in die Lager außerhalb von Athen zu finden. Mehrere, die vom Weg abgekommen waren, hatten es bis zur Stadionstraße geschafft, und einer nach dem anderen hielt an, um sich von Charles weiterhelfen zu lassen. Jedes Mal, wenn die Engländer miteinander sprachen, versammelte sich eine kleine Gruppe von Menschen um sie, um zuzuschauen. Ein Mädchen warf einen Strauß Alpenveilchen zu den Soldaten hinauf, die sich über die Bordwand gelehnt hatten. Daraufhin fingen die Soldaten an, den Passanten zuzurufen, und noch mehr Blumen wurden hinaufgeworfen, und in den Straßen entstand eine Festtagsatmosphäre. Plötzlich warf jeder den Soldaten Blumen zu und hieß sie auf griechisch und auf englisch willkommen. Von einem Moment zum anderen, so schien es, hatte sich die Angst in nichts aufgelöst. Die britische Intervention mochte tatsächlich bedeuten, daß Griechenland verloren war, aber diese Männer waren Gäste in ihrem Land und mußten als solche behandelt werden. Daraufhin legten die Soldaten, die vor Mißtrauen – wegen des unerwarteten Winterwetters und aufgrund des Umstands, daß die Mädchen sie nicht ansahen – ganz verwirrt gewesen waren, ihre Unsicherheit ab und begannen gutmütig darauf zu reagieren.

Bei all dem Rufen und Winken und Blumenwerfen hielt Harriet sich bei Charles fest und sagte: »Es macht Spaß, nicht alleine zu sein.«

Charles lächelte sie ungläubig und fragend an: »Aber bist du denn jemals alleine?« fragte er.

»Recht oft. Guy ist immer mit irgend etwas beschäftigt. Er ist...« Sie wollte schon sagen: ›Er ist zu beschäftigt, um zu leben‹, hielt sich dann aber zurück. Sie sagte statt dessen: »Er hat seine eigenen Interessen.«

»Interessen, die du nicht mit ihm teilst?«

»Oft sind es Interessen, die ich nicht mit ihm teilen kann. Diese Inszenierungen zum Beispiel: Es macht ihm Spaß, aber er zieht es vor, mich nicht dabei zu haben. Das ist natürlich gut zu verstehen. Die Inszenierung ist seine Welt; er ist dabei die dominierende Persönlichkeit – und er ist der Meinung, daß ich ihn nicht ernst nehme. Wenn ich dabei bin, verderbe ich alles für ihn. Und er macht viel zuviel. Als er in Bukarest *Troilus und Cressida* aufführte, arbeitete er Tag und Nacht daran. Die Deutschen rückten zu dieser Zeit nach Paris vor. Ich bekam ihn nie zu Gesicht. Er verschwand ganz einfach.«

»Was hast du getan? Warst du allein?«

»Meistens, ja.«

Charles beobachtete sie ernst, erwartete eine zufriedenstellende, schlüssige Erklärung, doch sie sagte nichts mehr. Einen Augenblick später ermutigte er sie: »Du mußt einsam gewesen sein, in diesem fremden Land und in einer Zeit wie dieser.«

»Ja.«

»Du hattest einen Fremden geheiratet und bist losgezogen, um unter Fremden zu leben. Was hattest du erwartet?«

»Nichts. Wir rechneten nicht damit, daß wir überleben würden. Die Tatsache, daß wir überlebten, hat uns aus der Bahn geworfen. Immerhin hatte Guy eine bemerkenswerte Energie ausgestrahlt. Jetzt bin ich mir nicht mehr so sicher bei ihm. Als Energiebündel ist er wahrscheinlich bemerkenswert, aber alles, was er tut, ist, sich selbst zu verschwenden. Und warum? Denkst du, er hat Angst, sich zu stellen?«

Charles wußte keine Antwort auf diese Frage, sondern sagte: »Er scheint genügend Selbstvertrauen zu haben.«

»Guys Selbstvertrauen stammt in Wirklichkeit aus einem Mangel an Realitätsbezug. Er ist fest im Irrealen verhaftet. Er hat Angst herauszukommen.«

Charles versuchte, selbst etwas mehr Bezug zur Wirklichkeit zu bekommen, und fragte deshalb: »Was macht er im Moment?«

»Er studiert aufs neue die Revue ein. Sie haben beschlossen, es Pinkrose zu zeigen, und der Feldkaplan läßt sie den Gemeindesaal benutzen. Er ist wahrscheinlich jetzt dort.«

Damit hatte sie sich geirrt, wie sie bald feststellte. Sie gingen an einem Café vorbei. Das Wetter war heiter geworden, und draußen in der Sonne saß Guy mit einem britischen Armeeoffizier. »Schau, wer da ist«, rief er ihr zu.

Harriet hatte bereits gesehen, wer da war. Der Offizier war Clarence Lawson, einer ihrer Bukarester Freunde, der jetzt als Oberstleutnant herausgeputzt war. Grinsend stand Clarence auf, groß und schlanker denn je, und hielt seinen langen, schmalen Kopf zur Seite geneigt, als geniere er sich. Harriet wußte, daß er die Situation nicht nur durchschaute, sondern sie darüber hinaus mißbilligte. Er hatte ihr einen kurzen, prüfenden Blick zugeworfen, und sie erkannte, wie er eins und eins zusammenzählte.

Clarence hatte kein Glück bei Frauen, aber er war ein Mann, dessen Leben ihn ständig und intensiv mit dem anderen Geschlecht zusammenbrachte und der von einer Liebe zur nächsten Liebe stolperte, wobei er eine unglückliche Leidenschaft überhaupt keiner Leidenschaft vorzog.

Sie sagte: »Ja, hallo!« und hoffte, daß sie ihn durch ihren Ton herzlichen Interesses von der Intimität, die er zwischen ihr und Charles beobachtet hatte, ablenken konnte. Sie streckte die Hand aus. Er nahm sie, doch seine Augen hafteten auf der Hand, die die Veilchen hielt.

Sie zog ihn wegen des Dienstgrads auf, den er erreicht hatte, seit sie ihn das letzte Mal gesehen hatten. Sein Grinsen wurde kläglich, und er murmelte:

»Hat nicht viel zu sagen.«

Guy sagte vergnügt: »Du hättest zu keiner besseren Zeit vorbeikommen können. Clarence ist nur für ein paar Stunden hier. Er ist gerade angekommen. Ich war auf dem Weg zur Probe, als ich ihm zufällig in die Arme lief. War das nicht ein sagenhafter Zufall? Hier.« Guy schob zwei Stühle heran. »Setzt euch beide. Was möchtet ihr? Kaffee?«

»Wir haben noch nichts gegessen.«

»Ihr werdet jetzt auch nichts bekommen, aber vielleicht machen sie euch ein Sandwich.«

Harriet blickte Charles an und sah, wie sich sein Gesicht ihr gegenüber verschloß. Er wich ihrem Blick aus und sprach statt dessen mit Guy, als sei sie nicht anwesend.

»Leider kann ich nicht bleiben. Im Moment ist die Hölle los. Ich muß ins Büro zurück.« Er gab niemandem die Möglichkeit, ihn zurückzuhalten, sondern wandte sich abrupt um und überquerte die Straße.

Während Harriet beobachtete, wie er davonging, verspürte sie ein so stechendes Gefühl des Verlusts, daß sie nicht ruhig sitzen bleiben konnte: »Ich muß ihm nach. Ich kann ihn so nicht gehen lassen. Ich muß ihm erklären...«

»Natürlich«, sagte Guy mit ausdruckslosem Gesicht und ebensolcher Stimme. »Wenn du meinst...«

»Ja. Ich komme gleich zurück. Ich werde nicht lange brauchen.« Sie hastete fort und schaffte es, Charles in der Menge auf dem gegenüberliegenden Bürgersteig auszumachen. Er ging in einen Laden, der Zigaretten und Zeitungen verkaufte. Sie verlangsamte ihren Schritt, um wieder zu Atem zu kommen, und als sie dann bei ihm war, konnte sie ganz ruhig zu ihm sagen: »Charles, es tut mir leid.«

Er schwang herum, ganz erschrocken, sie da neben sich zu sehen.

»Clarence ist nur für so kurze Zeit hier. Ich muß bei ihnen bleiben. Ich habe keine andere Wahl.«

»Ein Teil deiner Vergangenheit, wie ich annehme?«

»Nein. Nicht das, was du denkst. Warum sagst du das?«

»Er hat ganz schön geknickt ausgesehen, als er sah, daß ich dich begleite.«

»Er ist nur ein Freund; Guys Freund genauso wie meiner.«

»Das wirst du über mich auch einmal sagen.«

Sie lachte und ließ ihre Finger in seine Hand gleiten. Er war noch immer verärgert, aber er ließ ihre Hand gewähren. Sie sagte: »Seh' ich dich morgen?«

»Zum Mittagessen?«

»Ja.«

Sie versuchte, ihre Finger zurückzuziehen; er hielt sie einen Moment lang fest und ließ sie dann los. Da sie eine Verabredung getroffen hatten, konnten sie beruhigt auseinandergehen. Harriet ging wieder zu Guy und Clarence zurück. Clarence war zurückhaltend und zeigte dadurch seine Mißbilligung, worauf sie wieder versuchte, ihn aufzuziehen: »Ich dachte, du wärst Kriegsdienstverweigerer?«

»Ich bin noch immer Kriegsdienstverweigerer.«

»Aber du bist der Armee beigetreten.«

»Hmm... in gewisser Hinsicht, ja.« Clarence räkelte sich, wie er es immer getan hatte, verbarg sein Unbehagen hinter dem Anschein von Gleichgültigkeit und Ungezwungenheit und wollte auf ihre Spöttelei nicht eingehen. Trotz seiner Mißbilligung war er, wie er es schon immer gewesen war, in der Defensive.

»Bist du nun in der Armee oder nicht?«

Clarence zuckte die Achseln und überließ es Guy, zu erklären, daß er kein richtiger Oberstleutnant war. Er gehörte nur einer paramilitärischen Organisation an, die den Auftrag hatte, britische Wirtschaftsinteressen in den Kriegszonen zu schützen. Er befand sich auf dem Weg nach Saloniki, um ein wachsames Auge auf die Tabakkonzerne zu haben.

»Also wirklich! Was für ein schockierender Abstieg. Zum Agenten von Bund, Wall Street und Zoippus Bank! Er sollte besser nicht mit Ben Phipps zusammentreffen.«

Clarence zuckte ein weiteres Mal mit den Achseln und weigerte sich, sich zu wehren. Und Harriet fuhr fort, ihn darüber auszufragen, was er so alles getan hatte, seit er Bukarest in Begleitung von Sophie verlassen hatte – dem halbjüdischen rumänischen Mädchen, das einst gehofft hatte, Guy zu heiraten. Er war auf dem Weg nach Ankara gewesen, um eine British-Council-Stelle anzutreten, aber Sophie hatte ihn davon abgebracht. Sie hatte beschlossen, daß Ankara nichts für sie sei. Als sie den Orient Express in Istanbul verließen, verlangte sie, daß sie das Schiff nach Haifa nehmen und von dort nach Kairo weiterfahren sollten.

»Dort bist du also gelandet?«

»Yep.«

»Und was war mit dem Council? Konnten sie dich nicht weiterbeschäftigen?«

»Nein, ich hatte nur einen Zeitvertrag. Sie ließen mich ziehen.«

»Und jetzt bist du Oberstleutnant! Das ist eine ganz schön rasante Beförderung.«

»Ja. Leutnant an einem Tag: Major am Ende der Woche: Oberstleutnant die Woche darauf. So läuft das.« Vor lauter Selbstverachtung schniefte er. »Das Büro in Kairo ist voll von falschen Oberstleutnants wie mir.«

»Und was ist mit Sophie?«

»Ihr geht's gut.«

»Habt ihr geheiratet?«

»Ja.«

»Schön für Sophie. Und jetzt ist sie die Frau eines Oberstleutnants! Ich wette, ihr gefällt das?«

Clarence ließ den Kopf hängen und gab keine Antwort.

Guy empfand den Gang der Unterhaltung als höchst zufriedenstellend und beschloß, daß er jetzt ohne Bedenken gehen konnte. Er übergab Clarence an Harriet und sagte, daß er um halb drei bei der Probe hätte sein müssen und die Truppe nicht mehr länger warten lassen könne. »Ich bin um sieben Uhr zurück«, sagte er. »Ich treff' euch hier. Überlegt euch, wo ihr zum Abendessen hingehen wollt. Auf jeden Fall werden wir den Abend zusammen verbringen.« Und als er seine

Bücher und Papiere zusammengesammelt hatte, war er auch schon fort.

»Guy hat sich nicht sehr geändert«, sagte Clarence.

»Hattest du erwartet, er würde sich ändern?«

Harriet legte die Veilchen vor sich auf den Tisch, und Clarence runzelte deswegen die Stirn. »Guy ist ein großartiger Mensch«, sagte er.

Sie hatten dieses Thema schon einmal diskutiert, und Harriet wußte nichts Neues dazu zu sagen. Sie war oft mit Clarence zusammen gewesen, der in Bukarest ihren Begleiter gespielt hatte, wenn Guy nicht aufzufinden war, was meistens der Fall war. Sie hatte seine Großzügigkeit angenommen und ihm nichts dafür gegeben, aber ihr vorherrschendes Gefühl bei seinem Anblick war Gereiztheit. Clarence, so schien es, war geboren, um zu leiden. Er wollte leiden. Wenn sie ihn nicht schlecht behandelt hätte, hätte es jemand anderes getan. Aber Clarence war auch zur Rache fähig. Er ermutigte zu Vertraulichkeiten und zeigte oft Mitgefühl, war dann aber ebenso bereit, sie plötzlich anzuschnauzen: »Beschwer dich nicht bei mir. *Du* hast ihn geheiratet«, oder: »Wenn du es nicht zulassen würdest, daß er deine Schwächen ausnutzt, dann würde er dich auch nicht mit diesen Schwachköpfen belästigen.«

Jetzt war sie vorsichtig. Es war damit zu rechnen, daß er ihr mit der Rachsucht des Schwachen ihr Verhalten gegenüber Charles aufrechnen würde; und bei nächstbester Gelegenheit würde er sie mit irgendeiner entsetzlichen Wahrheit abschießen.

»Ein großartiger Mensch«, wiederholte Clarence fest. »Er ist nicht selbstsüchtig. Er ist großmütig. Er ist eine *große* Persönlichkeit.«

»Ja«, sagte Harriet.

»Du kannst dich verdammt glücklich schätzen, mit ihm verheiratet zu sein.«

»Ja, ich glaube, das kann ich... in gewisser Hinsicht.«

»Was meinst du damit: ›in gewisser Hinsicht‹? Du hast verdammtes Glück!«

Harriet ging nicht darauf ein. Das Café bereitete für sie ein

Sandwich zu. Als die Sonne draußen von den Tischen verschwand, kehrte die Kälte zurück. Obwohl die feuchte Brise nach Frühling duftete und Mandel- und Aprikosenbäume in Blüte standen, kam mit der Dämmerung ein eisiger Geruch in die Luft. Die Nächte waren noch immer kalt genug, daß es schneien konnte.

Sie ging früher als nötig ins Büro zurück. Als sie sich aufmachte, zog Clarence ins Innere des Cafés um. Er hatte Cognac getrunken, und seine gedrückte Stimmung hatte sich gehoben. Er erwies ihr jetzt wieder seine alte, romantische Bewunderung.

Um acht Uhr schaute Ben Phipps auf seinem Weg zur Stefani-Agentur herein und kam an ihren Tisch, um etwas auszurichten, wenngleich widerwillig. Er hatte eine Nachricht von Guy und übermittelte sie auf gleichgültige Art. »Er sagt, er muß den Refrain noch einmal proben. Aber ihr sollt ins Pomegranate gehen, und er wird euch dann dort treffen.«

»Warum das Pomegranate?«

»Frag mich doch nicht. Ich sage nur, was er sagte.«

»Wie lange, glaubst du, wird er noch brauchen?«

»Weiß der Himmel. Du weißt doch, wie er ist.«

Seit ihrem heftigen Wortwechsel waren Harriet und Ben Phipps beim ›Du‹ geblieben. Es bot ihnen sowohl die Möglichkeit zu einem quasi-kollegialen Umgang wie auch die, jederzeit eine latente Aggressivität gegenüber dem anderen unterzubringen.

Clarence fragte Phipps, ob er sich nicht auf einen Drink zu ihnen setzen wollte, doch Phipps sagte mit zwar gespielter Herablassung, aber doch irgendwie implizierend, daß ein Oberstleutnant für ihn eine Witzfigur war: »Hab' leider keine Zeit, alter Junge. *Ich* muß mir nämlich meinen Lebensunterhalt verdienen«, und ging.

Das Pomegranate war ein Nachtclub, und es paßte überhaupt nicht zu Guy, eine solche Lokalität vorzuschlagen. Möglicherweise hatte er sich gedacht, daß es für Harriet eine besondere Freude sein müsse, zumal Clarence im Glanz seiner neuen Besoldungsgruppe es sich leisten konnte.

Sie sagte: »Es ist teuer dort.«

»Na ja! Wenn das Essen gut ist...«

»So etwas wie gutes Essen gibt es in diesen Tagen nicht.«

»Du meinst, zu keinem Preis?«

»Zu keinem Preis. Aber sie haben eine Sängerin, die sehr gut ist; und der Besitzer ist ein Eunuche. Ein echter; einer der letzten des alten Ottomanischen Reiches.«

»Na toll! Das ist ja schon etwas.« Schwankend stand Clarence auf.

Als sie ins Pomegranate hineinkamen, fanden sie eine langweilige, farblose kleine Halle mit einem Tanzparkett vor. Die meisten Tische waren schon besetzt. Alle noch freien Tische waren reserviert. Für Clarence und Harriet wurde das ›Reserviert‹-Schild weggenommen, worauf Clarence sagte: »Ich hoffe, der Tisch war nicht für jemand anderen bestimmt. Ich mag es nicht, wenn ich wegen meines Ranges bevorzugt behandelt werde.«

Er sah blasiert drein, und Harriet sagte: »Keine Sorge. Du wirst nicht bevorzugt, weil du ein Operetten-Oberst bist, sondern als Gast und Alliierter. Die Griechen haben ein Berufsheer: Der Dienstgrad hat bei ihnen nichts mit der gesellschaftlichen Klasse zu tun, sondern nur mit Leistung. Auch die einfachen griechischen Soldaten gehen überall hin, wo sie es sich leisten können; deswegen hoffe ich, daß das britische Oberkommando endlich mit diesem Blödsinn von wegen ›Off-Limits‹ für niedere Dienstgrade Schluß macht.«

»Ich bin ziemlich sicher, daß sie das nicht tun werden.«

»Warum nicht?«

»Das liegt doch auf der Hand.« Clarence sprach mit einem gereizten Tonfall, denn ihm gefiel die Diskussion nicht. In den Straßen von Athen war es wegen der neu eingetroffenen Truppen laut zugegangen. Sie waren gerade aus ihren Lagern in die Stadt verlegt worden, wo sie umherbummelten, sich in der Dunkelheit verliefen und tollpatschig durch die Verdunkelungsvorhänge in alle möglichen Türen hineinstolperten, die irgendwie Zuflucht verhießen. Sie hatten es nicht geschafft, an dem Eunuchen am Eingang im Pomegranate vorbeizukommen. Sein Eintrittsgeld war zu hoch.

»Du willst die doch nicht hier drinnen haben, oder?« fragte Clarence. »Außerdem wär' da nicht genügend Platz.«

Es gab sicher nicht genügend Platz. Das Publikum war dem auf Cooksons Party ähnlich. Das Tanzparkett war voll von Paaren, die Gesicht an Gesicht tanzten und sich kaum bewegen konnten. Unter ihnen bemerkte Harriet Dobson mit der Witwe eines Schiffsmagnaten, die er zu überreden versuchte, ihn zu heiraten.

»Was wollen wir trinken?« fragte Clarence und bestand darauf, sich jetzt fröhlicheren Dingen zuzuwenden. Er bestellte Retsina, und als die dritte Flasche geöffnet wurde, war sein Lächeln mild, versöhnlich und recht rührselig geworden: »Komm, laß uns tanzen«, sagte er, aber Harriet war nicht fürs Tanzen angezogen. Als sie ablehnte, sagte er: »Wenn du nicht willst, dann werde ich eben mit dem hübschen Mädchen dort drüben tanzen.«

»Sie wird dich abblitzen lassen. Griechische Mädchen tanzen nicht mit Fremden.«

»Warum denn nicht?«

»Aus Loyalität zu ihren eigenen Männern an der Front.«

»Loyalität?« Clarence brütete über dem Wort und fügte dann voller Gefühl hinzu: »Ja, Loyalität. Das ist es. Das ist es, was wir brauchen.«

Die Schwermut des Leidenden überkam ihn, und Harriet wußte, daß er jetzt bereit sein würde zu reden.

Sie fragte behutsam: »Wie steht es zwischen dir und Sophie?«

»Was denkst du wohl? Das letzte Mal, als ich sie sah, kam sie gerade aus dem Sicorel heraus. Sie hatte soeben für tausend Pfund Sterling Abendkleider gekauft.«

»Du machst Witze. Du bist doch unmöglich so reich.«

»Reich? Ich? Du glaubst doch nicht, daß *ich* das bezahlt habe?«

»Wer denn dann?«

»Irgend so ein dummer Cherrypicker, so ein angeblicher Elitesoldat mit einem Titel und Geld auf der Bank. Er hat für die Kleider bezahlt und wahrscheinlich auch noch für ein paar andere Dinge.«

»Du meinst, sie hat dich verlassen?«

»Ja. Kein Wunder, oder? Was hatte ich einem Mädchen wie Sophie schon zu bieten?«

»Wie lange seid ihr verheiratet gewesen?«

»'ne Woche. Es dauerte eine Woche, bis ihr Reisepaß kam, dann sah sie sich um, erspähte was Besseres und war fort, schneller als der Wind. Ich muß zugeben, es war hart. Ich hatte keinen Job – wir hatten nur ein Zimmer, in einer gräßlichen Pension obendrein. Sie haßte mich.«

»Ach, komm!«

»Sie haßte mich!« wiederholte Clarence mit düsterer Befriedigung: »Jedenfalls ist sie auf und davon. Im Handumdrehen hatte sie sich einen armen Teufel von Major geangelt. Nicht, daß er mir leid täte. Ein Scheiß-Versorgungsoffizier, der seine Schäfchen ins Trockene bringt, während die guten Soldaten in der Wüste verfaulen. Sie hat ihn sich nicht lange gehalten. Als nächstes war ein ägyptischer Baumwollkönig an der Reihe, aber der war bloß ein kurzes Intermezzo. Sie hatte nicht die Absicht, einen kostbaren Reisepaß zu verlieren, nur um im Delta zu leben. Ich weiß nicht, wer als nächster kam... Ich habe sie aus den Augen verloren. Kairo ist ein Tummelplatz für Mädchen wie Sophie. Sie haben freie Auswahl.«

»Wirst du dich scheiden lassen?«

»Ich denk' schon. Sie sagte, daß sie vielleicht diesen Letzten heiraten will. Sie takelt sich gerne auf. Als sie aus dem Sicorel herauskam, glühte ihr Gesicht. Es war das einzige Mal, daß ich sie *wirklich* glücklich gesehen habe.«

»Aber was kann sie denn mit so vielen Abendkleidern anfangen? Ist Kairo so ein Pflaster?«

»Oh, Gott, ja!« Clarence betrachtete kritisch Harriets einfaches Kostüm, schob dann die Unterlippe vor und besah sich die Frauen mit den verblichenen Kleidern auf dem Tanzparkett. Sein Blick wurde diffus. In Erinnerungen versunken, lachte er plötzlich auf: »Sophie hatte schon irgend etwas an sich«, sagte er und ließ ihr nachträglich wohlwollende Bewunderung zuteil werden. »Eigentlich war sie ein kleines Flittchen.«

»Das hast du doch gewußt, bevor du sie geheiratet hast.«

»Natürlich habe ich das gewußt.« Clarence lehnte sich in seinem Stuhl zurück, entspannt und vom Wein beflügelt, und lächelte unnahbar – denn er hatte jetzt das Stadium philosophischen Bramarbasierens erreicht, das ihm Einblick in alle Dinge gewährte. »Du verstehst einfach nicht. Du simplifizierst das Leben zu sehr. Die Dinge sind subtil ... komplex... beängstigend... Man macht etwas, weil man etwas macht. Du bist so klug, daß du nicht weißt, was ich meine. Aber was für ein Schicksal! Wirklich, wenn du darüber nachdenkst. Ich beneide sie nicht.«

»Wen?«

»Sophie. Er wird sie nicht heiraten. Die tun das nie. Sie wird dort mit ihrem britischen Paß festsitzen. In ein paar Jahren wird sie genauso sein wie all die anderen heruntergekommenen levantinischen Ehefrauen, die nach dem letzten Krieg in Kairo zurückgelassen wurden. Sie wird eine Pension leiten...«

»Das ist die alte Geschichte.«

»Ja. Das Leben ist immer die alte Geschichte. Das ist es, was falsch daran ist. Dennoch interessiert es mich. Ich interessiere mich selbst.«

»Das hätte ich nie gedacht.«

»Hah!« Clarence richtete seinen feuchten, nostalgischen Blick auf Harriet, und seine Bewunderung galt jetzt ihr. »Du bist ein Luder. Sophie war nur ein Flittchen, aber du bist ein Luder. Und ein Luder ist genau das, was ich brauche.«

»Das find' ich nicht. Du brauchst jemanden, der deine Illusionen mit dir teilt...«

»Red nur weiter. Das tut mir gut. Du hast mich immer verachtet. Erinnerst du dich an die Nacht, als ich betrunken von der polnischen Party kam und David Boyd bei euch war? Ihr habt mich ausgezogen. Ihr drei. Guy und David hielten mich nieder, und du hast mir die Hose ausgezogen.«

»Haben wir das getan? Was für ein unglaubliches Benehmen. Aber wir waren damals eben noch jung.«

»Gütiger Himmel, es war erst letzten Winter. Und bevor ich fortging – kannst du dich erinnern? –, habe ich um jene

Hemden gebeten, die ich Guy geliehen hatte, und du warst wütend. Vollkommen zu Recht. Ich wollte sie eigentlich gar nicht. Ich war nur stur. Und du warst *wütend!* Du hast sie hinaus auf den Balkon getragen und auf die Straße hinuntergeworfen.«

»Wie blöd von mir!«

»Nein, überhaupt nicht blöd. Du hast schon immer außergewöhnliche Sachen gemacht – Sachen, die niemandem sonst eingefallen wären. Mir hat das gefallen. Ich wette, wenn ich dich jetzt darum bitten würde, du würdest hier und jetzt auf diesen Tisch steigen, deine Kleider von dir werfen und Cancan tanzen.«

»Ich wette, das würde ich nicht tun.«

Clarence setzte sich aufrecht und drängte sie: »Los. Mach's doch.«

»Sei kein Idiot.« Sie fragte sich, ob Clarence schon immer diese absurde Meinung über sie gehabt hatte oder ob sie im Laufe der Zeit ein Mythos für ihn geworden war?

Clarence zeigte sich schmerzlich enttäuscht über ihre Weigerung, doch dann erschien der Kellner, und er vergaß den CanCan. Ihr Essen wurde serviert. Clarence probierte einen Bissen und legte seine Gabel wieder hin.

»Das schmeckt ganz schön gräßlich«, sagte er.

»Es ist besser als irgendwo anders.«

»Dann brauchen wir viel, viel mehr zu trinken. Gehen wir zu Champagner über.«

Das Tanzparkett leerte sich, und die Sängerin trat auf: eine füllige Frau, nicht jung, nicht schön, aber ihretwegen kamen die Menschen ins Pomegranate. Sie sang ›Anathema‹, und Clarence fragte: »Was ist das für ein Lied?«

»Verflucht sei der, der sagt, die Liebe sei süß. Ich habe sie versucht und herausgefunden, daß sie Gift ist.«

»Gott, ja!« seufzte Clarence inbrünstig und füllte sein Glas. Er gab jeden weiteren Versuch zu essen auf.

Die Sängerin sang: »Ich habe ein Geheimnis für dich: Ich liebe dich, ich liebe dich, ich liebe dich.«

Das hübsche Mädchen, das Clarence' Aufmerksamkeit auf sich gezogen hatte, schloß ihre Augen, aber unter dem Lid kullerte eine Träne hervor. Clarence schaute sie lange an, und mit dem Trübsinn des Verschmähten wandte er sich Harriet zu:

»Dieser Knabe, mit dem du heute zusammenwarst: Was macht der hier?«

»Er hat eine Art Verbindungsjob. Er wird nicht mehr lange hier sein.«

»Nein, das wird er nicht«, stimmte Clarence boshaft zu. Er setzte sich aufrecht, bereitete einen Angriff vor, doch just in diesem Augenblick traf Guy ein.

»Ah!« sagte Clarence laut und interessiert. »Da ist er ja endlich.«

Sie beobachteten Guy, wie er sich durchschlängelte und von Leuten gegrüßt wurde, die Harriet nicht kannte, und mit Leuten redete, die Harriet nie zuvor gesehen hatte. Dobson, der noch immer mit der Witwe tanzte, streckte einen Arm aus, als Guy an ihm vorbeiging, und tätschelte ihn auf die Schulter.

»Ein großartiger Mensch! Ein bemerkenswerter Mensch!« sagte Clarence, tief gerührt.

Hinter Guy kam Yakimov, und der Saum seines Mantels schleifte am Boden.

Clarence sagte: »Zum Teufel!«, und fügte dann hinzu: »Macht ja nichts, macht ja nichts.« In der Stimmung, alles zu akzeptieren, rief er: »Guter, alter Yakimov.« Die für Harriet bestimmte Strafpredigt wurde durch die Neuankömmlinge und ihr Bedürfnis, Essen und noch mehr von dem sandigen, süßen Champagner zu bestellen, hinausgeschoben. Endlich, als sich alle niedergesetzt hatten, sah Clarence Harriet verärgert an und sagte: »Du hast den besten Mann der Welt.«

»Ja«, stimmte Harriet zu.

»Du hast Glück – *verdammtes* Glück –, mit ihm verheiratet zu sein.«

»Das sagst du mir schon die ganze Zeit.«

»Und ich sage es dir noch einmal. Anscheinend brauchst du jemanden, der dir das sagt. Was hast du dir eigentlich dabei gedacht, als du händchenhaltend mit diesem verdammten kleinen Militäraffen umherspaziert bist?«

»Das gefällt mir. Du bist ja selbst ein Militäraffe.«

Guy sagte: »He, ihr zwei, haltet den Mund.«

»Ich sage ihr gerade«, erklärte Clarence Guy, »daß sie mit dem besten Menschen, den ich jemals gekannt habe, verheiratet ist... mit einem großartigen Mann, einem Heiligen. Und sie ist damit nicht zufrieden. Sie hat sich einen Bubi mit einem Sternchen aufgegabelt...«

Guy sagte noch einmal: »Halt den Mund, Clarence«, doch Clarence wollte den Mund nicht halten. Er fuhr fort, Harriet zu beschimpfen und Charles zu beschimpfen. Er und Charles mochten vielleicht so gut wie nichts gemein haben, aber beide hatten einen Instinkt für Intrige. In beiden hatte der bloße Anblick des anderen Argwohn erweckt, und Clarence sah Harriets Schuld als erwiesen an.

Sie war wütend, aber mehr noch war sie schockiert. Sie war besonders darüber schockiert, daß diese Anschuldigungen in Guys Beisein gemacht wurden, der ihr in diesem Moment wie ein Angehöriger der älteren Generation erschien, der vor sexuellen Ungeheuerlichkeiten beschützt werden mußte. Als Clarence endlich zu einem Ende kam, sagte sie zu Guy: »Du weißt, daß das alles nicht wahr ist.«

»Natürlich ist es nicht wahr. Clarence redet dummes Zeug.« Guy erhob sich beim Sprechen und sah sich nach einer Fluchtmöglichkeit um, und da er bemerkte, daß Dobson das Tanzparkett verließ, eilte er hinüber an seinen Tisch.

»Schau, was du angerichtet hast!« sagte Harriet.

»Was juckt mich das!« brummte Clarence vor sich hin. »Es mußte mal gesagt werden.« Selbstgerecht und vor sich selbst gerechtfertigt, versank er niedergeschlagen in einen Halbschlaf.

Yakimov, der dem Ganzen überhaupt nicht zugehört hatte, wartete auf sein Essen. Als es kam, wurde der Kellner beauftragt, Guy herzuschicken. Der drehte sich um, winkte, nickte mit dem Kopf und unterhielt sich weiter mit Dobson.

Yakimov lächelte verbindlich und sagte: »Ich denke, ich fang mal einstweilen an«, und als sein eigener Teller leer war, schielte er auf Guys: »Glaubst du, daß der alte Knabe das noch will?«

Bei dem Essen handelte es sich um eine Art Lungenhaschee. Auf Harriet, mit ihrem angegriffenen Magen, wirkte es ungenießbar; aber nichts war ungenießbar für Yakimov. Sie sagte: »Ach, dann iß es doch.«

Als Guy endlich zurückkehrte, sagte sie: »Ich habe dein Essen Yakimov gegeben.«

»Das macht nichts.«

Clarence rappelte sich plötzlich auf und rief den Kellner: »Ich muß jetzt gehen«, sagte er hektisch.

»Doch jetzt noch nicht«, protestierte Guy, »ich bin doch erst gekommen.«

»Du bist vor fast einer Stunde gekommen«, sagte Harriet verärgert. »Du hast die ganze Zeit an einem anderen Tisch verbracht.«

»Warum seid ihr nicht rübergekommen?«

»Man hat uns nicht darum gebeten.«

»Muß man euch erst darum bitten?«

Clarence bestand darauf, daß er jetzt gehen mußte. »Im Nachtzug ist für mich eine Koje im Liegewagen reserviert. Ich kriege Schwierigkeiten, wenn ich ihn verpasse.«

»Oh, na gut; aber ich habe fast nichts von dir gehabt.«

»Wessen Fehler war das wohl?«

»Und ich habe noch nichts gegessen.«

Harriet sagte: »Da hast nur du selber Schuld.«

»Wirklich, Darling, mußt du deine schlechte Laune an uns auslassen? Clarence ist nur für einen Abend hier.«

»Ich muß gehen«, stöhnte Clarence.

»Also gut. Keine Angst. Harriet und ich werden dich begleiten.«

Yakimov hatte nichts dagegen, alleine zurückgelassen zu werden.

Draußen im Gang saß ein australischer Soldat in einem Korbsessel und weinte. Vielleicht hatte man ihn nicht in den Club hineingelassen, vielleicht brachte er das Geld für die Eintrittskarte nicht auf.

»Was ist los?« fragte Harriet.

»Keiner mag uns arme Aussies«, heulte er. »Keiner mag uns arme Aussies.«

»Er ist betrunken«, sagte Clarence voller Verachtung. Er schritt auf die Straße hinaus, hielt – scheinbar nüchtern – ein Taxi an, aber sobald er drinnen war, fiel er auf die Rückbank und verlor das Bewußtsein.

Der Bahnhof war verdunkelt. Der Zug, der früher ein Teil des Orient-Expresses war, stand dunkel in der Finsternis. Das Bahnhofspersonal trug Taschenlampen und Petroleumlampen mit sich. Einer von ihnen war der Meinung, daß Clarence der britische Offizier sein müsse, der vor ein paar Stunden seinen Koffer in der Toilette vergessen hatte. Das gesamte Personal half mit, Clarence zu seiner Koje zu bringen. Die zwei Koffer, ob sie nun Clarence gehörten oder nicht, wurden ins Gepäcknetz gelegt. Ein weiterer britischer Offizier lehnte gerade aus dem Fenster des Schlafwagens, und es schien, als ob er und Clarence die beiden einzigen Fahrgäste im Zug waren.

Guy rüttelte Clarence an der Schulter und versuchte, ihn aufzuwecken: »Wir gehen«, sagte er. »Wir möchten noch ›Auf Wiedersehen‹ sagen.«

Clarence schüttelte Guy ab, drehte sein Gesicht zur Wand und murmelte vor sich hin: »Mir doch egal.«

»Gibt es denn nichts, was wir für ihn machen können?«

»Nichts«, sagte Harriet. »Ein weiterer Fall von ›Keiner mag uns arme Aussies‹.«

Der Bahnhofsvorsteher warnte sie, daß der Zug gleich abfahren würde, worauf Guy plötzlich ganz bestürzt sagte: »Wir sehen ihn vielleicht nie mehr wieder.«

»Na und? Wir müssen diese Beziehung als beendet betrachten.« Aber Guy konnte keine Beziehung als beendet betrachten. Den ganzen Weg zurück nach Monatiraki redete er voller Bedauern über Clarence und war ganz geknickt darüber, daß er so wenig von einem alten Freund gesehen hatte, der ihn so hoch schätzte.

»Ich mochte Clarence wirklich«, sagte er, als hätte sich Clarence bereits von der Welt verabschiedet.

Und tatsächlich erschien es Harriet, daß Clarence jemand war, der vor langer Zeit verschwunden und irgendwo in der Vergangenheit verlorengegangen war.

23

Als der März in den Frühling überging, war dies eine Zeit der Wunder. Die britischen Truppen wurden jetzt immer zahlreicher und erfüllten die Straßen mit neuen Stimmen; und mit ihnen kam die Pracht der neuen Jahreszeit. Die Vielfalt der Soldaten hatte ebenfalls etwas Wunderbares an sich. Als die LKWs aus Piräus hereinfuhren und Australier, Neuseeländer und Engländer aus allen möglichen Regionen mitbrachten, riefen die Griechen ihnen vom Bürgersteig aus zu: »Die Makkaronifresser sind erledigt. Sobald der Schnee schmilzt, treiben wir sie ins Meer.«

Zur Mittagszeit war die Luft warm wie im Sommer. Jeder brachliegende Fleck war inzwischen grün geworden, und die knospenden Triebe verwandelten sich fast sofort zu Blüten. Überall gab es Blumen. Die alten Olivenhaine entlang der Illissós-Kifissia-Straße, die grauen Ufer des Ilissós, der kahle Lehmboden beim Haus der Pringles – alles schillerte von dem Rot der Anemonen und Mohnblumen, von Hyazinthen und wilden Lupinen, von Bärenklau und Asphodelus. Das Ödland von Athen war zu einem Garten geworden.

Die Blumenläden waren bis zu den Türen vollgepackt mit Blumen, und sie verströmten solch einen Duft, daß die Straßen voll davon waren. Wenn es schon nichts zu essen gab, so gab es wenigstens Nelken. Wo immer die britischen Soldaten auch hingingen, überall überreichte man ihnen Blumensträußchen, und in den Bars wurde ihnen Wein spendiert.

Die Menschen hatten das britische Expeditionskorps mit Bangen erwartet. Einige hatten gesagt, daß die Briten nicht einen einzigen Schuß abfeuern würden, daß sie griechischen Boden nur zu betreten brauchten, und schon würde der Zorn der Deutschen über sie alle hereinbrechen; aber jetzt waren sie hier und aus Deutschland war noch nichts zu hören.

In Makedonien schmolz der Schnee. Die griechischen Streitkräfte würden frischen Mut fassen und wieder vorrükken. Täglich würden nun wieder neue Gewinne und neue Siege gemeldet werden. Die Tatsache, daß Deutschland Bulgarien besetzt hatte, bedeutete nicht viel. Bei diesem Fest der *philoxenia* waren mitten im Frühling die alten Hoffnungen zurückgekehrt, und die Menschen wiesen darauf hin, daß Mussolini sich zum Narren gemacht hatte. »Warum sollten die Deutschen eine weitere Front eröffnen, nur damit der Duce sein Gesicht wahren kann?« Es war eher wahrscheinlich, daß die Deutschen sich an der Situation ebenso erfreuten wie die Griechen. In Athen hieß die Hoffnung: »Sieg bis Ostern; bis zum Sommer Frieden.«

Die britischen Soldaten gingen hin, wo immer es ihnen gefiel. Die Cafébesitzer hielten sich an keinerlei Vorschriften hinsichtlich der unterschiedlichen Ränge, und auch die Militärpolizei sah sich nicht in der Lage, die Off-Limits-Bestimmungen durchzusetzen.

Was die Griechen betraf – von ihnen kamen keine Klagen. Sie rechneten mit Tumult, und es gefiel ihnen. Und der Schaden: mit dem hatte man auch gerechnet, in einer Stadt, die voller fremder Truppen war. Verluste dienten der griechischen Sache. Als die Australier Ausgehverbot erhielten, entrüsteten sich die Griechen. Und Mrs. Brett entrüstete sich. In der Kantine erzählte sie Harriet, wie belebend sich der Kontakt mit Männern auf sie ausgewirkt hatte, die ›auf eine so natürliche Weise wild‹ waren.

Jedenfalls waren eines Tages keine Australier mehr in Athen zu sehen. Als man später herausfand, daß das ganze Bataillon als Bedrohung des Friedens in Athen strafversetzt und in Lager oben im Norden verfrachtet worden war, protestierten die Griechen: »Wir mögen sie, wie sie sind. Sie sind wenigstens Menschen. Sie verhielten sich so, wie es ihnen gefiel. Nicht so wie ihr Engländer.«

Doch der Spaß ging trotzdem weiter. Nachdem die englischen Soldaten ihre erste Verlegenheit einmal abgelegt hatten, stellten sie sich ebenfalls als sehr menschlich heraus. Die Reverenz, die den Soldaten galt, wurde nun auch den Zivilisten entgegengebracht, und in den Bars und Restaurants wurde den Engländern, nur weil sie Engländer waren, Tribut in Form von Wein gezollt, und zwar ganz zeremoniell mit Apfel- und Orangenscheiben darin. Wenn Harriet mit Charles unterwegs war, fand sie besondere Anerkennung, denn sie war nicht nur Engländerin, sondern sie war außerdem die Begleiterin eines englischen Offiziers, der, in den Augen der Griechen, ›ein Gesicht wie der junge Byron hatte‹.

Eines Tages wurden die Athener in Erstaunen versetzt, als sie schottische ›Highlanders‹ auf der Straße entdeckten: Männer, die Röcke hatten, wie die Evzonen, und die Dudelsäcke mit sich trugen, wie die Schafhirten aus Epirus.

Harriet fragte Charles: »Gibt es hier denn ein Highlander-Regiment?«

»Weiß der Himmel«, erwiderte er. »Hier ist alles möglich. Der Offizier vom Dienst sagte: ›Das hier ist keine militärische Unternehmung, sondern ein Trauerspiel.‹«

Harriet sah die ›Highlanders‹ nie wieder. Keiner wußte, woher sie kamen oder wohin sie gingen. Viele der Soldaten erschienen in Athen an dem einen Tag und waren am nächsten schon wieder fort. Andere blieben so lange in den Lagern der Vororte, daß ihre Gesichter in dieser oder jener Bar so vertraut waren, als befänden sie sich auf heimischem Boden. Aber jeder wußte, daß sie früher oder später fort sein würden. Erwartungen lagen in der Luft, und Vorbereitungen wurden getroffen. Das Gerücht, daß die Italiener um Waffenstillstand bitten würden, war kein sehr populäres Gerücht. Niemand wollte in diesen Tagen Waffenstillstand mit den Italienern. Durch die Köpfe spukte die Vorstellung von einer großen Offensive, die die Italiener ein für alle Mal erledigen würde.

Guy hatte seine Inszenierung zugunsten der griechischen Kriegsanstrengungen verschoben. Im Augenblick wurde nach Unterhaltungsprogrammen in den Lagern verlangt, weil es dort so gut wie keine Unterhaltung gab. Gleich nachdem die ersten Truppen an Land gegangen waren, bot er die Show dem Panzerkorps in Glyfada an. Das Angebot wurde sofort angenommen.

Während Guy von der Arbeit des Showmanagers voll in Anspruch genommen wurde, hatte Charles überhaupt nichts zu tun. Wie die anderen Soldaten wartete er auf seine Abkommandierung und wußte weder Tag noch Stunde, wann er packen und gehen mußte. Er gehörte einem Kavallerieregiment aus Northumberland an, das Einheiten nach Griechenland schickte, aber bis jetzt hatte er noch nichts darüber erfahren, wo sie landen würden oder wann.

»Kommst du aus Northumberland?« fragte Harriet.

»Ja.«

»Was für ein weiter Weg!«

»Meinst du von Griechenland aus? Sicher nicht viel weiter als London?«

»Oh, doch. Viel weiter.«

Sie spazierten bei Phaleron am Strand des Meeres entlang und legten die gleiche Strecke zurück, wie sie Harriet und die anderen auf ihrem Weihnachtsspaziergang zurückgelegt hatten. Jetzt, im Licht des Frühlings, war es ein ganz anderer Strand.

»Ein fernes Land«, sang sie. »Am Ende der Welt. Dunkel, still, geheimnisvoll und weit weg.«

Er lachte: »Du denkst wohl an Sibirien?«

»Vielleicht. Wird es bald warm genug sein, um zu baden?«

Sie hatte ihre Schuhe und Strümpfe ausgezogen, aber das Wasser war eisig.

Charles hatte gehofft, daß sie vielleicht ein geöffnetes Restaurant finden könnten, obwohl Harriet ihm erzählt hatte, daß sie zu Weihnachten alle mit Brettern vernagelt gewesen waren. Doch jetzt war es Frühling, und die Restaurants würden sicherlich wieder geöffnet sein. Er hatte sich getäuscht. Sie waren noch immer mit Brettern vernagelt.

Als sie zu der auf Pfählen stehenden Holzhütte kamen, rannte sie die Stufen hinauf und schaute durch das Fenster hinein, doch die Hütte war verlassen. Sie blieb auf dem Balkon stehen, legte die Hände auf die Bretter und spürte die Wärme des Holzes, während Charles ihr vom Strand aus zusah und ihr Verhalten mit Verwirrung betrachtete.

Sie sagte: »Es ist niemand da.«

»Nach meiner Meinung hat man das schon von weitem sehen können. Wenn wir nicht umdrehen, kriegen wir gar nichts mehr zu essen.«

Während sie zurückschlenderten, erzählte sie ihm von dem Mann, der ihnen die Fische zubereitet hatte, die für seine eigene Familie bestimmt waren. Charles sagte nichts dazu; er wollte nichts aus ihrer Vergangenheit hören, in der er noch keine Rolle gespielt hatte.

Bevor sie den Strand verließen, fand sie einen Ast, der lange Zeit vom Seewasser bearbeitet und während des Winters an Land gespült worden war, wo er jetzt ausgetrocknet und ausgebleicht lag und so glänzte, daß man meinen konnte, er sei aus einem anderen Material als Holz. Sie hatte ihn noch immer in der Hand, als sie auf der anderen Seite der Bushaltestelle ankamen. Der Bus war in der Ferne schon zu sehen. Charles ging in Richtung Promenade und sagte: »Falls wir nichts anderes bekommen, können wir immer noch im Corinthian Tee trinken.« Sie schlenderte wieder zum Wasser hinunter und hatte keine Lust, den glitzernden Strand zu verlassen.

Als er bemerkte, daß sie ihm nicht gefolgt war, rannte er zu ihr zurück.

»Was für ein Glück wir doch haben! Im Sommer wird es hier wunderbar sein«, sagte sie, als ob ihre Freundschaft ewig dauern würde.

»Der Bus kommt.« Er nahm ihr den Ast aus der Hand und warf ihn weit ins Meer hinaus. Sein geschickter Wurf, vergleichbar mit dem eines Cricketspielers, der einen Ball ins Feld schlägt, erschreckte sie, und sie sagte: »Du bist ein Kindskopf. Du erinnerst mich an Sascha.« Und sie erkannte plötzlich die Widersprüchlichkeit seines Charakters als das Abwehrverhalten eines Jugendlichen.

Er schien sie nicht zu hören. Er sagte ihr, sie solle ihre Schuhe und Strümpfe anziehen, ging dann zur Bushaltestelle und bat den Fahrer, noch zu warten. Auf der Rückfahrt wirkte er ausgeglichen, aber als sie dann fröhlich plaudernd im Corinthian saßen, zerstörte er die gute Stimmung, indem er ihr vorwarf: »Ich vermute fast, du hast immer jemanden wie mich gehabt, der um dich herumgetanzt ist, stimmt's?«

»Warum sagst du das?«

»Es stimmt doch, oder nicht?«

»Nein, es stimmt nicht. Du bist doof.«

»Wer war dann Sascha?«

Als sie Charles nach der Begegnung mit Clarence getroffen hatte, hatte er sie gefragt: »Wer war Clarence? Was macht er hier?« Harriet sagte: »Er ist nach Saloniki gefahren. Er hält sich in Griechenland auf, um die wirtschaftlichen Interessen unseres Landes zu schützen.«

»Ach, so einer ist das!«

Charles' Verachtung hatte Clarence als Thema erledigt, und sie hatte von ihm kein Wort mehr über Clarence gehört. Sascha würde sie weniger leicht wegargumentieren können. Es war nicht sehr klug von ihr gewesen, ihn überhaupt erwähnt zu haben, aber da es nun einmal geschehen war, mußte sie Charles von ihm erzählen. »Er war ein Junge, den wir in Rumänien kannten. Sein Vater war Bankier. Der Vater wurde aufgrund einer manipulierten Anklage verhaftet, und den Sohn zwang man zum Militärdienst. Es war eine schlimme Zeit für ihn. Aber was noch viel schlimmer war, er lief ständig Gefahr, umgebracht zu werden, weil er Jude war; deswegen desertierte er und kam zu Guy und bat ihn um Hilfe. Er war einer von Guys Schülern gewesen. Wir haben ihn einige Monate versteckt. Das ist alles.«

Aber für Charles war das nicht genug. Daß sie Sascha mit ihm in Beziehung gebracht hatte, daß sie Saschas Namen mit diesem besonderen Tonfall ausgesprochen hatte: dies alles erweckte Charles' Argwohn, der nur durch peinlichst genaue Offenlegung aller Einzelheiten zerstreut werden konnte.

Sie sagte: »Wenn du willst, werde ich dir die ganze Geschichte erzählen.«

Mit vor Mißtrauen eisiger Stimme sagte er: »Na gut. Fang an.«

Als sie ihm Saschas naive Liebenswürdigkeit beschrieb, die Zuneigung, die er in ihr geweckt hatte, den Plan, ihn aus Rumänien zu schmuggeln, der dann durch sein Verschwinden zunichte gemacht wurde, beruhigte sich Charles wieder. Seltsam, dachte sie, daß jemand, der so viele Vorteile im Leben genoß, beruhigt werden mußte!

Er sagte: »Du wirst also nie erfahren, was aus ihm geworden ist?«

»Ich glaube nicht. Die Gesandtschaft war unsere letzte Hoffnung; aber jetzt haben wir die Beziehungen zu Rumänien abgebrochen. Es ist ein feindliches Land.«

Sascha war damit erledigt und abgehandelt. Und Charles, der jetzt mit ihr mitfühlen konnte, streichelte reuig ihre Hand und sagte: »An dem Tag, an dem du mir in den Laden nachgerannt bist, wußte ich...«

»Was?«

»...daß du mich brauchst.«

»Aber das hast du doch sicher von Anfang an gewußt...«

»Warum? Wie konnte ich das wissen? Warum solltest du mich brauchen? Du bist verheiratet. Du scheinst recht glücklich verheiratet zu sein. Du hast einen Mann, den jeder mag und bewundert. Es gab keinen Grund, warum du mich brauchen solltest.«

»Was hast du dann gedacht?«

»Ich... na ja, ich dachte, du spielst einfach ein Spielchen mit mir – amüsierst dich, während Guy arbeitet.«

Sie lächelte und schüttelte den Kopf.

»Es gibt Mädchen, die jedem Mann, den sie treffen, den Kopf verdrehen, nur um zu zeigen, daß sie das können. Du hättest vielleicht eine von diesen sein können.«

»Aber das bin ich nicht. Du bedeutest mir etwas; du weißt das.«

»Ja – aber warum? Ich weiß wirklich nicht warum.«

»Du bist ein Freund.«

»Ist das alles?«

»Ein besonderer Freund. Du bist das, was ich am meisten brauche: ein Kamerad.«

»Und nur das? Mehr nicht?«

Er beugte sich zu ihr und, erregt durch sein Aussehen und seine leidenschaftlichen Erwartungen, spürte sie, wie sich die Luft zwischen ihnen auflud. Ihre Lippen öffneten sich; sie drehte den Kopf zur Seite und sagte: »Wenn es möglich wäre...«

»Du meinst, es ist nicht möglich?«

»Du weißt, daß es nicht möglich ist. Ich muß an Guy denken.«

Er faßte dies als das übliche Sich-Zieren auf. Er ergriff ihre Hand, blickte zu der breiten, mit Teppich belegten Treppe hinüber, die vom Foyer zu den oberen Stockwerken führte, und sagte: »Wir können hier nicht reden. Komm mit hinauf in mein Zimmer.«

Der Impuls, ihm einen Wunsch zu erfüllen, zog sie fast aus dem Sitz, aber als sie sich zur Treppe hin wandte, sah sie vertraute Gesichter: Dobsons Freundin war anwesend, außerdem Mädchen, die die Schule besuchten oder die Bibliothek der Schule benutzten. Die Erkenntnis, wie schnell sie zum Mittelpunkt von Klatschgeschichten werden konnte, ließ sie erschaudern und ihre Hand zurückziehen. Sie lachte etwas verlegen und sagte: »Was würden diese Leute wohl denken, wenn sie sehen würden, wie ich mit dir nach oben gehe?«

»Spielt es denn eine Rolle, was sie denken?«

»Das ist eine blöde Frage. Ich lebe schließlich hier. Guy arbeitet hier.«

Während sie redete, brachte der Kellner ihren Tee, und sie verbarg ihre Verwirrung, indem sie Tee eingoß. Sie erwartete, daß er jetzt schmollen und ihr vielleicht sogar kleinliche Ängstlichkeit vorwerfen würde, aber als sie ihm seine Tasse reichen wollte, stellte sie fest, daß er sie mit dem gequälten Ausdruck glühenden, aber ungestillten Verlangens fixierte.

Sie war überrascht und gerührt, aber alles, was ihr in den Sinn kam, erschien ihr abgedroschen, herzlos und kokett; also sagte sie überhaupt nichts. Schweigend tranken sie ihren Tee.

Es vergingen mehrere Tage, ehe er auf diesen Vorfall zurückkam. Sie spazierten gerade durch die Gartenanlage und kamen zu der Pergola, bei der die Glyzinie austrieb, als er sagte:

»Tà kaïména tà neiáto
Ti grígorá pou pernoun...«

Sie blickte ihn fragend an.

»Du mußt dieses Lied schon einmal gehört haben«, sagte er. »›Arme Jugendzeit, wie schnell sie vergeht: wie ein Liebeslied, wie eine Sternschnuppe, und wenn sie vorbei ist, kommt sie nie mehr wieder.‹«

Da sie wußte, daß er ihr wegen der Verschwendung leidenschaftlicher Gefühle und wegen des Mißbrauchs ihrer beider Zeit Vorwürfe machte, sagte sie: »Es wäre besser, wenn wir uns nicht wieder treffen würden.«

»Meinst du das wirklich?«

»Ich weiß es nicht.«

»Du mußt es wissen.«

»Ich weiß nur, daß dies eine unmögliche Situation ist.«

»Wenn du willst, daß ich gehe, werde ich dich nicht wieder belästigen.«

»Wenn du gehen willst, kann ich dich nicht halten.«

»Aber ich will nicht gehen.«

Es war ein Wortgeplänkel, das mit der Albernheit eines emotionalen Rauschzustandes ausgetragen wurde, und sie wußten beide, daß es zu nichts führen würde.

24

Guy hatte damit aufgehört, überall im Haus seinen ›Spiel und Spaß‹-Refrain zu trällern. Morgens, während er sich badete, rasierte, anzog und sich für die Unwägbarkeiten des Tages vorbereitete, sang er ebenso schwungvoll wie laut und falsch:

Oh, was für 'ne Überraschung für den Duce, den Duce!
Er kriegt die Griechen nicht dran!

Am Anfang belustigte der Text sie noch, aber bald erreichte er den Punkt sich wiederholender Unerträglichkeit.

»Ist das jetzt das *einzige* Lied in der Revue?« fragte Harriet und sagte es recht unwirsch, denn sie ärgerte sich über die Revue und kam fast nie darauf zu sprechen. Guy war schon in der Vergangenheit andauernd mit irgend etwas beschäftigt gewesen und würde es auch in der Zukunft sein, aber sie hatte sich eingeredet, daß sie sich nur wegen der Revue einem anderen zugewandt hatte. Guy war über ihr Interesse erfreut und gab ihr gar nicht erst die Möglichkeit hinzuzufügen, daß sie, falls es ein anderes Lied gab, dieses vorziehen würde. Statt dessen stürmte er gleich herein, um ihr zu sagen, wie sehr die Revue an Qualität gewonnen hatte, seit sie sie in der Flugzeughalle in Tatoi gesehen hatte. Damals war es nicht mehr als der bunte Abend einer Pfarrgemeinde gewesen; aber seit dem Eintreffen der Truppen betrachteten die britischen Bewohner den Krieg in Griechenland jetzt auch als ihren Krieg und hatten die Revue auf eine bemerkenswerte Weise aufgenommen. Der Chor hatte doppelt so viele Sänger und machte doppelt soviel Lärm, und die Soldaten sangen bei den Liedern mit. Griechische Lieder, wie ›Oh, was für 'ne Überraschung für den Duce‹, waren ins Englische übersetzt worden, und ein englischer Geschäftsmann hatte eigens zu Ehren der griechisch-britischen Einheit noch einige Songs komponiert. Alle Militärlager schrien nach der Revue. Jeder wollte sie sehen. Sie war ein fantastischer Erfolg.

»Und was ist mit Pinkrose?«

»Von ihm war kein Piepser zu hören. Er weiß, daß er verloren hat.«

»Dann geht's dir also so gut wie noch nie.«

»Dir wird die Revue auch gefallen. Komm heut abend und schau sie dir an. Wir sind in Kifissia zu einer Sondervorstellung, und die Naafi liefert einen Imbiß für die Schauspieler.«

Harriet hatte für den Abend schon etwas vor. »Ich glaube nicht, daß ich kommen kann«, sagte sie, aber Guy beugte sich über sie, faßte sie an den Schultern, sah mit fragender Eindringlichkeit auf sie hinab und sagte: »Ich hätte aber gern, daß du kommst.«

»Dann werde ich natürlich kommen.«

»Schön.« Schon war er wieder weg, eilte umher, suchte nach diesem und jenem. Die Militärlastwagen holten das Ensemble und die Gäste vom Kolonakiplatz ab. »Ich hoffe, du kannst im Büro etwas früher aufhören.«

»Ich denke schon. Ich wollte mich mit Charles treffen. Macht es dir was aus, wenn ich ihn mitbringe?«

»Bring mit, wen du willst, aber sieh zu, daß du selbst kommst.«

Weg war er. Harriet beobachtete ihn durch das große Fenster, wie er die Eingangstür hinter sich zuschlug und am Haus vorbei den Weg hinaufhastete, getrieben von all den Aktivitäten, die er sich für den Tag vorgenommen hatte.

Yakimov hatte über Guy gesagt: »Er ist ein netter, lieber Kerl, aber er versteht nichts von dem, was in dir vorgeht.« Sie hatte Yakimov recht gegeben. Jetzt war sie der Meinung, daß Guy mehr erkannte, als er zugeben wollte, mehr verstand, als er zu verstehen schien; aber er wollte sich nicht durch Beobachtung und Verständnis behindern lassen. Er war ein großzügiger Mensch, jedenfalls in materieller Hinsicht. Er liebte sie, aber seine Liebe mußte als gegeben hingenommen werden. Wenn sie sie bezüglich ihrer eigenen Bedürfnisse auf die Probe stellen wollte, fand sie sich dem geopfert, was er als ein wichtigeres Bedürfnis betrachtete: seinem Bedürfnis, frei zu sein, um tun und lassen zu können, was er wollte. Stellte man ihn zur Rede, war er nie um Rechtfertigungen verlegen. Gefühlsmäßige Verantwortung erkannte er nicht, und anders als gefühlsbetonte Menschen, ließ er sich davon auch nicht beherrschen. Sie litt unter Gewissensbissen; er nicht. Es waren Gewissensbisse – recht störende Gewissensbisse –, die sie veranlaßten, Charles zu enttäuschen, der einen Tisch im Babayannis reserviert hatte, und ihn aufzufordern, statt dessen mit ihr nach Kifissia zu fahren. Sie wußte, daß er sich gerne im Babayannis bewundern ließ, aber dorthin konnten sie jeden Abend gehen. Sie war überrascht, ja sogar schockiert, als er sich weigerte, nach Kifissia zu fahren.

Das Büro war durch die Nachricht in Aufruhr geraten, daß Deutschland Jugoslawien ein Ultimatum gestellt hatte. Das Schicksal Jugoslawiens würde das Schicksal Griechenlands vorwegnehmen. Selbst angesichts dieser neuen Krise hatten Charles und Harriet nichts Besseres zu tun, als sich über den Verlauf ihres Abends zu zanken.

Sie gingen in den Zappiongarten, der sich zwar bereits im leuchtenden Frühlingsgewand präsentierte, für das sie jedoch keine Augen hatten. Jeder war gekränkt und in sich gekehrt, entschlossen, dem anderen keinen Zentimeter nachzugeben.

Charles hielt sein Gesicht von ihr abgewandt, und sein freundlicher Ton war genauso verletzend wie eine Drohung: »Zerbrich dir meinetwegen nicht den Kopf. Es gibt noch anderes, was ich tun kann. Ich habe in letzter Zeit meine Freunde ohnehin vernachlässigt. Außerdem sollte ich einige Briefe schreiben. Im Grunde bin ich ganz froh, einen Abend für mich zu haben.«

»Wir müssen auch an Guy denken«, sagte Harriet. »Ich habe ihm versprochen...«

»Und du hast es mir versprochen; du hast es mir zuerst versprochen. Dennoch, es macht mir nichts aus. Bitte, mach dir keine Gedanken. Ich werde es genießen, mal alleine zu sein.«

»Guy hat nichts dagegen, daß ich mich mit dir treffe. Er ist weder gehässig, noch stellt er Forderungen; wir schulden ihm diesen einen Abend. Ich finde, wir sollten hingehen...«

»*Du* solltest sicherlich hingehen.«

»Wir werden noch andere Abende haben...«

»Vielleicht; vielleicht auch nicht.«

»Was meinst du damit?«

Blaß und trotzig schaute er auf den Weg hinab und zuckte mit den Schultern. »Diese Jugoslawien-Sache. Wenn die das Ultimatum ablehnen, wird jeder verfügbare Soldat schnellstens an die Grenze gebracht werden.«

Ihre Meinungsverschiedenheit war nicht beigelegt, aber sie hatten aufgehört zu streiten. Sie gingen unter den Bäumen hindurch und kamen zum Teich, wo die Kinder im Wasser spielten. Alles grünte und blühte, doch alles war ohne Bedeutung. Am Teich kehrten sie um und gingen zum Syntagmaplatz zurück.

Obwohl es für das Büro noch zu früh war, blieb Harriet am Seiteneingang des Hotels stehen, während Charles ohne ein Wort weiterging. Sie rief: »Charles.« Er sah sich um, und sie rannte zu ihm hin und nahm seine Hände: »*Bitte*, komm doch mit nach Kifissia«, sagte sie.

Er legte die Stirn in Falten, überlegte kurz und sagte dann: »Na gut«, doch es klang lustlos.

»Hol mich hier ab. Und komm zeitig, hörst du?«

»Ja.« Mit noch immer finsterem Gesicht zog er los, aber sie

zweifelte nicht daran, daß er, wie vereinbart, kommen würde. Und wie sie erwartet hatte, stand er schon da, als sie das Büro verließ. Er weigerte sich zu sprechen, als sie nach Kolonaki gingen, wo die LKWs warteten, die bereits von Guys Truppe, einigen ihr bekannten Leuten und vielen Unbekannten, umringt waren.

Als sie aus Athen hinausfuhren, kamen sie an der jugoslawischen Gesandtschaft vorüber, wo sich Griechen versammelt hatten, um ihre Sympathie gegenüber einem Land zu zeigen, das so bedroht war wie ihr eigenes. Soweit ihnen bekannt war, beriet Jugoslawien noch immer über das deutsche Ultimatum. Ben Phipps sagte, daß er an die Fähigkeiten von Prinz Paul glaubte, der ein geschickter Taktiker sei, aber Guy war der Meinung, daß die Jugoslawen kämpfen würden.

Er bat den Fahrer anzuhalten und sprang vom Lastwagen herunter, um bei der Demonstration seine Anteilnahme und seine Unterstützung ebenfalls zum Ausdruck zu bringen. Wann immer sich ein jugoslawischer Diplomat an einem der Gesandtschaftsfenster sehen ließ, applaudierten die Griechen, doch die Jugoslawen sahen niedergeschlagen aus.

Ben beugte sich über die Bordkante des LKWs und rief Guy zu: »Komm jetzt. Wir kommen zu spät«, und sagte, als Guy zurückkehrte: »Oh, trockne die stille Träne, denn *sie* werden kapitulieren.«

Die Naafi hatte eine Halle gemietet, die seit Kriegsbeginn nicht mehr benutzt worden war. Schachteln voller Sandwiches und Kuchen für die Akteure wurden zum Hintereingang hineingetragen. Die LKW-Passagiere folgten ihnen im Gänsemarsch durch einen schmalen, verwahrlosten Obstgarten, der vom Duft der Zitrusblüten erfüllt war. Die dunkle Halle hingegen empfing sie ausschließlich mit dem Geruch von Staub. Charles berührte Harriets Arm, um sie zurückzuhalten, und fragte: »Müssen wir da hineingehen?«

»Ich muß mir zumindest ein bißchen was davon anschauen.«

»Warten wir, bis es beginnt.«

Von den anderen in der süßlich duftenden, frischen Luft zurückgelassen, lächelte Harriet Charles an und versuchte, ihn dazu zu bringen zurückzulächeln. Von einem Lager irgendwo in der Ferne konnte man das Signal hören, das Harriet schon einmal in Bukarest aus dem Hof des Palastes hatte dringen hören. Ein nostalgisches Gefühl für längst vergangene Zeiten stieg in ihr auf, und sie sagte: »Weißt du, was das bedeutet? ›Kommt, tränkt eure Pferde, jeder, der kann, kommt tränkt eure Pferde, und gebt ihnen Korn. Und wer das nicht macht, wird zum Sergeanten gebracht: die Peitsche wird er schmecken, ins Loch wird man ihn stecken.‹«

»Wer hat dir das erzählt?« fragte Charles eifersüchtig.

»Ich weiß es nicht. Ich denke, Guy war es. Es gibt noch ein anderes Signal, das heißt: ›Offiziere seid verdammt; Offiziere seid verdammt!‹«

»Das Offiziers-Signal.« Charles guckte noch immer finster drein.

Sie konnten Miß Jay auf dem Piano Akkorde hämmern hören, und Harriet nahm Charles am Arm und führte ihn hinein. Sie saßen in der letzten Reihe neben Alan Frewen, Yakimov und Ben Phipps, die ihren Auftritt erst nach der Pause hatten.

Soldaten füllten die vorderen Reihen. Es gab nicht mehr viele britische Truppen in Attika. Man sah Neuseeländer, große, sonnengebräunte Männer, die ihre ernsten Mienen beibehielten, als schöpften sie daraus zusätzliche Kräfte.

Die Flieger, Surprise und die anderen, hatten sich ihrem gefährlichen, unbeständigen Leben dadurch angepaßt, daß sie es als Witz betrachteten; die Infanteristen hingegen, die mit beiden Füßen auf dem Boden standen, fanden das Leben vielleicht lustig, wußten jedoch, daß es kein Witz war.

Harriet stellte sich die fernen, friedlichen Inseln Neuseelands vor und fragte sich, was diese Soldaten nach Europa geführt hatte. Was hatten sie hier verloren? Sie erschienen ihr als die harmlosesten aller Soldaten. Warum waren sie diesen langen Weg gekommen, nur um zu sterben? In der Gegenwart von Soldaten, die in Lagern gehalten wurden wie Jagdhunde, die man zum Töten abrichtete, verspürte sie, wie sehr sie als Zivilistin verwundbar und ausgeliefert war. Diesen Bluthunden durfte man nicht allzu nahe treten, und man mußte sie von der Gesellschaft absondern. Charles hatte sie gewarnt, daß er sie früher oder später würde verlassen müssen. Und bald würden sie alle fort sein.

Als die Soldaten in den ersten zwölf Reihen Platz genommen hatten, wurden die am Vordereingang wartenden Zivilisten hereingelassen und durften die übrigen Plätze einnehmen. Viele Menschen – Griechen und Engländer – hatten von der Revue gehört und waren in der Hoffnung nach Kifissia hinausgefahren, sie sehen zu können. Innerhalb weniger Minuten war die Halle gefüllt. Dann öffnete sich ruckartig der Vorhang, und der Chor, der die Anweisung hatte, sofort loszudonnern, stürzte auf die Bühne und war schon außer Atem, noch ehe sie angefangen hatten zu singen. Miß Jay schlug einen Anfangsakkord, und die Männer in ihren Ausgehjacken und die Frauen in ihren blauen und weißen Ballettröcken begannen mit ›Koroido Mussolini‹, dem Lied, das die Italiener im Krieg beschrieb:

»Bei Regen bleiben sie im Haus
und schreiben Briefe heim nach Rom:
›Das nasse Wetter ist ein Graus
Wir wollen heim, die Mama wartet schon!‹«

Nachdem das Lied vorüber war, kam Guy in einer geborgten, weißen Kasino-Jacke, die sich wegen seines Bauches nicht zuknöpfen ließ, auf die Bühne, um die Stimmung im Saal anzuheizen. Er forderte das Publikum auf, das Lied zu wiederholen, und es kam mit großem Spaß seiner Aufforderung nach und sang lauter und lauter, während Guy vorsang und sie mit den Händen anfeuerte und diejenigen in den vorderen Reihen ermahnte, ebenso laut zu singen wie er selbst. Er brachte die Halle zum Toben.
Als die erste Hälfte der Revue vorbei war, verschwanden die in *Maria Marten* Mitwirkenden hinter der Bühne, um sich umzuziehen.

Charles sagte: »Du willst doch dieses Stück nicht noch einmal sehen, oder?«

Sie hatte sich tatsächlich auf das Stück gefreut, aber sie

folgte ihm hinaus in das Dämmerlicht des Obstgartens, wo die Motten durch die feuchte, nachtkalte Luft schwirrten.

Es würde bald dunkel werden. Charles schlug vor, einem Weg zu folgen, der zwischen den Gärten bergauf führte, wo die Luft nach Orangen- und Zitronenblüten duftete. Außer dem Quaken der Frösche gab es hier kein Geräusch. Oberhalb der Gärten kamen sie in einen Olivenhain, in dem das mit einem weißen Blumenkonfetti gesprenkelte Unterholz mehr als kniehoch war.

Obwohl er es fertig gebracht hatte, Harriet von den anderen wegzuführen, war Charles noch immer nicht zum Sprechen bereit. Sie redete über dies und das und stellte ihm Fragen, konnte aber keine Antwort aus ihm herauslocken. Seine anhaltende schlechte Laune erfüllte sie mit einem Gefühl des Versagens. Warum mußte Zeit auf diese Art verschwendet werden? Sie empfand ihn als unerträglich fordernd und engstirnig, doch sie wagte nicht, etwas zu sagen, da er in ein paar Tagen fort sein würde und sie sich nie mehr wiedersehen würden. Der Krieg bedeutete einen fortwährenden Aufschub des Lebens, dennoch hörte man nicht auf, älter zu werden. Sie war einundzwanzig gewesen, als der Krieg ausbrach. Wie alt würde sie bei Beendigung des Krieges sein, falls er überhaupt je zu Ende ging? Wie konnte sie da Guy vorwerfen, seine Energien zu verschwenden, wenn alle anderen Energien des Lebens verschwendet wurden? Was sollte er sonst tun? Der Krieg war eine Zeit, in der mittelmäßige Männer an die Spitze kamen und bessere Männer in dem Konflikt verfaulen oder sterben mußten.

Was Charles anbelangte, dessen Zukunftsaussichten weitaus vielversprechender gewesen waren als die von Guy und ihr, was mußte er wohl empfinden, wenn er sah, wie seine Jugend in seiner gegenwärtigen, sinnlosen Tätigkeit verschwendet wurde? Er beklagte sich natürlich nicht. Seine Bildung und seine Erziehung verlangten von ihm, sich niemals zu beklagen, aber welchem geheimnisvollen Kummer versuchte er durch seine Launenhaftigkeit und sein Schweigen und durch seine plötzlichen Anfälle von Gereiztheit Ausdruck zu verleihen?

Sie hörte ebenfalls auf zu sprechen, bis Charles sagte: »Es gibt einen Wanderweg entlang des Pendeli. Er ist recht schön. Wir könnten irgendwann einmal dort hinaufgehen.«

Sie blickte zu dem Gebirgsgrat hoch, der sich schwarz gegen die Sterne abzeichnete. »Dürften wir so weit hinaufgehen?«

»Ich denke schon. Ich könnte auf jeden Fall eine Genehmigung bekommen.«

»Wann könnten wir das machen?«

»Wir müssen warten, bis sich das Wetter beruhigt hat. Es kann dort oben kalt sein, und wenn es regnet, gibt es keinen Unterschlupf.«

Der Streit, so schien es, war vergessen. Trotz einer unsicheren Zukunft planten sie die Wanderung als ein mögliches, sogar wahrscheinliches Ereignis in der Zeit, die vor ihnen lag. Harriet glaubte, daß Guy mitkommen würde, und sie fragten sich, wer sich sonst noch an der Exkursion beteiligen könnte.

Auf ihrem Rückweg durch die Gärten unterhielten sie sich. Als sie an der Halle angekommen waren, hatten sie beschlossen, die Wanderung Anfang April durchzuführen.

Charles sagte: »Der erste Sonntag im April wäre kein schlechter Tag.«

»Wirst du dann noch da sein?«

Charles brauchte die ganze Länge des Obstgartenweges, ehe er brummte: »Wie soll ich das wissen?«

Drinnen in der Halle gab der Chor eine Zugabe nach der anderen und sang:

»Oh, was für 'ne Überraschung für den Duce, den Duce,
er kriegt die Griechen nicht dran.«

Harriet und Charles gingen hinter die Bühne, wo der Imbiß serviert werden sollte. Die mit Papiertüchern bedeckten Servierbretter waren aufeinander gestapelt. Die Akteure von *Maria Marten* – inzwischen wieder in ihrer Alltagskleidung – warteten gerade auf etwas zu essen, und der Chor verabschiedete winkend das Publikum. Als sich die Halle endlich geleert hatte, klatschte Ben Phipps in die Hände und sagte: »Jetzt zu den Fressalien«, und auf deutsch: *»Mein Gott, ich habe Hunger.«*

»Haben wir doch alle, alter Junge«, sagte Yakimov und gab dabei ein vergnügtes und erwartungsvolles Gewieher von sich. Als er sich auf die Servierbretter zubewegte, schob ihn Mrs. Brett beiseite und sagte: »Also, Prinz Yaki, die Leitung dieser Abteilung habe ich. Ich werde die Gastgeberin spielen.« Sie hob das oberste Servierbrett herunter und entfernte das Papier. Das Brett war leer. Das Brett darunter war leer. Alle Servierbretter waren leer. Ein, zwei Brotkrumen, eine einzige Kirsche, einige eingedellte Pappbecher bezeugten, daß einmal etwas Eßbares darauf gewesen sein mußte.

Einige Ortsansässige, die man angeheuert hatte, um die Stühle aufzustellen und als Bühnenarbeiter zu agieren, hatten sich zusammen mit ihren Frauen an der Hintertür versammelt und schauten mit ausdruckslosen Mienen und schweigend zu. Mrs. Brett ging auf sie los und tobte in einem Mischmasch aus Griechisch und Englisch.

Sie grinsten einfältig und verlegen, schüttelten die Köpfe und streckten die Hände mit nach oben gekehrten Handflächen aus. Sie hatten nichts und wußten nichts.

Guy sagte: »Sie waren hungrig. Laßt sie gehen.«

»Wir sind alle hungrig. Sie hätten ihren Teil bekommen.« Mrs. Brett fuhr die Hilfskräfte erneut an: »Wenn ihr nicht alles gegessen habt, wo ist es dann?« Sie schauten sich gegenseitig voller Erstaunen an. Wer konnte das schon wissen?

Ihre Verblüffung war so überzeugend, daß mehrere Leute anfingen, Yakimov argwöhnisch zu mustern, aber Yakimovs Enttäuschung war echt. Er sammelte die Brotkrumen auf und aß sie einzeln, die Kirsche hob er bis zuletzt auf. Dann feuchtete er den Zeigefinger an, drückte ihn auf die Krümel und murmelte: »Biskuitkuchen.«

Mrs. Brett sagte: »Wir hätten eine Wache daneben stellen sollen. Aber da sieht man's mal wieder! An sowas denkt man immer erst, wenn's zu spät ist.«

Die müden Akteure holten sich ihre Mäntel. Als Ben Phipps auf einem Tisch ein Telefon sah, hob er den Hörer ab, und da es in Betrieb war, rief er Guy zu: »Kleinen Moment noch: Mal schau'n, ob irgendwas passiert ist.« Er rief bei der Stefani-Agentur an. Die anderen standen um ihn herum, während Ben mit den Augen rollte und rief: »Sie haben also unterschrieben, hm? Sie haben unterschrieben...«

Wissend nickte er Guy zu: »Was hab' ich gesagt? Während ihr eure Solidarität demonstriert habt, war schon alles vorüber. Paul hat einen cleveren Handel abgeschlossen. Die Deutschen werden jugoslawisches Territorium respektieren.«

Sie kletterten auf den Lastwagen und saßen in der kalten Nachtluft eng beisammen. Guy beteuerte erneut seinen Glauben an das jugoslawische Volk: »Sie werden sich eine Allianz mit Hitler nie gefallen lassen.«

»Sei nicht kindisch«, sagte Ben. »Wenn sie die Deutschen aus ihrem Land heraushalten können, ist das ihre Rettung, und wahrscheinlich unsere noch dazu. Wenn Hitler nicht durch Jugoslawien durch kann, dann bleibt er an der bulgarischen Grenze sitzen. Das sind fast 300 Kilometer, alles gebirgiges Gelände. Der Olymp ist unsere Stärke. Wir könnten die Schweine hinter dem Aliakmon in die Falle locken und sie dort monatelang schmoren lassen.«

Trotz ihres Hungers und trotz der Kälte verspürten die Fahrgäste des LKWs unwillkürlich einen kleinen Hoffnungsschimmer. Womöglich war ihr neuer Feind letztendlich noch der Retter von ihnen allen.

Das Begräbnis

25

Am Morgen nach der Selbstunterwerfung Jugoslawiens kehrte der von Pinkrose herbeigerufene Bürojunge mit einem Aktendeckel voller Material, das getippt werden sollte, ins Billardzimmer zurück.

Unterlagen dieser Art gingen zuerst an Miß Gladys, die sie durchsah und sie dann mit Erklärungen und aufmunternden Lauten ihrer Schwester zur Bearbeitung weitergab. Wenn etwas von besonderem Interesse darunter war, behielt sie es selbst.

Dieses Mal stieß sie vor Aufregung über den Inhalt des Aktendeckels einen kleinen, spitzen Schrei aus, und sie befahl dem Jungen, ihr sofort ihre Schreibmaschine an ihren Schreibtisch zu bringen. Die Vorbereitungen ihrer Arbeit waren immer sehr langwierig. An diesem Morgen schienen sie nicht enden zu wollen. Während sie nervös mit dem Schreibmaschinenpapier umherfuchtelte, ließ ihr Seufzen und Keuchen und schweres Atmen Harriet erkennen, daß der Aktendeckel Unterlagen von außergewöhnlicher Wichtigkeit enthielt. Sie nahm an, daß es mit der Lage in Jugoslawien zu tun haben mußte. Die Gesandtschaft hatte Alan angerufen und ihm die Vorausinformation gegeben, daß Flüchtlinge aus Belgrad auf allen möglichen Wegen in Richtung Griechenland reisten.

Harriet war an jenem Morgen in der Nachrichtenredaktion gewesen, als der Anruf kam. Während sie darauf wartete, mit Alan sprechen zu können, trat Pinkrose ein und signalisierte, daß er etwas Wichtiges zu sagen hatte, wichtiger als alles, was die Gesandtschaft möglicherweise zu sagen hatte. Sein Chamäleongesicht war ganz grau vom Schweiß der Panik. Er trommelte auf den Tisch, zu erregt, um zu bemerken oder sich darum zu scheren, daß Harriet und Yakimov ihn beobachteten.

Alan war der Meinung, Pinkroses Probleme seien dringender als jene der Flüchtlinge, entschuldigte sich daher bei seinem Gesprächspartner, legte den Hörer nieder und wandte seinen schwer geprüften Blick dem Direktor des Propagandabüros zu.

Pinkrose schoß mit einem Finger auf die Weltkarte an der Wand der Nachrichtenredaktion: »Sie sehen, was geschehen ist, Frewen? Sehen Sie... sehen Sie!«

Alan drehte sich langsam in seinem Stuhl um. Harriet und Yakimov hoben die Köpfe. Sie betrachteten alle die griechische Halbinsel, die wie eine zerfledderte Fahne Richtung Afrika wehte.

»Sie haben alles«, keuchte Pinkrose. »Die Italiener sind in Albanien. Die Deutschen haben Bulgarien und Jugoslawien. Sie haben die ganze Grenze.«

Yakimov murmelte mit bewundernder Ehrfurcht: »Das haben sie in der Tat, alter Junge!«

»Und wie geht's hier weiter, möchte ich gerne wissen? Es muß etwas unternommen werden. Ich wurde irrtümlich hierher geschickt. Ich kam in aller Naivität und Unwissenheit auf den Balkan. In aller Naivität. Ja, und Unwissenheit. Niemand wußte etwas über die Gefahren; sie kennen sie jetzt noch nicht. Wenn sie sie kennen würden, würden sie mich zurückrufen. Aber die Organisation ist verpflichtet, mich zu repatriieren; so steht's in meinem Vertrag. Und jetzt ist die Zeit gekommen. Ja, jetzt ist die Zeit gekommen. Ich möchte, daß das unverzüglich in die Wege geleitet wird.«

»Ich habe mit der Organisation nichts zu tun«, sagte Alan mit unerschütterlicher Geduld. »Sie sind der hiesige Direktor der Organisation. Dann ist es doch sicherlich Ihre Sache, Ihre Repatriierung zu veranlassen?«

»Ich *bin ja dabei*, sie zu veranlassen. Ich veranlasse sie jetzt. Hier und jetzt. Ja, ja, hier und jetzt. Ich lege die Sache in Ihre Hände, Frewen. Ich zähle auf Sie.«

»Oh? Tja! Ich weiß nicht, was ich tun kann, aber ich werde Erkundigungen einziehen. Es gibt keine regulären Transportmöglichkeiten; das wissen Sie. Ich habe aber von der Möglichkeit gehört, daß ein Zivilist – natürlich nur, wenn es sich um ein hohes Tier handelt – eventuell und in dringenden Fällen von der R.A.F. nach Ägypten geflogen werden könnte.«

»Ich bin mit einem Militärflugzeug hergekommen«, sagte Pinkrose eifrig. »Ich reiste im Bombenschacht.«

»Na so was! Nun, ich werde sehen, was ich tun kann.«

»Ja, ja, sehen Sie zu, was Sie tun können. Behandeln Sie es als Angelegenheit von höchster Priorität. Behandeln Sie es als Notfall. Lassen Sie innerhalb der nächsten Stunde von sich hören.«

»Lieber Himmel, innerhalb der nächsten Stunde! Ich werde nicht mal innerhalb der nächsten Woche etwas hören. Kann gut sein, daß es sechs Wochen dauert.«

»Sechs Wochen? *Sechs Wochen!* Sie machen ja wohl Witze, Frewen.«

»Ich mache keine Witze. Diese Dinge brauchen Zeit.«

Pinkroses Gesicht zitterte. Er atmete hörbar ein und rief gequält: »Dann sitze ich also in der Falle?«

»Wir sitzen alle in der Falle, wenn es so weit kommt. Aber ich sehe keinen unmittelbaren Grund zur Sorge. Die Lage ist nicht schlimmer geworden. Es sieht eher ein bißchen besser aus. Die Deutschen haben zugesagt, die jugoslawische Souveränität zu respektieren; sie sagen, sie werden keine Truppen durch Jugoslawien schicken. Ich weiß, daß man ihnen nicht trauen kann, aber aufgrund dieser Erklärung werden sie eine Weile nichts unternehmen können.«

Pinkrose starrte Alan an und fragte mit leiser Stimme: »Wo haben Sie denn das her?«

»Das ist amtlich. Und was ist mit Ihrer Vorlesung? Sollen wir die absagen?«

Pinkrose schluckte und sah zu Boden. »Nein«, sagte er nach einer langen Pause, »es war überstürzt von mir, Frewen, es war überstürzt. Warten Sie noch etwas.«

»Sie wollen nicht, daß ich versuche, für Sie einen Flug zu bekommen?«

»Nein. Meine Aufgabe ist hier. Die Vorlesung ist von größter Wichtigkeit. Sie muß gehalten werden. Ja, sie muß gehalten werden. Und da gibt es auch noch andere Angelegenheiten...« Abrupt wandte er sich um und eilte davon, um sich mit ihnen zu beschäftigen.

Eine dieser Angelegenheiten lag jetzt zweifellos auf Miß Gladys' Schreibtisch. Sie hatte gerade mit dem Tippen angefangen, als Pinkrose ganz verstört mit einem weiteren Aktendeckel hereinkam. »Hier ist der Rest«, sagte er und bat mit leiser, vertraulicher und verschwörerischer Stimme Miß Gladys hinüber zu einem Tisch an der Wand. Er schob die Landkarten beiseite, und während er die Blätter ausbreitete, flüsterte er: »Lesen Sie es durch. Geben Sie mir Bescheid, wenn Sie irgend etwas nicht verstehen.«

Es folgte eine lange Pause, in der Pinkrose mit seinem Bleistift die Zeilen entlangfuhr und vor sich hinbrummelte. Miß Gladys flüsterte dann: »Ich verstehe, Lord Pinkrose, ich verstehe.«

Da sie das Gefühl hatte, daß ihre Anwesenheit aufdringlich erscheinen mußte, entschloß sich Harriet, in die Nachrichtenredaktion zu gehen. Als sie aufstand, waren die anderen sofort auf der Hut. Das Gemurmel hörte auf. Sie drehten die Köpfe, um zu sehen, wohin sie gehen würde. Sie ging an Miß Gladys' Schreibtisch vorbei und blieb stehen. Miß Gladys hatte getippt: *BERICHT ÜBER GUY PRINGLE. Meiner Meinung nach ist Guy Pringle für die Arbeit der Organisation ungeeignet*... Harriet hob den Entwurf auf.

Miß Gladys sagte streng: »Wie können Sie es wagen, dies hier in die Hand zu nehmen. Das ist ein vertraulicher Bericht.«

Harriet las weiter. Pinkroses Meinung nach besaß Guy gefährliche linksgerichtete Tendenzen. Er war ein Störenfried, der mit übel beleumundeten Griechen verkehrte. Er war der Mittelpunkt einer Kampagne der Volksverhetzung geworden und wurde von allen verantwortungsbewußten und wichtigen Persönlichkeiten in Athen abgelehnt.

»So viele Lügen auf einem Haufen!« sagte sie.

Darüber hinaus hatte er eine unzüchtige Inszenierung auf die Bühne gebracht, weswegen von prominenten Mitgliedern der britischen Kolonie Beschwerden eingegangen seien. Der Direktor hatte die Inszenierung verboten. Dennoch führte Pringle in den Militärlagern ein Stück auf, das geeignet war, Sitte und Moral beim Publikum zu untergraben...

»*Lord* Pinkrose!« wandte sich Miß Gladys an ihren Chef, entrüstet darüber, daß er sie nicht unterstützte; und gehorsam begann dieser daraufhin zu plappern:

»Legen Sie es hin. Legen Sie es hin, sage ich Ihnen. Legen Sie es hin.«

Harriet legte es hin und fragte: »Was haben Sie sonst noch geschrieben?«

»Das hat nichts mit Ihnen zu tun.« Als sie näher kam, riß Pinkrose das Blatt an sich. »Sie haben kein Recht...«, rief er. Das Blatt zitterte in seiner Hand.

»Oh, ja. Ich habe ein Recht. Die Organisation erlaubt keine vertraulichen Berichte. Wenn Sie einen Bericht über Guys Arbeit schreiben, ist es Vorschrift, daß Sie ihm diesen vorlegen. Er muß ihn unterschreiben.«

»So eine Frechheit!« sagte Miß Gladys.

»Vorschrift! Vorschrift, also wirklich! Ich bin hier der Direktor; für mich ist gar nichts *erforderlich*...« Außer sich vor Entrüstung wurde Pinkroses Stimme lauter, und sofort fing Miß Mabel an zu stöhnen und kleine Schreckensrufe auszustoßen.

Miß Gladys fauchte Harriet an: »Gehen Sie. Sie bringen meine Schwester ganz durcheinander.«

»Ja, gehen Sie«, schrie Pinkrose. »Verlassen Sie das Büro. Sofort. Hören Sie mich, sofort.«

Harriet schritt an ihren Schreibtisch und sammelte ihre Sachen ein. »Bevor ich gehe«, sagte sie mit zorniger Grandezza, »habe ich folgendes zu sagen: Ich bin überrascht darüber, daß sich in einer Zeit wie dieser überhaupt jemand – und vor allem *Sie*, Lord Pinkrose – dazu hergeben kann, mit Cookson, Dubedat und Lush zu intrigieren, um einem Mann zu schaden, der mehr wert ist als Sie alle zusammen.«

Sie ging hinaus. Alan und Yakimov tranken gerade friedlich den ersten Ouzo des Tages, als sie mit den Worten zu ihnen hineinplatzte:

»Ich gehe.«

»Wohin?«

»Pinkrose hat mich rausgeschmissen; aber wenn er es nicht getan hätte, wäre ich von selbst gegangen.«

»Trink erst mal einen.«

»Nein.«

Einem hysterischen Anfall nahe rannte sie zum Gemeindesaal. Er war verschlossen. Sie nahm ein Taxi zur Schule. Niemand dort hatte Guy seit dem frühen Morgen gesehen. Sie ging ins Aleko's. Das Café war leer. Sie ging zu Fuß die Stadionstraße zurück, schaute in alle Cafés und Bars, an denen sie vorbeiging, und kam schließlich zum Zonar's. Guy war nicht aufzufinden.

Harriet war mit Charles im Corinthian verabredet. Als sie auf das Hotel zusteuerte, drang Guys Stimme laut und vergnügt aus der Ferne zu ihr her.

Sie sah, wie er dem Fahrer half, Gepäck aus einem Taxi zu laden. Die Gepäckstücke waren neben einem Mann aufgehäuft, der beeindruckend und korpulent und mit einer Pelzmütze, pelzgefüttertem Mantel und Pelzstiefeln so vertraut wirkte wie eine Figur aus einem Märchen. Harriet hatte jedoch in diesem Moment keine Augen für ihn, sondern stürzte sich auf Guy und fragte ihn wütend: »Wo bist du gewesen?«

»Am Bahnhof, um auf den Belgrad-Express zu warten.«

»Warum?«

Guy blickte Harriet an, als würde nur sie wissen, warum. »Ich dachte, David Boyd käme mit.«

»Oh!« Harriet beruhigte sich etwas. »Und kam er mit?«

»Nein. Er ist noch nicht aufgetaucht. Aber...« Guy deutete an, daß er nicht mit leeren Händen zurückgekehrt war. Er schien allen Ernstes zu denken, er hätte eine Art Siegestrophäe mitgebracht. Er stellte den korpulenten, bepelzten Mann vor: »Das ist Roger Tandy«, sagte er.

Harriet hatte von Tandy gehört. Als er auf seiner Reise in Bukarest Station gemacht hatte, war er von den Zeitungen als der ›berühmte Reisende‹ beschrieben worden. Das war vor Harriets Zeit gewesen, doch Guy hatte ihn einmal kurz kennengelernt, und Tandy, berühmter Reisender oder nicht, war dankbar gewesen, ein bekanntes Gesicht zu sehen, als er unter all den Flüchtlingen aus Belgrad in Athen eintraf. Er und Guy hatten sich wie zwei alte Freunde begrüßt. Jetzt spielte Guy den Gastgeber, lud das Gepäck aus, zählte es und wollte von seinem Gast wissen: »Wie viele Koffer sollten es sein?«

Tandy erwiderte: »Nur sieben. Ich reise mit leichtem Gepäck.«

Andere Taxis entluden andere Flüchtlinge – politische Flüchtlinge, religiöse Flüchtlinge, rassische Flüchtlinge und englische Ehefrauen mit kleinen Kindern. Das Hotel würde überfüllt sein, aber Roger Tandy schien deswegen nicht beunruhigt zu sein. Er setzte sich an einen Tisch im Freien und sagte freundlich zu Harriet: »Kommen Sie, meine Liebe. Bevor wir hineingehen, trinken wir noch schnell etwas.«

»Sollten Sie sich nicht besser um Ihr Zimmer kümmern?«

»Nicht nötig. Ich habe im voraus gebucht. In meinem Alter weiß man, woher der Wind weht.«

»Ich seh' mal lieber nach«, sagte Guy und rannte ins Hotel, um sich Tandys Reservierung bestätigen zu lassen.

Tandy tätschelte den Stuhl neben sich.

Überwältigt von seinem Aussehen und seinem Weitblick, setzte sich Harriet nieder. Sein Gesicht war blaurot, und sein Schnurrbart hatte die Farbe von Feuer. Die beiden roten Farbtöne waren so außergewöhnlich, daß es einige Minuten dauerte, ehe sie bemerkte, daß die kleine Stupsnase, der kleine rosafarbene Mund und die kleinen, feuchten braungelben Augen absolut uninteressant waren.

Die Mittagssonne war heiß. Auf Tandys Gesicht zeigten sich Schweißperlen. Er öffnete seinen Mantel, knöpfte das Jackett seines zimtfarbenen Köperanzugs auf, und die Sonne schimmerte auf seiner smaragdgrünen und goldenen Weste. Die Knöpfe seiner Weste waren Kugeln aus goldener Filigranarbeit. Die Augen der Passanten schweiften zuerst über Tandys Weste, wurden dann aber starr, wenn sie sahen, daß sein Mantel bis zum Saum hin mit prächtigem, honiggelbem Fell gefüttert war. Einer dieser Passanten war Yakimov. Er saß auf seinem Fahrrad, und sein eigener, aus Sicherheitsgründen hochgebundener Mantel zeigte zwar auch ein Fellfutter, aber das Fell war bereits alt gewesen, als Yakimov noch jung war.

Yakimov fuhr schwankend auf den Bürgersteig, streckte einen Fuß aus und schaffte es irgendwie abzusteigen. »Mein liebes Mädchen«, rief er Harriet zu. »Ist alles in Ordnung?«

Sie wurde an die Sorgen des Mannes erinnert, aber sie war der Ansicht, daß dies jetzt nicht der richtige Zeitpunkt war, um darüber zu sprechen. Jedenfalls erkannte sie, daß Yakimov nur aus einem Grund – und nur aus diesem einzigen Grund – angehalten hatte. Er wollte Tandy kennenlernen.

Als sie die beiden Männer miteinander bekannt machte, hob Harriet Yakimovs Titel hervor. Tandys Augen weiteten sich vor Interesse.

»Setzen Sie sich, *mon prince*«, sagte er, »und trinken Sie mit uns ein Gläschen.«

Yakimov setzte sich sofort nieder. Seine großen und liebevollen Augen musterten ohne eine Spur von Neid die gewaltige, wohlgenährte Figur Tandys, der so gekleidet war, wie er sich selbst in seinen besseren Tagen zu kleiden pflegte. Der Kellner wurde wieder hergerufen, und Yakimov bat um einen Brandy. Dieser kam umgehend, und als er ihn an die Lippen führte, wurde seine Aufgeregtheit offensichtlich. Da es ein vom Schicksal vorbestimmtes Zusammentreffen zu sein schien, überließ Harriet die beiden sich selbst mit den Worten: »Ich muß Guy etwas sagen.«

Guy stand in der Menge an der Rezeption. »Ich muß dir etwas erzählen«, sagte sie.

Mit dem einen Ohr hörte er ihr zu, mit dem anderen verfolgte er das Stimmengewirr. Er sagte: »Schieß los.«

»Nein, komm hier herüber.« Sie ärgerte sich darüber, daß er sich auf eine Art und Weise um Tandys Wohlergehen kümmerte, wie er das nie tun würde, sobald es ihn selbst betraf. Sie zog ihn aus dem Gedränge heraus und sagte: »Ich hab' dir was Wichtiges zu sagen.«

Während Harriet ihre Geschichte erzählte, war Guys Aufmerksamkeit nach draußen gerichtet, wo der Sonnenschein und Tandy und Yakimov lockten, zu denen sich in diesem Augenblick noch Alan Frewen hinzugesellte. Sie hielt ihn fest, sprach schnell und versuchte, ihm das Wesentliche aus Pinkrose' Bericht wiederzugeben.

Stirnrunzelnd sagte Guy: »Es ist bestimmt nicht wichtig. Niemand wird von Pinkrose Notiz nehmen.«

»Warum nicht? Er wurde immerhin zum Direktor ernannt. Sie haben ihn schließlich nicht ernannt, um ihn dann zu ignorieren.«

»Mag sein; aber sie müssen wissen, was für eine Sorte Mensch er ist. Ich habe Berichte gesehen, die Inchcape ihnen über meine Arbeit geschickt hat. Die waren ausgezeichnet. Falls Pinkrose den Bericht abschickt – und nachdem, was du erzählt hast, sieht er vielleicht ein, daß er etwas Falsches tut –, werden sie ihn mit den anderen vergleichen. Und dann passen sie nicht zusammen. Einer erzählt Schwachsinn, und der heißt nicht Inchcape.«

»Woher sollen die wissen, daß nicht Inchcape der Schwachkopf ist?«

»Weil sie Inchcape holen werden. Er wird befragt werden.«

»Vielleicht ist er bis dahin tot.«

»Das glaub' ich nicht. Inch hat immer gut auf sich aufgepaßt. Dem geht's bestimmt gut; und ich weiß, daß er zu mir halten wird.«

»Wird er das? Da wär' ich mir nicht so sicher!«

»Du bauschst das zu sehr auf.« Er hatte genug von ihrer Ängstlichkeit. »Komm, plaudern wir ein wenig mit Tandy. Ich wollte ihn schon immer mal etwas besser kennenlernen.«

»Geh du. Ich komm' in ein paar Minuten nach.«

Ohne sich weiter zu wundern, was Harriet wohl im Hotel aufhalten könnte, schoß Guy davon wie ein Kind, das zum Spielen gehen durfte. Als er durch die Tür verschwunden war, machte sich Harriet auf zum Speisesaal, wo sie mit Charles verabredet war. Sie kam mit einiger Verspätung.

Charles war schon beim Mittagessen. Er stand auf und wartete darauf, daß sie etwas zu ihrer Verteidigung vorbrachte. Sie kam allen Anschuldigungen zuvor, indem sie sagte: »Ich hab' meinen Job verloren.«

»Ich wußte nicht, daß in diesen Zeiten irgend jemand seine Stelle verlieren kann.«

»Nicht wegen Unfähigkeit. Ich hatte Krach mit Pinkrose.«

Charles mußte lachen und bedeutete ihr, sich zu ihm an den Tisch zu setzen.

Sie sagte: »Ich kann nicht bleiben. Guy erwartet mich.«

»Oh!« Sein Lachen brach ab.

Er saß mit versteinertem Gesicht da, während sie ihm die Geschichte von dem Bericht erzählte und mit den Worten schloß: »Weißt du, das könnte Guys Karriere bei der Organisation ruinieren.«

»Ich bin sicher, daß es das nicht könnte. Es gibt mehr Jobs als Männer.«

»Ich denke an die Zukunft, wenn es mehr Männer als Jobs geben wird.«

»Die Zukunft?« Charles sah verdutzt aus, als sei die Zukunft irgendeine unwahrscheinliche Vorstellung, mit der er sich noch nie befaßt hatte. Dann blickte er zur Seite: »Ja, du mußt natürlich an die Zukunft denken. Du beklagst dich zwar über Guy, aber du hast nicht vor, ihn zu verlassen.«

»Beklage ich mich über Guy?«

»Wenn nicht, warum verschwendest du dann deine Zeit mit mir? Du wirst doch nicht behaupten wollen, daß du mich liebst?«

»Ich will überhaupt nichts behaupten. Aber vielleicht liebe ich dich wirklich. Ich würde gerne das Gefühl haben, daß wir Freunde sind für den Rest unseres Lebens.«

»Ja, natürlich! Du willst mich um dich haben. Du hast einen Mann, aber du brauchst obendrein eine Art *cavaliere servente*. Es gibt viele solche Frauen.« Er knallte seine Serviette hin und stand auf. »Ich ertrage das nicht mehr. Ich geh' auf mein Zimmer. Wenn du mich sehen willst, findest du mich dort. Wenn du nicht kommst, weiß ich, daß du mich nie mehr wiedersehen willst.«

»Das ist einfach zu albern –«

»Wenn du nicht kommst, *wirst* du mich nie wieder sehen.«

»Ein Ultimatum?« fragte Harriet.

»Ja, ein Ultimatum.« Er marschierte los und erregte Aufsehen, während er durch den Saal schritt. Harriet beobachtete, wie er nicht nur mit Bewunderung, sondern geradezu mit Zärtlichkeit betrachtet wurde. Sie konnte sich vorstellen, daß er für diese Menschen das ideale Bild eines Verbündeten darstellte, der, obwohl er nichts dabei gewinnen konnte, dieses tollkühne Unterfangen eingegangen war, an der Seite der Griechen zu kämpfen. Sie selbst hatte ihn als ein rührendes und romantisches Symbol für die opferbereiten jungen Helden des Krieges angesehen. Jetzt, wo sie ihn besser kannte, wußte sie fast nicht, als was sie ihn sehen sollte. Er verschwand durch die Tür, verärgert und gekränkt, und ging dorthin, wo er ungesehen seine Kränkung pflegen konnte.

Eines war sicher: Sie würde ihm nicht nachgehen. Sie würde das dadurch sicherstellen, daß sie sich zu Guy und den anderen Männern gesellen würde. Aber nicht gleich. Während sie im Speisesaal sitzenblieb, sah sie noch einmal, wie er schnell und straff aus dem Raum schritt, und sie verspürte die Versuchung, ihm zu folgen. Da sie nicht wußte, was sie tun sollte, blieb sie weiter sitzen, als ob sie auf etwas oder jemanden wartete, der ihr die Entscheidung abnahm. Oder vielleicht würde Charles betreten zurückkommen und sein Ultimatum als Scherz abtun.

Statt dessen kam Alan Frewen, um nach ihr zu sehen. Er sagte, sie würden alle ins Zonar's gehen. Er fragte nicht, was sie hier tat, ganz alleine im Speisesaal, vor der nicht zu Ende gegessenen Portion eines anderen Gastes, und sie bemerkte, daß es gar nicht nötig war, ihn aufzuklären. Er stellte keine Fragen, und sie sagte nichts. Er kritisierte seine Mitmenschen nicht und wollte auch nicht in ihre Probleme hineingezogen werden.

»Guy meinte, du hättest vielleicht Lust, mit uns zu kommen.«

»Ja. Ich komme mit euch.«

Als sie durch das Foyer gingen, sah sie die Treppe hinauf und stellte sich vor, wie Charles zu ihr heruntergeeilt kam. Aber auf der Treppe war niemand, und von Charles war nichts zu sehen.

Alan sagte: »Du hast doch das Büro nicht etwa für immer

verlassen? Ich brauche jemanden, der meine Aufzeichnungen über die deutschen Sendungen nach Griechenland redigiert.«

Harriet trauerte bereits etwas ihrer verlorenen Anstellung nach, aber sie sagte: »Ich kann nicht mit den Twocurrys zusammen im Billardzimmer arbeiten.«

»Ich hatte gedacht, du würdest dort mehr Platz haben; aber wenn du willst, kannst du zu Yaki und mir in die Nachrichtenredaktion kommen.«

»Das würde ich gerne«, sagte sie.

26

Prinzregent Paul nahm für sich und seine Fraktion in Anspruch, Jugoslawien gerettet zu haben. Vielleicht hatten sie ungewollt Griechenland gerettet. Die Zeit war zu kurz, um es herauszufinden. Der Regent war eines Nachts verschwunden, und am nächsten Morgen wurde überall von Revolution gesprochen. Die Regentschaft war beendet. Peter hatte Paul gestürzt. Die kollaborierenden Minister waren verhaftet worden. Den Engländern, Amerikanern und Russen wurde in den Straßen von Belgrad zugejubelt, und ganz Jugoslawien befand sich in Aufruhr: Es gab Freudenkundgebungen und Demonstrationen gegen die Achsenmächte.

»Großartig«, sagte Ben Phipps. »Aber was geschieht als nächstes?«

»Es ist hauptsächlich deswegen großartig«, sagte Guy, »weil sie eben nicht erst lange diskutiert haben, was als nächstes geschehen könnte. Für sie war eine Fremdbestimmung durch die Deutschen unannehmbar. Sie haben sich dagegen aufgelehnt, ohne lange nach den Konsequenzen zu fragen. Und das war wirklich großartig. Was wäre denn wohl sonst passiert? Hätten die Deutschen die Bedingungen des Abkommens eingehalten?«

Ben steckte die Rüffel ein und brummte: »Wahrscheinlich nicht«, und Harriet bemerkte, daß in jenen Tagen Guy mehr dazu neigte, Ben Phipps zu korrigieren, und Ben Phipps eher bereit war, ihm zuzustimmen. Eine Folge davon war, daß sie, obwohl sie Phipps noch immer nicht leiden konnte, seinem Einfluß auf Guy weniger kritisch gegenüberstand als zuvor.

»Trotzdem«, sagte er. »Was *geschieht* denn als nächstes?«

Tandy seufzte ein-, zweimal auf, und Guy und Ben schauten ihn an. Er sprach selten. Wenn er tatsächlich einmal sprach, tat er es langsam, mit Pausen und Seufzern, die einen tiefgründigen Denkprozeß signalisierten, der nicht so leicht artikuliert werden konnte. Als er jetzt schließlich den Punkt der Verbalisierung erreicht hatte, sagte er: »Wir müssen abwarten.«

Dieses Abwarten vollzog sich in dem Ambiente um Tandy, der fast den ganzen Tag im Zonar's verbrachte, meist an einem Tisch im Freien, den er als den seinigen in Beschlag genommen hatte. Tandy war der Anlaufpunkt für alle, die das Bedürfnis nach Gesellschaft hatten. Obwohl er erst vor kurzem angekommen war und vielleicht bald dorthin zurückkehren würde, von wo er gekommen war, war er doch schon eine etablierte Figur in Athen. Mit seiner imposanten Erscheinung wirkte er in einer sich verändernden Welt wie etwas Dauerhaftes und Beständiges. Die Leute versammelten sich um ihn herum, wie um eine alte Dorfeiche.

Tandy kam wie ein Geschenk, wie eine vom Himmel geschickte Zerstreuung zu einem Zeitpunkt, wo die zarten Hoffnungen des Monats März wieder in Zweifel umschlugen. Er war Guys Entdeckung, aber Phipps vereinnahmte ihn enthusiastisch für sich, und Yakimov hängte sich an ihn wie an einen Liebhaber. Trotz seiner Berühmtheit wußte niemand viel über ihn. Aus gelegentlichen Bemerkungen schlossen sie, daß er den Beginn des Krieges sehr komfortabel in Triest erlebt hatte, doch da er befürchtet hatte, dort in Kürze eingeschlossen zu werden, zog er nach Belgrad um, kurz bevor die Italiener in den Krieg gegen die Alliierten eintraten.

»Es bringt nichts, irgendwo zu lange zu bleiben«, sagte er.

Ben Phipps sagte: »Sie haben Belgrad sicher zum richtigen Zeitpunkt verlassen.«

Tandy sah ihn tadelnd an. Er sagte zu diesem Zeitpunkt nichts dazu, doch später deutete er, fast wortlos, an, daß seine Flucht aus Belgrad weder impulsiv, noch, wie es vielleicht scheinen mochte, verfrüht gewesen war.

»Bin nicht als Privatmann unterwegs«, murmelte er. »Habe Anweisungen.«

»Wirklich?« sagte Harriet. »Anweisungen von wem?«

Tandy brachte sie mit dem gleichen tadelnden Blick zum Schweigen, und Guy und Ben Phipps sagten ihr, als sie später mit ihr alleine waren, daß man Fragen dieser Art nicht stellte. Nachdem sich die beiden Männer beraten hatten, kamen sie zu dem Schluß, daß Tandy ein Verbannter sein mußte, den seine extrem linksgerichteten Aktivitäten in Gefahr gebracht hatten und der, sobald er den Befehl dazu erhielt, sich als eine Art klassischer Demagoge wieder den jugoslawischen Revolutionären anschließen würde.

Sie waren verstimmt, als Harriet sagte: »Für mich ist er bloß ein zweiter Yakimov.«

»Das ist doch nur die äußere Tarnung«, sagte Ben Phipps.

Yakimov war eine Witzfigur, Tandy war keine. Dadurch, daß er selten redete, schaffte er es in der Tat, sich mit einer Aura des Tiefgründigen und intellektuell Bedeutsamen zu umgeben; Yakimov wirkte neben ihm wie ein Schatten. Wenn irgend jemand eine Meinung zum Ausdruck brachte oder eine Theorie darlegte, erweckte er den Eindruck, als wisse er bereits, was gesagt werden würde, aber den Spaß nicht dadurch verderben wolle, daß er es zuerst sagte. Es gelang ihm außerdem, den Sprecher dadurch aus der Fassung zu bringen, daß er seine Augendeckel niederschlug, so daß niemand wußte, ob er der gleichen oder anderer Meinung war.

Als die Neuigkeiten von der jugoslawischen Revolution die Runde machten, schien er Guys Enthusiasmus zu teilen, während er gleichzeitig Ben Phipps' Bedenken überdachte. Sie warteten darauf, was er tun würde. Achtundvierzig Stunden später war er noch immer in Athen, saß noch immer an seinem Tisch vor Zonar's, und Harriet sagte: »Sieht nicht so aus, als würde er zurückgehen.«

Ben Phipps schnaubte: »Ich weiß nicht, was er vorhat, aber ich fange an zu glauben, daß es nichts Weltbewegendes sein wird.«

Guy stimmte lachend zu und sagte: »Macht doch nichts. Ich mag den alten Heini trotzdem. Er ist vielleicht ein zweiter Yakimov, aber er bezahlt wenigstens seine Runden.«

Als sie herausfanden, daß Tandy wenig sagte, wenn er betrunken war, und nicht viel, wenn er nüchtern war, hörten Guy und Ben auf, ihn bei politischen Fragen zu Rate zu ziehen, und vergewisserten sich nicht einmal, wenn sie über ihn hinwegredeten, ob er seine Augendeckel niederschlug oder nicht. Doch obwohl sich die Neugier bezüglich seiner Person inzwischen in Enttäuschung und Langeweile verwandelt hatte, schätzten sie noch immer seine Anwesenheit. Er war ein gesellschaftlicher Mittelpunkt und war, wie Guy sagte, peinlichst darauf bedacht, seine Runden zu bezahlen. Und genauso peinlich war er darauf bedacht, daß seine Spendierfreudigkeit in gleicher Qualität vergolten wurde. Er war daher der einzige Mensch, mit dem Yakimov unter gleichen Bedingungen trank. Obwohl er aus einer dicken Brieftasche aus Krokodilleder mit Goldverschlüssen bezahlte, und Yakimov, wenn er an der Reihe war, seine zerrissenen Taschen nach Kleingeld durchsuchen mußte, ließ Tandy Yakimov erbarmungslos weitersuchen. Er war tolerant gegenüber Yakimov, mehr nicht. Er machte keine Zugeständnisse, und dieser Umstand schien Yakimovs Achtung vor seinem neuen Freund noch zu erhöhen. Auf den ersten Blick von Tandy fasziniert und herausgefordert, murmelte Yakimov in der Nachrichtenredaktion vor sich hin: »Bemerkenswerter Knabe!« Er ließ Tandys Namen ständig in die Unterhaltung einfließen, als dächte er dauernd an ihn.

»Wir können uns glücklich schätzen, ihn bei uns zu haben«, sagte Yakimov.

»Warum?« fragte Harriet.

Yakimov schüttelte bedächtig den Kopf, zog anerkennend die Luft ein und bewunderte Tandys Qualitäten. »Er ist weitgereist, Mädchen. Euer Yaki kam in seiner Blütezeit auch herum, aber dieser hier – *dieser hier* hat die Welt gesehen.«

»Soll das heißen, daß Reisen an sich eine Leistung ist? Es erfordert doch nur Geld und Energie. Ist er zu einem bestimmten Zweck gereist? Hat er zum Beispiel irgend etwas über seine Reisen geschrieben? Ich glaube nicht.«

»Was auch kaum überrascht.« Yakimov lächelte über ihre Naivität.

»Der liebe Junge ist aufgrund des Official Secrets Act zum Schweigen verpflichtet.«

»Du meinst, er wurde ins Ausland geschickt? Er ist Geheimagent?«

»Zweifellos, liebes Kind.«

»Ich kann es nicht glauben. Kein Geheimagent würde sich so anziehen.«

»Ich glaube, ich kann das beurteilen, liebes Kind.«

»Und warum kannst du das?«

Yakimov schüttelte wieder den Kopf, sprachlos vor Bewunderung für den Mann. Er hatte Ben Phipps erzählt: »Auf den ersten Blick habe ich Roger als Superspion erkannt.«

»Woran hast du das gesehen?« fragte Phipps.

»Es gibt untrügliche Hinweise dafür. Seine Brieftasche zum Beispiel, die vollgestopft ist mit Zaster – *irgendwoher* kommt das Geld ja. Aber es gibt noch andere Zeichen, die darauf hindeuten. Er hat euren Yaki erkannt. Hat nichts gesagt, natürlich; aber wir haben den Kontakt hergestellt.«

»Ihr habt euch gegenseitig einen Wink gegeben, stimmt's? Wie habt ihr das gemacht? Erzähl es mir. Durch ein Händeschütteln, wie bei den Freimaurern?«

»Ich bin nicht befugt, darüber zu reden, alter Junge.«

Guy und Phipps neigten inzwischen dazu, sich über Tandy lustig zu machen, Yakimov aber weigerte sich.

»Bemerkenswerter Mann«, war er weiterhin überzeugt. »Höchst bemerkenswerter Mann! Natürlich getarnt.«

»Eigenartige Tarnung«, sagte Phipps.

»Alle Tarnungen sind eigenartig«, sagte Yakimov mit sanftem, aber würdevollem Tadel.

Harriet hatte nicht viel von Tandy erwartet und teilte deswegen Guys Enttäuschung nicht. Sie hatte ihn zunächst ganz nett gefunden und fand ihn auch dann noch nett, nachdem der kurzlebige Mythos gestorben war. Er stellte keine Ansprüche, aber er war da: sein Tisch war ein Treffpunkt, eine Anlaufstelle im Streß und ein Zentrum für den Austausch von Neuigkeiten. Charles beabsichtigte offensichtlich, sein Wort zu halten. Sie hatte sein Ultimatum abgelehnt und würde ihn nicht wiedersehen, und daher wurde sie wie ein Waisenkind von Tandys korpulenter, angenehmer und anspruchsvoller Gegenwart angezogen.

»Darf ich Sie als Vaterfigur adoptieren?« fragte sie, als sie sich seinem Tisch näherte. Er stand auf und verbeugte sich – das war seine Antwort.

Seine Größe verhalf ihm zu einer Erscheinung der Gutmütigkeit. Aber würde seine Gutmütigkeit die Probe bestehen? Vielleicht war sie nicht mehr als die *bonhomie* eines erfahrenen Mannes, der wußte, was ihm am meisten nützte. Sie hoffte nicht darauf, die Wahrheit über Tandy aufzudecken. Die Zeit war zu kurz dafür. In Eile war er angekommen, war unverzüglich als eine Art Wundermann adoptiert und genauso schnell wieder fallengelassen worden. Was immer die Wahrheit auch sein mochte: Harriet vermutete, daß er sich schon so oft so vielen verschiedenen Situationen angepaßt hatte, daß er den Bezug zu seinem wirklichen Selbst längst verloren hatte. Aber was machte das schon? Mit Tandy in der Rolle als Anstandsdame konnte sie dasitzen und die Welt an sich vorbeiziehen lassen.

Wie sie erwartet hatte, spazierte Charles an ihnen vorüber. Er hatte gesagt, daß sie ihn nie mehr wiedersehen würde, aber solange sie sich beide in der gleichen sozialen Gruppe bewegten, mußten sie sich zwangsläufig treffen; und sich treffen, wußte sie, bedeutete, sich zueinander hingezogen fühlen.

Er bemerkte zuerst Tandy und erkannte dann, daß Harriet bei ihm saß. Er sah weg und sah sich auch nicht mehr um.

Am nächsten Tag erschien er wieder. Dieses Mal blickte er sie schräg von der Seite an und lächelte amüsiert über ihren Begleiter in sich hinein.

Als sie ihn zum dritten Mal sah, waren Yakimov und Alan anwesend.

Alan rief: »Hey!« und streckte seinen Stock hinaus. Charles blieb stehen, errötete leicht und unterhielt sich mit Alan, während Harriet sich Tandy und Yakimov widmete. Sobald die Unterhaltung zu Ende war, ging Charles davon, ohne ihr einen Blick zu schenken.

»Ich sprach mit ihm über die Pendeli-Wanderung«, sagte Alan.

»Die Pendeli-Wanderung?« fragte Harriet mit heller, hoher Stimme.

»Du kommst doch mit, oder?«

»Natürlich. Aber geht Charles auch mit?«

»Wenn er kann, kommt er mit.«

Die übrigen Teilnehmer der Wanderung würden Alan, Ben und Phipps und die Pringles sein. Alan machte nun den Vorschlag, Yakimov und Tandy sollten ebenfalls mitkommen. Yakimov sah zu Tandy, dem Globetrotter, hin, doch der schüttelte den Kopf. Yakimov wiederholte die Absage: »Euer alter Yaki schafft das nicht mehr.«

Als die Sonne wärmer wurde, entledigte sich Tandy schwungvoll seines Mantels, ließ ihn so über die Rückenlehne fallen, daß er ihn mit seinem Körpergewicht festhalten konnte. Mit einer identischen Bewegung entledigte sich Yakimov seines eigenen Mantels und sagte zu Tandy: »Habe ich Ihnen jemals erzählt, alter Junge, daß der Zar höchstpersönlich diesen Mantel meinem alten, armen Dad geschenkt hat?«

»Sie haben es erwähnt...« Tandy hielt inne, seufzte und fügte hinzu: »... mehrere Male. Äh, äh, richtige russische Romanow-Rauchware, was?«

Yakimov lächelte.

An seinem Mantelfutter gingen die Haare aus, es war spröde geworden und an den Nähten ausgerissen. Ben Phipps hatte es einmal beschrieben als ›ein Fell, das weniger nach Zobel aussieht, sondern nach einem Haufen runtergekommener Hafenratten, die die Cholera erwischt hat‹, doch Yakimov sah darin nichts Negatives. Er hatte einen Mantel, wie Tandy einen hatte. Tandy, Globetrotter und Geheimagent, der eine Krokobrieftasche vollgestopft mit 100-Drachmen-Scheinen besaß, war Yakimovs geheimer Yakimov. Tandy hatte auch einen Mantel, der gefüttert war mit – was war das bloß?

»Wollte Sie schon immer mal fragen, alter Junge«, sagte Yakimov: »Was für ein Fell ist das, was Sie da als Futter haben?«

»Baummarder.«

Yakimov nickte zustimmend. »Sehr schön.«

Er hätte den Tag gerne an Tandys Seite verbracht, hätte er nicht anderswo seinen Lebensunterhalt verdienen müssen. Während er sich auszog, pflegte er dann zu sagen: »Muß gehen, alter Junge. Muß mich losreißen. Muß'n bißchen was tun.« Wenn er loszog, seufzte er zwar, doch er war stolz auf seine Tätigkeit. Es gefiel ihm, daß Tandy wußte, daß er gebraucht wurde.

Als die britischen Truppen fortzogen und mit Blumen und Applaus verabschiedet wurden, brauchte Yakimov nicht mehr länger die Maria zu spielen. Man sprach zwar noch immer von einer ›Galavorstellung‹ zugunsten der griechischen kämpfenden Truppen, aber Pinkrose hatte sich bei der Gesandtschaft beschwert. Dobson rief Guy an und gab ihm den Rat: »Lassen Sie die Revue erst mal ein bißchen ruhen.« Yakimov, im Ruhestand, erzählte weiter von seiner Maria, die ein *succès fou* gewesen sei, und von seinem Pandarus, den er »in Bukarest vor allem, was Rang und Namen hatte« gespielt hatte.

Aber diese Triumphe gehörten der Vergangenheit an; sein Job im Informationsbüro war die Gegenwart. »Lord Pinkrose braucht mich«, sagte er immer. »Ich finde, ich muß dem alten Knaben etwas unter die Arme greifen.«

Als Pinkrose feststellte, daß sich Harriet in der Nachrichtenredaktion eingerichtet hatte, sagte er: »Ungeheuerlich!« Doch er brummte es nur leise vor sich hin. Danach schien er immer zu beschäftigt zu sein, um ihre Anwesenheit zu bemerken.

Er hatte nichts mehr davon verlauten lassen, daß er Griechenland verlassen wollte. Er hatte Alans Beschwichtigungen akzeptiert und war sich offensichtlich nicht bewußt, daß sie durch die Revolution praktisch hinfällig geworden waren. Er wußte vielleicht gar nicht, daß es eine Revolution gegeben hatte. Nachrichten interessierten ihn nicht. Er hatte jetzt für nichts anderes mehr Zeit als für seine Vorlesung, die, wie er Alan erzählte, Anfang April gehalten werden würde. Das genaue Datum konnte erst dann bekanntgegeben werden, wenn ein passender Saal dafür gefunden war. Alan hatte den Auftrag, den Saal zu finden, und Pinkrose kam stündlich in die Nachrichtenredaktion, um zu fragen: »Nun, Frewen, Glück gehabt?«

Alans Aufgabe war nicht die leichteste. Die meisten großen Veranstaltungsräume in Athen waren vom Militär requiriert worden. Der an die englische Kirche angebaute Saal war viel zu klein. Alan empfahl die Universität, doch Pinkrose wünschte sich die Vorlesung eher als ein gesellschaftliches Ereignis, denn als pädagogisches.

Er sagte: »Ich kann mir nicht vorstellen, daß sich die schönen Damen von Athen in der Gesellschaft von Studenten wohlfühlen würden. Das wäre denn doch zu... zu ›unschick‹.«

»Wenn Sie diese Art von Veranstaltung wollen«, sagte Alan, »kann ich Ihnen leider nicht helfen. Da hab' ich nicht die richtigen Beziehungen. Da werden Sie selbst mehr Erfolg haben.«

»Na, na, keine Faxen, Frewen! Ran an den Feind! Wie Sie wissen, habe ich selbst andere Dinge zu tun.«

Als Pinkrose erneut hereinkam, stellte er fest, daß Alan keine weiteren Vorschläge zu machen hatte. Verärgert sagte er: »Sie sind nicht sehr hilfsbereit, Frewen. Ja, ja, nicht sehr hilfsbereit. Ich werde nach Phaleron gehen. Ich werde mich an Major Cookson wenden.«

»Eine ausgezeichnete Idee!«

Pinkrose starrte in Alans großes, eingefallenes, ausdrucksloses Gesicht und ging dann wütend in das Billardzimmer. Einige Zeit später holte ihn ein Taxi ab. Vollkommen eingemummt machte er sich auf den Weg nach Phaleron.

Alles, was der Major anbieten konnte, war sein eigener

Garten, doch der sah, wie Pinkrose sagte, »herrlich frühlingshaft« aus, und Pinkrose nahm schließlich das Angebot an. Er gab Alan seine Pläne bekannt: »Die Vorlesung wird mit einer Gartenparty kombiniert sein. Es wird für die Gäste mittags ein kaltes Buffet geben. So wie ich den Major kenne, glaube ich sagen zu können, daß dies eine fantastische Sache werden wird. Ja, ja, eine fantastische Sache. Ich bin ein erfahrener Redner, und mir macht es überhaupt nichts aus, im Freien zu sprechen; das ist ja genau die griechische Tradition, Frewen; die Tradition des Areopags und des Pnyx. Oh, ja! Der Major ist sehr nett gewesen. Wie ich es nicht anders erwartet habe, natürlich. Wie ich es nicht anders erwartet habe.« Pinkrose hastete davon, nur um fünfzehn Minuten später mit vor Aufregung heiserer Stimme wiederzukommen: »Ich habe mich entschieden; ja, ich habe mich entschieden. Ich werde meine Vorlesung am ersten Sonntag im April halten.«

Alan nickte finster. Als Pinkrose wieder verschwand, kehrte er zu seiner Arbeit zurück, ohne Yakimov oder Harriet anzusehen. Eine Minute später kam Pinkrose erneut zurück. »Ich denke, daß die Zusammenstellung der Gästeliste dem Major überlassen werden sollte. Der Major muß sie zusammenstellen, mit meiner Hilfe, das versteht sich von selbst.«

Es dauerte so lange, bis die Gästeliste zusammengestellt war, daß keine Zeit mehr blieb, die Einladungskarten prägen zu lassen, und Pinkrose weigerte sich, sie drucken zu lassen. Sie mußten von Hand geschrieben werden. Pinkrose schlug vor, daß die für die bedeutenden Persönlichkeiten von Alan geschrieben werden sollten. Die Karten wurden auf Alans Schreibtisch gelegt, blieben jedoch unangetastet, bis Pinkrose sie wieder an sich nahm und sie selbst schrieb. Einladungskarten für Persönlichkeiten von geringerer Bedeutung wurden von Miß Gladys geschrieben. Der Rest wurde von Miß Mabel getippt, nachdem Versuche ergeben hatten, daß weder Yakimov noch Miß Mabel eine leserliche Handschrift besaßen.

»Frewen«, sagte Pinkrose, als der Packen mit Briefumschlägen endlich vollständig war, »ich will, daß sie mit dem

Fahrrad ausgefahren werden. Man kann diesen Briefkästen in Athen nicht trauen. Und die Zustellung per Boten ist in diesem Fall das ohnehin Angemessene. Es macht einen besseren Eindruck; und außerdem werden sie rechtzeitig ankommen.«

»Wie viele sind es?«

»Ungefähr zweihundert. Nicht mehr. Na ja, nicht viel mehr.«

»Man könnte sie zusammen mit einem Informationsblatt ausfahren.«

»O nein. Nein, Frewen, *nein.* Ein Brief, der mit dem Informationsblatt überreicht wird, könnte übersehen werden. Außerdem ist es eine völlig andere Adressatenliste. Es werden zwar englische Gäste dabei sein, aber es ist in erster Linie ein griechisches Ereignis. Einige der Namen sind wirklich sehr distinguiert. Das verlangt einfach eine eigene Zustellung.«

»Na schön.«

Yakimov döste während des Gesprächs vor sich hin und erfaßte daher gar nicht dessen Bedeutung, bis der Bürojunge ihm die Briefumschläge und die Liste überreichte. Er akzeptierte die Aufgabe ohne Klagen, aber als er die Liste durchsah, rief er bestürzt: »Er hat mich nicht eingeladen.«

Yakimov hatte Pinkrose immer mit Respekt behandelt. Wenn ein Verleumder Pinkroses Namen verächtlich erwähnte, lächelte Yakimov zwar möglicherweise, doch dann war es ein beklommenes Lächeln, und wenn es Gelächter gab, blickte sich Yakimov ängstlich um, ob Pinkrose nicht vielleicht irgendwo unter ihnen war. »Trotz allem ein distinguierter Mann«, sagte er. »Muß ich zugeben. Wissenschaftler und Gentleman, weißt du. Gibt nicht viele von denen.« Er ging erneut die Liste durch, fand darauf die Namen von Alan Frewen und den beiden Twocurrys, aber noch immer nicht seinen eigenen. Dann wurden also Respekt und Loyalität nicht honoriert! Er brütete über dieser Unterlassung, bis Alan auf die Uhr schaute und sagte: »Du solltest dich besser auf den Weg machen.«

Yakimov riß sich zusammen. Er fing an, die Karten in einzelne Stapel aufzustellen, als er plötzlich jammerte: »Da ist eine für Roger Tandy! Und vermutlich sieht er mich auch noch, wenn ich sie ausfahre! Was wird er bloß denken?«

»Ich gehe ins Corinthian«, sagte Alan. »Ich werde sie dort für ihn abgeben.«

»Und... Oh, nein, das ist nicht fair! Ich muß den ganzen Weg nach Phaleron machen, nur um Karten für Dubedat und Lush abzugeben.«

»Mach schon. Man munkelt, daß Dubedat als Lord Byron erscheint. Vielleicht kannst du kurz bei der Kostümprobe zuschauen.«

Doch Yakimov war nicht sehr amüsiert. Er steckte die zur Auslieferung bestimmten Stapel in seine Tasche und zog ohne ein weiteres Wort los.

Der Sonntag der Vorlesung war gleichzeitig der Tag der Pendeli-Wanderung. Harriet sagte zu Alan: »Dann kommst du also nicht mit?«

»Oh, doch, selbstverständlich. Wir wandern nach Pendeli, um den Frühling zu begrüßen. Lieber führe ich Diocletian spazieren, als daß ich Pinkrose zuhöre.«

Charles war ebenfalls zur Vorlesung eingeladen. Harriet hoffte, daß er es auch vorziehen würde, mit nach Pendeli zu gehen – falls er überhaupt noch in Athen war und eine solche Wahl treffen konnte.

Auf seinem altmodischen Fahrrad schuftete Yakimov drei Tage lang, um alle Einladungen auszuliefern. Er konnte es nicht vermeiden, gesehen zu werden, als er in der Stadt mit seinem zerknautschten Panamahut umherfuhr, den er, wie eine Tarnung, bis zu den Augen hinabgezogen hatte. Tandy beobachtete ihn ungerührt. Als Yakimov ins Büro zurückkam, war er vor Gram und Erschöpfung ganz tränennaß und warf die Liste auf Alans Schreibtisch.

»Was für eine Art, den armen Yaki zu behandeln!« sagte er.

27

Am Sonntag herrschte schönes Wetter. Als die Pringles in den frühen Morgen hinaustraten, hörten sie die Sirenen. Sie standen auf der Türschwelle und warteten auf den Lärm des Luftangriffs. Der Himmel war klar. Die Sonne warm. Eine Biene kam den Weg entlanggeflogen, von einer Seite auf die andere torkelnd, als unternehme sie den ersten Ausflug ihres Lebens. Ihr leises Summen drang für eine Weile durch die Sonntagsruhe und verklang dann in der Ferne. Es gab kein anderes Geräusch. Die Stille hielt ein paar Minuten an, dann ertönte die Entwarnung.

Erst als sie das Zentrum von Athen erreichten, erkannten sie, daß etwas nicht stimmte. Es war ein strahlender Tag, ein kirchlicher Festtag, doch die Menschen standen in ihren Sonntagskleidern auf den Straßen, hatten Trauer im Gesicht, gestikulierten zornig oder stellten aufgeregte Fragen. Sie hatten sich draußen vor der Kapnikarea versammelt, die Männer in dunklen Anzügen, die Frauen mit schwarzen Schleiern über dem Haar, als seien sie durch Nachrichten von einer verheerenden Naturkatastrophe vom Gottesdienst abgelenkt worden.

Die Pendeli-Wanderer trafen sich vor dem Corinthian, wo Roger Tandy gerade in der Morgensonne sein Frühstück einnahm. Yakimov hatte sich bereits zu ihm gesellt. Ben Phipps und Alan, die neben ihnen standen, gingen den Neuankömmlingen gleich entgegen, als könnten sie es nicht erwarten, ihnen die schrecklichen Nachrichten zu überbringen.

Deutschland hatte Griechenland den Krieg erklärt. In der vorherigen Nacht hatte eine deutsche Radiosendung in griechischer Sprache von einem Luftangriff gesprochen, den die Welt in einer derartigen Dimension noch nie vorher erlebt hätte: ein gigantischer, alles entscheidender Luftangriff, der die Infrastruktur des Ziellandes vernichten und es der eindringenden Armee erlauben würde, ungehindert vorzurükken. Sie hatten den Namen der bedrohten Stadt nicht genannt. Alle glaubten, es würde Athen sein, doch der blaue, leere Himmel blieb leer. Die Sirenen hatten keinen Luftangriff angekündigt, sondern die Tatsache, daß sich Griechenland mit Deutschland im Krieg befand.

Die Pendeli-Wanderer gingen zu Roger Tandy und schauten ihm zu, wie er Quittenmarmelade auf ein kleines, hartes, graues Stück Brot strich.

Was sollten sie tun? Konnten sie an so einem Tag zum Pendeli hinaufgehen? Es könnte so aussehen, als flüchteten sie vor lauter Angst aus Athen. Und doch, wenn sie blieben, was konnten sie dann tun? Es hatte keinen Sinn, den ganzen Tag herumzusitzen und auf die Zerstörung zu warten. Sie beschlossen, die Entscheidung aufzuschieben, bis Charles Warden auftauchte.

Mit bebender, leidender Stimme fragte Yakimov: »Glaubt ihr, sie werden die Gartenparty in Phaleron abhalten?«

»Warum nicht?« sagte Phipps. »Die Welt ist noch nicht untergegangen.«

Niemand stimmte ihm zu. Sie saßen wartend um den Tisch herum, im zarten Frühlingslicht, in der Mitte einer Stadt, die so wirkte, als hielte sie den Atem an und warte auf ihr Ende.

Als Charles endlich eintraf, wandte sich Harriet ihm freudig zu und fragte: »Und, kommst du mit uns?«

»Leider nicht. Ich habe Bereitschaft.«

»Los, dann gehen wir.« Ben Phipps sprang vergnügt auf und sagte: »Wir haben genug Zeit vergeudet.« Als die anderen keine Anstalten machten aufzustehen, zog er sie hoch.

Charles beobachtete sie deprimiert; er war zuvor im Büro des Militär-Attachés gewesen. Während Alan Diocletian unter dem Tisch hervorzerrte, fragte er Charles: »Was halten die davon? Haben wir eine Chance?«

»Natürlich.« Charles bemühte sich um professionellen Optimismus. »Die Griechen sind fest entschlossen zu kämpfen. Griechenland ist kein einfaches Gelände für Panzer und schwere Waffen. Die Italiener sind daran gescheitert; vielleicht scheitern die Deutschen genauso.«

»Vielleicht; aber die Griechen haben einen harten Winter hinter sich.«

»Sie haben ihn überlebt. Das bedeutet sehr viel.«

»Da hast du recht.«

Guy und Ben schlenderten weiter. Während Harriet auf Alan wartete, der gerade den Hund an die Leine nahm, warf sie Charles einen kurzen Blick zu und bemerkte, daß er sie anstarrte; er hob die Augenbrauen, als wollte er fragen: »Mußt du da mitgehen?« Was konnte sie sonst machen?

»Also komm«, sagte Alan und ging los.

Charles machte eine flehentliche Geste, und als Harriet noch zögerte, flüsterte er: »Morgen. Zum Tee.«

Sie nickte und ging. Sie folgte Alan in einen freudlosen und sinnleeren Tag und spürte, daß sie ihre Seele zurückließ.

In Kolonaki wurde sie durch den von weiter vorne zu ihnen dringenden Lärm einer Plünderung aus ihrer Niedergeschlagenheit aufgeschreckt. Diocletian knurrte. Alan packte ihn am Halsband. Sie bogen um eine Ecke und stießen auf wütende Griechen, die gerade das Deutsche Propagandabüro auseinandernahmen. Das Büro war ein kleiner Laden, der schon fast völlig zerstört war. Ein junger Mann, der von oben aus einem Fenster ein Porträt Hitlers herunterbaumeln ließ, hatte ein großes Geschrei verursacht, und als das Porträt zu Boden krachte, stürzten die Griechen hin und gruben ihre Absätze in das verhaßte Gesicht. Die Straße und der Bürgersteig waren ein Meer von Holztrümmern und Glassplittern. Bücher waren zerrissen und für ein Freudenfeuer aufgehäuft worden. »Da wird die Anti-Kultur verbrannt«, sagte Ben Phipps. Einige Neuseeländer waren nahezu die einzigen Zuschauer, und sie beobachteten das Ereignis mit distanziertem Ernst.

Eines der Bücher, dessen Umschlag schon fehlte, fiel Harriet vor die Füße. Sie hob es auf, und sofort wurde sie von einem jungen Griechen gepackt, der wütend und aggressiv wie ein bissiger Hund auf sie losging, als habe er den Feind erwischt. Sie wandte sich hilfesuchend an die Neuseeländer, die zu ihm sagten: »Laß sie gehen. Sie ist Engländerin.«

»Engländerin?« rief der Grieche angewidert, doch er ließ sie los. So stand Harriet mit einem Buch da, das sie nicht lesen konnte und das sie nicht haben wollte.

»Zeig mal!« Alan betrachtete es und lachte: »›*Herrenmoral und Sklavenmoral*‹! Armer alter Nietzsche! Ich frage mich, ob er den Unterschied selbst kannte?« Er steckte das Buch in seine Gesäßtasche: »Zur Erinnerung«, sagte er.

»Woran?«

»An des Menschen Haß auf seinesgleichen.«

Der Bus fuhr sie zu den unteren Hängen des Pendeli; von dort stiegen sie zwischen den regenschirmförmigen Pinien nach oben und folgten einem von wilden Alpenveilchen umsäumten Weg. Guy und Ben Phipps, in angeregtem Gespräch über eine kürzlich aufgedeckte politische Machenschaft, marschierten weit vor den beiden anderen.

Alan fing auf dem unebenen Untergrund an zu hinken, wollte aber seinen Schritt nicht verlangsamen. Hier, in der klaren Luft der Berge, wo nichts anderes sie ablenkte, konnte Harriet sehen, wie sehr er sich verändert hatte. Die hungrigen Wintermonate hatten seine Muskeln schwinden lassen. Er hatte die in der Taille zu weite Hose mit einem Gürtel befestigt, aber sie hing dennoch grotesk am Hinterteil durch, und sein Mantel rutschte ihm von den Schultern. Seine Schuhe waren ihm zu groß geworden, aber indem er sein Gewicht auf den gesunden Fuß verlagerte und den anderen nachzog, schritt er aus, als sei die Wanderung eine Herausforderung, die er annehmen zu müssen glaubte.

Um auszuruhen, machten sie an einer Hütte Rast, wo es Retsina zu kaufen gab. Sie saßen auf einer Bank im Freien, und ganz Athen lag ihnen zu Füßen. Der Parthenon zeichnete sich vom fernen rosa- und rostfarbenen Dunst ab wie ein kleiner Käfig aus Perlmuttstäben. Es hatte keinen Luftangriff gegeben. Ben Phipps hatte, in Erwartung eines Spektakels aus Feuer und Zerstörung, einen Feldstecher mitgebracht, den er jetzt Guy anbot, und die beiden kurzsichtigen Männer reichten sich das Fernglas hin und her, bis der Retsina kam.

Ben Phipps, der gerade durchs Fernglas sah, rief plötzlich aufgeregt: »Schaut hin, schaut hin!« Ein halbes Dutzend Flugzeuge kam gerade von Süden herangeflogen, aber es gab keinen Alarm, kein Geschützfeuer, keine Bomben, und als die Maschinen über der Stadt waren, begannen sie, miteinander zu spielen wie Delphine im Luftmeer.

Alan und Phipps hatten diesen Flugzeugtyp bisher noch

nie gesehen. Dösig vom Wein blieben die vier lange Zeit mit dem Rücken an die warme Wand der Hütte gelehnt sitzen, atmeten den Duft der Pinien ein und hörten das Zirpen der Zikaden, das so gleichbleibend war, daß es wie Stille wirkte. Sie beobachteten, wie die Flugzeuge am hyazinthenfarbenen Himmel hinabstießen, Kreise zogen und Loopings machten. Aus der Ferne war es eine lautlose Vorführung; wenn die Flugzeuge Teil eines kriegerischen Konflikts waren, dann schien es ein Konflikt zu sein, der zu weit weg war, um von Bedeutung zu sein.

Harriet sagte: »Vielleicht gehören sie in die Zukunft. Ohne daß wir es wissen, sitzen wir vielleicht schon hundert Jahre hier, und der Krieg ist längst vorbei und vergessen.«

Alan seufzte und setzte sich auf. Diocletian, der den Blick auf seinen Herrn gerichtet hatte, tat es ihm sofort nach. Der Weg führte sie nun über die Pinien hinaus, und sie gelangten auf Schieferton, auf dem es schwierig war zu gehen. Guy bot Alan seinen Arm an, doch der bestand darauf, seinen Weg alleine fortzusetzen. Er balancierte und rutschte auf dem grauen, scharfen, trügerischen Stein, bis sie den Gipfel erreichten. Dort schlug ihnen der Wind heftig entgegen, und sie wußten, daß es Zeit war, nach Hause zu gehen.

Athen lag im Abendlicht und hatte den Schock überwunden. Es war ein strahlender Tag gewesen. Es gab keinen Zweifel mehr, daß der Winter vorüber war und die Freiheit des Sommers vor der Tür stand. In dem rosarot-violetten Glühen befanden sich alle im Freien, drängten sich auf den Bürgersteigen, in ihren Gesichtern spiegelte sich die untergehende Sonne wider, und sie trugen Blumen und Fahnen; griechische Fahnen und englische Fahnen.

Als hätten sie sich in einer Art Elysium außerhalb der Reichweite des Krieges befunden, spazierten die vier Wanderer umher und sahen die Stadt in einem neuen Licht. Die Athener hatten wieder Mut gefaßt. Alan hielt einen Freund an und befragte ihn wegen der eigenartigen Flugzeuge, worauf dieser ihm erklärte, daß es sich um britische Kampfflugzeuge gehandelt hatte, die zum Schutze Athens aus Ägypten herbeigeflogen waren. Es hatte keinen Luftangriff gegeben, aber falls jetzt die deutsche Luftwaffe käme, würde sie nicht weit kommen. Die Menschen schienen es fast zu begrüßen, daß das Schlimmste passiert war. Sie hatten einen neuen und stärkeren Feind, aber sie würden ihn genauso bezwingen wie den anderen.

In der Universitätsstraße, wo die Menschen hin und her eilten, war ein englischer Matrose hochgehoben worden; mit der Mütze auf dem Hinterkopf und einer Nelke hinter dem Ohr saß er auf den Schultern zweier Männer und winkte glücklich jedem um sich herum zu. Ihm wurde eine Flasche gereicht. Als er den Kopf zurückneigte, um zu trinken, fiel seine Mütze herunter, und das Publikum applaudierte und schrie vor Freude.

Ben Phipps trennte sich von ihnen, um in sein Büro zu gehen, und die anderen entschieden, daß das Babayannis an diesem Abend der richtige Ort sei; der größte Spaß würde sich dort abspielen. Aber es gab keinen Spaß. Eine schreckliche Nüchternheit war mit dem Gerücht eingekehrt, daß es tatsächlich einen Luftangriff gegeben hatte, und zwar einen Luftangriff von genau der Art, wie ihn die deutsche Radionachricht beschrieben hatte. Es war Belgrad, das ihn erlitten hatte. Jetzt hieß es: »Heute Belgrad; morgen Athen.« Im Babayannis wurde nicht getanzt; die Lieder waren wieder traurig. Als Ben Phipps kam, sagte er: »Das waren Spitfires, die wir heute gesehen haben; ein neuer Typ von Jagdflugzeug. Sie kamen nur, um uns aufzuheitern. Bei Einbruch der Dunkelheit sind sie wieder zurückgeflogen.«

Die Sirenen heulten. Von Tisch zu Tisch sagten die Gäste: »Jetzt ist es soweit!« Aber es handelte sich um den üblichen Luftangriff auf Piräus. Er dauerte lange. Als Guy und Harriet zu Hause ankamen, stieg rosaroter Rauch aus dem Hafen hoch. Eine kleine, dunkle Gruppe Einheimischer hatte sich auf dem Hügel hinter der Villa zusammengedrängt. Ganz benommen von dem langen Tag in der Sonne und an der Luft und zu müde, um noch für irgend etwas Neugierde zu verspüren, gingen die Pringles nichtsahnend schlafen. In den frühen Morgenstunden warf eine Explosion sie aus dem Bett.

Guy tastete sich vom Boden hoch, aber Harriet blieb liegen,

und unter den wiederkehrenden, brüllenden Detonationswellen kam es ihr so vor, als werde sie von den Fluten eines geborstenen Dammes zermalmt. Guy versuchte, sie hochzuziehen, doch sie klammerte sich am Boden fest, der für sie die einzige Sicherheit in einer auseinanderbrechenden Welt darstellte. Das Haus bebte. Die Wellen einer zweiten Detonation überlagerten die der ersten, und als der ohrenbetäubende Lärm seinen Höhepunkt erreichte, kam, wie aus einer anderen Welt, das klare, feine Klirren zerspringenden Glases.

Guy schaffte es, Harriet hochzuheben und sie auf die Kante des Bettes zu setzen. Ihr vorrangiges Gefühl war das einer Entrüstung. »Das geht nun wirklich zu weit«, sagte sie, und Guy lachte hilflos. Sie fiel zurück auf das Bett, hörte ein letztes zischendes Geräusch und das Heulen von Hunden; und dann, als endlich Stille eintrat, empörtes Geschnatter.

Auf dem Hügel standen noch immer Menschen und schauten. Guy sagte, er wolle hinausgehen und nachsehen, was geschehen war. »Willst du mitkommen?« fragte er.

»Bin zu müde«, flüsterte sie, steckte das Gesicht in das Kopfkissen und schlief sofort wieder ein.

Zur Frühstückszeit kam Anastea und erzählte geschwätzig von dem Grauen, das sie gesehen hatte. Man hatte Guy erzählt, daß ein Schiff explodiert war, das während des Luftangriffs in Brand geraten war. Anastea sagte, die Explosion hätte Piräus ausgelöscht. Der Hafen sei völlig zerstört. Alle seien tot. Ja, alle; alle. In der Stadt rührte sich keine Seele. Wenn sie und ihr Mann letztes Jahr nicht nach Tavros gegangen wären, wären sie auch tot. Aber sie waren dort hingegangen. Sie hatten hingehen müssen, weil ihnen das Haus über den Köpfen abgerissen wurde. Sie waren von den Behörden schikaniert worden, aber jetzt wußten sie, daß es Gottes Plan gewesen war, sie zu beschützen. Es war ein großes Wunder, und indem sie sich bekreuzigte, erklärte Anastea, daß ihr Glaube erneuert worden war. Und dann erzählte sie die ganze Geschichte noch einmal.

Guy konnte sich darauf keinen Reim machen. Was war das für ein Schiff, das durch seine Explosion die ganze Stadt erschüttert hatte?

Harriet schüttelte den Kopf; sie fühlte sich von dem Problem nicht berührt. Sie sagte: »Ich glaube, daß mich die Explosion aus meinem Körper hinausgeblasen hat; ich bin noch immer nicht zurück.«

Auf der Piräusstraße wanderten die Obdachlosen entlang, trugen Bündel oder schoben das, was sich schieben ließ, vor sich her. Diejenigen, die sich selbst aufgegeben hatten, saßen an der Bushaltestelle umher. Guy versuchte, ihnen Fragen zu stellen, aber sie waren zu benommen, um zu antworten, und schüttelten nur den Kopf. Die Pringles schritten mit den Flüchtlingen durch das Glas von Straßenlaternen, Fenstern und Autos. Es war ein flimmernder Tag, der, wie die Menschen um sie herum, noch unter den Schockwellen zu zittern schien.

Auf dem Monastirakiplatz trennten sie sich. Harriet ging ins Büro, während Guy zur Schule abbog. Jeder von beiden erfuhr etwas über die Vorkommnisse der Nacht.

Das explodierte Schiff hatte eine Ladung TNT an Bord. Es sollte am Sonntag entladen werden, doch aus einem unbekannten Grund hatte sich das Ausladen verzögert. Es hatte am Kai gelegen, als es während des Luftangriffs in Brand gesetzt wurde, worauf ein britischer Zerstörer versuchte, es aufs Meer hinauszuschleppen. Das Schlepptau riß.

Die zwei Schiffe befanden sich noch im Hafen, als die Detonationen einsetzten. Der Zerstörer und seine Besatzung wurden ausgelöscht.

»Das war Sabotage«, rief Ben Phipps, als er in die Nachrichtenredaktion kam.

Alan schüttelte unglücklich den Kopf, widersprach jedoch nicht.

Harriet dachte an den Matrosen, den sie gesehen hatten, wie er mit einer Flasche in der Hand und einer Nelke hinterm Ohr auf Schultern getragen wurde. Es war gut möglich, daß er zur Besatzung des versenkten Zerstörers gehört hatte. »Ein dem Untergang geweihter Mann«, dachte sie, ein Mann am Rande des Todes. So wie Surprise. In ihrer Erinnerung waren sie kühne, aber unwirkliche Männer, die sich schon in einer gewissen Distanz zu ihrem eigenen Leben als Menschen befanden. Aber sie befanden sich alle am Rande des Todes. In ihrem Schockzustand spürte sie, daß sie sich zu weit von der Realität entfernt hatte und daß sie vielleicht nie mehr in die Wirklichkeit zurückkehren würde.

»Das Tau riß dreimal«, sagte Phipps. »Dreimal! Stellt euch das vor. Ein Tau, das für solche Notfälle gedacht ist. Es riß dreimal.«

Yakimov war vor Angst und Schlafmangel ganz erschöpft und fragte mit schwacher Stimme: »Aber wer würde denn so etwas tun, alter Junge?«

»Wer, denkst du wohl? Pro-Deutsche natürlich. Mitglieder der Fünften Kolonne. Die Stadt ist voll von ihnen. Gerade im Moment rufen sie in allen Redaktionen an und prophezeien weitere Explosionen. Noch schlimmere Explosionen. Sie sagen: ›Wartet nur bis heute nacht.‹ Und die Leute sind so entnervt, daß sie alles glauben. Kein Mensch arbeitet mehr. Es besteht wirklich die Gefahr, daß eine Panik ausbricht.«

Yakimov wunderte sich über das, was er hörte. »Aber wo kommen sie her, diese Pro-Deutschen?«

»Sie sind schon immer hier gewesen.«

»Die ganze Zeit«, murmelte Yakimov, und die anderen stellten beschämt fest, daß Griechenland doch ein fremderes Land war, als sie geglaubt hatten. Da sie hier unter Verbündeten lebten und freundlich angelächelt wurden, hatten sie sich eingebildet, daß man sie mochte. Aber nicht alle Freunde waren Freunde, ebensowenig wie alle Verbündete Verbündete. Einige, die ebenso herzlich gelächelt hatten wie der Rest, waren einer anderen Fahne gefolgt und applaudierten im geheimen den Heldentaten der anderen Seite.

»Was war denn mit der Geschichte in Phaleron?« fragte Ben. »Wurde sie abgesagt?«

»Im Gegenteil«, erzählte ihm Alan. »Es war ein großer Erfolg. Und warum auch nicht? Ich denke, daß gar nicht wenige der Gäste des Majors darauf hoffen, Hitler einmal die Hand zu schütteln.«

»Und wie lief die Vorlesung?«

»Ich weiß nur, daß Miß Gladys so aussieht, als hätte sie eine mystische Erfahrung gemacht. Die Explosion hat sie überhaupt nicht erwähnt. Die war ja nichts im Vergleich zu Pinkroses Vorführung. Ich habe sie gefragt: ›Wie war die Vorlesung?‹ Sie antwortete mit gedämpfter Stimme: ›Majestätisch und ergreifend.‹ Immerhin, Pinkrose ist ein bißchen fertig. Sie hat mir ausgerichtet, daß er noch ein paar Tage in Phaleron bleiben würde, um wieder zu Kräften zu kommen.«

Harriet sollte nachmittags Charles zum Tee treffen. Während des Morgens hielt sie sich an dieser Tatsache fest, wie sich ein Schlafwandler an einem Geländer festhält. Sie wollte nicht auf die unruhigen Straßen hinausgehen. Sie ließ sich vom Bürojungen ein Sandwich holen und blieb bis vier Uhr in der Nachrichtenredaktion. Im Corinthian traf sie vor der verabredeten Zeit ein und erwartete deshalb nicht, Charles schon vorzufinden. Aber er war bereits da.

Sie sagte: »Ich bin früh dran.«

»Ich dachte mir, daß du etwas früher kommen würdest.«

Sie setzte sich und fragte: »Was gibt's für Neuigkeiten?«

»Über die Explosion brauche ich dir wahrscheinlich nichts zu erzählen.«

»Ich kenne bereits die ganze Geschichte. Was gibt's sonst noch? Irgendwelche Gerüchte?«

»Keine guten.«

Er hielt ein Buch in der Hand. Sie streckte die Hand aus, um es sich geben zu lassen, aber er klappte es zu und legte es auf das Sofa, wo sie nicht hinkam. Er runzelte leicht die Stirn, als ob er versuchte, sich etwas in seine Erinnerung zurückzurufen, und studierte dabei ihr Gesicht, als ob dieses Etwas, was immer es auch sein mochte, dort zu finden sei.

Sie sahen einander an und schienen ganz nahe daran zu sein, sich zu offenbaren – aber es gab nichts zu sagen. Wenn sie jetzt anfangen würden zu reden, würde es eine halbe Ewigkeit dauern, und diese Zeit hatten sie nicht.

Plötzlich, wie jemand, dem man unter Zwang ein Geständnis abpreßte, sagte er: »Ich liebe dich.«

Als sie nichts erwiderte, sagte er: »Ich nehme an, du wußtest das?« Er kämpfte gegen ihr Schweigen an: »Oder etwa nicht?... Oder etwa nicht?«

Unfähig, etwas zu sagen, nickte sie nur, worauf sich sein

Gesicht aufhellte. Jetzt, so verkündete seine Miene, hatte er ihr alles gegeben; es gab keine Gründe mehr für Ausflüchte oder Aufschübe.

Er nahm ihre Hand, zog sie behutsam vom Sitz hoch und führte sie zur Treppe.

Möglicherweise wurden sie von anderen Gästen beobachtet, aber die anderen Gäste waren außerhalb ihrer Wahrnehmung, und als sie später versuchte, sich daran zu erinnern, wie sie das obere Stockwerk erreicht hatten, kam es ihr vor, als sei sie schwerelos hinaufgeschwebt, wie in einem Traum. Sie gingen einen Korridor entlang mit Türen, die numeriert waren. Es war kein Laut zu hören. Sie stellte sich vor, daß niemand außer ihnen im Hotel war – zumindest niemand von Bedeutung. Doch als sich eine Tür im Korridor öffnete, hatte sie sofort die Vorahnung eines Zusammentreffens. Erschrocken blieb sie stehen. Charles, der keine derartigen Gefühle verspürte, versuchte sie weiterzuziehen.

Die Tür, die sich am Ende des Korridors öffnete, gab den Blick frei auf ein beleuchtetes Fenster. Als sich einen Augenblick lang die Silhouette eines großen jungen Mannes dagegen abzeichnete, erkannte ihn Harriet sofort. Sie riß sich von Charles' Händedruck los. Der junge Mann schloß die Tür hinter sich, ging schüchtern lächelnd auf sie beide zu und trat, sobald er auf gleicher Höhe mit ihnen war, zur Seite.

Harriet sagte: »Sascha.«

Der junge Mann war zierlich, ließ die Schultern hängen, und während er das Lächeln beibehielt, senkte er den Kopf und versuchte, an ihr vorbeizuschlüpfen.

»Ich bin's, Harriet«, sagte sie.

Er sagte: »Ich weiß.«

»Du scheinst mich vergessen zu haben.«

»Nein.«

»Was ist denn dann los?«

Er lächelte immer noch, schüttelte aber den Kopf. Nichts; nichts war los. Er wollte nur an ihnen vorbei und von ihnen weg. Verdutzt und verletzt sagte sie: »Sie müssen mit dir etwas gemacht haben.«

»Nein. Sie haben nichts gemacht. Mir geht's gut.«

Und er sah wirklich nicht so aus, als ginge es ihm nicht gut. Er trug einen Anzug aus feinem englischen Stoff – ein teurer Anzug in diesem Teil der Welt. Sein Gesicht mit der vorstehenden Nase und den dunklen, eng zusammenliegenden Augen zeigte keine Anzeichen von Mißhandlung oder geistigem Schaden; dennoch hatte es sich verändert. Es war nicht mehr länger das Gesicht eines zahmen Haustieres, das sich seiner Feinde nicht bewußt ist, sondern es war ein Gesicht eines wissenden Menschen, der wachsam und schwer zu fassen war. Das Wiedersehen, das für beide eine große Freude hätte sein müssen, hatte bei ihm lediglich Verlegenheit ausgelöst.

Da sie nicht mehr weiter wußte, sah sie Charles an und sagte: »Das ist Sascha.«

»Wirklich?« lächelte Charles mit leichter Ironie. Sie hatte vielleicht früher einmal gedacht, daß er über solch einen Vorfall amüsiert sein würde; jetzt war sie klüger. Er konnte wohl seinen Ärger verbergen, nicht aber seine Blässe. Er fühlte sich betrogen und gedemütigt – zumindest bildete er es sich ein –, und sein Verlangen hatte sich in Wut umgewandelt. Er war voller Wut, wie sie erkannte, und sie fand, daß sie ihn doch sehr schnell sehr gut kennengelernt hatte. Auch wenn sie ein halbes Jahrhundert mit ihm zusammengelebt hätte, hätte sie ihn nicht besser kennen können.

Sie versuchte nicht, mit ihm zu reden, sondern wandte sich Sascha zu und fragte ihn, wo er hingehe. Verlegen und kläglich erwiderte er: »Nur nach unten. Ich bin mit meinem Onkel hier. Er wird bald zurück sein.«

»Trinken wir doch alle zusammen Tee.« Sie warf Charles einen flehentlichen Blick zu, der besagen sollte: Laß mich zuerst dieses Rätsel lösen, dann können wir miteinander sprechen.

Er lachte und ging den Korridor entlang: »Ich kann leider nicht. Ich habe zu viel zu tun.« Er ging in sein Zimmer und schloß heftig und bestimmt die Tür hinter sich. Das sollte bedeuten: Das war's dann wohl. Sie ging die Treppe hinunter, und Sascha folgte ihr brav. Sie erwähnte die Explosion. Er sagte, sie hätte oben im Hotel einige Fenster bersten lassen, aber er sagte es so, als habe es weiter keine Bedeutung. Es war nicht sein Problem.

Sie führte ihn zu dem Sofa, wo noch immer Charles' Buch lag. Sobald sie saßen, begann sie ihn mit einer Eindringlichkeit zu verhören, die aus ihrer eigenen, schmerzhaften Verwirrung resultierte.

Er sagte, er sei mit einem Onkel, dem Bruder seiner Mutter, aus Belgrad gekommen. Wie war er nach Belgrad gekommen? Die rumänischen Behörden hatten ihm eine Fahrkarte gegeben und ihn in den Zug gesetzt. Er war mehr an der Zukunft interessiert als an der Vergangenheit, und sobald er ihre Fragen unterbrechen konnte, erzählte er ihr, daß sein Onkel versuchte, ihre Abreise aus Griechenland zu organisieren. Es sei ihnen egal, auf welche Weise sie wegkämen: alles, was sie wollten, war, Europa zu verlassen, und zwar so bald wie möglich. Sein Onkel ging ständig zur jugoslawischen Gesandtschaft. Er war erst an diesem Nachmittag dort gewesen. Der Angestellte sagte, daß die Briten die Evakuierung der Jugoslawen übernehmen würden, sowohl derjenigen, die bereits in Griechenland waren, als auch derjenigen, die sich auf dem Weg hierher befanden. Er nahm an, daß man sie nach Ägypten schicken würde, doch sein Onkel stand im Kontakt mit Saschas Schwestern und Tanten, die jetzt in Südafrika lebten. Sein Onkel hatte gesagt: »Es wird noch lange dauern, bis die Deutschen in Kapstadt sind.« Und deshalb war das das Ziel, das sie ansteuern wollten. Sie hatten vor, bei der erstbesten Gelegenheit dort hinzufliegen.

Nachdem er fertig erzählt hatte, sagte Harriet: »Guy war ein- oder zweimal zur Ankunft des Zuges aus Belgrad am Bahnhof gewesen. Ich nehme an, du hast ihn nicht gesehen?«

»Doch, hab' ich schon. Er hat mich aber nicht gesehen. Er hat sich gerade mit einem Mann unterhalten.«

»Und du hast nicht versucht, mit ihm zu sprechen?«

Sascha antwortete nicht.

»Warum? Ich versteh' das nicht, wirklich, ich versteh' das nicht. Was ist denn bloß los? Warum hast du nicht mit Guy gesprochen?«

Seine Miene war ausdruckslos; er hatte offensichtlich keine Erklärung anzubieten. Nachdem der Tee serviert worden war, versuchte sie mit stärkerer Entschiedenheit, ihn festzunageln. »Also! In der Nacht, in der unsere Wohnung verwüstet wurde – in der Nacht, in der du verschwunden bist –, was geschah da? Die Männer, die kamen, waren Gardisten, stimmt's?«

»Ja.«

»Haben sie dir irgend etwas getan? Waren sie brutal? Haben sie versucht, dich unter Druck zu setzen?«

»Nein. Sie wußten, wer ich war. Sie hatten mein Bild im Hauptquartier. Sie sagten, daß sie mich gesucht hätten. Sie zwangen mich, ein Papier zu unterschreiben... Es war für die Swiss Bank. Sie sagten, wenn ich unterschreiben würde, würden sie mich gehen lassen.«

»Dann hast du also auf dein Geld verzichtet?«

Sein Achselzucken drückte Geringschätzung aus, und er ließ den Kopf hängen, als schäme er sich. Etwas in seinem Benehmen deutete darauf hin, daß er sie beruhigen wollte. Er war körperlich nicht mißhandelt worden, deshalb brauchte sie sich keine Vorwürfe machen.

»Und ließen sie dich gehen?«

»Zu dem Zeitpunkt noch nicht. Als ich das Papier unterschrieben hatte, sperrten sie mich ein. Ich sagte: ›Wann kann ich gehen?‹, und sie sagten: ›Das muß erst noch geklärt werden.‹ Sie hielten mich so lange eingesperrt, daß ich schon dachte, sie würden mich überhaupt nicht freilassen. Ich dachte: ›Jetzt werden sie mich ins Gefängnis stecken wie meinen Vater‹, aber eines Nachts fuhren sie mich in einem Auto nach Jimbolia. Mein Onkel wartete auf der anderen Seite. Einer der Männer hatte die Genehmigung, die Grenze zu überschreiten, und mein Onkel gab ihm viel Geld – drei Millionen *lei* waren es, glaub' ich; und dann durfte ich gehen. Sie gaben mir Papiere. Alles war in Ordnung, und ich konnte also über die Grenze gehen. Es war schrecklich aufregend. Und die Gardisten waren recht anständig, wirklich. Sobald der Mann mit dem Geld zurückkam, waren sie alle lustig und lachten, und wir schüttelten uns alle die Hände. Dann fand ich meinen Onkel beim Zoll in Rakek, und er nahm mich mit nach Belgrad.«

»Ich wußte nicht, daß du einen Onkel in Belgrad hattest.«

»Ich wußte nicht, wo er sich aufhielt, aber sie wußten es. Sie wußten, wo alle meine Verwandten waren.«

»Dann haben sie dich also als Geisel gehalten, um Lösegeld zu erpressen! Daran hatte ich nicht gedacht. Und was ist mit deinem Vater? Hast du irgend etwas über ihn herausgefunden?«

Mit fester Stimme sagte Sascha: »Sie haben gesagt, er sei tot.«

»Ich befürchte, das könnte die Wahrheit sein.«

»Ich hoffe, es ist die Wahrheit.«

Sie unterbrach ihre Befragung durch eine kurze Pause, während sie den Tee eingoß. Nachdem sie ihm eine Tasse gegeben hatte, fragte sie: »Als die Gardisten dich zum Hauptquartier mitnahmen, was haben sie dir da gesagt?«

Er warf ihr plötzlich einen Seitenblick zu, antwortete ihr jedoch nicht.

»Haben sie etwas über Guy und mich gesagt?«

Er zuckte mit den Schultern und ließ wieder den Kopf hängen.

»Du hast doch nicht geglaubt, daß es unsere Schuld war, daß sie in die Wohnung gekommen sind und dich gefunden haben?«

»Woher sollte ich das wissen?«

»Du hast gedacht, wir hätten dich denunziert?«

Sein Kopf schnellte hoch, und er lächelte sie kurz an – beschwichtigend, argwöhnisch und unglücklich.

»Was haben sie zu dir gesagt?«

»Sie haben gesagt: ›Schau nur, was dir deine englischen Freunde eingebrockt haben.‹«

»Was bedeuten sollte, wir hätten dich verraten?«

»Ja, das haben sie damit gemeint.«

»Aber du hast ihnen doch nicht geglaubt?«

»Ich wußte nicht, ob ich ihnen glauben sollte. Wie hätte ich das wissen können?«

Sie bemerkte, daß er ihnen nicht nur geglaubt hatte, es war

ihm überhaupt nie in den Sinn gekommen, ihnen nicht zu glauben. Sie war so schockiert, daß sie nichts mehr sagen konnte. Aber es gab sowieso nichts mehr zu sagen.

In der Zeit, in der er bei ihnen gewohnt hatte – fast wie eine Art Haustier –, hatte er den Eindruck gemacht, als sei er zu unschuldig und zu ahnungslos, um alleine in die Welt hinausgelassen zu werden. Er war im Schutz einer wohlhabenden und mächtigen Familie aufgewachsen, und obwohl er die Familiengeschichte über Verfolgungen gehört haben mußte, war er durch seine eigene Naivität gegen alles Mißtrauen abgeschirmt gewesen. Und doch hatte eine einzige Lüge – noch nicht einmal eine Lüge, nur die Andeutung, daß er von seinen Freunden verraten worden war – die tiefverwurzelten Zweifel seiner Rasse zum Vorschein kommen lassen. Sie war sich sicher, daß, wie immer sie auch argumentierte, sie ihn nie davon überzeugen würde, daß sie bei seiner Verhaftung ihre Hand nicht im Spiel gehabt hatten. Eine Lektion war genug gewesen. Jetzt nahm er die Falschheit der Welt als etwas Gegebenes hin, und Hinnahme und Aufsichnehmen waren ihm angeboren, ein Erbe, das sich nicht ändern ließ.

Sie sagte: »Wenn du geglaubt hast, daß wir dich denunziert haben, warst du dann nicht überrascht, daß sie unsere Wohnung aufbrachen?«

»Haben sie eure Wohnung aufgebrochen?«

»Du hast das doch bestimmt mitgekriegt?«

»Nein. Despina öffnete die Tür. Sie kamen geradewegs herein und schalteten alle Lichter ein. Ich war im Bett, und sie sagten: ›Stehen Sie auf und ziehen Sie sich an‹, und dann führten sie mich ab.«

»Dann hast du also nicht gesehen, wie sie die Schubladen ausgeleert und die Bücher hinuntergeschmissen haben?«

»Nein. Während ich da war, haben sie nichts dergleichen getan.«

»Sie haben das gemacht, nachdem du weg warst. Als wir zurückkamen, war die Wohnung ein einziges Chaos. Wir haben anderswo übernachtet. Wir gingen ins Athenée Palace.«

»Oh!« stieß er in höflicher Betroffenheit aus, und sie

wußte, daß sie ihn niemals überzeugen konnte. Obwohl sein Verhalten noch immer freundlich und seine Haltung noch immer sanftmütig war, sah er die Wahrheit, wie er sie eben sah, und niemand würde zum jetzigen Zeitpunkt seine Einstellung ändern.

Sie betrachtete sein Gesicht, dasselbe Gesicht, das sie schon in Bukarest gekannt hatte, und doch ein anderes Gesicht. Sie konnte ihn sich jetzt vorstellen, wie er sich in einen gerissenen jungen Finanzier verwandelte, einen von der Art der jüdischen Finanziers von Tschernowitz, die auf ihren Hüten noch immer stolz den roten Fuchspelz trugen, der ihnen vor langer Zeit als ein Zeichen für Gerissenheit aufgezwungen worden war. Kein Zweifel, daß er das Vermögen, auf das er durch seine Unterschrift verzichtet hatte, neu erwerben würde. Das würde seine Antwort an das Leben sein. Sie gab sich nicht selbst die Schuld, aber sie war der Meinung, daß jemand schuld haben müsse.

Sie hatte um Sascha getrauert – mit gutem Grund. Sie hatte ihn tatsächlich verloren, und die Person, die sie jetzt in ihm vorgefunden hatte, war nicht nur ein Fremder, sondern ein Fremder, der ihr unsympathisch war.

Sie sagte: »Guy wird dich sehen wollen.«

Als er ihr keine Antwort gab, fragte sie: »Du willst ihn doch bestimmt sehen? Oder nicht?«

»Wir gehen von hier fort.«

»Ja, aber doch nicht auf der Stelle. Es gibt keine normalen Flugverbindungen...«

»Ich meine, wir verlassen das Hotel.« Es lag eine ängstliche Ungeduld in seiner Unterbrechung: »Wir werden bei Leuten wohnen... Freunde meines Onkels.«

»Ich nehme an, Guy könnte dich dort besuchen?«

»Ich weiß nicht, wo sie wohnen.«

»Wenn ich dir unsere Adresse gebe, könntest du dich dann selbst mit Guy in Verbindung setzen?«

Gehorsam antwortete er: »Ja«, und nahm die Adresse, die sie für ihn aufschrieb. Sie beobachtete, wie er sie in seine Brusttasche steckte, und dachte: ›Jetzt liegt es bei ihm.‹

Menschen kamen und gingen durch die Tür des Hotels,

und Sascha hielt Ausschau nach der Rückkehr seines Onkels. Sie spürte sein Bedürfnis, sich aus ihrer Gesellschaft zu entfernen, und sie wußte, daß er Guy nicht sehen wollte. Selbst wenn sie ihn davon überzeugen könnte, daß sie unschuldig waren, so hatte er sie doch verlassen und wollte nicht wieder zu ihnen zurück. Und sie hatte auch nicht den Wunsch, ihn zurückzuholen. Warum sollten sie ihn schließlich auch zurückholen? Er war nicht mehr der Mensch, den sie gekannt hatten.

Ein Mann betrat das Hotel.

»Da ist mein Onkel«, sagte Sascha mit vor Erleichterung heller Stimme. »Ich muß gehen.«

»Natürlich.«

Er sprang davon und vergaß sogar, sich zu verabschieden. Sie beobachtete das Zusammentreffen der beiden Männer. Der Onkel, die Schultern hochgezogen, den Kopf in dem Astrachan-Kragen seines Mantels vergraben, war ein halbes Jahrhundert älter als sein Neffe, doch wenn man sie beide zusammen sah, war eine Ähnlichkeit nicht von der Hand zu weisen. Ihre Ähnlichkeit wurde noch durch den Ausdruck gegenseitigen Verständnisses gesteigert, das beide verband. Sie gehörten keinem Land an, sondern einer internationalen Religionsgemeinschaft, bei der die engen Bande der Mitglieder untereinander stärker waren als zu den Bewohnern irgendeines Landes, in dem sie zufälligerweise geboren wurden.

»Juden sind immer Fremde«, dachte Harriet, doch als Sascha seinem Onkel die Treppe hinauf folgte, verspürte sie trotzdem ein Gefühl des Verlustes.

Während sie Tee getrunken hatten, hatte sie Charles das Hotel verlassen sehen. Er war die Treppe heruntergerannt und hatte weder nach links noch nach rechts geschaut. Er war noch immer blaß, noch immer zornig gewesen. Sie wußte, daß die Situation vielleicht nie mehr bereinigt werden würde – und es war alles wegen nichts gewesen. Sascha, der wußte, daß sie und Guy in Athen waren, hatte nicht versucht, sich mit ihnen in Verbindung zu setzen. Er hätte kommen und gehen können, ohne daß sie überhaupt gewußt hätten, daß er da gewesen war. Und doch: Von allen Sekunden des Tages hatte er diese eine Sekunde gewählt, um aufzutauchen und sie von ihrem Freund zu entfremden.

Sie hob das Buch auf, das Charles auf dem Sofa hatte liegen lassen, und stellte fest, daß es ein griechisches Buch war. Die Tatsache, daß er diese Sprache nicht nur übungshalber, sondern auch zum Vergnügen las, schien ihre Trennung noch zu unterstreichen.

Der Schmerz der Trauer über den Abschied und seine Endgültigkeit überfiel sie. Ihre Freunde zerstreuten sich, und sie hatte das Gefühl, daß sich das Leben einem Ende näherte. Sie dachte an Guy und wußte, daß er, was auch immer seine Fehler sein mochten, die Tugend der Beständigkeit besaß.

Sie beschloß, ihm nichts von ihrem Zusammentreffen mit Sascha zu erzählen. Sie konnte sich vorstellen, wie er versuchen würde, sich über Saschas ängstliches Zurückweichen hinwegzusetzen, um eine Verständigung und Verständnis zu erzwingen; oder wenigstens ein scheinbares Verständnis, einen Anschein, als sei alles in Ordnung. Sie könnte das nicht ertragen. Jetzt lag die Initiative bei Sascha, und wenn er nichts unternahm, um sie wiederzusehen, würde Guy nicht verletzt sein, da er von nichts wußte. Doch als die Tage vergingen, wurde es für sie immer unmöglicher, die Tatsache, daß Sascha lebte, vor Guy geheimzuhalten.

Sie sagte unvermittelt: »Was glaubst du, wen ich gesehen habe?«

Sofort erwiderte Guy. »Sascha Drucker.«

»*Du* hast ihn schon gesehen? Wo?«

»Auf der Straße.«

»Du hast mir nichts davon erzählt.«

»Er sagte mir, daß er gerade abreisen würde. Sein Onkel hatte es fertiggebracht, ein Privatflugzeug zu chartern, das sie nach Lydda bringen würde. Ich wollte es dir sagen. Ich hab's nur vergessen.«

»Fandest du, daß er sich verändert hatte?«

»Ja. Natürlich. Er hat eine Erfahrung durchgemacht, die jeden verändern würde. Ich war froh zu wissen, daß er in Sicherheit ist und daß es ihm gut geht.«

»Ja. Mir ging es auch so.«

Und aufgrund eines unausgesprochenen Einverständnisses erwähnte keiner von beiden Sascha jemals wieder.

Die Deutschen benötigten achtundvierzig Stunden, um die griechischen Verteidigungslinien zu durchbrechen und Saloniki zu besetzen.

Der Journalist Vourakis, der manchmal zu Alan zu Besuch kam, erzählte ihnen in der Nachrichtenredaktion, daß sich die jugoslawische Heeresgruppe im Süden zurückgezogen und damit die griechische Flanke freigelegt hatte.

»Aber der Vormarsch wurde zum Stehen gebracht. Er wurde durch griechische Kavallerie zum Stehen gebracht. Richtige Kavallerie, versteht ihr! Soldaten auf Pferden.«

»Für wie lange?« fragte Alan.

Vourakis schüttelte traurig den Kopf. »Warum fragst du, für wie lange? Es wäre genauso, wie wenn man eine Haubitze mit der bloßen Hand zustopfen wollte. Es gab zwei Festungen, die den Vormarsch so lange aufhielten, bis die Gegend evakuiert werden konnte. Hunderte Soldaten blieben in den Festungen. Sie wußten, daß niemand sie retten, daß keine Hilfe sie erreichen konnte. Sie wußten, sie mußten sterben. Und sie starben. Die Festungen wurden zerstört, und die Soldaten starben. Es war wie bei den Thermopylen. Eine zweite Schlacht bei den Thermopylen.«

Jeder war gerührt von der Opferbereitschaft der Soldaten in den Rupelpaß-Festungen, aber die Deutschen hatten keine Zeit für griechisches Pathos. Sie überrollten ganz einfach die Verteidiger, die zu Helden des Krieges geworden waren, mit einer Panzerdivision, die von den Flüchtlingen als ›gewaltiger als alles, was die Welt bisher gesehen hat‹ beschrieben wurde.

Niemand wußte etwas Genaues. Die Nachrichtenverbindungen waren blockiert. Als vorbeugende Maßnahme gegen Panik hatten die Behörden beschlossen, keinerlei Informationen herauszugeben. Sie erklärten, daß man die Einnahme Salonikis erwartet habe. Sie sei von Anfang an unvermeidbar gewesen. Sie hätten sie genausogut auch selbst planen können. Niemand war vorher gewarnt worden, und die Engländer, die es schafften fortzukommen, verließen die Stadt, gerade als die deutschen Panzer einfuhren.

Harriet sagte zu Alan: »Ein Freund von uns ist nach Saloniki gegangen. Ein Armeeoffizier. Was, glaubst du, ist mit ihm passiert?«

»Oh, er hat bestimmt klaren Kopf behalten. Er ist bestimmt davongekommen.«

Das war genau das, was Harriet nicht glaubte. Sie konnte sich Clarence vorstellen, wie er gleichgültig und um sich selbst zu bestrafen so lange blieb, bis es zu spät war. Aber vielleicht hatte es jemanden gegeben, der ihn in ein Auto gedrängt und zur Olymp-Front gefahren hatte. Da er ja kein richtiger Offizier, sondern nur eine Imitation war, würde er dann nach Athen zurückgebracht werden, so daß sie ihn vielleicht eines Tages wiedersehen würden – ein Mensch, gerettet, trotz seiner selbst.

Die Flüchtlinge brachten die verschiedensten Geschichten mit. Da jetzt jeder auf Gerüchte angewiesen war, war es nicht möglich, Wahrheit von Lüge zu unterscheiden. Einige sagten, die deutschen Panzer würden Athen in einer Woche erreichen, und andere sagten, in zwei Tagen. Sie sagten alle, daß Jugoslawien die Nacht nicht überstehen würde.

Guy, der die von Flüchtlingen überfüllten Züge abpaßte, sah die jugoslawischen Offiziere in ihren glanzvollen, goldbetreßten Uniformen ankommen. Er machte jedesmal jemanden aus, den er schon vorher einmal irgendwo getroffen hatte, aber über seinen Freund David Boyd konnte er nichts in Erfahrung bringen.

Pinkrose kehrte gutgelaunt ins Büro zurück. Er kam lächelnd in die Nachrichtenredaktion, und seine offenen Lippen offenbarten etwas, was wenige vorher gesehen hatten – seine kleinen, zierlichen, graubraunen Zähne. Niemand lächelte zurück. Es war kein Tag für gute Laune.

Aufgeregt und strahlend sagte er zu Alan: »Ich war überrascht, höchst überrascht... ja, ich war *höchst* überrascht, Sie nicht bei der Vorlesung gesehen zu haben.« Als Alan weder eine Erklärung abgab noch sich für seine Abwesenheit entschuldigte, fuhr Pinkrose fort: »Aber, na ja! Sie haben sich damit selbst bestraft. Sie haben eine ausgezeichnete Party verpaßt. Ja, eine ausgezeichnete Party. Das Buffet war eine Augenweide. Der Major läßt wirklich etwas auffahren. Und es war auch eine glanzvolle Party. Ich muß sagen, es war wirklich glanzvoll. Der Major sagte zu mir: ›Glückwunsch, mein lieber Pinkrose, Sie haben hier wirklich die Crème zusammengebracht.‹ Meine Güte, ja! Das habe ich wirklich. Ich kann nicht behaupten, daß ich jeden gekannt hätte, aber mein Blick fiel auf einige sehr attraktive Damen, und deren Lobesworte ließen mich glatt erröten; ja, ließen mich wirklich erröten. Selbst wenn meine kleine Rede Sie nicht interessiert hätte, Frewen, das Essen hätte Ihnen bestimmt geschmeckt. Es war köstlich. Ich habe so etwas Köstliches schon lange nicht mehr gegessen.«

Yakimov seufzte, und sein Gesichtsausdruck war vor Hunger fast rachsüchtig.

Pinkrose kicherte und rollte zufrieden mit den Schultern. Er sagte: »Ich glaube, ich habe die Moral der Griechen ein bißchen gehoben – ja, tatsächlich, ein bißchen gehoben.«

»Ist auch dringend nötig«, sagte Alan.

»Zweifellos.«

»Letzte Nacht haben die Deutschen Saloniki besetzt.«

»Das gibt es nicht? Ist das offiziell?«

»Noch nicht, aber…«

»Ach, das ist nur eine Zeitungsente.«

»Ich glaube nicht. Die Gesandtschaft teilte mit, daß bei Tagesanbruch jemand anrief und ihnen sagte, daß deutsche Panzer die Straße herunterkämen. Gleich danach war die Leitung tot.«

»Meine Güte!« Pinkrose hörte auf zu lächeln. »Schlimme Neuigkeiten, allerdings!«

Yakimov, der noch immer mit düsteren Gedanken bei der Gastfreundlichkeit des Majors verweilte, bemerkte nichts, aber Harriet und Alan stellten fest, daß Pinkrose die Neuigkeiten außerordentlich ruhig aufnahm. Sie hätten erwartet, daß er sie sich anhörte und dann, wie er es in der Vergangenheit getan hatte, danach rief, sofort in die Heimat zurückgesandt zu werden. Statt dessen sagte er entschlossen: »Wir können nichts tun, deswegen müssen wir Ruhe bewahren. Ja, ja, es geziemt uns, daß wir Ruhe bewahren. Unsere australischen Freunde halten die Küstenstraße, und nach allem, was man hört, sind sie die richtigen Leute für diesen Job. Die Deutschen werden an *ihnen* nicht so schnell vorbeikommen.« Er lächelte erneut, aber als er die trostlosen Gesichter von Alan, Yakimov und Harriet bemerkte, verlor er die Geduld mit ihnen allen: »Ich habe meinen Beitrag geleistet«, sagte er. »Jetzt muß ich es anderen überlassen. Mehrere Damen sagten, daß meine Vorlesung eine Inspiration gewesen sei. Sie sagten, sie würde die Soldaten zu größeren Anstrengungen anspornen. Ich muß sagen, ich weiß wirklich nicht, was ich sonst noch tun könnte.«

»Warum gehen Sie nicht nach Missolunghi und sterben, alter Junge!«

Pinkrose war schon hinausgegangen, bevor diese Worte gesprochen wurden, aber sie erreichten ihn trotzdem noch. Er blieb stehen, sah sich um und starrte Yakimov verdutzt an.

Augenblicklich wurde Yakimov von seinem Mut verlassen. Entsetzt sagte er: »Nur ein kleiner Witz.«

Pinkrose ging, ohne ein Wort zu sagen.

Mit feuchten Augen und zitternden Lippen sagte Yakimov: »Glaubt ihr, daß der alte Junge jetzt ungehalten ist?«

»Er hat nicht sehr erfreut dreingesehen, oder?« sagte Alan.

»Es war nur ein kleiner Witz.«

»Ich weiß.«

»Was glaubst du, daß er tun wird?«

»Nichts. Was kann er schon tun? Mach dir keine Gedanken.«

Aber Yakimov machte sich Gedanken. Den ganzen Morgen über dachte er über seine Torheit nach und wiederholte immer wieder: »Hab' das doch nicht bös gemeint. Nur ein kleiner Witz. Schaut doch, wie er den armen, alten Yak behandelt hat! Erzählt mir vom Essen, wo ich seit Monaten keine richtige Mahlzeit mehr hatte!«

»Nimm's nicht so schwer. An der Front passieren schlimmere Dinge. Ich denke immer an das Sprichwort: ›Besser ein

Schiff auf See oder eine irische Frau als ein Haus in Makedonien.‹«

Yakimov schaute schmerzlich. »Das zu sagen, war nicht sehr schön von dir, alter Junge. Meine alte Mama war nämlich Irin.«

»Du hast recht. Es hieß gar nicht ›irisch‹. Ich habe vergessen, was es war. Wahrscheinlich ›albanisch‹.«

Nichts konnte Yakimov jetzt aufheitern. Er weigerte sich, getröstet zu werden. Etwas in Pinkroses Gesichtsausdruck hatte in ihm eine Befürchtung erweckt, und, wie sich herausstellte, zu Recht. Zur Mittagszeit kam der Bürojunge herein und sagte, daß Lord Pinkrose Mr. Frewen in seinem Büro zu sehen wünsche. Überrascht über diese Aufforderung, quälte sich Alan aus seinem Stuhl und ging wortlos. Yakimov blickte ihm ängstlich nach. Als er zurückkehrte, war sein finsteres Gesicht noch finsterer geworden, aber er sah nicht zu Yakimov hin, und er schien nichts zu sagen zu haben. Nach einer Weile, als er gerade auf einer Karte die Aufstellung der britischen Truppen in Griechenland markierte, sagte er beiläufig: »Yaki, ich muß dir etwas sagen: Dein Job ist zu Ende. Pinkrose möchte, daß du sofort gehst.«

»Aber das kann er doch nicht machen«, jammerte Yakimov, und Tränen quollen aus seinen Augen.

»Leider hat er es schon getan. Er hat die Gesandtschaft angerufen und ihnen mitgeteilt, daß es für dich nichts mehr zu tun gibt. Wir müssen mit dem Informationsblatt aufhören, deswegen wird es für dich nichts mehr zum Austragen geben. Und ...« Alan hob den Kopf und sah Harriet an: »Leider hat er auch gesagt, daß du gehen mußt. Der Arbeitsanfall ist jetzt minimal. Das ist tatsächlich so. Es gab daher nicht viel, was ich dagegen sagen konnte.«

Yakimov schluchzte laut auf: »Yaki wird verhungern.«

»Ach komm«, sagte Alan. »Reiß dich zusammen. Du weißt, daß wir dich nicht verhungern lassen.«

»Und was ist mit Tandy? Ich habe ihm erzählt, daß ich unentbehrlich bin. Was wird er jetzt denken?«

Alan nahm ein Fünfdrachmenstück heraus. »Kauf dir einen Drink dafür«, sagte er.

Harriet und Yakimov verließen zusammen das Büro. Harriet hatte das Ende ihrer Beschäftigung schon eine Weile kommen sehen, und sie akzeptierte die Entlassung mit der Gleichgültigkeit von jemandem, der sich über Schlimmeres den Kopf zerbrechen muß. Aber Yakimov bejammerte sein Schicksal so laut, daß sich die Leute auf der Straße umdrehten und ihnen nachsahen.

»Es ist zu schrecklich, liebes Mädchen; das ist es wirklich. Einfach rausgeschmissen, gerade als ich dabei war, solchen Erfolg zu haben. Wie kann bloß jemand so was tun, liebes Mädchen? Wie *konnten* sie das bloß?«

Das ging so weiter, bis das Zonar's in Sicht kam; dann, als er Tandy auf seinem gewohnten Platz erblickte, nahmen Yakimovs Beschwerden ab. Seine Unverwüstlichkeit, die ihm durch die Höhen und Tiefen der letzten zehn Jahre geholfen hatte, gewann die Oberhand, und er begann bereits, sein Leben neu zu planen. »Hab' einen Freund in Indien; einen guten, alten Freund sogar. Einen Maharadscha. War immer sehr liebevoll zu eurem Yaki. War er immer. Als der Krieg ausbrach, schrieb er mir und lud mich in seinen Palast ein. Er schrieb: ›Wenn es irgendwelche Probleme in eurem Teil der Welt gibt, bist du immer in Mukibalore willkommen.‹ Reizender Kerl. Mag mich. Hat vorgeschlagen, ich soll kommen und mich um seine Elefanten kümmern.«

»Würde dir das gefallen?«

»Das ist eine Lebensstellung. Interessante Tiere, wie man mir gesagt hat. Muß an die Zukunft denken. Euer Yaki wird langsam zu alt für ein spartanisches Leben. Aber ich weiß nicht«, seufzte er. »Sie sind groß, die Elefanten, weißt du. Viel Arbeit, sie abzuspritzen und zu waschen.«

»Dafür hast du doch die Boys, die das machen.«

»Glaubst du? Vielleicht hast du recht. Wie es aussieht, würde ich die Verwaltungsangelegenheiten regeln. *Das* würde ich ganz gut können. Muß natürlich erst mal hinkommen. Glaubst du, die würden mich als V. I. P. hinfliegen? Nein, wahrscheinlich nicht. Muß mal mit Tandy darüber sprechen. Ja klar, da haben wir ja einen, der sich auskennt!«
Sie waren an der Ecke stehengeblieben, und Yakimovs

Enthusiasmus ließ ihn spendabel werden. »Komm, trink einen Kleinen mit, liebes Mädchen.«

»Jetzt nicht.« Harriet ließ Yakimov in seiner unbeschwerten Stimmung zurück und schlenderte weiter, ohne zu wissen, was sie tun oder wohin sie gehen sollte, nur mit der ängstlich angespannten Wachsamkeit von jemandem, der etwas verloren hat und noch immer hofft, es zu finden. Sie hatte nichts mehr von Charles gehört, und dieses Mal hatte sie keine Hoffnung, daß sie bei einem Zusammentreffen wieder zueinanderfinden könnten. Er würde ihr nicht vergeben. Und bei einem neuen Zusammentreffen hätte sie nichts zu gewinnen. Ihre Beziehung hatte sich grundlos selbst zerstört. Trotzdem sehnte sie sich danach, ihn zu sehen. Obwohl sie sich in der Menschenmenge der Mittagszeit nach ihm umsah, war sie doch so erschrocken, als sie ihn sah, daß ihr gleich übel wurde.

Er stand gerade neben einem Militärlastwagen in der Stadionstraße. Der LKW gehörte zu einem Konvoi, bei dem gerade letzte Vorbereitungen zur Abfahrt getroffen wurden. Harriet befand sich auf dem gegenüberliegenden Bürgersteig und beobachtete ihn, wie er eine Landkarte studierte. Sie hoffte, daß er ihre Anwesenheit spüren und zu ihr herüberkommen würde, aber sie erkannte bald, daß dies nicht die Zeit für derartig subtile Verhaltensweisen war. Einer der Fahrer sprach mit ihm. Unter den Soldaten entstand Bewegung. Im Handumdrehen würde er fort sein. Sie rannte über die Straße. Ängstlich und außer Atem schaffte sie es dennoch, seinen Namen zu rufen. Er drehte sich um.

»Ihr fahrt los?« fragte sie.

»Ja. Wir fahren jede Sekunde los.«

»Wo fahrt ihr hin? Hat man es euch gesagt? Alan sagt, daß die englischen Truppen in Monastir sind.«

»Dort waren sie, aber da oben passiert einiges. Wir werden es erst erfahren, wenn wir in Yannina sind.« Während er sprach, blieb er gleichmäßig distanziert und lächelte förmlich – ein vorsichtiges, defensives Lächeln – und trat dann einen Schritt zurück, als sei er gerade im Aufbruch begriffen; aber sie wußte, er würde nicht gehen. Dies war der letzte Augenblick, den sie hier zusammen haben würden, vielleicht sogar der letzte überhaupt. Er konnte nicht gehen, bevor nicht etwas Endgültiges gesagt worden war.

»Besteht irgendwie die Möglichkeit, daß du nach Athen zurückkommst?«

»Wer weiß?« Er lachte sein kurzes ironisches Lachen. »Wenn alles gut läuft, fahren wir direkt durch bis nach Berlin.« Er machte eine Bewegung auf sie zu, rückte dann aber wieder von ihr ab, mißtrauisch wegen der Anziehungskraft, die sogar hier die Atmosphäre um sie herum wie im Märchen vergoldete. Er wollte dem trügerischen Zauber den Rücken zukehren.

»Dann werde ich dich vielleicht nicht mehr wiedersehen?«

»Macht dir das was aus? Du hast so viele Freunde.«

»Die sind nicht so wichtig.«

»Ach, das hat nur den Anschein?«

Der Streit war lächerlich. Sie konnte nicht damit weitermachen, sondern sagte: »Es war schwierig. Bei all diesen Alarmen und Bedrohungen, dem dauernden Kommen und Gehen, hat niemand ein Privatleben mehr. Wenn alles vorüber ist...« Sie hielt inne, da sie keine Ahnung hatte, wann alles vorüber sein würde, und weil sie wußte, daß die Zeit gegen sie war. Einen Zauber zu unterbrechen, hieß, ihn zu brechen. Ob sie sich wiedertreffen würden oder nicht, ihre Beziehung war höchstwahrscheinlich an einem Ende angelangt.

Der Konvoi war zur Abfahrt bereit. Der Fahrer des ersten LKWs kletterte auf seinen Sitz und knallte die Tür zu. Für Charles war dieser Knall ein Hinweis: Er mußte sein ›Adieu‹ hinter sich bringen und zu seinen Pflichten zurückkehren.

»Auf Wiedersehen und viel Glück«, sagte Harriet. Sie legte die Hand auf seinen Arm, und für eine Sekunde verlor sie die Fassung. Er blickte sie gequält an, und sie stellte voller Bestürzung fest, wie verwundbar er war.

Ihrer beider Zeit war nun abgelaufen. Er sagte: »Auf Wiedersehen«, überquerte die Straße, schwang sich neben den Fahrer und verriegelte die Tür. Jetzt konnte er aus sicherer Distanz auf sie hinunterschauen, anscheinend unberührt und wieder lächelnd.

Einige Griechen hatten sich auf dem Bürgersteig versammelt, um zuzusehen, wie sich der Konvoi in Bewegung setzte. Als der erste LKW anfuhr, warf eine Frau eine Blume in die Fahrerkabine – ein Abschiedsgruß für die tapferen Helden. Charles fing sie auf und hielt sie wie eine Trophäe hoch. Der LKW fuhr an. Das letzte, was Harriet sah, war seine Hand, die die Blume hielt. Dann verdeckte der zweite Lastwagen den ersten. Die anderen folgten und fuhren in östliche Richtung zur Hauptstraße nach Norden.

Sie ging ihnen nach, den gleichen Weg zurück, den sie gekommen war, und sie beobachtete sie, wie sie in der Ferne verschwanden. Als der letzte LKW nicht mehr zu sehen war, hatte sie keinen Grund mehr, weiter in diese Richtung zu gehen, aber sie hatte auch keinen Grund, in eine andere zu gehen. Sie war allein und hatte nichts mehr zu tun und keinen Grund mehr, um irgend etwas zu tun.

Die Stadt besaß die matte Atmosphäre eines Ortes, an dem menschliches Leben ausgestorben war. Die Straßen schienen leer zu sein: Ohne Ziel oder Zweck zurückgelassen, fühlte sie sich ebenso leer wie die Straßen.

Sie fand sich am Syntagmaplatz wieder und blieb, aus einem Gefühl der Sinnlosigkeit heraus, stehen. Warum irgendwo hingehen? Sie stand einfach da, bis sie Guy auf sich zukommen sah. Ihr erster Impuls war, ihm aus dem Weg zu gehen. Aber er hatte sie bereits gesehen, und als er auf sie zukam, fragte er: »Was ist los?«

»Charles ist abgefahren.«

»Das tut mir leid.« Er nahm ihre Finger, drückte sie und betrachtete Harriet mit skeptischem Mitgefühl, als habe er keinen Anteil an ihrem Elend. Sie tat ihm leid. Da sie spürte, daß sie diese Art von Mitgefühl nicht wollte, löste sie ihre Finger aus seinem Griff.

Er fragte, wo sie hinging. Sie wußte es nicht, sagte aber: »Wir könnten nachschauen, ob die Judasbäume schon blühen.«

Guy dachte darüber nach, aber es war natürlich nicht möglich: »Ich habe eine Verabredung mit Ben«, sagte er. »Er versucht gerade, telefonisch nach Belgrad durchzukommen.

Falls es mit Belgrad nicht klappt, wird er es mit Zagreb versuchen. Vielleicht kann er herausfinden, was mit den Gesandtschaftsleuten passiert ist.«

»Noch immer kein Lebenszeichen von David?«

»Nichts; keinerlei Nachrichten. Ich bin bei fast allen Zügen gewesen. Die Straße neben der Schule führt genau zum Bahnhof, weshalb ich schnell dort sein kann. Die Züge sind voll bis zum Rand. Ich habe mit vielen Leuten gesprochen, aber es herrscht so eine Aufregung, daß es schwer ist herauszufinden, was in Jugoslawien selbst geschieht. Ich vermute, daß die Gesandtschaft bis zum Schluß aushalten wird.«

»Aber David steht doch nicht unter diplomatischem Schutz?«

»Nein. Tja, ich muß jetzt weitergehen.« Bevor er ging, wollte Guy sie noch wohlbehalten und in Sicherheit wissen: »Tandy und Yakimov sind im Zonar's. Warum gehst du nicht hin und trinkst mit ihnen Tee?«

»Nein. Ich werde heute abend nicht im Büro sein. Um genau zu sein, ich werde überhaupt nicht mehr ins Büro zurückgehen. Mit meinem Job ist Feierabend. Ich glaube, ich fahre mit der Metro nach Hause.«

»Ja, tu das. Zum Abendessen kann ich noch nicht zurück sein, aber es wird nicht spät werden.«

Guy eilte zufrieden davon und betrachtete ihre Probleme als gelöst.

Seit die Gegend das Grün des Frühlings angenommen hatte, war die Atmosphäre dort ganz anders. Harriet spazierte manchmal das kleine Rinnsal, den Illisós, entlang oder zwischen den Pinien, die das Flußbett überschatteten. Die Villa begann endlich den Anschein eines Zuhauses anzunehmen; allerdings handelte es sich um ein unruhiges, unsicheres Zuhause. Obwohl sich das Haus nicht innerhalb des Zielgebietes befand, so lag es doch so nahe am Hafen, daß es vom Geschützfeuer erschüttert wurde; und wenn es nächtliche Luftangriffe gab, blieben die Pringles auf und lasen, da sie ohnehin erst auf Schlaf hoffen durften, wenn die Entwarnung ertönte.

Droben zwischen den Pinien war sie auf eine Katze gestoßen, die ihr bis an den Rand des Waldes gefolgt, aber nicht mit ins Freie gekommen war. Es handelte sich um eine kleine, dünne, schwarze Katze, deren Zitzen rosafarben aus dem dünnen, schwarzen Fell hervortraten, woraus Harriet erkennen konnte, daß sie irgendwo Junge haben mußte. Sie dachte, daß sie in einer der Hütten hinter den Bäumen zu Hause sein mußte. Es war offensichtlich ein Zuhause, wo es nicht viel zu fressen gab, doch andererseits gab es in diesen Tagen nirgendwo viel Eßbares. Harriet war sich dessen bewußt, daß die große Zutraulichkeit der Katze darauf zurückzuführen war, daß sie etwas zu fressen haben wollte. In der Villa war außer dem grauen, trockenen, geschmacklosen Brot, das sie zum Frühstück aßen, nichts vorhanden. Sie nahm etwas davon mit in den Wald, und die Katze verschlang es in wilder Gier.

Eines Tages sah Harriet die Jungen. Sie war über das Brachland bis zur ersten Hütte gegangen, und als sie dort ankam, stellte sie fest, daß sie verlassen und verfallen war. Die Katze war eine Wildkatze. Die Jungen waren eher unansehnliche, halb verhungerte Kreaturen, getigert und weiß, und Harriet fragte sich, wie die Mutter es geschafft hatte, sie durchzubringen; aber sie spielten vergnügt im Sonnenschein und hatten keine Ahnung, daß sie zu den Unterprivilegierten der Welt gehörten. Als Harriet eines Tages kam, um sie zu füttern, waren sie fort. Die Katze war da, und ängstlich, aber ihre Jungen waren verschwunden.

Als sie an dem Nachmittag von Charles' Abreise nach Hause ging, hatte Harriet die Katze im Sinn. Sie gab ihr eine Art Halt. Früher hatte sie sie gefüttert, aus einem Gefühl des Pflichtbewußtseins gegenüber einem Lebewesen in Not; jetzt empfand sie plötzlich Liebe ihr gegenüber und fürchtete schon, daß ihr während ihrer Abwesenheit etwas zugestoßen sein könnte. Sie ging zuerst zu dem großen Lebensmittelgeschäft in der Universitätsstraße und stellte sich um Brot an. Es handelte sich um ein Geschäft, das in Friedenszeiten nur beste europäische Lebensmittel verkaufte. Jetzt waren die Regale leer. Hinter dem Ladentisch befanden sich einige

Kisten mit getrockneten Feigen und ein Sack Butterbohnen. Harriet wurden ein paar Gramm von beidem zugebilligt, und weil sie Engländerin war, öffnete der Verkäufer eine Schublade und nahm einen Streifen gesalzenen Kabeljaus heraus. Er schnitt ein kleines Stück davon ab, und sie nahm es als eine Art Gunstbeweis an, obwohl sie spürte, daß sie kein Recht darauf hatte.

Als sie in die Villa zurückkam, war Anastea in der Küche. Harriet behielt die Lebensmittel in ihrer Tasche und nahm sie mit ins Badezimmer, wo sie den Fisch mit einer Schere zerkleinerte und im Waschbecken wässerte. Nachdem es ihr gelungen war, etwas von dem Salz zu entfernen, trug sie den Fisch in den Wald und fütterte damit die Katze.

28

Irgendwann in der Nacht wurde auf dem Hügel hinter der Villa ein Flakgeschütz aufgestellt.

Guy hatte am darauffolgenden Morgen schon fast die Bushaltestelle erreicht, als die Sirenen anfingen zu heulen. Sofort eröffnete das neue Geschütz das Feuer; es war so nah, daß der Lärm alles erzittern ließ. Guy hastete zur Villa zurück, wo er Harriet, die zuvor im Badezimmer gewesen war, zusammengekauert und nackt unter der Treppe vorfand, während Anastea nicht weit von ihr weg auf dem Boden kniete, sich ununterbrochen verbeugte, dabei mit der Stirn den Boden berührte, sich bekreuzigte und in panischem Schrecken Gebete vor sich hinmurmelte. Die beiden Frauen hatten durch den Lärm, der über ihnen war, vollkommen den Kopf verloren.

Als Guy sie verwundert und mitleidsvoll ansah, warf sich ihm Harriet um den Hals und schrie: »Was ist das? Was ist das?«

»Lieber Himmel, das ist nur ein Flakgeschütz.« Seine eigenen Nerven waren von dem Krach nicht angegriffen, aber als dieser noch weitere zwei Stunden andauerte – der Luftangriff war der längste des Krieges –, hatte sich Harriet inzwischen daran gewöhnt, während er – in der Villa gefangengehalten, ohne etwas tun zu können – das Gefühl hatte, es nicht mehr länger aushalten zu können.

»Bei der dauernden Knallerei kann man nicht länger hier wohnen. Das Haus ist unbewohnbar geworden«, sagte er. »Wir müssen irgendwo etwas anderes finden.«

Harriet, für die die Vorstellung eines weiteren Umzugs fast unerträglich war, verspürte eine Verantwortung gegenüber der Katze und sagte: »Jetzt zu gehen, ist doch eigentlich Quatsch. Wir haben es so lang ausgehalten, dann können wir es genausogut bis zum Ende aushalten. Außerdem, wo können wir denn schon hin?« Viele Hotels waren von der britischen Armee requiriert worden, und diejenigen, die noch übrigblieben, waren durch die wiederholten Flüchtlingswellen bis obenhin vollgestopft. Sie sagte: »Wir können uns das Corinthian oder das King George nicht leisten; selbst wenn wir in ein kleines Hotel ziehen würden, möchte ich nicht wissen, was wir da jetzt zu zahlen hätten.«

Als der Angriff vorüber war, gingen sie aufs Dach hinauf und sahen, wie Rauch von irgendwo entlang der Küste in schwarzen, trägen, schmierigen Wolken zum Himmel stieg. Anastea, die ihnen hinauf gefolgt war, erklärte, daß der Rauch von Eleusis stammte, wo es eine Munitionsfabrik gab.

Bevor Guy sich erneut auf den Weg machte, fragte er Harriet, ob sie mit nach Athen kommen wolle. Sie sah jedoch keinen Grund, weshalb sie mitkommen sollte: Sie hatte keinen Job, hatte nichts zu tun und würde die Zeit totschlagen müssen, indem sie in den Straßen umherwanderte, die ihr nichts bieten konnten. Wenn sie hingegen blieb, hatte sie wenigstens die Katze.

Guy sagte, wie schon so oft zuvor: »Ich werde bald zurück sein.«

Da sie derlei Versprechungen nicht mehr glauben konnte, lachte sie ungläubig und bemerkte dann, daß er sie mit der gleichen zweifelnden, aber kühlen Besorgnis anblickte, die er ihr gegenüber an den Tag gelegt hatte, als sie ihm erzählte, daß Charles abgefahren war.

»Sicher werde ich das«, versicherte er. »Sag Anastea, sie soll versuchen, etwas zum Abendessen aufzutreiben. Wir werden dann daheim essen, einverstanden?«

»Na gut.« Sie freute sich einerseits darüber, doch andererseits verwirrte sie seine Beteuerung, daß er tatsächlich zeitig zurückkehren würde, wie die Lösung zu einem Problem, die zu spät gekommen war. Das Problem berührte sie nicht länger: es war nicht gelöst, sondern, ihrer Meinung nach, umgangen worden.

Der Abend war einer der wenigen, die sie in ihrem Wohnzimmer mit seinen funktionalen und ungemütlichen Möbeln verbrachten. Das elektrische Licht war trüb. Die Verdunkelungsvorhänge waren zugezogen, und Harriet flickte Kleidungsstücke, während Guy über seinen Büchern saß und sich Gedanken machte über eine Vorlesung zu der These: ›Ein Kunstwerk muß in sich die Antwort tragen, warum es so ist und nicht anders.‹

»Wer sagte das?« fragte Harriet.

»Coleridge.«

»Trägt das Leben in sich die Antwort, warum es so ist und nicht anders?«

»Wenn nicht, dann trägt nichts diese Antwort in sich.«

»Aber du denkst, daß es so ist?«

»Es muß so sein.«

»Du wirst zum Mystiker«, sagte sie und fügte nach einer langen Pause hinzu: »In Belgrad liegen so viele Leichen unter den Trümmern, daß die Menschen aufgehört haben, sie zu beerdigen. Sie bedecken sie nur noch mit Blumen.«

»Wo hast du das gehört?«

»Das habe ich gehört, bevor ich das Büro verließ. Es war die letzte Nachricht, die aus Jugoslawien herauskam.«

Guy schüttelte den Kopf, versuchte aber nicht, einen Kommentar dazu abzugeben. Es herrschte eine Weile Schweigen, dann kam der Klang rauhen und falschen Gesanges vom oberen Ende des Weges herunter, wo sich einige Männer in einem der nicht fertig gebauten Häuser versammelt hatten, um ihre Stimmen gegen die Dunkelheit zu erheben.

Als das Singen immer weiterging, empfand es Harriet

plötzlich als unerträglich und schrie auf: »Sag ihnen, sie sollen aufhören.« Bevor Guy noch etwas sagen konnte, rannte sie in die Küche und befahl Anastea, hinauszugehen und mit den Sängern zu reden. Anastea rief einen Befehl den Weg hinauf, und das Lied hörte abrupt auf.

Guy fragte völlig schockiert: »Wie konntest du so etwas tun?«

Harriet schaute ihn nicht an; sie war den Tränen nahe.

»Es sind vielleicht Soldaten auf Urlaub oder Invaliden von der Front. Wirklich, wie *konntest* du das bloß tun?«

Er war so selten zornig, daß sie wegen seines Tadels völlig fassungslos war. Sie schüttelte den Kopf. Sie wußte es nicht, sie wußte es wirklich nicht, wie sie so etwas hatte tun können, oder auch warum. Sie wollte, daß Guy den Vorfall vergaß, aber als er sich wieder seinen Büchern zuwandte, zeigten sich tiefe Falten in seinem Gesicht, aus Betroffenheit über die auf diese Weise gekränkten Männer. Er behielt diese Miene bei. Und plötzlich brach sie zusammen und begann, hemmungslos zu weinen, unfähig, ihre eigene Schuld und ihre Reue und den in ihrem Innern eingeschlossenen persönlichen Schmerz zurückzuhalten.

Guy betrachtete sie eine Weile, war jedoch zu aufgebracht, um sie zu trösten; dann, als ob er diesen Augenblick nützen müßte, um zu sagen, was zu sagen war: »Wir gehen von hier weg. Alan Frewen meint, er kann es arrangieren, daß wir ein Zimmer in der Akademie bekommen.«

»Aber ich kann nicht weg. Ich kann die Katze nicht im Stich lassen.«

»Wir müssen weg. Es sind ja nicht nur die Luftangriffe und der Mangel an Schlaf. Er sagt, wir müssen irgendwo sein, wo wir telefonisch erreichbar sind.«

Sie setzte sich aufrecht und war von der gleichen Unruhe gepackt, die in Rumänien zu einem chronischen Zustand geworden war. »Hat sich die Lage verschlimmert? Was ist denn los?«

»Ich weiß es nicht. Niemand weiß es. Es herrscht eine totale Nachrichtensperre.«

»Aber es gibt doch sicherlich Gerüchte?«

»Ja, aber man kann sich nicht auf Gerüchte verlassen. Die Sache ist die: Wir müssen von hier wegziehen, einfach als Vorsichtsmaßnahme. Das ist alles. Alan wird mir morgen Bescheid geben.«

Sie besaßen zwar nur Kleidung und Bücher, doch in ihrem Zustand der Erschöpfung fühlte sie sich fast außerstande, alleine damit fertig zu werden. Sie flehte ihn an: »Könntest du mir nicht beim Umzug helfen?«

»Aber natürlich«, sagte er, ganz überrascht über ihren Ton. »Warum denn nicht?«

»Normalerweise hast du ja immer zu viel zu tun.«

»Na ja, im Moment hab' ich nicht viel zu tun. Die Revue ist zu Ende, und in der Schule ist fast niemand mehr.« Auch er klang erschöpft, und er redete auf eine Art, als ob er letztlich doch besiegt worden wäre. Sie wollte ihn schon fragen, was er denn jetzt in Athen tun wolle, aber genau in diesem Moment kam Anastea herein, um sich zu verabschieden, und Harriet sagte statt dessen: »Ich denke, ich geh' ins Bett.«

Der Luftangriff dauerte die ganze Nacht. Für die Soldaten an den Geschützen gab es keine Ruhepause, und auch nicht für all die Zivilisten, die sich in Hörweite befanden. Am Morgen dann war auch Harriet mehr als bereit, irgendwohin umzuziehen, und es spielte gar keine Rolle, wohin, Hauptsache, sie würde schlafen können.

Guy wollte Alan mittags treffen und sagte, daß er zurück sein wolle, sobald er wüßte, was für sie arrangiert worden sei.

Es war schon später Nachmittag, als Guy zurückkehrte. Bis dahin war Harriet mit dem Zusammenpacken schon fertig und hatte mehrere Male das Flußbett überquert, um die Katze zu suchen. Es war eine ziemlich schmutzige kleine Katze gewesen, mit schuppigen Flecken in ihrem Fell, aber ihre Zutraulichkeit hatte Harriet über alle Maßen gerührt. Eine Art obsessiver Wahn ließ Harriet immer wieder nach ihr suchen. Sie redete sich ein, daß Tiere die einzigen Lebewesen seien, die man vorbehaltlos lieben konnte, und dies war das einzige Lebewesen, das sie lieben wollte. Sie wußte, daß die Katze in der Akademie nicht gern gesehen sein würde, aber sie würde sie mitnehmen. Sie war entschlossen, sie zu finden.

Sie kehrte immer wieder in den Wald zurück, in der Erwartung, die Katze plötzlich dicht hinter sich zu finden; aber jedes Mal fand sie nur Stille vor. Sie war auch im Wald, als Guy zurückkam. Er traf sie an, wie sie verzweifelt immer wieder die gleiche Strecke vor- und zurückging, nach der Katze rief und sie geradezu anflehte, sich zu zeigen. Er mochte die Düsterkeit unter den Bäumen nicht, und weil er nicht in den Wald hineingehen wollte, rief er ihr vom Flußufer aus zu. Er war in einem Taxi gekommen, das auf sie wartete.

Sie kam an den Waldrand und sagte: »Ich kann ohne die Katze nicht gehen«, ging dann zurück ins Dunkel, mit dem Gefühl, daß er eine Behinderung darstellte bei dem, was sie vorhatte und was wichtiger war als alles, das er bieten konnte. Er kletterte die Böschung hinauf und stand da und schaute ihr verblüfft zu. Er fragte sich, ob sie nicht allmählich aus dem Gleichgewicht geriet. Was die Katze anbelangte, kam er für sich zu dem Schluß, daß sie wahrscheinlich jemand für einen Braten getötet hatte, doch er sagte: »Das Geschützfeuer hat ihr wahrscheinlich Angst eingejagt. Sie ist zu einem sichereren Platz gegangen.«

»Sehr wahrscheinlich«, stimmte sie ihm zu, wanderte dabei aber immer noch umher.

Er sagte nachdrücklich: »Komm jetzt. Das Taxi wartet, und es wird dunkel. Du mußt sie aufgeben.«

»Ich kann nicht«, sagte sie. »Verstehst du, die Katze ist alles, was ich habe.«

»Darling!«

Bei diesem Ausruf, der Kränkung und Überraschung ausdrückte, blieb sie abrupt stehen. Sie sah keine Rechtfertigung für seinen Protest. Er hatte es für richtig befunden, andere Menschen ihr vorzuziehen, und das war jetzt das Ergebnis. Jedes Mal, wenn er sich über ihre Gefühle hinweggesetzt hatte, um irgendwelchen Verpflichtungen gegenüber Fremden nachzukommen, war ein Faden zwischen ihnen gerissen. Sie hatte nicht das Gefühl, daß noch irgend etwas übriggeblieben war, das sie vielleicht zusammenhalten könnte.

Er rief sie noch einmal, aber sie bewegte sich nicht. Er stand stur da, ein Schatten am Waldrand, und sie nahm ihm seine Einmischung übel. Einst hatte sie sich vorgestellt, daß dieser große, gemütliche Mann sie gegen die Welt verteidigen würde. Sie hatte jedoch herausgefunden, daß er auf der anderen Seite stand. Er machte ihr gegenüber keine Zugeständnisse. Die Verpflichtungen einer Ehe, wenn er sie überhaupt anerkannte, waren für ihn von all den anderen Verpflichtungen, denen er seine Zeit widmete, nicht unterscheidbar.

»Darling, komm her!«

Widerwillig bewegte sie sich zu ihm hin. Während der letzten Wochen hatte sie fast vergessen, wie er aussah: Sein Bild war von einem anderen Bild verdeckt worden. Jetzt, da sie ihn von neuem sah, konnte sie erkennen, daß er genauso litt, wie sie alle litten. Er war dünn geworden, und die straffe Haut über seinem Gesicht wirkte grau. Er war letztlich in ein Dilemma geraten, dem er nicht entfliehen konnte. Er würde die Last des Daseins mit ihr teilen müssen, aber das war jetzt nicht wichtig. Sie hatte gelernt, alleine damit fertig zu werden. Dennoch tat er ihr leid. Er hatte nichts zu tun. Seine letzte Tätigkeit war ihm genommen worden: Aber keine Tätigkeit, so fieberhaft er ihr auch nachging, konnte die Realität vor ihm verbergen. Sie waren zusammen hier gefangen.

Sein sorgenvolles Gesicht schmerzte sie. Sie legte ihre Hände auf die seinen, und er hielt sie mit seinem warmen, vertrauten Griff.

Sie sagte: »Es tut mir leid. Ich wollte dich nicht verlassen.«

»Das habe ich auch nie angenommen.«

»Weißt du, Charles hat mich geliebt.«

»Glaubst du, ich liebe dich nicht?«

»Du liebst jeden.«

»Das läßt mich dich nicht weniger lieben.«

»Ich finde schon.«

Er war nicht der Typ zum Streiten. Er erwartete immer Verständnis, und erwartete vielleicht zuviel. Er sagte einfach: »Wir müssen los. Sie erwarten uns in der Akademie zum Abendessen. Wenn es einen Luftangriff gibt, könnten wir hier für ein paar Stunden festsitzen.«

Sie ging mit ihm zurück, um ihre Sachen einzusammeln und die Villa abzusperren. Sie hatte die Hoffnung verloren, die Katze noch zu finden, aber sie hatte nicht das Gefühl, daß ihr Gespräch irgend etwas geändert hätte.

29

Den Pringles wurde das Zimmer gegeben, das Gracey gehört hatte. Es gab keine Anzeichen dafür, daß jemand anders darin gewohnt hatte, seit er ausgezogen war.

Das Zimmer war zwar kahl, aber hier, ihren Beschützern so nahe, fühlten sich die Pringles sicher. Harriets Mutlosigkeit ließ nach, und sie sagte: »Mir gefällt es, dir nicht?«

»Aber sicher doch.« Guy begann, seine Bücher auszupakken und auf der Kommode anzuordnen, und das mit einer Sorgfalt, als würden sie dort lange stehen.

Nach dem Abendessen wollte Guy unbedingt ins Stadtzentrum gehen und seine Freunde suchen. Tandy hatte das Zonar's bereits verlassen. Es war warm genug, um nach Einbruch der Dunkelheit noch draußen zu sitzen, und sie fanden ihn mit den anderen auf der oberen Terrasse des Corinthian. Sie saßen bei der Balustrade um einen Tisch herum und fühlten sich ebenso unbehaglich wie jeder andere in einer Stadt, die, schneeweiß und schwarz wie Ebenholz, nahezu prädestiniert war für ein Gemetzel. Und noch aus einem anderen Grund fühlten sie sich unbehaglich.

Ben Phipps, der seine eigenen Informationsquellen hatte, sagte, daß sich die britischen Truppen bereits auf dem Rückzug befänden.

»Wenn die Florina-Senke evakuiert wird, dann steht Griechenland weit offen.«

»Sie meinen, die Deutschen sind schon auf dem Weg hierher?«

»Das ist wahrscheinlich. Eigentlich fast sicher, obwohl natürlich nichts definitiv ist. Ich neige dazu, dem griechischen Oberkommando die Schuld zu geben. Papagos sagte zu, die griechischen Truppen aus Albanien abzuziehen und mit ihnen die Grenze zu verstärken. Er tat es nicht. Er sagte, wenn sie das gewonnene Terrain wieder aufgeben müßten, würde die Moral der Soldaten zusammenbrechen. Ich glaub' das nicht. Ich kenne die Griechen. Die haben schon immer ihr eigenes Land verteidigt. Und was ist jetzt die Folge davon? Die griechische Armee ist wahrscheinlich am Ende. Die eine Hälfte ist in Albanien abgeschnitten, und die andere Hälfte ist in Thrakien verloren.«

Sie saßen lange Zeit schweigend da und dachten über die Möglichkeit einer Niederlage nach.

»Trotzdem«, sagte Guy und versuchte die düstere Stimmung zu vertreiben. »Wir sind noch nicht geschlagen.«

Phipps prustete spöttisch los, sagte aber nach einer Pause: »Na gut, vielleicht sind wir wirklich noch nicht geschlagen. Immerhin sind die Briten nicht so leicht zu schlagen. Und außerdem müssen wir Griechenland halten. Es gibt uns eine sichere Ausgangsposition für Europa. Wir können es uns nicht leisten, es zu verlieren. Wir sind zwar ein unfähiger Haufen, aber wenn wir eine Sache machen müssen, machen wir sie normalerweise auch.«

»Wenn wir Griechenland halten«, sagte Alan, »könnten wir alles wieder zurückgewinnen.«

Ben stimmte ihm zu: »Wunder hat es immer gegeben.«

Wunder offerierten ein größeres Maß an Hoffnung als der Verstand, und Yakimov nickte ernst und mit weit offenen, glänzenden Augen. »Wir müssen daran glauben«, sagte er.

»Mein Gott!« erregte sich Tandy empört. »So schlimm kann doch die Lage gar nicht sein!«

»Natürlich nicht«, sagte Alan Frewen.

Wieder herrschte Schweigen. Dann fragte Guy: »Was gibt es Neues aus Belgrad?«

»Funkstille«, erklärte ihm Ben. »Kein gutes Zeichen. Gerüchten zufolge haben die Deutschen vor zwei Tagen die Außenbezirke erreicht.«

»Sind das Tatsachen?«

»Es sind Gerüchte, und Gerüchte haben in dieser Zeit die scheußliche Angewohnheit, zu Tatsachen zu werden.«

»Dann muß David Boyd schon fort sein. Er kommt bestimmt heute abend. Der Zug müßte bald kommen.« Guy schaute auf seine Armbanduhr und wollte sich schon zum Bahnhof aufmachen, als ihn Ben Phipps am Ärmel festhielt.

»Du bildest dir doch nicht etwa ein, daß da noch ein Zug fährt? Die Deutschen werden den Zugverkehr von Belgrad aus in den Süden unterbrochen haben. Wenn dein Freund festsitzt, wird er sich zur Küste aufmachen. Er kommt vielleicht mit einem Schiff von Split oder Dubrovnik herunter.«

»Ist das wahrscheinlich?«

»Es ist möglich.«

Ben Phipps langweilten Guys Ängste um seinen vermißten Freund; er warf den Kopf zurück und betrachtete den Mond. Sein Gesicht war ausdruckslos, und seine Brillengläser glänzten weiß im Schein des Mondes, als er spöttisch sagte: »Zerbrich dir nicht den Kopf. Selbst wenn Boyd kein Diplomat ist, wird er von einem Schutzengel umgeben sein. Wenn sie ihn erwischen, wird ihn das Außenministerium rausholen. Für diese Knaben ist immer etwas vorbereitet. Hier steht eine Yacht für sie bereit. Die wird die ganze Prominenz aufnehmen.«

»Und der Rest von uns?« fragte Tandy.

Ben Phipps musterte ihn von oben bis unten mit einem kritischen und bissigen Lächeln. »Worüber müssen Sie sich schon Sorgen machen? Sie können doch auf dem Wasser wandeln, oder nicht?«

Obwohl Tandy in das Lachen der anderen einstimmte, hatte er doch einen unnahbaren und berechnenden Ausdruck in seinen kleinen Augen. Er hatte seine Überlebenstaktik dargelegt. Er blieb nirgendwo zu lange. Doch hier befand er sich in einer Sackgasse. Was würde er jetzt tun?

Da niemand diese Frage beantworten konnte, ignorierten sie die Situation, die wahrscheinlich sogar Tandy besiegen würde, und fingen an, über andere Dinge zu reden. Ben Phipps sagte, daß Dubedat und Toby Lush ihre Zeit damit verbrachten, für Lebensmittel Schlange zu stehen. Er hatte sie in verschiedenen Einkaufsgegenden gesehen, wo sie Dosennahrung aufkauften, die für die meisten Leute zu teuer war.

»Sie zahlen jeden Preis für alles, was du dir denken kannst«, sagte er. »Ein schlechtes Zeichen, wenn sogar die Vorräte des Majors knapp werden. Was ist mit Pinkrose? Wie meistert er die Notlage?«

»Prächtig«, sagte Alan. »Er kennt nur ein Problem: Von wem soll er seine Vorlesung ins Griechische übersetzen lassen? Er will sie in beiden Sprachen veröffentlicht haben. Er sagt ständig: ›Das muß ein Gelehrter machen. Das kann nur ein Gelehrter schaffen‹, und jeden Tag trabt er mit einer neuen Idee an. Wenn dieses Problem gelöst ist – falls es je gelöst wird –, werden wir entscheiden müssen, wer das Werk drucken soll, dann muß ein Verteiler gefunden werden...«

»Meinst du das jetzt im Ernst?«

»Mein lieber Ben, du glaubst womöglich, daß die Frage der Stunde heißt: Kommen die Deutschen hierher? Wenn du in der Nachrichtenredaktion arbeiten würdest, würdest du über eine Frage von unendlich größerer Bedeutung nachdenken müssen: Wie schnell können wir Pinkroses Vorlesung in die Buchhandlungen bringen?«

»Dann ist er also nicht mehr länger um seine Sicherheit besorgt?«

»Er spricht nie davon.«

»Glaubst du, daß er schon einen heimlichen Fluchtplan hat?«

»Falls es so ist, möchte ich wirklich gerne wissen, wie der aussieht. Ein ganzer Haufen Leute muß aus Griechenland rausgebracht werden: britische Staatsbürger, Griechen, die mit uns zusammengearbeitet haben, jüdische Flüchtlinge; vier- oder fünfhundert, und noch ein paar Kinder.«

»Ich dachte, die Kinder sind auf dem Evakuierungsschiff mitgefahren?«

»Nicht alle. Mehrere Frauen wollten ihre Männer nicht verlassen. Und das Leben geht weiter. Seit das Schiff losfuhr, sind englische Babys geboren worden.«

»Was hat die Gesandtschaft vor?«

»Das müssen wir abwarten.«

Die Gerüchte verdichteten sich, und die Behörden dementierten sie nicht. Bis Sonntag hatten sie die Qualität von Wahrheit angenommen. Es war Palmsonntag und der Anfang der Osterwoche, aber dieses Jahr war Ostern nebensächlich geworden. Es war ein trüber, kühler Tag, und es wehte ein rauher Wind, der die Angst wie eine Infektion mit sich zu bringen schien. Alle waren draußen und wanderten ruhelos, ziellos in den Hauptstraßen umher, dabei ständig fragend, was denn nun los sei.

Als Alan Frewen zusammen mit den Pringles von der Akademie losspazierte, wurde er mehrere Male von Engländern angehalten, die in Psychiko oder Kifissia wohnten und normalerweise ihre Sonntage zu Hause verbrachten.

An diesem Sonntag waren sie, wie jeder andere auch, plötzlich und aus keinem ihnen bewußten Grund von einem Schauder der Unruhe angesteckt worden. Sie hatten sich zum Stadtzentrum hingezogen gefühlt und sich vorgestellt, daß ihnen dort vielleicht jemand etwas sagen würde. Alan, als Angestellter im Informationsbüro, würde wissen, was vor sich ging. Immer und immer wieder wurde er darum gebeten, das Gerücht zu dementieren, daß mechanisierte deutsche Truppen nahezu unbehelligt mitten durch Griechenland fuhren. Es konnte doch nicht wahr sein. Jeder wußte, daß die Einnahme Salonikis nicht zu vermeiden gewesen war. Der Hafen im Norden lag zu nahe an der Grenze. Er konnte nicht gehalten werden. Aber dieses Gerede, daß die Briten sich auf dem Rückzug befänden! Britischer Widerstand war doch nicht so leicht zu brechen. Diese Geschichten mußten doch das Werk von Mitgliedern der Fünften Kolonne sein?

Alan hörte ihnen mit düsterem Mitgefühl zu und bestätigte, daß Mitglieder der Fünften Kolonne außerordentlich aktiv waren. Es war richtig, daß sich die Briten aus der Florina-Senke zurückgezogen hatten, aber das war, sehr wahrscheinlich, Teil einer Strategie. Er war nicht der Meinung, daß jemand übertrieben besorgt sein müßte. Die Briten waren noch nicht geschlagen.

Die Menschen nahmen seinen Trost an, denn sie erkannten, daß er sein Bestes versuchte, im Grunde aber nicht mehr wußte als sie selbst. Sie dankten ihm, schauten ihn fröhlich an und gingen weiter, um andere Informanten zu suchen.

Plugget, ein Mann mit einem fleckigen Gesicht, einem borstigen Schnurrbart und dem forschen Gekläff eines Terriers, spielte seine Rolle nicht so gut. Die Pringles hatten ihn noch niemals zuvor gesehen. Er arbeitete für eine englische Firma, hatte aber eine Griechin geheiratet und war nun hauptsächlich mit Griechen zusammen. Doch jetzt war er, wie alle anderen, auf die Straße gekommen, um etwas Neues zu erfahren. Unwirsch wies er Alans Beruhigungsversuche zurück.

»Glaub das nicht«, sagte er. »Es sieht schlecht aus, und ich glaube, die Lage ist noch schlimmer als schlimm. Mir gefällt das überhaupt nicht. Was soll aus uns allen werden? Und wofür sind unsere Jungs eigentlich hierhergekommen? Ziehen sich zurück, ohne einen Schuß abgefeuert zu haben. Was soll das Ganze? Sie haben nur Schwierigkeiten verursacht, und jetzt werden sie abhauen und uns in dem ganzen Schlamassel alleine zurücklassen. Keinen einzigen Schuß abgefeuert! Überall in der Stadt spricht man davon«, insistierte er, während seine Frau neben ihm stand und aussah, als würde sie sich für ihn schämen.

»Wenn man überall in der Stadt davon spricht, dann ist das das Werk der Fünften Kolonne«, sagte Alan.

»Sie machen sich selbst was vor, Frewen. So viele Mitglieder der Fünften Kolonne gibt es ja auch wieder nicht. Die Lage ist verdammt ernst. Wir haben einen Jungen im Krankenhaus besucht, einen Verwandten meiner Frau. Er war gerade von einem Felddepot heruntergeschickt worden. Er sagte, dort oben herrscht das reine Chaos.«

Inzwischen selbst des Trostes bedürftig, konnten Alan und die Pringles endlich zum Zonar's weiterziehen. Tandy, der ins Innere gegangen war, saß mit Yakimov und Ben Phipps zusammen, nicht weit von einer Gruppe englischer Damen entfernt, zu der Mrs. Brett und Miß Jay gehörten. Als sie Alan erblickte, sprang Mrs. Brett auf, eilte zu ihm hin und rief dabei: »Was gibt es Neues? Es heißt, unsere Jungs wären auf der Flucht. Du kannst mir die Wahrheit sagen. Ich bin Engländerin. Ich werde es mit Fassung tragen.«

Alan schaute mit einer Miene unendlichen Mitleids auf sie hinab und ließ sie immer und immer wiederholen: »Ich bin nicht aufgeregt. Nein, ich bin nicht aufgeregt. Wenn wir in der Patsche sitzen, dann rede nicht drum herum und sag es mir.«

Als sie ihm endlich eine Chancc gab, sagte Alan langsam und bestimmt: »Es ist ein absolut geordneter Rückzug: ein Stück Strategie. Sie haben beschlossen, die Olymp-Front zu verstärken.«

Mrs. Brett stieß einen Schrei der Verzückung aus: »Ich hab's gewußt, daß es so etwas ist. Ich habe jedem gesagt, daß es so etwas ist. Und wir können uns auf die Olymp-Front verlassen, nicht wahr? Dort sind auch die Australier.« Sie kehrte zu ihren Freundinnen zurück und rief: »Ich habe es euch gesagt... kein Grund zur Aufregung...« Doch ihr Verhalten war zu selbstsicher, zu sehr das, was man von einer Engländerin erwarten würde, die eine Katastrophe auf sich zukommen sieht.

Ben Phipps beobachtete sie mit grimmigem Wohlgefallen, und als sich Alan niedersetzte, fragte er: »Hast du irgendeine Begründung für diese Behauptung?«

»Wir müssen hoffen, solange wir können.«

»Also nichts Definitives?«

»Nichts. Und hast du was Neues?«

»Überhaupt nichts. Und wahrscheinlich wird es auch nichts geben. Sie könnten uns im Finstern tappen lassen, bis die Deutschen einmarschieren. So war es auch in Saloniki. Dort gab es ein ganzes Lager voller Polen: Keiner hat ihnen etwas gesagt, keiner hat etwas wegen ihnen unternommen. Einige Engländer türmten noch in letzter Minute, aber sie wurden nicht gewarnt. Es könnte auch hier passieren.«

»Das bezweifle ich«, sagte Alan, doch sie alle wurden von der Furcht beherrscht, daß sie unvorbereitet überrascht würden. Ihr Instinkt sagte ihnen, daß sie zusammenbleiben mußten. Wenn einer etwas erfuhr, würde es auch der Rest erfahren. Wenn sie überrascht werden würden, würden sie nicht alleine sein. Sogar Guy ließ sich von seinem Drang abbringen, sich Ablenkung zu verschaffen, und blieb bei den anderen, da er wußte, daß es nichts für ihn zu tun gab, außer zu warten.

Obwohl außer Yakimov niemand mehr irgendwelche ausgefallene Vorstellungen bezüglich Tandy hegte, so bildete er doch den Kristallisationspunkt der Gruppe. Zumindest hatte er Erfahrung im Fliehen und Entkommen. Selbst Phipps gab zu, daß Tandy wußte, wo es langging. Falls es jemandem gelingen würde zu fliehen, dann würde er es sein; und die anderen könnten vielleicht mit ihm fliehen.

Nicht einmal eine Woche, nachdem Charles abgefahren war, sah Harriet die ersten englischen Soldaten nach Athen zurückkehren. Es kamen zwei Lastwagenladungen an. Die LKWs hielten vor einem requirierten Hotel an, doch die Soldaten machten keinen Versuch auszusteigen.

Sie ging zu ihnen hin, da sie dachte, falls es Neuigkeiten gäbe, würden sie etwas wissen. Die Ladeklappe des ersten Lasters war unten, und sie konnte die Soldaten liegen sehen, einige auf dem Boden, einige gegen Gepäck gelehnt, und einen, der den Kopf hängen ließ und dessen Hände zwischen den Knien baumelten. Sie sahen benommen aus. Als sie sie fragte: »Woher kommt ihr? Gibt es etwas Neues?«, gab ihr niemand eine Antwort.

Zwei von ihnen trugen schmutzige Verbände um die Köpfe. Geraume Zeit, nachdem sie gefragt hatte, hob einer von ihnen den Blick und sah durch sie hindurch, worauf sie einen Schritt zurückwich. Sie fühlte sich zurückgewiesen. Sie waren erschöpft, aber es war nicht nur das. Ein Geruch von Niederlage ging von ihnen aus, ähnlich dem Geruch von Fäulnis. Die Hoffnungslosigkeit der Soldaten brachte sie fast zum Weinen.

Menschen auf dem Bürgersteig blieben stehen und starrten die Männer voller Entsetzen an. Es war doch noch nicht lange her gewesen, als die britischen Truppen singend und lachend aus Athen hinausfuhren und die Blumen auffingen, die ihnen die Mädchen zuwarfen. Jetzt waren sie wieder zurück und so voller kalter Verzweiflung, daß sie von der Aura des Todes umgeben waren wie ein Eisberg von gefrorenem Dunst.

Ein Offizier kam aus dem Hotel heraus, und ein ältlicher Geschäftsmann, der auf dem Bürgersteig stand, sagte zu ihm auf englisch: »Man sagt uns nichts. Wir wollen wissen, was vor sich geht.«

»Da sind Sie nicht die einzigen«, sagte der Offizier, und während er zum LKW ging, rief er den Männern zu: »Bewegung, dort oben!«

Die Soldaten erhoben sich und ließen sich vom LKW heruntergleiten wie alte Männer. Als sie den Gehsteig überquerten, legte jemand einem Verwundeten die Hand auf den Arm. Er schüttelte sie ab, nicht ungeduldig zwar, aber so, als ob das Gewicht einer Hand mehr sei, als er aushalten konnte.

Nachdem sie alle hineingegangen waren, blieb Harriet noch stehen, nicht sicher, in welche Richtung sie ursprünglich gegangen war. Sie hatte Guy in einer Buchhandlung am Syntagmaplatz zurückgelassen, weil sie sich in den Apotheken nach Aspirin umschauen wollte, doch das Aspirin war vergessen, und sie hastete zum Platz zurück. Sie hatte den Beweis für die Katastrophe gesehen. Als Guy sie sah, war er entsetzt. Zuerst konnte sie überhaupt nicht sprechen, dann versuchte sie zu beschreiben, was sie gesehen hatte, erstickte dann aber an ihren eigenen Worten und konnte nur noch schluchzen. Er breitete die Arme aus und umarmte sie. Die Wärme seines Körpers, die Erinnerung an seinen Mut, als die Villa durch das Geschützfeuer erschüttert wurde, ihre eigene Not und das Wissen, daß er sie brauchte: all dies überwältigte sie, und sie hielt ihn fest und sagte: »Ich liebe dich.«

»Ich weiß«, antwortete er leichthin, genau wie damals, als sie es ihm zum ersten Mal im Zug nach Bukarest gesagt hatte. Sie wurde plötzlich zornig, riß sich von ihm los und sagte: »Nein, das weißt du eben nicht. Du weißt es nicht; du weißt überhaupt nichts.«

Er hielt ihre Hand noch immer und schüttelte sie jetzt tadelnd. »Ich weiß mehr, als du denkst«, sagte er.

»Nun, vielleicht.« Sie rieb sich die Augen, wie ein Kind, dem man für die kaputtgegangene Puppe eine neue verspricht, und das nicht genau weiß, was ihm mehr bedeutet, der Verlust oder die Hoffnung auf Entschädigung.

»Komm, du brauchst einen Drink«, sagte Guy, zog ihre Hand durch seinen Arm und führte sie aus dem Laden.

Während des Tages kamen noch mehr LKWs an, kleine Konvois, die Soldaten mitbrachten, die vor Müdigkeit völlig abgestumpft waren. Zuerst standen die Menschen verblüfft auf den Straßen umher, dann wurde ihnen bewußt, daß die Gerüchte wahr waren. Diese geschlagenen Männer konnten nur das eine bedeuten: Die Schlacht war verloren. Die Engländer befanden sich auf dem Rückzug. Und doch blieben die Leute da und standen weiter herum, erwarteten offensichtlich irgendeine Erklärung. Es würde bestimmt eine offizielle Verlautbarung geben. Ihre Ängste würden sich als unberechtigt herausstellen. Der Tag ging vorüber, und eine Verlautbarung gab es nicht. Die Athener konnten nicht länger in Unwissenheit gehalten werden. Die Katastrophe rollte auf sie zu. Sie hatten es mit eigenen Augen gesehen.

Am frühen Abend verspürte Alan Frewen den Zwang, einer Stadt, die von der Wirklichkeit wie betäubt war, zu entfliehen, und sagte deshalb, daß er mit seinem Hund spazieren gehen müsse. Er schlug vor, daß sie alle mit dem Bus hinunter zum Meer fahren und von dort dann nach Tourkolimano spazieren könnten.

Tagsüber war der Himmel noch regenverhangen gewesen, doch gegen Abend riß auch die Wolkendecke auf, so daß sich ihnen das riesige rote und purpurfarbene Panorama des Sonnenuntergangs präsentierte. Sobald die Farben verblaßt waren, stieg ein grüngrauer, jedoch leuchtender Dunst über dem Meer auf und erinnerte sie an die langen Dämmerungen des Sommers. Alan begann, von den Inseln zu erzählen und von den Sommertagen am Meer, die vor ihnen lagen.

Voller Melancholie und Nostalgie erreichten sie den kleinen Hafen von Tourkolimano, als die Dunkelheit hereinbrach. »Man hat uns das Paradies weggenommen«, sagte Harriet.

»Es wird wiederkommen«, sagte Alan. »Selbst der Krieg kann nicht ewig dauern.«

Ihr Weg führte sie durch von Explosionen verwüstete Straßen, und sie stiegen über zerbrochene Ziegel und Holzbalken. Sie hatten vor, einen Bus auf der Piräusstraße zu nehmen. Als sie zwischen Verdunklungsvorhängen einen Lichtstrahl sahen, machten sie Halt und waren froh, Unterschlupf zu finden. Sie drängten sich in das enge Café, wo es ein paar rustikale Tische gab, auf denen Kerzenstummel brannten. Der Besitzer, der alleine im hinteren Teil des Raumes saß, begrüßte sie mit trauriger Höflichkeit, weshalb es ihnen in der Stille und der Einsamkeit vorkam, als seien sie in die Region der Toten geraten.

In den letzten paar Tagen waren die Männer dazu übergegangen, Limericks und Geschichten zu erzählen und philosophisch über das Leben im allgemeinen zu diskutieren, während sie sich gleichzeitig der wohltuenden Wärme eines milden Rausches hingaben. In einem solch engen Zusammensein schien das Gefühl der Angst zu schwinden, und manchmal war es ganz vergessen. Sie saßen Knie an Knie in dem kleinen Café, ließen sich griechischen Brandy bringen und versuchten, sich an lustige Gedichte oder Anekdoten zu erinnern, die bislang noch nicht aufgesagt oder erzählt worden waren. Harriet sagte zu Yakimov: »Erzähl uns doch diese Geschichte, die du erzählt hast, als wir dich kennenlernten. Die Geschichte von diesem Croquet-Match.«

Yakimov lächelte vor sich hin, dankbar über diese Bitte, der er aber nicht sofort nachkam. Er war wieder pleite und war deshalb, was Drinks anbelangte, von jedem abhängig, der sie spendierte. Er hatte aber nicht den Wunsch, zu seinem alten, anstrengenden Beruf eines Erzählers von allerlei Schwänken und Schnurren zurückzukehren. Seine blassen, schweren Augenlider senkten sich, und er schaute in sein Glas. Da er es leer vorfand, schob er es auf den Tisch und sagte: »Wie wär's mit noch einem Tröpfchen Brandy?«

Guy rief den Besitzer, und der stellte die Brandyflasche gleich neben Yakimov hin, der voller Zufriedenheit seufzte und sagte: »O ja, ja; das Croquet-Match!«

Die Geschichte, die in Bukarest komisch gewirkt hatte, wirkte hier, am dunklen Ende der verlorenen Welt, so komisch, daß es schier unerträglich war. Jedes Mal wenn Yakimov mit seiner dünnen, androgynen Stimme das Wort ›Prügel‹ fallenließ, krümmten sich seine Zuhörer immer hilfloser vor Lachen, bis sie am Ende in ihren Stühlen lagen und vor Lachen schluchzten. Der Besitzer beobachtete sie erstaunt, hatte er doch noch nie zuvor Engländer gesehen, die sich so benahmen.

Als keinem mehr eine Geschichte einfiel, die noch nicht erzählt worden war, saßen sie gedankenverloren im Bewußtsein der Stille der zerstörten Strandpromenade und der kaputten Straßen um sie herum da.

Außer der Gruppe von Engländern hatte sich niemand in das Café verlaufen, weshalb Alan den Besitzer fragte, warum er überhaupt geöffnet hatte. Er erwiderte, daß das Café während des Tages von Hafen- und Dockarbeitern aufgesucht wurde und daß ein paar auch noch nach Einbruch der Dunkelheit hereinkämen. Von ihnen abgesehen, sei die Gegend verlassen und menschenleer.

»Wo sind sie alle hingegangen?«

Der Mann machte eine vielsagende Geste. Viele seien tot, das verstehe sich von selbst; so viele sogar, daß bis jetzt niemand die genaue Zahl wußte. Andere hausten in den Wäldern um Athen.

»Gott schütze uns«, murmelte Tandy. »Wir haben Krieg, und wir haben eine Hungersnot; das nächste wird eine Seuche sein. Wir haben alle die Ruhr, und wenn wir keinen Typhus bekommen, wird es an ein Wunder grenzen.«

Ernüchtert gingen sie in die kalte Nachtluft hinaus und begaben sich im Licht des abnehmenden Mondes zur Bushaltestelle.

Es gab zwar wieder englische Soldaten in den Cafés, doch sie waren nicht mehr so gesellig wie früher. Sie wußten, daß sie nicht mehr lange in Griechenland sein würden, und im Bewußtsein der Verwüstungen, die sie mitverursacht hatten, hielten sie sich lieber von denjenigen fern, die am meisten darunter zu leiden hatten.

Einer von Guys Schülern schrie ihn auf der Straße an: »Warum sind die hergekommen? Wir wollten sie nicht.« Doch man hörte trotz allem wenige Klagen. Die Soldaten waren ja ebenfalls Opfer der Niederlage. Als sie sie in ihren zerrissenen und schmutzigen Kampfanzügen zurückkommen sahen, ermattet durch den langen Rückzug unter Beschuß, warfen die Mädchen ihnen wieder Blumen zu: Blumen des Trostes.

Am Mittwochabend ging Guy zur Schule und fand sie verlassen vor. Harriet hatte ihn begleitet, und auf dem Weg zurück schauten sie in mehrere Bars, in der Hoffnung, jemanden zu treffen, der ihnen etwas Neues erzählen konnte. In einer sahen sie einen britischen Stabsunteroffizier, der alleine an der Theke lümmelte und zur Melodie eines freudlosen Kirchenlieds sang:

»Wenn der Scheißkrieg erst vorbei ist,
oh, wie froh werd' ich dann sein!
Die Uniform fliegt auf den Scheißmist,
in die Zivilklamotten spring' ich rein.
Nie mehr dienen, nie mehr fragen,
ob man Ausgang haben darf...

Er brach ab, als er die Pringles sah, und als Guy ihn zu einem Drink einlud, setzte er sich ordentlich hin und nahm das Benehmen eines normalen Menschen an.

»Ihr seid Engländer?« sagte er, und da er zu höflich war, um sein Erstaunen über ihre Anwesenheit in dieser umzingelten Stadt zum Ausdruck zu bringen, musterte er sie nur vorsichtig von oben bis unten.

Sie begannen sofort, ihn auszufragen. Er schüttelte den Kopf und sagte: »Komische Sache. Sie sagten, es wären Millionen gewesen.«

»Wirklich? Millionen wovon?«

»Deutsche auf Scheißmotorrädern. Die Aussies schossen sie so schnell ab, daß es diese Massenkarambolage gegeben hat, und sie mußten mit Dynamit eine Fahrbahn durch sie hindurch sprengen. Und die ganze Zeit über heulten Stukas und andere Dinger wie Scheißhornissen herum. Hab noch nie zuvor so was gesehen. Wir hatten keine Chance. Von Anfang an nicht die geringste Chance.«

»Wo sind die Deutschen jetzt?« fragte Harriet.

»Irgendwo entlang der Straße.«

»Nicht weit, glauben Sie?«

»Nee. Wenn sie nicht jemand gestoppt hat.«

Guy sagte: »Es heißt, daß die Neuseeländer noch immer den Übergang über den Aliakmon blockieren.«

»Wann habt ihr denn das gehört?«

»Gestern.«

»Ha, gestern!« Der Stabsunteroffizier stöhnte auf; gestern war nicht heute. Als Guy ihm noch einen Drink bestellte, musterte er die Pringles ein weiteres Mal und glaubte, weiterreden zu müssen. »Was macht ihr beide denn hier? Ihr hängt doch nicht etwa hier rum und wartet?«

»Wir hoffen, daß etwas passiert. Das Blatt könnte sich ja noch wenden?«

»Davon weiß ich nichts. Kann ich nicht sagen.«

»Und Sie? Was werden Sie tun?«

»Wir sollen uns zur Brücke aufmachen.«

»Zu welcher Brücke?«

»Im Süden«, sagte der Stabsunteroffizier. »Unser Haufen geht nach Süden.« Dann, als er bemerkte, daß er zuviel redete, kippte er seinen Drink auf einen Schluck hinunter, hob seine Mütze auf, sagte: »Tschüß, bis bald«, und ging.

Der Information zufolge mutmaßten die Pringles, daß die britischen Streitkräfte beabsichtigten, den Peloponnes zu halten. Sie machten sich auf, um ihre Neuigkeiten den anderen an Tandys Tisch zu überbringen; doch Ben Phipps war vor ihnen da, und seine erregte Entrüstung ließ den Stabsunteroffizier vergessen.

»Was glaubt ihr?« fragte sie Phipps. »Ihr werdet es nicht glauben. Ich komme gerade von der Gesandtschaft. Es ist nichts vorbereitet. Rein gar nichts. Nicht die Spur eines Plans. Kein Wort von einem Schiff. Wir sind erledigt. Begreift ihr das? Wir sind erledigt.«

»Wer hat Ihnen das gesagt?« fragte Tandy.

»Die haben es mir persönlich gesagt. Ich sagte: ›Wie sehen die Vorbereitungen für die Evakuierung der englischen Flüchtlinge aus?‹ Worauf sie *ganz ruhig* sagten: ›Es gibt keine

Vorbereitungen.‹ Sie haben sich damit rausgeredet, daß sie nicht gewußt hätten, was geschehen würde. ›Nun, Sie wissen es ja jetzt‹, sagte ich. ›Und die Leute kriegen es langsam mit der Angst zu tun. Es ist zwar noch niemand hysterisch geworden, aber sie wollen wissen, was für sie getan wird. Sie können nicht einfach dasitzen und darauf warten, daß die Deutschen kommen. Was für Pläne habt ihr?‹ fragte ich. ›Keine‹, sagten sie; einfach ›keine‹. Es gibt keine Schiffe.«

Yakimov sagte ganz schockiert: »Mein lieber Junge, es muß doch Schiffe geben.«

»Nein«, widersprach ihm Ben Phipps heftig und schüttelte den Kopf. »Es gibt keine Schiffe.«

»Die Jugoslawen sagen, daß sie fortgehen«, sagte Tandy.

»Oh, ja. Um die Jugoslawen kümmert man sich. Auch um die Polen. Jemand hat etwas für sie arrangiert – fragt mich nicht wer –, doch die blöden Briten stehen blöd da. Ich sagte: ›Könnt ihr uns nicht mit den Jugos und den Polen zusammen auf ein Schiff packen?‹ Und sie sagten: ›Ihre Schiffe sind bereits überfüllt.‹«

Tandy starrte ratlos und nachdenklich auf die Straße hinaus. Nur Ben Phipps hatte überhaupt etwas zu sagen: »Der wohlbekannte, gute alte britische Bockmist. Stimmt's? Ich sagte: ›Begreift ihr denn nicht, daß die Deutschen innerhalb von vierundzwanzig Stunden hier sein könnten?‹ Und was glaubt ihr, haben die geantwortet? Sie sagten: ›Es geschah alles so plötzlich.‹ *Plötzlich!* Natürlich geschah es plötzlich, aber das bedeutet nicht, daß es nicht von Anfang an vorhersehbar gewesen wäre. Wir hätten uns aus der ganzen Chose raushalten sollen. Nicht nur, daß wir glatt versagt haben. Wenn wir uns nicht mit unserer miserablen Ausrüstung eingemischt hätten, wären sie vielleicht so davongekommen. Wir schicken eine Handvoll Männer mit ein paar kaputten Panzern hinauf und sagen dann: ›Wir hatten ja keine Ahnung.‹ Ich bitte euch! Was haben die sich bloß gedacht?«

»Die haben gedacht, wir würden bis Berlin durchmarschieren«, sagte Harriet.

Phipps prustete bitter los: »Kein Weitblick. Keine Vorbereitungen. Keine Pläne. Und jetzt keine Schiffe.« Während er an seinem Daumen herumknabberte, murmelte er durch die Zähne vor sich hin mit dem grimmigen Zorn eines Menschen, der erkennt, daß seine bösartige Kritik an der Obrigkeit immer noch nicht bösartig genug gewesen ist.

Es herrschte lange Zeit Schweigen, bis Guy vorsichtig fragte: »Was gibt's denn inzwischen für Neuigkeiten, wenn es überhaupt welche gibt?«

»Wir haben einen strategischen Rückzug entlang der Aliakmon-Linie zugegeben.«

»Was glaubst du, daß das bedeutet?«

»Nur, daß die Deutschen wie die Teufel die Küstenstraße herunterkommen werden.«

Tandy knurrte und zog seine prächtige Brieftasche heraus. Er legte eine Banknote auf den Tisch, um seinen Anteil an den Getränken zu bezahlen und sagte: »Es hat jetzt nicht mehr viel Sinn, Drachmen aufzuheben. Wenn hier alles zusammenkracht, werden sie auch anderswo nicht mehr viel wert sein. Wie wär's denn, wenn ihr alle zu einem Abschieds-Dinner in mein Hotel kommen würdet?«

»Und ob das was wäre, alter Knabe!« sagte Yakimov, der freudig die Einladung annahm. Er und Tandy standen gleich auf, doch Alan Frewen war noch nicht eingetroffen, und die anderen wollten nicht ohne ihn gehen.

Yakimov brannte darauf fortzukommen und überredete die anderen: »Er wird im Büro sein. Schauen wir auf dem Weg zum Corinthian bei ihm vorbei und nehmen ihn mit.« Sie gingen zum Seiteneingang des Grande Bretagne, aber da sie ihn verschlossen vorfanden, gingen sie weiter ins Corinthian, wo die Flüchtlinge ihre Abreise vorbereiteten. Obwohl die Passagiere der polnischen und jugoslawischen Schiffe – unter ihnen goldbetreßte jugoslawische Offiziere – erst am nächsten Morgen an Bord gehen sollten, ließen sie bereits jetzt ihr schweres Gepäck herunterbringen und griffbereit am Hoteleingang abstellen. Die Gruppe von Engländern bahnte sich einen Weg durch den Tumult. Sie sahen Alan Frewen alleine in einer Ecke sitzen; nur sein Hund lag zu seinen Füßen.

Ben Phipps übertrug seinen Zorn auf Alan und sagte:

»Schaut ihn euch an, den Scheißkerl! Er geht uns aus dem Weg.« Er wollte Guy davon abhalten, sich dem einsamen Mann zu nähern, doch der war bereits unterwegs und schlängelte sich an Stühlen und Tischen vorbei, ganz versessen darauf, Alan aus seiner Einsamkeit zu erretten.

Alan empfand Unbehagen, als er die Freunde sah, denen er so wenig Hoffnung anbieten konnte, doch als ihn Ben Phipps unvermittelt anfuhr: »Begreifst du denn nicht, daß wir hier festsitzen? Begreifst du nicht, daß die nichts tun?«, antwortete er zuversichtlich und besänftigend: »Morgen haben die bestimmt etwas für uns.«

»So, heute nichts, aber morgen etwas! Was denn, zum Beispiel? Wo wollen die denn ein Schiff auftreiben?«

Alan bremste ihn, indem er ruhig und sachlich argumentierte: »Du kennst das Problem genausogut wie ich. Die Explosionen haben alles im Hafen zerstört. Tausende von Bruttoregistertonnen liegen auf dem Grund, weshalb es einen Mangel an Schiffsraum gibt. Dafür kannst du nicht der Gesandtschaft die Schuld geben. Das Hafenviertel wurde ausradiert. Dobson sagt, daß dort unten das absolute Chaos herrscht.«

»Ist Dobson für die Evakuierung verantwortlich, vorausgesetzt, es gibt überhaupt eine?«

»Nein, aber er war drunten in Piräus, um sich umzusehen. Er tut sein Bestes, für alle von euch.«

»Jetzt, wo es fünf vor zwölf ist, rennen sie durch die Gegend. Diese Situation hätten sie schon vor Wochen voraussehen können.«

»Wenn wir sie vorausgesehen hätten, hätten wir ein paar Schiffe gechartert, und die wären dann mit den übrigen untergegangen.«

»Das heißt also: Es wurde nichts getan, und es wird auch nichts getan werden? Ist es so?«

»Gerade jetzt wird eine Menge getan.« Alan warf einen Blick auf Harriets blasses Gesicht, dann wieder auf Phipps und sagte: »Um Gottes willen, nimm doch Vernunft an!«

Tandy hatte dieser Diskussion unentwegt zugehört. Als ginge ihn das alles nichts an, schlenderte er zum Speisesaal hinüber. Yakimov, der es nicht ertragen konnte, ihn aus den Augen zu verlieren, sagte zu Alan: »Komm, alter Junge. Wir sind alle eingeladen. Freund Tandy spendiert uns was.«

Alan nickte, und Yakimov hastete voraus. Obwohl er nicht der Allermutigste war, so hatte er doch mehr Appetit als der Rest von ihnen. Offensichtlich hatte er das Gefühl, daß er, solange er im Windschatten von Tandys großer, üppiger Figur blieb, nichts zu befürchten hatte.

Es wurden irgendwelche geschmorten Innereien serviert, die nach überhaupt nichts schmeckten. Alan schaute auf seinen Teller und stellte ihn dann dem Hund hin.

»Mensch, Junge!« murmelte Yakimov protestierend, doch der Teller war bereits leergeschleckt.

Der zweite Gang bestand aus ein paar Käsewürfeln und trockenem Brot, und Alan überließ seinen Teil Yakimov.

Während er fröhlich seinen Käse kaute, wollte Yakimov von Alan wissen: »Wie geht es denn dem edlen Lord zur Zeit?«

»Keine Ahnung«, sagte Alan. »Er ist schon eine ganze Woche nicht mehr aufgetaucht. Das Büro ist bis auf die Twocurrys leer. Mabel weiß natürlich nicht, was vor sich geht, und Gladys erzählt ihr nichts.«

»Dann hast du also die Leitung? Wie wär's denn, wenn du deinen Yaki wieder auf die Gehaltsliste setzen würdest?«

Alans Miene fiel zusammen, und er zeigte wieder sein eigenartiges, gequältes Lächeln: »Ich schau' mal, was sich machen läßt«, versprach er.

Die Luftschutzsirenen heulten auf, und im Speisesaal wurde es still, während die Gäste angespannt dasaßen und auf den Luftangriff warteten, der Athen zu Staub verwandeln würde. Die Minuten verstrichen, und alles, was man hören konnte, war das ferne, dumpfe Wummern der Geschütze von Piräus.

Alan seufzte und sagte: »Das ist nur ein Aufklärer, der da rumschwirrt.«

»Was hoffen sie denn zu finden?« fragte Tandy.

»Sie denken, wir würden vielleicht Verstärkung schicken. Sie wissen nicht, wie wenig wir haben.«

»Vielleicht schicken wir doch etwas.«

»Wir haben nichts, was wir schicken könnten.«

Sie gingen auf die Terrasse hinauf und warteten auf die Entwarnung. Ein abnehmender Mond schob sich über die Hausdächer und warf ein beklemmendes, schattenhaftes Licht, das die dichte Dunkelheit der Gärten noch akzentuierte. Der Luftangriff hatte die Stadt zum Stillstand gebracht. Niemand bewegte sich auf dem Platz, und außer einer Gruppe von Stadtpolizisten, die schattenhaft zwischen den Schatten standen, war nichts zu sehen.

Tandy verschaffte sich etwas Bewegung. Mit militärischem Schritt marschierte er von einem Ende der Terrasse zum anderen, und Yakimov zockelte neben ihm her. Tandy zündete sich eine seiner türkischen Zigaretten an. Yakimov, der türkische Zigaretten eigentlich haßte, fühlte sich genötigt, es seinem Freund gleich zu tun. So schritten sie also auf und ab und erfüllten die Luft mit einem schweren, türkischen Aroma.

Harriet saß am Geländer und beobachtete sie, wie sie das Ende der Terrasse erreichten, im Gleichschritt kehrtmachten und in ihren langen Mänteln, die hinter ihnen herfegten, wieder auf sie zukamen. Das Bild erinnerte Harriet an andere, weit zurückliegende Kriege, in denen aristokratische Generäle sich an Fronten berieten, die nicht innerhalb eines Tages ausradiert wurden.

Beide Männer waren groß, doch Tandy, der darüber hinaus noch die große Pelzmütze aufhatte, die allein schon in einer Schlacht Schrecken verbreiten würde, sah überlebensgroß aus. Yakimov, dieses zerbrechliche Gespenst, der vor Anstrengung, mit seinem monströsen Begleiter Schritt zu halten, ganz gebeugt ging, tat Harriet leid. Als sie sich ihr näherten, rief sie ihn zu sich. Er blieb stehen. Sie hob den Saum seines Mantels hoch und bewunderte das Futter: »Ein wunderschöner Mantel«, sagte sie. »Der wird ein Leben lang halten.«

»Zwei Leben lang, mein liebes Mädchen, wenn nicht drei. Weißt du, mein alter armer Dad hat ihn getragen, und auch der Zar hatte ihn ein paarmal angezogen, ehe er ihn weitergab. *Hab'* ich dir eigentlich schon erzählt, daß der Zar ihn meinem armen, alten Dad geschenkt hat?«

»Ja, ich glaub' schon.«

»Prachtvoller Mantel.« Yakimov streichelte das Fell, wandte sich dann Tandy zu, der neben ihm stehengeblieben war, und teilte gerne mit ihm die Bewunderung: »Deiner ist auch ein schöner Mantel, alter Junge. Wo hast du ihn her? Aus Budapest?«

»Aserbeidschan«, sagte Tandy.

»Aserbeidschan«, schnaufte Yakimov, und während er seine Zigarette an die Lippen führte, holte er ehrfurchtsvoll Luft.

Ihre Stimmen waren in der geräuschlosen Luft weitergetragen worden, weshalb die Polizisten heraufschauten. Als Yakimov an seiner Zigarette zog, riefen sie einen Befehl, den niemand außer Alan Frewen verstand. Yakimov zog ein weiteres Mal an seiner Zigarette, und der Befehl wurde wiederholt.

Alan erhob sich aus seinem Stuhl und warnte eindringlich: »Sie sagen, ihr sollt die Zigaretten ausmachen«, aber es war zu spät.

Die Polizisten waren bewaffnet. Einer zog einen Revolver und schoß. Tandy duckte sich, und Yakimov sank langsam in sich zusammen. Voller Verblüffung protestierte er flüsternd: »Aber mein lieber Mann!« und fiel zu Boden. Sein Gesicht behielt den Ausdruck seiner Worte. Er sah aus, als wollte er noch etwas sagen, aber als Harriet sich neben ihm hinkniete, hatte er bereits aufgehört zu atmen. Sie öffnete seinen Mantel und legte die Hand auf sein Herz: »Ich glaube, er ist tot«, sagte sie.

Als sie das sagte, wurde Guy, der alles mit angesehen hatte und von den Geschehnissen ganz benommen war, plötzlich von Wut ergriffen, und er ging zum Geländer hin und schrie hinunter: »Ihr mörderischen Schweine! Wißt ihr, was ihr getan habt? Interessiert es euch überhaupt? Ihr blöden Idioten!«

Die Polizisten starrten mit ausdruckslosem Gesicht herauf und verstanden ihn genausowenig, wie Yakimov sie verstanden hatte.

Der Schuß hatte Menschen auf die Terrasse gelockt, unter ihnen auch den Hoteldirektor. Vom Trubel im Innern des Hotels ganz mitgenommen, hatte er weder Zeit noch Mitgefühl für das, was draußen geschehen war. Er betrachtete die Leiche und wies die Herumstehenden an: »Schaffen Sie ihn weg.« Doch da während eines Luftangriffs niemand das Haus verlassen durfte, drehte er sich erbost um und ging wieder hinein.

Harriet zog Yakimovs Mantel über seinen Körper, und ein Kellner bedeckte sein Gesicht mit einer Serviette. Als sie aufstand, fühlte sich Harriet schwindelig. Erschöpft durch die Häufung von Ereignissen, brach sie auf einem Stuhl zusammen. Auf einer fernen Uhr schlug es Mitternacht.

Ben Phipps fragte Alan, wo Yakimov wohnte. Keiner wußte es, doch Alan meinte, es müßte eines der kleinen Hotels am Omoniaplatz sein. Praktisch, wie man im Schock oft ist, sagte er: »Es hat keinen Sinn, ihn dorthin zu bringen; es hat keinen Sinn, ihn überhaupt irgendwohin zu bringen. Wenn sie es erlauben, wäre es das Beste, wir ließen ihn hier. Er muß sofort morgen früh beerdigt werden. Es kann sein, daß wir alle in vierundzwanzig Stunden schon fort sind. Wo ist Tandy? Tandy wohnt im Hotel; er soll mit dem Hoteldirektor reden.«

Aber Tandy war unbemerkt bereits zu Bett gegangen.

»Typisch«, sagte Ben bitter. »Für den Rest von uns bleibt nicht viel Schlaf. Es wird die ganze Nacht dauern, um alles zu regeln. Wann hört bloß dieser verdammte Luftangriff auf?«

Der Hoteldirektor kehrte mit der Polizei zurück. Sein Zorn war verraucht. Sie sprachen mit Alan, machten Gesten, die ihre Gewissensbisse und ihre Unschuld ausdrücken sollten, und erklärten, daß der Mann, der geschossen hatte, das Opfer nur einschüchtern wollte. Yakimovs Tod sei ein Irrtum gewesen. Die Tatsache, daß er Engländer war, machte den Vorfall zwar besonders beklagenswert, doch er war einem zweimal wiederholten Befehl nicht nachgekommen; und in dieser Zeit gab es ja so viele Todesfälle!

Sie betrachteten die Leiche. Sie wollten Yakimovs *Carte d'identité*, seine *Permis de séjour*, seine *Permis de travailler* und seinen Reisepaß sehen. Als alle seine Papiere in den verschiedenen Taschen gefunden worden waren, wurde sein langer, schmaler Körper in den Mantel wie in ein Leichentuch eingewickelt und die Serviette wieder auf seinem Gesicht zurechtgerückt. Einer der Polizisten reichte Yakimovs Reisepaß zurück, salutierte und verbeugte sich leicht. Die Engländer würden nicht weiter belästigt werden. Das Opfer war nun für sein Grab freigegeben.

Der Hotelbesitzer willigte ein, die Leiche über Nacht in einem der Hotelbadezimmer ruhen zu lassen. Die vier Freunde folgten ihr, als sie von der Terrasse weggetragen und auf den Fußboden eines Badezimmers gelegt wurde. Als die Tür hinter ihr zugesperrt wurde, ertönte die Entwarnung. Der Hoteldirektor bekundete sein Beileid, schüttelte jedem die Hand, und dann verließ die Gruppe der Engländer das Hotel. Da er stündlich einen Evakuierungsbefehl erwartete, hatte Alan beschlossen, die Nacht in seinem Büro zu verbringen. Ben Phipps setzte die Pringles auf seinem Weg nach Psychiko an der Akademie ab.

Auf dem Notizblock in der Eingangshalle wartete eine Nachricht auf Guy. Er sollte Lord Pinkrose in Phaleron anrufen, gleichgültig, wie spät es bei seiner Rückkehr war. Harriet stand neben ihm, als er die Nummer wählte. Der Hörer des Telefons in Phaleron wurde sofort abgenommen, und Pinkrose fragte mit erregt kreischender Stimme: »Sind Sie es, Pringle? Die Deutschen sind keine sechs Stunden von Athen entfernt. Sie werden bis morgen hier sein. Wenn Sie klug sind, reisen Sie augenblicklich ab.«

»Aber wie sollen wir denn abreisen?« fragte Guy. »Es gibt doch keine Schiffe.«

»Gehen Sie nach Piräus hinunter. Gehen Sie auf irgendein Schiff, das Sie sehen. *Zwingen* Sie sie, Sie mitzunehmen.«

»Uns wurde befohlen, hier zu warten...«, protestierte Guy, aber Pinkrose hörte schon nicht mehr zu. Er hatte bereits aufgelegt.

»Das sind wohl seine eigenen Pläne?« fragte Harriet. »Glaubst du, er geht nach Piräus und auf das erstbeste Schiff, das er sieht?«

»Weiß der Himmel. Laß uns zusammenpacken und darüber nachdenken.«

Oben lag der Flur im Dunkeln. Nirgendwo schien Licht unter den Schlafzimmertüren hervor. Sie trafen niemanden, den sie befragen konnten. Die Stille war so überwältigend, als habe sich das Gebäude während ihrer Abwesenheit geleert.

Als sie ihre Sachen zusammensuchten, fragte Harriet: »Warum glaubst du, hat er uns auf diese Art gewarnt?«

»Ich nehm' an, er fühlt sich uns gegenüber irgendwie verantwortlich. Er ist ja immerhin mein Chef.«

»Ich wünschte, er hätte sich nicht um uns gekümmert.«

Ihrer beider Unentschlossenheit schmerzte sie. Guy hing über seinen Büchern und sortierte diejenigen aus, die zurückgelassen und eines Tages, wenn der Krieg vorüber war, wieder abgeholt werden konnten. Harriet warf ihre Sachen ungeordnet in einen Koffer, ließ sich dann auf ihr Bett fallen, und während sie mit geschlossenen Augen dalag, hatte sie das Gefühl, in die Dunkelheit der Erde hinabzusinken.

»Also, was machen wir jetzt?«

Sie richtete sich auf und sah ihn mit offenem Hemdkragen und hochgekrempelten Ärmeln in der Mitte des großen, kahlen Fußbodens stehen. Er hielt gerade ein Buch in der Hand, das sie gut kannte; das Buch, das er vor sechs Monaten aus den Trümmern ihrer Wohnung in Bukarest herausgeholt hatte. Er versuchte, unberührt von den Ereignissen zu wirken, doch sein matter Gesichtsausdruck sagte ihr, daß er ebenso müde wie sie war und daß er auch keine Lösungen für die Probleme wußte, die sie bedrückten. Er zeigte dem Leben ein unbeeindrucktes Äußeres, aber sie erkannte, daß er ebenso ratlos war wie sie.

Sie hatten die Fehler und Schwächen des anderen kennengelernt; sie hatten Illusionen und Desillusionierung durchlebt. Es hatte keinen Sinn, nach mehr zu fragen, als der andere geben konnte.

Der Krieg hatte ihr gegenseitiges Verständnis beschleunigt. Obwohl es, wie Guy sagte, eine Vorkriegsehe war, so war es doch eigentlich eine Kriegsehe, und der Krieg war noch nicht zu Ende. Und soweit sie wußten, würde er auch nicht zu ihren Lebzeiten zu Ende gehen. Währenddessen waren sie aber noch am Leben und beisammen, und sie mußten sich ihren Verpflichtungen stellen. Sie hatte sich dazu entschieden, ihr Leben an Guys Seite zu verbringen, und sie würde zu ihrer Entscheidung stehen. Am wichtigsten war, dachte sie, daß sie sich im letzten, entscheidenden Moment nicht im Stich ließen.

Sie fragte: »Was willst du tun?« Er seufzte. Sie streckte ihm die Arme entgegen, und er durchquerte das Zimmer, setzte sich auf die Kante des Bettes und sagte: »Willst du jetzt nach Piräus hinuntergehen? Willst du dich auf ein Schiff drängen, das nicht für uns bestimmt ist? Es gibt hier Hunderte von Engländern, einige davon mit Kindern, und die haben das gleiche Recht zu fahren wie wir. Wenn sich jeder zu den Docks hinunterdrängeln und sich Zugang zu einem Schiff erkämpfen würde, was für die Jugoslawen und Polen bestimmt ist, würde es ein Chaos geben. Wir wollen doch die Dinge für andere nicht noch schlimmer machen. Ich finde, wir sollten unser Glück mit den anderen versuchen. Ich glaube einfach nicht, daß sie uns in der Patsche sitzen lassen werden.«

»Ich auch nicht.«

Sie legte ihre Arme um ihn, und er legte sich neben sie. Zu müde, um sich auszuziehen, schliefen sie fest umschlungen auf dem schmalen Bett.

Am nächsten Morgen saßen wieder alle Bewohner der Akademie um den Frühstückstisch – zwar gedrückter Stimmung, doch kaum gedrückter als normalerweise. Guy sagte: »Letzte Nacht hat uns jemand erzählt, daß die Deutschen nur sechs Stunden von Athen entfernt wären. Er schien anzunehmen, daß sie bis zum Morgen hier sein würden.«

»Bis jetzt sind sie noch nicht da«, sagte Tennant. Er lächelte, doch da er wußte, daß sich die Verhältnisse schon zu weit entwickelt hatten, um noch immer geleugnet zu werden, sagte er bedächtig: »Aber Ihr Informant hatte teilweise recht. Wir haben gehört, daß deutsche Fallschirmjäger über Larissa abgesprungen sind, was aber noch nicht bedeutet, daß sie geradewegs hierherkommen. Erstmal müssen sie an den Thermopylen vorbeikommen, die sich schon für alle Invasoren als kritischer Punkt erwiesen haben. Natürlich sind sie nicht mehr der enge Flaschenhals wie früher. Als die Spartaner den Paß gegen Xerxes hielten, war er an der engsten Stelle nur acht Meter breit. Jetzt... was würden Sie sagen, wie breit ist er jetzt?« Tennant drehte sich um und fragte seine Kollegen.

»Trotzdem, sie sind also in Larissa?« fragte Harriet.

»Das kann schon sein.« Tennant beugte sich zu Harriet hin und schenkte ihr ein überraschend freundliches Lächeln: »Bitte glauben Sie nicht, daß ich vor Ihnen die Wahrheit verbergen würde. Niemand weiß etwas Genaues. In Makedonien sind die Eisenbahnlinien unterbrochen. Die Telefonverbindung mit der Front ist zusammengebrochen. Wir tappen ebenso im dunkeln wie Sie.«

Die Trauergäste hatten vereinbart, sich in Alans Büro zu treffen. Am unteren Ende der Vasilissis Sofias wurden die Pringles von Toby Lush und Dubedat im Delahaye des Majors überholt. Toby winkte ihnen fröhlich zu, und Harriet sagte zu Guy: »Findest du nicht, daß die beiden sich überraschend tapfer verhalten?«

»Was sollen sie denn sonst machen?« fragte Guy.

»Nun, Pinkrose wollte letzte Nacht, daß wir abhauen. Warum sind sie nicht abgehauen?«

»Ich weiß es nicht, aber offensichtlich haben sie es nicht getan. Vielleicht haben sie darüber genauso gedacht wie wir.«

»Vielleicht.«

»Wirklich, so üble Burschen sind sie auch wieder nicht.«

Harriet widersprach nicht. Sie erkannte, daß Guy ohne Glauben in einer unheilträchtigen Epoche aufgewachsen war und deshalb an irgend etwas glauben mußte, weshalb er sich wider alle Vernunft den Glauben an Freundschaft bewahrte. Wenn er vergessen wollte, wie er verraten worden war, dann mußte man es ihn vergessen lassen.

Ben Phipps befand sich bereits in der Nachrichtenredaktion. Er saß in Yakimovs ehemaliger Ecke, während Alan hinter seinem Schreibtisch ins Telefon sprach. Er sagte gerade, als hätte er es schon hundertmal gesagt: »Machen Sie sich keine Sorgen. Sie werden sofort angerufen, sobald eine Transportmöglichkeit verfügbar ist. Ja, ja, es wird bereits etwas in die Wege geleitet, klar.« Er legte den Hörer auf und sagte: »Können sie Pferde, Hunde, Katzen, Fische mitnehmen? Das weiß ich doch nicht! Was macht man, wenn man sein Zuhause und alle von einem abhängigen Lebewesen aufgibt?« Er wischte mit den Händen über das Gesicht, und mit vor Schlafmangel wäßrigen Augen schaute er um sich, als wüßte er kaum, wo er war.

»Dann ist also noch nichts arrangiert worden?« fragte Guy.

»Nein. Noch nicht.«

Ben stand auf: »Was ist mit dem armen, alten Kerl im Badezimmer?«

»Ja, bringen wir's hinter uns«, stimmte ihm Alan zu. Er mühte sich aus seinem Stuhl und wartete, bis Diocletian kratzend und schnüffelnd unter dem Schreibtisch hervorkam. Als sie das Büro verließen, erzählten die Pringles die Geschichte von Pinkroses panischer Aufforderung in der vorausgegangenen Nacht. War Pinkrose selbst eigentlich schon abgereist?

Alan sagte: »Nein, er hat heute morgen angerufen. Er schien nicht übermäßig beunruhigt zu sein.«

»Das ist doch komisch«, sagte Harriet, »daß er nicht stärker beunruhigt ist. Und es ist noch komischer, daß Lush und Dubedat alles so gelassen hinnehmen.«

Guy und Alan sagten dazu nichts, aber Ben Phipps blieb auf dem Bürgersteig stehen, verzog sein Gesicht im Sonnenlicht, betrachtete sein Auto, schwang dann herum und blinzelte Harriet an: »Es *ist* komisch«, sagte er. »Wenn ihr mich fragt, dann ist es verdammt komisch«, worauf er zu seinem Auto hinüberging, einstieg und davonfuhr.

Alan sah ihm erstaunt nach. »Wohin fährt er jetzt?«

Guy sagte: »In sein Büro höchstwahrscheinlich. Der kommt schon wieder zurück.«

»Er muß sich beeilen. Dobson hat den Leichenwagen für zehn Uhr bestellt.«

Sie schlenderten gemächlich zum Corinthian, wo wegen

der abreisenden Polen und Jugoslawen helle Aufregung herrschte. Obwohl die Schiffe erst nachmittags ablegen sollten, brüllten die Passagiere die Gepäckträger an, drangsalierten die Taxifahrer und versuchten, die zu ihrer Rettung eingeleiteten Maßnahmen mit weitaus größerer Hektik und Aufgeregtheit zu beschleunigen, als es die Engländer taten, die möglicherweise überhaupt nicht gerettet werden würden.

Sechs jugoslawische Offiziere kamen mit blitzenden Goldtressen die Eingangsstufen heruntergerannt, warfen ihre Mäntel in ein Taxi, riefen: »Beeilung, Beeilung!«, sprangen in das Fahrzeug und waren auch schon weg.

Auf dem Gehsteig standen einige Griechen, sahen zu, schwiegen, und ihre schwarzen Augen waren starr, aufmerksam und voller Niedergeschlagenheit.

Tandy, der normalerweise sein Frühstück im Freien einnahm, befand sich nicht unter denen, die an den Cafétischen saßen. Guy bot sich an, ihn zu suchen, und Alan sagte: »Er soll sich beeilen. Es ist schon fast zehn.«

Alan und Harriet fühlten, daß es sich kaum lohnte, Platz zu nehmen. Sie standen immer noch zwischen den Tischen umher, als Guy zurückkehrte. Er war alleine.

»Na und, kommt er?« fragte Alan.

Guy machte eine Handbewegung zum nächsten Tisch hin. Harriet und Alan setzten sich, verwirrt durch Guys Miene. Es dauerte einige Augenblicke, bevor er soweit war, daß er ihnen mitteilen konnte, was er wußte. Schließlich sagte er: »Tandy ist fort.«

»Wohin?«

»Nach Piräus. Er ist schon in aller Frühe weggegangen. Anscheinend kam er gegen sieben nach unten, verlangte seine Rechnung, ließ sein Gepäck herunterbringen und bestellte ein Taxi. Gegenüber einem Angestellten erwähnte er, daß er auf die *Varsavia* gehen wollte.«

Harriet sah Alan an: »Würden sie ihn an Bord lassen?«

»Vielleicht; ein einzelner Mann ohne Anhang. Und vorsichtshalber ist er in aller Frühe weggegangen, nicht wahr?« Alan lachte: »Er wollte uns nicht am Hals haben.«

»Das hat er vergessen.« Guy öffnete seine Hand, zeigte ihnen die Rechnung für Tandys Abschiedsessen und sagte entschuldigend: »Leider habe ich nicht genug gehabt, um sie vollständig zu bezahlen. Ich habe deshalb die Hälfte bezahlt, und ich dachte...«

Alan nickte und nahm die Rechnung: »Ich bezahle den Rest.«

Tandys Flucht ließ sie verstummen. Sie vermißten nicht nur seine Gesellschaft, sondern waren auf absurde Weise von der abergläubischen Furcht befallen, daß sie ohne ihn verloren waren. Wortlos warteten sie darauf, daß der Leichenwagen kam und Ben Phipps zurückkehrte.

Eine Stunde verging, ohne daß sich der eine oder der andere zeigte, und Harriet sagte: »Vielleicht ist Ben Phipps auf die *Varsavia*.«

Alan und Guy waren schockiert über ihr Mißtrauen einem Freund gegenüber. Als Guy sagte: »Ich bin mir absolut sicher, daß er das nicht getan hat«, brummte Alan zustimmend, und Harriet schwieg noch lange.

Mehrere ihrer Bekannten blieben im Vorübergehen bei ihnen stehen und berichteten die unterschiedlichsten Dinge: daß die Deutschen bei den Thermopylen aufgehalten werden würden; daß man sie überhaupt nicht aufhalten könne und daß sie geradewegs auf Athen zumarschierten. Wie üblich wußte niemand etwas Genaues.

Vourakis, mit einem Einkaufskorb in der Hand, blieb stehen und sagte: »Der alliierte Widerstand beschränkt sich auf einen kleinen Frontabschnitt von den Thermopylen bis Amfissa.«

»Trotzdem ein wichtiger Frontabschnitt«, sagte Alan. »Den könnten wir wochenlang halten.«

»Das könntet ihr, aber ihr werdet es nicht. Sie werden euch sagen: ›Zieht euch zurück. Rettet euch, wenn ihr könnt. Wir wollen euch nicht länger hierhaben.‹ Das ist alles, was wir zum jetzigen Zeitpunkt unseren Alliierten sagen können.« Vourakis spreizte die Finger und zog in einer Geste der Verzweiflung die Schultern zusammen. »Das ist das Ende«, sagte er.

Die anderen blieben stumm, da sie nicht wußten, was sie sagen sollten.

»Ich habe gehört – weiß allerdings nicht, inwieweit es der Wahrheit entspricht –, daß einige Mitglieder der Regierung eine sofortige Kapitulation wünschen. Das allein, so sagen sie, könne unserer Stadt das Schicksal Belgrads ersparen.«

»Vermutlich Royalisten, oder?« sagte Guy.

»Nein. Überhaupt nicht. Der König selbst ist gegen eine Kapitulation, und er weigert sich, Athen zu verlassen, obwohl viele ihm raten: ›Fliehen Sie, fliehen Sie.‹ Glauben Sie mir, Kyrios Pringle, wir haben tapfere Männer quer durch alle Fraktionen.«

Guy stimmte bereitwillig zu, und Vourakis erhob sich und sagte, seine Frau habe ihn losgeschickt, um alles zu kaufen, was er finden konnte. Wie allgemein bekannt, würden die Deutschen nicht nur die Lebensmittel wegnehmen, sondern auch Medikamente, Kleidung, Haushaltswaren, eben alles und jedes. Aus diesem Grund war jeder unterwegs, um zu kaufen, was es zu kaufen gab.

Er ging weiter. Jetzt war es Mittag, und immer noch kein Leichenwagen und kein Ben Phipps zu sehen.

Alan rief das Bestattungsunternehmen an. Man sagte ihm, daß der Leichenwagen bei der Beerdigung eines Opfers der Luftangriffe gebraucht wurde. Der Bedürfnisse waren viel in diesen Tagen; der Diener wenige. Er kam zurück und sagte: »Der Leichenwagen kommt wie der Tod: Wenn er da ist, ist er da.«

»Ein zutreffendes Gleichnis«, sagte Guy, und da Harriet unruhig wurde, beschloß sie, Blumen kaufen zu gehen.

Für den Fall, daß sie sie suchen würden, sagte sie, sie wolle zu dem Blumengeschäft neben dem Alten Palast, aber kaum war sie an der Ecke, rannte sie durch den Seiteneingang in die Grünanlagen und ging zu den Judasbäumen. Wie Alan vorausgesagt hatte, hatten die Bäume zu Ostern geblüht. Sie stand eine volle Minute lang da und nahm das Bild der Rosetten aus blauroten Blüten, die das blattlose Holz bedeckten, in sich auf. Sie verschlang sie richtiggehend mit ihren Blicken, wie jemand, der durch ein hell erleuchtetes Fenster auf ein

Festmahl starrt, und dann rannte sie zurück zu dem Laden und kaufte Nelken für Yakimov.

In einer Stadt, in der das Leben zusehends verebbte und schon kurz vor dem Stillstand war, gab es nichts mehr zu tun, und so saßen die drei da und sahen zu, wie sich die Sonne allmählich vom Platz wegbewegte. Es war später Nachmittag, als Leichenwagen und Kutsche vor dem Hotel vorfuhren.

»Sie erweisen ihm große Ehre«, sagte Guy.

Vier schwarze Pferde mit silbernem Geschirr und Schweifen, die bis auf den Boden reichten, zogen einen schwarzen Leichenwagen aus verziertem Holz und mit graviertem Glas, der von trauernden, schwarzen Cherubim bewacht wurde, die schwarze Kerzen und schwarze Straußenfedern hochhielten. Diese Prachtentfaltung gefiel zwar den Trauernden, nicht aber der Hoteldirektion. Das Gefährt war kaum vorgefahren, als auch schon ein Portier die Stufen herabgestürzt kam, um es zum Hintereingang zu dirigieren.

Während Alan und die Pringles in der Küchentür standen, kam Dobson in einem Taxi an und stellte sich zu ihnen. Die Männer vom Bestattungsunternehmen hatten den billigen Sarg hinauf ins Bad getragen, und die am Leben Gebliebenen hörten das Schimpfen der Männer und das Kratzen des Holzes, als er durch das graue und schmutzige Betontreppenhaus manövriert wurde.

Dobson zog schnüffelnd den Geruch des Bratfetts ein, fuhr sich traurig mit der Hand über sein gelichtetes Haar und sagte: »Das ist schon wirklich sehr schlimm.«

»Es könnte schlimmer sein«, sagte Guy. »Tschechow starb auch in einem Hotel und wurde in einem Wäschekorb rausgeschmuggelt.«

Der Sarg schob sich ins Blickfeld und erreichte den Korridor, wo ihn die Träger auf den Boden stellten und den Deckel hoben, so daß jeder sehen konnte, daß Yakimov und seine Habe unangetastet waren.

»Wir haben vergessen, ihm die Augen zu schließen«, sagte Harriet betrübt, und als sie ein letztes Mal hineinsah, bemerkte sie, daß sie ihren Glanz verloren hatten. Trotz seiner Habgier, seiner Undankbarkeit, seiner langen Latte unbezahlter Schulden, sah er tadellos aus, und sie stellte fest, daß ihr der tote, in den alten Mantel des Zaren gehüllte Yakimov viel näher war als der lebende. Er war widerwillig gestorben, doch war es ein sanfter Widerwille gewesen, und der Blick, der den ihren traf, war mild, leicht verblüfft, aber resigniert gegenüber dem unglücklichen Zufall, der ihn das Leben gekostet hatte. Ihre Augen füllten sich mit Tränen. Sie wandte sich ab, um sie zu verbergen. Der Sarg war wieder geschlossen, die Nelken waren obenauf gelegt worden, und der Trauerzug setzte sich in Bewegung.

Dobson hatte den englischen *popa*, Pater Harvey, gebeten, den Gottesdienst zu halten. »Eigentlich müßte Yaki orthodox gewesen sein«, sagte er.

»Aber doch bestimmt russisch-orthodox?« sagte Alan.

»Seine Mutter war Irin«, sagte Harriet. »Das heißt, er könnte auch katholisch gewesen sein.«

»Na schön«, sagte Dobson. »Harvey ist ein netter Bursche und wird es ihm nicht zum Vorwurf machen.«

Sie fuhren in gemessenem Schrittempo am Zappion und am Zeustempel vorbei und kamen in ein Viertel, in dem lediglich Alan schon einmal gewesen war. Große Zypressen wuchsen über die Friedhofsmauer in das Blau des Abendhimmels. Pater Harvey war bereits eingetroffen. In die Gewänder eines *popa* gekleidet, mit blondem Bart und blondem Haar, das hinter dem Schleier, der von seiner *popa*-Kopfbedeckung herabhing, zusammengeknotet war, führte er den Trauerzug durch das Tor in die Stille des Friedhofs.

Es hatte sich niemand gefunden, der eine Grabstelle für Yakimov gekauft hätte. Die Gesandtschaft bezahlte die Beerdigung, aber der Sarg würde nur vorübergehend in der Erde ruhen. Alan erwähnte, wie er einmal die Überreste eines Freundes identifizieren mußte, der während eines Urlaubs in Athen gestorben war.

»Was gab es da noch zu identifizieren?« fragte Dobson.

»Herzlich wenig. Ein toter Körper zerfällt schnell in der trockenen Sommerhitze. Bald ist da nichts mehr übrig außer Staub, pulverisierten Knochen und Stoffetzen. Sie tun alles in eine Kiste und stellen sie ins Beinhaus. Das wäre mir auch lieber. Ich will nicht jahrelang rumliegen und vermodern. Und bedenkt die Platzersparnis!«

»Es wird keinen geben, der Yakimov identifizieren kann«, sagte Harriet.

Alan stimmte traurig zu.

Es würde keinen mehr geben, der ihn zu Lebzeiten gekannt hatte oder der sich daran erinnerte, daß die Stoffetzen zwischen den langen, zerbrechlichen Knochen ein zobelgefütterter Mantel gewesen war, der einst von dem zum Untergang verurteilten, unglückseligen Zar aller Reußen getragen wurde.

Sie schritten zwischen Bäumen und Büschen hindurch und kamen zu kleinen Gräbergemeinden, die wie ein Treffen von Freunden wirkten, die so lange in Schweigen verfielen, bis die Eindringlinge vorbeigegangen waren. Als die Zeremonie vorüber war, blieb Harriet hinter der Trauergemeinde zurück, ging lautlos auf den Grasstreifen dahin und verweilte bei den Grabmälern und Fotografien der Toten, um sie zu betrachten. Sie wollte diese weltabgeschiedene Sicherheit nicht verlassen, wo das ockergoldene Licht der späten Sonne durch die Zypressen fiel und die Blätter vergoldete.

Das satte Grün der Friedhofseingrenzung schloß sie von der Außenwelt ab und vermittelte ihr ein Gefühl der Sicherheit. Als die Stimmen der Männer nicht mehr zu hören waren, überkam sie eine samtene Ruhe, und sie konnte sich vorstellen, wie sie selbst tot und körperlos war, in einer Region, wo ihr die Schrecken der Gegenwart nicht mehr anhaben konnten als die der Vergangenheit. Sie verließ den Weg zum Tor und wollte nicht hinaus.

Guy rief nach ihr. Sie blieb neben einem steinernen Knaben stehen, der auf einem Stuhl saß. Guy rief erneut nach ihr und zerstörte die Stimmung innigen Friedens, und sie spürten, wie sich ihr Bewußtsein verkrampfte und sich wieder auf die tödlichen und sinnlosen Gefahren der Welt da draußen einstellte.

Guy kam zwischen den Bäumen herbei und schimpfte: »Darling, jetzt komm doch endlich. Dobson muß zurück zur Gesandtschaft. Dort gibt's jede Menge Arbeit.«

Auf der Rückfahrt erkundigte sich Harriet nach der Arbeit in der Gesandtschaft.

»Oh!« Dobson schnaufte vor Belustigung über die lachhaften Wechselfälle des Lebens. »Wir verbrennen Papiere. Wir sortieren aus, was sich in Jahrhunderten angesammelt hat. All die wichtigen Top-Secret-Dokumente, die von all den wichtigen Top-Secret-Figuren der Geschichte verfaßt wurden, werden im Garten der Gesandtschaft auf einen Haufen geschmissen und angezündet.«

Alan wollte mit ihm zurückfahren, um bei dieser Aufgabe behilflich zu sein, und die Pringles, die im Stadtzentrum abgesetzt wurden, waren plötzlich alleine mit sich selbst.

Guy war sich sicher, daß Ben Phipps im Corinthian auf sie warten würde, aber von ihm war nichts zu sehen.

»Versuchen wir's im Zonar's.«

Sie gingen eiligen Schrittes in der absonderlichen Hoffnung, daß Tandy vielleicht doch dort sein könnte. Aber er war nicht dort. Und Ben Phipps war auch nicht dort. Der Tisch war leer. Fassungslos und freudlos standen sie da und starrten ihn an. Was sie am meisten vermißten, war Tandys Willkommen. Er hatte sie gemocht, aber er hatte alle gemocht, auf eine allgemeine Art, so wie manche Menschen Hunde mögen, und er hätte sich mit dem Hinweis entschuldigt: »Sie sind nett.« Er war nur zehn Tage lang in Athen gewesen und in dieser Zeit zu einer festen Einrichtung geworden. Jetzt, wo er fort war, war es, als sei ein vertrauter Baum gefällt worden, als sei ein Wahrzeichen verschwunden.

Ohne ihn verspürten sie kein Bedürfnis, sich zu setzen. Während sie an der Ecke der Universitätsstraße standen, kamen einige englische Soldaten und stellten ein Maschinengewehr auf.

»Was, um Himmels willen, ist denn los?« fragte Guy.

»Kriegsrecht«, sagte der Sergeant. »Wenn ich Sie wäre, würde ich von der Straße verschwinden. Es gibt die Meldung, daß die Fünfte Kolonne alle Briten kaltmachen will.«

»Das glaube ich nicht.«

Der Sergeant lachte: »Um die Wahrheit zu sagen: ich auch nicht.«

Die Griechen auf den Kaffeehausstühlen sahen teilnahmslos zu, wie das MG in Stellung gebracht wurde, völlig resigniert und apathisch gegenüber allem, was in einer Stadt geschah, die außer Kontrolle geriet.

Sie standen da, hatten nichts zu tun, wußten nicht wohin, und Harriet konnte Guys grüblerischer Miene entnehmen, daß er dabei war, sich irgendeine Aufgabe oder Verpflichtung auszudenken, die ihn vor der desolaten Stimmung schützen würde. Da sie Angst davor hatte, alleingelassen zu werden, ergriff sie seinen Arm und sagte: »Bitte, geh' nicht von mir fort.«

»Ich müßte zur Schule«, sagte er. »Ich habe da noch ein paar Bücher zurückgelassen, und vielleicht kommen Schüler, um sich zu verabschieden.«

»In Ordnung. Gehen wir gemeinsam.«

Die Sonne war hinter den Häusern verschwunden, und lange azurblaue Schatten lagen über den Straßen. Die Pringles hatten nun keine Eile mehr und schlenderten zurück zur Stadionstraße, wo an den Straßenecken weitere Maschinengewehre standen. Soldaten mit Gewehren patrouillierten auf den Gehsteigen. Die meisten Geschäfte hatten geschlossen, und einige waren mit Brettern und Latten verbarrikadiert, als Vorsichtsmaßnahme gegen Unruhen und Straßenkämpfe. Abgesehen von den Maschinengewehren, den Soldaten und den verbarrikadierten Geschäften gab es keine sichtbaren Unterbrechungen des Alltags. Es gab keine Gewalttätigkeiten; es gab keine Demonstrationen; es blieb einfach alles im alltäglichen Rhythmus.

Ein Gefühl des Unwirklichen und Traumhaften erfüllte die Stadt. Sogar jetzt kamen Menschen auf die Welt oder verließen sie. Yakimov war gestorben und mußte begraben werden, aber sein Tod war ein Vorkommnis in einer anderen Zeitdimension gewesen. Jetzt war es schier unbegreiflich zu sehen, daß die Straßenbahnen fuhren. Wenn eine von ihnen vorbeirasselte, wurde sie von den Menschen bestaunt, weil sie andere Menschen beförderte, die den Mut hatten, weiterhin zur Arbeit zu gehen. Alle anderen schienen keinen Arbeitsplatz, keine Beschäftigung oder kein Interesse zu haben.

Sie hatten nichts zu tun. Es gab auch nichts zu tun. Sie waren aus ihren Häusern getreten und standen jetzt herum, gleichgültig und stumm und leer vor Schmerz und Trauer.

Vor dem Omoniaplatz wurde Harriets Aufmerksamkeit von einem Schuh erregt, der in einem leeren Schaufenster stand: ein einzelner Schuh aus smaragdgrüner Seide mit einem hohen, brillantbesetzten Absatz. Sie lugte in das düstere Innere des Geschäfts und sah, daß es nichts weiter zu sehen gab. Schränke standen offen; Schubladen waren herausgezogen; Papiere und Schachteln waren in die Ecken geworfen worden. Der einzig übriggebliebene Gegenstand war der Schuh mit dem funkelnden Absatz.

Auf dem Platz sahen sie Vourakis wieder, der immer noch seinen Einkaufskorb trug, obgleich es nichts mehr zu kaufen gab. Ein paar Geschäfte waren noch geöffnet, aber ihre Besitzer sahen geistesabwesend hinaus, wohl wissend, daß die gewohnte Routine des Kaufens und Verkaufens genauso zu Ende war wie alles andere.

Vourakis war müde. Seine Augenlider waren rot, und sein dunkles, schmales Gesicht war eingefallen, als sei er in den letzten paar Stunden zum Greis geworden. Er hatte nur einoder zweimal mit Guy gesprochen, aber jetzt ergriff er ihn am Arm, hielt ihn fest und sagte: »Ihr solltet weggehen. Ihr solltet euch in Sicherheit bringen, solange noch Zeit dazu ist.«

»Sie finden kein Schiff für uns«, sagte Guy.

Vourakis schüttelte den Kopf vor Mitgefühl. »Setzen wir uns ein bißchen hin«, sagte er und führte sie zu einem Café, das streng nach Anis roch. Das einzige, was es gab, war Ouzo, und während sie ein paar Gläser tranken, erzählte ihnen Vourakis Geschichten von Widerstand und Heldentaten, die er von den Verwundeten gehört hatte, die jetzt zu Tausenden aus den Feldlazaretten zurückkamen. Sogar jetzt noch, sagte er, wo schon alles verloren war, gab es noch griechischen Widerstand und Unbeugsamkeit bis in den Tod.

Diese Geschichten von Heldentum mitten in der Niederlage erfüllten Guy und Harriet mit abgrundtiefer Traurigkeit; und überall um sie herum in dieser eingeschüchterten Stadt verspürten sie die gleiche Traurigkeit.

Jäh erinnerte sich Vourakis daran, daß seine Frau auf ihn wartete. »Falls ihr nicht aus Griechenland raus könnt«, sagte er, »dann kommt ihr zu uns.« Und er schied von ihnen, als seien sie schon seit einer Ewigkeit Freunde.

Als sie weiter zum Omoniaplatz gingen, lag ein aschenfarbenes Dämmerlicht auf den Straßen. Mit fortschreitender Abendstunde schien sich die Stimmung von Verzweiflung zu Furcht zu verändern. Es gab keine öffentlichen Bekanntmachungen. Vourakis hatte gesagt, daß die Telefonverbindungen zur Front zusammengebrochen waren. Soweit irgend jemand in Athen überhaupt etwas wissen konnte, hatte sich die Lage nicht im geringsten verändert; doch als werde der Feind noch in dieser Nacht erwartet, gab es ein Gefühl aufkommender Panik, das weder zu erklären noch zu entkräften war.

Das Schulgebäude war wegen der Karwoche geschlossen worden. Guy hatte erwartet, es leer vorzufinden, aber die Eingangstür war offen, und drinnen transportierten ein halbes Dutzend Schüler Möbel ab, trotz der Proteste des Hausmeisters George. Sie waren von ihrer Tätigkeit erhitzt und umringten Guy und riefen: »Sir, Sir, wir dachten, Sie seien schon fort.«

»Ich bin aber noch nicht fort«, sagte Guy und setzte eine strenge Miene auf.

»Sir, Sir, Sie sollten aber längst fort sein. Morgen werden die Deutschen hier sein. Oder sogar noch eher, Sir.«

»Wir gehen, sobald wir können. Vorher geht's eben nicht. Und was treibt ihr da?«

Die Jungen erklärten, daß sie die Schulmöbel in ihre Häuser bringen wollten, damit sie nicht dem Feind in die Hände fielen. »Dort sind sie sicher. Und wenn Sie wiederkommen, Sir, gehören sie Ihnen. Wir bringen Ihnen alles wieder zurück.«

Oben auf der Treppe erschienen drei weitere Schüler, die einen Aktenschrank trugen. Die Untenstehenden riefen aufgeregt schrille Anweisungen hinauf, und ein kleiner, dunkelhäutiger Junge mit großen Augen und struppigem, schwarzem Haar kam keuchend und mit blitzenden Zähnen zu Guy und schrie: »Zu mir, genau heute, ein Knabe voll Bewunderung sagte: ›Kosta, du bist geborener Geistesblitz.‹«

Guy bestand darauf, daß es für diesen Abend genug sei. »Morgen«, sagte er, »könnt ihr mitnehmen, was ihr wollt, aber jetzt würde ich ganz gerne das aussortieren, was mir gehört.«

Die Schüler schüttelten ihm zum Abschied die Hand und bedauerten lebhaft, daß er das Land verlassen mußte, aber für die jüngeren hatte jeder Wechsel seinen eigenen Reiz, und sie liefen lachend davon. Es war das einzige griechische Lachen, das die Pringles an diesem Tag hörten.

George, der Hausmeister, mit gelocktem, grauem Haar auf seinen gramzerfurchten Wangen, ergriff Guys Hand und sah ihn mit tränenfeuchten Augen an. Guy war tief bewegt, bis er herausfand, daß diese Gefühlsregung nichts mit seinem Fortgang zu tun hatte.

George war Ersatzmann für einen Jüngeren gewesen, der jetzt aus dem Krieg zurückkehren würde. »Was soll nur aus mir werden?« wollte er wissen. »Er wird mich auf die Straße setzen.« Mit George zusammen lebten seine Frau, seine Tochter und deren zwei Kinder im Untergeschoß. Das Schulhaus war ihr Zuhause; sonst hatten sie keinen Zufluchtsort. *Kyrios Diefthyntis* müsse einen Brief schreiben und bestätigen, daß George der rechtmäßige Besitzer des Zimmers im Untergeschoß sei.

Guy wurde durch diesen Appell aus der Fassung gebracht, da der alte Hausmeister gewußt hatte, daß seine Ernennung zeitlich begrenzt war. »Und was ist mit dem jungen Mann, der so tapfer an der Front gekämpft hat?« sagte er.

Der Hausmeister antwortete: »Ich habe auch tapfer gekämpft, vor langer Zeit.«

Guy schlug vor, das Problem Lord Pinkrose zu unterbreiten, woraufhin der alte Mann ein Geheul ausstieß. Jedermann wisse, daß dieser Lord Pinkrose, ein geheimnisvoller und unnahbarer Aristokrat, niemals auch nur in die Nähe der Schule kam. Nein, *Kyrios Diefthyntis* mit seinem weichen Herzen müsse handeln.

In seiner Not sah Guy hilfesuchend zu Harriet hin, aber sie

verweigerte sich. Guy wollte immer nur geben und überließ die weniger angenehme Aufgabe des Neinsagens anderen. Und so beschloß sie, daß er in dem vorliegenden Dilemma einmal selbst der Neinsager sein müsse.

Sie sagte, sie würde auf dem mit Sand bestreuten Schulhof auf ihn warten. Als sie das Gebäude verließ, sah sie griechische Soldaten die Nebenstraße entlanggehen und ging zur Mauer, um sie zu beobachten. Sie kamen gerade vom Bahnhof. Sie hatte die vage Idee, sie zu ihrer Rückkehr zu beglückwünschen, bemerkte aber sofort, daß sie keinerlei Glückwünsche haben wollten. Genau wie die britischen Soldaten, die sie auf den ersten nach Athen zurückkehrenden LKWs gesehen hatte, waren diese schattenhaften Figuren im Dämmerlicht ausgemergelt und geschlagen. Einige gehörten zu den ›gehfähigen Verwundeten‹, von denen erwartet wurde, daß sie sich selbständig zu einem Krankenhaus begaben. Andere hatten ihre Füße in Lumpen gehüllt. Alle, ob verwundet oder nicht, hatten die aschfahle Gesichtsfarbe von Kranken. Sie erweckten den Anschein von Gewichtslosigkeit. Ihr Fleisch war wegen Nahrungsmangels geschwunden, aber das war bei jedem in Griechenland so. Doch diese Soldaten sahen aus, als seien ihre Knochen hohl geworden, wie die Knochen von Vögeln. Ihre Uniformen waren zerfetzt wie Altpapier und waren an den hageren, spitzknochigen Schultern und an den Armen ausgebeult.

Ein Soldat sah, daß sie sie genau betrachtete, und ging quer über die Straße zu ihr hin und sagte: *»Dhos mou psomi.«* Aus der Nähe konnte sie das Desinfektionsmittel auf seiner Kleidung riechen. Sie konnte nur vermuten, daß er Brot wollte. Sie machte die Hände auf, um ihm zu zeigen, daß sie ihm nichts geben konnte. Er ging wortlos weiter.

Als sie die Hauptstraße erreichten, blieben die meisten stehen und sahen sich um. Einige standen verwirrt da, und dann zerstreuten sie sich, einer nach dem anderen, als ob es ihnen gleichgültig sei, in welche Richtung sie gingen.

Nachdem sie alle fortgegangen waren, lehnte Harriet noch immer an der Mauer und starrte in die leere Straße.

Das Bild, das sich die Zivilisten von der kämpfenden

Truppe machten, glich sehr demjenigen der Kriegsplakate, die die Griechen in grimmigen, trotzigen Posen zeigten, wie sie sich gegenseitig anfeuerten, schneebedeckte Felswände hinaufstürmten und den Feind jagten. Jetzt, dachte sie, hatte sie sie mit eigenen Augen gesehen, die Helden von Epirus.

Sie hatte gehört, daß viele Soldaten keine Waffen hatten und, wie reiterlose Pferde in einem Rennen, mehr aus Instinkt ins Gefecht gegangen waren. Halbverhungert, erfroren, verlaust und von der Kälte abgestumpft hatten sie durchgehalten und gelitten, ganz einfach, weil ihre Kameraden durchhielten und litten. Die meisten starben ohne Feindeinwirkung an der Kälte und an ihren Erfrierungen.

Die Männer, die sie gesehen hatte, die Überlebenden, hatten mehr durchgemacht, als man von einem Menschen verlangen konnte. Sie hatten zunächst einen triumphalen Sieg errungen, danach eine ungerechte Niederlage erlitten, und jetzt kamen sie zu Fuß zurück, waren Fremde in ihrer eigenen Stadt und bettelten um Brot.

Als die Pringles zurückgingen, war die Universitätsstraße ungewöhnlich hell erleuchtet. Die Luftangriffe hatten aufgehört – ein unheilverkündendes Omen –, und die Kaffeehausbesitzer, die wußten, daß das Ende kurz bevorstand, hatten sich gar nicht erst die Mühe gemacht zu verdunkeln.

Die Gesichter der Menschen wurden durch die Beleuchtungen der Cafés erhellt, so daß sie sich gegenseitig erkennen konnten, und Guy und Harriet wurden mehrfach von Bekannten angesprochen, die ihnen sagten, daß die Verteidigungspositionen an den Thermopylen zusammenbrachen. Die Deutschen könnten also noch in dieser Nacht hier eintreffen. Was gab es schon, das sie noch aufhalten konnte? Und der Rückzug ging weiter. Die Hauptstraßen waren erfüllt vom Lärm der zurückströmenden Lastwagen. Ab und zu, wenn sie durch einen Lichterschein fuhren, konnte man sehen, daß sie schlammbedeckt wie Bauernkarren und mit Soldaten überfüllt waren, die schliefen oder apathisch auf die Menschenmenge hinabstierten. Auch über den Rückzug selbst gab es Geschichten. Die zurückkehrenden Soldaten erzählten, wie sie sich mitten durch die Verwüstungen eines totalen Zusammenbruchs zurückziehen mußten. Als sie aus Albanien vertrieben wurden, hatten die Griechen nur eine einzige Straße, die sie benutzen konnten. Alle anderen wurden von den Deutschen kontrolliert. Und diese letzte Straße, die westlich des Pindus verlief, war vollgestopft mit Soldaten auf dem Rückzug, Flüchtlingen, allen Arten von Fahrzeugen – kaputten Autos und LKWs, Panzerfahrzeugen ohne Räder, Ochsenkarren, mit denen der Nachschub an die Front gebracht worden war, Maultierkolonnen und Hand- und Kinderwagen der Zivilbevölkerung. Diese ganze dicht zusammengedrängte, chaotische, verzweifelte Masse wurde unaufhörlich von deutschen Flugzeugen bombardiert und mit Maschinengewehren beschossen. Einige der Griechen waren in Albanien abgeschnitten worden, einige Briten in Thessalien. Für die Briten, die jetzt durch Athen kamen, war es das Wichtigste, über den Kanal von Korinth zu kommen, bevor die Brücke von feindlichen Fallschirmjägern besetzt oder gesprengt wurde. Die englischen Zivilisten in Athen begannen, das Vertrauen in ihre Behörden zu verlieren, und sagten einander, daß sie, falls ihnen am nächsten Morgen noch immer kein Evakuierungsschiff in Aussicht gestellt werden könne, wohl besser auf die Militärlaster steigen und mit den Soldaten nach Süden fahren würden, denn die Soldaten hofften, daß die britische Navy sie von Häfen wie Neapolis oder Monemvasia abholen würde. Das permanente Versagen der Verantwortlichen schrie nach Eigeninitiative. Wenn die Behörden sie nicht retten konnten, mußten sie sich eben selbst retten.

Im oberen Flur der Akademie ging die Tür des Waschraums auf, und Pinkrose kam in seinem Kimono mit den orangenfarbenen und gelben Sonnenblumen heraus. Guy rannte ihm nach und versuchte, ihn anzusprechen, aber Pinkrose ging schneller. Guy rief: »Lord Pinkrose«, aber Pinkrose riß hastig seine Zimmertür auf, trat hinein und knallte die Tür wieder zu.

Alan Frewen war eine zweite Nacht im Büro geblieben. Von Ben Phipps war nach wie vor nichts zu sehen oder zu hören. Es gab keine Nachricht über ein Schiff für die Engländer, und es gab auch sonst keine Nachrichten über irgend etwas.

Im Morgengrauen wurde Harriet von einem Geräusch geweckt. Sie sprang aus dem Bett und ging zum Fenster. Der Delahaye des Majors stand in der Auffahrt, und Toby Lush verstaute Gepäckstücke auf dem Rücksitz.

Guy schlief fest, das Gesicht ins Kopfkissen gepreßt, Schulter und Arm wie ein Flügel über dem Ohr. In diesem kalten Licht sah er hilf- und schutzlos aus.

Harriet wußte, daß sie nicht wieder einschlafen würde. Sie zog ihren Morgenmantel an und ging wieder ans Fenster, um zu beobachten, was dort draußen vor sich ging. Toby war hineingegangen und kam gerade mit den Seesäcken wieder zurück, in denen Pinkrose seine Bücher transportierte. Pinkrose folgte mit seinen Bettdecken. Keiner der beiden sagte etwas. Obwohl er aufgeregt zu sein schien, schwieg Pinkrose und bewegte sich mit einer konzentrierten Umsicht, die Harriet an Ben Phipps erinnerte, wie er in *Maria Marten* sein Opfer begrub. Das Verhalten beider Männer signalisierte, daß sie eine geheime Operation durchführten. Sie hätte vermutet, daß sie sich aus dem Staub machten, wenn es einen Ort gegeben hätte, zu dem man hinfahren konnte, oder ein Schiff, das man hätte besteigen können. Daher verwarf sie ihren Verdacht als Streßsymptom. Pinkrose und Toby hatten keine größere Chance wegzukommen als die Pringles, doch als der Wagen abfuhr, kam sie sich verlassen vor. Die Pläne, an denen sie sich letzte Nacht noch aufgerichtet hatten, hatten ihre Faszination verloren. Es war vielleicht schon zu spät.

Dunst stieg aus dem Garten auf. Weniger als zwei Monate waren vergangen, seit sie beobachtet hatte, wie Charles zwischen den Limonenbäumen hindurchgeschritten war, und damals hatte sie geglaubt, das Leben würde erst beginnen. Eine lange Zeit über hatte sie sich eingebildet, sie könne unversehrt Erfahrungen sammeln, und es hatte sich schließlich als Trugschluß erwiesen. Im ungemütlichen Frösteln der Morgenfrühe glaubte sie, daß sich das Leben nunmehr dem Ende näherte.

Im Flur läutete das Telefon. Guy schien tief geschlafen zu haben, aber beim ersten Läuten sprang er auf, als habe er darauf gewartet.

»Das wird's sein«, sagte er und zog eine Wolljacke an, ohne die Knöpfe aufzumachen.

Jemand hob ab. Es klopfte an der Tür, und Harriet öffnete. Miß Dunne stand draußen, im rosa Morgenmantel und mit rosa Pelzpantoffeln, die Hände in den Taschen. Ihre Haltung entsprach der Wichtigkeit ihrer Botschaft: »Sie sollen sofort zum Informationsbüro kommen.«

»Es gibt wohl ein Schiff?«

»Es sieht so aus. Jede Person darf einen Koffer mitnehmen. Nicht mehr.« Miß Dunnes eigene, persönliche Wichtigkeit wies eine Spur von Edelmut auf, so daß sich Harriet fragte, ob die Gesandtschaft möglicherweise Schuldgefühle gegenüber ihren gestrandeten Staatsbürgern entwickelt hatte.

»Werden Sie mitkommen?« fragte Harriet.

»O nein!« Bei dieser Zumutung trat Miß Dunne einen Schritt zurück und erklärte, daß einige vom Gesandtschaftspersonal auf das Schiff gehen müßten, daß aber für Persönlichkeiten wie Miß Dunne andere Arrangements getroffen worden waren.

Die Pringles machten sich mit einem Koffer und einem Rucksack voller Bücher auf den Weg. Ihre anderen Habseligkeiten und Bücher steckten sie in einen Kleiderschrank. »Die holen wir wieder, wenn der Krieg vorbei ist«, sagte Guy. Sie gingen zur Hauptstraße, in der Hoffnung, ein Taxi zu finden, mußten aber schließlich bis zum Syntagmaplatz zu Fuß gehen, wo die disziplinierten Engländer eine ordentliche Schlange gebildet haten und auf ihren Abtransport nach Piräus warteten. Diejenigen, die Taxis kriegen konnten, waren vorausgefahren. Die anderen würde man per LKW transportieren.

Mrs. Brett stand an der Spitze der Schlange und rief Guy und Harriet zu: »Wie ist das aufregend, nicht wahr? Wir werden evakuiert.«

»Aber Sie *wollen* doch bestimmt nicht fort?« sagte Harriet.

»Natürlich nicht. Percys Grab ist hier. Natürlich möchte ich lieber hierbleiben. Aber es ist trotzdem aufregend, die Welt kennenzulernen. Und wir fahren nach Ägypten, von wo gute Nachrichten kommen. Die Unsrigen erobern da eine Stadt nach der anderen.«

Ein alter Kohlenlaster bog auf den Platz ein, und Ben Phipps stand auf der Ladefläche. »Der Nächste, bitte!« rief er, als er herabsprang. Miß Gladys Twocurry in ihrem grünen Mantel und Miß Mabel in ihrem dunkelroten kamen aus dem Informationsbüro und schlossen die Tür hinter sich. Miß Gladys führte ihre Schwester über den Gehsteig und sah aufgeregt und durcheinandergebracht aus, als befürchte sie, benachteiligt zu werden. Möglicherweise hatte sie eine Art Vorzugsbehandlung erwartet, sozusagen als zwingende Konsequenz ihrer Dienste für Pinkrose. Statt dessen wurde sie hier auf einen Lastwagen gepackt, so wie alle anderen auch. Miß Mabel wurde gezogen und geschoben und hinaufgestemmt und schließlich auf ein Gepäckstück gesetzt, wo sie jämmerlich vor sich hinbrummelte, weil der Boden voller Kohlenstaub war.

Als der LKW abfuhr, blieben nur noch sieben Personen zurück, die auf die nächste Tour warteten. Ben Phipps ging zu den Pringles und strahlte vor Freude über seine wichtige Position. Er rieb sich die Hände, gab aber keine Erklärungen ab, bis Guy ihn schließlich fragte, wo er denn am Vortag hingegangen sei.

»Ich kann euch eine tolle Story erzählen«, sagte er. »Was glaubt ihr, wo ich hingegangen bin? Wo ist der kleine Benny wohl hingegangen, he? Der kleine Benny ist nach Piräus gegangen und hat dort Guckguck gemacht. Und was hat er dort gesehen? Er hat dort zwei Schifflein liegen sehen, die darauf warteten, Major Cookson und alle Freunde und Wertsachen von Major Cookson an einen hübschen und sicheren Ort zu bringen. Und Benny war nicht alleine dort. Wen treffe ich wohl da, wenn nicht den alten Padre, der dort rumschnüffelt. Er hatte die gleiche Idee gehabt. Also haben wir uns zusammengetan. Wir sind überall rumgekrochen und haben alles abgesucht und unsere Nasen überall reingesteckt. Und dann haben wir diese zwei alten Kähne entdeckt, schön in einer Ecke vertäut: fast das einzige, was dort drunten noch intakt war. Wir haben einen von den Heizern aufgetrieben, und der sagte uns, sie seien von einem englischen Gentleman gechartert worden. Mehr wollte er nicht sagen, aber wir haben ihm die Daumenschrauben angesetzt, der Padre und ich. Und wer war dieser englische Gentleman? Kein anderer als der Scheißmajor. Ein Haufen von seinem Zeug war schon an Bord. Er hatte schon seit Wochen alles vorbereitet. Er und seine Freunde wollten in aller Gemütlichkeit und mit allem Komfort abreisen, mit ihrem ganzen Besitz. ›In Ordnung!‹ sagte der Padre, ›das werden wir ja sehen‹, und wir gingen zurück zur Gesandtschaft. Ich muß schon sagen, der Padre war wirklich einsame Spitze. Er sagte: ›Ich verlange, daß jeder britische Staatsbürger und jeder Grieche, der der Kollaboration beschuldigt werden könnte, weil er für die Briten gearbeitet hat, einen Platz auf diesen Schiffen erhält.‹ Unsere diplomatischen Freunde waren gar nicht glücklich darüber. Der Major hatte die Schiffe gechartert. Welche Ansprüche und Rechte hatte er da? Welche Rechte hat ein reicher Mann?«

»Das Recht auf Privateigentum, wie?« sagte Guy.

»Genau das, du sagst es. Aber der Padre, der ja sonst ein alter reaktionärer Knochen ist, wollte nichts davon wissen. Er sagte, die Menschen hätten Vorrang. Er weigerte sich, von der Stelle zu gehen, ehe nicht unsere Freunde vom AA zusagten, daß die Schiffe nicht ablegen durften, bevor nicht alle britischen Staatsbürger an Bord waren. Kaum hatte der Major gehört, was vor sich ging, als er auch schon versuchte, seine Abreise zu beschleunigen. Er wollte bei Tagesanbruch ablegen, aber als er am Hafen von Piräus eintraf, sah er, daß die Schiffe vom Militär festgehalten wurden.«

»Kommt er jetzt mit uns?«

»Ja, ja, er braucht nicht hierzubleiben; er wird halt jetzt mit dem gemeinen Volk reisen. Wie ich höre, versteckt er sich zur Zeit in seiner Kabine. Dem tapferen Major ist tatsächlich schon jetzt übel.«

Guy schüttelte Ben die Hand und freute sich über die Niederlage des Majors. »Ein Sieg des menschlichen Anstands, ein Sieg der Menschenrechte«, sagte er. Ben stimmte ihm bereitwillig zu, aber als sie ihn so im Triumph der Schadenfreude umherhüpfen sah, fragte sich Harriet, was wohl geschehen wäre, wenn sich Ben Phipps nicht mit dem Major zerstritten hätte. Angenommen, er wäre unter den wenigen Bevorzugten gewesen, die der Major eingeladen hatte, sich auf seinem Schiff in Sicherheit zu bringen! Sie sah, daß Haß eine beträchtliche Antriebskraft darstellte, und Ben hatte Ausdauer. Sie hatte vor langer Zeit einmal versucht, Guys Ehrgeiz anzustacheln. Jetzt sah sie die Richtigkeit des Sprichworts bestätigt, daß die Kinder der Finsternis klüger waren als die Kinder des Lichts. Guy, mit all seiner Menschenfreundlichkeit und Nächstenliebe, würde mehr oder weniger immer auf der Stelle treten.

Der LKW kam zurück, und das letzte halbe Dutzend der Flüchtlinge kletterte an Bord.

Es war Karfreitag. Die Stadt war herrenlos und in einem Schwebezustand, doch ihre Einwohner waren schon aus den Häusern gekommen, schlaf- und ruhelos vor bösen Vorahnungen.

Ben Phipps sagte: »Die pro-deutschen Elemente sind massenweise in den Straßen«, aber die Griechen, die dem Lastwagen zuwinkten, als er vorbeifuhr, sahen genauso aus wie die Griechen, die am Vorabend im letzten Dämmerlicht umhergeirrt waren. Und unter ihnen waren Soldaten.

Ben Phipps nickte wütend zu ihnen hin. »Die ganze griechische Armee ist nach Hause geschickt worden. Das ist auch so ein Sabotageakt. Laut Papademas wurde es veranlaßt, um ihnen ein sinnloses Gemetzel bis zum letzten Mann zu ersparen. Wenn sie sich unseren Truppen bei Marathon angeschlossen hätten, hätten wir ohne weiteres noch einen Haufen Deutscher erledigen können. Aber jetzt werden die Scheißhunnen einmarschieren.«

Als sie auf die lange, gerade Straße nach Piräus kamen, die leer in der Morgensonne glänzte, sagte Harriet: »Alan Frewen wird wahrscheinlich schon an Bord sein.«

Ben Phipps schüttelte den Kopf: »Nee.

»Nein? Wo ist er dann?«

»Auf dem Weg nach Korinth, denke ich. Er hat ein Auto gesucht, und ich hab' ihm meines verkauft. Als er gesehen hatte, daß die Evakuierung anlief und alles klappte, schob er seinen Hund auf den Rücksitz und fuhr davon.«

»Aber wo will er denn bloß hin?«

»Frag mich nicht. Er wollte möglichst schnell über die Brücke kommen, bevor sie jemand in die Luft jagt. Mehr kann ich euch nicht sagen.«

»Das heißt, er will in Griechenland bleiben. Kann er dort unten überleben?«

»Kann er irgendwo überleben? Er ist einer von denen, die, kaum daß sie auf der Welt sind, zielstrebig alles dransetzen, um auf die Schnauze zu fallen.«

»Und der Hund wird verhungern«, sagte Harriet.

»Großer Gott!« Ben Phipps lacht schallend über ihre Albernheit, und sie fuhr ihn zornig an: »Und du hast ihn fahren lassen! Du hast ihm sogar noch ein Auto verkauft...«

»Ich nehme an, er kann tun und lassen, was er will?« Ben Phipps blinzelte sie verletzt und erstaunt an. »Wenn er gehen will, ist es nicht meine Aufgabe, ihn zurückzuhalten.«

»Nein, du bist nicht der Hüter deines Bruders, oder?«

Ben Phipps lachte und war sprachlos vor Zorn.

Harriet dachte voller Niedergeschlagenheit an Alan, dem einsamen Mann, der Griechenland und die Griechen geliebt hatte und sie nicht verlassen konnte, und sie stand auf, um beim Vorbeifahren einen letzten Blick auf die Villa zu werfen und auf den Ilissós und auf das Wäldchen, und sie flüsterte: »Meine arme Katze.«

Eine Frau, die hinter ihr auf dem Lastwagen saß, sagte: »Wir haben unsere Hunde zurückgelassen. Wir hatten gerade noch Zeit abzusperren. Wir haben die Hunde zu einem Nachbarn gebracht, der versprochen hat, sich um sie zu kümmern. ›Sie werden hier bei mir sein, wenn Sie zurückkommen‹, hat er gesagt.«

Ihr Mann sagte: »Wir hätten sie lieber erschießen sollen. Dann wüßten wir wenigstens, was aus ihnen geworden ist.«

Sie sagte: »Oh, Denis!« Und ihr Mann fuhr sie an: »Kannst du dir denn nicht vorstellen, was hier los sein wird?« sagte er. »Siehst du denn nicht, was diese Leute erwartet?«

Keiner sprach mehr, bis sie bei den Docks waren.

In dem ganzen großen Hafenbecken stand rein gar nichts mehr aufrecht, ausgenommen die Frachter *Erebus* und *Nox*.

Der Himmel war hellblau; das Wasser darunter schwarz vor Holztrümmern. Aus dieser dichten, schwarzen, zähen Oberfläche stachen die Masten und Schornsteine gesunkener Schiffe hervor, ein Gewirr von Wracks und Strandgut, alles kreuz und quer durcheinander.

Die Hafengebäude waren ausgebrannt oder durch die Detonationen zerstört worden. Zwischen dem rußgeschwärzten Schutt, dem zerborstenen Glas und den verkohlten Holztrümmern hatte etwas Grün Wurzeln gefaßt. Der Piräus sah bereits wie eine antike Ruine aus und war auf dem besten Weg zurückzukehren zu jenem Zustand trostloser Verwüstung, in dem er sich schon einmal achtzehnhundert Jahre lang nach den Peloponnesischen Kriegen befunden hatte.

Die *Erebus* und die *Nox* waren das einzig Farbige: Sie waren rot vor Rost. Sie waren zum Transport von italienischen Kriegsgefangenen eingesetzt worden und waren, Ben Phipps zufolge, nicht nur ›kurz vor dem Auseinanderfallen‹ sondern auch noch ›dreckig‹.

Guy sagte fröhlich: »Thalassa: O Meer! Du hast gesagt, das nahe Meer gebe dir Sicherheit. Jetzt sind wir da!« Aber Harriet konnte sich nicht mehr daran erinnern, warum ihr das Meer jemals als Zuflucht erschienen war.

Englische Soldaten waren abkommandiert worden, um den Passagieren an Bord zu helfen. Sie hatten bereits den Delahaye und die Kisten des Majors an Deck gehievt und trugen jetzt das Gepäck der Gäste des Majors hinauf. Die einzelnen Koffer der ungebetenen Gäste wurden wie Scherzartikel behandelt.

»Mehr haben Sie nicht?« sagten sie, als das bißchen Gepäck vom LKW abgeladen wurde. »Die haben Sie aber nicht viel mitnehmen lassen, was?«

Einige der zuletzt Angekommenen waren noch am Kai. Die Pluggets stiegen gerade aus einem Taxi aus. Mrs. Brett und Miß Jay hielten nach den Pringles Ausschau, und als sie sie erblickte, schritt Mrs. Brett mit zorniger Indigniertheit auf sie zu und rief: »Stellen Sie sich vor! Da oben ist dieser Archie Callard und beschimpft jeden, der an Bord kommt!«

Die Pringles hatten Archie Callard bereits vergessen, der

überraschenderweise nicht abgeflogen war, um sich einer Gruppe kühner Wüstenkrieger anzuschließen, sondern der die ganze Zeit faul in Phaleron herumgelungert war.

»Was glauben Sie, was er zu Miß Jay gesagt hat?« sagte Mrs. Brett.

Miß Jay, deren gewaltige Körperfülle geschrumpft war, so daß ihr jetzt die Haut wie Flanell um die Knochen hing, sagte verärgert: »Das reicht aber jetzt, Brett«, aber Mrs. Brett war entschlossen, alles zu erzählen: »Er sagte: ›Frauen sollten schmerzlos eingeschläfert werden, wenn sie wie Miß Jay aussehen.‹«

Ben Phipps lachte vor Entzücken: »Das hat er tatsächlich gesagt? Los, kommt. Wenn er nur einen Piepser rausläßt, dann werden wir uns mal näher mit ihm befassen.«

Sie gingen weiter und wappneten sich gegen Callard, der zusammen mit Dubedat über dem Dollbord lehnte, doch er ließ die Pringles und Ben Phipps passieren, ohne ein Wort zu sagen. Sein Blick war auf Plugget gerichtet, der hinter ihnen kam. »Jetzt kommen sie alle aus ihren Löchern«, sagte er. »Da haben wir diesen Tropf von Plugget. Die Familie seiner Frau hat ihn zwanzig Jahre lang ausgehalten. Jetzt rettet er seine eigene Haut und rennt davon und läßt sie verhungern.«

Plugget schob wichtigtuerisch seine Frau nach vorn, keuchte, sagte aber nichts. Etwas später, als Harriet an der Reling stand und auf den Kai hinunterschaute, sah sie, daß er neben ihr war. Drunten standen die Eltern seiner Frau mit ihrer unverheirateten Tochter, einer jungen Frau, die älter aussah, als sie war, völlig verkrampft war vor mühsam unterdrückter Verzweiflung und neben sich einen Koffer stehen hatte.

»Kommt sie nicht mit?« fragte Harriet.

»Nein«, sagte Plugget mit Nachdruck. »Sie wollte mitkommen, aber als sie die alten Leute in Tränen aufgelöst sah, wußte sie nicht, was sie tun sollte. Meine Frau war der Meinung, sie solle hierbleiben. Und ich war auch der Meinung, sie solle hierbleiben. Das sei ihre Pflicht, sagte ich ihr.«

»Armes Ding! Was wird bloß aus ihr werden?«

Plugget zeigte sich ungehalten über Harriets Mitleid und sagte: »Die kommen schon durch. Man kann nicht alle mitnehmen. Wenn ich mir das vorstelle: zwei Frauen am Hals!« Er wandte dem traurigen Schauspiel seiner Schwiegerleute den Rücken zu und sagte: »Habt ihr schon einen Schlafplatz gefunden?«

Die größten Kabinen waren vom Major und seinem Gefolge mit Beschlag belegt worden, und der größte Teil des Decks war mit seinen Besitztümern vollgestopft. Der noch verbliebene freie Raum war von denen besetzt worden, die als erste das Schiff bestiegen hatten. Guy und Phipps waren in verschiedenen Richtungen losgezogen, um zu sehen, was sich finden ließ. Guy war augenblicklich in Unterhaltungen mit seinen vielen Bekannten verwickelt, und es war Phipps mit seiner zielstrebigen, neugierigen Energie, der zurückkam und sagte, es gebe eine leere Kabine auf dem untersten Deck.

Guy, Mrs. Brett und Miß Jay wurden herbeigerufen, und die Gruppe stieg hinab in eine Finsternis, die schwer nach Öl und menschlichen Ausdünstungen roch. Die Zu- und Ausgänge der unteren Decks waren mit Brettern versperrt worden, um die Gefangenen an der Flucht zu hindern, und Plugget, der ihnen nachgegangen war, beschwerte sich: »Wenn wir torpediert werden, kommen wir da niemals mehr raus.« Doch er blieb ihnen auf den Fersen, bis sie zu der engen Kabine kamen, die drei Schlafkojen hatte und neben dem Maschinenraum lag. Drinnen übenahm er sofort das Kommando:

»Die beiden Damen hierhin«, sagte er und klopfte auf die mittlere Koje. »Die Pringles nach oben. Sie sind noch jung und gelenkig. Ich und meine Frau da unten. Alles klar?«

Niemand hatte gegen diese Regelung etwas einzuwenden, aber Guy fragte: »Was ist mit Ben?«

»Mir genügt der Fußboden«, sagte Phipps. »Der ist sauberer.«

Die Kojen waren hölzerne Schlafstellen ohne Matratzen und ohne Decken, und sie waren klebrig und mit den Blutflecken toter Wanzen übersät.

»Wie Särge«, sagte Mrs. Brett. »Macht nichts. Es ist ein Abenteuer.«

Sie sah sich in dem trüben Schein der schmutzigen, schmierigen, ockerfarbenen Glühbirne um und sagte: »Wir könnten mal versuchen, den Dreck aus dem Becken zu entfernen.«

Miß Jay zog drei Nachttöpfe hervor, die mit den gelben Ablagerungen von Jahren überzogen waren. »Das sind ja königliche Nachttöpfe. Die schicken wir Cookson.«

Während diese Tätigkeiten ausgeführt wurden, erschien Toby Lush mit wichtig gerunzelter Stirn in der Tür. Als er sah, wer in der Kabine war, veränderte sich seine Miene: »Ich hatte diese Kabine reserviert«, sagte er schwach.

»Wofür?« fragte Phipps.

»Der Major braucht vielleicht ein bißchen Extraraum. Oder vielleicht will er beispielsweise etwas auspacken, und ich dachte...«

»Wenn der Major irgendwelche Ansprüche hat«, sagte Phipps, »dann schick ihn ruhig zu mir.«

Toby Lush steckte seine Pfeife in den Mund und nuckelte daran. Nach einer Verlegenheitspause sagte er freundlich: »Ich bin froh, daß ihr heil an Bord gekommen seid.«

»Sie haben uns erwartet?« fragte Harriet.

»Mensch Meier!« Toby schlug in gespieltem Entsetzen die Hände vors Gesicht. »Ihr werdet doch mir keinen Vorwurf machen, oder? Ich kann doch nichts dafür; und der gute Junge auch nicht. Der Major hat das alles organisiert. Er hat uns gar nicht erst gefragt.«

»Sie haben also von nichts gewußt?«

»Na ja, nicht viel. Jedenfalls seid ihr ja jetzt hier. Es gibt keinen Grund, verärgert zu sein. Die haben euch doch wohl gesagt, daß ihr Verpflegung für drei Tage mitbringen sollt?«

»Wir hatten keine Verpflegung zum Mitnehmen.«

Die Luftschutzsirene ertönte. »Schon wieder Magnetminen«, sagte Toby und ging davon, als ob er vorhätte, sich höchstpersönlich um die Minen zu kümmern.

»Ich will nicht hier unten in der Mausefalle sitzen«, sagte Plugget. Er eilte Toby nach, und die anderen gingen mit. Als sie auf dem Hauptdeck ankamen, fingen die himmelwärts gerichteten Geschütze auf dem Kai an loszubellen wie hysterische Hunde. In dem Tumult ergriffen die Frauen ihre Kinder und fragten, was sie tun sollten. Auf dem Kai gab es einen Unterstand, aber als die Passagiere auf die Gangway zurannten, rief Dubedat vom Bootsdeck: »Wir laufen jede Minute aus. Wer das Schiff verläßt, muß zurückbleiben.«

Bomben fielen ins Hafenbecken und jagten Wassersäulen in den Himmel, die einen Regen von Wrackteilen über das Schiff brachten. Die Passagiere pferchten sich in die Gänge des Hauptdecks, wo das aufgeregte Geschnatter und das Geschrei der Kinder Toby Lush veranlaßte, den Kopf aus seiner Kabine zu strecken und zu kommandieren: »Ruhe da draußen! Sie stören den Major!« Und noch bevor ihn ein Kommentar erreichen konnte, hatte er den Kopf wieder zurückgezogen.

Gegen Mittag, während eines weiteren Angriffs, fuhr Dobson auf dem Kai vor und brachte das Dienstpersonal der Gesandtschaft zum Schiff. Mit seiner hellen Stimme rief er Guy zu: »Im Land der Pharaonen sehen wir uns wieder.«

»Der gute alte Dobson«, sagte Guy voller Rührung, als der Wagen auf dem Kai wendete und zurück nach Athen fuhr.

»Nachdem wir jetzt seinen Segen haben«, sagte Phipps, »dürfen wir vielleicht auslaufen.« Aber die Sonne stieg heiß in den Himmel, die Aufklärungsflugzeuge kamen und drehten wieder ab, und die *Erebus* und die *Nox* blieben unbeweglich an ihren Liegeplätzen.

Ein Taxi voller Schüler kam, um sich von Guy zu verabschieden. Sie riefen zum Schiff hinauf, daß der Premierminister Koryzis gestorben sei.

»Wie ist er gestorben?« fragten die Passagiere ohne jede Überraschung, denn es gab auf der Welt nichts mehr, was sie überraschen konnte.

Die Schüler sagten: »Der deutsche Rundfunk behauptet, die Briten hätten ihn umgebracht.«

»Aber das glaubt ihr doch nicht, oder?«

Sie schüttelten die Köpfe. Sie glaubten nichts und wußten nichts und fühlten sich vom Drama des Lebens verwirrt und herumgestoßen. Andere Griechen fuhren nach Piräus herunter, mit vor Schlaflosigkeit und Tränen wäßrigen Augen, und mit sich brachten sie die zermürbende Nervosität und Angst der Stadt. Die Engländer fragten erneut nach Koryzis. Die Griechen auf dem Kai, selbst dem Untergang geweiht, schüttelten ratlos die Köpfe über den Todesfall, der ein mehr als passendes Mosaiksteinchen in der ganzen Tragödie darstellte.

Die Menschen an Bord wußten nicht, wann sie ablegen würden oder ob das Schiff überhaupt noch in der Lage sein würde abzulegen. Der Nachmittag verrann für sie wie ein konfuser Alptraum. Sie konnten nur abwarten und die Zeit vergehen lassen. Das einzige Ereignis war das Auftauchen eines Mannes, der Orangen verkaufte. Trotz Dubedats Warnung rannten die Frauen an Land, um welche zu kaufen, da es auf dem Schiff kein Trinkwasser gab.

Vom Oberdeck aus konnte man die Akropolis sehen. Harriet stieg mehrmals hinauf, um sie zu betrachten. Als sie sie so im Sonnenuntergang glühen sah, dachte sie an Charles und war kaum in der Lage, in ihrer Erinnerung zwischen dem wirklichen Charles und ihrem Traumbild zu unterscheiden. Sie hatte Guy immer vorgeworfen, in einer Fantasiewelt zu leben. Jetzt überlegte sie, ob die Fantasie nicht ein Teil des Lebens war, eine Komponente, ohne die man nicht überleben konnte. Sie hatte das Bild von Charles vor Augen, wie er die Blume auffing, und sie dachte an die Mädchen, die Blumen verschenkt hatten, nicht nur als Anerkennung für Mut und Tapferkeit, sondern auch als Trost in der Niederlage.

Die Berge des Peloponnes glühten in der Abendsonne, wurden rosaviolett, danach krapprosa, wurden schließlich ganz dunkel und verschwanden in der Dämmerung. Der Parthenon fing die letzten Lichtstrahlen ein und leuchtete noch eine ganze Zeitlang gespenstisch im Abend; dann verschwand auch er in der Dunkelheit. Das war das Letzte, was sie von Athen sahen.

Irgendwann nach Mitternacht begannen die Maschinen der *Erebus* zu stampfen und zu zittern. Ben Phipps, der auf dem vibrierenden Boden der Kabine lag, sagte: »Wir stehlen uns heimlich, still und leise in die Nacht davon.« Das Schiff ächzte und schüttelte sich und schien wegen seiner eigenen

Anstrengung auseinanderbrechen zu wollen. Irgendwie quälte es sich vom Kai weg.

Als sie am nächsten Morgen an Deck gingen, sahen sie über den Wolkenbänken im Süden den Silberkegel des Oros Idi. Auf der einen Seite der *Erebus* war die *Nox,* auf der anderen Seite war ein Tanker, den keiner zuvor gesehen hatte. Der Tanker war völlig verrottet und verrostet wie seine Begleiter, aber die drei alten Schiffe strahlten eine Würde aus, wie sie so gleichmäßig vorausstampften, gemächlich in ihrem Element.

Die meisten Passagiere akzeptierten das Tempo als gegeben und unveränderlich. Ben Phipps und Plugget jedoch besprachen sich miteinander und gingen zum Ersten Offizier mit der Forderung, daß es erhöht werden müsse. Ihnen wurde gesagt, daß der Konvoi seine Reserven für die gefährliche Passage an der Cyrenaika vorbei aufheben müsse.

Phipps hatte mittlerweile seine Autorität gegenüber Plugget behauptet und machte einen Rundgang durchs Schiff. Obwohl er wegen der stampfenden Maschine, der Wanzen und der hin und her rennenden Küchenschaben nicht geschlafen hatte, war sein Tatendrang in keiner Weise beeinträchtigt. Plugget fühlte sich bemüßigt, an seiner Seite zu bleiben, aber Guy saß auf dem Oberdeck, mit dem Rücken gegen eine Reling gelehnt, und bereitete sich anhand seiner Bücher auf eine Vorlesung über Coleridge vor. Die Frauen saßen benommen um ihn herum.

Ben kehrte immer wieder zu ihrer Gruppe zurück und versuchte, Guys Entrüstung über dieses und jenes anzustacheln, aber Guy weigerte sich, die Veränderungen und Risiken wahrzunehmen, und rührte sich nicht vom Fleck.

Ben Phipps hatte entdeckt, daß die Rettungsboote an den Davits festgerostet waren, so daß kaum Hoffnung bestand, sie zu Wasser zu bringen. »Diese zwei Pfadfinder da, Lush und Dubedat, versuchen gerade, eine Rettungsübung zu organisieren. Wenn sie hier vorbeikommen, richtet ihnen von mir aus, daß die Boote Schrott sind.« Er ging wieder davon und kam als nächstes mit der Meldung zurück, daß kein Funker an Bord war, daß er aber den Sender selbst bedienen konnte und bereits mit der Funkstation von Souda gesprochen habe.

»Schön zu wissen, daß wir nicht abgeschnitten sind«, sagte Phipps und sah Guy Zustimmung und Bewunderung heischend an. Erwartungsgemäß lächelte Guy ihn bewundernd an, aber es war eine eher ironische Bewunderung. Harriet argwöhnte, daß Phipps seinen Einfluß auf Guy zu verlieren begann. Als er ihn überreden wollte: »Komm mal mit und sieh dir das an«, streckte sich Guy bloß und lächelte und schüttelte den Kopf. Sobald Phipps fortgegangen war, widmete er sich wieder seinen Büchern. Er verbrachte den Tag voll konzentriert, wie ein Student in der Bibliothek. Der einzige Unterschied war, daß er vor sich hinsang, aber so leise, daß nur Harriet den Text verstand:

»Wenn deine Maschine abschmiert überm Hellfire Paß,
Dann steck dir deine Browningkanonen in den Arsch.«

Und gelegentlich sang er den Refrain:

»Schmiert deine Maschine ab,
dann sind auch deine Eier ab.«

Schläfrig in dem milden Frühlingswind beobachtete Harriet, wie Kreta aus den Wolken heraustrat und Gestalt annahm. Die Sonne brach durch. Zwei Korvetten aus der Bucht von Souda umkreisten den Konvoi und ließen ihn passieren. Ein Aufklärer kam immer wieder zurück, um die Schiffe unter die Lupe zu nehmen. Er flog so niedrig, daß man die schwarzen Balkenkreuze deutlich auf den Flügeln erkennen konnte, und einige behaupteten, sie hätten das Gesicht des Feindes gesehen. Weiter geschah nichts. Die zivilen Schiffe schienen keinen Angriff wert zu sein.

Sie umrundeten die Westspitze von Kreta, eine Route, die in der Schiffahrt nicht sehr gebräuchlich war. Die Insel erhob sich wie ein Steinwall aus dem Meer, lebensfeindlich, unfruchtbar und grau in dem strahlenden Licht, und sie sah aus wie eine unbewohnte Insel in einem einsamen Meer. Am Nachmittag kam jedoch ein Schiff in Sicht: ein Lazarettschiff. Es glitt langsam wie eine segelnde Möwe vorbei, blieb lange

Zeit sichtbar, und die Sonne fing sich an seiner silbernen Flanke.

Als der Nachmittag verstrich, erwachten die Menschen aus ihrer Apathie und begaben sich allmählich an Deck. Unter ihnen war Pinkrose in seinen dicken Kleidungsstücken. Als er die Hitze spürte, begann er, sie abzulegen; dann plötzlich, in einem jähen Anfall von Hektik, schoß er davon und kam ohne seinen Filzhut zurück. Statt dessen trug er einen großen Strohhut. Eine Zeitlang war er damit zufrieden, dann betastete er die Spitze des Hutes und fuhr erneut wie elektrisiert auf. Er verschwand, und als er zum dritten Mal wieder auftauchte, hatte er den Filzhut über den Strohhut gestülpt.

»Großer Gott«, flüsterte Miß Jay, »warum hat er denn zwei Hüte auf?«

»Weil er«, sagte Phipps, der gerade auf Stippvisite bei der Basis war, »nicht einen Vogel hat, sondern zwei.«

Ein sehr alter Mann kam aufs Bootsdeck und zog zwischen den kreuz und quer liegenden Körpern, Gepäckstücken und Packkisten einen Spielzeughund hinter sich her. Vor Überraschung setzte sich Harriet auf. Es war Mr. Liversage, der in der Lufthansa-Maschine von Sofia nach Athen neben ihr gesessen hatte. Sie hatte ihn seither fast vergessen und war der Meinung gewesen, er sei mit dem Evakuierungsschiff im Herbst ausgereist. Statt dessen war er jetzt hier, fesch und munter wie eh und je, mit seinem stupsnäsigen Gesicht, dem graugelben Haar und den feuchten, gelbblauen Augen. Der Hund war schon alt, und die Haare waren aus seinem abgewetzten, rissigen Fell ausgefallen, dennoch war er genauso fesch wie sein Herr.

Mr. Liversage erkannte sie sofort. »Schon wieder rausgeflogen«, rief er. »So eine Gaudi, was?«

Er ließ sich bei der Gruppe auf dem Boden nieder, und Harriet fragte, wo er den ganzen Winter über gewesen sei. Er erzählte es ihr:

»Konnte das Haus nicht verlassen. Hatte Schlimmes durchgemacht; Bronchitis.« Er hatte bei Freunden in Kifissia gewohnt, einem älteren englischen Ehepaar, das ihn gut gepflegt und umsorgt hatte. »Das war schon prima von denen, so einen alten Kauz wie mich aufzunehmen. Aber ich alter Kauz habe immer Glück. Sie hatten ein wunderbares Zuhause.« Er beschrieb, wie ihn seine Gastgeberin am Morgen zuvor frühzeitig geweckt hatte: »›Es ist soweit, Victor. Wir müssen gehen. Die Deutschen sind schon fast da‹.« – »Das alte Mädchen war sehr tapfer: Sie mußten alles zurücklassen und haben nicht gejammert. ›So ist das nunmal im Krieg, Victor‹, sagte sie. So sind wir also alle auf das Schiff des Majors gekommen. Sehr freundlich von dem Major, wirklich sehr freundlich.« Mr. Liversage bemerkte, daß Phipps über ihm stand, und sagte: »Schauen Sie sich diesen Hund an! Der beste Hund der Welt!«

»Tatsächlich?« Ben Phipps neigte sich leicht zu dem alten Mann hin, aber seine Augen schweiften umher auf der Suche nach besserer Unterhaltung.

»Der hat schon Tausende von Pfund gesammelt, der Hund.«

»Na so was! Für wen ist das Geld? Für Sie?«

»Für mich!« Mr. Liversage stand auf. »Mein Hund sammelt für Krankenhäuser«, sagte er.

Er war tief beleidigt. Guy und die Frauen versuchten, ihn zu besänftigen, aber er wollte nicht besänftigt werden. Er hob seinen Hund auf und ging davon. Ehe noch jemand Zeit hatte, ihm Vorwürfe zu machen, war Phipps ebenfalls weggegangen, in die entgegengesetzte Richtung.

Etwa eine Stunde später drosselten die Schiffe die Fahrt und stoppten die Maschinen. Es wurde gemunkelt, sie würden von einem feindlichen U-Boot umkreist, und die *Nox* bereite sich darauf vor, Wasserbomben zu werfen. Daraufhin kam Ben Phipps mit Plugget im Schlepptau zurück. Er war völlig aufgebracht, und die Nachricht von dem U-Boot war nichts im Vergleich zu dem, was er zu berichten hatte.

»Ich habe eine abgeschlossene Kabine gefunden«, sagte er. »Als ich Lush um den Schlüssel bat, wurde er ganz aufgeregt. Er weigerte sich, ihn herauszurücken. Ich sagte, wir hätten ein Recht darauf zu wissen, was da drinnen ist. Ich sagte ihm, daß ich das Verhalten des Majors der Botschaft in Kairo melden und eine Untersuchung verlangen würde, wenn er nicht aufschloß. Da ist ihm vielleicht die Pfeife aus dem Gesicht gefallen, kann ich euch sagen. Und jetzt brauche ich Zeugen. Los, Guy, steh auf und komm mit.«

Guy reckte und streckte sich, blieb aber, wo er war. »Ich wette, da ist doch nur Gepäck drin.«

»Und ich wette, daß du da falsch liegst. Komm mit.«

Guy lächelte, schüttelte den Kopf und sagte zu Harriet: »Geh du.«

Da sie sich ohnehin langweilte und ihr Ablenkung willkommen war, stand sie auf und folgte Phipps, der unterwegs weitere Zeugen sammelte.

Als sie den Hauptgang erreichten, ging Phipps an der Kabine des Majors vorbei und rüttelte an der nächsten Türe. Da er sie immer noch verschlossen fand, verpaßte er ihr einen gebieterischen Tritt und rief: »Aufmachen.«

Aus dem Inneren der Kabine des Majors ertönte Archie Callards gequälte Stimme. »Das ist ja nun wirklich zu öde. Laß doch den kleinen Phipps aufmachen.«

Der Major antwortete: »Mir ist es egal, was er macht. Alles, was ich will, ist, von diesem verdammten Schiff runterzukommen.«

Toby schniefte niedergeschlagen, kam heraus und schloß die Türe auf. Drinnen war es finster. Ben schritt hinein, zog die Verdunkelungsvorhänge zur Seite und enthüllte ein Warenlager an Konserven.

»Das habe ich mir gedacht«, sagte er. Er ging auf Toby los. »Seit zwei Tagen haben wir anderen nichts mehr gegessen. Wir haben Kinder und schwangere Frauen an Bord. Wir werden das Zeug jetzt verteilen: eine Dose für jeden.«

Toby rannte zur Kabine des Majors. Seine Stimme war vor Schrecken und Unterwürfigkeit ganz schrill, als er schrie: »Harr Major! Herr Major! Sie nehmen die Vorräte weg!«

»Gott im Himmel«, sagte Phipps. »Hört euch das bloß an, wie Freund Lush dem Häuptling in den Hintern kriecht!«

Harriet ging zurück aufs Oberdeck und brachte eine Dose Corned beef mit. Nachdem er die Dosen verteilt hatte, kam Ben Phipps zum komischen Finale vorbei und verteilte das Toilettenpapier des Majors.

»Hier bitte, meine Damen«, sagte er, als er jeder drei Quadrate von dem Papier gab. »Einmal nach oben, einmal nach unten, eines für die Politur.«

»Und morgen?« fragte Miß Jay.

»Vielleicht gibt's gar kein Morgen«, erwiderte er fröhlich.

Die Sonne stand tief. Harriet legte ihren Kopf an die Reling und betrachtete die glänzende Dünung des Meeres, das in seinen Tiefen smaragdgrün und amethystfarben war. Sie dachte an Charles, der mit der geschlagenen Armee zurückgeblieben war, an David, der dem Feind in die Hände gefallen war, an Sascha, der ein Fremder geworden war, an Clarence, der in Saloniki verloren gegangen war, an Alan, der das Schicksal der Griechen teilen würde, und an Yakimov in seinem Grab.

Nicht einer ihrer Freunde war übriggeblieben, ausgenommen Ben Phipps, ›der eingebildetste und hohlköpfigste von allen‹, dachte sie.

Es kam ihr so vor, als würde es immer einen Phipps geben, diesen Phipps oder einen anderen Phipps, der Guy von ihr weg und ins Reich der Hirngespinste locken würde, aber Ben Phipps' Tage schienen nunmehr gezählt zu sein. Guys Verblendetheit ließ nach; und hatte er Bens Eitelkeit als letztendliche Handlungsmotivation erst einmal durchschaut, würde sich Ben jemand anderen suchen, dessen Aufmerksamkeit er auf sich ziehen konnte.

Wenn Guy für sie die Tugend der Beständigkeit hatte, dann konnte sie die gleiche Tugend auch ihm gegenüber an den Tag legen. Etwas Beständiges zu haben in dem Leben, wie sie es kennengelernt hatten, war das Höchste, was sie erwarten konnten.

Kreta war immer noch zu sehen, schemenhaft im letzten Dämmerlicht, ein Land ohne Lichter. In dieser Nacht begann der Wettlauf. Die alten Maschinen des Schiffes hämmerten in schneller werdendem Rhythmus, seine Planken ächzten und schüttelten sich. Die Passagiere hielten sich an allem fest, was sich zum Festhalten eignete, und lagen wach und lauschten. Bei Tagesanbruch ließ der Lärm nach: die Gefahr war vorüber.

Ihre ersten Gedanken galten den Nachbarschiffen. Sie gingen an Deck und sahen, wie sich die *Nox* und der Tanker ruhig auf beiden Seiten vorwärts schoben. Die drei alten Schiffe hatten die Nacht überlebt, und ihre Reise war fast vorüber.

Die Passagiere waren in ägyptischen Gewässern erwacht und waren geblendet von dem grellweißen Licht. Es war zu hell. Es lag wie weißer Staub auf allem. Harriet war von dieser Fremdartigkeit beunruhigt, und sie spürte, daß ihr Leben von nun an fremdartig und schwierig werden würde.

Jemand rief, daß Land in Sicht sei. Sie legte ihre Hand in Guys Hand, und er drückte ihre Finger, um sie zu beruhigen.

Sie sagte: »Komm, das müssen wir uns ansehen.« Als sie Griechenland verließen, hatten sie es wie Menschen verlassen, die ins Exil gingen. Sie hatten das Mittelmeer überquert und wußten, daß sie jetzt, auf der anderen Seite, Flüchtlinge sein würden. Doch sie hatten ihr Leben – eine arg mitgenommene Kostbarkeit, aber eine Kostbarkeit. Sie waren zusammen und würden zusammen bleiben, und dies war die einzige Gewißheit, die ihnen geblieben war.

Sie gingen nach vorn, um das neue Land zu betrachten, das sie zwar unfreiwillig, doch mit Dankbarkeit erreichten. Flach und weiß am Horizont sahen sie die Küste Afrikas.

Teil IV

DER BAUM DER GEFAHR

Für Reggie in Liebe

1

Simon Boulderstone, 20 Jahre alt, kam mit der Verstärkung nach Ägypten. Fast zwei Monate lang, während sich der Schiffskonvoi vor der Westküste von Afrika langsam hinunterbewegt und vor der Ostküste wieder hinaufbewegt hatte, war er mit anderen Männern zusammengepfercht gewesen. Als er Kairo erreichte, war er allein.

Er hatte zwei Freunde an Bord, Trent und Codley, die für ihn gleichzeitig seine Familie waren, seine Vertrauten und die Menschen, die ihm in der Welt am nächsten standen. Das Gefühl der Zusammengehörigkeit war stärker noch als Liebe gewesen. Dann, in Suez, passierte etwas Schreckliches. Er verlor sie.

Als die drei von Bord gingen, wurde Simon aus dem Leichter herausbeordert; ihm wurde das Kommando über eine Abteilung von Männern übertragen, deren Offizier an Gelbsucht erkrankt war. Er rief Trent und Codley noch zu: »Bis später, an Land!«, bevor er zu den Männern ging, die schon den ganzen Morgen über wie die Maulwürfe im Gang umherstanden. Sie waren müde vom Warten, und sie mußten noch länger warten. Es war schon mitten am Nachmittag, als Simon den Kai erreichte und entdeckte, daß seine Freunde bereits fort waren. Niemand konnte ihm sagen wohin. Es war Alarm ausgelöst worden, und sobald ein Lastwagen eintraf, wurde er mit den wartenden Männern beladen und fuhr wieder los. Simon war somit nicht nur allein, er hatte auch sein Fahrzeug verpaßt. Außerdem schien es, daß er am trostlosesten und ödesten Ort der Erde angekommen war.

Der Sergeant, den er ansprach, meinte, daß Trent und Codley vielleicht zum Depot der Infanterie gefahren sein könnten oder zu einem der zahlreichen Durchgangslager, die es in und um Kairo gab.

»Wo immer sie auch sind«, sagte der Sergeant, »sie werden dort nicht lange sein. Wir stecken in einem ganz schönen Schlamassel. Hab' gerade gehört, daß Tobruk gefallen ist. Und ich möchte nicht wissen, was als nächstes kommt.« Er gab Simon einen Marschbefehl und wies ihn an, den Nachmittagszug nach Kairo zu nehmen und sich bei der Abbasija-Kaserne zu melden.

»Bei jemand bestimmtem?« Simon hoffte auf die beruhigende Wirkung eines Namens.

»Melden Sie sich bei Major Perry in der Transport-Aufsicht. Ich werde ihn anrufen. Ein netter Kerl, er wird Sie einteilen.«

Simon wartete am Bahnhof und war wie betäubt vor Einsamkeit. Alles um ihn herum – die kleinen Häuser, dicht gedrängt und von knochentrockenen Hügeln umgeben, der grelle Schein der Öltanks, die weißen Gebäude am Kai, die die Hitze des Himmels reflektierten, die staubige Erde, auf der er stand – all dies vergrößerte die Qual des Verlustes. Er hatte nie zuvor solch eine Öde gesehen oder solch eine Einsamkeit gekannt.

Der Zug fuhr ein – eine Kette alter Eisenbahnwagen, denen der Gestank von Hitze und menschlichen Ausdünstungen anhaftete – und zockelte wieder los; zuerst durch die Slums von Suez, bis er dann die Wüste erreichte. Simon sah einen See, erstaunlich blau und ganz von Sand umgeben; dann gab es nur noch Sand. Der Sand glühte im Sonnenuntergang. Das Glühen verschwand, und die Dunkelheit brach herein, was aber nichts ausmachte, da es nichts zu sehen gab. Simon versuchte, das Fenster zu öffnen, doch die beiden Ägypter im Waggon sagten »Nein«. Der eine hielt mahnend seinen Finger hoch und erklärte, daß sonst Sand in den Waggon geweht werden würde. Während die Reise sich hinzog, wurde die Hitze schlimmer, und Simon hatte das Gefühl, als ob er in seinen Kleidern langsam zerfließen würde. Er sehnte sich danach, den Zug zu verlassen, tröstete sich mit der Vorstellung, die Nachtluft würde kühl sein, doch bei seiner Ankunft in Kairo war die Luft draußen genauso heiß und schwer wie die Luft im Waggon.

Während er auf ein Taxi wartete, sog er die vielen Gerüche und die kraftlose Atmosphäre der Stadt ein und fühlte die Fremdheit der Dinge um ihn herum. Die Straßenlaternen waren blau bemalt. Gestalten in weißen, nachthemdartigen Gewändern flimmerten durch die blaue Düsternis, wobei das Geräusch schlappender Pantoletten zu hören war. Die Frauen waren schwarz verhüllt und kaum sichtbar. Das Viertel sah heruntergekommen aus und war vermutlich dreckig, aber die Kaserne, dachte er, würde wieder vertrautes Gebiet sein. Er hoffte, daß Major Perry da sein würde, um ihn zu begrüßen. Nachdem er am Haupttor abgesetzt worden war, stellte er jedoch fest, daß er nur ein weiterer junger Offizier war, ein weiteres Problem in dem massenhaften Durcheinander dieses Ortes. Er sprach den Namen *Perry* aus, an den er sich wie an einer Rettungsleine festgehalten hatte, und stellte fest, daß keinerlei Zauberkraft von ihm ausging. Der Soldat in der Schreibstube des Transitbüros teilte ihm mit, daß der Meldepunkt seiner Einheit Helûan sei. Die Kaserne war in ein Durchgangslager verwandelt worden. Und wo war Major Perry? Der Soldat wußte es nicht. Der Major konnte in Helûan oder auch in Heliopolis sein.

»Zur Zeit geht alles durcheinander wie Kraut und Rüben.« Der Soldat fuhr ungeduldig mit seinem Taschentuch über die schweißbedeckte Stirn, während Simon bat:

»Aber können Sie mich nicht trotzdem unterbringen?«

»Ich werde es versuchen.« Der Mann blickte Simon noch einmal an und fügte nachträglich ein »Sir« hinzu.

Simon erwartete keine bessere Behandlung. Er war aufgrund seines guten Abschneidens im Offizierslehrgang befördert worden, doch für den Soldaten, einen Gefreiten Ende dreißig, mußte er wie ein Schuljunge ausgesehen haben.

Er wartete in dem halbdunklen Flur, während um ihn herum Männer hin- und hergingen, die sich auskannten. Fünfzehn Minuten vergingen, ehe ein einfacher Soldat ihn abholte und seine Sachen in ein Zimmer in einem oberen Stockwerk trug. Die triste Düsternis der Gänge erinnerte ihn an seine Schule, und bald, dachte er, würde er sich hier auch auskennen.

Er wurde in ein Zimmer geführt, das mit einem Hängeschrank und drei Feldbetten möbliert war und sich im obersten Stock der Kaserne befand, wo die Decken niedrig waren. Eine einzige Glühbirne hing schmutzig und gelb über nackten Dielen.

Der Soldat sagte, »Wenn Sie Glück haben, Sir, bekommen Sie es für sich alleine.«

»Nicht schlecht«, erwiderte Simon, der in Gedanken immer noch mit seiner Schule beschäftigt war, »aber es riecht irgendwie eigenartig.« Der Geruch ähnelte einem ätherischen Öl, fast einem Parfüm, zu intensiv jedoch, um angenehm zu sein; er trug eher eine Herbheit in sich, die an Tod und Verderbnis denken ließ.

Als Simon fragend schnupperte, klärte ihn der Soldat auf: »Sie haben es ausgeräuchert.«

»Wirklich? Warum denn?«

»Schauen Sie her, Sir.« Der Mann ging hinüber zu einer Wand, die in den Tagen von Cromer und Wolseley weiß gewesen sein mochte, jetzt aber rissig und schmutziggrau war. »Werfen Sie mal ein Auge hierher.«

Simon beugte sich zu einem der Risse und sah darin Scharen von Dingern, etwa so groß wie Linsen, blutfarben und bewegungslos.

»Was zum Teufel ist das?«

»Wanzen. Leben Jahrhunderte lang, sagen sie. Man wird sie nicht los. Sie sollten die neuen Jungs sehen, wenn sie hierher kommen, sie schwellen an, rot wie Grütze. Und das juckt, Mensch! Aber Sie können beruhigt sein. Das Zeug wird sie ein paar Monate niederhalten.«

Durch das Insektizid fühlte sich Simons Hals rauh an. Er ging hinüber zum offenen Fenster und schaute hinaus auf einen Exerzierplatz, der von Kasernengebäuden mit glatter Fassade umgeben war. Ein langer Holzbalkon, auf den man vom unteren Stockwerk aus hinausgehen konnte, verlief genau unter dem Fenster, und Simon konnte Decken sehen, die ordentlich in Abständen zusammengelegt waren und darauf hinwiesen, daß die Schlafsäle aus den Nähten platzten.

»Es scheinen eine Menge Jungs auf Urlaub hier zu sein.«

»Nicht gerade Urlaub, Sir. Ex-Urlauber könnte man sagen. Sie sitzen fest, warten auf eine Transportmöglichkeit, weil die Züge nicht mehr Richtung Front fahren.«

»Warum das denn?«

»Wegen des Alarmzustandes. Die Züge werden von Kaffern gefahren, klar, und die haben Angst. Der Krieg ist zu nahe herangekommen, und so denken sie, sie würden in Kampfgebiete hineinfahren und beschossen werden. Falls Sie noch einen Happen essen wollen, würde ich an Ihrer Stelle hinuntergehen, Sir. Das Kasino schließt um neun.«

Simon hatte Glück – er behielt das Zimmer für sich alleine, aber als er mitten in der Nacht aufwachte, wäre er über Gesellschaft doch froh gewesen. Der mörderische Gestank des Ortes erinnerte ihn daran, warum er hierher gebracht worden war. Auf der Ebene bei Salisbury hatten sie den Ernstfall im Gefecht nur simuliert, doch jetzt waren die Gefechte Wirklichkeit. Das Schießen war echt, und die Kugeln konnten einen Mann töten. Die Wüste selbst war ihm gar nicht so fremd, weil sein Bruder fast 18 Monate lang da draußen gewesen war. Hugo hatte Briefe nach Hause geschickt, in denen er übers Teeaufkochen, Wüstenratten, Cornedbeef-Eintopf und über Fliegen berichtete. Er fand das alles sehr lustig. Er sagte, sobald man sein Essen bekam, knallte man einen Blechdeckel darüber, doch selbst dann mußte man entdekken, daß sich darin mehr Fliegen als Essen befanden.

Hugo hatte dennoch ganz gut überlebt, und auch Simon rechnete nicht damit zu sterben. Und doch starben dort draußen Männer – junge Männer, wie Simon oder Hugo.

Als Simon bei Tagesanbruch aufstand, hatte er das Glück, einen Armeelastwagen ausfindig zu machen, der nach Helûan fuhr. Während die zivile Welt noch schlief, wurde er aus Kairo hinaus und wieder in die Wüste gefahren. Es schien, als wäre in diesem Land überall Wüste. Die Sonne erhob sich über die Häuser und erhellte die Straßen mit einem fahlen, trockenen Licht. Der Lastwagenfahrer sagte ihm, als er ihn am Lager etwas außerhalb von Helûan absetzte, daß er mit dem Zug fahren könnte, falls ihn niemand mit zurücknehmen würde. Er machte sich auf den Weg, an Hütten vorbei, über zertrampelten, dreckigen Sand, bis er auf ein großes, braunes Gebäude zukam, das wie ein mißratener Schlammkuchen aussah. Dort, in einem kleinen Raum, vor einem kleinen Schreibtisch, fand er Major Perry.

Der Major hatte ein dickes, bronzefarbenes Gesicht und einen weißen Schnurrbart, ein übertrieben aufmerksames Benehmen und sah so aus, als ob er in einen früheren Krieg gehörte. Er erhob sich etwas, streckte die Hand aus und sagte mit lauter Stimme: »Wurde von Ihrer Abkommandierung unterrichtet – muß hier irgendwo rumliegen. Der Korporal wird es später raussuchen.« Dann begann er sich dafür zu entschuldigen, daß er alt und übergewichtig war. »Ich wünschte, ich hätte eine Chance wie Sie. Ich wäre liebend gerne dort draußen, um den Hunnen eins auf die Rübe zu geben. Jetzt müssen Sie das für mich machen. Äußerst schwache Vorstellung, kürzlich! Schon davon gehört? Tobruk ist gefallen.«

»Ja, Sir. Ich nehme an, die Lage der Dinge ist ziemlich schlimm, Sir?«

»Da haben Sie verdammt recht, es sieht ziemlich schlimm aus. Wir haben die ganze Garnison verloren und werden von Glück reden können, wenn wir nicht den ganzen Nahen Osten verlieren. Trotzdem! Wir sind noch nicht geschlagen. Es hängt von Ihnen ab, Boulderstone. Frisches Blut und frische Ausrüstung – das ist es, was wir brauchen. Wenn man uns mit beidem versorgt, werden wir es schon irgendwie schaffen. Die haben Hitler und seine Eingebungen, und wir haben Churchill und sein Eingreifen: Damit dürfte es fifty-fifty stehen, meinen Sie nicht auch?«

Simon sagte gar nichts. Er war zu sehr darüber verblüfft, daß man Hitler und Churchill auf die gleiche Stufe stellen konnte; der Major mußte leicht verrückt sein. Um das Gespräch in eine andere Richtung zu lenken, wandte Simon ein, daß er nicht auf dem laufenden sei. Er hatte die letzten zwei Monate auf der *Queen Mary* verbracht und war, was Neuigkeiten anging, auf die Radionachrichten angewiesen gewesen. In den letzten, an die er sich erinnerte, war von »strategischen Rückzügen« gesprochen worden.

»Strategisch, am Arsch!« Perry schniefte derart kräftig, daß ihm eine kräftige Alkoholfahne entwich, woran Simon erkannte, daß er nicht verrückt, sondern betrunken war. Wahrscheinlich war er betrunken zu Bett gegangen und noch betrunken wieder aufgestanden, und wahrscheinlich half ihm das Trinken, die Panik zu überstehen. »Wissen Sie, das hier ist nicht das Handicap von Sollum – das ist eine verdammte Schlappe. Verdammte Deutsche kommen auf uns zu in unseren eigenen verdammten Panzern. Das Material, das diesen Scheißkerlen in die Hände gefallen ist, hätte Rommel nach Bengasi zurückgedrängt.«

»Wie ich hörte, gab es einen Mangel an Fahrzeugen, Sir.«

»Mangel an Fahrzeugen! Es gibt einem Mangel an jedem verdammten Ding, von dem die Armee je gehört hat. Nennen Sie irgend etwas – wir haben es nicht. Außer Männern. Jede Menge Männer, aber keine Ausrüstung für sie. Keine Gewehre, keine Panzer, keine Feldgeschütze. Und die Männer sind kaputt. Verdammt kaputt sogar!« Perry machte eine Pause und schob seine Lippen so weit vor, daß Simon den nikotinbraunen unteren Rand seines Schnurrbarts sah. Als er zu dem Schluß gekommen war, daß er schon zu viel gesagt hatte, senkte er seine Stimme. »Frisches Blut, das ist es, was wir brauchen. Zu viele Männer sind schon zu lange dort draußen, rennen ziellos hin und her, bis sie am Ende nicht mehr wissen, wo hinten und vorne ist. Aber nun zu Ihnen, Boulderstone. In normalen Zeiten würden Sie zuerst einen Monat in einem Lager verbringen. Aber dies sind keine normalen Zeiten. Wir brauchen Sie dort draußen. Wir sind gerade dabei, eine Menge alter Lastwagen zu überholen, und bald wird ein Konvoi abgehen. Ich glaube, wir können Sie sehr schnell dort hinausbringen.«

»Das ist genau das, was ich möchte, Sir.«

»Sind ganz scharf drauf, was? So ist's recht. Könnte Sie am Dienstag losschicken.«

»Bis dahin, Sir – habe ich Urlaub?«

»Urlaub? Warum nicht? Achtundvierzig Stunden. Läuten Sie mich nach vierundzwanzig Stunden an, und ich laß' Sie wissen, wie es steht. Sie können sich Ihren Sold auszahlen lassen und zwei Nächte in der Stadt verbringen. Wie klingt das, hm? Kennen Sie irgend jemanden in Kairo?«

»Mein Bruder kennt jemanden dort. Ein Mädchen. Ich könnte sie aufsuchen.« Simon hatte eigentlich nicht daran gedacht, Hugos Mädchen aufzusuchen. Doch als er nun an sie dachte, errötete er und konnte nicht anders als zu grinsen.

»Aha!« Perrys feuchte, blaue Augen, die bis dahin ruhelos in wässerigen Augenhöhlen umherirrten, fixierten nun Simons junges, rosiges Gesicht. »Nicht übel. Und falls Sie ein bißchen ... ich meine, falls Ihnen jemand privat ein Quartier für die Nacht anbietet – lassen Sie sich nicht abhalten. Sie müssen nur das Transit Office anrufen und Ihren Übernachtungsschein zurückgeben. Ich weiß, daß Ihr Jungs Kairo für die babylonischen Fleischtöpfe haltet. Aber zwei Dinge sind hier äußerst knapp. Eines davon ist *Lebensraum*.«

»Und was ist das andere, Sir?«

»Haaa, Haaa, Haaa!« Perry schniefte heftig und streckte dann wieder die Hand aus. »Sie brauchen sich da keine Sorgen zu machen. Nein, nicht bei Ihrem Aussehen. Dann viel Glück. Amüsieren Sie sich, solange Sie noch die Möglichkeit haben.«

Hugos Freundin wohnte in Garden City. Als Simon das schäbige Bahnhofsviertel von Kairo verließ und in die ebenso schäbige Pracht des Stadtzentrums vorstieß, dachte er noch, er würde sich alleine zurechtfinden. Irgendwo würde er sicherlich einen Wegweiser sehen.

Die Hauptstraßen beeindruckten und entnervten ihn gleichzeitig. Auf den Gehsteigen war es voll, und die Autos hupten meist ohne sichtbaren Anlaß. Hier trugen die Ägypter europäische Kleidung, und zwar Männer und Frauen, aber unter ihnen waren auch jene anderen Ägypter, die er schon gesehen hatte, wie sie mit ihren Pantoletten am Bahnhof umherschlappten. Die Männer kamen hierher, um Waren zu verkaufen, die Frauen, um zu betteln. Und überall gab es britische Soldaten, gestrandete Männer, die nichts anderes zu tun hatten, als schlurfend durch die Straßen zu wandern und vor sich hinzubrummen, ohne Geld und ohne Ziel.

Es war Sonntag. Einige Geschäfte waren offen, doch irgendwie lag eine etwas schläfrige Feiertagsatmosphäre über den Straßen. Simon hatte einmal einen Schulausflug nach Paris mitgemacht, und es kam ihm nun so vor, als sei dies noch ein Paris, ein nicht ganz echtes, zu schnell aufgebautes, das nun sich selbst überlassen war, um zu verfallen und zu verstauben. Nichts sah wie ein Garten oder eine Garden City aus. Er würde sich nach dem Weg erkundigen müssen, aber er hatte etwas Angst, Leute anzusprechen, die vielleicht seiner Sprache nicht mächtig waren, und einfachen Soldaten ging er aus dem Weg, da diese nie mehr wußten, als sie unbedingt wissen mußten. Er schaute sich nach einem Offizier um, den er unbefangen ansprechen konnte. Er sah Offiziere aus allen verbündeten Ländern – Polen, Freie Franzosen, Inder, Neuseeländer – aber die, die er suchte, junge Engländer von niederem Rang wie er selbst, tauchten nicht auf.

Etwas an Simon – vielleicht weil man ihm ansah, daß er neu in der Stadt und unsicher war – zog die Bettler und Straßenverkäufer an. Die Frauen zupften ihn am Ärmel und hielten ihre Babies hoch, um deren Augen ein schwarzer Kreis war, den er zuerst für Make-up hielt; als er genauer hinsah, mußte er jedoch feststellen, daß es sich um Fliegen handelte. Offiziersstöcke, Fliegenwedel, Füllfederhalter wurden ihm entgegengestreckt, ganz so, als ob es seine Pflicht wäre, sie zu kaufen. »Gestohlen«, flüsterte der Mann mit dem Füllfederhalter, »*Gestohlen*«! Der Brauseverkäufer schlug klirrend seine Messingschellen vor Simons Gesicht zusammen. Und Jungen, die überhaupt nichts zu verkaufen hatten, riefen ihm zu, »Hey, George, was Sie wollen, ich besorgen. Ich besorgen alles.«

Am Anfang amüsierten ihn diese Aufmerksamkeiten noch, doch später, als die Sonne am Himmel höher stieg, wurden sie ihm lästig. Eine heiße und sandige Luft wehte durch die Straßen, und der Schweiß rann sein Gesicht hinunter. Ein Mann schob einen Korb Aprikosen unter seine Nase, doch er wich zur Seite aus und schüttelte den Kopf. Nachdem der Mann von Simon abgelassen hatte, riß er den Korb herum und drängte ihn einem Soldaten auf, doch der spuckte nur darauf. Es war ein schöner, goldfarbener Korb voll bernsteinfarbener Früchte, und der Verkäufer war stolz darauf. Er fuhr unbeirrt fort, »Abbikosen, George, weich. Heute sehr billig«, doch der Soldat legte seine Hand unter den Korb und schleuderte ihn in die Luft. Die Aprikosen rollten unter die Füße der Vorübergehenden, und der Verkäufer kroch jammernd und schluchzend auf allen vieren hinterher, um sie mühsam vom schmutzigen Gehsteig aufzusammeln. Der Soldat sah Simon schräg von der Seite an, aggressiv und doch schuldbewußt, bevor er eilig in der Menge untertauchte. Simon überlegte sich noch, ob er ihm nachgehen und zur Rede stellen, seinen Namen und seine Personalnummer notieren sollte. Doch wie erkennt man einen einzelnen britischen Soldaten unter so vielen anderen wieder? Sie ähnelten sich alle, ganz so, als ob sie alle aus dem selben englischen Dorf kämen; nicht sehr groß, die Haut rot und feucht, das Haar, die kurzen Hosen und die Hemden ockerfarben ausgebleicht, mutlos herumhängend, die Nase voll bis obenhin.

Je mehr die Hitze zunahm, desto mehr ließ Simons Selbstvertrauen nach, und schließlich hielt er ein Taxi an und ließ sich nach Garden City fahren.

Das Mädchen hieß Edwina Little, und in einem Brief an Simon beschrieb Hugo sie als »die hinreißendste Puppe in Kairo«. Diese Formulierung hatte Simon stark beeindruckt, obwohl er selbst gerade kurz davor war, seine Freundin Anne zu heiraten. Hugo hatte ihn beauftragt, fünf Pfund von seinem Konto abzuheben und dafür im West End ein Fläschchen Parfüm zu kaufen. Das Parfüm hieß *Gardenie*, war – wie er meinte – fürchterlich teuer, und sollte mit der Diplomatenpost nach Ägypten geschickt werden. Simon wußte fast nicht, wie er im Auswärtigen Amt seine Aufdringlichkeit erklären sollte, doch der Mann, der für das Diplomatengepäck verantwortlich war, sah in seiner Bitte kein Problem.

»Noch eine Opfergabe für Miss Little?«

»Oh, es macht Ihnen doch nichts aus, oder? Ich meine – ist das in Ordnung?«

»Vollkommen. Wir kriegen es schon irgendwo unter.«

Wegen dieses romantischen Auftrags war ihm Edwina wie ein edles Wesen im Gedächtnis geblieben, verschwenderisch und begehrenswert, aber doch eher zu einem älteren Bruder passend als zu so einem unerfahrenen Jungen, wie er einer war. Briefe zwischen England und Ägypten waren so lange unterwegs, daß Hugo nichts von Simons Abkommandierung wußte und somit keine Gelegenheit gehabt hatte, ihn Edwina vorzustellen. Da er jetzt uneingeladen und als quasi Fremder hinging, verspürte Simon ein Gefühl von Kühnheit, das seine Erregung noch steigerte.

Die Straße fiel zum Fluß hinunter ab, und als sie am Ufer angelangt waren, rief der Fahrer ihm zu: »Wo du nun hin wollen?«

»Garden City.«

»Das *sein* Garden City.« Der Fahrer, ein großer, stämmiger Schwarzer, hatte die Streitlust eines Sudanesen. »Welche Nummer er wollen?«

Das Taxi drosselte die Geschwindigkeit, und sie fuhren lange Zeit auf sich schlängelnden Straßen umher, während sie ein Haus unter vielen suchten; alle verliehen sie einem das Gefühl einer wohlhabenden Vergangenheit und einer momentanen Baufälligkeit. Als der Fahrer aus Langeweile anhielt, protestierte Simon: »Das ist nicht die richtige Hausnummer.«

Der Sudanese schwang sich herum, sein Gesicht arbeitete sichtlich vor Wut. »Dies *sein* richtige Nummer. Du zahlen oder er Taxometer einschalten.«

Simon lachte. »Na, gut.« Während er in der komatösen Luft der Mittagshitze unter dem schweren Blätterdach aus Palmen und anderen Bäumen geräuschlos die sandige Straße hinunterging, wurde er durch das Zuschlagen von Autotüren und einer energischen englischen Stimme aufgeschreckt, die Befehle erteilte. Er ging in Richtung des Lärms, bog um eine Ecke und sah schließlich einen großen Mann in Khaki-Hosen und -Hemd, mit einem breitkrempigen Khaki-Hut, der Fahrgäste in zwei Autos dirigierte. Kommandos wie »Rücken Sie auf! Sie steigen jetzt da ein! In diesem sind jetzt genug!« erregten in Simon den Verdacht, sich einer militärischen Operation zu nähern. Statt dessen stellte er fest, daß sich in dem ersten Wagen zwei Frauen und ein alter Mann befanden, der einen Spielzeughund auf den Knien hielt. Der große Mann konzentrierte sich jetzt darauf, das zweite Auto vollzupacken. Beide Autos standen vor dem Haus, das Simon suchte. In der Hoffnung, unbemerkt zu bleiben, schob er sich vorsichtig durch das Gartentor, wurde jedoch entdeckt.

»Suchen Sie jemanden?«

»Miss Edwina Little.«

Der Mann runzelte die Stirne und sprach wie ein verärgerter Vater, obgleich er nicht älter als dreißig war. »Eine Freundin von Ihnen?«

Simon hätte ihm diesen Ton übelgenommen, wenn er nicht gleichzeitig darin eine Spur von Besorgnis gehört hätte. Fast sanft antwortete er: »Eine Freundin meines Bruders.« Von dem Balkon über ihm flüsterte jemand »Hallo«. Er schaute ruckartig hoch und sah ein Mädchen, das den Arm auf das Balkongeländer und die Wange auf den Arm gelegt hatte. Sie schaute herab, lächelte und bat ihn: »Sagen Sie mir doch, wer Sie sind.«

Ihr Haar war an sich braun, nur dort, wo die Sonne es erwischt hatte, golden, und es verbarg den größten Teil ihres Gesichts. Ein Bademantel aus weißem Frotteestoff, der den warmen Farbton ihrer Haut noch unterstrich, verhüllte ihren Körper bis auf den Arm und den Ansatz ihrer Brust. Und doch war der Eindruck, den sie vermittelte, der von außergewöhnlicher Schönheit. Simon verschlug es fast den Atem. »Mein Name ist Simon Boulderstone. Ich bin Hugos Bruder.«

»Oh, wirklich?« Sie sprach voll Verwunderung, beugte sich näher zu ihm hinunter, während er sich auf die Zehenspitzen stellte und das reiche Aroma des Gardeniaparfüms riechen konnte – oder es sich zumindest einbildete –, das sie mit der Diplomatenpost bekommen hatte. Er begann ihr zu erzählen, daß er erst am Tag zuvor angekommen sei, doch er wurde von dem großen Mann unterbrochen, dessen Stimme nun angestrengt und nörglerisch klang.

»Also wirklich, Edwina, du sagtest, du seist krank.«
»Oh, ich *bin* krank.« Sie schob ihr Haar zurück, um Simon anzulächeln. »Sehen Sie, ich habe Kopfschmerzen und kann Cliffords Ausflug nicht mitmachen, aber es wird mir besser gehen, nachdem ich mich ausgeruht habe. Kommen Sie doch später wieder. Aber versprechen Sie mir, daß Sie später wirklich zurückkommen.«
»Selbstverständlich, ich komme wieder.«
Edwina zog ihren Bademantel am Hals zusammen, richtete sich auf und rief Clifford zu, »Nimm ihn mit, Darling.«
»Wir sind schon ziemlich voll...«
»Und bring ihn sicher zurück.« Edwina winkte allen zu, schenkte Simon ein Extralächeln und verschwand in dem verdunkelten Zimmer hinter dem Balkon.
Clifford brummelte: »Nun, wenn sie will, daß Sie mitkommen, dann denk' ich, müssen wir das eben irgendwie einrichten.« Wieder in seinen Befehlston zurückfallend, wies er den Mann mit dem Hund an, hinten zwischen den beiden Frauen Platz zu nehmen. Als Simon sah, wie der alte Knabe brav seinen Platz als Beifahrer aufgab, sagte er: »Oh, nein...« Doch Clifford, der sich selbst hinter das Lenkrad setzte, befahl ihm schroff: »Steigen Sie ein! Steigen Sie ein! Wir sind sowieso schon spät dran.«
Weil er sich irgendwie im Unrecht fühlte, verhielt sich Simon still, als die Autos losfuhren, doch er schaute verstohlen auf Clifford und fragte sich, wer und was er wohl war. Mit seinem breiten Khaki-Hut sah er auf den ersten Blick aus wie ein Offizier in einer der Kolonialstreitkräfte, doch Simon bemerkte, daß er keine Rangabzeichen trug. Er war Zivilist. Auch sein Aussehen verschlechterte sich beim näheren Hinsehen. Die dünnen, regelmäßigen Gesichtszüge verzogen sich zu einem Mund hin, der klein, hart und schmal war wie der Rand einer Münze.
Als Clifford Simons Blick spürte, sagte er: »Bin immer froh, euch Jungs dabei zu haben. Es wäre schließlich schade für euch, hierherzukommen und nichts von den Sehenswürdigkeiten zu sehen.«
Simon, der keine Ahnung hatte, wohin er mitgenommen

wurde, stimmte dem zu, obgleich sein Hauptinteresse an dem Ausflug der Rückkehr nach Garden City galt.

»Interessiert an Ägyptologie?«

Simon dachte an das Kino zu Hause mit seinem Tutenchamun-Dekor und antwortete: »Ja, ich denke schon.«

»So ist es richtig. Lerne, soviel du kannst, solange du kannst. Dies ist der Nil.«

Simon schaute auf den breiten, grau-silbernen Fluß, der sich langsam wie eine Schlange zwischen grau- und gelbschlammigen Ufern hindurchwälzte.

Clifford deutete mit dem Daumen auf ein paar kleine Boote, die träge wie Treibholz vorbeischwammen, und sagte: »Feluken.« Simon schaute auf die weißen, dreieckigen Segel der Feluken, die sich im Wind neigten. Derselbe Wind blies durch das Auto wie der heiße Atem flüssigen Metalls.

»Bei Sonnenuntergang können Sie dort drüben die Pyramiden sehen.«

Simon schaute hinüber, konnte aber nur den verschwommenen Dunst der Hitze sehen. Sie hatten den Fluß überquert und gelangten in Vororte, wo das Leben allmählich zum Stillstand kam. Es war eine Gegend großer, moderner Häuser und breiter Straßen, wo die Bäume feuerrote Blütentrauben wie einladende Hände ausstreckten. Ein paar Autos befanden sich noch auf dem Heimweg, doch die Heimatlosen – Stadtstreicher, Bettler und Hunde – hatten sich unter den Bäumen niedergelegt, um den Nachmittag zu verschlafen.

Clifford blickte Simon scharf und vorwurfsvoll an. »Was geschieht dort draußen?«

»Wo?«

»In der Wüste, natürlich. Wo denn sonst? Was zum Teufel habt ihr Kerle bloß vor? Vor nicht all zu langer Zeit waren wir in Bengasi – und wo sind wir jetzt? Es geht das Gerücht um, daß wir sogar Marsa verloren hätten. Stimmt das?«

Simon sagte, er wüßte nichts, er sei gerade erst mit der Verstärkung angekommen – eine Tatsache, die Clifford offensichtlich aufheiterte und in seinem Sitz entspannen ließ. Lachend sagte er: »Dachte doch gleich, Sie sähen noch sehr unverdorben aus.«

Die Mitfahrer auf der Rücksitzbank hatten während der ganzen Fahrt kein Wort gesprochen. Als Simon zu ihnen nach hinten schaute, bemerkte er, daß eine der Frauen – ein blasses, dunkelhaariges Mädchen – nicht viel älter war als er. Zu dünn, dachte er, doch er war von der Glut ihrer dunklen Augen angezogen und lächelte sie an.

»Ich bin Simon Boulderstone.«

»Hugos Bruder?«

»Sie kennen Hugo?«

Simon drehte sich auf seinem Sitz um, da er mehr von jemandem zu hören hoffte, der Hugo kannte, aber der gemeinsame Berührungspunkt schien sie bloß zu beunruhigen. Ganz offensichtlich um von diesem Thema abzulenken, sagte sie: »Ich bin Harriet Pringle. Und das ist Mr. Cliffords Sekretärin, Miss Brownall.«

Miss Brownall, eine bleichgesichtige, ältliche Jungfer, beugte sich bei der Nennung ihres Namens etwas vor, betrachtete ihn gespannt und wartete offensichtlich darauf, daß er etwas sagte. Aber ihm fiel nichts ein, was er hätte sagen können, und so drehte er sich mit einem Lächeln wieder um.

Clifford winkte zur Windschutzscheibe hin und sagte: »Hier haben wir sie!« Und als Simon das stumpfe, mitgenommene Gesicht der Sphinx sah, verschlug es ihm vor Staunen fast den Atem. Dann kamen die Pyramiden. Man hatte ihm gesagt, daß er sie bei Sonnenuntergang sehen könnte, aber nicht, daß er sie noch an diesem Nachmittag zu Gesicht bekäme. Und da waren sie, nahmen Gestalt an wie Schatten aus dem Dunst – oder, um genauer zu sein, nur eine nahm Gestalt an, bis eine andere kleinere Pyramide sich hinter ihrer Nachbarin abzeichnete und somit zwei vorhanden waren, die allmählich greifbar wurden und unerschütterlich auf dem sandigen Felsen standen. Um sie besser zu sehen, steckte Simon den Kopf aus dem Fenster, zog ihn jedoch bald wieder herein, da er von der gleißenden Helligkeit draußen geblendet wurde.

Die Sonne stand jetzt fast im Zenit, und mit jedem Zentimeter, den sie weiter stieg, wuchs die Hitze. Das Auto kam Simon wie eine Brennform in einem Hochofen vor. Das Dach drückte wie ein Gewicht auf die Insassen, und Simon beneidete Edwina, die ihre Kopfschmerzen im Bett ausschlafen konnte. Wenn er in Kairo geblieben wäre, würde er möglicherweise jetzt auch schlafen. Aber wo könnte er schlafen? Mit Sicherheit nicht in jenem Kasernenzimmer mit seinem Todesgeruch. Er nickte ein und sein Kopf fiel gegen die Seite des Autos. Er setzte sich auf und hörte, wie Clifford zu den anderen sprach.

»Man sagt, daß Wavell Pläne für eine Evakuierung Kairos gemacht hat, aber Pläne hin oder her, es wäre glatter, verdammter Mord. Es hat ja schon angefangen. Jeder Ausländer in Kairo drängt in die Züge und haut ab, solange dies noch möglich ist. Ich meine damit natürlich nicht die Briten. Die echten Ausländer. Der Haufen, der aus Europa kam.«

Harriet Pringle warf ein: »Wir kamen auch aus Europa.«

»Ich meine die ausländischen Ausländer. Die Kanaken. Die Gyppo-Gepäckträger am Bahnhof haben Hochsaison. Ich war gestern dort und sah sie die Gepäckstücke herumschmeißen, brüllend vor Lachen, während sie ›Hitler kommt‹ schrien. Bis jetzt ist alles noch recht lustig, aber wartet nur, bis die Hunnen wirklich hierher kommen.«

Der alte Mann mit dem Hund sagte: »Ich weiß nicht. Kein schlechter Kerl, der Gyppo. Er mag sich vielleicht über uns lustig machen, aber er nutzt uns nicht aus. Keine Beleidigungen, keine bösen Worte. Ich glaube nicht, daß sie uns was tun werden.«

Clifford reagierte nicht darauf, aber nach ein paar Minuten sagte er: »Dann machen Sie sich also nicht davon, Liversage? Einige von uns, die Jobs oder Häuser hier haben, werden bleiben müssen. Aber Sie können doch jederzeit gehen.«

Liversage stimmte ihm vergnügt zu: »Klar kann ich jederzeit gehen – aber solange sie mich nicht dazu zwingen, werde ich bleiben. Ich wurde aus Sofia rausgeworfen, und ich wurde aus Griechenland rausgeworfen; doch jetzt werde ich bleiben, wo ich bin. Ich glaube nicht, daß sie sich um so einen komischen alten Kauz wie mich scheren.« Und indem er sich in seine Ecke zurücklehnte und die Augen schloß, zeigte er an, daß er die Sache als erledigt betrachtete.

Simon war überrascht über dieses Gespräch über eine mögliche Flucht und sagte: »Ich hörte von dem Alarmzustand, aber ich wußte nicht, daß die Dinge so schlecht stehen. Ich meine, wenn es so schlimm steht, ist es dann nicht etwas seltsam, eine Besichtigungstour zu unternehmen?«

»Eigentlich nicht. Es hat keinen Zweck, in der Stadt herumzuhocken. Das Problem ist, daß sie uns im ungewissen lassen, was die wirkliche Lage anbelangt. Nicht sehr klug, meiner Meinung nach. Ungewißheit erzeugt Angst. Ich würde sagen: ›Erzählt den Leuten die Wahrheit. Vertraut darauf, daß sie kühlen Kopf bewahren.‹ Mit Leuten meine ich natürlich uns. Nicht den Kaffer. Dem Kaffer würde ich nicht einmal sagen, wie spät es ist.«

Liversage murmelte im Schlaf: »Lustiger Kerl, Ihr Kaffer. Ich komme nicht umhin, ihn zu mögen.«

Clifford ignorierte dies und sagte statt dessen: »Zuerst schauen wir uns die Sakkâra-Pyramiden an. Das da drüben ist die Stufenpyramide. Gefährlich. Keiner darf hinein. Aber es gibt noch eine andere ...«

Miss Brownall kreischte vor Entsetzen: »Doch nicht die mit den Fledermäusen?«

Clifford, mit seinem autoritären Gehabe und seiner Uniform, die keine Uniform war, fragte streng: »Und warum nicht die mit den Fledermäusen?«

»Oh, mein Gott!«

Das Auto bog nach links ab auf eine Sandpiste, und man konnte durch den unendlichen, diffusen Dunst der Ferne vage Formen sehen. Beim Näherkommen entpuppten sie sich als Haufen ungebrannter Backsteine, die einmal eine Pyramide gewesen waren. Jetzt standen sie da wie geduldig wartende Tiere, während Clifford schleudernd in einem Bogen vor sie hinfuhr und bremsend zum Stillstand kam. Das nachfolgende Auto versuchte, den Bogen nachzumachen, schleuderte jedoch zu sehr und rammte fast Cliffords Wagen. Mit einem grimmigen Gesichtsausdruck riß er die Tür auf, doch als er sah, daß alles in Ordnung war, gab er sich damit zufrieden, mit der Stimme eines Führers zu rufen: »Alles aussteigen. Alles aussteigen.« Seine Gefolgschaft kämpfte sich aus der Hitze der Ellenbogenenge frei, um sich in einem weiträumigeren Hitzeareal wiederzufinden.

Mit einem Fliegenwedel in der einen Hand und einer Taschenlampe in der anderen deutete Clifford mit beiden Gegenständen auf die größte und besterhaltene der Pyramiden: »Wir gehen in diese.« Er bemerkte dann, daß Liversage sich noch im Auto befand. Rasch ging er zu ihm hin, betrachtete den alten Mann, und als er sah, daß er schlief, ließ er ihn in Ruhe. Die restliche Schar führte er zu einem Loch an der Flanke der Pyramide.

Harriet Pringle trödelte ein bißchen, war die letzte in der Schlange und schien nur widerwillig hineingehen zu wollen. Simon wartete, um ihr den Vortritt in die dunkle, zerklüftete Öffnung zu lassen, aber sie schüttelte den Kopf: »Mir gefällt das alles nicht.« Der äußere Steinmantel der Pyramide war geplündert worden, und die Innenstruktur war in sich zusammengesunken wie ein ruinierter Plumpudding. »Ich glaube nicht, daß es sicher ist, und außerdem habe ich Angst vor Fledermäusen.«

Lachend erwiderte Simon: »Dann werde ich vorangehen und sie verscheuchen.«

Ein paar Schritte lang konnten sie aufrecht gehen, dann hing die Decke durch, und sie mußten sich bücken, um darunter hindurchzukommen. Vorne an der Spitze kicherte Miss Brownall, und am Trippeln, Scharren und Ächzen konnte man erkennen, daß die anderen gezwungen waren, sich auf Händen und Knien weiterzubewegen. Als Harriet kurz stehenblieb, verfing sich plötzlich etwas in ihrem Haar, was sie umkehren und ans Tageslicht zurückrennen ließ.

Simon ging weiter, bis er Raum um sich herum spürte und Menschen atmen hörte. Die Luft war kalt. Clifford hatte seine Taschenlampe ausgeknipst, um die Dramatik der Ankunft in der Mittelkammer noch zu steigern. Die Gruppe stand somit im Dunkeln, bis die Nachzügler eintrafen. Als Simon hinzustieß, schaltete Clifford die Taschenlampe wieder an und leuchtete ihn an: »Alle hier?« Dann bemerkte er, daß Harriet fehlte, und fragte verärgert: »Wo ist *sie* nun wieder hin?«

»Mrs. Pringle kehrte um.«

»Oh, tatsächlich!«

Klugerweise, dachte Simon, als er sich umsah. Die Kammer war leer bis auf einen steinernen Sarkophag von gewaltiger Größe. Alles andere war geplündert worden, selbst der Deckel des Sarkophags. Es gab nicht nur nichts zu sehen, es war auch, wie Simon erkannte, verdammt leichtsinnig, diesen Ort zu betreten. Die Spitze der Pyramide war durch den Gewölbeverputz gebrochen, und mehrere Tonnen Backsteine, die bei der geringsten Erderschütterung herunterkommen konnten, schwebten förmlich über ihren Köpfen.

Clifford, der sich unerschütterlich unter diesem Gefahrenherd bewegte, leuchtete mit seiner Taschenlampe auf die baufälligen Wände und sagte: »Wunderbar frisch diese Farben. Buch der Toten, wissen Sie!«

Die anderen standen umher, als wagten sie es nicht, sich zu bewegen, und ihr Murmeln klang für Simon eher ängstlich als bewundernd. Miss Brownall rieb ihre nackten Arme, und einer der Männer aus dem zweiten Auto fröstelte und hatte sich einen Schal um Kinn und Filzhut gewickelt.

»Nun, Miss Brownall«, fragte Clifford heiter, »wer glauben Sie, war hier begraben?«

Miss Brownall sagte, sie wisse es nicht, doch der Mann mit dem Schal beantwortete die Frage für sie. »Ich würde vermuten, ja... ja, ich würde vermuten, es war Ozymandias, der König der Könige.« Seine präzise Artikulation ließ eigentlich nicht auf einen Witz schließen, doch Clifford betrachtete ihn trotzdem mißtrauisch.

»Ich wußte gar nicht, daß es einen Ozymandias gab.« Um weiteren Diskussionen vorzubeugen, ging Clifford eilig zu einem Eingang in der weiter entfernten Wand hinüber. »Nun, das ist interessant. Noch ein Gang. Mal schauen, wo der hinführt.«

Als die anderen hinter ihm dreingingen, entfloh Simon kurzentschlossen und kam dort heraus, wo Harriet mit dem Rücken zur Pyramide auf dem Boden saß und Sand durch die Finger siebte. Sie hatte einen kleinen Haufen blauer Perlen und Stoffreste von Mumientüchern gesammelt. »Schauen Sie, was ich gefunden habe.«

Simon setzte sich neben sie und benutzte die Gelegenheit, sie zu fragen: »Wer ist Mr. Clifford? Ist er sehr bedeutend?«

»In gewisser Hinsicht schon. Er ist Vertreter einer Ölgesellschaft, doch er ist nicht so bedeutend, wie er es gerne wäre. Er gehört nicht zu dem Kreis, der Polo spielt und zu Spielabenden lädt. Um aber seine Überlegenheit zu zeigen, hat er sich voll und ganz auf das Alte Ägypten gestürzt.«

»Ich nehme an, er *ist* Engländer? Aus welcher Region stammt er?«

»Ach, Sie meinen seinen Akzent? Das ist ein Clifford-Akzent. Er ist Engländer, stammt aber nicht aus England. Die Cliffords leben schon seit Generationen hier. Die Männer gehen nur heim, um eine englische Ehefrau zu suchen, damit der Familienstammbaum englisch bleibt. Ihre Traditionen sind englisch, ihr Geld aber nicht. Ich frage mich, auf welcher Seite er sein würde, falls die Gyppos sich gegen uns wenden?«

»Sich gegen uns wenden? Sie glauben doch nicht etwa, daß sie sich gegen uns wenden würden, nach allem, was wir für sie getan haben?«

»Was haben wir denn schon für sie getan?« machte Harriet sich über ihn lustig.

»Wir brachten ihnen Gerechtigkeit und Wohlstand. Wir zeigten ihnen, wie Menschen leben sollten.«

Sein Gesicht war nahe bei ihrem, und als sie seine reine Haut, das klare Weiß seiner Augen und das sich davon abzeichnende dunkle Blau der Iris sah, dachte sie: »Wie jung er noch ist!« Bis jetzt hatte sie es immer als selbstverständlich betrachtet, daß ihre Generation die jüngste der erwachsenen Generation war. Doch sie erkannte, daß in den zwei Jahren ihrer Ehe eine noch jüngere Generation in diesen Krieg gekommen war. Sie traf in Ägypten ein, unerfahren und naiv, erfüllt von dem Glauben, in dem sie erzogen worden war. Sie glaubte daran, daß das britische Empire auf ewig die stärkste Macht darstellte, die die Welt je gekannt hatte. Sie erwartete Dankbarkeit von den Ägyptern, und es schmerzte sie, wenn sie erkannte, daß sie gerade noch toleriert wurde.

»Was haben wir hier denn vollbracht, außer, daß wir Geld

gemacht haben? Ich nehme an, ein paar wenige reiche Ägypter sind noch reicher geworden, indem sie uns unterstützten. Doch die Masse der Menschen des Landes, die Bauern und die Armen aus den Seitensträßchen, die sind noch genauso krank, unterernährt und elend, wie sie es von jeher waren.«

Da er sich seiner Unwissenheit bewußt war, versuchte Simon nicht zu widersprechen, sondern änderte seine Taktik.

»Aber sicher sind sie froh, uns hier zu haben, damit wir sie beschützen?«

»Sie glauben nicht, daß wir sie beschützen. Sie glauben, daß wir sie nur benutzen. Und das machen wir ja auch. Wir beschützen den Suezkanal und die Route nach Indien und Cliffords Ölgesellschaft.« Verwirrt von Simons bekümmertem Blick, stand Harriet auf und fragte: »Und wo ist Clifford? Was machen die dort drinnen?«

»Noch einen weiteren Gang erforschen. Ich muß sagen, er ist ganz schön mutig. Das Gewölbe ist so wacklig, daß es jeden Moment herunterkommen könnte.«

»Der gibt doch nur an. Er ist durch Sie herausgefordert.«

»Durch mich? Warum durch mich?«

»Weil Sie bei der kämpfenden Truppe sind, wo er eigentlich auch sein sollte, aber nicht ist.«

»Ach, wegen mir bräuchte er sich keine Gedanken zu machen. Wenn er sich heraushalten will, kann ich ihm nur viel Glück wünschen.«

Sie konnten Cliffords Stimme hören, als die Gruppe zurückkehrte. Harriet öffnete ihre Hand, die voller winziger blauer Perlen war und verstreute sie über den Sand: »Sie haben seit zweitausend Jahren hier gelegen. Jetzt können sie weitere zweitausend Jahre hier liegen.«

Als Clifford stirnrunzelnd und blinzelnd in das strahlende Licht hinaustrat, betrachtete er sie süffisant. »So, junge Dame, Sie hatten also Angst davor, mit uns zu kommen?«

»Ja.«

Verdutzt durch dieses Eingeständnis, wandte sich Clifford den anderen zu. »Gut. Zurück zu den Autos. Ich werde Ihnen ein sehr bemerkenswertes Grabmal zeigen.«

»Das lustige?« fragte Miss Brownall.

»Ja, das lustige.«

Clifford sagte es mit ernstem Gesicht, und er schaute noch genauso ernst, als er das Auto von den dunklen Hügeln wegsteuerte, die einmal Pyramiden gewesen waren, und es in das blendende Nichts des Wüstenhorizonts dirigierte. Silberne Luftspiegelungen verbargen jetzt den Sand, aus dem seltsam geformte Felsen und Steine aufrecht wie watende Vögel herausstanden. Außer Clifford war jeder still – benommen von der Atmosphäre im Auto. Simon stellte sich vor, wie sie berieten, wie ihr Fleisch weich wurde und zu Fett schmolz, während Clifford munter weitererzählte. Er war anscheinend von der Hitze nicht beeinträchtigt und beschrieb das Grab, das er angeblich selbst entdeckt hatte. Es war – und hier stimmte Miss Brownall eifrig zu – nicht vergleichbar mit irgendeinem anderen Garb, das vorher entdeckt worden war. Völlig versunken in seine Entdeckung, kam er mit dem Wagen von der Piste ab, wobei Harriet, die sich an einem metallenem Haltegriff festzuhalten versuchte, aufschrie, weil sie sich die Finger verbrannt hatte.

»Ist es immer so heiß?« fragte Simon.

»Das ist nur der Anfang. Im nächsten Monat kommt es noch schlimmer. Sie dachten immer, Engländerinnen und deren Kinder könnten solche Hitze nicht aushalten. Doch jetzt, wo wir hierbleiben müssen, stellen wir fest, daß wir es ganz gut ertragen.«

Eine Felsnase wurde in der Entfernung sichtbar, worauf Clifford sagte: »Das ist es. *Jetzt* werden Sie etwas sehen.«

Die Autos hielten an, und die Insassen mühten sich wieder heraus. Sie wurden sofort von Fliegen überfallen, die sich mit klebrigen Beinen auf verschwitzten Händen und Gesichtern niederließen. Clifford, der mit seinem Fliegenwedel herumschlug, sagte: »Ich weiß nicht, was sich Gott dabei dachte, als er die Fliegen erschuf.«

Bescheiden fragte Miss Brownall: »Wurden sie nicht erschaffen, um die Ägypter zu plagen?«

Harriet stimmte dem zu. »Die Plagen kamen und verschwanden nie mehr wieder.«

Simon begann damit, die Abermillionen von Fliegen zu beschreiben, die er gesehen hatte, eine schwarze Decke von Fliegen, die sich alle an den Ufern des Roten Meeres zusammengezogen hatten, doch da Clifford kein Interesse an diesem Vortrag hatte, befahl er der Gruppe, ihm in das Felsengrab zu folgen.

Simon blieb noch einen Moment, um eine Fliege zu beobachten, die sich bewegungslos auf dem Rücken seiner Hand befand. Ihr grau und schwarz gesprenkelter Körper war von transparenten Flügeln bedeckt, die ihr ein schmieriges Aussehen verliehen. Sie wirkte übergroß, wie durch ein Vergrößerungsglas betrachtet. Er versuchte sie abzuschütteln, doch sie blieb, von der Hitze gelähmt; und weil er nicht das Herz hatte, sie zu töten, wischte er sie herunter.

»Bleibt nicht zurück, Freunde«, rief Clifford. »Kommen Sie, bleiben Sie zusammen.«

Sie gingen durch eine Öffnung in das Halbdunkel einer großen Höhle. Die Maurer hatten sie in Quadrate aufgeteilt und die Wände verputzt, die Künstler hatten die Stellen markiert, die ausgeschmückt werden sollten, hatten aber nicht mehr weitergearbeitet. Einige der Stellen waren groß weiß oder rot bepinselt worden. Clifford deutete darauf und sagte: »Haben Sie je so etwas gesehen? Ist es nicht außergewöhnlich?«

Für kurze Zeit herrschte nachdenkliche Stile, ehe Harriet sagte: »Nein, eigentlich nicht. Es ist nur unvollendet. Sie hatten damals begonnen, die Wand zu bemalen, als aus irgendeinem Grund ihre Arbeit unterbrochen wurde.«

Miss Brownall zog hörbar die Luft ein, als ob sie um Harriets Sicherheit fürchtete, während Clifford tatsächlich sehr zornig aussah. »Warum hätten sie aufhören sollen?«

»Aus den üblichen Gründen. Die Nachfrage ließ nach. Neue Religionen machten sich breit. Neue Ideen. Oder die Preise stiegen, und die Grabmaler gaben ihren Beruf auf. Es ist interessant zu sehen, daß im alten Ägypten Dinge ebenso endeten, wie sie es immer taten.«

»Vielleicht. Vielleicht auch nicht.« Clifford war eher skeptisch, doch ein Mann aus dem zweiten Auto meinte: »Ich glaube, Mrs. Pringle hat recht. Es ist ganz einfach ein unvollendetes Grab.«

Clifford erwiderte: »Das ist eine bloße Spekulation. Egal, es gibt noch mehr zu sehen.« Er ging voran, einige unebene Stufen hinunter in eine kleinere, niedrigere Höhle, in der Gesimse in den Fels eingehauen worden waren. Hier waren die Wände unverputzt, und es gab keine aufgemalten Entwürfe oder Felder. Als Harriet sich in dem leeren Grab umsah, wo keine Seele Belehrung gesucht hatte und wo keine Belehrungen erteilt wurden, taten ihr die Erbauer leid, die gezwungen waren, ihre Arbeit aufzugeben. Während Clifford mit seiner Taschenlampe umherleuchtete und versuchte, an einem Ort Interesse zu entfachen, der aufgehört hatte, interessant zu sein, schaute Harriet über sich und sah, daß sie alle unter einem gigantischen Stein zusammengedrängt standen, der über ihnen schwebte und zurechtgelegt worden war, um auf das Loch gesetzt zu werden, nachdem alle Gesimse aufgefüllt worden waren. Vor Schreck murmelte sie etwas vor sich hin und jagte dann die Treppen hinauf in die Sicherheit im Freien.

Simon eilte ihr nach und fragte: »Was ist los? Ist mit Ihnen alles in Ordnung?«

»Ja. Es war der Stein. Wenn er plötzlich gekippt wäre, wären wir dort unten lebendig begraben worden.« Bei dem Gedanken an ihrer aller Tod in der Dunkelheit und Hitze der unterirdischen Höhle krümmte sie sich vor Angst. »Keiner hätte je erfahren, was mit uns geschehen wäre.«

Clifford, gefolgt von seinen Schülern, näherte sich Harriet mit einem zufriedenen Lächeln. »Sie sind sehr nervös, nicht wahr? Jener Stein wird seit über tausend Jahren dort oben gehalten. Dachten Sie etwa, er wartete darauf, auf Sie herunterzufallen?«

Sie wußte, daß sie nervös war. Sie war nervös aus Rumänien gekommen und danach aus Griechenland, und jetzt lebte sie in der Erwartung, bald aus Ägypten hinausgetrieben zu werden. Sie sagte: »Es tut mir leid. Ich habe mich dumm benommen. Ich neige zur Klaustrophobie.«

Durch ihr Eingeständnis von Schwäche besänftigt, lächelte Clifford milde und sagte, daß sie jetzt zum Fayum fahren und dort unter den Bäumen Picknick machen würden. Die Aussicht auf Picknick und Bäume gefiel allen, und als sie an der Oase ankamen, verschaffte sie ihnen eine Illusion der Erleichterung. Die dicht zusammengewachsenen Blätter von Palmen, Platanen, bengalischen Feigen- und Mangobäumen erzeugten Schatten, doch war er eher drückend als kühl. Das Sonnenlicht, dessen vereinzelte Strahlen durch die Zweige fielen, erhellte Staubkörnchen in der Luft. Staub verschleierte alles; der Staub auf der Straße dämpfte ihre Schritte. Frauen, die barfuß mit Töpfen auf den Köpfen vorbeigingen, bewegten sich traumartig leise voran, ihre schwarzen Gewänder grau von Staub. Kleine Häuser standen an der Straße, einfache Würfel aus weißgetünchtem Lehm mit unverglasten Fenstern, aus denen der Rauch brennenden Kuhdungs kam. Überall hing der warme, trockene Geruch des Kuhdungrauchs in der Luft.

Wo sich die Straße zu einem Midan hin öffnete, war eine Sphinx zu sehen, deren Nase im Lauf der Zeit abgebröckelt war; dort machten die Autos unter den Bäumen halt. Autodecken wurden auf dem Sand ausgebreitet, Pakete mit Kuchen und Sandwiches wurden aus dem Kofferraum von Cliffords Auto geholt, und alle setzten sich nieder und warteten auf Miss Brownall, die auf einem Spirituskocher Tee zubereitete. Während sie in dem dunstigen Schatten saßen, beobachteten sie vorbeiziehende Kamele, die verdrießlich grunzend ihre Köpfe hochhielten, in offensichtlicher Verachtung der Kreaturen, die sie zur Arbeit zwangen.

Keiner von ihnen war hungrig, außer Simon, der seit seinem Kantinenfrühstück nichts mehr gegessen hatte, doch es widerstrebte ihm, an einem Essen teilzuhaben, zu dem er nichts beigesteuert hatte.

»Greifen Sie zu! Greifen Sie zu«, rief Clifford, und jeder, der etwas zu essen mitgebracht hatte, drängte es ihm auf. Simon griff zu.

Die Hitze wog nun wie Blei, so daß die Fliegen reglos waren. Die Sonne hatte den Zenit überschritten, und das Licht nahm eine ockerfarbene Tönung an, die den Bäumen und der sandigen Luft eine antike Pracht verlieh. Sie saßen alle gebeugt und schläfrig da, und Harriet kam es vor, als ob sie die

Gegenwart verloren hätten und sich statt dessen in einer Epoche weit zurückliegender Vergangenheit befänden. Dann kam Miss Brownall mit dem Tee. Sie rafften sich auf und begannen zu erzählen. Der Mann, der von Ozymandias gesprochen hatte, band seinen Schal auf, und während er seinen Tee schlürfte, beobachtete er Harriet aus den Augenwinkeln heraus. Einige Augenblicke später begann er, über die Decke zu ihr hinzurutschen, murmelte so etwas wie eine Vorstellung und räusperte sich, bis er allmählich verständliche Worte hervorbrachte.

»Dies... ja, dies ist die junge Person, die Bescheid weiß. Sie kann uns sagen, was vor sich geht. Sie arbeitet im amerikanischen Informationsbüro.«

Der Mann, zu dem er sprach, war derjenige, der Harriets Ansicht über die Höhle unterstützt hatte. Er war schlank und ältlich, und seine ungepflegten, rosigen Hände, die fest zusammengeballt waren, preßten sich nervös auf beiden Seiten an den Boden. Er lächelte Harriet zustimmend an und sagte: »Oh, ich weiß. Ich weiß, daß sie mit Informationen zu tun hat.«

Die zwei starrten sie erwartungsvoll an, woraufhin Harriet die beiden Simon vorstellte. Der Mann mit dem Schal war Professor Lord Pinkrose; der andere hieß Major Cookson. Der Major war auf so absurde Weise einem Berufssoldaten unähnlich, daß Harriet ein bißchen lachen mußte, als sie seinen Namen nannte; und was Informationen anbelangte, so wußte sie auch nicht mehr als alle anderen.

Pinkrose' Gesicht wurde daraufhin mürrisch. Er war ein birnenförmiger, älterer Mann und trug einen altmodischen Anzug aus indischer Seide, der bis zum Kinn hinauf geknöpft wurde. Seine Nase, die oben auf seinem Schal ruhte, war stumpf und grau wie die Schnauze einer Eidechse. Auch seine Augen waren grau – grau wie Regenwasser, dachte Simon – und schauten kalt auf Harriet, als ihm klar wurde, daß sie nichts zu erzählen hatte. Er war schon dabei, sich von ihr abzuwenden, als ihm einfiel, daß er noch eine andere Frage hatte. »Haben Sie Nachrichten von Gracey... irgendwelche Nachrichten? Jedes Mal, wenn ich im Büro anrufe, ist ein

Mädchen dran und sagt: ›Mr. Gracey ist im Moment beschäftigt.‹ Das ist alles, was sie sagt. Das ist enervierend. Höchst enervierend. Immer und immer wieder: ›Mr. Fracey ist im Moment beschäftigt.‹ Wie ein Automat.«

Gracey war der Direktor der Organisation, bei der Harriets Ehemann, Guy Pringle, beschäftigt war. Sie sagte: »Es ist ein Automat, ein Anrufbeantworter. Im Büro ist nämlich niemand. Das Gebäude ist verschlossen. Ich habe auch schon versucht, mich mit ihnen in Verbindung zu setzen. Guy ist in Alexandria, und wenn der Vormarsch andauert, könnte er dort abgeschnitten werden.« Harriet sprach mit wieder aufflackernder Angst und mit Erbitterung: »Er kann erst weggehen, wenn Gracey es anordnet; aber Gracey ist nicht hier. Er hat sich selbst in Sicherheit gebracht, wie er es immer tut, wenn's brenzlig wird. Ich ging zum Büro und fand nur den Pförtner vor. Er erzählte mir, daß Gracey nach Palästina gegangen ist.«

»Nach Palästina gegangen! Nach Palästina gegangen!« Pinkrose schien von diesen Neuigkeiten vollkommen verblüfft zu sein und wurde schließlich ganz aufgeregt. »Hören Sie das, Cookson? Hören Sie das? Gracey ist nach Palästina gegangen.«

»Das haben viele andere auch gemacht.«

»Aber er hat mir nichts davon gesagt. *Nichts*. Kein Wort. Das ist skandalös, Cookson. Wegzugehen, ohne ein Wort zu mir. Wußten Sie, daß er gegangen war?«

Cookson schüttelte den Kopf. »Ich habe in diesen Tagen Gracey überhaupt nicht zu Gesicht bekommen. Jetzt, wo ich pleite bin, sind die meisten meiner alten Freunde verschwunden.«

Pinkrose, den Cooksons verlorene Freunde nicht im geringsten kümmerten, unterbrach ihn. »Ich hatte keine Ahnung, daß die Situation so ernst ist. Keine Ahnung. Keine Ahnung. Überhaupt keine Ahnung.«

Harriet beobachtete Pinkrose mit einem spöttischen und leicht verächtlichen Lächeln, während Pinkrose' kleine, starre Augen vor Ichbezogenheit und Selbstmitleid zitterten. Sie hatte ihn in Bukarest kennengelernt, als er dorthin geschickt worden war, um eine Vorlesung zu halten. Er war genau zu dem Zeitpunkt eingetroffen, als die Deutschen das Land infiltrierten, und man hatte ihn dort genauso im Stich gelassen wie hier. Er war wie ein schwerer Gegenstand, dachte sie, wie ein Koffer oder ein Paket, ein lästiges Anhängsel, das seine Freunde ablegten, wenn sie abhauen wollten. Sie schaute an ihm vorbei zu Cookson und fragte schalkhaft: »Und wie sehen Ihre Fluchtpläne dieses Mal aus, Major Cookson?«

Cookson lächelte etwas ironisch und verlegen, nahm jedoch die Frage nicht übel. In Griechenland, wo er Geld in Eigentum investiert hatte, war sein Haus ein Zentrum der Gastlichkeit gewesen. Als die Deutschen über Athen herfielen, hatte er zwei Frachtschiffe gechartert, mit denen er seine Freunde in Sicherheit bringen wollte. Pinkrose hatte sich unter den Eingeladenen befunden. Sie hatten zwar ihre Pläne geheimgehalten, irgend jemand bekam aber Wind davon, und das Militär befahl Cookson, jeden mitzunehmen, der ausreisen wollte.

Jetzt, nachdem er all sein Geld in Ägypten ausgegeben hatte, lebte er von der Unterstützung durch die britische Botschaft. Clifford hatte ihn nur als Fahrer des zweiten Wagens mitgenommen. Seine Kleider wurden langsam schäbig, er sah unterernährt aus und wurde inzwischen von Pinkrose, der früher sein Gast gewesen war, wie ein Untergebener behandelt. Eine Zeitlang hatten diejenigen, die Cooksons Lebensgeschichte kannten, kein Interesse daran, mit ihm in Kontakt zu treten; aber jetzt, da Harriet ihn erniedrigt und isoliert sah, betrachtete sie ihn mit mitleidiger Belustigung. Er antwortete kleinlaut: »Ich habe keine Pläne, und wenn ich welche hätte, hätte ich kein Geld, sie in die Tat umzusetzen. Diese Frachtschiffe kosteten mich ein Vermögen, und ich bekam von der Armee keinen Penny Entschädigung.«

»Immerhin haben Sie mit all Ihren Besitztümern fliehen können, während wir nur einen kleinen Koffer mitnehmen durften. Sie hatten sogar Ihr Auto an Bord.«

»Mein armes, altes Auto«, seufzte Cookson und lächelte. »Der ägyptische Zoll hat es noch immer in Verwahrung. Sie weigern sich, es herauszugeben – nicht, daß es von Bedeutung wäre. Ich könnte es mir im Moment sowieso nicht leisten.«

Harriet lächelte ihn an, wobei sie feststellte, daß sie beide jetzt eigentlich fast alte Freunde waren. Pinkrose hingegen fuhr mit seinem quengeligen Gemurmel fort und war um so ungehaltener, als er nun ein zweites Mal sitzengelassen worden war.

Eine Gruppe von Kindern war zusammengelaufen, um die Fremden zu beobachten. Belebt durch die Tasse Tee, ging Mr. Liversage zu ihnen hinüber und zog vor ihnen seinen Hund an der Leine vor und zurück, war dabei fröhlicher Stimmung und wartete auf Applaus. Die Kinder starrten ihn an, verwirrt von dem lachenden, alten Mann und dem alten, kahlen Spielzeughund, der eigentlich eine Sparbüchse war, mit der Liversage für karitative Zwecke sammelte. Zuerst verhielten sie sich still, dann öffnete eines von ihnen den Mund zu einem Buhruf, dem sich die anderen mit hämischen Schreien und »Majnoon«-Rufen anschlossen. Steine wurden auf Mann und Hund geworfen, und Clifford stürmte hinzu, schwang seinen Fliegenwedel wie einen Dreschflegel und trieb die Bengel auseinander. Danach forderte er seine Gruppe zum Aufbruch auf. »Auf, auf. Vor uns liegt noch eine lange Rückfahrt.«

Als sie aufbrachen und sich den Staub aus den Kleidern klopften, sagte ein Insasse des zweiten Wagens, ein Universitätsprofessor namens Bowen: »Ist das nicht die Gegend, wo dieser Hooper wohnt? Er hat jetzt eine türkische Festung, für die er ein Heidengeld ausgegeben hat.«

»Hooper?« Der Name ließ Clifford innehalten. »Sir Desmond Hooper? Das ist genau der Mann, der uns sagen kann, was da draußen vor sich geht. Der lädt doch ständig die hohen Tiere der Armee zum Essen ein.«

Bowen, ein kleiner, sanftmütiger Mann, nickte: »Nun, ja. Er weiß vielleicht mehr als die meisten Leute.«

»Warum besuchen wir ihn denn nicht einfach? Es ist sowieso an der Zeit, einen zu heben!«

»Oh, nein!« Bowen war entsetzt über diese Idee und

wurde von Cookson unterstützt. Und als Mr. Liversage erkannte, worüber debattiert wurde, sagte er in entschiedenem Ton: »Das können wir nicht machen, mein lieber Mann. Wir sind zu viele. Man kann doch nicht mit einer ganzen Armee bei jemandem aufkreuzen! Das kann man einfach nicht machen!« Pinkrose dagegen, auf Neuigkeiten aus und immer auf seine eigene Sicherheit bedacht, war darüber anderer Meinung. »Warum sollen wir ihn nicht besuchen? Warum denn nicht? Dies sind keine normalen Zeiten, und es ist somit nicht notwendig, förmlich zu sein. Es ist eine Schande, wie wir in Ungewißheit gehalten werden. Wenn Sir Desmond Hooper weiß, was vor sich geht, dann ist es seine Pflicht, es uns zu sagen. Ja, ja, seine Pflicht... es ist seine Pflicht, sage ich.« Pinkrose sprach ungehalten und übertrug seinen Ärger über Gracey auf den unschuldigen Hooper.

Die anderen – Simon, Harriet, Miss Brownall und ein Mädchen aus dem zweiten Wagen, das ebenfalls zu Cliffords Angestellten gehörte – nahmen an der Diskussion nicht teil, sondern warteten auf Cliffords Entscheidung. Harriet war eher belustigt von all dem und war durchaus geneigt, die Hoopersche Festung in der Anonymität dieser zahlreichen Gesellschaft zu besuchen.

Pinkrose' Zustimmung gab für Clifford den Ausschlag. »Wir fahren hin.«

»Dann rufen Sie ihn wenigstens vorher an«, bat ihn Bowen.

»Ihn anrufen? Von wo aus? Wir werden mehr aus ihm herausbekommen, wenn wir ihn überraschen.«

Clifford sprach mit einem der Kameltreiber und wurde in Richtung Fluß dirigiert. Die Festung war bald zu sehen. Größer und komplexer als die meisten Wüstenfestungen, erhob sie sich über die Bäume, ein weißgestrichenes Steinquadrat mit Zinnen und Schießscharten hinter einer ebensolchen Mauer. Die Mauer friedete eine Palmenreihe ein, an denen riesige Büschel roter Datteln hingen. Ein Boab, der durch das schmiedeeiserne Tor schaute, schien der Gruppe gegenüber Zweifel zu hegen, doch Cliffords herrisches Auftreten beeindruckte ihn, und er ließ sie hinein. Sie fuhren zwischen ausgedehnten, sandigen Rasenflächen zum eisenbeschlagenen Haupteingang, wo drei Safragis im Halbschlaf vor sich hin dösten. Einer von ihnen raffte sich mit leidgeprüfter Miene auf, kam zum ersten Wagen und erkundigte sich: »Zu wem wollen Sie?«

»Lady Hooper.«

»Nicht hier. Layey Hooper.« Der Safragi machte sich daran, wieder zurückzugehen, doch Clifford rief: »Dann Sir Desmond.« Der Safragi mußte eingestehen, daß Sir Desmond zu Hause war.

Mr. Liversage weigerte sich, das Auto zu verlassen, doch die anderen – sogar Bowens Neugierde war stärker als seine Vorsicht – folgten dem Diener in eine riesige Halle, wo das weitläufige Parkett so dunkel war wie die Quelle eines Brunnens. Das Haus hatte eine Klimaanlage. Durch die kühle Umgebung belebt, schienen sie sich alle plötzlich der Ungeheuerlichkeit ihres Eindringens in den Hooperschen Haushalt bewußt zu werden. Harriet wollte spontan zum Auto zurücklaufen, doch der Safragi hatte inzwischen die Tür zum Salon geöffnet, und da sie spürte, daß es zu spät war, sich zurückzuziehen, ging sie mit den anderen hinein. Der Raum war so groß wie ein Ballsaal, und durch das dominierende Weiß wirkte er noch größer. Wände, Teppiche, Vorhänge und Möbel waren weiß. Das weiße Leder und die weißgestrichenen Oberflächen waren abgeschwächt durch eine Art antikweißer Farbtönung, die Harriet mit Interesse zur Kenntnis nahm. Die einzige Farbe im Raum kam von einem halben Dutzend Gemälden, deren Qualität so erstaunlich war, daß sie selbstverständlich annahm, es müsse sich um Reproduktionen handeln. Als sie hinüberging, sah sie, daß es Originale waren.

Voller Staunen sagte sie zu Clifford: »Die sind echt.«

»Mir gefallt dieses moderne Zeug nicht.«

»Aber sie wurden gemalt, bevor Sie geboren wurden.«

»Mir gefallen sie trotzdem um keinen Deut besser.«

Clifford war durch die Umgebung etwas aus der Fassung gebracht und hatte schlechte Laune.

Sir Desmond trat ein und betrachtete seine uneingeladenen Gäste verwirrt und verlegen. Er kam zu der Ansicht, daß es Freunde seiner Gattin sein mußten und sagte deshalb: »Es tut mir leid, Angela ist nicht zu Hause. Sie ist auf einer künstlerischen Expedition und wollte ein wenig malen.« Plötzlich bemerkte er Bowen: »Ah, Bowen. Ich wußte nicht, daß Sie hier sind.«

Bowen, der sich erkannt sah, errötete und versuchte sich zu entschuldigen: »Es tut mir leid. Es war völlig falsch von uns, Sie in Ihrer Sonntagsruhe zu stören. Es ist nur... wir...« Mühsam versuchte er eine Entschuldigung zu finden und wand sich dabei vor Unbehagen.

»Aber das macht doch nichts. Setzen Sie sich. Wollen die Damen vielleicht hier Platz nehmen!«

Harriet, Miss Brownall und das andere Mädchen durften sich auf den Ehrenplatz setzen: eine riesige Ottomane, die so tief war, daß sie fast darin versanken. Die Männer holten sich Stühle, und Sir Desmond setzte sich zu ihnen und fragte, ob sie Tee wollten.

Clifford antwortete, daß sie schon Tee getrunken hätten, doch die Art und Weise, wie er es sagte, ließ die Möglichkeit für ein stimulierendes Angebot offen; aber Sir Desmond sagte nur: »Aha!« Er war ein großer, schmaler Mann mit einem regelmäßigen, schmalen Gesicht und trug einen silbergrauen Seidenanzug. Seine Haarfarbe war vom gleichen Silber wie die Seide des Anzugs, und seine äußere Erscheinung – elegant, etwas steif und doch respekteinflößend – war die eines Engländers der Oberschicht, der imstande ist, sich in jeder Lage zurechtzufinden. Er inspizierte seine Besucher, die staubig, verschwitzt und erschöpft waren und sich alle beklommen fühlten – alle, außer Clifford. Cliffords Selbstsicherheit war so groß, daß Sir Desmond von Bowen abließ und sich an den jüngeren Mann wandte: »Nun, Major, was bringt Sie zum Fayum?«

Bei der Nennung des Titels zwinkerte Clifford mit den Augen, widersprach aber nicht. »Ach, wir erkunden ihn nur ein wenig. Eine Art Entdeckungsreise, könnte man sagen.«

»Gibt es denn noch irgend etwas zu entdecken in diesem ausgeplünderten Land?« Während Sir Desmond sprach, bemerkte er, daß Clifford auf seiner Schulterklappe nicht eine Krone, sondern einen einfachen goldenen Knopf hatte, was seine Stimme, als er weiterfragte, sofort schärfer werden ließ: »Was sind Sie? Presse? Rundfunk? Oder etwas Ähnliches?«

»Aber nein. Ich bin im Ölgeschäft. Mein Name ist Clifford. Die Sache ist die, Sir Desmond: In Kairo gehen Gerüchte um, und wir sind über die momentane Lage etwas beunruhigt. Außerdem schätzen wir es nicht, im ungewissen gelassen zu werden. Der Bahnhof quillt über vor Ausländern, die versuchen fortzukommen. Und ich habe sogar gehört, daß das General Headquarters zusammenpackt. Was wir wissen wollen ist: Was zum Teufel passiert in der Wüste?«

»Ich glaube nicht, daß ich diese Frage beantworten kann, Mr. Clifford.«

Mit Bitterkeit in der Stimme sagte Clifford: »Wenn Sie es nicht können, wer kann es dann?«

Neben Sir Desmonds Ellenbogen klingelte das Telefon. Er nahm ab und sagte dann sehr eindringlich: »Ja, ja, bleiben Sie dran.« Er entschuldigte sich und ging in ein anderes Zimmer, um das Gespräch weiterzuführen. Vom Hörer auf dem Tisch kamen verzerrte Stimmen. Clifford ging auf Zehenspitzen hin, bückte sich, um zuzuhören, doch bevor er etwas verstehen konnte, kam ein Safragi herein, um den Hörer auf die Gabel zurückzulegen.

Bowen war entrüstet. »Also wirklich, Clifford, wie kann man nur so etwas tun! Außerdem glaube ich, daß wir schon lange genug geblieben sind. Machen wir uns lieber davon.«

»Nein, nein.« Pinkrose' Ungeduld war nicht zu zügeln. »Dies könnten genau die Neuigkeiten sein, auf die wir warten.«

»Das könnte sehr wohl sein«, sagte Clifford.

Je näher der Sonnenuntergang heranrückte, desto dunkler wurde es. Der Safragi, der das Telefon bedient hatte, öffnete die Fenster, und die langen Chiffon-Vorhänge wehten wie Geister in den Raum herein.

»Es wird spät…«, beklagte sich Bowen, doch Clifford brachte ihn mit einer Handbewegung zum Schweigen. Noch bevor jemand anders etwas sagen konnte, fuhr ein Auto mit unangemessener Geschwindigkeit die Auffahrt hinauf und bremste quietschend vor dem Haus. Sie hörten, wie die schwere Eingangstür aufgerissen wurde und wie in der Halle jemand stolpernd eintrat, was den Eindruck einer Katastrophe vermittelte. »Desmond, Desmond,« rufend betrat eine Frau den Raum, blieb stehen und schüttelte den Kopf, als sie die Besucher sah.

Die Männer standen auf. Bowen sagte: »Lady Hooper, ist etwas passiert?« Sie schüttelte wieder den Kopf, stand in der Mitte des Raumes, wobei ihre verwirrte Erscheinung noch wilder wirkte durch das in Unordnung geratene schwarze Haar und den zerrissenen, farbbeschmierten Overall, den sie über ihrem Kleid anhatte. Lady Hooper war jünger als ihr Mann. Sie war zwischen dreißig und vierzig, eine zerbrechliche Frau mit einem zarten, gleichmäßigen Gesicht. Sie schaute der Reihe nach jeden der Besucher an, und als sie bei Simon ankam, lächelte sie und sagte: »Ich glaube, er wird wieder.«

Zwei Safragis trugen den reglosen Körper eines Jungen herein. Die drei Frauen standen hastig und mühsam von der Ottomane auf; der Junge wurde dort niedergelegt. Er lag ausgestreckt und bewegungslos da, ein dünner, kleiner Junge, acht oder neun Jahre alt, mit den gleichen zarten Gesichtszügen wie seine Mutter – allerdings war etwas mit ihnen passiert. Ein Auge fehlte. In seiner linken Wange war ein Loch, das bis in die aufgerissene Wunde reichte, die einmal sein Mund gewesen war. Blut war über sein Kinn hinuntergelaufen und bildete auf dem Kragen seines offenen Hemdes eine Kruste. Das andere Auge, das offen war, war glanzlos und blind wie das Auge eines toten Kaninchens.

Sir Desmond kam herein und fragte besorgt: »Mein Liebes, was ist geschehen?«

»Wir waren in der Wüste. Ich machte Skizzen und sah nicht... Er hob etwas auf. Es explodierte – aber er wird wieder werden.«

Harriet konnte es fast nicht ertragen, Sir Desmond anzusehen, doch er antwortete relativ ruhig: »Natürlich, mein Liebes. Ich denke, er leidet an einem Schock.«

»Meinst du, wir sollten ihn wachrütteln? Vielleicht, wenn wir ihm etwas zu essen geben...«

»Ja, ein bißchen Nahrung, leicht und gut zu schlucken.«

»Haferschleim oder ein geschlagenes Ei. Was meinst du?«

Sir Desmond redete mit den Safragis, die einander anblickten mit dem Ausdruck derer, die längst die Tatsache akzeptiert hatten, daß alle Ausländer verrückt waren.

Es gab eine Unterbrechung, in der Sir Desmond einen Arzt in Kairo anrief, während Lady Hooper auf dem Rand des Sofas saß und die Hand des Jungen hielt. Als Sir Desmond seinen Anruf beendet hatte, sprach er beruhigend auf sie ein: »Er kommt sofort heraus. Er sagt, Richard müsse eine Tetanus-Spritze bekommen.«

»Im Auto war Dettol. Ich habe sein Gesicht damit abgewaschen.«

Einer der Safragis kehrte zurück und brachte eine Schüssel mit Haferschleim. Die Gäste beobachteten ergriffen und erstaunt, wie Sir Desmond sich zärtlich über den Jungen beugte und ihn zu füttern versuchte. Der Mund war zu voll von geronnenem Blut und konnte nichts aufnehmen, deshalb gab er einen Löffel voll Haferschleim in das Loch in der Wange. Der Haferschleim floß wieder heraus. Das wiederholte sich dreimal, bevor Sir Desmond aufgab, den Jungen in die Arme nahm und sagte: »Er will schlafen. Ich bringe ihn in sein Zimmer.« Lady Hooper folgte ihrem Mann. Clifford gab sich geschlagen und wollte jetzt gehen.

Draußen, unter den Palmen und dem rosenfarbenen Himmel, stieß er einen langen Pfiff aus. »Ist denn das die Möglichkeit!«

»Sie konnten die Wahrheit nicht ertragen«, seufzte Bowen voller Mitgefühl. »Sie konnten sie nicht akzeptieren.«

»Sie werden sehr bald gezwungen sein, sie zu akzeptieren. Und wir haben nun doch nicht mehr mitgekriegt, worum es bei diesem Telefongespräch ging.«

Mr. Liversage lag schlafend im Auto. Bowen übernahm es, ihn zur Seite zu schieben, und setzte sich neben ihn, während Miss Brownall mit ihrer Freundin im zweiten Wagen mitfuhr. Auf der Fahrt durch die Oase wurde kein Wort gesprochen; jeder dachte an den Jungen. Die Bäume gingen ineinander über, dunkel in der verhangenen Abenddämmerung. Lichter flackerten in den schachtelförmigen Häusern auf. Es würde bald Nacht sein. Als die Oase mehr und mehr hinter ihnen lag, verlor auch der Tod des Jungen an Unmittelbarkeit. Harriet dachte an all die anderen Jungen, die in der Wüste starben, bevor sie jemals eine Chance gehabt hatten zu leben. Und dennoch – obwohl um sie herum der Tod so gegenwärtig war, hatte sie das Gefühl, daß der Tod des Jungen ein besonderer Tod war.

»Eine Tragödie. Das einzige Kind«, murmelte Bowen.

»Und der letzte Schuß in den alten Ofen«, sagte Clifford. »Sie werden sicherlich nicht noch eines kriegen.«

Als sie Mena erreichten, war die Sonne schon fast untergegangen, nur die letzten, langen Strahlen verfärbten noch etwas den Sand. Er glühte safrangelb und orange, und plötzlich, innerhalb eines Augenblicks, war die Farbe verschwunden, und violettes Dämmerlicht senkte sich herab. Die Mitreisenden waren voller Müdigkeit zusammengesunken, doch Clifford hatte immer noch nicht genug. Ein paar hundert Meter, bevor die Straße nach Mena abzweigte, hielt er an und sagte: »Es gibt hier in der Nähe ein altes Dorf. Werfen wir mal 'nen Blick darauf.«

»Ist es denn wirklich die Mühe wert?« fragte Bowen.

»Ach, los!« Clifford rief die Gruppe zusammen und beharrte darauf, daß, wenn es etwas zu sehen gab, dies auch angeschaut werden mußte. Sie wanderten auf der steinigen Piste umher und fanden das Dorf, das wie eine Gravur im Sand lag. Sie sprangen hinunter und spazierten durch enge Straßen zwischen kleinen, dächerlosen Häusern. Bei der Ausgrabung mußte es sich um ein Praktikum von Studenten gehandelt haben, da die Wohnhäuser zu ärmlich waren, um mehr als ein paar zerbrochene Töpfe freizugeben. Es war schwer zu verstehen, warum sich überhaupt jemand dafür entschieden hatte, an diesem wasserlosen Fleck zu leben. In der immer dunkler werdenden Dämmerung wirkte der Ort so verlassen, daß sogar Clifford froh darüber war, zur Bar des Mena House weiterziehen zu können.

Während Bowen und Simon die Getränke holten, bewegte sich Clifford voll gespannter Ungeduld zwischen den Offizieren in der Bar umher, bis er endlich eine Gruppe fand, die er kannte. Er drängte sich zwischen sie und sagte: »Ich komme gerade vom Haus der Hoopers. Ihr Kind wurde von einer Handgranate getötet, als es sie aufhob. Sie werden es nicht glauben, aber der alte Hooper versuchte, den Jungen durch ein Loch im Gesicht zu füttern.« Am nächsten Tag würde ganz Kairo diese Geschichte kennen.

Als sie ausgetrunken hatten, sagte Harriet zu Simon: »Sollen wir auf die große Pyramide hinaufklettern?«

»Kann man das? Meine Güte, ich würde das liebend gern tun, aber schaffen Sie das?«

»Ich habe es zuvor schon zweimal geschafft. Das letzte Mal trug ich ein schwarzes Samtabendkleid, das seither nicht mehr wiederzuerkennen ist.«

Sie gingen auf die Straße hinaus, die nur durch die Lichter im Hotel beschienen wurde. Die Pyramiden waren kaum mehr als ein noch dunklerer Fleck in der Dunkelheit. Harriet führte Simon an die Ecke, von der der Aufstieg am leichtesten war. Als sie auf den ersten Vorsprung kletterten, wurden sie von den örtlichen Bedu entdeckt, die rennend und schreiend ankamen: »Nicht erlaubt. Niemand hinaufgehen ohne Führer. Gesetz sagt, du haben Führer.«

Simon blieb stehen, doch Harriet winkte ihn weiter. Als sie weiter hinaufkletterten, drohten ihnen die Bedu mit der Faust und heulten: »Kommt zurück! Kommt zurück!« Harriet lachte nur und winkte zu ihnen hinunter. Sie stand auf einem der Vorsprünge, schwang ihren Hintern auf den nächst höheren und zog dann ihre Beine nach. Sie war sehr leicht und bewegte sich mit solcher Geschwindigkeit, daß sie Simon überholte und als erste oben ankam. Von dort winkte sie ein weiteres Mal den Führern zu, die immer noch halbherzige Klagen ausstießen, ehe sie weiterzogen.

Die Spitze der Pyramiden fehlte; die Steine waren gestohlen worden, um andere Gebäude auszubessern. So war jetzt ein Plateau mit einem Ausmaß von ungefähr zwölf Quadratmetern vorhanden. Harriet betrachtete es als Tanzfläche und streckte Simon ihre Arme entgegen, als dieser oben ankam. Sie drehten sich für einige Minuten im Kreis und sangen »Run Rabbit«, bis sie vor Lachen ganz benommen waren. Sie schritten zum Rand des Quadrats, setzten sich und schauten in die Dunkelheit der Wüste. Der Himmel war verschleiert, und es war nichts zu sehen, außer einer blauen Lichterdecke, die Kairo war. Simon redete wie ein Soldat, als er sehr ernst sagte: »Eigentlich ist doch Verdunkelung befohlen.«

»Das ist nie durchzusetzen. Man bräuchte die gesamte britische Armee, um die Kairoer dazu zu bringen, ihre Fenster zu verdunkeln. Und außerdem würde es nichts nützen. Ein Pilot hat mir nämlich erzählt, daß man den Nil immer sieht. Sie bräuchten ihm nur zu folgen. Zuerst, als wir hierherkamen, habe ich mich wegen der Lichter auch immer gefürchtet. Aber als nichts passierte, gewöhnte ich mich an sie.«

»Sie erwähnten meinen Bruder. Sie erzählten aber nicht viel über ihn. Mochten Sie ihn nicht?«

»Hugo? Natürlich mochte ich ihn. Ich mochte ihn sogar sehr. Wir trafen ihn in Alex. Er war in der Cecil Bar und schaute so jung und einsam aus, daß wir zu ihm hingingen und ihn anredeten. Er erzählte uns von der Wüste. Er sagte, daß er sie satt habe, aber daß er am nächsten Tag wieder zurückmüsse. Er lud uns zum Essen ein, weil es sein einundzwanzigster Geburtstag war.«

»Na so was!« Simon war ganz hingerissen bei dieser Information. »Sie waren mit ihm an seinem einundzwanzigsten zusammen?«

»Ja, wir gingen zu Pastroudi und verbrachten dort einen wunderschönen Abend.«

»Herrlich!« Simon wartete in der Hoffnung, noch mehr über dieses folgenschwere Abendessen zu hören, doch Harriet hatte alles gesagt, was sie sagen wollte. Die ominöse Fortsetzung dieses Essens war nicht für Simons Ohren bestimmt. Es war eine Vollmondnacht gewesen. Sie waren durch die Verdunklungsvorhänge an der Eingangstür geschritten und in den überraschend hellen Glanz der Nacht hinausgetreten, standen dann zusammen, um sich Lebewohl zu sagen. Hugo dankte ihnen, daß sie ihm an seinem Geburtstag Gesellschaft geleistet hatten, und sein schönes, lächelndes, sanftes Gesicht war im Mondlicht ganz weiß. Guy schrieb eine Telefonnummer auf und sagte: »Wenn Sie auf Urlaub zurückkommen, müssen wir uns wiedersehen.« Doch eine Stimme in Harriets Kopf sagte: »Aber er wird nicht wiederkommen. Er wird sterben.« Sie war weder überrascht noch schockiert über diese Vorahnung, sie war sich lediglich sicher, daß es die Wahrheit war.

Simon unterbrach ihre Erinnerung, indem er sagte: »Ich muß versuchen, ihn zu finden, aber ich bin nicht sicher, ob ich es schaffe. Ich weiß nicht, wie es dort draußen ist.«

»Ich weiß es auch nicht. Es ist schon seltsam, hier am Rande eines Schlachtfeldes zu leben. Es ist, als ob man neben Plutos Unterwelt leben würde.«

Simon wußte nichts über Plutos Unterwelt und griff deswegen ein reizvolleres Thema auf. »Sie wissen, daß Edwina Hugos Freundin ist. Sie ist wirklich große Klasse. Sie ist sehr schön.«

Harriet lachte und sagte nur: »Ich kenne sie kaum. Sie ist Archivarin in der Botschaft.«

»Ach, wirklich?« Simon hätte nicht sagen können, was die Tätigkeit einer Archivarin war, doch das Wort beeindruckte ihn. Er wollte mehr über Edwina hören, spürte aber, daß er sein Interesse besser zügeln sollte. »Ich bin übrigens verheiratet. Meine Frau heißt Anne. Wir waren nur eine Woche beisammen, dann mußte ich schon nach Liverpool und mich der Verstärkung anschließen. Sie kam zum Bahnhof, um mich zu verabschieden und konnte kein Wort sagen. Sie stand nur da und weinte und weinte. Ich sagte: ›Kopf hoch, der Krieg kann nicht ewig dauern.‹ Doch sie weinte nur. Armes, kleines Ding!«

Simons Stimme zitterte, und Harriet fürchtete schon, er würde jetzt auch zu weinen beginnen. Sie wollte ihm zustimmen, daß der Krieg nicht für immer weitergehen konnte, aber sie war sich dessen nicht sicher. Sie stand auf und sagte: »Die anderen werden sich fragen, wo wir sind.«

Die Autos standen nicht mehr vor dem Mena House. Harriet schickte Simon an die Hotelrezeption, weil sie annahm, daß eine Nachricht hinterlassen worden sei, doch dies war nicht der Fall. Cliffords Gruppe war gegangen und hatte sie und Simon zurückgelassen.

Verlegen meinte Simon: »Aber Edwina befahl Clifford, mich zu ihr zurückzubringen. Und mich ließ sie versprechen, wieder zurückzukommen.«

»Aha.« Harriet konnte sich gut vorstellen, daß Clifford die Chance ergriffen hatte, einen Rivalen auszubooten, selbst wenn es sich dabei nur um einen solch jungen und zeitweiligen Rivalen wie Simon handelte. Falls Edwina fragte, wo Simon war, konnte Clifford sagen: »Er ist mit einem Mädchen weggegangen«, was das Ende für Simon bedeuten würde.

»Es war meine Schuld. Ich hätte Sie nicht so einfach entführen sollen.«

»Es war eine Erfahrung. Seit meiner Kindheit habe ich von den Pyramiden gehört, doch ich hätte nie erwartet, einmal eine hochzuklettern.« Simon lächelte sie an, um ihr zu zeigen, daß er nicht ihr die Schuld gab; es war allerdings ein trauriges Lächeln. Harriet überlegte, wie wenig Erfahrungen ihm möglicherweise in dieser Welt noch blieben, und es machte sie wütend, daß Clifford, der sich nur über seine eigene Sicherheit Sorgen machte, Simon einfach zurückließ, obwohl dieser bald sein Leben riskieren würde. Sie sagte: »Keine Angst. Wir werden ein Taxi finden, und ich werde Sie in Garden City absetzen.«

»Aber kann ich denn einfach so hineinplatzen?«

»Natürlich. Wenn Edwina Sie eingeladen hat...«

»Ja, sie hat mich eingeladen.«

Sie warteten vor dem Hotel, bis ein Taxi, das aus Kairo kam, bereit war, sie zurückzufahren. Harriet war erleichtert, Licht im Wohnzimmer der Wohnung zu sehen, wo Edwina wohnte. Simon guckte auch nach oben, war hocherfreut und zweifelte keinen Moment daran, daß Edwina da sein würde.

Er sagte: »Also wirklich, ich bin Ihnen wahnsinnig dankbar. Wir werden uns doch wiedersehen, oder?«

»Ich denke schon.«

Der Safragi, der die Tür öffnete, schien Simons Erwartungen zu bestätigen. Als er ihn hineinbat, grinste der Mann auf eine vertrauliche, anmaßende Art, als ob er stillschweigend ein unsittliches Verhalten dulden würde. Er sagte: »Mis' Likkle hier.« Doch Simon entdeckte, daß es sich bei der Person im Wohnzimmer nicht um Edwina handelte. Es war ein Mann reiferen Alters, der sich erhob und ihn höflich fragend anblickte.

»Miss Little lud mich hierher ein.«

»Ah. Das tut mir leid, aber sie ist Essen gegangen. Um diese Zeit ist sie für gewöhnlich außer Haus.«

Simon entschuldigte sich und wollte schon wieder kehrtmachen, als der Mann sagte: »Bleiben Sie. Ich bin Paul Beaker, einer der Mitbewohner. Wenn Edwina Sie erwartet, bin ich sicher, daß sie bald zurück sein wird. Warum essen Sie nicht mit mir zu Abend?«

Ein Abendessen mit Paul Beaker war eine schwache Alternative zu Edwina, und Simon zögerte, spielte mit dem Gedanken abzulehnen und reflektierte über die Möglichkeit ihrer Rückkehr. Ein Schniefen war hinter ihm zu vernehmen, und er erkannte, daß der Safragi gewartet hatte, um zu beobachten, wie er aufgenommen wurde; Simon sagte: »Ihr Diener scheint mich für eine Art Witzbold zu halten.«

Beaker schaute über Simons Schulter, hieß den Safragi verschwinden und erklärte seinem Gast: »Dies ist eine Wohnung der Botschaft, und wir leben hier in einer Art freien Wohngemeinschaft, die der moslemischen Denkweise völlig unverständlich ist. Hassan kann ebensowenig die Harmlosigkeit unseres Zusammenlebens verstehen wie Sie sein Grinsen und Kichern.«

Beaker, ein dicker Mann mit breitem, rotem Gesicht, hob das Glas, das er in der Hand hielt, und sagte: »Trinken Sie einen mit. Bitte! Dann habe ich einen Grund, selbst noch einen zu trinken.«

Simon wurde ein Glas Whisky gereicht. Während er etwas Wasser hinzugoß, fragte Beaker: »Ist es recht so?«

Simon, der zuvor noch nie etwas stärkeres als Bier getrunken hatte, dachte sich nichts dabei, da Beaker schließlich das gleiche trank. Noch bevor er sich wieder hingesetzt hatte, begann Beaker mit der Gier des Süchtigen zu trinken.

In dem Zimmer standen nur wenige Möbel – ein Sofa, zwei Sessel, ein Tisch, nicht viel mehr. »Eher ein Notbehelf«, sagte Beaker, als Simon sich auf dem Rand eines Sessels niederließ, mit der Absicht, gleich wieder aufzubrechen, sobald er sein Glas ausgetrunken hatte. »Der Knabe, der die Wohnung gemietet hat, ein gewisser Dobbie Dobson, will sein Geld nicht für Möbel 'rausschmeißen. Sie sind teuer und schwer zu bekommen, und wer weiß, wie lange wir alle noch hier sind! Ich selber, beispielsweise, verschwinde in ein paar Wochen. Ich habe eine Stelle an der Universität von Bagdad bekommen. Ich bin kein Diplomat. Ich bin Professor für romanische Sprachen.« Der Professor gab sein Bestes, um Simon zu unterhalten, und grübelte weiter laut über die Wohnung nach. »Keine schlechte Wohnung, wirklich. Sie wurde natürlich für eine Moslemfamilie entworfen. Dies hier wäre das Empfangszimmer, dann gibt es hinter diesem noch ein weiteres Zimmer, dort ist der Flur; und sehen Sie da diesen Türvorhang aus Fries? Er führt in die Frauengemächer, ins Gynäkeion. Das Ganze ist so angelegt, daß die Frauen des Hauses von einem Ende der Wohnung zum anderen gehen konnten, ohne von den Besuchern hier gesehen zu werden.«

Simon war nicht ganz sicher, ob Beaker von der Vergangenheit oder von der Gegenwart sprach. Er dachte an die Frauen, wie sie sich heimlich in den verborgenen Räumen bewegten, dachte dann an Edwina, wobei seine Wangen sich rosa färbten. »Wollen Sie damit sagen, daß Edwina hinter dem Türvorhang bleiben muß?«

Beaker lachte. »O nein, wirklich nicht. Nein, ich meine, daß es den moslemischen Bräuchen entsprach. Edwina hat zwar ihre Schlafräume hinter dem Türvorhang, doch ihr sind keine Einschränkungen auferlegt. Sie kommt und geht, ganz wie es ihr beliebt.«

Beim Erwähnen von Edwinas Schlafräumen errötete Simon noch mehr, Er senkte den Kopf, um es zu verbergen, während Beaker die Gläser nachfüllte und fragte: »Waren Sie schon mal fort von England?«

»O ja. Ich verbrachte einmal eine Woche in Paris.«

»Paris, hm?« Beaker lachte, als ob er mit dem Namen eine

besondere Assoziation verband. »Und nun gehen Sie in die Wüste, stimmt's?«

Simon, der auf mögliche Geräusche von Edwinas Rückkehr geachtet hatte, merkte, daß er etwas über sich erzählen mußte. Er beschrieb seine Reise um das Kap herum und fragte dann den Professor, ob er seinem Bruder, Hugo, je begegnet sei.

»Ja, ich glaube mich an einen jungen Mann namens Hugo erinnern zu können; einer von Edwinas Verehrern. Also das ist Ihr Bruder! Und Sie wollen jetzt zu ihm an die Front. Bißchen beunruhigend für die Eltern, wenn sie gleich zwei Söhne dort draußen wissen! Sind Sie beide ihre einzigen Kinder?«

»Ja, nur wir zwei.« Simon war ganz von der Erinnerung an sein Zuhause erfüllt und sagte: »Wir leben in Putney – das heißt, eigentlich in Roehampton.« Er sah die Straße mit den kleinen Reihenhäusern aus dem ersten Jahrzehnt dieses Jahrhunderts, die alle gleich aussahen, außer daß am Boulderstone-Haus ein Wintergarten am Wohnzimmer angebaut war. Mr. Boulderstone hatte ihn selbst gebaut und meinte, daß dies den Wert des Hauses erhöhen würde. Vom Whisky erhitzt und in Schwung gebracht, erzählte er Professor Beaker mehr über den Wintergarten, der voll war von den Geranien seiner Mutter und einem sehr alten Sofa. Im Sommer saß sie immer zwischen ihren Pflanzen, stopfte, strickte und hörte Radio. Das beschlagene Glas, die Düfte, die Sommerwärme des Wintergartens – sie kamen so lebhaft zu ihm zurück, daß er sie Beaker auf eine Weise beschrieb, als ob es äußerst wichtige Dinge seien. Es gab eine bemerkenswerte Geschichte um den Wintergarten: Als eine örtliche Villa abgerissen wurde, um einer Wohnsiedlung Platz zu machen, hatte Mr. Boulderstone eine alte Weinrebe ergattert, die er vor die äußere Wand pflanzte, den Hauptstamm aber nach innen leitete, damit er sich unter dem Glasdach ausbreiten konnte. Er erzählte seiner Familie, daß es sich bei der Rebe um eine Schwarze Hamburg handelte, gleich der Rebe am Hampton Court, die jedes Jahr große, purpurrote Weintrauben hervorbrachte. Doch was immer auch Mr. Boulderstone tat, seine

Rebe trug nichts als kleine grüne Beeren, grünen Erbsen nicht unähnlich. Er kaufte für den Rebstock vom Schlachthof Eimer voller Blut. Er sprühte Schwefel über die Beeren, aber sie wurden nie größer. Manchmal zeigten sie den Anflug einer bläulichen Färbung, doch sie schmeckten bitter wie Aloe.

Beaker blickte konzentriert auf Simons glühendes Gesicht und schien an all dem enorm interessiert zu sein, ermutigte Simon weiterzuerzählen, so daß dieser beim dritten Whisky in seiner Erinnerung schon bei seiner Kindergartenzeit angelangt war. Als Beaker sein Glas ein weiteres Mal füllen wollte, sagte Simon: »Oh, nein. Besser nicht. Ich muß noch irgendwie meinen Weg zur Abbasija-Kaserne zurückfinden.«

»Warum bleiben Sie nicht hier«, sagte Beaker. »Wir nehmen euch Jungs oft über Nacht auf. Wir haben noch ein kleines, freies Zimmer.«

Simon dachte an Edwina, an sein abscheuliches, nach Tod riechendes Zimmer in der Kaserne, und sagte schließlich: »Also gut, herzlichen Dank. Aber ich muß das Transit Office anrufen.« Als er das Transit Office anrief, hörte er, daß für ihn eine Nachricht von Major Perry vorlag. Er sollte sich am nächsten Morgen um sechs Uhr in der Kasr el Ni-Kaserne einfinden.

Er sagte zu Beaker: »Es tut mir leid, Sir, aber ich muß morgen sehr früh los.«

»Keine Sorge. Ich werde Ihnen einen Wecker geben. Wir sind Gäste gewöhnt, die früh los müssen.«

Simon setzte sich dankbar wieder in seinen Sessel und ließ sich von Beaker noch einen Whisky einschenken. Doch er wußte, daß es dann genug sein würde. Hassan kam ins Zimmer, um den Tisch zu decken, und Simon war jetzt froh, daß er Beakers Einladung zum Abendessen annehmen konnte. Vier Gedecke waren auf dem Tisch, aber es nahmen nur Beaker und Simon Platz. Beaker befragte ihn über die lange Seereise nach Ägypten, und Simon versuchte die wunderbare Gemeinschaft zu beschreiben, die zwischen ihm und seinen zwei Freunden geherrscht hatte; doch schon begannen die unsterbliche Freundschaft, das gegenseitige Verständnis, die äußerst große Sympathie und der Geruch des

Schiffes in seiner Erinnerung zu verblassen wie Illusionen, die auf dem Trockenen nicht überlebensfähig waren.

Während er erzählte, wurde die Eingangstür geöffnet und wieder geschlossen, und seine Kehle war plötzlich wie zugeschnürt. Als er voller Erwartung innehielt, bemerkte er, daß auch Beaker auf Geräusche von Edwinas Rückkehr lauschte. Doch dann rief eine Männerstimme ›Hassan‹, worauf Beaker nervös zuckte. »Meine Güte, das ist Percy Gibbon. Ich wußte nicht, daß er zum Essen da sein würde. Na, der wird sauer sein, daß wir ohne ihn angefangen haben.«

Man konnte Percy Gibbon mit dem Safragi Arabisch sprechen hören, während gleichzeitig der wartende Beaker den Versuch unternahm, nüchtern zu erscheinen. Als Gibbon hereinkam, begann Beaker auf eine wirre und überdrehte Weise: »Das tut mir schrecklich leid, aber ich dachte wirklich... wirklich...« Gibbon hielt herrisch eine Hand hoch, und Beakers Entschuldigungsversuch verebbte.

Gibbon sagte statt dessen: »Es gibt wichtigere Dinge, über die man sich Sorgen machen muß.«

»Wirklich? Haben Sie etwas gehört?«

»Nichts, was ich weitergeben darf.«

Ein sehr unterwürfiger Hassan stellte Gibbons Suppe hin, und Gibbon beugte sich über sie, die Nase nur knapp über dem Teller. Es war eine sehr große Nase, und da die Wangen so scharf zurücktraten, sah Gibbons Gesicht von vorne betrachtet aus, als ob es nur aus Nase bestünde. Sein Mund war klein und seine schwachen, blutunterlaufenen Augen wirkten hinter der Nickelbrille farblos. Als er die Suppe hinuntergeschlungen hatte, blinzelte er in Richtung Simon. »Einer von Edwinas, nehme ich an?«

Simon sagte: »Nicht ganz. Ich kam erst gestern an. Ich kam mit der Verstärkung der *Queen Mary* hierher.«

Mißbilligend runzelte Gibbon die Stirn. »Das ist etwas, was Sie für sich behalten sollten.«

Beaker, der zuvor Informationen aus Simon herausgelockt hatte, ergriff jetzt Gibbons Partei. »Meine Güte, ja. Ganz richtig. Die Leute sind nervös. Gerüchte und so weiter. Unklug, jemandem irgend etwas zu sagen, da muß ich zustimmen.«

Gibbon sagte nichts. Eine Platte mit in Scheiben geschnittenem Lamm, Karotten und süßen Kartoffeln war auf den Tisch gestellt worden, und er schaufelte fast die Hälfte des Fleisches auf seinen Teller. Er aß ungestüm und schniefte immer wieder, als hätte er Schnupfen. Er beachtete Simon nicht weiter, und kaum war sein Teller leer, sprang er auf und ging durch den Türvorhang hinaus.

Simon fragte mit leiser Stimme: »Was macht er?«

Auch Beaker sprach leise, als ob er einen Tadel fürchtete. »Ich weiß es nicht. Was immer es auch ist, es ist streng geheim. Man sagte mir, er würde Codes knacken.«

»Er muß sehr intelligent sein.«

Beaker lachte und sprach wieder lauter: »Er denkt sicherlich, daß er es ist. Meine Theorie ist, daß er sich einen dieser Byron-Helden zum Vorbild genommen hat. Sie wissen schon: ›Die unerläßliche Verachtung von allem‹, ›Das eisige Geheimnis des Gesichtsausdrucks‹, ›Hochmütiges und reserviertes Benehmen‹ – eben in der Art.«

Simon nickte, zu müde, um zu sprechen. Da er so früh aufstehen müsse, meinte Beaker, täte Simon vielleicht gut daran, jetzt schon zu Bett zu gehen. Man brachte ihn in ein Zimmer hinter dem Türvorhang. Es war so kahl wie das Zimmer in der Kaserne, doch für Simon war es trotzdem etwas anderes: Es war ein Zimmer in einem Haushalt, und was noch stärker wog – es war neben Edwinas Zimmer. Der ganze Korridor hinter dem Türvorhang hatte nach Blumen geduftet.

Kurz nach Mitternacht wurde er durch den Lärm im Wohnzimmer geweckt. Mehrere Leute unterhielten sich und lachten, dann erklang das Plink-Plink einer Gitarre, eine Stimme erhob sich – hoch, rein und lieblich – und sang in einer Sprache, die Simon nicht kannte. Wegen der langen, melancholischen Töne tippte er auf ein trauriges Liebeslied, und er murmelte zu sich selbst: »Armes, kleines Ding.« Dann wurde die Stimme leidenschaftlich und gefühlvoll, und Simon wußte, daß es sich bei der Sängerin um Edwina handelte. Das Lied quälte ihn mit Erinnerungen an junge Frauen, die er in England gekannt hatte, und an die Frauen, denen er an diesem Tag begegnet war. In seiner Vorstellung sah er nicht nur Edwina, sondern auch das dunkelhaarige Mädchen namens Harriet und die Frau mit dem toten Jungen im Fayum Haus. Sogar Miss Brownall trat mit einem gewissen verführerischen Pathos in seine Gedanken, weil sie eine Frau war und er morgen dorthin mußte, wo es keine Frauen gab.

Während er in brennender Qual dalag und zuhörte, wurde plötzlich eine Tür im Korridor aufgeschlagen, und Gibbon brüllte: »Ruhe. Ich habe einen wichtigen Job, im Gegensatz zu euch faulen Scheißkerlen.«

Das Gitarrespiel hörte auf. Das Lied ging über in ein Kichern, und Simon schlief wieder ein. Der Wecker von Professor Beaker weckte ihn bei Dunkelheit und Stille. Er hatte keine Ahnung, wie er seinen Weg durch die unbekannte, schlafende Stadt finden sollte, doch unten am Fluß war ein Taxi geparkt, dessen Fahrer auf dem Rücksitz zusammengekuschelt schlief. Er erreichte die Kasr el Nil-Kaserne, als das erste Rot der Morgendämmerung den Himmel verfärbte, und er sah die Wagenkolonne des Konvois auf der Uferstraße.

Nichts und niemand bewegte sich. Er hatte zuerst noch in die Abbasija-Kaserne fahren müssen, um seine Sachen zu holen, und war erleichtert, daß er es rechtzeitig geschafft hatte. Er fragte sich, ob er wie ein Narr aussah, weil er in einem Taxi angekommen war, doch als er die LKWs erreichte, merkte er, daß niemand wußte oder sich darum kümmerte, wie er hergekommen war.

Der Konvoi war ein bunter Haufen, der aus verschiedenen Einheiten zusammengestellt worden war, aber auf fast allen LKWs konnte man durch den Dreck hindurch die Jerboa, die ›Wüstenratte‹, erkennen, das Symbol der 7. Britischen Panzerdivision. Die Lastwagen waren als Sandfresser aus der Wüste gekommen, und als Sandfresser kehrten sie auch wieder dorthin zurück, aber hie und da zeigte sich ein Glitzern neuen Metalls, wo eine provisorische Reparatur ausgeführt worden war. Unter den Männern, die schon aufgesessen waren, erkannte er Gesichter, die er auf der *Queen Mary* gesehen hatte, und er fühlte sich nicht mehr so deprimiert. Als er den verantwortlichen Sergeant gefunden hatte, sagte er, um zu zeigen, daß er kein totaler Neuling war: »Ich nehme an, daß viele Ihrer Jungs Urlaub hatten, als der Zugverkehr eingestellt wurde.«

»Das ist richtig...« und es gab die übliche Pause, bevor das ›Sir‹ hinzugefügt wurde.

Es war nun an Simon, das Kommando zu übernehmen. Er zählte die Lastwagen und sagte: »Dreißig. Das sind dann also alle, Sergeant?«

»Richtig, Sir.«

Der Sergeant spazierte davon, mit der ausdruckslosen Geistesabwesenheit eines Mannes, für den der Krieg eine alltägliche Angelegenheit war. Simon, der keine Ahnung davon hatte, was ihm bevorstand, sah sich um, als ob er alles zum letzten Mal sehen würde. Mitten im Fluß gab es eine Insel, deren eines Ende der Kaserne genau gegenüberlag. Im schwachen Licht sah sie aus wie ein mit Grün geschmückter großer Schoner. Das Licht wurde heller. Die Insel, leicht getönt vom Rosa des Himmels, nahm Gestalt an, und ihre Gebäude flimmerten und zitterten, als ob sie sich gerade aus flüssigem Perlmutt zusammenfügen würden. Palmen und große, zarte Bäume wuchsen aus den Schatten am Rande des Wassers. Nichts bewegte sich. Die Insel hing in der Luft wie eine Fata Morgana oder ein unbewohnter Ort.

Simon blies ein Wind ins Gesicht, der kühl genug war, um angenehm zu sein, und er sagte sich: »Was soll's, es ist schön!« Die ganze Stadt war schön, und diese Schönheit hielt für ein paar Minuten an, dann härtete sich das Perlmutt und verlor seinen schimmernden Glanz. Die Sonne hatte den Horizont überstiegen. Die Luft war bereits warm. Das schreckliche Crescendo des Tages hatte begonnen.

Major Hardy erreichte den Kasernenhof und beliebte, seinen Stabswagen in der Kolonnenmitte zu postieren. Simon, der keinen Befehl erhalten hatte, sich ihm anzuschließen, kletterte zum Fahrer im ersten Lastwagen. Er versuchte, erfahren zu klingen und fragte: »Wie fahren wir hinaus, Corporal?«

Der Corporal, dessen rundes, sonnenverbranntes Gesicht

sogar noch jünger als sein eigenes war, erwiderte: »Oh, den gewohnten Weg, Sir.« Und Simon wartete, um zu sehen, welcher Weg dies war. Es stellte sich heraus, daß er ihn kannte. Sie fuhren den gleichen Weg wie Cliffords Gruppe, vorbei am Mena House und an den Pyramiden. Der Corporal würdigte die Pyramiden keines Blickes; Simon, der nun zum zweiten Mal sah, wie die kleinere von hinten aus dem Schatten der größeren herausglitt, verspürte dieses Mal weniger Staunen und sagte nichts. Als sie an dem ausgegrabenen Dorf vorbeifuhren, bemerkte es nur Simon. Sie bewegten sich langsam vorwärts, damit die Lastwagen zusammenblieben. Zuerst war das Tempo noch erträglich – sie waren selten schneller als fünfzehn Stundenkilometer, doch als sie die weite Wüste vor sich hatten, die Sonne höher stieg und ins Führerhaus hineinschien, überfiel sie die Langeweile. Bis dahin war Simon immer noch mit der bekannten Welt verbunden gewesen, doch jetzt verschwand sie hinter ihm. Er fühlte sich ängstlich, abgeschnitten und entwurzelt, und er fragte sich, was um Himmels willen er hier tat, auf dieser Fahrt ins Unbekannte? Dann wurde ihm bewußt, daß er, obwohl verwundbar, zumindest nicht alleine war. Er war ein Mann unter anderen Männern, die, wenn sie handeln mußten, gemeinsam handeln würden. Und doch konnte er die Angst, die sich in seinem Magen festgesetzt hatte, nicht loswerden. Um sich selbst zu beruhigen, fragte er den Fahrer: »Wie ist es so, dort draußen?«

Der Fahrer, Vincent, zog mißbilligend den Kopf ein: »Ach, nicht schlecht, Sir. 'türlich hat man mit der Zeit die Schnauze voll, aber es hat auch seine Reize.«

Vincent war einer von denen gewesen, die in Kairo gestrandet waren und jetzt ihr Bataillon finden mußten. Er war sich nicht sicher, ob es ihm gelingen würde. »Man weiß nie, was geschieht, wenn man weg ist. Man möchte nicht unbedingt in einem neuen Haufen landen, wenn man den alten gewohnt ist.«

Diese Aussage implizierte ein ziemliches Durcheinander an der Front, und Simon fragte: »Wie findet man so seinen Weg in der Wüste?«

Der Corporal lachte. »Man bekommt ein Gespür dafür, Sir.«

Die Sonne stieg über das Dach des Führerhauses, und Luftspiegelungen verbargen den Sand. Wenn man es überhaupt ertrug, den Himmel zu betrachten, dann zeigte er einem das gleißende Weiß des Mittags. Sie streiften den Rand einer Stadt. Sie glich einer Urlaubsszenerie – kleine, weiße Villen, Dattelpalmen und mit Bougainvillea behangene Mauern, dann kamen der blendend weiße Sand und ein Meer aus grünen, blauen und violetten Bändern, die mehr wie Licht und nicht wie Wasser aussahen. Sie fuhren an verlassenen Lagerplätzen vorbei, an denen Regiments-Wimpel über einer großen Leere hingen, fuhren dann zwischen zwei seichten Seen hindurch, einer von ihnen grün, der andere himbeerrot, beide mit schwimmenden Salzbrocken übersät. Simon konnte sein Erstaunen nicht verbergen.

»Was für ein seltsamer Ort!«

»Das ist nur Alex, Sir.« Vor der Stadt dann fragte Vincent vorsichtig: »Zeit für eine Teepause, Sir?«

»Du lieber Himmel, natürlich. Ich hätte daran denken müssen, nicht wahr?«

»Das macht doch nichts, Sir.«

Die rote Flagge wurde gehißt, und der Konvoi hielt am Straßenrand an.

Eine Menge Armee-LKWs und -PKWs fuhren nach Osten. Es schien, als ob an diesem Tag nur ihr Konvoi westwärts fuhr. Als er die Kolonne entlangschaute, sah Simon, wie Major Hardy aus seinem Wagen stieg. Der Major begleitete sie nur als Mitfahrer an die Front, doch da Simon kein großes Vertrauen in seine eigene Befehlsgewalt hatte, glaubte er, es sei klug, ihn so zu behandeln, als ob er die Verantwortung hätte. Als Simon zum Auto des Majors hinschlenderte, breitete dieser Major gerade eine Landkarte großen Maßstabs auf der Kühlerhaube aus, hob sein dunkles, faltiges Gesicht, dessen Oberlippe einen Streifen schwarzer Haare trug, und warf ihm einen Blick höchster Verärgerung zu. »Ihre Abteilung kocht doch gerade Tee. Gehen Sie lieber zurück und passen Sie auf, daß auch alles vorschriftsmäßig abläuft.«

Der Sergeant, dessen mürrisches, faltiges Gesicht von der Sonne gegerbt war, zeigte gerade mit leidgeprüfter Miene, wie man Feuer macht und Wasser zum Teeaufbrühen kocht. Die neuen Männer sahen zu, wie zwei große Steine aufgestellt wurden, um eine Auflage für den Wasserkessel zu bilden, welcher aus einem aufgeschnittenen Benzinkanister bestand. Das Wasser stammte aus dem Reservevorrat des Konvois, und der Sergeant sagte ernst: »Man nimmt es nur, wenn man es nirgendwo anders herkriegt. Klar?« Er packte verdorrte Äste zwischen die Steine und zündete sie an. Entlang des Konvois wurden andere Feuer für andere Abteilungen angezündet. Gruppen von Männern standen in Abständen an der Straßenseite und warteten darauf, daß das Wasser zum Kochen kam.

»Jetzt«, sagte der Sergeant, »geben Sie Ihren Tee hinein.« Er brach eine Kiste Tee an und warf zwei große Handvoll davon in das kochende Wasser. »Gut. Jetzt nehmen Sie ihn vom Feuer weg, sehen Sie.« Er hob den Kanister mit einer Selbstverständlichkeit hoch, als ob seine trockenen, braunen Hände gegen Hitze isoliert wären. »Gut. Und jetzt – wo sind Ihre Tassen?«

Die Tassen standen beieinander im Sand, eine große Menge von Tassen, eine für jeden Mann in der Abteilung und ein paar zusätzliche. Vincent ließ abwechselnd in jede Tasse Kondensmilch rinnen, für jeden etwa drei Zentimeter, und dann goß der Sergeant aus dem Kessel Tee hinein. Die Männer nahmen ihre Teetassen auf und teilten sich in Gruppen, und zwar so, als ob jeder die zu ihm passenden Kameraden ausgesucht hätte. Und schon hatten sie aufgehört, eine Ansammlung Fremder zu sein, dachte sich Simon, und bald würden sie sich in Zweier- oder Dreiergruppen zusammenschließen, die so zueinander gehörten, wie er zu Trent und Codley gehört hatte. Er fühlte sich einsam und schaute sich deshalb nach Vincent um, der jedoch schon seine eigenen Freunde hatte – Männer, die zusammen mit ihm in Kairo gestrandet waren. Der Sergeant brachte eine der übrigen Tassen und zwei Cornedbeef-Sandwiches herüber. »Schluck Tee, Sir?« Er blieb bei Simon stehen, der darüber zutiefst dankbar war und ihn fragte, wo er vor seinem Urlaub gewesen war.

»Marsa. Die Deutschen standen direkt vor der Haustür.«

»Und wo, denken Sie, sind sie jetzt.«

Der Sergeant schnaubte verächtlich: »Ein paar Meter weiter, die Straße entlang, nehme ich an.«

Simon merkte, daß er nicht, wie er gedacht hatte, mißmutig oder unnahbar war. Er war wegen der Niederlage deprimiert. »Wir hatten Gazala. Wir hatten Tobruk. Es lief alles bestens. Es sah aus, als wenn wir im Handumdrehen zurück in Bengasi wären. Und dann passierte dies.«

»*Was* passierte?«

»Fielen über uns her wie eine Fledermaus aus der Hölle.«

Vincent rief: »Blaue Flagge, Sir?«

»Ach, ja. Klar. Blaue Flagge.«

Simon schaute zum Horizont, wo die Hitze sich zu einer Dunstglocke verdichtete, und konnte sich gut vorstellen, wie deutsche Panzer plötzlich wie riesige Fledermäuse auftauchten und sich mit solcher Geschwindigkeit und solchem Ungestüm näherten, daß der Konvoi aufgerieben wäre, ehe sie Zeit zum Wenden hätten. Doch der Horizont war leer, und sogar der in Richtung Osten fahrende Verkehr hatte aufgehört.

»Ruhig, meinen Sie nicht auch!«

»Der Deutsche ist zu beschäftigt, um uns zu belästigen«, sagte Vincent, und noch während er sprach, flog eine Heinkel, die von einem Aufklärungsflug zurückkehrte, im Sturzflug über den Konvoi. Vincent bremste scharf. Die Heinkel kam zurück, doch die Kugeln pfiffen harmlos in den Sand. Das Flugzeug flog wieder davon.

Als die Sonne zu sinken begann, war Simon wegen der Organisation des Nachtlagers etwas beunruhigt. Irgendwo und irgendwann sollte er den Befehl geben, das Nachtlager aufzuschlagen, doch bevor aus dieser Notwendigkeit Beklemmung wurde, sagte Vincent: »Meinen Sie nicht auch, wir sollten hier unser Lager aufschlagen, Sir?«

An der Küste war ein weißer Schimmer sichtbar. Der Schimmer wuchs zu einem Dorf freundlicher Ferienhäuser an einer Bucht, die sich wie ein langer, weißer Knochen in die aschfarbenen und braunen Schattierungen der Wüste schmiegte.

»Wer lebt dort draußen?« fragte Simon.

»Jetzt niemand mehr. Sie sind alle schon vor langer Zeit fortgezogen.«

Die Lastwagen wurden in einer dichtgeschlossenen Formation aufgestellt, die als Lager und zur Verteidigung diente. Lächelnd, als ob er bereits angefangen hätte, für Simon eine Art beschützende Zuneigung zu empfinden, fragte Vincent: »Erlaubnis zum Schwimmen, Sir?«

Simon folgte den Männern, die zwischen den Dünen hindurchrannten, sich gegenseitig zuriefen, ihre Hemden und Hosen vom Leib rissen und sich nackt in ein Meer stürzten, das so warm und klebrig war wie Milch. Im Abenddunst lag er im Wasser, schaute zurück auf das Dorf und war überrascht, daß es noch da war. Wäre er, als sie Meile für Meile von Sand hinter sich brachten, gefragt worden: »Wo möchten Sie am liebsten sein?«, hätte er sich ohne weiteres diese Oase neben dem weißen Strand vorstellen können, mit ihren Villen unter dem Palmendach. Er hob den Kopf, um westwärts in die dunstige Ferne der Wüstenküste zu blicken, und da er nichts sah, hatte er eine Illusion von Sicherheit. Der Feind mußte weiter entfernt sein, als der Sergeant sich einbildete. Zufriedenheit erfüllte ihn, und er lächelte den Mann an, der sich neben ihm befand. »Das hatten wir nicht erwartet, stimmt's?«

Der Mann lachte und machte eine anerkennende Kopfbewegung. »Wahnsinnig gemütlich«, sagte er.

Durch den aufgehenden Mond aus dem Schlaf gerissen, spürte Simon in dieser Nacht die Erde unter sich vibrieren. Er setzte sich auf, wußte nicht, wo er war, und sah das strahlende Weiß der Häuser, die durch die Palmwedel mit einem Muster versehen waren. Ein entferntes, aber schweres Donnergrollen war in der Luft, und er wußte, es mußte Artillerie sein. Er zog sich zurück in seinen Schlafsack, hielt die Hände über die Ohren und versank wieder in Schlaf.

Den größten Teil des nächsten Tages schien der Konvoi

sich allein in der Wüste zu befinden. Gelegentlich fuhr ein Kradmelder an ihnen vorbei, und einmal tauchte ein Stabswagen hinter ihnen auf und fuhr mit der Geschwindigkeit eines Polizeiautos an ihnen vorbei. Dann, in der Mitte des Vormittags, zeigte sich ein rötlicher Fleck am Horizont. Simon fragte Vincent, was er davon hielt.

»Könnte ein Sandsturm sein.«

Der Fleck, der zuerst bleich und undeutlich war, verfärbte sich dunkler und dehnte sich aus, wuchs in Richtung Konvoi an, bis er sich in knapp einer Meile Entfernung als Sandwolke herausstellte. Sie stieg mit einer derartigen Dichte in das Hitzeflimmern der oberen Luftschichten auf, daß die Sonne fast verdunkelt wurde. In der Wolke selbst wurden die dunklen Umrisse von Fahrzeugen sichtbar. Das erste war ein Versorgungslastwagen, der mit Küchengeräten überladen war und toplastig dahinschlingerte. Die Kolonne, die folgte, erstreckte sich bis zum Horizont. Wie der Konvoi bewegte sie sich langsam vorwärts, quietschend und klappernd inmitten des Gestanks der eigenen Auspuffgase und Benzindämpfe. Als sie vorbeifuhren, spürte Simon die Hitze der Fahrzeuge, die auf der anderen Seite der Straße hintereinander herkrochen.

Tieflader beförderten Panzer, die ihre Ketten verloren hatten. Lastwagen schleppten kaputte Flugzeuge oder andere Lastwagen ab. Mannschaftswagen waren vollgestopft mit Männern, die aufeinander und vor Erschöpfung schliefen. Geschütze, RAF-Waggons, Abschleppwagen, Panzerwagen, Furage- und Kantinenwagen fuhren vorbei, eine kilometerlange Schlange, ihre gelbe Lackierung mit Sand überzogen, alles wackelig, alles, so schien es, kurz vor dem Zusammenbruch. Wie sie sich so, Stoßstange an Stoßstange, fortbewegten, erweckten sie den Eindruck eines Schrottplatzdurcheinanders, in dem dennoch so etwas wie Ordnung herrschte.

Ein Stabswagen, der auf die falsche Seite der Straße gekommen war, brachte den Konvoi zum Halten. Major Hardy schritt auf das Fahrzeug zu und schrie: »Was ist los? Befindet sich die ganze verdammte Armee auf dem Rückzug?«

Aus dem fahruntüchtigen Wagen schaute ein anderer Major heraus, das Gesicht zerknittert vor Müdigkeit, und schrie zurück: »Nein, das tut sie verdammt noch mal nicht. Die Front verläuft jetzt ein paar Kilometer weiter die Straße rauf. Angeblich ist die australische 9. Division auf dem Weg – was man nur hoffen kann. Sie sind dort hinten ein gemischter Haufen: die 8. Armee, Neuseeländer, Südafrikaner, ein paar Inder. Wie lange die noch aushalten können, wissen die Götter.«

»Aber wohin fährt dieser Haufen?«

»Befehl erhalten, Verteidigungslinien weiter ostwärts vorzubereiten.«

»Wo? Wohl in den Gärten von Abu Kir?«

»Gar nicht so unwahrscheinlich.« Der Major wischte sich den Schweiß aus dem Gesicht und grinste. »Wir werden an den Stränden kämpfen.«

»Dieser Konvoi soll sich bei der 7. Motorisierten Brigade melden. Haben Sie eine Ahnung, wo die steckt?«

»Was weiß ich. Könnte überall sein. Dort, wo wir herkommen, ist es die Hölle und glatter Mord.«

Der behindernde Wagen wurde von der Straße geschoben und mußte auf einen Mechaniker warten, während der Konvoi weiter westwärts fuhr, obgleich alle Welt nach Osten zu fahren schien. Die Pannen wurden häufiger. Alle paar hundert Meter gab es einen Halt, und Männer mußten Fahrzeuge wegschieben, während Major Hardy jeden verhörte, den er finden konnte. Er wurde nervöser, da er niemand fand, der wußte oder den es kümmerte, wo der Konvoi das Divisionshauptquartier finden konnte. Er schrie Simon an: »Rennen Sie mir nicht wie ein Hund hinterher, Boulderstone. Etwas Bewegung, mein Herr, oder wir verbringen noch eine weitere Nacht auf der Straße.«

Sie rückten voran, so schnell es ging. Bauten tauchten neben der Straße auf, provisorisch und nicht stabil, doch zumindest deuteten sie darauf hin, daß die müden Neuankömmlinge unter dem Durcheinander von Leitungen und aufgetürmten Steinen endlich ihr Ziel finden würden. Einige Pioniere besserten gerade einen Riß im Asphalt aus, und da

Simon sie entdeckte, bevor es Hardy möglich war, zu ihnen zu gehen, rannte er hin und stellte die üblichen Fragen. Er war sich aufgrund ihres Verhaltens nicht sicher, ob sie die Wahrheit sagten oder nicht. Einer der Pioniere sagte: »Weiter unten steht der Auk an der Straße. Er steht schon den ganzen Tag da, ohne Hut, beobachtet nur, wie dieser verdammte Zirkus vorbeifährt. Er wird Ihnen sagen, wo Sie hinfahren müssen.«

Simon hatte da seine Zweifel, doch er fragte trotzdem weiter: »Wie sieht er aus?«

»Der Auk? Ein großer Mann, ein verdammter Held. Groß. Großer Kerl. Sie können ihn nicht übersehen.«

Die Pioniere traten, noch immer lachend, zurück, um den Konvoi über den kaputten Straßenbelag holpern und weiter in Richtung eines roten, verschwommenen Flecks fahren zu lassen, wo die Sonne gerade unterging. Das Donnergrollen, das Simon vergangene Nacht gestört hatte, fing jetzt wieder an; jetzt allerdings mit einem viel massiveren Klang. Rote und grüne Sterne schossen in die untergehende Sonne, und Simon fragte Vincent: »Ist das die Front?«

»Nein, die Front ist noch gut zehn Meilen entfernt.« Sie fuhren noch eine Meile. »Sollen wir nicht langsam absitzen, Sir?«

Es war Zeit, das Lager aufzuschlagen. Die Männer sprangen von den Lastwagen, schüttelten den Krampf aus ihren Beinen, beglückwünschten einander fröhlich, als ob sie zu Hause angekommen wären. Der Verkehr in Richtung Westen war durch den Stau zum Halten gebracht worden, und auch der Staub begann sich zu setzen. Die Luft klärte sich, doch es gab nicht viel zu sehen: nur eine riesige, durch den Sonnenuntergang purpurrot gefärbte Flachebene, von der zwei Rauchsäulen, schwarz wie Ruß, in den blutrot leuchtenden Himmel aufstiegen.

2

Um acht Uhr morgens, zu der Stunde also, zu der die ägyptische Sonne durch die Ritzen von Fensterläden und Vorhängen drang, hörte Harriet Pringle einen Tumult vor ihrer Schlafzimmertür. Der ganze Lärm wurde von der Stimme einer einzigen Frau verursacht – von Madame Wilk, der Besitzerin der Pension. Doch diese Stimme war so schrill vor Panik und Entrüstung, daß Harriet aus dem Bett sprang, weil sie annahm, daß sicher eine Katastrophe geschehen war.

Madame Wilk schrie ins Telefon: »Man hat sie gesehen. Wie soll ich wissen, wer sie gesehen hat? Es ist überall bekannt. Ich sage ihnen – Tausende von ihnen, alle kaputt und unbrauchbar, die Männer vor Erschöpfung eingeschlafen. Ich habe Freunde in Heliopolis, und die riefen mich an. Sie sagten: ›Sie kommen immer noch zurück. Ein schrecklicher Anblick, eine ganze Armee auf dem Rückzug‹.« Madame Wilks Entrüstung wuchs, und sie schlug gegen die Tür neben sich, die Tür von Harriets Zimmer. »Stehen Sie auf. Stehen Sie auf. Ihr seid am Ende, ihr Briten. Die Deutschen sind schon da. Ach, herrje, was soll ich nur machen?« Die Stimme steigerte sich zu einem solch jämmerlichen Klagegeheul, daß Harriet schließlich die Tür öffnete.

Davor stand, den Hörer noch in der Hand, Madame Wilk, gleich einem zusammengeschrumpften kleinen Äffchen, die großen, braunen Augen glanzlos und von Tränen überflutet. Sie war eine Koptin, hatte während des ersten Krieges einen britischen Offizier geheiratet, der zurück in die Heimat gegangen war und sie mit nichts als einem britischen Paß zurückgelassen hatte. Sie erkannte nun, daß das Ende der Briten auch ihr eigenes Ende bedeuten würde, und die Tränen flossen aus ihren faltigen Augenlidern und kullerten ihre verhutzelten Wangen hinunter. »Alle meine Aktien sind jetzt wertlos. Was hab' ich noch? Was wird mit mir geschehen?«

»Was wird mit jedem von uns geschehen?« fragte Harriet.

»Sie – Sie werden davonlaufen. Aber ich? Wovon soll ich leben? Hier habe ich gearbeitet, habe fürs Alter gespart. Ich kaufte mir diese Pension, ich kaufte Aktien, weil ich Verstand hatte – und was sind sie jetzt wert? Nichts. Nichts sind sie mehr wert.«

Aus dem Zimmer gegenüber streckte Major Perry seinen Kopf heraus und sagte: »Die werden sich erholen. Die Kurse gehen wie irre hinauf und hinunter.«

Major Perrys Gelächter lenkte Madame Wilk ab, so daß Harriet ihre Türe schließen konnte. Im Eiltempo duschte sie sich und zog sich an, damit sie der Richtigkeit des neuesten, furchtbaren Rückzugsgerüchtes selbst nachgehen konnte. Sie ging dann in die lange Diele hinaus, die Herz und Zentrum der Pension Wilk war. Die Diele diente als Speisezimmer und gleichzeitig als Aufenthaltsraum – nicht daß jemand sich dort länger als nötig aufhalten wollte –, und die Tische und Stühle, die entlang der Wand aufgereiht waren, blokkierten fast den Durchgang. Die Gästezimmer öffneten sich zu beiden Seiten hin. Sie waren klein, hatten aber alle eine Dusche, was Madame Wilk in die Lage versetzte, für die Pension den »Luxus«-Status zu beanspruchen.

Die Fensterläden wurden während des Tages geschlossen, und die Mahlzeiten mußten bei künstlichem Licht eingenommen werden. Harriet fand das zwar bedrückend, mußte jedoch akzeptieren, daß in Ägypten die Sonne ein Feind war. Wenn sie nicht ausgeschlossen wurde, würde die Hitze im Innern des Hauses unerträglich sein. Trotzdem empfand Harriet fast ein Gefühl des Triumphes, als sie merkte, daß eine Tür in der Diele offengelassen worden war und Tageslicht auf den Frühstückstisch schien. Die Tür wurde bei Tagesanbruch zum Durchlüften offengehalten und mußte geschlossen, versperrt und verriegelt werden, bevor die Gäste aufstanden. Harriet hatte oft Madame Wilk schimpfen hören, wenn ein Safragi vergessen hatte, sie zu schließen, doch an diesem Morgen, an dem sie wegen anderer Sachen schreien mußte, hatte Madame sie selbst vergessen. Als nun Harriet zum ersten Mal durch diese Tür hinausging, konnte sie sehen, warum ihr das Schließen dieser Tür so ein Anliegen war. Sie führte auf ein flaches Dach. Die Pension Wilk befand sich ganz oben in einem hohen Wohnblock, und als Harriet an den Rand des Daches ging, stellte sie fest, daß nur eine einzige Querstange zwischen ihr und dem Abgrund zur Straße verlief. Sich ihres Wagemuts bewußt, stand sie an der Stange, schaute Richtung Gizeh und erwartete fast, die besiegte Armee am Mena House vorbeiziehen zu sehen. Aber sie sah keine Armee. Sie sah nichts als die Pyramiden, die auch nur am frühen Morgen und bei Sonnenuntergang zu sehen waren und die sich so winzig ausnahmen wie die kleinen Metallpyramiden, die als Bleistiftspitzer verwendet wurden.

Der Morgen war ruhig und ließ sich überhaupt nicht mit Krieg in Verbindung bringen. Der Verkehr war noch nicht losgebrochen, und sie konnte hundert Meter unter sich die Glocke eines Kamels und das Klatschen der nackten Füße des Kameltreibers hören.

Sie ging auf dem Dach umher und war überrascht von der Weite und Klarheit der Aussicht in diesem frühen Sonnenlicht. Bald würde die Stadt unter einer Hitzeglocke verborgen sein, aber noch konnte sie die weißgetünchten kleinen Häuser sehen, wie sie sich wie ein Meer geronnenen Schaums zu den zerklüfteten Mokattamhöhen erstreckten. Über ihnen thronte, gleich einer dicken, weißen, wachsamen Katze, die Alabaster-Moschee Mehmed-Alis, einzigartig weiß in dieser sandfarbenen Stadt, ihre Minaretten wie Ohren gespitzt.

Einst, noch bevor die Geschichtsschreibung begann, hatte ein wirkliches Meer das Becken gefüllt und gegen die Klippen geschlagen. Es war mit der Zeit abgelaufen, und dann waren die alten Ägypter gekommen, um dem menschlichen Geist Schönheit und Würde zu verleihen. Während sie über diese erste Ägypter nachdachte, drangen Rufe vom nächstgelegenen Minarett zu ihr herüber, und sofort war die Luft von den langen, klagenden Tönen der Muezzins erfüllt, die die Gläubigen zum Gebet riefen. Die Roten Milane erwachten aus dem Schlaf, schwebten in gemächlichem Flug von den Gebäuden auf und glitten mit sanfter, anmutiger Grazie knapp über die Dächer. Harriet schaute auf sie hinab und sah, daß sie nicht, wie man von unten meinen konnte, schmutzigbraun waren, sondern, wenn die Sonne auf ihre Federn schien, wie aus Bronze gegossene Vögel schimmerten.

Sie wurde durch eine andere Stimme aufgeschreckt, die sich mit denen der Muezzins vereinte, der Stimme von Madame Wilk. »Kommen Sie herein, Mrs. Pringle, es ist verboten, sich auf dem Dach aufzuhalten.«

»Ich fühle mich recht sicher, Madame Wilk.«

»Ich sorge mich nicht wegen Ihrer Sicherheit, Mrs. Pringle. Wenn Sie hinunterfallen und tot sind, wird die Polizei mir Schwierigkeiten machen. Also kommen Sie sofort herein.«

Harriet ging hinein, und Madame Wilk klopfte die Riegel in die Halterung, wobei sie sagte: »Ach, ich habe nichts als Kummer.«

Harriet setzte sich, um ihr Frühstück einzunehmen, das immer das gleiche war. Es begann mit sechs großen, weichen, zu süßen Datteln, die in einer kleinen, grünen Glasschale serviert wurden. Der nächste Gang bestand stets aus einem kleinen Ei, das entweder gekocht, gebraten oder pochiert war, aber immer den gleichen Geschmack von Moder und Fäulnis hatte.

Wie die meisten Pensionsgäste war auch Harriet auf der Suche nach einer Wohnung oder einem Haus. Und doch, wenn sie daran dachte, daß sie Ägypten eventuell wieder verlassen und noch einmal in ein anderes Land ziehen mußte, schien sogar die Pension Wilk ein reizvoller Aufenthaltsort zu sein.

Beim Verlassen der Diele blieb Harriet bei Major Perrys Tisch stehen und fragte: »Wie kam Madame Wilk zu der Ansicht, daß wir auf dem Rückzug seien?«

Perry, der mit mattem Gesichtsausdruck dagesessen hatte, reagierte auf die Frage wie ein schlechter Schauspieler. Er stieß eine Fahne abgestandenen Alkohols aus und lachte: »Ha, ha, ha. Sie wissen, wie Kairo ist! Irgendwelches Überschußmaterial wurde zum Depot nach Heliopolis zurücktransportiert, und die Ortsansässigen dort kriegten Schiß. Nur die übliche Hysterie und Telefonitis.«

»Ich wußte nicht, daß wir irgendwelche Überschußausrüstung haben.«

»Gebrauchtes Zeug zum Auseinandernehmen für Ersatzteile. Die Wüste ist übersät damit.«

»Also gibt es nichts, worüber man sich Sorgen machen müßte?«

»Nichts, Mädel, gar nichts. Wenn wir Verstärkungen bekommen, ist alles wieder in Butter.«

Harriet lachte. »Na prima, bloß ist das in der Wüste so eine Sache mit der Butter.«

Als Guy und Harriet vor fast genau einem Jahr in Ägypten angekommen waren, herrschte auch damals ›Alarmzustand‹. Damals, genau wie jetzt, hatten die Deutschen Sollum erreicht, und es sah danach aus, als würden sie weiter vordringen. Diese Tatsache bedeutete aber nicht viel für die Flüchtlinge, die einen viel schwereren Verlust hatten hinnehmen müssen. Sie erreichten Alexandria – immer noch Griechenland und ihren Erinnerungen an Griechenland nachtrauernd –, und Ägypten erzeugte in ihnen Ekel und Angst vor der Fremdheit dieses Landes.

Der Zug war um Mitternacht in den Bahnhof von Kairo eingefahren, und die, die in Ägypten Geld zur Verfügung hatten, nahmen sich Taxis und zogen in Hotels. Der Rest hatte nichts als wertlose Drachmen, und so warteten sie, verwirrt, wußten nicht, wohin sie gehen oder was sie tun sollten. Endlich kümmerte sich ein Sergeant der Armee um sie. Er teilte ihnen mit, daß Quartiere für sie requiriert worden waren, und führte sie einen langen Weg durch schmale Gäßchen zu einem Gebäude, das einen ähnlich entmutigenden Eindruck machte wie ein Armenhaus. Hier wurde ihnen ein Schlafsaal für die Frauen zugewiesen, ein anderer für die Männer und eine einzige kalte Dursche, die von beiden benutzt werden mußte. Mit ihren eisernen Bettgestellen, Armeedecken, der düsteren Beleuchtung und dem Geruch von Karbol, besaßen die Schlafsäle Gefängnisatmosphäre, über die sich aber niemand beklagte. Die Flüchtlinge spürten, daß sie eine gute Miene machen und dankbar sein mußten, weil sie sich einbildeten, sie seien Gäste des Militärs – bis schließlich der Besitzer die Rechnungen für die Übernachtungen brachte. Sie erfuhren später, daß das Ganze früher ein Bordell gewesen war, bis es vom Sanitätskorps der Armee geschlossen wurde;

dem Bordellbesitzer, dem man seine Einnahmequelle weggenommen hatte, wurde erlaubt, seine Verluste auf Kosten der Flüchtlinge wieder wettzumachen. In einem Fünf-Sterne-Hotel hätten sie nicht mehr bezahlt, weshalb Guy, der versuchte, es auf die leichte Schulter zu nehmen, meinte: »Jetzt wissen wir wenigstens, was das bedeutet, wenn man in Ägypten ›ge-gypt‹* wird.«

Da in dem Gebäude keine Mahlzeiten ausgegeben wurden, versammelten sich die Neuankömmlinge am nächsten Morgen in der Eingangshalle und warteten, daß der Sergeant zurückkommen und sie zu einer Armeekantine führen würde. Er kam jedoch nicht. Kein Mensch bot ihnen irgendwelche Hilfe an. Nach und nach dämmerte ihnen, daß sie jetzt für sich selbst sorgen müßten.

Die Pringles standen zusammen mit den anderen in der Eingangshalle und waren überrascht, Professor Lord Pinkrose neben der Tür zu sehen. Er galt als ein reicher Mann, aber auch als einer, der darauf bedacht war, sein Vermögen zusammenzuhalten. Deshalb hatte er sich der mittellosen Gruppe angeschlossen, die sich von der Armee Bestand erhoffte. Und hier stand er nun, zwar wie der Rest ohne Frühstück im Bauch – aber mit einer Miene im Gesicht, als wüßte er, was er jetzt zu tun hätte. Es waren zwei Männer bei ihm, die Guy einst als Lehrer am Institut in Bukarest eingestellt hatte.

Die beiden hießen Toby Lush und Dubedat. Toby, in seiner gewohnten Aufmachung, einem alten Tweed-Jackett und ausgebeulten Hosen, kaute ungeduldig auf seinem Pfeifenmundstück herum. Er konnte nicht still bleiben. Als er den Besitzer sah, wandte er sich an ihn und sagte: »Wir bestellten für zehn Uhr ein Taxi. Noch immer nicht hier. Schau'n Sie doch mal nach, seien Sie so gut, ja!« Der andere Mann, Dubedat, hob seine dünne Hakennase und entfernte sich mit ernstem Gesichtsausdruck von Tobys rastlosem Schlurfen und Keuchen, während Pinkrose seinen Filzhut in den Händen

* Unübersetzbares Wortspiel: to gyp (engl.) = übers Ohr hauen; Anm. d. Red.

drehte und auf seine Füße hinabsah. Der Hut, der für gewöhnlich auf seinem Kopf saß, hatte eine Delle auf seinem sonderbaren, hundebraunen Haar hinterlassen.

Der Besitzer löste sich von Toby, der daraufhin sagte: »Ich denke, er wird das für uns regeln.«

Pinkrose hob sein graues Echsengesicht aus den Falten seines Schals und schniefte. »Ich hoffe es aufrichtig. Ich habe um zehn Uhr dreißig eine Verabredung und würde mich nicht gerne verspäten. Es ist von eminenter Wichtigkeit für uns, dem Mann mit Respekt zu begegnen, der das Heft in der Hand hat.«

Harriet flüsterte Guy zu: »Was denkst du, haben die vor?«

Um sie besser zu sehen, rückte Guy seine Brille zurecht und sagte: »Warum sollten sie irgend etwas vorhaben?«

»Oh, die haben ganz bestimmt etwas vor.«

Da sie sah, daß Guy die Männer mit solchem Wohlwollen anstrahlte, sagte sie: »Hast du denn ganz vergessen, daß Pinkrose dich in seinem Bericht als untauglich für die Arbeit der Organisation bezeichnete?«

»Hat er das? Ach ja, ich glaube, du hast recht.«

»Du weißt, daß er es hat. Und was die anderen beiden Clowns betrifft: Sie strengten sich in Athen ganz besonders an, um dich in Mißkredit zu bringen.«

»Ja, sie benahmen sich schlecht«, stimmte ihr Guy zu, sein Ausdruck aber blieb wohlwollend.

Das Bordell war nicht klimatisiert, und die Flüchtlinge vergingen fast vor der Hitze im Innern. Guys Gesicht glänzte, und seine Brille rutschte ständig die Nase hinunter. Dieser große, unordentliche Mann, mit Büchern in jeder nur denkbaren Tasche, konnte nicht anders, als immer liebenswürdig sein. Sie waren zusammen in diesem erbärmlichen Quartier gelandet, und er betrachtete deshalb Pinkrose, Dubedat und Lush als Gefährten im Unglück und trug ihnen nichts nach.

Nachdem Toby Lush einen spontanen Satz auf die Straße hinaus gemacht hatte, stürzte er plötzlich ganz aufgeregt und wichtigtuerisch wieder herein. »Es ist da. Es steht vor dem nächsten Haus. Es war schon die ganze Zeit dort.«

Als die drei gegangen waren, begannen die Pringles zu begreifen, daß sie mit ihrer Hilf- und Ziellosigkeit nicht ewig in der düsteren Eingangshalle umherstehen konnten. Einige andere begannen, sich hinaus in die gleißend helle und aufreibende Fremdheit der Kairoer Straßen zu wagen. Die Pringles brauchten Geld. Sie hatten in der Armeekantine in Alexandria gegessen, und das war ihre einzige Mahlzeit in vier Tagen gewesen. Sie brauchten etwas zu essen, aber noch mehr als das brauchten sie das Gefühl von Sicherheit.

Guy sagte: »Ich sollte mich im Büro der Organisation melden, wo immer das auch sein mag.« Harriet meinte, es sei vielleicht einfacher, die britische Botschaft zu finden. Sie machten sich auf den Weg. Als sie eine dichtbevölkerte Hauptstraße erreichten, verspürten sie eine Feindseligkeit in der Hitze und dem Tumult, so daß sie es riskierten, auch ohne Geld ein Taxi anzuhalten. Sie waren dem Fahrer dankbar, als er sie einsteigen ließ. Er fuhr sie zur Botschaft, wo Harriet als eine Art Geisel draußen warten mußte, während Guy hineinging und sich das Fahrgeld borgte. Sie hatten neben einem dekorativen schmiedeeisernen Tor gehalten, durch das man Guy allerdings nicht einließ. Ein Pförtner wies ihn zu einem kleinen Seitengebäude, in dem sich die Botschaftskanzlei befand.

Harriet blickte durch das Tor auf den trockenen Rasen und die trockenen Blumenbeete und wunderte sich, wie Pflanzen überhaupt unter dieser brennenden Sonne gedeihen konnten. Als sie Athen verließen, waren die Gärten und Parks mit Blumen übersät gewesen; in den Olivenhainen, unter den Bäumen, gingen einem die Blumen bis zur Taille. Würde sie dergleichen jemals wieder sehen?

Guy, der etwas beklommen in die Botschaftskanzlei gegangen war, kam heraus und winkte mit einer ägyptischen Pfundnote. »Wir haben hier einen Freund.«

»Wen?«

»Unseren Dobbie Dobson.«

Freudig gingen sie hinein, um Dobbie Dobson aufzusuchen, der sie ebenso freudig begrüßte. Sie hatten ihn nicht sehr gut gekannt, aber jetzt schien es wunderbar, ihn überhaupt gekannt zu haben. Er ergriff Harriets Hände, führte sie zu einem Stuhl und lächelte sie an. Nachdem die Begrüßung beendet war, schienen sich die Pringles zu entspannen. Sie wollten nichts weiter, als für ein Weilchen in Dobsons klimatisiertem Büro sitzen, zwischen dem Mobiliar aus spanischem Mahagoni, dem polierten Messing und dem Gefühl von Ordnung und Wohlstand wieder zu sich kommen. Aber Dobson mußte unbedingt hören, was ihnen alles zugestoßen war.

So nahmen sie sich noch einmal zusammen und beschrieben ihre Flucht, erzählten humorvoll von dem Hunger während der Seereise, dem Ungeziefer, den Läusen in den Kabinen, den mit Brettern vernagelten Durchgängen, denn die Frachter waren zuvor Gefangenentransporter gewesen, und von den unbrauchbaren Rettungsbooten mit ihren eingerosteten Flaschenzügen. Dobson lachte mit ihnen.

»Nun sind Sie in Sicherheit«, sagte er. »Und das ist die Hauptsache.«

Harriet schaute auf den Rasen hinaus, der bis zum Fluß hinunterreichte, und konnte sich vage die Möglichkeit vorstellen, sich in Kairo häuslich niederzulassen. Doch es war nur eine vage Vorstellung. Solch eine Möglichkeit war ihnen hier nicht angeboten worden, und sie war zu müde und nervös, um den Gedanken weiterzuverfolgen.

Sie hatten Dobson sieben Monate nicht gesehen, und es schien ihnen, als wäre er um mehr als diesen Zeitraum gealtert. Er hatte zugenommen, wohingegen Harriet und Guy erschreckend dünn geworden waren. Er hatte büschelweise sein babyweiches Haar verloren, und die Haut unter seinen Augen begann dunkler zu werden. Nur sein diplomatischer Charme war in diesem gesundheitsschädlichen Klima unberührt geblieben. Er sagte: »Tja, also, Sie werden bestimmt Geld brauchen.«

Guy bestätigte, daß sie Geld benötigten, aber noch wichtiger war ihm zu wissen, wie es im allgemeinen um die Organisation in Ägypten so stand. Wer war der Leiter?

»Sie kennen wahrscheinlich den Direktor. Sein Name ist Colin Gracey. Er war einmal in Athen.«

Guy starrte Dobson an, und Harriet starrte Guy an. Dobson hätte keinen schrecklicheren Namen aussprechen können, doch da er nichts von den Vorgängen in Athen wußte, war er über ihre Bestürzung lediglich verdutzt. Guy war so aus der Fassung gebracht, daß er kein Wort mehr herausbrachte, weshalb Harriet Dobson erklärte, daß Toby Lush und Dubedat, als sie die Besetzung von Bukarest befürchtet hatten, nach Athen getürmt waren und sich dort bei Gracey so nützlich gemacht hatten, daß der tatsächlich Dubedat die Leitung des Instituts übertragen hatte.

»Oh, nein!« Dobson erschien das unglaublich.

»Ja. Gracey war angeblich Invalide – er hatte irgendwelche Rückenprobleme –, und ihm gelang es, einen Flug nach Syrien zu bekommen. Er überließ Dubedat und Lush die Leitung. Ich würde zwar sagen, daß Guy am Ende als Sieger hervorging, was ihm aber jetzt sicherlich nicht helfen wird.«

»Dann gab es in Athen also einen Machtkampf!« Dobson betrachtete Guy. »Ich kann mir nicht vorstellen, daß Gracey das gegen Sie verwenden wird. Aber Sie müssen ihn natürlich aufsuchen.« Dobson hatte nicht den geringsten Wunsch, sich in Guys Angelegenheit einzumischen, und so war sein Verhalten jetzt eher taktvoll als freundschaftlich.

Noch bevor sich Guy dazu äußern konnte, kam ein Diener der Botschaft herein und brachte Türkischen Kaffee. Das konzentrierte Koffein in den kleinen Tassen war für jemanden, der selten Kaffee trank, genauso anregend wie Alkohol. Als er die Tasse ausgetrunken hatte, richtete sich Guy schroff und mit entschlossenem Gesichtsausdruck auf. »Ich werde Gracey nicht aufsuchen, und ich werde nicht für ihn arbeiten.«

Ausgelaugt von der Anspannung und dem ungestillten Hunger der letzten drei Tage, konnte Harriet kaum ihre Tränen zurückhalten. »Aber was sollen wir tun? Wohin können wir gehen?« Ihre Stimme brach bei diesen Fragen, und Guy ließ den Kopf hängen. Trotzdem blieb er unnachgiebig. Er kannte seinen Wert und hatte erwartet, hier einen verantwortlichen Leiter vorzufinden, der seine Qualitäten anerkennen würde. Statt dessen war er wieder einem Mann untergeordnet, den er verachtete. Nachdem er sich einmal gegen

Graceys Gefolgschaft durchgesetzt hatte, würde er sich jetzt nicht mit dessen intriganter Clique arrangieren. Er sagte: »Ich bin genauso hochqualifiziert wie Gracey, und das ist etwas, was ihm nicht gefällt. Die einzige Qualifikation, auf die er schaut, ist die Bereitschaft, ihm zu schmeicheln und seine Arbeit für ihn zu tun. Ich werde ihm nicht schmeicheln.«

Harriet sagte: »Aber andere werden es tun. Jetzt wissen wir auch, wohin diese drei heute morgen gegangen sind. ›Der Mann, der das Heft in der Hand hält‹ – Gracey! Wie um alles in der Welt wußte Pinkrose, daß er hier ist?«

»Ich erzählte es ihm«, gab Dobson zu. »Pinkrose rief heute morgen gegen zehn Uhr in der Botschaft an und wurde mit mir verbunden.«

»Und verschwendete keine Zeit und suchte schnurstracks Gracey auf.« Harriet legte eine Hand auf Guys Arm. »Darling, du tust dir selbst keinen Gefallen, wenn du nicht auch hingehst.«

Guy sah, daß ihre Augen naß waren, und gab ein bißchen nach. »Wenn er mich sprechen will, kann er mich zu sich bestellen. Aber ich werde nicht für ihn arbeiten.«

Harriet wandte sich an Dobson. »Guy ist u. k. gestellt. Was passiert, wenn er eine Arbeit ablehnt, die ihm angeboten wurde? Wird er unter Arrest gestellt werden?«

Dobson lachte. »So etwas Schreckliches nicht. Aber er wird kein Gehalt mehr bekommen.«

Vertrieben, heimatlos, ohne Geld und ohne Zukunft – so sah Harriet sich und Guy und verbarg ihr Gesicht in ihren Händen. Von ihrer Verzweiflung gerührt, wandte sich Dobson mit seinem beredsamen Charme an Guy: »Ich denke wirklich, lieber Freund, Sie sollten einfach mal losgehen und Gracey aufsuchen. Er *ist* schließlich Ihr Vorgesetzter. Das würde schon die Höflichkeit verlangen.«

Das Stichwort Höflichkeit traf Guy schwer, und er blickte bekümmert auf. Gerade in diesem Moment kam der Diener zurück und überreichte Dobson einen Umschlag. Dieser gab ihn gleich weiter an Guy, mit den Worten: »Das ist für Sie: ein Vorschuß auf Ihr Gehalt, mit Zustimmung von Gracey.«

»Er weiß, daß ich hier bin?«

»Ja. Während Sie den Taxifahrer bezahlten, sprach ich mit der Buchhaltung, und die setzte sich mit dem Büro der Organisation in Verbindung. Ich dachte mir, daß Sie Bargeld bräuchten.«

Guy hielt den Umschlag einige Augenblicke in der Hand, steckte ihn dann in seine Tasche und sagte: »Es steht mir zu. Es ändert nichts, aber ich werde das Büro aufsuchen. Wie Sie schon sagten – die Höflichkeit verlangt es. Wo kann ich Gracey finden?«

»Die Büros sind auf Gesira. Sie sind ganz herrlich.«

Dies beeindruckte Guy nicht sonderlich. »Wir werden zuerst etwas essen und ihn danach aufsuchen.«

»Gehen Sie nicht zu früh. Hier schließen die Büros zur Siesta und öffnen erst wieder um fünf.«

Dobson begleitete sie aus der Kanzlei hinaus und drückte Harriets Schulter. »Kopf hoch. Sie sind gesund und in Sicherheit. Und, wie sie bei der RAF zu sagen pflegen: ›Jede Bruchlandung, die du überlebst, ist eine gute Bruchlandung.‹ Und außerdem, Ägypten ist gar nicht so schlecht. Sie denken wahrscheinlich, es sei unheimlich, aber es hat einen gewissen makabren Charme.«

Er empfehl ihnen ein Restaurant in Bulak, das für seine Flußfische berühmt war, und winkte ihnen noch nach.

Das Restaurant befand sich im Keller, hatte rohe Holztische, und der Fisch schmeckte in erster Linie nach Schlamm. Aber Essen war Essen, und die Pringles fühlten sich einigermaßen wieder hergestellt. Beim Kaffee lobte Harriet Guys Wärme, Witz und Großmut und versuchte ihm klar zu machen, er müsse bei Gracey nur er selbst sein, dann würde er ihn schon für sich einnehmen. Er konnte dann alles von ihm kriegen, was er wollte. Und er sollte mal einen Augenblick darüber nachdenken, was er doch für ein Glück hätte. Sein schwaches Sehvermögen machte ihn für die Armee untauglich, das war wichtig, aber ihm könnte ein viel schlechterer Job zugeteilt werden. Während derzeit andere Männer im Krieg kämpften, wurde von ihm nur verlangt, zu unterrichten und Vorlesungen zu halten. Unter den gegebenen Umständen waren persönliche Eitelkeiten fehl am Platze. Guy mußte wohl oder übel zustimmen. Er sagte: »Na gut, wenn er mir etwas anbietet, werde ich es annehmen.« Als Harriet ihn langsam nachgeben sah, redete sie sich immer mehr ein, daß das Treffen mit Gracey alles in Ordnung bringen würde. Und so wäre es vielleicht auch gekommen, wäre Gracey um fünf Uhr in seinem Büro gewesen.

Im Vorzimmer saßen zwei armenische Mädchen und entschuldigten sich für Graceys Abwesenheit. Sie gestanden zwar ein, daß er um fünf hätte da sein sollen, doch sie konnten nicht sagen, wann er letztendlich eintreffen würde. Eines der Mädchen sagte: »Manchmal kommt er auch überhaupt nicht.«

Als er etwas nachhakte, erfuhr Guy, daß Gracey am Morgen mit drei englischen Besuchern fortgegangen war. Bei einem von ihnen hatte es sich um einen Lord gehandelt. Seitdem war er nicht zurückgekehrt. Falls die Pringles es wünschten, könnten sie warten, in der Hoffnung, er würde wegen der Post noch einmal vorbeikommen.

Der Diktion der Mädchen war zu entnehmen, daß sie Gracey sehr häufig entschuldigen mußten. Als sie fast zwei Stunden gewartet hatten, wurde den Pringles klar, daß Gracey auch hier die Organisation nur als eine Fortsetzung seines Privatlebens betrachtete.

»Aber es ist wirklich ein herrliches Büro«, sagte Harriet und versuchte so, Guys Groll über Graceys Verhalten zu besänftigen. »Eine Wohnung in diesem Stil wäre doch wundervoll, findest du nicht?«

Das Büro befand sich im obersten Stockwerk eines Wohnblocks, der am nördlichen Ende der Insel in den Fluß hineinragte. Der im Sonnenuntergang rot glänzende Fluß reflektierte die letzten Lichtstrahlen in die Zimmer. In der Ferne wurden die Pyramiden sichtbar. Harriet gewann immer mehr den Eindruck, daß ihnen Schlimmeres widerfahren könnte, als in Ägypten bleiben zu müssen und an einem Ort wie diesem zu leben, aber Guy sagte: »Red keinen Unsinn. Wir könnten es uns nie leisten, hier zu wohnen.«

Die Sonne versank, Dunkelheit breitete sich aus, die Lichter wurden eingeschaltet, und die Mädchen machten Anstalten, das Büro zu verlassen. Aber die Pringles könnten ruhig bleiben.

»Manchmal kommt Mr. Gracey sehr spät.«

Guy beschloß, noch weitere 15 Minuten zu warten. Als auch diese um waren und er schon aufgeben wollte, spazierte Gracey herein und blieb, als er Guy sah, wie versteinert stehen. Es hatte ihn niemand vor dem Besuch in seinem Büro gewarnt, und ihm stand das Entsetzen deutlich ins Gesicht geschrieben. Er schien auf der Stelle kehrtmachen zu wollen, doch Guy stand auf, und da es Gracey nun nicht mehr möglich war zu entkommen, nickte er Guy kalt zu und sagte: »Bitte, nehmen Sie doch Platz.« Er ging dann in sein Büro, wo man hören konnte, wie er Kuverts aufschlitzte und Unterlagen umherräumte, ehe er dann die Pringles hineinbat.

Auf seinem Gesicht lag ein Ausdruck gelangweilter Würde, er wirkte todernst und lustlos. Auf den ersten Blick hatte sich sein Äußeres wenig verändert. Sein blonder klassischer Kopf wirkte jugendlich, und sein langer, feingliedriger Körper bewegte sich voll Anmut; aber nach und nach bröckelte dieser jugendliche Eindruck ab. Sein Haar war eher grau als goldblond, und in seinem ausgetrockneten Gesicht gab es unübersehbare Falten. Ägypten hatte ihn altern lassen, genau wie Dobson, aber mehr noch: Das, was Dobson sich erhalten hatte, war bei Gracey verschwunden. Als verwöhnter Invalide in Athen von Cookson und dessen Freunden verhätschelt, hatte Gracey stets übers ganze Gesicht gestrahlt und war voller Charme gewesen. Jetzt strahlte er nicht mehr.

»Nun, Pringle, was sollen wir mit Ihnen machen?«

Guy schwieg und ließ Gracey die Frage selbst beantworten. Doch Gracey hatte offensichtlich keine Antwort parat, sondern runzelte die Stirne, als sei es rücksichtslos von Guy gewesen, lebend aus Griechenland herauszukommen.

Während des Nachmittags, als sie im Metro Kino waren, hatte Guy noch einmal über alles nachgedacht, was Harriet beim Mittagessen gesagt hatte. Er wußte, daß es ein Privileg war, als u. k.-Gestellter eine angenehme Tätigkeit ausüben zu können. Im Gegensatz zu den meisten anderen Männern hatte er gute Chancen, den Krieg zu überleben. Das Wenigste, was er folglich tun konnte, war, sich zu fügen und zu akzeptieren, was auf ihn zukam. Nachdem er sich zu diesem Entschluß durchgerungen hatte, mußte er einen Moment der Schwäche überwinden, als sie sich auf den Weg nach Gesira machten: »Wenn es bloß nicht ausgerechnet Gracey wäre!«

Harriet sagte: »Du verachtest Gracey, also: je größer der Feind, desto größer die Ehre, wenn du deinen Stolz hinunterschluckst und ihm gehorchst. Deine politische Überzeugung sollte dir das sagen.«

»Blödsinn. Was du meinst, ist Religion, nicht Politik.«

»Was ist der Unterschied?«

»Mein Schatz, du redest Unsinn.«

Gracey sagte: »Sie wollen in Ägypten bleiben, nehme ich an?«

»Haben wir denn eine Wahl?«

»Nein, eigentlich nicht. Aus ganz Europa sind Männer aufgetaucht. Ich mußte für sie Jobs einrichten oder einen anderen Direktor finden, der sie übernahm. Sie sind nach Zypern und Palästina, in die Türkei und den Sudan gegangen – überall dahin, wo sie untergebracht werden konnten. Ich hatte alle Hände voll zu tun, das kann ich Ihnen sagen.« Gracey sah erschöpft aus bei dem Gedanken an die aufgewandte Mühe für all die Männer aus Europa, und sein Blick auf Guy schien zu sagen: »Und jetzt ist schon wieder einer da.«

»In Ägypten gibt es keinen allzu großen Spielraum für die Organisation«, sagte er. »Hier haben sie das Public Instruction System – genannt PI –, das seit Jahren englische Lehrer anstellt. Es hat keinen Sinn, mit ihnen zu konkurrieren. Wir haben zwar das Institut, doch das bietet bloß stinknormalen Sprachunterricht an. Eine Stelle für einen Dozenten, wie Sie es sind, kann ich da nicht sehen.«

»Ich bin bereit zu unterrichten.«

»Tatsache ist aber, daß wir schon überbesetzt sind. Wir haben eine Anzahl ausgezeichneter ägyptischer Englischlehrer.«

Harriet sagte: »Lush und Dubedat sind, glaube ich, heute morgen hierher gekommen. Darf ich fragen, ob Sie die beiden eingestellt haben?«

Auf diese Herausforderung hin hob Gracey sein Kinn und schaute verschlossen. »Ich verdanke ihnen viel. Sie leisteten mir in Athen treue Dienste.«

»Folglich stellen Sie sie hier ein. Und was ist mit Lord Pinkrose?«

»Lord Pinkrose sucht im Moment keine Anstellung. Er denkt, er sollte mal ein bißchen Urlaub machen, und da man hier mit englischer Währung sehr gut zurechtkommt, hat er die Mittel, es sich zu leisten. Er verfügt, glaube ich, über ein beträchtliches Privatvermögen, auf das er zurückgreifen kann.«

»Wenn Sie mich nicht einstellen können«, sagte Guy, »muß ich in die Heimat zurückgeschickt werden. So steht es im Vertrag.«

»Verträge bedeuten leider in diesen Tagen nicht sehr viel. Ich kann Sie nicht repatriieren. Es gibt keine Transportmöglichkeiten für Zivilisten. Die Evakuierungsschiffe – und das sind nur ganz wenige – nehmen nur Frauen und Kinder an Bord.«

»Dann nehme ich doch an, daß ich wenigstens von meinem Vertrag entbunden werden kann, um anderswo Arbeit zu suchen.«

»Es kommt nicht in Frage, daß Sie davon entbunden werden. Die Organisation hält an ihren Leuten fest. Sie müssen nur warten, bis ich etwas für Sie finden kann.«

»Sehr schön.«

Die Spannung zwischen den beiden Männern war offensichtlich, und Harriet unternahm den Versuch, die Atmosphäre zu verbessern, indem sie nach Graceys Gesundheit fragte. Ging es seinem Rücken besser?

»Gott sei Dank, ja. Viel besser.« Unfähig, der Möglichkeit zu widerstehen, über sich selbst zu reden, entspannte sich Gracey etwas, während er seine Behandlung bei einem französischen Orthopäden in Beirut beschrieb. »Ich muß sagen, überaus erfolgreich – allerdings nicht von Anfang an. Das Rückgrat war in einer schlechten Verfassung. Es reagierte nicht auf Ruhe, weshalb er mich in ein Gipskorsett steckte – und das vollbrachte das Kunststück. Ich trug es drei Monate lang. Nicht sehr angenehm und für die Figur auch nicht sehr schmeichelhaft, aber ich mußte es aushalten. Ich spüre immer noch ein leichtes Stechen, wenn ich mich zu sehr anstrenge. Ich muß vorsichtig sein, aber so lange ich vorsichtig *bin*, mich ausruhe und mich nicht übernehme, kann ich weiter vor mich hinwursteln. Also…« Gracey stand auf und reichte Guy die Hand. »Kommen Sie in einer Woche wieder. Bis dahin hoffe ich, daß ich Ihnen etwas anbieten kann.«

Auf dem Rückweg sagte Harriet: »Ich glaube, er war froh, uns loszuwerden. Vielleicht weiß er wirklich nicht, was er mit dir anstellen soll.«

»Es ist seine Aufgabe zu wissen, was er mit mir anstellen soll.«

»Ach Schatz, streite nicht mit ihm. Er ist wahrscheinlich gar nicht so schlimm, wie wir denken.«

Guy zuckte mit den Schultern und war gleichzeitig verwirrt von der Tatsache, daß Harriet, die ansonsten der menschlichen Rasse kritischer gegenüberstand als er, auf ihre Art auch toleranter war. Wenn er den Glauben an jemanden verlor, verlor er ihn vollständig. Harriet dagegen hatte nicht viel Glauben zu verlieren.

Bei der Rückkehr in ihr abscheuliches Quartier wußte Harriet, daß das Dringendste, was sie brauchten, eine eigene Bleibe war. Sie verbrachte die Woche damit, kleine Hotels und Pensionen abzuklappern, doch alle waren voll besetzt mit militärischem Personal. Sie war schon der Verzweiflung nahe, als ihr schließlich ein Zimmer in der Pension Wilk angeboten wurde. Madame Wilk verlangte allerdings eine Monatsmiete im voraus, weshalb die Pringles, da sie ihr fast ihr ganzes Geld geben mußten, eine Zeit banger Not zu überstehen hatten. In der Pension konnten sie zwar ihre täglichen Mahlzeiten einnehmen, doch dazwischen konnte man wenig tun, wenn man kein Geld hatte. Noch immer drohte eine allgemeine Evakuierung, und da Harriet fürchtete, sie könnten Ägypten verlassen, ohne all die Sehenswürdigkeiten gesehen zu haben, überredete sie Guy, mit der Straßenbahn zum Mena House zu fahren. Guy wollte den Pyramiden kaum einen Blick schenken. Er fand sie weder schön noch nützlich und sagte, daß sie ihm nicht gefielen.

In der Hitze und dem grellen Licht wurde Harriet wütend und fragte: »Was gefällt dir denn *überhaupt*?«

Sie waren zu einer Ausgrabungsstätte gewandert, die wegen des Krieges stillag, und als Guy über den unebenen Boden stolperte, warf er einen angeekelten Blick um sich und zeigte auf ein paar kleine Lastwagen zum Transport von Schutt. »Die gefallen mir. Sie erinnern mich an die Müllkippen auf der Straße nach Dudley.«

Da sie die Pyramiden hinter sich hatten, blieb nicht mehr viel übrig. Das Museum war auf Dauer geschlossen. Jemand erzählte ihnen von der Stadt der Toten, ein beliebter Ausflug mit dem Pferdekarren bei Mondschein, doch Guy lehnte es ab als ›ein morbides Spektakel‹.

Als er wieder ins Büro der Organisation ging, sagte man ihm, daß Gracey Kairo verlassen hatte. Er hatte sogar Ägypten verlassen. Nur eines der Mädchen im Vorzimmer war noch da und sie sah ziemlich verlegen aus, als ihr Guy, sprachlos wegen Graceys Fahnenflucht, gegenüberstand. Er war zum Büro gegangen in der Hoffnung auf eine Arbeit, die seine leeren Tage füllen konnte, und jetzt, was sollte er jetzt tun? Wohin war Gracey gegangen? Gracey war nach Palästina gegangen. Da Palästina nicht der Aufsicht des Kairoer Büros unterstand, fragte Guy: »Macht er dort Urlaub?«

»Er sagt, eine ›Inspektionsreise‹.«

»Was soll das heißen?« Das Mädchen schüttelte den Kopf. »Wie lange wird er weg sein?«

»Ich weiß nicht, wie lange. Vielleicht lange. Es kommt darauf an.«

»Worauf?«

»Was geschieht. Sie wissen ja, der Krieg. Wenn die Deutschen zu nahe kommen, gehen die Leute nach Palästina.«

»Ich verstehe. Und wer macht seine Arbeit, während er fort ist?«

Das Mädchen schüttelte wieder den Kopf. Guy wußte

nicht mehr weiter; er ließ sich ein Stück Papier geben und schrieb Adresse und Telefonnummer der Pension Wilk auf. Er bat sie, ihn zu benachrichtigen, wenn sie etwas über Graceys Rückkehr erfuhr. Sie guckte traurig auf das Stück Papier und sagte mit ihrer leisen, weinerlichen Stimme: »Es tut mir leid, aber ab übermorgen bin ich nicht mehr hier. Wenn Mr. Gracey nicht hier ist, bleibt das Büro geschlossen.«

Bis dahin hatten die Pringles kaum einen Gedanken an den Alarmzustand verschwendet. Die englischen Einwohner von Kairo waren nervös, aber den Flüchtlingen, die immer noch unter dem Eindruck der griechischen Niederlage standen, erschien der Wüstenkrieg wie eine eher belanglose Angelegenheit. Eine Katastrophe war für sie die deutsche Besetzung von Athen, und viele von ihnen weinten, als sie die letzte Übertragung aus der griechischen Radiostation hörten: »Zum letzten Mal beenden wir das Programm und hoffen auf bessere Tage. Gott sei mit Ihnen und auf Ihrer Seite.«

Das Schweigen, das folgte, war für sie das Schweigen der zivilisierten Welt.

Die meisten der Flüchtlinge hatten nicht den Wunsch, in Ägypten zu bleiben. Sie gingen nach Palästina und schafften es, von dort nach Indien, Persien oder Südafrika zu gelangen. Gerüchten zufolge schafften es einige sogar zurück nach England. Diejenigen, die sich eine Reise nicht leisten konnten, fingen an, von einer möglichen offiziellen Evakuierung zu sprechen, die sie als einen Ausweg aus einem leeren Leben sahen, das sie meistens in kleinen Kellerbars verbrachten – den einzigen Lokalen, die sie sich leisten konnten und an denen sie nicht der entsetzlichen Sonne ausgesetzt waren. Die Bars, die Namen wie *Britannia* oder *George* angenommen hatten, um die Soldaten anzulocken, schenkten Stella Bier aus, an dem Guy Gefallen fand. Sein engster Freund in jenen schrecklichen Tagen war Ben Phipps, der in Athen freier Journalist gewesen war. Jetzt, da er sich in einer Hauptkriegszone befand, entschloß er sich, sich einer Londoner Zeitung als Korrespondent anzubieten. Er schickte acht Telegramme in die Fleet Street, in denen er behauptete, Experte in Angelegenheiten des Nahen Ostens zu sein, aber die Antworten ließen auf sich warten.

Ben Phipps war verärgert über seine eigene Vertreibung und verachtete deshalb diejenigen Engländer, die relativ wohlhabend in Ägypten lebten. »Das wäre verdammt gut, wenn der ganze Haufen rausgeschmissen würde. Die sollen nur auch einmal erfahren, wie es ist, aus dem Koffer leben zu müssen.«

»Was nützt das uns?« fragte Harriet.

Bens kleine schwarze Augen zuckten wütend hinter seiner Kristallglasbrille. »Wir wären dann alle im selben Boot. Das ist es.«

Harriet mußte zustimmen, daß eine Katastrophe auch ihr Gutes hätte. Wenn sie zusammen im Irak oder Sudan landen würden, hätte Gracey keine Macht mehr über Guy.

Zwei Tage später telegrafierte eine Londoner Abendzeitung und ernannte Ben Phipps zu ihrem Korrespondenten im Nahen Osten. Eine dramatische Änderung befiel ihn. Er verachtete nicht länger die Engländer, die es in Ägypten zu etwas gebracht hatten. Er hoffte nicht mehr auf eine allgemeine Evakuierung. Obwohl die Situation im Nahen Osten für sie alle so wenig greifbar und relevant gewesen war wie ein Käfig voller Fliegen, sprach Ben jetzt kenntnisreich über Wüstenstrategie und die Notwendigkeit, die Levante als Bollwerk gegen den Verlust des Öls im Persischen Golf zu halten.

Er verließ Kairo in Khaki-Hosen und -Hemd und trug die alte Reiseschreibmaschine bei sich, die er aus Griechenland mitgebracht hatte. Guy und Harriet brachten ihn zum Zug. »Auf in den Kampf!« sagte er sichtlich mit Genuß und schaute mitleidsvoll auf die Pringles, die zurückbleiben würden.

Guy, der nicht glauben konnte, daß sein Freund fort war, sagte, daß er sicher sei, er würde in kürzester Zeit wieder zurück sein. Aber nicht nur Ben Phipps war gegangen. Von den übriggebliebenen Flüchtlingen fand einer nach dem anderen Mittel und Wege, anderswohin zu gehen. Bald war keiner mehr in den Bars, den die Pringles kannten. Es gab niemanden, mit dem man sich in den langen, entmutigenden Stunden zwischen den Mahlzeiten unterhalten konnte. Niemanden, mit dem man die Tricks diskutieren konnte, mit deren Hilfe sich die Notleidenden in Kairo über Wasser hielten. Niemanden, den man nach Neuigkeiten fragen konnte.

Das untätige und ziellose Leben beeinträchtigte Guy und Harriet auf verschiedene Weise. Harriet sehnte sich nach einem geräumigeren Heim als das kleine, vollgestopfte Zimmer in der Pension, während Guy, der in seiner Jugend oft überhaupt kein Zuhause gehabt hatte, sich nur eine Anstellung und Freunde wünschte. Vielleicht wünschte er sich am meisten eine Anstellung. Er schämte sich, untätig zu sein, während andere Männer im Krieg waren. Er versuchte, seinen arbeitslosen Zustand durch die Planung von Vorlesungen, Truppenkonzerten und Shaw- und Shakespeare-Inszenierungen zu kompensieren, brachte aber nichts zuwege. Er war ohne Stellung, ohne Freunde und ohne Mittel, seine Pläne auszuführen.

Kurz nach Bens Abreise machte Guy Bekanntschaft mit Bill Castlebar, der an der Universität von Kairo lehrte. Castlebar ging von Zeit zu Zeit in die Bars, zog jedoch den anglo-ägyptischen Union-Club vor, den er auch den Pringles empfahl. Weil sie ein- oder zweimal Dobson erwähnt hatten, war er sich nicht sicher, wo sie in der sozialen Hierarchie hingehörten und mischte seinem Ratschlag einen Hauch Ironie bei. »Sie mögen vielleicht denken, Sie stünden über dem Club – aber es gibt schlimmere Orte. Der Sport Club hat natürlich mehr zu bieten – Polo, Pferderennen, Glücksspiel, Schwimmen. Sie würden die besseren Leute der Stadt dort antreffen, doch es kostet viel Geld, mit ihnen zu spielen. Aber vielleicht können Sie es sich leisten?« Diesbezüglich über die wahren Umstände in Kenntnis gesetzt, meinte er: »Der Union Club ist nicht so fein, aber dafür sind die Gespräche um einiges lebhafter.«

»Bekommt man dort Bier?«

»Und ob! Man bekommt es nicht nur, man kriegt es sogar auf Kredit. *Sie lassen einen anschreiben.*«

Im Club eingeführt, saßen die Pringles unter den Bäumen und wußten, daß sie ihr Asyl gefunden hatten. Der Union Club, der Anteil an der riesigen Rasenfläche von Gesira hatte, existierte, um die Freundschaft zwischen den Ägyptern und ihren britischen Herrschern zu fördern, wenngleich nur wenige Ägypter dort anzutreffen waren. Der Club wurde in Gang gehalten vom britischen Lehrkörper, der die Universitätsdozenten umfaßte, die ziemlich reich waren, wie auch die PI-Lehrer, die gerade über der Armutsgrenze lebten. Es gab ein Club-Gebäude und eine Bibliothek und eine Reihe von riesigen alten Bäumen, die den Gartentischen Schatten spendeten. Wie Castlebar sagte, konnte man den ganzen Tag dort sitzen, und niemand kümmerte sich darum. In einem Land, wo von der herrschenden Kaste erwartet wurde, aristokratische Maßstäbe aufrechtzuhalten, stand der Union Club den bedürftigen Engländern bei.

Hier fand auch Guy Gesellschaft – Gesellschaft meistens von Castlebar und Castlebars Freund Jackman. Er fühlte sich in ihrer Gegenwart sofort wohl, und auch Harriet akzeptierte sie, denn sie hatte erkannt, daß sie genau die Sorte Nonkonformisten darstellten, mit denen Guy, wo immer er auch hinging, Bekanntschaft machen würde. Er fand Gefallen an Castlebar, der Limericks schrieb, doch er hatte viel größeren Respekt vor Jackman. Dies verwunderte Harriet, bis sie erfuhr, daß Jackman Guy im absoluten Vertrauen erzählt hatte, daß er in Spanien in der Internationalen Brigade mitgekämpft hatte. Harriet bezweifelte instinktiv den Wahrheitsgehalt dieser Behauptung und sagte: »Warum fragst du nicht Castlebar, ob das wahr ist?«

»Castlebar weiß nichts davon. Natürlich ist es wahr, aber er muß es geheimhalten. Es wäre an einem Ort wie diesem nicht von Vorteil, wenn es die Runde machen würde.«

Sechs Wochen vergingen ohne Nachricht von Gracey, und Guy, der in einem Zustand verzweifelter Anspannung lebte, begann, seinen Institutsleiter zu hassen und Kairo als ein Zentrum der Zeitvergeudung und der Gefangenschaft zu sehen. Mit Castlebar und Jackman diskutierte er über Gracey, und sie ermutigten ihn zu einer verbalen Revolte in Form von obszönen Beschimpfungen.

Wenn sie auch Gracey nicht persönlich kannten, so hatten sie doch einiges über ihn gehört. In Kairo lebte er als ständiger Hausgast eines reichen Türken, Mustapha Qunte – von Jackman ›Mustapha Tunte‹ genannt –, der ihn in dekadenter Pracht auf einem Hausboot auf dem Nil unterhielt. Ihre Geschichten über Qunte, Gracey und die Parties, zu denen nur männliche Freunde eingeladen wurden, waren für Guy eine Genugtuung. Er fühlte sich berechtigt, seinen Institutsleiter vor allen anderen zu verspotten.

Harriet, sichtlich beunruhigt, sagte: »Laßt uns doch endlich aufhören, dauernd über Gracey zu reden.« Doch Guy hatte den Grad von nervlicher Anspannung erreicht, bei dem ein Gespräch die einzige Befreiung darstellte. Für Harriet war es schrecklich, mitanschauen zu müssen, wie Guys gesunder Menschenverstand schließlich unterlag. Und falls Gracey nicht zurückkehrte, würde er möglicherweise hier in einem Fegefeuer der Verzweiflung gefangengehalten werden, bis der Krieg zu Ende war.

Aus diesem Zustand brach er eines Morgens aus, als er, aus der Dusche kommend, rief, »Hör dir das an!« und dabei sein Badetuch vor Aufregung flattern ließ.

Es gibt den Wavell in der Wüste,
  Und den Tedder in der Luft,
  Doch ich bin Gracey von Gesira,
  Den man den Macher ruft.

Ich wohn' mit Stil bei Mustapha,
  Und unser Hausboot ist ganz prima,
Doch wenn Rommel sich hierherbewegt,
Geh' ich nach Palästina.

»Findest du es nicht lustig?«

»Nicht sehr. Und um Himmels willen, bring's bloß nicht unter die Leute.«

»Natürlich nicht«, versicherte ihr Guy, doch als er eine weitere Strophe verfaßte, mußte er sie Jackman vortragen.

Christus wandelte auf Wasser
  Auf dem See von Galiläa

Doch ich bin Gracey von Gesira
Werd' auf dem Wasser immer nasser.

Das Lied, das Guy jetzt zu einer Music Hall-Melodie von geringer Originalität sang, amüsierte nicht nur Castlebar und Jackman, sondern jeden, der im Club in ihrer Nähe saß. Hin- und hergerissen zwischen dem Stolz auf Guy und der Angst von Repressalien, bat Harriet diejenigen, die das Lied hörten, es nicht zu wiederholen. »Wenn Gracey es zu hören bekommt, könnte Guy wirklich in Schwierigkeiten kommen.«

»Wer würde denn Gracey überhaupt etwas erzählen?« fragte Jackman, und während er kicherte, zupfte er an seiner langen Nase und rutschte mit seinem kleinen Hintern hin und her, spielte den Komiker, aber ohne Komik in den Augen.

Menschen, die Guy kaum kannten, beglückwünschten ihn zu der Kühnheit, solch ein Lied verfaßt zu haben. Das Wort ›Kühnheit‹ warnte Guy vor seiner eigenen Unbesonnenheit, dennoch provozierte er weiter. Das Leben war unsicher und gefährlich, und vielleicht hatte er ja gar keine Zukunft mehr, über die er sich Sorgen machen könnte.

Dann wandelte sich die Atmosphäre. Die Briten hatten Sollum zurückerobert und waren nun dabei, Rommel aus Ägypten hinauszujagen. Obwohl den Pringles Kairo so leer und gleichzeitig so überfüllt wie ein Eisenbahnknotenpunkt vorkam, würden sie sich hier niederlassen müssen. Harriet begann, sich nach Arbeit umzusehen.

Guy erfuhr durch Toby Lush von Graceys Rückkehr. Toby kam gerade in seinem trippelnden Gang den von Menschen überfüllten Bürgersteig entlang, als er Guy erblickte und schon über die Straße eilen wollte. Guy erwischte ihn jedoch noch rechtzeitig am Arm. »Wo bist du gewesen?«

Toby sprang zurück und tat so, als wollte er einen Schlag abwehren. »He, alter Freund, friß mich nicht gleich.« Bei dem Versuch, Guy zu besänftigen und gleichzeitig zu beeindrucken, schwappten Tobys Gesichtszüge hin und her wie Leckwasser in der Bilge, und er sagte, daß er, Dubedat und Pinkrose eine Rundreise durch Oberägypten gemacht hatten. »Pinkers mietete ein Auto, und ich fuhr es. Erstaunlich, was wir alles zu sehen bekamen. Vor zwei Wochen schloß sich Gracey uns an, und wir kamen zusammen zurück.«

»Vielleicht läßt Gracey mich jetzt wissen, was er mit mir vorhat.«

»Wird er, alter Freund. Aber du mußt einsehen, daß er viel am Hals hat. Das Problem ist nur, daß du gesagt hast, du willst nicht in Kairo arbeiten.«

»Ich habe nichts dergleichen gesagt.«

»Dann muß es ein kleines Mißverständnis gewesen sein, aber keine Sorge. Ich werde ein Wort für dich einlegen. Und da fällt mir ein...« Toby wurde plötzlich hellwach und sagte provozierend: »Was ist das für ein Lied, das du da geschrieben hast – ›Gracey von Gesira‹? Der gute Junge brüllte, als er es hörte. Er sagte, es würde das Erkennungslied des Instituts werden.« Der ›gute Junge‹ war Dubedat.

Seiner eigenen Dummheit endlich bewußt, sagte Guy: »Erzähl bloß Gracey nichts davon.«

Toby biß vor Freude auf seine Pfeife: »Keine Angst. Du kennst Gracey. Er hat viel Sinn für Humor. Es wird ihm gefallen.«

Als Guy nach Alexandria ging, blieb Harriet, die bei der amerikanischen Botschaft Arbeit gefunden hatte, in Kairo. Mit zwei Gehältern konnten die Pringles ihr Doppelzimmer in der Pension Wilk behalten und die Wochenenden zusammen verbringen. Sie betrachteten die Trennung unter der Woche als vorübergehend. Entweder würde man Guy erlauben, wieder nach Kairo zurückzugehen, oder Harriet würde zu ihm ziehen.

In der Botschaft war Harriet Assistentin beim Pressereferenten. Die Bezeichnung klang wichtig, doch Harriet war im Grunde nur eine Lückenbüßerin, und früher oder später würde die Pressestelle von einem eingeflogenen Team aus den Staaten übernommen werden. Das Team ließ aber auf sich warten. Harriet war schon fast ein Jahr in ihrer Position, als der jüngste und bedrohlichste Alarm in der Wüste ausgelöst wurde. Inzwischen hatte sie sich ebenso viele Kenntnisse über den Krieg angeeignet wie Ben Phipps. Sie wurde allgemein als jemand betrachtet, der interne Informationen besaß, und manchmal hielten Menschen sie auf der Straße an, um sie nach Neuigkeiten zu fragen. Aber sie war immer noch lediglich Lückenbüßerin, und nicht nur Lückenbüßerin, sondern auch Angehörige einer minderen Rasse.

Da sie in dem Glauben aufgewachsen war, daß Großbritannien eine Vormachtstellung in der Welt besäße und das britische zugleich das glücklichste Volk sei, hatte sie schockiert feststellen müssen, daß sie für die Amerikaner als Ausländerin galt und nicht einmal ein Viertel des Lohns einer in Amerika geborenen Stenotypistin bekam. Sie protestierte dagegen bei ihrem Vorgesetzten mit den Worten: »Ich bin keine Ausländerin – ich bin Britin.« Mr. Buschman gefiel das so sehr, daß er für sie eine Lohnerhöhung aushandelte. Diese war zwar nicht groß, aber es versöhnte Harriet wenigstens mit ihrem Ausländerstatus und den zusätzlichen Arbeitsstunden, die der Belegschaft seit Pearl Harbour auferlegt worden waren. Nachdem sie mit dem Enthusiasmus von Nachzüglern in den Krieg eingetreten waren, entschlossen sich die Amerikaner zu äußerster Kriegsanstrengung. Die anderen Einrichtungen in Kairo hatten zwischen zwölf und siebzehn Uhr geschlossen, doch die Amerikaner meinten, während des Nachmittags durcharbeiten zu müssen. Die Angestellten kehrten nach ihrer Stunde Mittagspause in die Botschaft zurück, zu einer Zeit, zu der die gesamte Stadt bewegungslos und wie betäubt vor Hitze war.

Mr. Buschman, ein junger, verheirateter Mann, adrett, gut gebaut, nicht groß, mit einem flachen, blassen, netten Gesicht, verhielt sich sowohl väterlich als auch kokett gegenüber Harriet. Er versuchte einmal, mit seinen Händen ihre Taille zu umspannen und es gelang ihm sogar fast. Dann maß er sie mit einem Maßband und sagte: »56 Zentimeter. Das gefällt mir.« Er fragte sie, wieviel sie wog. Als sie ihm ihr Gewicht in der britischen Gewichtseinheit von »Stone« sagte, rechnete er es um und sagte: »Genau einhundert Pfund. Das gefällt mir auch.«

Und Mr. Buschman gefiel Harriet. Sie mochte besonders die Art, wie er sie »Mem« nannte, als sei sie Queen Victoria.

Sie verspürte ihm gegenüber ein liebevolles Vertrauen, bis zu dem Tag, als der deutsche Sender eine Drohung gegenüber Kairo ausstieß. In halbstündigen Intervallen sagte eine Stimme: »Heute nacht werden wir Kairo bombardieren und dem Erdboden gleichmachen.« Die Drohung kam in Englisch und Arabisch, und Harriets Übersetzer, Iqal, der ihr die Meldung brachte, sagte: »Sehen Sie, Mrs. Pringle, wie sie versuchen, uns Angst einzujagen!« Klein und untersetzt, mit dem breiten Rücken eines Wasserbüffels, hob Iqal die Schultern, so daß sie einen Buckel hinter seinem Kopf bildeten. »Wir haben aber keine große Angst, denke ich.«

Auch die amerikanische Belegschaft schien keine Angst zu haben. Mr. Buschman äußerte sich mit keinem Wort, als er den Nachrichtenausdruck durchging, der die wiederholte Drohung der Zerstörung Kairos enthielt. Als sie jedoch am Abend das Büro verließ, sah Harriet, daß sich die Botschaftsautos draußen sammelten und zur Flucht bereitstanden. Am nächsten Morgen waren die Autos verschwunden. Bis auf Harriet, Iqal und die levantinischen Stenotypistinnen schien die Botschaft leer zu sein. Als Iqal mit den ersten Meldungen kam, fragte Harriet ihn: »Wo sind sie denn alle?«

»Sie wissen es noch nicht, Mrs. Pringle?« Iqal war begierig, ihr zu erzählen, was sie noch nicht wußte. »Unsere amerikanischen Freunde fuhren zu einem nächtlichen Picknick in die Wüste, aber jetzt, da die Gefahr vorüber ist, werden sie zweifellos zurückkehren.«

Iqals Grinsen enthielt nur eine Spur Ironie. Die Handlungen seiner Arbeitgeber waren für ihn über jede Kritik erhaben, aber Harriet war tief getroffen von einem Gefühl des Verrats.

»Mr. Buschman sagte mir nichts von einer Gefahr.«

»Auch mir nicht, Mrs. Pringle.«

Harriet mußte erkennen, daß sie und Iqal für Mr. Buschman gleichermaßen ausländisch und gleichermaßen entbehrlich waren. Wegen des Afrika-Korps, das sich kurz vor Alexandria befand, waren die Wagen der Botschaft jetzt wieder versammelt, bepackt und zur Flucht bereit. Aber dieses Mal war Harriet bei ihrem Anblick weniger verletzt. Mr.

Buschman blieb freundlich und nett wie immer, doch sie wußte jetzt, daß seine Freundlichkeit eine praktische Seite hatte. Er war besorgt um die Sicherheit des amerikanischen Botschaftspersonals, aber er brauchte sich nicht um die ›Ausländer‹ zu sorgen. Das amerikanische Botschaftspersonal stand unter diplomatischem Schutz und konnte gehen, wenn es notwendig war, wann es ihnen beliebte. Die Vorbereitungen, die sie trafen, bezogen sich auf mögliche Bombenangriffe, Straßenkämpfe oder einen ägyptischen Aufstand, auf all jene Risiken einer städtischen Militärbasis, die in aktive Kriegshandlungen verwickelt war.

Die Amerikaner blieben ruhig, sie fühlten sich geschützt und vorbereitet. Nur Iqal zeigte Unruhe. An dem Morgen, an dem es zu Madame Wilks Gefühlsausbruch gekommen war, sagte er zu Harriet: »Was macht Ihr Briten mit meinem Land, Mrs. Pringle. Sie kommen hierher, um zu herrschen, und dann, wenn der Feind vor der Tür steht, laufen Sie weg.«

»Ich bin nicht weggelaufen, Iqal.«

»Nein, aber viele andere. Und was ist mit Ihren Offizieren, die sich im Schwimmbad von Gesira vergnügten! Wo sind sie jetzt?«

Harriet verzog das Gesicht, denn sie wußte, daß eine der besonderen Attraktionen Kairos in dieser Zeit die fast eine halbe Meile lange Schlange von Offizieren war, die darauf warteten, ihr Geld bei Barclay's Bank abzuheben. Als er sah, daß er sie in Verlegenheit gebracht hatte, wurde Iqal sofort zerknirscht und gutgelaunt und zeigte ihr die Meldung, die er zurückgehalten hatte. »Schauen Sie her, Mrs. Pringle«, begann er heftig zu kichern, »hier sagen sie, das Afrika-Korps würde Alexandria heute nacht erreichen. Sie schicken eine Nachricht an die Ladies von Alexandria, und hören Sie, was sie darin sagen: ›Holen Sie Ihre Partykleider aus dem Schrank und bereiten Sie sich darauf vor, Ihre Ehre zu verteidigen.‹ Oho, Mrs. Pringle, oho!« Als Iqal auf die Meldung deutete, zitterte sein dicker dunkler Finger vor Erregung. »Diese Deutschen lassen sich nicht täuschen. Alexandria ist eine Stadt der Bordelle.«

»Wie fühlen Sie sich bei dem Gedanken an eine Besetzung durch die Deutschen, Iqal?«

Bei dieser direkten Frage wurde Iqal sofort ernst und pathetisch. »Sie fragen mich, wie ich mich dabei fühle, Mrs. Pringle? Das ist eine interessante Überlegung. Was versprechen uns diese Deutschen? Sie versprechen uns Freiheit und nationale Souveränität. Was ist das? Und wer sind diese Deutschen? Sie sind Eindringlinge wie all die anderen Eindringlinge, die seit eintausendvierhundert Jahren hierherkommen. Sie kamen und gingen, die Engländer nicht schlimmer als andere. Aber uns selbst regieren! Das haben wir vergessen. Wie sollen wir es deshalb können? Und warum sollten wir diesen Deutschen glauben, hm? Ich, für meine Wenigkeit, frische mein Deutsch wieder auf, damit ich sicher bin; aber die ganze Zeit frage ich mich: ›Wählt man von zwei Übeln nicht besser das, das man schon kennt?‹ In ihren Herzen wünschen Ihnen die Ägypter nichts Böses, Mrs. Pringle.«

»Sie meinen, zu vielen geht es zu gut wegen uns?«

»»Ah, Mrs. Pringle, ich sehe, Sie wissen Bescheid.«

»Nun, etwas weiß ich sicher: Die Deutschen werden nicht nach Alexandria gelangen. Die Briten kämpfen immer am besten mit dem Rücken zur Wand, und wir können es uns einfach nicht leisten, den Nahen Osten zu verlieren.«

»Nicht leisten? Ach, liebe Mrs. Pringle, wie viele Völker könnten es sich nicht leisten? Die Franzosen, die Polen, die Holländer – konnten die es sich leisten?«

»Vergessen Sie nicht, daß wir die Amerikaner jetzt auf unserer Seite haben, Iqal.«

Bei der Erwähnung seiner Arbeitgeber wurde Iqal wieder ruhig, nickte in ehrerbietiger Würdigung dieser Tatsache und flüsterte: »Ah, das stimmt!«

Harriet arbeitete in einem Bereich des Untergeschosses, der zu groß war, um noch als Zimmer bezeichnet zu werden. Mr. Buschman saß im hinteren Teil zwischen zwei Glastüren an einem Schreibtisch. Harriet, die eine Nische für sich hatte, war für eine Karte der östlichen Hemisphäre verantwortlich, die eine ganze Wand bedeckte. Ihre tägliche Arbeit war es, die Position der Kombattanten mit Stecknadeln zu markieren. Für die Alliierten Streitkräfte gab es Nadeln mit blauen, für die Russen und Chinesen mit roten und für die Achsenmächte mit schwarzen Köpfen. Vor kurzem erst hatte Harriet gelbe Nadeln für die Japaner erhalten, die sie eigens hatte bestellen müsen.

An dem Morgen, als die Nachrichten von Pearl Harbour eintrafen, war Harriet frohen Mutes zur Arbeit gegangen, da sie den Krieg als mehr oder weniger beendet betrachtete. Sie fand Mr. Buschman allerdings in einer völlig anderen Verfassung. Zitternd, mit weißem Gesicht, sagte er immer wieder: »Diese Scheißkerle! Diese gottverdammten Scheißkerle!«

Harriet sagte: »Na ja, jetzt steht es wenigstens definitiv fest. Jetzt müssen Sie in den Krieg eintreten.«

Mr. Buschman schlug voller Wut auf seinen Schreibtisch. »Definitiv? Gottverdammt noch mal, das ist allerdings definitiv. Die Scheißkerle werden dafür bezahlen! Wir werden sie geradezu aus dem Wasser blasen.«

Aber die Japaner rückten näher, und als Harriet gelbe Nadeln in Wenzhou und Gona steckte, bekam sie das Gefühl, daß die einzige Veränderung, die die amerikanische Intervention in diesem Krieg mit sich brachte, die Veränderung ihrer Arbeitszeiten war.

Als sie an diesem Tag um ein Uhr das Büro verließ, traf sie Jackman, der ihr die übliche Frage stellte: »Irgendwelche Neuigkeiten?«

Harriet schüttelte den Kopf.

»Wo ist eigentlich Guy? Doch nicht noch immer in Alex? Ich würde ihn dort rausholen, wenn ich du wäre.«

Jackman stand vornübergebeugt da, mit hohler Brust und hochgezogenen Schultern und behielt, während er redete, seine Hände in den Taschen. Er hatte ein schmales, fast ästhetisches Gesicht, fast hübsch, das jedoch unter einem verdrießlichen Gesichtsausdruck und einer langen Nase litt, an der er ständig herumfühlte und herumzog, als wollte er sie noch länger machen. Er schaute mit seinem Armesünderblick auf den Boden und sagte: »Ich kann dir das eine sagen: Rommel wird sich gar nicht die Mühe machen, Alex einzunehmen. Er schneidet die Stadt ganz einfach ab, indem er um sie herummarschiert. Wenn das passiert, wird sie von selbst fallen. Es gäbe keine Hilfe. Keine Versorgung. Nichts. Sie würden ausgehungert werden, bis zur Aufgabe. Ruf doch Guy an und sag' ihm, er soll den nächsten Zug nach Kairo nehmen. Hier hat er eine Chance. Dort – nicht einen Schimmer der Hoffnung. Sag' ihm, wenn er versucht zu bleiben, wird man ihn einsacken. Und das würde weder ihm noch dir noch sonst jemandem helfen.«

Jackman begann sich schon davonzumachen, als Harriet noch fragte: »Was sollen wir tun?« Er guckte noch schnell über die Schulter, um ihr zuzurufen: »Falls sie hierherkommen, schnapp dir ein Auto und fahr so rasch es geht zum Kanal...«

»*Falls* sie hierherkommen.«

»Nichts kann sie jetzt mehr aufhalten.«

Harriet war der einzige Gast, der in der Pension zu Mittag aß. Am anderen Ende der Diele und fast unsichtbar in dem schwachen elektrischen Licht, saß Madame Wilk an ihrem Tisch. Zwei Tische von Harriet entfernt saß Miss Copeland, die einmal pro Woche in der Pension erschien. Heute war ihr Tag. Sie breitete ein kleines Kurzwarensortiment auf einem der Tische aus, saß dann da, mit der Ruhe einer Taubstummen, und wartete darauf, ihr Mittagessen, ihren Nachmittagstee und ihr Abendessen serviert zu bekommen. Danach packte sie zusammen und ging zu einer mysteriösen Schlafstelle. Sie verkaufte Damenbinden an die jüngeren Frauen in der Pension, die sie, in einfaches Papier gewickelt, mit einer schon fast konspirativen Heimlichkeit übergab. Niemand wußte, wie lange sie schon in Kairo lebte. Harriet war sehr neugierig, was sie anbelangte. Sie hatte herausgefunden, daß Miss Copeland vor Jahren, als sie noch sprechen konnte, den Leuten erzählte, sie sei mit einer englischen Herzogsfamilie verwandt. Ein paar Leute taten sich zusammen und schrieben im Namen von Miss Copeland an das Oberhaupt der Familie, doch niemand antwortete. Sie war inzwischen sehr alt geworden, und ihre Haut, die straff über zerbrechlichen, alten Knochen gespannt war, hatte die milchige Bläue von Hühnerhaut. Jede Woche schien es, als könnte sie die nächste nicht überleben, und doch war sie hier, still und gedankenverloren, fern von der Panik der Zeit. Sie aß ihr Mittagessen mit der Intensität von jemandem, für den eine Mahlzeit ein wunderbarer und seltener Hochgenuß war.

Das Mittagessen endete, wie das Frühstück begonnen hatte: mit sechs Datteln in einer grünen Schale. Harriet trug ihren Kaffee hinüber zu Madame Wilks Tisch und, obgleich keine Gefahr bestand, daß es Miss Copeland hören konnte, flüsterte sie: »Weiß sie von dem Alarmzustand?«

Madame Wilk schüttelte heftig den Kopf.

Miss Copelands Baumwollstoffe, Bänder, Näh- und Stecknadeln waren in dieser Woche – wie in jeder Woche – fein säuberlich in Reihen ausgebreitet, daneben eine rot und weiß karierte »Oxo«-Dose für das Geld, falls es Geld gab.

»Was soll mit ihr geschehen?«

Madame Wilks breitete die Hände aus. »Das weiß nur der liebe Gott.« Sie und Harriet steckten die Köpfe zusammen, aus Angst, sie könnten Miss Copelands glückliche Unwissenheit der Ereignisse stören. Es mag ihr ja gesagt werden müssen, aber jetzt noch nicht.

Harriet machte sich auf den Weg zur Arbeit durch überhitzte und reglose Straßen. Hilfsarbeiter und Bettler lagen in einer Art Hitzeohnmacht gegen Wände gedrückt, die Arme über den Augen, die Galabiya zwischen die Beine gesteckt, um eine zufällige Entblößung der Teile zu vermeiden, die die Religion zu entblößen verbot.

Schweiß rann wie ein krabbelndes Insekt zwischen ihren Schulterblättern hinunter und durchnäßte den Bund ihres Kleides. Sie konnte den leicht versengten Geruch ihres Haares wahrnehmen. Und um sie herum gab es andere Gerüche, besonders den nicht gänzlich unangenehmen Geruch, der von den Schuttbergen kam, die gesättigt waren von menschlichem Kot und Urin. Kairo war voll von solchen Schuttbergen: staubige, hügelige Plätze, voll von verstreuten Ziegeln und Backsteinen, wo ein Gebäude aufgrund von Altersschwäche und Vernachlässigung in sich zusammengefallen war. Der Geruch, den sie ausströmten, war anders als der salzige Geruch von Pisse eines europäischen Pissoirs. Er war ranzig und süß, wie der Duft eines bestimmten Unkrauts oder wie Giftgas aus dem ersten Krieg. Harriet dachte an Phosgen, obwohl sie keine Ahnung hatte, wie es roch. Sie hatte irgendwo von Soldaten gelesen, die den Geruch eines Weißdorns mit Giftgas verwechselt hatten.

Auf ihren einsamen Gängen zur Nachmittagsarbeit hatte Harriet oft seltsame Erlebnisse gehabt, die möglicherweise durch die hypnotische Wirkung des Lichts hervorgerufen wurden. Ein- oder zweimal hatte sie die Wahrnehmung der Gegenwart vollkommen verloren und befand sich ganz woanders. Einmal befand sie sich in einer Landschaft, die sie Jahre zuvor gesehen hatte, als sie mit ihrem Fahrrad auf dem Land umherfuhr. Es war eine normale englische Winterlandschaft: ein großes Feld, in Furchen gepflügt, die den Konturen des Landes folgten, kahle Hecken, in der Ferne Ulmen, hinter denen das wäßrige Grau des Himmels golden gebrochen wurde. Sie konnte den Geruch der Erde mit dem Wind aufnehmen. Eine Regenböe traf naß und kalt ihr Gesicht – dann, innerhalb eines Augenblicks, war die Szenerie verschwunden, wie ein Licht, das jemand ausgeknipst hatte. Sie hätte wegen des Verlusts dieses Bildes weinen mögen.

Ein anderes Mal hielt sie ein alter, weißbärtiger Mann von vornehmer Erscheinung an und streckte ihr seine Hand entgegen. Er trug einen Priesterrock und einen grünen Fes. Sie plauderten eine Weile über das Leben und über die Gründe, warum sie in Ägypten war, dann bat er sie, ihn zu heiraten, wobei er ihr erklärte, daß er in einem langen Leben viele Ehefrauen gehabt hätte, aber noch keine, die ohne Kopfbedekkung hinaus in die Mittagshitze gegangen sei. Sie fragte ihn, wie es kam, daß sein Fes grün war, während alle anderen rot waren, und er sagte, daß er ihn speziell für sich hätte anfertigen lassen, um der Welt zu verstehen zu geben, daß er ein Nachkomme des Propheten sei. Er war ein lustiger alter Mann, und sie gingen lachend auseinander.

Sie hatte jetzt Suleyman Pascha erreicht, wo die Jalousien heruntergelassen waren, die Türen dagegen einen Spalt offen standen für den Fall, daß Kundschaft kommen würde, wie unwahrscheinlich dies auch sein mochte. Harriet sah vor sich ein einziges lebendes Wesen. Es war ein Mann in Khaki-Hemd und -Hosen, ein verirrter britischer Soldat, vornübergebeugt von der Last seines Gepäcks. Als er den Midan erreichte, sank er hinunter auf die Stufen eines Bürogebäudes und fing an, die Riemen an seinen Schultern zu lösen. Unter den Riemen, unter den Achselhöhlen, in jeder Falte seiner Kleidung war der Stoff schwarz vor Schweiß. Er wischte sich gerade sein Gesicht ab, als Harriet sich ihm näherte.

Die großen Gebäude des Midans warfen über eine Seite des Platzes einen so tiefen Schatten, daß es den Anschein von Dunkelheit erweckte. Obwohl der Himmel reines Azurblau war, bedeckte das Auge ihn mit einem dunklen Film, da es gegen dieses Übermaß an Licht reagierte. Die Banken und Bürogebäude imitierten gewichtig westliche Gebäude und schienen dabei so leicht gebaut zu sein wie Theaterkulissen. Der ganze Midan machte den Eindruck, aus Pappe gemacht und nicht angestrichen, sondern dick und unregelmäßig mit grauem, schwarzem oder umbrabraunem Farbstoff beklekkert worden zu sein.

Als der Soldat Harriet sah, rief er aus: »Entschuldigen Sie, Miss. Engländerin? Ich dachte es mir. Komisch, wie man das merkt.« Er wischte den Schweiß mit der Hand über die rosafarbene Braue, zog ihn die Wange hinab, um ihn dann in Tropfen von den Fingern zu schütteln. »Ich habe mein Fahrzeug verpaßt. Ich ging zur Kaserne, und die sagen, ich muß bis siebzehn Uhr warten. Dachte, ich schau mich ein bißchen um, aber was für eine Stadt. Ich habe gerade zu mir gesagt: ›Wo gehst du jetzt hin, Kumpel? Was kann man hier in der Gegend so sehen und machen?‹«

Harriet sah sich um und fragte sich, was es eigentlich wirklich um diese Zeit zu sehen und tun gab in den breiten, leeren Straßen von Kairo. Sie sagte ihm: »Das Rivoli Kino ist nicht weit von hier. Es ist klimatisiert und so kühl, daß Sie sich glatt eine Erkältung holen könnten. Ich hab' mir selbst dort mal eine Erkältung geholt.«

»Es kann für mich gar nicht kühl genug sein.« Der Soldat stand auf, sah sie an und sagte mit unbeschwerter Forschheit: »Sie werden vermutlich nicht mitkommen wollen?«

Sie lächelte, da sie wußte, daß für diese verlorenen Männer eine englische Frau, ja jede englische Frau, kein Individuum war, sondern ein Berührungspunkt mit ihren Sehnsüchten. »Es tut mir leid, ich muß zurück an die Arbeit, aber ich werde Sie noch ein Stück begleiten.«

»Pri-ma.« Er schnallte die Riemen wieder um und ging dann mit ihr und dem ganzen an ihm umherbaumelnden Zeug Richtung Fuad al Awal. Er beäugte sie etwas neugierig und sagte: »Komisch, jemanden aus England zu treffen, einfach so! Was machen Sie denn hier?«

»Ägypten ist voll von Engländern. Mein Mann arbeitet hier.«

»Ach, ja?« Als das Wort ›Mann‹ fiel, versank der Soldat in respektvolles Schweigen. Um ihn wieder zum Reden zu bringen, fragte ihn Harriet, wie es dazu kam, daß er sein Fahrzeug verpaßt hatte.

»Das war so. Ich und meine Kumpels gingen in eine dieser Bars und tranken ein paar Bier und ich kippte irgendwann um. Selbstverständlich nicht in der Bar. Ich ging in – eh, bitte entschuldigen Sie – ich ging auf die Toilette. Die wußten natürlich nicht, daß ich umgekippt war. Ich mein', ich hätte ja auch einer Biene nachgegangen sein können, oder? Man kann ihnen doch nicht die Schuld geben, stimmt's?«

»Nein, es könnte jedem passieren.«

»Genau.«

Sie konnte erkennen, wie schmerzlich es für ihn gewesen sein mußte, als er sich alleingelassen fand, und wie sehr er Gesellschaft nötig hatte – aber sie war schon spät dran. Sie deutete auf das Kino und sagte mit Bedauern: »Ich muß in die andere Richtung gehen.« Bevor sie um die nächste Ecke bog, schaute sie noch einmal zurück und sah ihn da stehen wie einen Hund, der ihr voll Erwartung nachstarrte und hoffte, sie würde es sich doch noch anders überlegen.

In der Botschaft war das einzige Lebenszeichen das Hupfen der Wiedehopfe im Bereich der Rasensprenger. Mr. Buschman spielte mittags immer Golf, und wenn er dann ziemlich spät in das Büro zurückkam, gab er Salztabletten in ein großes Glas Wasser, trank es aus und zog dabei eine Grimasse. Auf seinem Schreibtisch aufgereiht waren Schächtelchen in verschiedenen Farben und Pillen und Kapseln, die er Vitamine nannte. Harriet hatte zuvor noch nie von Salztabletten oder Vitaminen gehört, und Mr. Buschman, von dieser Unkenntnis belustigt, sagte: »Sie werden uns mit der Diplomatenpost geschickt. Sie sehen, sie kümmern sich um uns.« Die Vitamine wurden unter dem amerikanischen Personal verteilt, aber natürlich nicht unter dem ausländischen.

Als Mr. Buschman die Meldungen durchblätterte, lachte er laut auf. »›Ihre Ehre verteidigen‹ – das ist köstlich!«

Harriet hatte versucht, Guy von der Pension aus anzurufen. Man hatte ihr aber gesagt, daß alle Leitungen nach Alexandria besetzt seien. Wenn sie ihn telefonisch nicht erreichen konnte, muß sie zu ihm fahren, beschloß sie und sagte deshalb zu Mr. Buschman: »Ich habe versucht, mit meinem Mann Kontakt aufzunehmen, aber ich kann ihn nicht erreichen. Er sollte Alexandria verlassen...«

»Keine Angst, Mem. Er wird gehen, sobald man ihn dazu auffordert.«

»Es gibt aber niemanden, der ihn dazu auffordern könnte. Sein Chef ist nach Palästina gegangen, und das Büro ist geschlossen – aber er weiß es nicht. Er ist dort oben alleine. Er wird auf Anweisungen warten, die aber nicht kommen werden, und dann wird er in Alex in der Falle sitzen.«

Harriet schluckte, und Mr. Buschman sagte, indem er eine Hand auf ihre Schulter legte: »Hey, hey, Mem, weinen Sie nicht. Geben Sie den Mädchen seine Nummer und sagen Sie ihnen, sie sollen es alle fünf Minuten versuchen, bis sie durch sind.«

»Aber falls sie ihn nicht erreichen, muß ich einen Tag frei nehmen, Mr. Buschman, und nach Alex hinauffahren und ihm sagen, wie die Dinge stehen.«

»Genau das machen Sie, Mem.« Mr. Buschman drückte dabei ihre Schulter, und seine Freundlichkeit, seine Besorgnis, seine aufrichtige Hilfsbereitschaft strahlten wie Liebe aus seinem Gesicht. Ganz gerührt, bat Harriet ihn, mit hinüberzukommen und einen Blick auf die Karte zu werfen. Sie wies auf zwei Gruppen von Nadeln, die eine in der Wüste, die andere in der Ukraine, die beide wie zwei schwarze Klauen nach dem Nahen Osten griffen. »Sehen Sie, was das ist, Mr. Buschman: eine riesige Zangenbewegung.«

Mr. Buschman starrte die Karte an und schüttelte langsam den Kopf: »So sieht es aus. Aber vergessen Sie nicht, Mem, das ist nur eine Karte. Da ist noch ganz schön viel Raum zwischen den Backen dieser Zange.«

»Ja, sie haben noch einen langen Weg vor sich, aber die Deutschen kommen schnell voran.« Harriet hatte in Bukarest die deutschen Wochenschauen gesehen. Sie hatte die goldblonden Jungs aufrechtstehend in ihren Panzern singen hören: »Was macht es schon, wenn wir die Welt zerstören? Wenn sie uns gehört, bauen wir sie wieder auf«, während sie mit voller Geschwindigkeit auf Paris zufuhren. Sie überlegte, wie schnell sie dieses beinahe unbewachte Gebiet zwischen den Zangenbacken auffressen konnten. »Wenn die Ukraine zusammenbricht, was soll sie dann noch aufhalten? Wir können sie nicht mal aus Ägypten heraushalten.«

Verdutzt starrte Mr. Buschman vor sich hin, rieb sich mit der Hand über sein Genick, ging dann zu seinem Schreibtisch und ließ Harriet verunsichert zurück. Sie sah den Nahen Osten in der Zange wie eine Walnuß zerbrechen und fragte sich: Was würde dann geschehen? Sie versuchte, auf der Wandkarte die Strategie einer Niederlage auszuarbeiten. Die britischen Truppen würden sich, vermutete sie, in den Irak zurückziehen und ein letztes Mal bei der Verteidigung des Persischen Golfs Widerstand leisten. Aber angenommen, es gäbe keine Truppen mehr? Angenommen, die gesamte achte Armee wäre zwischen den sich zusammenziehenden Backen der Zange gefangen und nicht ein Mann bliebe übrig, um sich zurückzuziehen und zu verteidigen, was noch übrig wäre? Was würden sie dann tun? Der Gedanke daran war fast eine Erleichterung. Dann hätten sie keine Verantwortung mehr. Sie würden nicht wieder fortrennen müssen.

Den Mädchen aus der Telefonzentrale war es nicht gelungen, Guy zu erreichen, und sie erklärten Harriet: »Es sind die Geschäftsleute. Sie telefonieren die ganze Zeit, weil sie nervös sind. Und sie reden inzwischen schon auf deutsch miteinander.«

Harriet beschloß, sich an Dobson zu wenden. Als sie ihre Arbeit verließ, kehrten andere gerade an ihre Arbeitsplätze zurück. Es war die Hauptverkehrszeit und zugleich die schwülste Zeit des Tages. Die zwischen den Gebäuden gestaute Hitze klebte an der Haut wie Watte. Die Straßen waren voller Verkehrslärm, und die Arbeiter, unwirsch, weil sie aus ihrer Siesta geweckt worden waren, benahmen sich grob und gereizt. Trauben von Männern hingen wie Bienenschwärme an den Türen der Straßenbahnen und klammerten sich an Stangen oder auch aneinander. Wenn ein Wagen um eine Ecke schwenkte, wurden mehrere heruntergeworfen, aber da sie weich fielen, standen sie wieder auf und warteten darauf, einen Haltegriff auf der nächsten zu erhaschen. Um diesem lärmenden Haufen aus dem Weg zu gehen, kämpften die Wohlhabenderen um Taxis. Da Harriet wußte, daß sie weder da noch dort mithalten konnte, entschloß sie sich, zum Fluß hinunterzugehen.

Die Gehsteige waren voller als gewöhnlich. Einige Männer waren so neu im Geschäftsleben, daß sie immer noch ihre Galabiya trugen, doch die meisten hatten es geschafft, sich mit Hosen und Jacketts auszustaffieren. Manche waren sogar dazu übergegangen, den Fes zu tragen. Viele waren pockennarbig oder hatten nur ein gesundes Auge; das andere war von der Körnerkrankheit weiß und blind. Viele waren durch Bilharziose entkräftet, aber sie alle befanden sich im sozialen Aufstieg, hatten die Bauern und das Armenmilieu, aus dem sie stammten, hinter sich gelassen.

Harriet blieb vor den Schaufenstern eines geschlossenen Reisebüros stehen und schaute hinein. Sie sah staubige und von der Hitze rissige Poster, die früher die Reichen nach Ägypten gelockt hatten: das Gesicht des Sphinx, die Lotossäulen von Karnak, der schöne und ruhige Nil mit den Feluken, die sich im Wind neigten. Sie dachte schon traurig, ›Goodbye, Ägypten‹, als sich im gleichen Augenblick ein bekanntes Gefühl im Bauch meldete, und sie wußte sofort, daß sie jetzt wieder mit einer Attacke des ›Gyppy Tummy‹, einer spezifisch ägyptischen Bauchwehvariante, rechnen mußte. Das Gefühl, das nicht übermäßig schmerzlich war, erschien in ihrer Vorstellung wie eine große Nadel – nicht wie eine gewöhnliche Nadel, sondern aus irgendeinem Grund wie eine Sicherheitsnadel –, die sich langsam drehte und sie in Abständen piekste. Sie überlegte, was sie zu Mittag gegessen hatte. In diesem Land aß man Krankheiten. Sie konnte Madame Wilk nicht die Schuld geben, denn diese befahl dem Koch ständig, die Hände zu waschen. Der Koch antwortete dann immer: »Sa-ida, wir waschen unsere Hände die ganze Zeit. Es ist unsere Religion, die Hände zu waschen.« Und so war es auch. Harriet hatte die Männer bei der Moschee gesehen, wie sie einen Finger oder auch zwei in das Becken tauchten und pro forma in ihre Galabiyas einen Tropfen Wasser spritzten. Madame Wilk sagte: »Was soll ich machen? Ich kann ihnen doch nicht aufs gewisse Örtchen folgen.« Das konnte auch Harriet nicht. Deshalb war Ägypten nicht nur das Land des Sphinx, der Lotossäulen, des weichen Dahinfließens des Nils, es war auch das Land der lähmenden Beschwerden und Krankheiten, die den Eindruck von diesen Sehenswürdigkeiten so verblassen ließen, daß man sich schließlich am Ende aus keiner von ihnen mehr etwas machte.

Harriet erreichte das schmiedeeiserne Tor der Botschaft, als die Sonne hinter Gesira versank und Dunst wie dünner Rauch über dem Fluß hing. Als sie in diesen Dunst hineinging, stellte sie fest, daß es wirklich Rauch war. In der Luft lag schwerer Verbrennungsgeruch. Im Botschaftsgarten sah sie ein Feuer, und die Männer und Frauen der Botschaft, unter ihnen auch Dobson und Edwina, brachten Papiere in Ablageschalen und Säcken heraus. Diener fütterten das Feuer mit Papier, und die Gärtner stocherten mit Rechen darin herum, damit es nicht ausging. Diese Aktion hatte etwas Erhaben-Feierliches an sich und war doch auch wieder komisch. Edwina machte eine Bemerkung, und alles lachte. Sie hatten immerhin ihre Immunität. Was immer auch geschah, sie würden lebend davonkommen.

Dobson sah zu Harriet hin, und sie winkte ihm zu. Er ging

mit einer lächelnden Liebenswürdigkeit hinüber zum Tor, als ob das Papierverbrennen ein gesellschaftliches Ereignis sei und Harriet dazu eingeladen werden sollte. Statt dessen schritt er durchs Tor, und gerade, als sie sprechen wollte, schlug er vor, am Ufer entlangzuspazieren. »Meine Augen tränen vom Rauch. Lassen Sie uns da weggehen.«

Dobsons Miene war wie immer heiter, und sie sagte: »Gerade vorhin dachte ich an die Vorkriegstouristen, die anscheinend immun gegen die bazilläre Ruhr waren. Und Sie, Sie sind immun gegen den Feind.«

Dobson lachte. »Eine der angenehmen Begleiterscheinungen meines Berufs.«

»Also, ich brauche Ihre Hilfe. Guy ist nicht immun, wie Sie wissen, und er lebt am Stadtrand von Alexandria, wo er kaum eine Ahnung von dem haben wird, was vor sich geht. Ich kann ihn telefonisch nicht erreichen. Was sollen wir tun?«

Dobson blieb stehen und stand mit dem Rücken zur Mauer der Uferpromenade. An diesem Ende des Flußpfades war eine Gruppe bengalischer Feigenbäume aus dem Weg herausgewachsen, und ihre nach unten hängenden Zweige schlugen nach allen Seiten Wurzeln. Das ergab ein kompliziertes, käfigartiges Geflecht, wobei die silbernen, knollenartigen Stämme extrem alt aussahen. Die Verschlingungen von Zweigen und Wurzeln und Wurzeln und Zweigen hatten in der Mitte einen Käfig ausgespart, in den Dobson hineintrat. Er schaute zu dem verknoteten Dach hinauf, als ob er bengalische Feigen zum ersten Mal sehen würde. Während er so dastand und offensichtlich über Guys Position nachdachte, kam ein Regen verkohlten Papiers heruntergeschwebt, und halb auf das Papier konzentriert, sagte er: »Ich nehme an, daß Gracey mit ihm in Verbindung steht?«

»Nein«, sagte Harriet scharf, um Dobsons ganze Aufmerksamkeit wiederzugewinnen. »Gracey ist fort, wahrscheinlich nach Palästina. Jedenfalls ist es uns nicht möglich, mit ihm Kontakt aufzunehmen. Das Büro ist geschlossen.«

»Oh!«

Rauch verfinsterte den Sonnenuntergang, doch die rauchige Luft war mit den rosaroten Schattierungen des Abends erfüllt, und durch sie hindurch sank, trudelnd wie ein Kinderdrachen, ein halbes Blatt Papier mit einem Briefkopf und ließ sich, knapp außer Reichweite, in den Zweigen des Feigenbaums nieder. Dobson sah nach oben und sagte: »Mein Gott!«

»Stimmt es, daß Rommel nur noch einen Tagesmarsch von Alex entfernt ist?«

»Es scheint so, aber es gibt noch keinen unmittelbaren Grund zur Beunruhigung. Falls Alex evakuiert wird, wird das Militär auch die englischen Zivilisten herausbringen, da bin ich mir ziemlich sicher.«

»Aber vielleicht bleibt keine Zeit mehr, die Zivilisten zu evakuieren. Und wenn die Stadt erst einmal abgeschnitten ist, wird keiner mehr wegkommen.«

Dobson lächelte. »Wissen Sie, wir haben auch noch eine Marine.«

Harriet war sich nicht sicher, ob er sich über sie lustig machte oder nicht. Für ihn und viele andere Leute schien Guys Schicksal, angesichts der drohenden Einnahme von Alexandria, eher nebensächlich zu sein. Aber für sie war es keine Nebensache, und Dobson war im ganzen gesehen ein liebenswürdiger Mann. Nachdem er einen Moment überlegt hatte, sagte er: »Ich werde Ihnen sagen, was ich tun werde. Falls ich die Telefonleitung der Botschaft heute abend frei bekomme, werde ich ihn anläuten und ihm raten, auf der Hut zu sein.«

»Vielen Dank. Aber noch besser wäre, ihm zu sagen, er soll nach Kairo kommen.«

»Das kann ich schwerlich tun. Wie Sie wissen, liegt das nicht in meiner Kompetenz. Aber ich werde ihn warnen, daß die Situation ernst ist.«

Und das, so erkannte sie, war alles, was sie sich von Dobson erhoffen konnte, der nun zu seinem Feuer zurück mußte. Aber das Feuer erstarb bereits in der Dämmerung, und die Mädchen gingen nach Hause. Als er das Tor passiert hatte, blieb er noch einmal stehen, um ihr zu sagen: »Obwohl es keinen Grund zur Panik gibt, denke ich wirklich, Sie täten gut daran, Kairo zu verlassen. Die meisten Frauen und Kinder werden gerade verfrachtet. Es gibt einen Sonderzug, der jeden mitnimmt, der mitwill. Er fährt ungefähr um neun Uhr morgen früh.«

»Aber wenn es keinen Grund zur Panik gibt...«

»Keinen *unmittelbaren* Grund. Niemand wird im Moment gezwungen zu gehen, aber es könnte eine erbärmliche Panik geben, falls und wenn die Leute dazu gezwungen werden. Wenn Sie jedoch rechtzeitig fahren, bleibt Ihnen dieses Chaos erspart. Wir wollen nur vorbereitet sein, für den Fall... Außerdem: Wenn sich die Lage wieder klärt, hätten Sie einen kostenlosen Urlaub im heiligen Land gehabt.«

Harriet sagte nichts dazu.

»Ich würde frühzeitig zum Bahnhof gehen, wenn ich Sie wäre. Es wird bestimmt ein bißchen eng werden.« Dobson lächelte, da er ihr Schweigen als Einwilligung auffaßte. Gutmütig wie er war, konnte er von Amts wegen überheblich sein. Und jetzt nickte er ihr zum Abschied zu, zufrieden, daß er sie losgeworden war. »Auf Wiedersehen. Und vielleicht sehen wir uns bei Philippi wieder.«

3

Der Konvoi benötigte ein paar Tage, um sich zu verteilen. Er war während einer Feuerpause angekommen. Als sie das Lager aufschlugen, hatte das Geschützfeuer aufgehört, aber am nächsten Morgen bei Tagesanbruch wurden die Männer von einem dumpfen Lärm geweckt, der aus weniger als einer Meile Entfernung zu kommen schien. Simon fuhr erschreckt hoch, und seine angespannten Nerven wollten rebellieren: Der Lärm war zu nah, und er war nicht darauf vorbereitet. Man hätte ihm doch Zeit geben müssen, sich gegen eine Attacke wie diese zu wappnen? Er kroch aus seinem Schlafsack, um zu sehen, was los war, doch es gab nichts als aufsteigende Rauchschwaden am Horizont. Die Geschütze mußten drei oder vier Meilen entfernt sein.

Als er dies begriffen hatte, beruhigten sich seine Nerven,

doch er war entmutigt durch die öde Trostlosigkeit um ihn herum und litt, wie jeder andere, unter der Angst, was als nächstes geschehen würde. Diejenigen, die ihre Einheiten ausfindig gemacht hatten, konnten sich glücklich schätzen. Sie wurden auf Lastwagen gepackt, um bei Freunden abgeliefert zu werden, an Orten, wo ihnen die Alltagsroutine bekannt war. Freudig fuhren sie ab, und die anderen Männer sagten zueinander: »Diese Glückspilze!« Da die Hälfte der Lastwagen mit ihnen mitfuhr, fühlten sich die zurückbleibenden Männer durch die entstandenen Lücken in ihrem Feldlager dem Unbekannten ausgeliefert.

Mitten am Vormittag – sie hatten nicht viel zu tun – wurden sie abgelenkt durch Anzeichen von Aktivität in der Nähe. Der Verkehr zog heute hauptsächlich westwärts. Verschiedene Typen von Transportlastwagen brachten Nachschub heran und warteten darauf, ihn auf einem Gelände, das sich hundert Meter westlich vom Lager des Konvois befand, zu deponieren. Als Simon den Sergeant fragte, was los sei, erfuhr er, daß dieses Gelände ein Service-Depot für das ein paar Meilen weiter stattfindende Gefecht bilden sollte. Pioniere übernahmen das Gelände und stellten Ölfässer auf, die Fahrtrassen für die LKWs markierten. Die Laster fuhren dann hinüber, um das Material abzuliefern. Instandsetzungs-LKWs kamen als nächste. Als ob das Aufstellen der schwarzen Fässer der Wüste Bedeutung gegeben hätte, wurde der eingezäunte Sand allmählich mit Fahrzeugwerkstätten, Panzerreparatureinheiten, Verbandsplätzen und Nachschubdepots belegt.

Die Männer, die noch im Lager waren, standen da und beobachteten, wie sich die leeren Sandflächen mit Mannschaften und Material füllten. Die Instandsetzungseinheiten schienen sich dieses Publikums bewußt zu sein. Sie bewegten sich hin und her wie Bühnenarbeiter und demonstrierten dabei ihre Effizienz. Um ihre Verlegenheit über die aufgezwungene Untätigkeit zu verbergen, hatten sich Simon und die anderen zusammengetan und beobachteten, wie das Nachschublager vor ihnen wuchs.

Die Spitfires und Hurricanes blieben unbeachtet, bis ein

Flugzeug eines anderen Typs im Sturzflug auf das Lager hinabstürzte und den Boden mit Kugeln übersäte. Die Männer warfen sich nieder, versuchten sich einzugraben und waren sich das erste Mal bewußt, daß sie hier, so untätig und nutzlos sie im Moment auch waren, ebenso leicht wie die Männer an der Front sterben konnten. Da Simon der einzige Offizier unter ihnen war, befahl er ihnen, Spaten von den Lastwagen zu holen und Schützengräben auszuheben. Sie taten dies mit Begeisterung. Das Graben war eine leichte Arbeit, die Gräben waren innerhalb einer Stunde vollendet. Nun hatten sie wieder nichts zu tun, lehnten die Arme auf den Erdwall, gelangweilt wegen ihrer eigenen Untätigkeit und neidisch auf die Aktivitäten der anderen.

Der vorbeirollende Verkehr wechselte wieder die Richtung. Die Lastwagen, die an die Front gefahren waren, kehrten jetzt mit Verwundeten zurück und luden Nachschub auf. Rauch und Staub hingen in der wachsenden Hitze. Als sie die Sanitäter und Bahren im Einsatz sahen, grau wie Gespenster in der staubigen Ferne, schimpften die Männer des Konvois ärgerlich vor sich hin. Könnten sie nicht hingehen und ihre Hilfe anbieten? Simon besprach sich mit dem Sergeant, aber da seine Männer keine praktische Erfahrung mit den anfallenden Arbeiten hatten, würden sie den anderen nur im Wege stehen.

Das Geschützfeuer bildete eine unaufhörliche und die Sinne betäubende Geräuschkulisse. Die fernen Rauchwolken zogen sich so dicht zusammen, daß die Sonne nur noch als weiße, transparente Scheibe hinter einer Dunstglocke erschien, wobei das schwächere Licht jedoch kein Nachlassen der Hitze bedeutete. Am Nachmittag hatten die meisten Männer dann ihr Interesse an den Nachschubdepots verloren; sie ließen sich in den Gräben nieder und schliefen bis Sonnenuntergang, als der Kantinenwagen vorbeikam. Das Donnern der Geschütze verebbte. Die Lastwagen, die das Depot verließen, fuhren wieder ostwärts, und die Männer des Konvois entspannten sich langsam und wurden wieder freundlich, hatten sie doch das Gefühl, eine schwere Prüfung überstanden zu haben.

Der Sergeant kam herüber zu Simon und sagte in geselligem Plauderton: »Falls Sie es nicht wissen, Sir, ich heiße Ridley.« Die Tatsache, daß sie zu dem Rest gehörten, der im Lager geblieben war, hatte sie einander näher gebracht, und Ridley, der nun vertraulich wurde, verriet, daß er Major Hardy das Lager kurz nach Tagesanbruch hatte verlassen sehen. Nach Ridleys Aussage war der Major aus taktischen Überlegungen heraus zum Divisionshauptquartier gefahren.

»Er war krank gewesen, verstehen Sie«, sagte Ridley. »Gelbsucht. Die hohen Tiere bekommen das alle, kommt von all dem Whisky, den sie hinuntersaufen. Na ja, er war lange Zeit im Lazarett, und als er wieder herauskam, stellte er fest, daß ein anderer seine Stelle eingenommen hatte, was niemanden überrascht. Wenn Sie mich fragen: Was der jetzt will, ist ein gemütlicher Stabsjob, aber er ist ein eingebildeter alter Wichtigtuer, und ich wette, die wollen ihn gar nicht.«

»Was denken Sie, wird mit dem Rest von uns geschehen?«

»Das kann ich Ihnen auch nicht sagen, Sir, aber hoffen wir, daß wir zusammenbleiben.«

Im Morgengrauen begann der Geschützdonner erneut. Die Service-Einheiten waren draußen und fegten und räumten ihre Areale auf, als wollten sie versuchen, aus einem Stückchen Wüste ein Zuhause zu machen. Auf die Männer des Konvois wartete ein weiterer Tag der Langeweile; sie schauten deshalb verstimmt dem Treiben zu, bis das Kantinenfahrzeug vorbeikam. Während sie ihre Sandwiches aßen, tauchte Major Hardys Stabswagen im Lager auf. Das war allerdings eine Ablenkung. Der Sergeant, der alles wußte, hatte zu Simon gesagt: »›Seine Hoheit‹ sehen wir nicht mehr wieder.« Sie standen nun alle da und beobachteten, wie Hardy seine Beine aus dem Wagen schwang, als ob durch sein Auftauchen eigens für sie eine besondere Unterhaltung geboten würde. Er stand neben dem Auto und rief Simon zu sich. Er war ein veränderter Mensch. Bis dahin war er auf Distanz geblieben und hatte die Gereiztheit von jemandem um sich verbreitet, der einen Groll in sich trägt.

»Boulderstone«, sagte er und redete Simon mit unkomplizierter Vertrautheit an. »Dieses Gelände wird morgen früh um sechs evakuiert. Die Lastwagen sollen zu einem anderen Lagerplatz, ein paar Meilen weiter hinten, fahren. Irgendwelche Fragen?«

»Ja, Sir. Kommen Sie mit uns?«

»Ja. Ich bin ab jetzt Ihr direkter Vorgesetzter.«

Bevor Simon irgend etwas dazu sagen konnte, entließ ihn Hardy und kehrte zu seinem Wagen zurück, in welchem er fast während des ganzen Tages saß und Papiere studierte.

Am nächsten Morgen nahm Simon wieder seinen Platz im vordersten Wagen ein und fand Arnold am Steuer vor. Er war überrascht, daß Arnold noch immer mit dem zurückgebliebenen Rest im Lager war. Er sagte: »Ich dachte, Sie wären mit den anderen Lastwagen mitgefahren.« Arnold war mit den Lastwagen weggefahren, doch seine Einheit war verlegt worden. Niemand konnte ihm sagen, wohin, weshalb Arnold in der Dunkelheit, als die Männer schon schliefen, unauffällig ins Lager zurückgekehrt war.

»Und Sie bleiben bei uns?«

»Sieht so aus, Sir.«

»Wunderbar.« Arnold war jemand, den Simon kannte. Arnold war ihm auf der Fahrt in die Wüste behilflich gewesen, und Simon konnte sich auch jetzt auf seine Hilfe verlassen. Arnold, beliebt und hilfsbereit, brachte eine gewisse Kontinuität in eine gestörte Welt.

Sie saßen zusammen in angenehmer Stille da und warteten auf den Befehl zum Aufbruch. Doch dieser kam nicht. Die Zeit verging, und die Kühle des Tagesanbruchs wurde von der stechenden Hitze des Morgens abgelöst. Schließlich sprang Simon vom Führerhaus herunter und wollte zu Hardy gehen, doch wurde er beim Anblick des Majors davon abgehalten: Mit verzerrtem Gesicht wühlte dieser in Papieren, die ungeordnet auf der Kühlerhaube lagen. Er schaute Simon mit einem derartig bösen Blick an, daß dieser sich dorthin davonmachte, wo Ridley mit einem süffisanten Lächeln auf seinem schmalen, sonnenverbrannten Gesicht stand.

»Was ist der Grund für diese Verzögerung, Sergeant?«

»Wenn Sie mich fragen, Sir, hat dieses alte Arschloch seine Aufzeichnungen über unsere Marschroute verloren.«

Was immer Hardy verloren hatte, jetzt hatte er es gefunden und schritt zu Simon und Ridley hinüber und beorderte wichtigtuerisch Ridleys Lastwagen an die Spitze. Als Simon ins Führerhaus kletterte, fand er Arnold völlig ermattet von der Hitze, die unter dem Dach herrschte. Kurz bevor sie losfahren wollten, kam der Kantinenwagen, und während die Männer ausstiegen, um ihren Tee und ihr Cornedbeef abzuholen, konnten sie sehen, wie Hardy Ridley eine Standpauke hielt.

Alle wollten unbedingt weg. Das Stück Wüste, auf dem sie gelagert hatten, war nicht viel anders als der Rest der Wüste, und doch war es ihnen verhaßt worden. Sie schienen sich einzubilden, daß sich ihre Welt verändern würde, wenn sie nur erst unterwegs waren. Bis sie losfuhren, war die Rollbahn mit Luftspiegelungen bedeckt, und der Konvoi bewegte sich im Schneckentempo vorwärts. Hitze ließ die Ferne derartig verschwimmen, daß es keinen Horizont mehr gab, nichts, womit man die silbrig wabernden Luftspiegelungen von der glitzernd weißen Hitze des Himmels unterscheiden konnte. Sie hätte sich ebensogut im Weltraum bewegen können, wenn man davon absah, daß Gegenstände wie Benzinkanister, verstreute Teile von abgeschossenen Flugzeugen oder zurückgelassener Metallschrott monströs und verzerrt die Luftspiegelungen durchstießen.

Der Wind, der heiß in das Führerhaus hineinwehte, rief in Simon schmerzlich das Bewußtsein wach, daß er genau hier war und daß er hier, für weiß Gott wie lange, auch würde bleiben müssen. Er wischte sich die Schweißströme in sein Haar zurück und sagte dabei: »Es ist so schlimm, daß es vermutlich nur noch besser werden kann.«

»Ach, es wird Sie überraschen, wie schnell Sie Gefallen daran finden werden, Sir.« Obwohl er nicht mehr länger an der Spitze fuhr, schielte Arnold aus Gewohnheit angestrengt durch die Windschutzscheibe, um nach Steinhaufen, den Dreiecksmarkierungen der trigonometrischen Punkte oder Ölfässern Ausschau zu halten, mit denen die Pioniere den Verlauf des festen Sandes markierten.

Es war schon später Nachmittag, als die Luftspiegelungen

in sich zusammenfielen und allmählich verschwanden. Arnold brummte zufrieden vor sich hin, weil sie sich immer noch auf der Fahrpiste befanden, und Simon sagte: »Stramme Leistung, was?«

Arnold lächelte. Da Simon mehr über ihn wissen wollte, fragte er: »Sie fuhren doch ums Kap herum. Wie war's?«

»Nicht schlecht. Wir sahen nicht viel, bis wir in Freetown anlegten. In Kapstadt hatten sie dann einen Ausflug zum Tafelberg organisiert. Das war einfach Klasse.«

»Die Landschaft, meinen Sie?«

»Die Landschaft war auch nicht schlecht. Aber ich meine die Blumen! Ich hab' noch nie etwas so Schönes gesehen.«

»Wir durften nicht an Land. Als wir dort ankamen, hatten sie die britische Armee schon einmal erlebt, und wir mußten deshalb an Bord bleiben. Es war ein großes Schiff – die *Queen Mary*. Ein Passagierschiff.«

Arnold war auch auf einem Passagierschiff hergekommen, aber er konnte sich nicht mehr erinnern, wie es hieß. Das untere Deck war vollgepackt gewesen wie ein Sklavenschiff, die Hängematten waren so nahe beieinander aufgehängt, daß es unmöglich war, sich zu bewegen, ohne den nächsten auf der linken oder rechten Seite anzustoßen. Doch er hatte gesehen, daß es weiter oben prachtvoller zuging. Als er einmal mit einer Nachricht auf das Salon-Deck geschickt worden war, hatte er durch die offene Tür geschaut und ein richtiges Bett, vergoldete Stühle mit Gobelinbezügen und einen Teppich auf dem Boden gesehen.

Neidlos bemerkte er: »Die Offiziere hatten es gut.«

»Nur die höheren Tiere. In unserer Kabine gab es kaum Ellbogenfreiheit. Sie hatten Extra-Kojen hineingestellt, und dein Gesicht berührte fast das über dir. Hatten Sie irgendwelche besonderen Freunde auf dem Schiff?«

Arnold nickte, wartete aber, bevor er mit deren Namen herausrückte. »Ted und Fred. Jungs, mit denen ich zusammenlag.«

Dies war alles, so schien es, was Arnold im Augenblick preisgeben wollte. Sie fuhren ein paar Meilen, ohne etwas zu sagen, dann fing Simon wieder an zu fragen, wollte wissen, ob Arnold für Fred und Ted das gleiche empfunden hatte wie er für Trent und Codley. »Ted und Fred waren in Ordnung«, sagte Arnold und sie legten eine weitere Meile zurück, ehe er erklärte, wie er und die beiden zusammengekommen waren. Sie hatten drei Hängematten belegt in einem Kabuff neben der Maschine. »Verstehen Sie, ich hatte die mittlere Hängematte.« Nur diesem Umstand war es zu verdanken, so glaubte er in seiner Bescheidenheit, daß er in das Team aufgenommen worden war. Sie hatten zwei Quadratmeter Platz auf dem Deck in Beschlag genommen, und als erstes ging jeden Morgen einer zu diesem Platz, während die anderen beiden in der Kantine Schlange standen.

»Ted und Fred: Die waren etwas Besonderes, oder?«

Arnold brummte vor sich hin und entschuldigte seine Emotionen, indem er sagte: »Sie waren meine Kumpels.«

»Was geschah, als Sie Suez erreichten?«

Arnold hatte mehr Glück gehabt als Simon. Seine Freundschaft zu Ted und Fred hatte in Ägypten fast einen ganzen Monat fortbestanden. Es hatte in diesen Tagen keinen Alarm gegeben, weshalb die drei in ein Stützpunktdepot zur Akklimatisierung gingen, ehe sie in ein Lager bei Mahdi geschickt wurden, wo sie zusammen ein Zelt teilten und auf ihre Abkommandierung warteten. Falls bis Mittag kein Befehl eintraf, konnten sie sich einen Passierschein ausstellen lassen und mit der Straßenbahn nach Kairo hineinfahren. Für gewöhnlich gingen sie in ein Kino, aber oft genug spazierten sie auch nur umher und knurrten sich gegenseitig an. Sie hatten es satt, nicht nur, weil sie hier waren, sondern auch weil sie das Gefühl hatten, keinen würde es kümmern, ob sie da waren oder nicht.

Ted und Fred waren Stadtmenschen, und ihnen erschien Kairo nicht so fremd wie Arnold. Er war im Lake District aufgewachsen, und während er hier ziellos durch übelriechende, dreckige, laute und ausgedörrte Straßen schlenderte, sehnte er sich nach seiner grünen Landschaft zu Hause. Monate vergingen, bis er sich mit der Wüste abgefunden hatte, aber jetzt sagte er: »Die Wüste ist gar nicht so schlecht, wenn man sie besser kennt.«

Sie waren fast einen Monat in Mahdi gewesen, als Ted, der frechste von ihnen, zum Sergeanten sagte: »Wozu sind wir eigentlich hier, Sarge, um die Zeit im Lager zu vergammeln?«

Dem Sergeanten gefiel offensichtlich diese Dreistigkeit: »Das werden Sie früh genug herausfinden, mein Junge.« Und eine Woche später, als zwei Männer gebraucht wurden, um die Besatzung eines hinausfahrenden Lastwagens zu vervollständigen, wählte er Ted und Fred. Arnold, der alleine den Zoo besucht hatte, kam gerade zurück, als der Lastwagen losfuhr. Er rannte hinter ihm her und schrie: »Wo fahren sie euch hin?«

Ted und Fred, die ihn über die Ladeklappe hinweg anschauten, konnten nur unwissend mit den Achseln zucken. Ted schnitt zwar eine Grimasse gespielten Jammers, doch Arnold wußte, daß sie dankbar waren, ausgewählt worden zu sein und nicht wie er weiter bleiben mußten. Der Lastwagen fuhr aus dem Lager hinaus, und dies war das letzte, was er von Ted und Fred je sah.

»Sie haben sie sicher vermißt, oder?«

Arnold starrte für ein, zwei Minuten vor sich hin, ehe er ganz leise sagte: »Ich wußte nicht, wie ich weiterleben sollte.«

»Waren Sie auf Urlaub in Kairo?«

»Nicht gerade Urlaub.« Arnold hatte sich in der Wüste eine Amöbenruhr geholt und war ins Stützpunktlazarett zurückgeschickt worden. Während seiner Abwesenheit war seine Kompanie stark dezimiert worden, als sie bei der Evakuierung von Ghazala Feuerschutz gaben.

»Ich glaube, ich hatte wirklich Glück. Viele meiner Kumpels hat es erwischt.«

»Was, glauben Sie, geschah mit den anderen?«

Arnold schüttelte den Kopf. »Könnten zu anderen Bataillons geschickt worden sein. Das wird gemacht, wenn eine Kompanie starke Verluste hatte. Egal, keiner wußte wo sie waren.« Und so wurde Arnold versetzt und wußte wie Simon nicht, was vor ihm lag.

Als sie Halt für eine Teepause machten, trank Simon seinen Tee neben Arnold und spürte, daß nicht nur die Ungewißheit sie verband, sondern daß auch eine gegenseitige Sympathie bestand. Er fürchtete jedoch, daß diese Zuneigung nicht von Dauer sein könnte. Sie könnten durch Umstände getrennt werden: Selbst wenn sie Glück hätten, in derselben Einheit zu bleiben, würden sie durch ihren Rang getrennt sein.

Er fragte: »Was ist mit Ridley? – Wie verlor er seine Einheit?«

Simon erfuhr, daß Ridley während des Rückzugs aus Marsa Matruh verwundet worden war. Nach seiner Entlassung aus dem Lazarett stellte er fest, daß seine Kompanie aufgelöst worden war und er, wie die anderen noch übrigen Männer im Konvoi, nirgendwohin gehörte.

Als sie wieder losfuhren, scherte der Stabswagen aus seiner Position zwischen den Lastwagen aus. Hardy streckte seinen Kopf zum Fenster hinaus und rief, er würde nun die Führung übernehmen. Er bog landeinwärts, und sie fuhren ungefähr eine Stunde, ehe ihnen das Zeichen zum Anhalten gegeben wurde. Als der Konvoi zum Stillstand gekommen wra, sprang Ridley von seinem Lastwagen herunter, kam zu Simon und flüsterte grimmig: »Himmel, wenn wir hier lagern, geben wir eine prima Zielscheibe ab.«

Simon dachte, daß Ridley recht hatte. Das flache, kahle Gelände bot keinerlei Schutz, und es war nichts in Sicht, außer einer Gruppe von Lastwagen in einiger Entfernung im Süden. Man konnte dieses Stück Wüste auch nicht markieren, aber Simon nahm an, daß sich Hardy schon etwas dabei gedacht hatte. Da er spürte, daß Ridley von ihm erwartete, etwas zu unternehmen, ging er zum Major und fragte: »Werden wir hier das Lager aufschlagen, Sir?«

»Nein. Lassen Sie die Männer antreten. Ich muß Ihnen allen etwas mitteilen.«

Mit seinen Papieren in der Hand tat Hardy sein Bestes, um vor der angetretenen Mannschaft liebenswürdige Autorität auszustrahlen. »Ich habe einen Halt angeordnet, um Sie ins Bild zu setzen. Wie Sie wissen, sind wir ein zusammengewürfelter Haufen, und einige von Ihnen sind zum ersten Mal in der Wüste. Andere sind nicht in bester Verfassung, sind gerade vom Genesungsurlaub zurück, aber ich denke, wir können uns dennoch nützlich machen. Unser Befehl lautet, daß wir uns einer anderen Abteilung anschließen, um einen mobilen Jagdverband zu bilden. Es gibt schon eine ganze Anzahl solcher Jagdverbände im Süden. Jocks Jäger werden sie genannt, nach Oberst Jock Campbell, Träger des Victoriakreuzes, der sie erfunden hat. Intelligenter Mann. Wie ich schon sagte, werden wir am südlichen Ende der Front sein – also leider weg vom großen Kampf, doch wir haben einen Auftrag zu erfüllen. Wir werden umherstreifen und die Deutschen pieksen, wann immer und wo immer wir die Möglichkeit dazu bekommen.«

»Klingt aufregend, Sir«, sagte Simon.

»Könnte es werden. Könnte es werden.« Da er seine Liebenswürdigkeit nicht übertreiben wollte, riß Hardy den Kopf hoch und erkundigte sich: »Irgendwelche Fragen?«

»Das möchte ich doch meinen«, flüsterte Ridley Simon zu, und indem er lauter sprach, nahm er einen Ton serviler Weinerlichkeit an, der sich deutlich von seinem üblichen süffisanten Ton unterschied: »Fahren wir direkt Richtung Süden, Sir?«

»Nein, wir bleiben ein paar Tage lang hier und warten auf Nachschub. Wir brauchen weitere Offiziere und natürlich Artillerie.«

»Dieses ›Die-Deutschen-Pieksen‹, Sir: Wie wird das vor sich gehen?«

»Ah!« Hardy studierte seine Unterlagen und schien erleichtert, als er die Antwort fand. »Es wird eine Sache von schnellen Überfällen und Gegenangriffen sein.«

»Ich *verstehe,* Sir«, sagte Ridley respektvoll, obwohl in Wirklichkeit ihnen allen die Antwort nicht viel Aufschluß gab. Es herrschte beklommenes Schweigen, und dann hörte jeder ehrfürchtig zu, als Ridley es fertigbrachte, noch eine weitere Frage zu stellen: »Sir, wie wird sich der Jagdverband zusammensetzen? Anzahl der LKWs, Geschütze und so weiter, Sir?«

»Ich glaube, ich kann das beantworten.« Auf ernste und kompetente Weise konsultierte Hardy noch einmal seine Unterlagen, doch dieses Mal war die Antwort nicht vorhanden. Er gab auf, runzelte verärgert die Stirn und unternahm wichtigtuerisch den Versuch zu improvisieren. »Wir werden Geschützbedienungen haben, klar. Einen Artillerieoffizier, natürlich. Genügend Infanterie für die Nahsicherung. Vier LKWs – könnten auch sechs sein. Und... und so weiter.«

»Wie steht es mit dem Gerät, Sir?«

»Gerät? Ich schätze, wir müssen das nehmen, was wir kriegen.«

»Es liegt viel herum, Sir.« Zufrieden über sein eigenes Wissen begann Ridley, Dinge aufzuzählen, die sich als nützlich herausstellen konnten, doch Hardy wollte von all dem nichts wissen. Er schnitt Ridley das Wort ab und sagte: »Machen Sie weiter, Boulderstone.«

»Jawohl. Wohin fahren wir, Sir?«

Der Major hatte versucht, seinem Kommando noch mehr Ausdruck zu verleihen, indem er einen beeindruckenden Feldstecher umgehängt hatte. Er hob ihn jetzt, um die einzigen LKWs in Sichtweite zu inspizieren und sagte dann nach langer Betrachtung: »Ja, das sind unsere Jungs.«

Er deutete in südwestliche Richtung, und als die Männer mit ihm dorthin schauten, leuchteten ihre Gesichter in der untergehenden Sonne rot.

Hardy schien mit sich zufrieden und rief: »Beeilen Sie sich, Boulderstone. Keine Zeit zu verlieren.«

Die LKWs füllten sich. Simon war wieder an der Spitze. Sie fuhren los, um Anschluß und Deckung zu finden, bevor die Nacht über sie hereinbrach.

4

Dobson hatte recht gehabt. Es sollte wirklich ein Gerangel um den Sonderzug geben. Um die Dinge noch zu verschlimmern, hatte der Zug Verspätung, und diejenigen, die zusammengedrängt auf dem Bahnsteig standen, gerieten immer mehr in Erregung aus Furcht, ein Tumult könnte entstehen.

Kairo war zur Clearingstelle Osteuropas geworden. Könige und Prinzen, Staatsoberhäupter, deren Anhänger und Gefolgsleute, freie Regierungen mit all ihren Funktionären, kurzum jeder, der sich der alliierten Sache verpflichtet sah – alle waren sie gekommen, um hier auf Kosten der wohltätigen britischen Regierung zu leben. Hotels, Restaurants und Cafés hallten wider von den Zänkereien, Rivalitäten, Skandalen, dem Vorführen der eigenen Wichtigkeit und der verletzten Gefühle: von allem, was die Flüchtlinge beschäftigte, während sie darauf warteten, daß der Krieg zu Ende ging und die alte Ordnung zurückkehrte. Nun waren sie alle wieder auf Achse. Diejenigen, denen es freistand zu gehen oder die von so hohem Ansehen waren, daß sie als sakrosankt betrachtet wurden, hatten sich schon Tage vorher davongemacht. Man sagte, daß die Offiziere des General Headquarters in Stabswagen abgefahren wären, aber ob dies stimmte oder nicht, bei Groppi fand man noch immer Offiziere vor. Jetzt waren die englischen Frauen und Kinder an der Reihe, die trotz Warnung hartnäckig geblieben waren. Doch die Warnungen waren mit mehr Nachdruck wiederholt worden, und die meisten hatten sich nun doch entschlossen zu fahren.

Harriet war nicht unter ihnen, aber sie war nicht weit entfernt. Von da aus, wo sie stand und auf den Zug nach Alexandria wartete, konnte sie über das Gleis zu der riesigen Menschenmenge hinüberschauen, die sich auf dem gegenüberliegenden Bahnsteig drängte. Sie sah Menschen, die sie kannte. Sie sah Pinkrose, wie er sich an sein Gepäck klammerte und zuerst dahin und dann dorthin schob, um eine Position zu finden, die ihm einen Vorteil gegenüber den anderen verschaffen würde. Bei seiner entschlossenen Suche und seinem mehrmaligen Sinneswandel, stieß er Frauen beiseite und stolperte über Kinder und machte dadurch die impulsiven Griechen, Freie Franzosen, Polen und deutschen Juden derart wütend, daß sie ihm Beschimpfungen an den Kopf warfen und ihm die Schuld an ihren eigenen Ängsten gaben. Er hörte von all dem nichts, war nur sich selbst der Nächste, kämpfte sich vor und zurück, verlor seinen Hut, erlangte ihn wieder und gluckste dabei vor Aufregung.

Der Zug kam in Sicht, und ein Stöhnen ging durch die Menge. Der Zug kam im Schneckentempo auf den Bahnsteig zu. Das Stöhnen verschwand und es legte sich ein gespanntes Schweigen über die Reisenden, die ihre Taschen und Babys ergriffen und sich für die kommende Schlacht bereitmachten. Als die ersten Wagen auf Höhe der Bahnsteige einfuhren, brach Hysterie aus. Die Menschen, die Pinkrose wegen seines rüpelhaften Benehmens beschimpft hatten, stürzten nun selbst, ohne Rücksicht auf Frauen und Kinder, nach vorn und begannen, an den Waggontüren zu zerren. Die Frauen, die wie immer unter dem Nachteil zu leiden hatten, sowohl die Kinder als auch sich selbst schützen zu müssen, protestierten schrill. Doch diesem Protest schlossen sich bald alle an. Die Waggons waren verschlossen. Der Zug rollte weiter, langsam und unaufhaltsam wie die Zeit, bis er die Puffer am Ende des Gleises berührte.

Durch die Ankunft ihres eigenen Zuges wurde die Szene jetzt vor Harriet verborgen. Kaum jemand wagte die Fahrt nach Alexandria, und während sie sich eines der leeren Abteile auswählte, hörte sie den Lärm, der entstand, als die Türen des Sonderzuges endlich aufgeschlossen wurden. Sie hörte auch das fröhliche Geschrei der Gepäckträger, mit dem diese die Gepäckstücke in den Zug warfen. »Sie gehen. Deutschen kommen. Sie gehen. Deutschen kommen.«

Iqal mochte seine Zweifel hinsichtlich der Versprechungen der Deutschen haben, doch die Fellachen hatten gehört, daß eine große Zeit vor ihnen lag. Das Wunder, dachte Harriet, war, daß alle so tolerant den Verlierern gegenüber waren. Selbst wenn sie arm, krank und hungrig waren, behielten sie ihre Heiterkeit und beförderten ihre alten Eroberer ohne Groll hinaus. Kein Zweifel, daß sie die neuen auf die gleiche Art willkommen heißen würden.

Harriets Zug rollte behutsam aus dem Bahnhof. Der Aufruhr erstarb hinter ihr, und sie fuhr in die üppige Stille des Deltas hinein. Dies war eine Region behäbigen Friedens, die ihr eigenes Leben lebte und sich um Krieg und Invasoren nicht scherte. Das ganze Delta entlang, das sich in nördlicher Richtung auf hundert Meilen hin ausdehnte, brachte die schwarze Erde Feldfrüchte von einem solchen Grün hervor, daß die Blätter wie grünes Licht erschienen. Jetzt, im Hochsommer, war dieses vibrierende Grün genauso wie damals, als die Pringles in Ägypten ankamen. Damals war es Ostern gewesen. Griechenland stand in der Blüte des Frühlings, doch in Ägypten gab es weder Frühling noch Herbst, sondern nur die Hitze des Sommers und die milde Wärme des Winters.

Flache, rechteckige Felder waren durch Wasserkanäle voneinander getrennt, und ein jedes produzierte Feldfrüchte in immer wiederkehrender Folge. Gemüse, Flachs, Bohnen, Gerste, Tabak, Baumwolle: alle schoben saftiges Grün zum wiederholten Male aus der gleichen schwarzen Erde, wegen der Ägypten einst das Schwarze Land genannt worden war. Zwischen den Feldfrüchten gab es Obstbäume: Mangobäume, Granatäpfelbäume, Bananenstauden, Dattelpalmen und daneben oft ein weißgestrichenes Grab, einer Miniaturmoschee ähnlich, oder ein weißes Haus mit durchbrochenen Holzverzierungen, das wie ein Kinderspielzeug aussah.

Männer, Frauen und Kinder arbeiteten weiter, ohne auf den Zug zu achten. Bei ihrer Arbeit waren sie beharrlich und gemächlich wie der Zug. Harriet konnte einen Wasserbüffel sehen, der im Kreis herumtrottete und dabei ein Wasserrad drehte, das schon Generationen von Büffeln überdauert hatte.

Als sie vor einem Jahr zum ersten Mal das Delta gesehen hatte, war es Abend gewesen. Das Flüchtlingsschiff war am frühen Morgen angekommen, doch die Passagiere durften nicht an Land. Man mußte sie erst befragen und die Formalitäten erledigen. Sie waren hungrig. Man hatte ihnen geraten, sich selbst mit Nahrung zu versorgen, doch in Athen waren die Läden leergekauft, und es war auch sonst nichts zu finden. Harriet hatte am Kai einige Orangen gekauft, und diese hatten die Pringles und ihren Freundeskreis drei Tage über Wasser gehalten. Orangen waren auch schon einige Wochen vor dem Ende in Athen ihre Hauptnahrung gewesen. Sie hatten nur von Orangen, Wein und ihrer Begeisterung über den griechischen Frühling gelebt.

Als sie am Kai in Alexandria angelegt hatten, sahen die Passagiere nichts als Kisten mit Gewehren und Munition. Keine Lebensmittel. Dann waren zwei Soldaten gekommen, starrten zu ihnen hinauf, worauf die Passagiere sie in allen Sprachen Europas anschrien. Die Soldaten kamen an den Rand des Kais und fragten, was die Flüchtlinge denn wollten. »Essen«, schrie Harriet.

Essen? War das alles?

Die Männer gingen in eine Halle und kamen mit einer ganzen Staude Bananen zurück. Sie brachen die Früchte ab und warfen sie hoch über die Reling des Schiffes. Sofort drängelten sich alle, um welche zu erhaschen. Harriet fing eine und lief damit zu Guy, der dort saß, wo er fast die ganze Reise über gesessen und sich friedlich der Lektüre von Shakespeares Sonnetten gewidmet hatte.

»Jeder die Hälfte«, sagte sie, und er lächelte, während sie die grüne Banane schälte und das rosafarbene Fruchtfleisch teilte; dann beobachtete er, wie sie hineinbiß.

»Wie schmeckt sie?«

»Wie Honig«, sagte sie, und die Süße trieb ihr Tränen in die Augen.

Als sie an Land durften, wurden sie in eine Armeekantine geführt, und es gab Schinken und Eier und starken Tee. »Tee, in dem der Löffel stehen bleibt«, sagte Guy. Die Sonne stand tief, als sie den Zug bestiegen und durch ein Land reisten, das ihnen fremder erschien als jedes andere und doch auf erdrückende Weise vertraut. Die Hitze, die luftlose Stille und die satten, öligen Farben erinnerten Harriet an alte biblische Ölbilder, die sie in der Sonntagsschule gesehen hatte. Es war das ›Land der Pharaonen‹, ein Land, das sie seit ihrer Kindheit kannte. »Schaut, ein Kamel«, rief jemand, und alle drängelten sich um das Fenster, um ihr erstes Kamel in Ägypten zu sehen: wie es stolz seinen weltmüden Kopf hob und seine leisen, gespreizten Füße auf die sandige Straße setzte. Die Arbeiter verließen gerade die Felder. Sie wanderten hintereinander die Straße entlang, langsam, als ob es keine Rolle spielte, ob sie heimgingen oder nicht.

Die Sonne ging unter, und die Dämmerung brach an und

verdunkelte die Felder. Auf halber Strecke zwischen Kairo und Alexandria hielt der Zug in Tanta. Ein griechisches Mädchen rief aus: »Mein Gott, schaut mal, Tanta!« Sie schauten und erfuhren den ersten Schock angesichts der ägyptischen Armut. Der Bahnhof von Tanta befand sich mitten zwischen den Häusern und war von Balkons billiger Wohnungen umgeben, auf denen Wäsche an Leinen aneinandergereiht und zudem Abfall aufgehäuft war, um vom Wind weggeweht zu werden. Dicke Männer lagen in Pyjamas in Hängematten oder standen da, schwitzend, sich kratzend, und grinsten anzüglich auf die Frauen im Zug hinunter. Viele der Flüchtlinge waren Athener, waren eine Stadt aus Marmor gewohnt. In Alexandria, wo es regnete, waren die Backsteine gebrannt gewesen. Im Delta jedoch gab es keinen Regen. Tanta hatte die graubraune Erde ungebrannten Tons.

Bettelnde Kinder jammerten zu den Zugfenstern hoch, klopften dagegen, forderten Aufmerksamkeit. Als der Zug aus dem Bahnhof hinausfuhr, rannten sie neben ihm her, ihre nackten, schmutzigen Füße klatschten dabei auf den Boden, bis sie schließlich im Dämmerlicht verschwanden. Dann senkte sich Dunkelheit über sie, und es gab nichts mehr zu sehen außer Palmwedeln, die sich schwarz gegen das letzte rote Glühen des Sonnenuntergangs abzeichneten.

Harriet war nun wieder in Tanta. Die gleichen dicken Männer lümmelten auf den Balkonen, die gleichen Kinder jammerten ihr zu, der gleiche Geruch nach Gewürzen, Dung und Tod hing in der Luft, aber nichts von dem störte Harriet jetzt. Tanta war ein Teil Ägyptens. In Tanta stellte sich die Natur aller Dinge dar, und ihr einziger Gedanke war, die Reise hinter sich zu bringen. Hätte man sie gefragt, hätte sie gesagt, daß ihr Tanta weniger mißfiel als Alexandria. Obwohl sie die Trennung von Guy unter der Woche sehr beklagte, fürchtete sie auch die Zeit, wenn sie in der Botschaft nicht mehr würde arbeiten können und aus Kairo wegziehen müßte. Auf einen schmalen Streifen Land zwischen einem Salzsee und dem Meer gebaut, hatte Alexandria in ihren Augen etwas Deprimierendes und Klaustrophobisches. Castlebar, der jede Woche hinfuhr, um den Sohn eines griechischen Bankiers in Alexandria zu unterrichten, hatte zu Guy gesagt: »Es wird dir gefallen. Die Schickeria ist ziemlich amüsant.« Doch Guy hatte mit ›der Schickeria‹ nichts zu tun. Sein College war nicht einmal in Alexandria. Es war noch jenseits des östlichen Endes der langen Corniche, die vom Pharos um den ganzen alten Hafen herumführte und in eine endlose Betonpromenade mündete, bis sie sich schließlich in der Wüste verlor. Guy war in der Wüste. Er unterrichtete Englisch an einem Wirtschaftscollege, wo die Söhne von Tabak- und Baumwollbaronen eine Handelssprache lernen wollten. Als Guy eine Vorlesungsreihe über Englische Literatur organisieren wollte, kam eine Abordnung von Studenten zu ihm, um ihm mitzuteilen, daß sie über Literatur nichts zu wissen bräuchten. Sie wollten keinen Englischunterricht wie Guy ihn verstand. Sie wollten etwas, das sie ›Wirtschafts-Englisch‹ nannten.

Alexandria war berühmt für seine Meeresbrise, doch die Brise konnte auch oft einen Sommerdunst mit sich bringen. Als Harriet aus dem Zug ausstieg, war die Sonne hinter einem Feuchtigkeitsfilm verborgen, der das öde Grau der Straßen noch verstärkte. Die Stadtmenschen standen vor den Banken Schlange oder eilten von einem Geschäft zum nächsten und kauften, als müßten sie für eine Belagerung Vorsorge treffen. Es lag Unruhe in der Luft, die gleiche Unruhe, die Harriet in Athen verspürt hatte, als die Deutschen die Thermopylen erreichten. In Kairo sagten die Leute, daß die reiche Geschäftswelt Alexandrias ein Begrüßungskomitee ernannt hätte, das für Rommel einen herzlichen Empfang vorbereiten sollte. Das war möglicherweise der Fall, doch auch die Reichen legten sich einen Vorrat an, bevor die Invasoren kamen und die Geschäfte ausräumten. Autos, mit Vorräten vollgepackt wie die Autos vor der amerikanischen Botschaft, standen für diejenigen bereit, die es für klüger erachteten zu fliehen. Einige Autos waren mit Matratzen umwickelt, die als Schutz bei einem Luftangriff dienen sollten.

Die Corniche entlang nahm Harriet einen Bus. Sie bemerkte die Tristesse der Straßen, das Fehlen einer hellen Komponente, und bald erkannte sie, daß unter den Menschen auf den Gehsteigen die jungen Seeleute fehlten, die sonst in weißes Segeltuch gekleidet und sorglos wie die Kinder umherschlenderten. Der Landurlaub war offensichtlich gestrichen worden.

An jenem Tag hatte niemand Zeit, sich an den Strand zu legen. Der lange, graue Strand, der gewöhnlich voll von Badenden war, lag, abgesehen von ein paar kleinen Jungen, verlassen da. Das ausdruckslose Grau der Stadt deprimierte Harriet. Ihr wurde bewußt, daß sie sich inzwischen an den ständigen Sonnenschein und die derbe Vitalität Kairos gewöhnt hatte. Die lange, dem Meer zugewandte Front von Hotels und Wohnungsblöcken besaß hier etwas winterlich Ödes, so als ob alles Leben fortgezogen wäre.

In Kairo war eine deutsche Besetzung noch immer nur eine Eventualität; hier war sie offensichtlich eine Gewißheit. Sie beschloß, sich dieses Mal Guys hochtrabendem Pathos zu widersetzen. Sie würde ihn noch am gleichen Abend mit nach Kairo zurücknehmen.

Unter normalen Umständen hätte Guy schon Ferien gehabt. Das College hatte nämlich den Sommer über geschlossen, aber aus dem Gefühl heraus, kein Recht auf Urlaub zu besitzen, war er geblieben, um einen Sommerkurs in Englisch zu halten. Nur ein paar Studenten, die sich hervortun oder seine Gunst erlangen wollten, hatten sich eingeschrieben, doch genügten sie, um ihm ein Gefühl der Nützlichkeit zu geben. Er würde argumentieren, daß der Kurs Teil des College-Lehrplans wäre und er ihn deswegen nicht abbrechen könne. Sie würde argumentieren, daß dem nicht so sei und daß er ihn sehr wohl abbrechen könnte.

Und wieder bot sich die Katastrophe als Lösung an. Sie würde Guy aus Alexandria und seinem erbärmlichen möblierten Zimmer befreien. Wenn sie hierherkommen müßte, würden sie in keiner dieser teuren Corniche-Wohnungen leben, sondern in demselben schäbigen Hinterland, wo er im Moment wohnte. Da es ihn nicht sehr kümmerte, wo er lebte, hatte er ein Zimmer in einer levantinischen Pension der armseligsten Kategorie genommen, ein Ort, so dunkel und verwahrlost, daß alles mit Schmutz bedeckt zu sein schien. Einmal, als sie ihn beobachtete, wie er mit dem Vermieter sprach, hatte sie gesehen, wie er seine Hand über den Knauf des Geländers rieb und danach mit derselben Hand über seine Stirn strich. Sie hatte ihn gescholten, hatte ihm gesagt, er könnte sich Lepra, Pocken, die Pest oder irgendeine der tödlichen Krankheiten Ägyptens zuziehen. Doch Guy, der glaubte, daß jede Krankheit auf einer kranken Psyche beruhte, sagte: »Red kein dummes Zeug. Du holst dir nur die Krankheit, vor der du Angst hast.« Und da er vor keiner Angst hatte, betrachtete er sich selbst als immun.

Als sie am Ende der Corniche aus dem Bus stieg, mußte sie noch eine halbe Meile gehen, bis sie am College war, das abgelegen in einer mit Buschwerk bewachsenen Gegend am Rand der Wüste stand, die jetzt langsam bebaut wurde. Das Gebäude war einmal eine Quarantänestation für Seeleute gewesen. Auf das Meer hinausblickend, trostlos, ohne auch nur einer Spur von Ornamenten, hätte es auch eine Strafanstalt sein können. Und für Guy war es auch in gewisser Hinsicht eine Strafanstalt. Er war hierher verbannt worden wegen seines Liedes ›Gracey von Gesira‹ – oder zumindest glaubte Harriet das. Er hatte sich sein Exil selbst zuzuschreiben.

Niemand, nicht einmal ein Boab, befand sich in der Eingangshalle. Ungehindert ging sie zu der halbverglasten Tür des Vorlesungssaals, schaute hinein und sah Guy über ein Buch gebeugt an einem Schreibtisch sitzen. Die Fensterläden waren wegen der Sonne geschlossen und auch dann nicht wieder geöffnet worden, als Dunst den Himmel verdeckte. Das bernsteinfarbene elektrische Licht ließ sein Gesicht fahl erscheinen, und er sah sehr abgespannt aus. Er hatte abgenommen, und auf seinen Wangen, die, als sie vor nur zwei Jahren geheiratet hatten, noch jugendlich weich waren, verlief jetzt eine Falte von den Nasenlöchern bis zum Kinn. Die Zeit und das ägyptische Klima hatten sich bemerkbar gemacht.

Aus der Stille schloß sie, daß sie alleine in dem Gebäude waren, und sie wurde an eine andere Zeit der Gefahr erinnert, als Guy, der der geliebte Mentor gewesen war, ebenfalls vergeblich auf seine Studenten wartete. Als die Eiserne Garde während der letzten Tage in Bukarest umherzog, taten die Studenten gut daran fernzubleiben.

Als sie die Tür öffnete, wandte er seinen Kopf und sah sofort wieder jung aus. Er sprang auf und war vor Überraschung und Freude mit Leben erfüllt. »Also ich muß sagen, das ist das Schönste, was mir seit langem widerfahren ist.«

»Ich bin gekommen, um dich mit zurück nach Kairo zu nehmen.«

Er lachte und tat ihre Aussage als einen Witz ab. Sie betrachtete das Buch auf seinem Schreibtisch. Es war eines, das sie ihm zu seinem letzten Geburtstag geschenkt hatte, und sie sagte: »Um Himmels willen, du willst doch nicht etwa versuchen, ihnen eine Vorlesung über *Finnegans Wake* zu halten?«

»Nicht allen. Aber ich habe zwei außergewöhnlich brillante Jungs, die an Englisch um der Sprache willen interessiert sind. Ziemlich selten hier. Ich habe ihnen ein Seminar über Joyce versprochen. Ich bin sicher, daß Joyce viele seiner lustigeren Einfälle von den Studenten an der Berlitz School bekam. Ich bekomme hier ähnliche Dinge. Schau mal!« Er zog einige Arbeiten von Studenten aus seinem Schreibtisch hervor und las: »›D. H. Lawrence hatte theoretisch unrecht‹ – Joyce hätte das gefallen. Und hier: ›Du warst nicht bestimmt für den Tod, unsittlicher Vogel ...‹«

»Darling, du mußt nach Kairo kommen, zumindest für ein paar Tage.«

»Du weißt, daß dies nicht möglich ist. Ich habe meine Sommerkurse und ...«

»Die du offenhältst für zwei Studenten?«

»Na ja, am Anfang hatte ich zehn. Sie dachten, wenn sie mich bei Laune hielten, indem sie den Kurs besuchten, würde ich ihnen dafür ihre Examensarbeiten entsprechend positiv korrigieren. Als sie merkten, daß dies nicht funktionierte, wurden es immer weniger. Aber es sind zwei übrig, und die sind außergewöhnlich.«

»Außergewöhnlich oder nicht. Tatsache ist doch, daß du das College wegen zwei Studenten offenhältst? In einer Zeit wie dieser, sitzt du hier und wartest darauf, *Finnegans Wake* diskutieren zu können?«

»Warum nicht? Was erwartest du von mir, daß ich tun soll?«

»Ich erwarte von dir, daß du etwas Vernunft aufbringst. Begreifst du denn nicht, daß die Deutschen weniger als fünfzig Meilen entfernt sind?«

»Ach, Schatz.« Er nahm ihre Hände und drückte sie. »Kleine Affenpfoten. Du hast Angst, nicht wahr? Du hattest in Griechenland keine Angst, als wir nichts vor uns hatten als das Meer. Hier haben wir ganz Afrika.«

»Ich habe Angst um dich. Das nützt dir viel, ganz Afrika zu haben, wenn du hier abgeschnitten bist. Wenn du auf Anweisungen wartest, kannst du lange warten. Es gibt niemanden, der Anweisungen geben könnte. Gracey hat wie immer Reißaus genommen. Und Toby Lush, Dubedat und tausend andere auch. Pinkrose sah ich heute morgen mit dem Sonderzug fortfahren. Das mindeste, was du tun kannst, ist, nach Kairo zu kommen. Wenn du hier wartest, wirst du in Dachau enden. In Kairo dagegen haben wir eine gute Chance davonzukommen.«

»Mach dir keine Sorgen, Schatz. Wir sind bisher immer rechtzeitig davongekommen.«

»Das ist das Problem. Du bist zu optimistisch. Wir sind zweimal gerade noch davongekommen – aber beim dritten Mal könnten wir Pech haben. Sie rücken so schnell vor, daß du gefangengenommen werden könntest, bevor du überhaupt weißt, daß sie Alex erreicht haben.«

»Ich kann jetzt nicht mit dir diskutieren, Schatz.« Guy legte einen Arm um ihre Schulter und führte sie zur Tür. »Die Studenten müssen jeden Augenblick kommen. Fahr du zurück nach Alex. Kauf dir etwas zu essen, ich sehe dich dann später. Ich gehe ins Cecil, um ein paar Männer zu treffen.«

Mißtrauisch fragte sie: »Welche Männer? Und wann?«

»Sechs Uhr. Du wirst Castlebar vorfinden. Und außerdem ese ich mit einem Mann zu Abend, den du nicht kennst. Er heißt Aidan Pratt. Falls du vor mir hinkommst, mach dich selbst mit ihm bekannt. Und sei nett zu dem armen Jungen. Er ist sehr schüchtern.«

»Also gut. Sechs Uhr. Und bereite dich darauf vor, mit mir zurückzukommen.«

Guy lachte und schloß hinter ihr die Tür.

Die Sonne hatte gerade die Dunstglocke durchbrochen, und die Promenade lag im hellen Lichtschein, als Harriet an der Bushaltestelle ankam. Guy hatte gesagt: »Ich kann jetzt nicht diskutieren«, was, wie sie hoffte, heißen sollte, daß er später mit ihr diskutieren würde. Aber später würde Castlebar dabei sein und dieser Mann, den sie nicht kannte, und der in Gesellschaft immer bestens aufgelegte Guy würde zu beschwingt sein, um die unwillkommene Realität zu diskutieren. Außerdem ging er gern impulsiv Risiken ein. Und dann gab es da noch diese zwei Studenten, diese ehrgeizigen Streber, die seine alte, starrsinnige Loyalität wachriefen und die ihn dort festhalten konnten, bis es zu spät war.

»Verdammte Studenten!« Sie stellte sich die beiden als gefräßige Kreaturen vor, die ihn verschlingen würden, wenn sie es nur könnten. Und mit der Zeit würde er verschlungen werden. Sie war wütend, daß er sein Wissen an diesem erbärmlichen Ort verschwendete. Da kein Bus in Sicht war, entschloß sie sich, die Strecke entlang der Corniche zu Fuß zu gehen, um auf diese Weise den toten Punkt des Tages zu überwinden. Während in Kairo zu Fuß zu gehen gleichbedeutend war mit in Schweiß gebadet zu sein, war es hier, wo der Seewind die Hitze milderte, nicht unangenehm; doch der Spaziergang war eintönig. Es war ein langweiliges Ufer mit Felsblöcken, die wie alter Cheddarkäse verrotteten. An einer Stelle, wo das Meer den bröckeligen Fels unterspülte, waren Löcher entstanden, durch die die Wellen hindurchschlugen und dabei ein donnerndes Geräusch erzeugten. So erzählte man zumindest. Harriet hatte es selbst nie gehört. Die Löcher waren sehr alt und stellten keine Attraktion mehr dar. Heute plätscherte das Wasser mit einem halbherzigen Plip-Plop durch sie hindurch, was Harriet als passenden Kommentar zum Zeitgeist des Krieges empfand. Die Sonne sank, und das Licht wurde dunkler. Dies war der Abend, an dem die Eroberung des Afrika-Korps ihre aufgestaute Leidenschaft den Ladys von Alexandria aufzwingen wollten.

Die Eroberer waren noch nicht eingetroffen, aber ein britischer Soldat lehnte gegen die Deichmauer. Er sah wie ein Mann aus, der alle Zeit der Welt zur Verfügung hatte, doch sein Gepäck wies darauf hin, daß er auf sein Fahrzeug wartete.

Sie blieb stehen, um sich neben ihn an die Mauer zu lehnen, und starrte mit ihm auf das glatte, fast bewegungslose Meer hinaus, auf dem keine Schiffe fuhren. Sie sagte: »Wieder zurück in die Wüste?«

Er murmelte: »Ja.« Er war älter als der Soldat, den sie in Kairo getroffen hatte und er zeigte keinerlei Erstaunen darüber, eine junge Engländerin zu treffen.

»Sie wissen vermutlich auch nicht, was sich dort draußen abspielt?«

»Nee. Hab' seit Tagen nichts gehört.«

»Glauben Sie, Rommel wird hierherkommen?«

»Er wird hierherkommen, wenn er kann. Wenn nicht, dann eben nicht. Man kann es nicht wissen, oder?« Er sprach lustlos und vollkommen gelangweilt, und da sie wußte, daß er nicht auf sie eingehen würde, ging sie weiter. Die Sperrballons stiegen langsam über die Stadt. Zu der Zeit, als sie den Hafen erreichte, hingen schon ein Dutzend oder mehr nierenförmige Ballons am Himmel. Sie mußte noch eine Stunde totschlagen, bevor sie ins Hotel gehen konnte, weshalb sie weiterging, bis sie sich gegenüber dem Pharos befand. Dann setzte sie sich auf die Mauer, ließ ihre Beine über dem Sand baumeln und beobachtete das Auftürmen rubinroter Wolken, die sich am Horizont bildeten. Der Pharos war frisch gestrichen und reflektierte das Licht des Himmels. Der Anblick nahm sie so gefangen, daß einige Minuten vergingen, ehe sie bemerkte, daß sie das Objekt pubertärer Erregung der Jungen am Strand unter ihr war. Sie drückten sich dort in ihren zerlumpten Galabiyas umher – der älteste höchstens zehn oder elf – bückten sich und kicherten bei dem Versuch, ihr unter den Rock zu sehen. Sie schrie »Yallah«, doch sie waren nicht zu vertreiben. Sie zog ihre Beine über die Mauer und setzte sich anders herum, aber die Jungen rannten die Treppen hinauf, um sie von der Straße aus anzustieren. Als sie schließlich solcher Mätzchen überdrüssig war, sprang sie herunter und ging zum Cecil.

Das Innere des Hotels wirkte verlassen. Die kosmopolitischen Stammgäste waren mit den anderen gegangen, und sogar die Bar, der Treffpunkt britischer Marineoffiziere, war leer, abgesehen von drei Hauptleuten der Armee, die nüchtern und befangen beieinanderstanden, und einem anderen, der alleine dasaß. Letzterer saß neben der Tür, hielt nach jemandem Ausschau, und sie erkannte an seinem verletzlichen Gesichtsausdruck, an seiner Erwartung und der Enttäuschung, mit der er sie ansah, als sie hereinkam, daß er auf Guy wartete. Er mußte der schüchterne Aidan Pratt sein. Aus ihrer Erfahrung mit Guys Bekannten nahm sie an, daß dieser Mann Guy nicht einfach aus Freude an seiner Gesellschaft zum Essen eingeladen hatte. Er hatte ein Anliegen. Er wollte sich Guy anvertrauen oder ihn um seinen Rat bitten oder sonst etwas von ihm bekommen. Guy hatte ihm wahrscheinlich versprochen, den Abend mit ihm zu verbringen, und da er angenommen hatte, daß er mit Guy alleine sein würde, hatte er nicht mit ihr oder Castlebar gerechnet. Guy hatte, wie gewöhnlich, mit mehreren Leuten gleichzeitig etwas ausgemacht, und das nicht nur aus Vergeßlichkeit. Seine Verpflichtungen häuften und überschnitten sich, weil er mehr auf sich lud, als jeder normale Mensch ertragen konnte.

Da sie wußte, daß der Mann ihre Gesellschaft nicht begrüßen würde, spazierte sie zurück ins Foyer und ließ sich dort nieder, während drinnen die Lichter angingen und draußen die Dämmerung stärker wurde. Guy tauchte nicht auf, und da sie sich einsam und allen Blicken ausgesetzt fühlte, kehrte sie zur Bar zurück und ging zu Aidan Pratt hin. Als sie ihn ansprach, war das Ausmaß seiner Überraschung fast beleidigend.

»Guy Pringle meinte, ich sollte mich Ihnen hier anschließen.«

Er starrte sie feindselig an, bis sie ihm erklärte, daß sie Guys Frau war. Sofort sprang er auf und versuchte, seine Unhöflichkeit mit einem Lächeln wiedergutzumachen. Er war ein kräftiger, gutaussehender junger Mann mit weichem, öligem Haar. Er war noch in seinen frühen Zwanzigern, doch seine Augen lagen in Höhlen bräunlicher Haut, was ihn älter erscheinen ließ. Es waren große Augen, sehr dunkel, aber auch sein Lächeln konnte die Trostlosigkeit ihres Ausdrucks nicht verbergen. Seine depressive Aura stieß sie ab. Sie hatte ebenfalls gehofft, Guy für sich zu haben. Er war, wie sie erkannte, ein weiteres Opfer von Guys beruhigender Wärme. Jeder bildete sich ein, er sei der einzige Empfänger dieser Wärme. Guy würde die Welt neu machen für ihn und ausschließlich für ihn. Sie klammerten sich an ihn, und am Ende mied er sie oder bat Harriet, ihn vor ihnen zu beschützen. »Geh du ans Telefon, Schatz...« Tief in ihm vergraben war da ein Selbsterhaltungsinstinkt, und dieser Instinkt könnte ihn schließlich sogar retten.

Aidan Pratt fragte sie, was sie trinken wollte. Von der Theke aus betrachtete er sie konzentriert und fragte sich vielleicht, ob er sich ihr anvertrauen, ob er sie als Ersatz für Guy betrachten könnte; und plötzlich wurde ihr bewußt, daß sie ihn zuvor schon einmal gesehen hatte. Als er ihren Drink brachte, fragte sie, ob sie sich schon einmal irgendwo begegnet seien. Er schüttelte den Kopf, aber sein Lächeln wurde lebendiger, als ob ihn ihre Frage gefreut hätte.

Als er ihr gegenüber saß, spürte sie, daß seine ganze Persönlichkeit ungeheuer angespannt war. Sein Gesicht war feucht, und zwar nicht von der Hitze – die Bar war klimatisiert – sondern vor Nervosität. Seine Uniform aus feinem Gabardine war von einem teuren Schneider angefertigt worden, aber er zappelte in ihr herum, als ob sie ihm nicht passen würde. Sie fragte, wo er stationiert war. Er war auf Urlaub von Damaskus.

»Damaskus? Wie haben Sie dann Guy kennengelernt?«

»Kennt nicht alle Welt Guy?« antwortete er mit einem Lachen. »Das letzte Mal als ich hier war, erzählte mir jemand eine Geschichte: Zwei Männer waren auf einer einsamen Insel gestrandet. Keiner kannte den anderen, aber sie kannten beide Guy Pringle.«

»Ja, ich habe diese Geschichte in Kairo gehört.«

»Ich habe ihn hier getroffen, in dieser Bar, während meines

letzten Urlaubs. Am nächsten Tag fuhr ich hinaus zum College, und wir spazierten nach Ramleh, unterhielten uns die ganze Zeit auf dem Weg hin und zurück. Ein denkwürdiger Tag. Wir vereinbarten, uns am darauffolgenden Abend hier zu treffen. Ich wartete drei Stunden, bis ich herausfand, daß er nicht mal mehr in Alex war. Er war übers Wochenende nach Kairo gefahren.« Als Harriet keinerlei Überraschung zeigte, fragte er: »Passiert so etwas oft?«

»Erinnern Sie sich an die Butterbrot-Fliege, die sich von dünnem Tee und Sahne ernährte? Wenn sie nichts davon fand, starb sie. Alice sagte: ›Aber das muß sehr oft passieren.‹ Worauf die Stechmücke sagte: ›Es passiert ständig.‹«

»Ständig? Ist es bei ihm Gewohnheit, Menschen im Stich zu lassen?«

»Er meint es nicht so. Er will sie nicht im Stich lassen. Er bürdet sich einfach zuviel auf. Leute überreden ihn, etwas zu tun, wofür er überhaupt keine Zeit hat, und so ist es unvermeidlich, daß dabei *irgend jemand* im Stich gelassen wird.«

Aidans Mund wurde schmal und verkniffen, und er sagte mit einer Spur von Arroganz: »Da Sie hier sind, nehme ich an, daß wir zumindest heute abend mit ihm rechnen können?«

»Ja, er wird früher oder später aufkreuzen. Ich will ihn mit nach Kairo zurücknehmen.« Ihrer Ansicht nach war es ein merkwürdiger Zeitpunkt, überhaupt hierher auf Urlaub zu fahren, und deshalb sagte sie: »Wissen Sie, die Lage ist ziemlich schlecht.«

»Sie meinen, schlechter als gewöhnlich? Ist es nicht der gleiche Klamauk wie das letzte Mal? Sie erreichen Sollum und werden dann zurückgedrängt?«

»Sie sind schon viel näher. Sie kündigten an, sie würden heute nacht Alex erreichen.«

»Offensichtlich glaubten Sie ihnen nicht, sonst wären Sie nicht selbst in Alex. Trotzdem, Sie haben recht. Er sollte nicht dort draußen bleiben, wo er ist. Es könnte eine Menge passieren, noch bevor er davon Wind bekommt.«

»Ich bin froh, daß Sie mir zustimmen. Wie lange bleiben Sie hier?«

»Nicht lange. Ich konnte nur 48 Stunden bekommen, deshalb fahre ich morgen zurück.«

»Ich beneide Sie. Ich wünschte, wir wären sicher in Damaskus.«

»Oh, so sicher ist Damaskus auch wieder nicht. Wir haben auch unsere Probleme. Die ›Freien Franzosen‹ haben die Kontrolle, aber viele Syrer wollen sie nicht. Wir hören oft Pistolenschüsse. Menschen werden getötet.« Er hielt inne, und seine Stimme wurde leise. »Freunde werden getötet. Ein Freund von mir schaute hinaus, um zu sehen, was vor sich ging, und eine Kugel drang ihm durch den Kopf.«

Er warf einen kurzen Blick auf sie, um zu sehen, wie diese Information sie berührte, und sah schnell wieder weg. Der Verlust eines Freundes, und wie sie annahm, keines gewöhnlichen Freundes! Das war also die Tragödie, an der er zu knabbern hatte! Sie sagte: »Das tut mir leid.« Aber natürlich war es Guy, den er wollte. Nur Guy würde die ganze Geschichte zu hören bekommen, weil nur Guy das wahre, tröstende Wort sagen konnte. »Sehr leid«, fügte sie hinzu, und während sie sprach, machte er eine Geste, die so ergreifend seine Einsamkeit und seinen großen Kummer übermittelte, daß sie sicher war, ihn vorher wirklich schon einmal gesehen zu haben.

Sie war verdutzt von der Vertrautheit dieser Geste. Er starrte auf den Boden. Es gab nichts mehr zu sagen. Doch dann, im günstigsten Augenblick, betrat Guy die Bar.

Die Brille ins Haar zurückgeschoben, die Arme um einen wackligen Stoß von Büchern und Papieren, eilte er auf sie zu und sagte dabei erfreut: »Habt ihr euch also gefunden!« Er beugte sich zu Harriet herab und küßte sie: »Ich habe dir gar nicht gesagt, wer er ist. Ich wußte, daß du ihn erkennen würdest, und ich wollte dich überraschen.«

Als Harriet ihn noch einmal betrachtete, erkannte sie ihn. »Natürlich, ich wußte, daß ich Sie zuvor schon einmal gesehen habe. Sie sind der Schauspieler, Aidan Sheridan.«

Aidan, der durch Guys Ankunft wieder sichtlich auflebte, machte eine abwehrende Bewegung mit der Hand. »Ich war Aidan Sheridan. Jetzt bin ich Captain Pratt und Divisions-Rechnungsführer.«

Er konnte jedoch Harriets bewundernde Erinnerung an ihn nicht unterdrücken. »Ich sah Sie in *Die Möwe* den Konstantin spielen. Ich saß mit einer Freundin auf der Galerie auf einem schmalen Holzbrett, und wir starrten auf Sie hinunter, völlig gebannt. Es war alles neu für mich – ich hatte nie zuvor Tschechow gesehen. Ich war sehr jung damals, und am Ende ging ich heulend hinaus.«

Aidan wurde dunkelrot und hielt den Atem an. Er war bewegt von ihrer Erinnerung, und es vergingen einige Augenblicke, ehe er sagen konnte: »Ich war auch jung. Es war meine erste große Rolle. In so einem Alter bedeutet es sehr viel, eine eigene Künstlergarderobe zu haben. Als ich an meinem ersten Abend vor dem Spiegel saß, sagte ich zu mir: ›Jetzt fängt alles erst an!‹«

Guy strahlte seine Frau und seinen Freund an und ließ sie eine Weile über Tschechow diskutieren, doch da er selber erpicht darauf war, an den Glückwünschen teilzuhaben, übernahm er es bald, Aidan wegen anderer Rollen, die er gespielt hatte, Komplimente zu machen: Henry V., Romeo, Oswald...

»Hast du auch den Hamlet gespielt?«

Aidan schüttelte den Kopf. »Das sollte noch kommen.«

Da Guy wußte, daß er die falsche Frage gestellt hatte, ging er schnell zu einem anderen Thema über: zu seiner eigenen Inszenierung von *Troilus und Cressida.* Während er davon erzählte, sehnte er sich danach, wieder Theater zu machen und sagte: »Ich muß einfach noch ein Stück von Shakespeare inszenieren.«

»Das würde Gracey nie zulassen«, sagte Harriet.

»Wenn es für die Truppen wäre, könnte er sich schlecht weigern. Oder warum eigentlich kein Stück von Tschechow? Warum nicht *Die Möwe?*«

»Also wirklich, Schatz, für die Truppen?«

»Ja, warum nicht? Die Männer haben die Nase voll von diesen Konzertveranstaltungen. Einer von ihnen sagte mir, sie würden ein richtiges Schauspiel begrüßten. Sie wollen etwas zum Nachdenken. *Die Möwe* handelt von verschwendeter Jugend. Es hätte eine Aussage für sie.«

Aidan stimmte ernst zu, und Guy wandte sich aufgeregt an ihn: »Du würdest den Konstantin spielen, nicht wahr?«

Entsetzt über diesen Vorschlag, rümpfte Aidan ironisch die Nase. »Meine erste Jugend ist vorüber. Trigorin wäre jetzt eher mein Fall.«

»Würdest du dann den Trigorin spielen?«

»Das meinst du doch nicht im Ernst? Ich könnte nicht mit Amateuren spielen.«

Die Aussage war von einer solchen Endgültigkeit, daß sie Guy zum Verstummen brachte. Harriet lachte, und Aidan errötete wieder stark, aber dieses Mal aus Scham, weil er bemerkte, daß seine Eitelkeit ihn verraten hatte.

»Aber Sie sind ein Amateur«, sagte Harriet in freundlicher Sachlichkeit, da sie seinem unglücklichen Ego nicht einen weiteren Dämpfer verpassen wollte. »Sie sind ein Amateursoldat unter Professionellen, stimmt's?«

»Ich glaube, das stimmt.«

Guy, der sich schnell wieder erholt hatte, sagte: »Aber du würdest mir helfen und mich beraten?«

»Gerne, wenn ich da bin. Aber ich kann nicht so oft herkommen, wie ich gerne möchte.«

Harriet, die diesem Gespräch über Inszenierungen ein Ende bereiten wollte, sagte: »Und sehr wahrscheinlich wird Guy auch nicht hier sein.« Sie sah Guy an und zwang ihn, ihr zuzuhören: »Sei vernünftig. Jackman sagt, Alexandria wird abgeschnitten werden. Rommel wird ganz einfach hinten um die Stadt herummarschieren, und sie wird dann von selbst fallen. Sie könnten morgen schon hier sein. Komm zurück nach Kairo, nur solange, bis wir wissen, wie es hier weitergeht.«

»Darling, du weißt, daß ich meine Studenten nicht einfach so sitzenlassen kann.«

»Welche Studenten? Sind die beiden heute nachmittag aufgetaucht?«

»Nein, aber das bedeutet...«

»Es bedeutet, daß *sie dich* sitzengelassen haben. Ich wette, die lassen sich Deutschstunden geben.«

Guy lachte. »Wenn das Schlimmste eintrifft, werde ich auf

einen Jeep springen. Die Armee wird mich mit hinausfahren.«

»Die Armee wird nicht hinauskommen. Sie wird ebenfalls umzingelt sein.«

»Dann wäre es ein weiteres Dünkirchen. Die Marine wird uns retten.«

Dobson hatte das gleiche gesagt, und Harriet ließ das Thema erst einmal fallen. Guy fragte Aidan, ob er Catroux getroffen hätte, der, Gerüchten zufolge, der uneheliche Sohn einer königlichen Persönlichkeit sei. Glaubte Aidan, daß dies der Wahrheit entsprach? Aidan diskutierte Catroux mit lebhaftem Interesse, fast als ob der General seine eigene Errungenschaft oder ein wichtiger Teil seines eigenen Lebens sei. Harriet konnte sich vorstellen, daß der Name Catroux Syrien beherrschte, wie andere Namen Ägypten beherrschten. Da war Cunningham gewesen, Ritchie (die Soldaten sagen: »Ritchie, his arse is getting itchy«), Freyberg, Gott. Jetzt war da Auchinleck. Für sie waren sie überlebensgroß, archetypische Helden, die Macht über andere Männer und auch über Zivilisten hatten. Wenn sie anordneten, daß Ägypten evakuiert wird, mußte jeder packen und gehen. Der Krieg hatte den Menschen ihren freien Willen entzogen. Sie mußten tun, was ihnen befohlen wurde. Während Aidan sprach, hielt er plötzlich inne und sah ungläubig und beleidigt drein, als noch ein anderer Eindringling eintraf, um Guys Aufmerksamkeit in Anspruch zu nehmen. Castlebar war an den Tisch gekommen. Fast wie eine physische Kraft konnte Harriet Aidans Entschlossenheit spüren, Castlebar zurückzuschicken. Castlebar ließ sich jedoch nicht zurückschicken, überzeugt davon, daß er Guy willkommen war, und von Harriet weder ermuntert noch abgewiesen, kicherte er eine Begrüßung und schlich um den Tisch herum, um sich mit dem Rücken zur Wand zu setzen. Glücklich in dem Glauben, daß sich Aidan und Castlebar zueinander hingezogen fühlen würden, stellte Guy den einen als »den berühmten Schauspieler« und den anderen als »den berühmten Dichter« vor. Während er den Kopf einzog, starrte Castlebar Aidan kurz und voller Abneigung aus den Augenwinkeln an, was Aidan weitaus direkter erwiderte.

Als Guy zur Bar ging, um Drinks zu kaufen, legte Castlebar in seiner gewohnten Art eine Packung Camel auf den Tisch. Die Packung war exakt vor ihm plaziert, das offene Ende ihm zugewandt, eine Zigarette herausgezogen und dagegengelehnt, damit sie genommen und vor der noch in seinem Mund befindlichen angezündet werden konnte. Auf diese Weise gab es keine unnötigen Pausen. Seine dicken, blassen Augenlider verbargen seine Augen, doch die ganze Zeit über beobachtete er Aidan, als ob dieser ein Feind sei.

Die zwei Männer waren sich physisch ähnlich. Sie waren beide kräftig und sahen gut aus, doch Castlebar war ungefähr zehn Jahre älter. Seine fahle Haut zeigte Falten, sein Haar ergraute und sein voller, weicher Mund hing herab, als ob er von der ewigen Zigarette herabgezogen würde. Seine Lippen waren malvenfarben und hatten das weiche, geschwollene Aussehen der Ausschweifung. Harriet spürte ihre gegenseitige Abneigung und nahm an, daß Castlebar Aidan seine Jugend mißgönnte, während Aidan in Castlebar ein minderwertiges Gegenstück zu sich selbst sah.

Guy, der sich sicher war, daß seine Freunde sich miteinander ebenso amüsierten wie er sich mit ihnen, fing an, einen ganzen Abend für sie alle zu planen: ein paar Drinks hier, dann zu einem Bissen ins Pastroudis, weiter zu Zonar auf einen Kaffee und ein paar Drinks, dann, falls sie noch weiter trinken und reden wollten, könnten sie zurück ins Cecil gehen, wo Aidan residierte. Keiner der Männer unterbrach diesen überschwenglichen Programmvorschlag, aber am Ende sagte Castlebar: »Tut mir leid. Nichts was ich lieber täte, doch ich fahre mit dem frühen Zug.«

»Nimm doch den späteren Zug.«

Castlebar schüttelte den Kopf, blickte für ein paar Augenblicke nach unten und stotterte, als wenn er seine Stimme durch störende Zähne pressen müßte: »Will hier nicht länger rumhängen als unbedingt nötig. Nicht mal aus Liebe zu dir, alter Junge. Meine Griechen befanden sich schon in Panik. Sie hatten gepackt und wollten beim ersten Kanonendonner losziehen. Sie dachten, ich sei verrückt, daß ich jetzt noch hier herauffahre, doch sie hatten noch ein paar Schulden bei mir – das Geld für den Unterricht eines Vierteljahres, um genau zu sein. Dachte, ich sichere mir das mal lieber.«

Voller Inbrunst sagte Harriet: »Gott sei Dank hat wenigstens einer noch etwas Verstand.« Sie schaute Guy an und lachte ironisch. »Castlebar mag vielleicht zuviel trinken und zuviel rauchen, aber er geht keine dummen Risiken ein.« Sie wandte sich Castlebar zu: »Kannst du Guy nicht überreden, mit nach Kairo zu kommen? Er denkt, die Marine wird ihn retten.«

»Die Marine?« Castlebar hob seine Augenlider und starrte Guy erschrocken an. »Wißt ihr nicht, daß die Marine fort ist?«

»Fort?« Harriet war beunruhigt. »Fort, wohin?«

»Das weiß niemand. Zum Roten Meer, könnte ich mir vorstellen. Meine Griechen waren in heller Aufregung deswegen. Sie sagen, die ganze Flotte lichtete heute früh die Anker und verließ die Stadt.«

»Lieber Himmel, das zeigt dir ...« Harriet wandte sich an Guy, aber Guy, Experte im Ausweichen, sprang hoch, und die anderen konnten beobachten, wie er auf einen großen, vornübergebeugten, dickbäuchigen Mann zuging, der gerade die Bar betreten hatte, und wie er viel Aufhebens um ihn machte.

»Wen hat er denn jetzt wieder gefunden?« Castlebar sprach mit nachsichtiger Verzweiflung. »Dein Mann ist verrückt. Hier sitzt er mit Freunden, die an jedem seiner Worte kleben, doch damit ist er nicht zufrieden. Sobald er jemand anderen sieht, stürzt er zu ihm hin.«

»Das ist Lister. Ich traf ihn im Groppi. Er arbeitet in Jerusalem, doch er kommt die ganze Zeit hierher, um sich mit Essen vollzustopfen.«

Aidans Gesicht zog sich wie vor Schmerz zusammen, als er sah, daß Guy Lister an ihren Tisch brachte, und er sagte zu Harriet: »Wo er geht und steht, sammelt er Menschen um sich.«

Hinkend und mit einem Stock gesellte sich Lister lächelnd zu der Gruppe, wobei seine runden blauen Augen einen Ausdruck unschuldiger, fast kindlicher Liebenswürdigkeit ausstrahlten. Doch Harriet wußte, daß er komplizierter war, als er schien. In der Mitte seines fetten, rosig glänzenden Gesichtes befanden sich die Nase eines Cherubs und ein sehr kleiner Mund, der von einem flaumigen Schnurrbart bedeckt war. Er trug ein Paar alte braune Kordsamthosen und ein vergilbtes Hemd – nur seine Mütze und die Krone auf seiner Schulterklappe wiesen darauf hin, daß er kein Zivilist sondern Armeeoffizier war. Als ob ihn die wenigen Schritte von der Bar zum Tisch erschöpft hätten, sank er in einen Stuhl und brachte sein rechtes Bein unter den Tisch in Sicherheit. Als er wieder zu Atem kam, hob er Harriets Hand, streifte sie weich mit seinem Schnurrbart und fragte: »Wie fühlt sich mein hübsches Mädchen?«

»Nicht sehr glücklich. Wir haben gerade gehört, daß die Marine Alex verlassen hat.«

»Guter Gott!« Listers kleiner Mund klappte auf. »Was denn noch alles? Ihr werdet es kaum glauben, aber ich wußte nicht, daß hier große Panik ausgebrochen ist, bis ich selbst hier ankam. In Palästina erzählt uns kein Mensch irgendwas. Ich bin zwar beim Nachrichtendienst, aber seit einer Woche haben wir vom General Headquarters Middle East nicht einmal einen Funkspruch bekommen.«

Harriet sagte: »Es kursiert das Gerücht, daß das GHQ ME Ägypten verlassen hat. Sie waren zu sehr mit ihrer eigenen Evakuierung beschäftigt, um euch einen Funkspruch zu senden.«

»Das ist es wahrscheinlich. Jerusalem ist gerammelt voll von Evakuierten, doch das ist immer so, wenn die Deutschen die Grenze nach Ägypten überschreiten. Um die Wahrheit zu sagen: Ihr seid hier sicherer. Palästina ist eine Sackgasse, und sollten wir nach Syrien gehen, werden wir auf die 6. Armee der Deutschen stoßen, die von Rußland herunterkommt. Wohin geht ihr dann? Ich sage euch, hier seid ihr besser aufgehoben. Ihr könnt immer noch den Nil hinunter.«

Castlebar kicherte. »Sie meinen, den Nil *hinauf.*«

»Ja. Das muß in der Welt das einzige Land sein, wo Süden oben ist.« Listers großer, formloser Körper bebte, als ob er einen gewaltigen Witz gerissen hätte.

Guy streckte seine Hände Lister und Castlebar entgegen

und drang darauf, daß sie ein paar Limericks zum besten gaben. Zusammen hätten sie, sagte er, die beste Sammlung, die er kannte. »Na los, ihr Poeten, fangt an!«

»Oh!« Lister verschluckte sich an seinem eigenen Lachen und wedelte protestierend mit der Hand. »Ich bin zu betrunken. Hab' den ganzen Tag gebechert. Ich kann mich an keine mehr erinnern.« Seine Nase, die immer noch die Nase aus dem Kindesalter war, glühte vom Alkohol, den er schon in sich hatte. »Nahm ein Taxi vom Bahnhof zu Groppi, rief Harriet an – ich hätte dich zu einem feinen Essen eingeladen, mein liebes Mädchen – aß in der Hermitage zu Mittag, ging wegen ein paar Stückchen Sahnetorten zurück zu Groppi und dann dachte ich mir, warum nicht mal schnell beim alten Pringle vorbeischauen? Ich wußte, daß ich dich in der Bar finden würde.«

Aidan betrachtete Lister mit mißbilligendem Widerwillen und schob seinen Stuhl vom Tisch zurück. Als Castlebar dies bemerkte, grinste er Harriet verschmitzt an und sagte zu Lister: »Ich wette, du beabsichtigst, Mary's House heute noch einen Besuch abzustatten?«

»Oh, oh, oh!« Lister schlug seine Augen nieder, als sei er tief beleidigt, doch sein Lachen überfiel ihn erneut. Er konnte sich vor Lachen fast nicht mehr halten, und Tränen rannen ihm die Wangen hinunter. Als er sich wieder erholt hatte, sagte er: »Kennt ihr die Geschichte schon: Als sie sich einmal einen eingefangen hatten, sagten all die Jungs, die ins Krankenhaus gebracht wurden, einer nach dem andern: ›Ich hab' mir meinen in Mary's Haus geholt.‹ Und so ein kleines Herzchen von Krankenschwester sagte zum Doktor: ›Mary muß aber eine sehr große Party gegeben haben.‹«

Die Geschichte war ein alter Hut, aber alle lachten, außer Aidan, dessen Blick noch finsterer wurde. Dann kamen neue Drinks, und Castlebar wurde dazu überredet, ein paar Limericks aufzusagen. Sein Vortrag war eine schwache Mischung aus Nostalgie und Trauer, doch seine Limericks waren so geschliffen und ordinär-geistreich, daß sich Lister vor Lachen bog und bald versuchte, sich mit ihm zu messen. Listers Humor dagegen war ausschließlich ordinär, und sobald sich eine Pause bot, sagte Harriet gelangweilt: »Schatz, meinst du nicht, wir sollten essen?«

»Ja, wenn ich ausgetrunken habe.« Guy hatte noch einige Zentimeter in seinem Glas, doch er machte keine Anstalten auszutrinken. Indem er den Inhalt im Glas umherschwenkte, versuchte er, Zeit zu gewinnen.

Er lud Lister ins Pastroudis ein, doch Lister schüttelte den Kopf, kicherte geheimnisvoll und überließ es ihnen zu erraten, wohin er als nächstes ging. Da sich der Dichterwettstreit offensichtlich seinem Ende näherte, bestand Castlebar darauf, daß auch Guy noch seinen Beitrag leisten müsse. »Mach mal Yakimov nach«, drängte er, und Lister stimmte zu: »Oh, ja, Yakimov muß sein.«

Yakimov, längst tot und zu Staub geworden in trockener, griechischer Erde, führte ein post-mortem-Leben in Guys Repertoire komischer Charaktere. Harriet war zwar hungrig, hatte aber bereits resigniert und lauschte der Vorführung mit Angst, daß sie mißlingen könnte, und mit Stolz, daß sie es nicht tat. Sie war außer Guy die einzige Person, die Yakimov lebend gekannt hatte und somit auch die einzige, die, als sie Guys rundliche, sonnengebräunte Züge Yakimovs slawischen Gesichtsausdruck annehmen sah, über die Nachahmung staunte. Diese Veränderung grenzte für sie ans Übernatürliche. Für die anderen aber war es lediglich eine lustige Sache. Guy imitierte Yakimovs zarte, flötende Stimme, doch die Stimme gelang nicht so exakt wie das Gesicht. »Isch kannte mal eine Lay-dee, die spielte höchst unfair... Cro-o-o-*quet*. Zuerst ließ sie die Kugeln unter ihrem Rock verschwinden und dirigierte sie mit dem Fuß, wohin immer es ihr gefiel...«

Hier begann das Gelächter. Harriet hatte die Geschichte sowohl von Guy als auch von Yakimov selbst schon so oft gehört, daß sie jede einzelne Intonation hätte wiedergeben können. Sie hörte daher nicht mehr zu und beobachtete statt dessen die paar Zentimeter Bier, die immer noch im Glas ihre Runden drehten, während Guy sprach. Wenn er in Eile war, konnte er eine Drosselklappe in seiner Kehle öffnen und eine Halbe in einem Zug hinunterlaufen lassen. Wenn er aber bleiben wollte, schaffte er es wie kein anderer, ewig an einem Bier zu sitzen.

Als sich Lister von seiner Heiterkeit erholt hatte, beugte er sich vor und sagte halb flüsternd: »Hörte heute morgen eine eigenartige Geschichte im Groppi. Sie kennen sicherlich Hooper, der diese reiche Frau heiratete, die ein bißchen malt? Nun, sie nahm ihren Jungen mit in die Wüste, und sie war so in ihr Malen vertieft, daß sie nicht merkte, daß das Kind eine scharfe Handgranate aufgehoben hatte.«

Harriet setzte sich auf und bemerkte, daß sie gerade die Tragödie hören sollte, bei der sie selbst Augenzeuge gewesen war. Wann war das bloß gewesen? Bei all dem, was seither geschehen war, schien es Ewigkeiten her. Sie sagte: »Ich war dabei. Ich sah, wie sie den Jungen hereinbrachten. Wir erkannten alle, daß der Junge tot war, aber die Hoopers konnten es nicht glauben.«

Lister öffnete verblüfft die Augen. »Dann – ist es wahr? Versuchten sie wirklich, den Jungen zu füttern...« Er kreiste mit dem Finger über seine Wange. »... durch ein Loch in seinem Gesicht?«

»Ja.«

»Eine unheimliche Geschichte.«

Castlebar kicherte. »Ägypten ist ein unheimliches Land. Die Toten zu füttern, ist ein alter Brauch, doch man macht es immer noch.«

»Man macht es immer noch, wirklich?« fragte Lister mit ehrfürchtigem Schrecken.

»O ja, sie gehen alle hinauf in die Stadt der Toten, nehmen Speisen mit, um sie mit den Leichen unter dem Fußboden zu teilen. Sie richten sich ein und bleiben so lange, bis der tote Anverwandte sich an die Fremdheit des Lebens nach dem Tode gewöhnt hat. Mir gefällt das.«

Lister gefiel es auch, doch er konnte sein Lachen nicht zurückhalten. Er und Castlebar lachten beide, während Aidan, der vom Füttern des toten Jungen erschüttert war, sie mit Entsetzen betrachtete. Guy stellte sein Bier zurück. Die Gruppe mußte auseinandergehen. Castlebar durfte seinen Zug nicht verpassen. Lister, in Gedanken bei seinem geheimnisvollen Vorhaben, versuchte voller Entschlossenheit, auf die Beine zu kommen. Er konnte seinen rechten Fuß nicht auf die Erde stellen. »Gicht«, erklärte er und küßte Harriet noch einmal die Hand, wozu er sich schwankend bückte. »Besucht mich, wenn ihr nach Jerusalem kommt. Ihr braucht nicht in diesem schauderhaften Flüchtlingslager zu schlafen. Ich werde meinen Einfluß geltend machen und euch ein Zimmer beim YMCA beschaffen. Wir werden jede Menge Spaß haben. Ich bin das Herz und die Seele der YMCA-Schickeria. Ständig habe ich Schwierigkeiten, weil ich immer ein paar Flaschen im Kleiderschrank habe.«

Castlebar und Lister verließen gemeinsam die Bar; Guy begleitete sie bis ins Foyer und verspürte keine Lust, sich von ihnen zu trennen.

Voller Abscheu sagte Aidan zu Harriet: »Was für sonderbare Menschen! Warum verschwendet Guy seine Zeit mit Burschen wie diesen? Und dieses Sich-gegenseitig-Limericks-Erzählen! Eine seltsame Beschäftigung!«

»Die Engländer werden hier wirklich etwas seltsam. Normale Ehepaare, die in Ealing oder Pinner glücklich zusammenleben würden, nehmen hier einen völlig anderen Charakter an. Sie halten sich für Don Juans oder Königinnen aus Tragödien, kriegen Anfälle wilder Leidenschaft und machen Szenen in der Öffentlichkeit...« Als Aidan schon zu einer Frage ansetzen wollte, lachte Harriet. »Nein, Guy und ich nicht. Wir sind nur durch die Umstände getrennt. Wir gelten als vorbildliches Paar.«

»Aber Guy? Mit diesen Leuten, da war er doch nicht er selbst. Er spielte den Narren, oder?«

»Ja, in gewisser Weise. Aber was soll er tun? Er sitzt an diesem Wirtschaftscollege fest und verschwendet dabei sein Talent. Er darf die Organisation nicht verlassen, und Gracey kann oder will ihm keine Stelle geben, die seiner würdig wäre. Andere Männer sind im Krieg, deshalb muß er nehmen, was er bekommt. Er kann nicht anders, als durch sein Verhalten protestieren. Entweder er lamentiert, oder er betrachtet es als einen Witz.« Während sie so sprach, stieg auch in ihr Protest hoch. »Das ist es, was sie ihm angetan haben –

Gracey, Pinkrose und der Rest. Er glaubt, daß Recht und Tugend, wenn man nur daran festhält, sich durchsetzen müssen, und doch weiß er, daß er von Menschen besiegt wurde, für die das ganze Leben ein einziges unehrliches Spiel ist.«

Aidan betrachtete sie mit neuem Interesse. »Er ist nicht glücklich, und ich glaube, Sie sind es auch nicht.«

»Kann man erwarten, in diesen Zeiten glücklich zu sein?«

»Nein. Wir haben kein Recht dazu... nicht einmal das Recht, an Glück überhaupt zu denken.« Aidan seufzte und schaute zur Tür. Harriet begann, neugierig zu werden, fragte sich, was sie von ihm hielte, würde sie ihn besser kennen.

Die drei machten sich auf den Weg ins Restaurant Pastroudis. Alexandria war auf Anordnung des Militärs verdunkelt worden, und die Dunkelheit verstärkte die beunruhigende Leere der Straßen. Ein Beben erschütterte die Luft, und der Boden schien sich unter ihren Füßen zu bewegen. Harriet, unfähig, sich dieses Phänomen zu erklären, blieb stehen und sagte: »Ist das ein Erdbeben?« Sie hatte eines in Bukarest miterlebt, aber dies, erkannte sie, war etwas anderes. Das Beben und Vibrieren wiederholte sich und setzte sich fort, als stampfe ein ferner Dampfhammer die Erde. Ohne auf ihre Bemerkung einzugehen, spazierten die zwei Männer gleichgültig weiter, bis Harriet nochmals fragte: »Was ist das?«

Aidan erklärte es ihr: »Es ist ein Sperrfeuer. Sie bereiten einen Angriff vor.«

»Wer? Die oder wir?«

»Es ist sehr nah. Wahrscheinlich wir.«

Guy sagte es so, als ob die Vibration etwas Alltägliches sei. »Ich tippe auf Fünfundzwanzig-Pfünder, du nicht auch?« Er schaute zu Aidan, der sagte: »Und die neuen Sechs-Pfünder. Ich würde sagen, auch Fünfzehn-Zentimeter Haubitzen.«

Harriet, die überrascht war, daß Guy jemals etwas von Fünfundzwanzig-Pfündern gehört hatte, fragte, wie weit das Sperrfeuer von ihnen entfernt sei.

Guy lachte: »Mindestens vierzig Meilen. Ich glaube nicht, daß Rommel es heute nacht noch schafft.«

Aidan sagte ernst: »Falls sie durchbrechen, könnten sie es noch vor Tagesanbruch schaffen.«

»Aber sie werden nicht durchbrechen. Ich muß sagen, ich würde gern bei einem Truppenbetreuungsprogramm für unsere Jungs dort draußen mitmachen.«

»Wirklich, Darling, du bist verrückt!« warf Harriet ein. Sie wußte nicht, ob Guys Mut von seiner Weigerung herrührte, die Realität anzuerkennen, oder von der Weigerung, vor ihr davonzulaufen. Aber die Idee, Männern, die in einem verzweifelten Verzögerungsgefecht kämpften, ein Unterhaltungsprogramm anzubieten, erschien ihr typisch für seinen momentanen geistigen Prozeß.

Der Mond schob sich zwischen Meer und Himmel und warf einen langen Lichtkegel über das Wasser. Die Promenade wirkte geisterhaft grau im Schimmer des Mondes. Keine Seele, so schien es, war herausgekommen, um die Kühle des Abends zu genießen, doch als sie sich durch die schweren Vorhänge des Pastroudis schoben, fanden sie ein volles Restaurant vor, laut und hell erleuchtet. Die Alexandriner aßen, so lange es noch etwas zu essen gab. Unsicherheit und Angst steigerten das Tempo des Geplauders zum Tumult. Aidan hatte einen Tisch reservieren lassen, aber sie waren so lange im Cecil geblieben, daß der Tisch in der Zwischenzeit besetzt worden war. Sie mußten sich anstellen, und während sie warteten, ertönte der Fliegeralarm. Als das Heulen der Sirenen andauerte, riefen die Leute einander zu, daß es sich um einen falschen Alarm handeln müsse. Die Luftwaffe würde niemals eine Stadt bombardieren, die bald in deutsche Hände fallen würde. Der Alarm fügte dem Lärm noch eine heitere Note hinzu. Niemand nahm ihn ernst, bis der Geschäftsführer schreiend durch den Raum schritt: »Was machen Sie? Sie kennen doch die Vorschriften. Hinunter, alle. M'sieurs, M'dams, in die Küchenräume, ich bitte Sie.«

Seine Beunruhigung steckte die Speisegäste an, und sie begannen, hinunter in die heiße und klebrige, schmierige Atmosphäre des Untergeschosses zu drängen. Das Küchenpersonal und die Kellner überließen den Mittelplatz den Gästen, während sie sich selbst zwischen Herde und Spültische zwängten. Die Lichter wurden gelöscht. Das Heulen hörte schließlich auf, und es gab eine Pause erwartungsvoller

Stille, ehe die Menschen begannen, sich über die unnötigen Vorsichtsmaßnahmen zu beklagen. Sie hatten ihr Essen für nichts und wieder nichts stehenlassen. Es war, wie sie gesagt hatten, falscher Alarm. Ein Mann rief sie alle auf, zurück zu ihren Speisen zu gehen, aber bevor die Unruhe und das Schimpfen in die Tat umgesetzt werden konnte, fiel eine Bombe. Zwar fiel die Bombe in sicherer Entfernung, aber es war dennoch eine Bombe. Die Stille war nun die Stille der Angst, und dann ging ein Stöhnen durch die Küche.

Guy sagte: »Das war der Hafen. Sie bombardieren die französischen Kriegsschiffe.«

Das erklärte den Angriff. Und wen interessierte es schon, was mit den französischen Schiffen geschah, die seit dem Zusammenbruch Frankreichs manövrierunfähig dort lagen. Dann fiel eine zweite Bombe, viel näher, so nah sogar, daß die Töpfe und Pfannen klapperten und Schreie ertönten. Die Menschen begannen, sich zu den Stufen vorzukämpfen, als ob sie hofften, einen sichereren Ort zu finden. Guy legte seine Arme um Harriet, und sie schmiegte sich an ihn, weniger die Bomben als die Angst um sie herum fürchtend.

Eine dritte Bombe fiel, weiter weg, eine vierte, schon so entfernt, daß sie kaum noch gehört werden konnte, und sofort erstab die Panik. Die feindlichen Bombenflugzeuge waren über sie weggeflogen. Man gab sich entspannt und heiter, sagte sich gegenseitig, daß man nun zurückgehen und in Ruhe essen könne. Aber der Geschäftsführer stand auf der Treppe und ließ keinen vorbei. Sie mußten auf die Entwarnung warten, ehe die Lichter wieder eingeschaltet wurden und sie zu ihrem ruinierten Essen zurückkehren konnten.

Harriet wurde am nächsten Morgen in ihrem Büro erwartet und mußte deshalb den letzten Zug nehmen. Beim Verlassen des Restaurants wurde Guy von einem Mann abgefangen, der als Fürsprecher für einen untersetzten jungen Burschen auftrat, der sich hinter ihm hielt. Der Sohn mußte eine Prüfung in Buchführung ablegen, und der Vater setzte sich für ihn ein. »Meiner Meinung nach, Mr. Professor, Sir, hat er für dieses Fach ein besonderes Verständnis.« Das Fach gehörte nicht zu Guys Lehrplan, dennoch hörte er geduldig zu und gab Ratschläge, so gut er konnte. Die Unterhaltung endete mit einer Einladung zu Kuchen und Likör. Wann konnte der Professor kommen? Jeder Tag in dieser Woche oder in der nächsten oder in der darauffolgenden wäre angenehm. Die ganze Zukunft lag vor ihm, deshalb gab es keine Ausrede, keine Chance zu entkommen. Harriet machte sich davon, bevor die Einladung auch noch auf sie ausgedehnt werden konnte.

Noch in der Eingangshalle hörte sie den Mann rufen: »Also, dann kommen Sie am Donnerstag in einer Woche, Professor, Sir?«

»Falls Rommel nicht vorher da ist.«

»Sehr lustig, Professor, Sir. Sie machen einen Witz, Sie machen einen Witz?«

Als sie durch die schwarzen Vorhänge ins Freie gelangten, fanden sie die Stadt vom Mondschein beleuchtet vor. Harriet wurde an eine andere Vollmondnacht erinnert, der Nacht von Hugo Boulderstones Geburtstag. Genau wie heute nacht, hatten sie das verdunkelte Restaurant verlassen und waren in ein überraschendes Licht hinausgetreten, das die Gebäude in silberne und schwarze Formen unterteilte. Harriet dachte an Hugos im Mondlicht bleiches Gesicht und an die Stimme, die ihr sagte, daß sie ihn nie mehr wiedersehen würden.

Guy, der den Kopf jetzt voll hatte mit Inszenierungen und Theaterstücken und all den Theatergesprächen beim Abendessen, blieb stehen, um zu deklamieren: »In solcher Nacht wie dieser...« Er machte eine Pause, wandte sich erwartungsvoll an Aidan Pratt, der die Verse aufgriff und dabei mit einer Stimme sprach, so geladen mit Gefühl und melodischer Resonanz, daß die beiden Zuhörer staunten:

In solcher Nacht
Erstieg wohl Troilus die Mauern Trojas
Und seufzte seine Seele zu den Zelten
Der Griechen hin, wo seine Cressida
Die Nacht im Schlummer lag.

Am Ende von Jessicas Rede verbeugte er sich vor Guy, um ihn zum Weitermachen aufzufordern.

Mit seiner vollen, angenehmen Stimme sagte Guy: »In solcher Nacht stand Dido, eine Weid' in ihrer Hand…«, unterbrach sich dann, um hinzuzufügen: »Und an diesem Strand.«

»Etwas weiter westlich«, fügte Aidan ernsthaft hinzu, wobei Harriet sich umdrehte, um ihr Lachen zu verbergen.

Auf dem Weg zum Bahnhof überredete Guy Aidan, andere Reden aus anderen Stücken zu rezitieren, trug selbst noch einige bei, und während sie so Zitat an Zitat reihten, war der Gedanke an eine Invasion bald in der poetischen Vergangenheit untergegangen. Sie ließen das Meer hinter sich und kamen in das Elendsviertel in der Nähe des Bahnhofs, wo vielleicht eine ganze Familie nur die Ecke eines Zimmers zur Verfügung hatte. Eine der letzten Bomben war hier gefallen. Drei Häuser waren bis aufs Untergeschoß zusammengestürzt, in dem Menschen Schutz gesucht hatten. Ein paar hatten überlebt, waren aber eingeschlossen. Sie schrien durch Risse im Mauerwerk, baten darum, befreit zu werden.

Nachbarn, meist arme Balani, standen auf der Straße vor der Ruine herum und grinsten verlegen, da die Bitten vergeblich waren. Niemandem war es möglich, den riesigen Berg Schutt fortzuschaffen, der sich auf den Schreienden aufgehäuft hatte.

Als Guy, Harriet und Aidan hinzukamen, meinten sie, sie müßten selbst handeln oder etwas in die Wege leiten, doch bemerkten sie bald, daß sie ebenso hilflos waren wie die anderen. Dann sah Guy einen Polizisten am Rand der Menge stehen und fragte ihn, was für die Eingeschlossenen getan würde. Wann würden sie befreit? Der Mann hörte eine englische Stimme, nahm sofort eine Attitüde der Wichtigkeit an, und sagte: »Bokra.« Guy glaubte nicht, daß dies ausreichen würde. Etwas müßte hier und jetzt getan werden. Der Polizist erklärte, daß die Verwaltung keine Rettungsmannschaften und keine Maschinen habe, um das schwere Material beiseitezuräumen. Sie verließen sich für gewöhnlich auf den guten Willen des britischen Militärs, doch nun seien diese fort.

Die Menschen im Untergeschoß würden warten müssen. Bei einem früheren Angriff seien Überlebende in einer ähnlichen Situtation eingeschlossen gewesen und hätten eine Woche später immer noch laut geschrien.

»Und was geschah dann?« fragte Harriet, worauf ihr aber niemand eine Antwort gab.

Die Überlebenden, die das Gesagte mit angehört hatten, stimmten ein noch wilderes Gejammer an, woraufhin der Polizist auf die Trümmer zuging und zu den Eingeschlossenen hineinschrie, sie sollten sich gedulden. Sehr bald, vielleicht schon heute nacht, würde die gesamte deutsche Armee hier sein, um sie freizuschaufeln. Daraufhin fingen die Eingeschlossenen an, die Briten dafür zu verfluchen, daß sie das Haus über ihren Köpfen zum Einsturz gebracht hatten.

Guy sagte zu Aidan: »Wenn wir mit diesen Leuten eine Kette bilden würden, könnten sie das Gelände räumen, indem sie das Zeug von Hand zu Hand reichen.« Als der Polizist zurückkehrte, wiederholte Guy den Plan auf arabisch, worauf den Zuschauern dämmerte, was er vorhatte, und sie in alle Richtungen davonwanderten.

Bald war niemand mehr übrig, um eine Kette zu bilden, und der Polizist entschuldigte sich und verzog sein Gesicht zu einer Grimasse des Bedauerns. »Dies sehr arme Männer, Effendi. Diese Männer nicht stark.« Guy mußte zustimmen. Von Hunger und Bilharziose geschwächt, konnten sie sich keinen großen Anstrengungen aussetzen. Um ihn zu beruhigen, sagte der Polizist: »Bokra Polizei kommt. Bokra alle sehr nett.«

Harriet erwiderte: »Bokra fil mish-mish«, worauf der Polizist lachen mußte.

Guy wandte sich an Aidan: »Was jetzt?«

»Nichts. Leider.«

Da dies so war, mußten sie weiterziehen, während die Schreie der verlassenen Eingeschlossenen hinter ihnen schwächer wurden.

Harriets Zug fuhr gleich ab, und sie hatte keine Zeit mehr, mit Guy zu debattieren, doch sie lehnte sich aus dem Fenster des Abteils und drückte ihn: »Darling, wann wirst du nach Kairo kommen? Morgen?«

»Nein, nicht morgen. Ich werde am Wochenende kommen.«

Aidan lächelte voller Befriedigung, denn endlich hatte er Guy für sich. Der Zug setzte sich in Bewegung. Noch bevor er Fahrt aufgenommen hatte, hörte sie, wie Aidan anfing, über seinen Freund in Damaskus zu erzählen, der hinausgegangen war, um nachzuschauen, was vor sich ging, und mit einer Kugel im Kopf starb.

5

Der Jagdverband formierte sich nicht so schnell, wie erwartet. Die Infanterie war zwar da, doch die Geschütze und die Artilleristen waren noch nicht eingetroffen. Hardy erwartete außerdem einen weiteren Leutnant. Simon, der im Moment die Verantwortung für beide Züge trug, erzählte Ridley, daß er von einer beunruhigenden Nachschublage bei der Artillerie gehört hatte. Ridley stimmte dem düster zu. »Es wäre möglich, daß wir noch bis Weihnachten hier herumhängen.«

Simon überwachte das Ausheben der Schützengräben und er beneidete die Männer wegen dieser Beschäftigung. Doch das Ausheben ging leicht, und die Arbeit war schnell getan. Danach stellte sich überall Langeweile ein. Gelegentlich wurden sie von einer vorbeifliegenden Messerschmidt unter Beschuß genommen, doch sie lagen zu weit hinten, um ernsthaft die Aufmerksamkeit des Feindes zu erregen. Es gab keine Ablenkungen und außer der alltäglichen Lagerroutine nichts zu tun. Die Tagesereignisse beschränkten sich auf die Besuche der mobilen Kantine und des NAAFI-LKWs, der Zigaretten und Bier verkaufte.

Früh am Morgen kickte man mit einem Ball herum – man glaubte nämlich, daß der Feind nie Männer beim Spiel angriff –, aber sobald die Hitze zunahm, verlor man die Lust an

Aktivitäten, und die Spieler gaben auf. Nach dem Mittagessen errichteten dann die älteren Soldaten aus einer Zeltplane oder einer Decke eine Art Biwak, und bald taten es ihnen auch die Neuankömmlinge gleich. Den Nachmittag über schliefen alle. Simon, der früher Schlaf als eine zeitraubende Notwendigkeit betrachtet hatte, fand nun heraus, daß Schlaf auch eine Wohltat sein konnte. Wann immer er nichts Besseres zu tun hatte, schlüpfte er in seinen Schlafsack, der ebenso gegen Hitze wie gegen Kälte schützte, verbarg das Gesicht vor dem Licht und versank in Schlaf. Schlaf verzehrte die Langeweile. Schlaf verzehrte die Zeit. Hier, dachte er, waren sie alle wie die Bettler in Kairo, die sich mittags dankbar dem Vergessen hingaben.

Aber da gab es Feinde, die einem den Schlaf rauben konnten. Die Fliegen waren am schlimmsten. Die Neuankömmlinge gewöhnten sich mit der Zeit an die Stiche der Moskitos und Sandfliegen, aber nichts konnte die quälenden Fliegen abwehren, die umhersurrten und gegen das Gesicht prallten und ihre Beine über die schweißbedeckte Haut schleppten. Simon erzählte Ridley von der schwarzen Decke brütender Fliegen, die er an der Küste des Roten Meeres gesehen hatte, und Ridley beschrieb die Fliegenfallen, die die Männer aus Draht bauten. »Bei Marsa«, sagte er, »fingen wir die Scheißviecher millionenfach.« Wenn die Fallen voll waren, gab es immer eine Massenverbrennung, doch die toten Fliegen lockten wieder neue an, und der Gestank des Scheiterhaufens hielt sich tagelang im Lager. Aus diesem Grund waren Fliegenverbrennungen jetzt verboten.

Nach dem Schlaf kam der Abend, und die Männer sehnten den Abend herbei, wie ein Verdurstender das Wasser. Wenn die Sonne den Horizont berührte, ließ der Druck der Hitze nach, und die Fliegen verschwanden.

Am Ende des ersten Tages auf dem neuen Lagerplatz holte Hardys Fahrer Klapptisch und -stuhl aus dem HQ-Lastwagen. Hardy nahm sein Radio und setzte sich, um die Nachrichten zu hören. Als Simon in Hörweite kam, sagte Hardy: »Sie können sich einen Stuhl aus dem LKW holen, Boulderstone«, woraufhin Simon jeden Abend Hardy neben dem

Rundfunkgerät Gesellschaft leistete. Vom Klang des Radios angezogen, versammelten sich nach einer Weile auch die Männer in angemessener Entfernung, wobei sie anfangs eine respektvolle Haltung bewahrten, aber später, als die Darbietung zur Gewohnheit wurde, sich in Gruppen zusammensetzten, rauchten und sogar gelegentlich eine Bemerkugn fallenließen, die Hardy jedoch ignorierte. Manchmal seufzte er auf oder gab, wenn ihn eine Nachricht aufregte, ein bitteres, hustendes Lachen von sich, doch er sagte nichts zu Simon, der sich am Tisch isoliert fühlte und es vorgezogen hätte, bei den Männern zu sitzen.

Zum Jagdverband stieß ein Artillerieoffizier namens Martin, und ein dritter Stuhl wurde bei Sonnenuntergang hingestellt. Martin war ein rotblonder Schotte mit entzündeter Haut und einem borstigen roten Schnurrbart. Da er Hauptmann war, konnte ihn Hardy nicht vollkommen ignorieren, doch keiner der beiden Männer hatte viel zu sagen. An seinem zweiten Abend brachte Martin eine Flasche Whisky an den Tisch und schickte den Fahrer nach Gläsern. Als er für sich und Hardy ein Glas einschenkte, machte er eine widerwillige Bewegung in Simons Richtung, doch Simon sagte, daß er nur Bier trank. Dies war Martins erste und letzte Geste Simon gegenüber, der von da an von beiden Offizieren ignoriert wurde. Er gehörte dazu – und doch wieder nicht. Deshalb fragte sich Simon, ob es in der ganzen Armee eine Kreatur gab, die unglücklicher war als ein subalterner Offizier, der zu seinen Vorgesetzten keinen Kontakt hatte und dem andererseits nicht erlaubt war, mit seinen Männern zu verkehren.

Als er sich mit Ridley über die nicht eintreffenden Geschütze unterhielt, sagte er: »Wir hätten die ganze Zeit in Kairo die Puppen tanzen lassen können. Warum hatten die es so eilig, uns hierherzubekommen?«

Sich des Ausmaßes seiner eigenen Erkenntnis bewußt, sagte Ridley ganz stolz: »Weil wir eben hier sein müssen. Das ist der einzige Grund.«

»Selbst wenn wir gar nichts tun?«

»Ein Haufen Jungs hier draußen tut überhaupt nichts, aber

sie müssen da sein. Was würde denn passieren, wenn sie nicht da wären?«

Simon lachte. »Ich verstehe, was Sie meinen.«

»Das sagt einem die Erfahrung, Sir.«

»Ganz schön langweilige Erfahrung, Sarge.« Simons anfängliche Unruhe hatte allmählich nachgelassen. So wenig war geschehen, daß er anfing zu glauben, es würde nie mehr etwas geschehen, und er schrieb nach Hause, wie seltsam es doch war, wie ein Nomade hier in der Wüste zu leben, ohne etwas zu tun zu haben. Seiner Meinung nach, waren sie schlimmer dran als die arabischen Nomaden, die manchmal am Lager vorbeizogen. Die Araber hatten Zelte, und Zelte waren in gewisser Hinsicht ein Zuhause, aber die Männer der Armee schliefen unter freiem Himmel. In einigen Nächten war Simons nicht nur wegen der fehlenden Deckung beunruhigt sondern auch wegen der aufdringlichen Pracht der ägyptischen Nacht. Die Sterne waren zu zahlreich und zu hell. Sie waren wie Augen: Wenn er aus dem Schlaf gerissen wurde und sie auf ihn herabblickten, brachte ihn das augenblicklich aus der Ruhe, weil er sich jedesmal vorstellte, sie fragten ihn, was er hier mache. Und dann war da auch noch die überwältigende Leere der Wüste selbst. Die LKWs im Lager bildeten zwar eine Begrenzung, doch da es nur vier waren, konnten sie keinen wirklichen Schutzwall schaffen. Zwischen ihnen konnte man dunkle Flächen sehen, die sich ewig hinstreckten. Und was konnte nicht alles aus der Ferne herankommen, während sie schliefen? Manche Männer empfanden die Leere um sich als so bedrohlich, daß sie unter den LKWs Zuflucht suchten. Dies zu tun, war sehr töricht, erklärte ihnen Ridley. Es gab nämlich sogar im Sommer enorme Regenstürme, bei denen es schon vorgekommen war, daß LKWs in den nassen Sand gesunken waren und die Männer im Schlaf zerquetscht hatten.

Doch trotz ihrer Ängste kam der Tagesanbruch für sie zu früh. Die Wachen der letzten, bitterkalten Stunden der Nacht hatten die Aufgabe, das Lager zu wecken. Das »Aufstehen! Aufstehen!« klang für die Männer, die aus dem Schlaf gerissen wurden, wie blanke Herzlosigkeit. Wenn sie sich so im eiskalten Morgengrauen hochrappelten, konnten sie keinen Sinn in ihrem Leben erkennen.

Die erste Wärme des Sonnenlichts weckte ihre Lebensgeister. Eine Zeitlang hatte der Sand die Farbe eines hell gebakkenen Kekses, Steine warfen Schatten, lang wie Schwertklingen, und die ganze Wüste vermittelte die heitere und beschwingte Stimmung eines endlosen Meeresstrandes. Simon dachte: »Wenn die Sonne nur stehenbliebe...« Doch die Sonne schob sich höher, Zentimeter für Zentimeter, bis die Hitze zu einer Beleidigung des menschlichen Körpers wurde. In diesen Tagen betrug die Wasserration eine Gallone pro Mann, und dies mußte reichen zum Waschen, Rasieren, Wäschewaschen, Kochen und Trinken. Simon war manchmal versucht, die ganze Ration zu trinken und dafür ungewaschen zu bleiben.

Als ob er über die Sache lange nachgedacht hätte, forderte Hardy Simon auf, sich einen Putzer auszusuchen. »Haben Sie irgendwelche speziellen Wünsche, Boulderstone?«

»Ich möchte gerne Arnold haben, Sir.«

»Arnold?« Die Wahl schien Hardy zu überraschen. »Glauben Sie, der ist geeignet?«

»Ich habe bisher festgestellt, daß er sehr fähig ist, Sir.«

»Wirklich? Ich weiß nicht viel über ihn, aber Ridley hält ihn für einen Waschlappen.«

Simon sagte: »Er ist in Ordnung, Sir«, und Arnold wurde ihm genehmigt. Er verstand Ridleys Bedenken hinsichtlich Arnold, aber er verstand auch Arnold. Was er über ihn wußte, hatte er durch direktes Fragen herausbekommen. Arnold war niemand, der sich einem ungebeten offenbarte. Simon hatte ihn mehrere Male angetroffen, wie er irgendeine Wüstenkreatur beobachtete – eine Spinne oder eine Echse oder einen Käfer, der Dung vor sich herrollte –, und er erkannte, daß sein Interesse über reine Neugierde hinausging. Beim letzten Mal fragte ihn Simon: »Was waren Sie vor dem Militär, Arnold?«

»Student, Sir.«

Simon mußte noch drei weitere Fragen stellen, ehe er herausbekam, daß Arnold in Durham Naturgeschichte studiert hatte. Er hatte sein Examen eine Woche vor Ausbruch des Krieges abgelegt. Er beobachtete nicht nur die Wüstenkreaturen, er war auch gezwungen, die Spielchen mitanzusehen, die die Männer mit ihnen trieben. So fingen sie beispielsweise zwei Spinnen – keine Taranteln, mit denen man sehr vorsichtig umgehen mußte, sondern die großen, weißen Spinnen, die zwar schrecklich aussahen, aber harmlos waren – und stachelten die Kreaturen an, aufeinander loszugehen. Oder – ein noch beliebteres und spektakuläreres Spiel – sie gossen Benzin in einem Ring um einen Skorpion herum und zündeten es an, so daß das Tier von Feuer umringt war. Sie beobachteten dann immer fröhlich den Versuch des Skorpions auszubrechen, bis sich am Ende, da er die Hitze nicht mehr aushalten konnte, sein Stachel langsam gegen den eigenen Körper richtete und den Panzer auf seinem Rücken durchdrang. Während die anderen Männer vor Freude jauchzten, beobachtete Arnold dieses Spektakel, als teile er den Todeskampf der Kreatur.

Simon betrachtete es als ein scheußliches Freizeitvergnügen, doch er erkannte das Bedürfnis der Männer nach etwas Ablenkung in dieser gottverlassenen Wüste. Arnold, der hilflos mit den Füßen scharrte oder seine Hände rang, hatte nur ein Gefühl für die Tierwelt. Normalerweise blieb er ruhig, nur einmal platzte er los, »Warum macht ihr das? Warum macht ihr das?«

Die Männer lachten ihn aus und sagten: »Sieh doch, was er mit uns machen würde, wenn er die Möglichkeit hätte!«

»Und warum auch nicht? Wir gehören nicht hierher. Das ist sein Lebensraum – ich meine, sein Zuhause. Wir haben hier kein Recht. Er muß sich gegen uns verteidigen. Warum könnt ihr die armen Dinger nicht in Ruhe lassen?«

Arnold wurde zum Gespött. Die Männer sagten: »Armer, alter Arn, er hat den Wüstenschlag.« Aber die Offiziere waren weniger tolerant. Sein Ausbruch war zum Gesprächsstoff geworden, und Martin sagte zu Simon: »Ich verstehe nicht, warum Sie diese Null als Putzer wollen. Man kann diesen stillen Typen nicht trauen, und der hier ist nichts als ein altes Weib.«

Ridley galt als der informierteste Mann im Lager. Er war Fernmelder, weshalb es ihm möglich war, Informationen aufzuschnappen. Bei der Arbeit im HQ-LKW klatschte er mit anderen Fernmeldern, erfuhr dabei alle Gerüchte, Skandale und Witze von der Front, mit denen er dann den Jagdverband versorgte. Wenn er nicht arbeitete, unterhielt er sich mit den Fahrern der Versorgungs-LKWs, die das Lager anfuhren, und wenn sie nichts zu erzählen hatten, hatte er gewöhnlich ihnen etwas zu erzählen.

Simon war aus irgendeinem Grund ein Günstling Ridleys, der immer zu ihm als erstem ging, wenn es Nachrichten gab, die es wert waren, verbreitet zu werden. Ridley war bereit, Simon zu helfen, weil Simon Rat und Hilfe dankbar und bescheiden akzeptierte. Ridley war fähig, Geräusche aus den vorderen Linien zu unterscheiden, und konnte Simon sagen, was das Geräusch eines Feldgeschützes war und welches ein mittleres Kaliber oder Flakfeuer. Er warnte Simon vor Minenfeldern und nicht vermessenen Gebieten, wo ein Benzinkanister oder eine alte Bohnendose eine Minenfalle sein konnte, die dazu bestimmt waren, einem den Kopf abzureißen.

Simon war von diesen Informationen beunruhigt, und weil er den Grund dafür nicht verstand, brütete er darüber nach, bis er sich plötzlich, wie bei einem wiederkehrenden Traum, an den toten Jungen im Fayûm-Haus erinnerte. Alle Ereignisse jenes Tages lagen für ihn inzwischen weit zurück, und die Menschen, die er dort kennengelernt hatte, erschienen ihm jetzt wie Wesen aus einer unwirklichen Welt. Er wußte jetzt, daß die wirkliche Welt die Welt des Krieges war, wo seine Kameraden Qualitäten und Funktionen hatten, die sie vom Rest der Menschheit unterschieden. Nur Edwina hatte einen konkreten Platz in seiner Welt, weil sie Hugos Mädchen war und Hugo ständig in seinem Bewußtsein war. Als er eines Tages meinte, er würde Ridley jetzt gut genug kennen, fragte er ihn: »Könnten Sie den Aufenthaltsort von Captain Hugo Boulderstone herausbekommen?«

»Darf ich respektvoll fragen, Sir: ein Verwandter von Ihnen?«

»Mein Bruder.«

»Ah!« Achtung vor dieser nahen Verwandtschaft machte Ridleys langes Gesicht noch länger. »Dürfte nicht schwierig sein. Nicht gerade ein *gängiger* Name.«

Kurze Zeit später fand Ridley heraus, daß ein Captain Hugo Boulderstone der 6. Neuseeländischen Brigade in Bab el Qattara zugeteilt war. Voller Ungeduld fragte Simon: »Wie sind die Chancen, ein Fahrzeug da hinunter zu kriegen?«

»Schwer zu sagen, Sir. Das müßten Sie beim Major zur Sprache bringen.«

Simon brachte es am gleichen Abend zur Sprache und begann: »Glauben Sie, Sir, daß ich jemanden finden könnte, der mich hinunter nach Bab el Qattara mitnimmt? Ich möchte...«

»Seien Sie kein Narr, Boulderstone«, unterbrach ihn Hardy. »Sie können nirgendwohin mitgenommen werden. Sie befinden sich hier nicht auf einer Rundreise.«

Am nächsten Tag hatte Ridley die Nachricht, daß die Bab el Qattara Garnison evakuiert worden sei und die deutschen Streitkräfte einmarschiert seien.

»Das klingt nicht übermäßig gut, nicht wahr?«

»Man weiß es nicht. Einige glauben, daß der Auk irgend etwas im Schilde führt.«

Zwei Feldgeschütze und zwei Panzerabwehrgeschütze samt Kanonieren schlossen sich dem Jagdverband an, der mit Ausnahme des Leutnants, der den zweiten Zug übernehmen sollte, jetzt komplett war. Er traf am nächsten Tag ein, als Simon gerade Arnold half, dessen Aufgabe es war, die Essensrationen vom Zugstützpunkt abzuholen. Simon und Arnold luden die Wasserkanister ihres Abschnitts und die Vorratssäcke auf, als ein paar Meter vor dem LKW ein Stabswagen hielt. Simon hatte sein durchgeschwitztes Hemd abgeworfen, seine kurzen Hosen mußten gewaschen werden, und seine Wüstenstiefel waren mit Sand überzogen. Auch Arnold sah nicht besser aus als er. Der Leutnant, gerade aus der Disziplin des Basislagers entlassen, musterte die beiden mit offenem Widerwillen. Er trug seine beste Gabardinuniform, Handschuhe und Stock, und hatte sich offensichtlich zurechtgemacht, um sich den Offizieren des Jagdverbandes vorzustellen. Er kehrte seinen Dienstgrad hervor und rief: »Hört mal, ihr Buschen, ist Major Hardy hier irgendwo?«

Simon erkannte zuerst die Stimme, und dann den Mann und sagte: »Lieber Gott, das ist ja Trench«, und hätte ihn umarmt, wenn der neu Angekommene nicht vor Empörung einen Schritt zurückgegangen wäre.

»Wer, zum Teufel, sind Sie?«

»Erkennst du mich nicht? Ich bin Simon Boulderstone. Wo warst du? Wir haben auf dich gewartet.«

Trench' blondes Haar war unter der ägyptischen Sonne weiß geworden. Mit seinen schönen, regelmäßigen Gesichtszügen und seinem Militärschnurrbart hätte er Porträt sitzen können als idealer junger Offizier, wenngleich ihm in diesem Moment die Ruhe ausströmende Selbstsicherheit für diese Rolle fehlte. Statt dessen musterte er, etwas aus der Fassung gebracht, Simon, um sich zu vergewissern, ob dieser nicht seinen Offiziersrang verloren hatte, und berichtete dann etwas stockend und verlegen lächelnd über seine Erlebnisse seit dem Verlassen des Schiffes in Suez. Er und Codley waren ins Infanterie Basisdepot gebracht worden, um auf eine Abkommandierung zu warten. Er warf Simon einen vorwurfsvollen Blick zu und brummte: »Wie kommt es, daß du etwas tust, was nicht zu deinen Aufgaben gehört?«

»Was meinst du?«

»Du belädst einen LKW.«

Simon lachte. In diesem Moment wurde ihm klar, daß Trench ein Esel war. Sein Freund, den er vor allen anderen Männern bewundert hatte, war einer jener Esel, die glaubten, daß ein vertrautes Verhältnis zur Mannschaft ›schlecht für die Disziplin‹ sei. Er war einer der peinlich auf äußere Disziplin bedachten Offiziere, einer von der Sorte, die Simon verachtete.

»Erstens muß die Versorgung klappen«, sagte Simon. »Und zweitens bist du nach einiger Zeit hier draußen froh, wenn du etwas zu tun hast, was die Langeweile unterbricht.« Er wandte sich zu Arnold und blinzelte ihm zu. »O.k., Arnold, machen Sie weiter. Vergessen Sie die Orangen und den Käse nicht. Versuchen Sie, dieses Mal etwas frisches Fleisch zu ergattern. Wenn sie Ihnen wieder Sardinen anbieten, sagen Sie ihnen, wo sie sich die Sardinen hinstecken können.«

Arnold salutierte mit ungewohnter Zackigkeit. »Jawohl. Wir könnten noch einige Cruft's Specials gebrauchen, Sir.«

»Davon werden Sie eine Menge kriegen.«

»Und wir sind auch mit Marmelade an der Reihe, Sir.«

»Ausgezeichnet!«

Arnolds Benehmen war respektvoll, und Simon ging freundlich darauf ein, schickte ihn los und hatte dabei offensichtlich vollkommen vergessen, daß Trench darauf wartete, zu Major Hardy geführt zu werden. Der LKW fuhr los. Als Simon sich von ihm abwandte, sah er voller Überraschung Trench dastehen. »Du bist noch da? Na, dann komm mit, ich bring' dich zum HQ-LKW.«

Still gingen sie nebeneinander her; beide wußten, daß die alte Intimität verloren war. Einige Zeit verging, ehe sie noch einmal darüber nachdachten oder verstanden, wie oder warum sie je existiert hatte.

Da der Jagdverband jetzt komplett war, wurde befohlen, alles für den Aufbruch vorzubereiten. Hardy führte einen Waffenappell durch. Als er mit Martin die Reihen abschritt, fragte Ridley in dem unterwürfigen Jammerton, den er bei Vorgesetzten an den Tag legte: »Glauben Sie, es wird zum Kampf kommen, Sir?«

»Könnte sein. Könnte sein.«

»Wäre mal 'ne nette Abwechslung, Sir.«

Hardy verriet nichts, doch Simon spürte seine Befürchtungen wiederaufleben. In der Langeweile der Wartezeit hatte er sich auf einen Einsatz gefreut. Jetzt, wo ein Einsatz drohte, dachte er sehnsüchtig an die Langeweile. Er tat sein Bestes, um ruhig zu erscheinen, und fragte Ridley: »Wie ist es so, wenn man unter Beschuß gerät?«

»Wenn's soweit ist, kriegt man kaum was mit. Das Nachdenken darüber, das ist das Schlimmste.«

»Sie meinen, das Blut gerät in Wallung?«

»Genau. Hätte es selbst nicht besser ausdrücken können. Hier hinten glaubt man noch, man haßt den Deutschen nicht.

Aber wenn's dann losgeht, ist es anders. Vielleicht kriegt man mit, wie ein Kumpel ins Gras beißt – ein netter Bursche, der einem vielleicht mal einen Gefallen getan hat. Und man denkt: ›Aber jetzt, ihr Schweine, werdet ihr mir dafür büßen!‹ Und dann stürzt man voller Wut auf sie los. Man fängt an, sie wie die Pest zu hassen. Und so muß es auch sein, verstehen Sie, sonst wären wir ja nutzlos, wenn wir es nicht täten.«

Der Gedanke, mit Haß erfüllt zu sein wie mit einer Droge, trug nicht dazu bei, Simon zu beruhigen. Haß konnte einen vielleicht zum Draufgänger machen, doch Draufgängertum war nicht gleichbedeutend mit Sicherheit. In der Nacht vor der morgendlichen Abfahrt wachte er einige Male auf. Er hörte die anderen Männer murmeln und sich regen, und er wußte, daß sie genauso nervös waren wie er.

Am nächsten Morgen wäre eine Verzögerung willkommen gewesen, doch dieses Mal brachen sie auf sowie der erste kirschrote Streifen Licht zwischen der schwarzen Erde und dem schwarzen Himmel erschien. Simon hatte kein Bedürfnis zu reden. Er saß neben Arnold im vordersten LKW, und dieser LKW an der Spitze war es, der dranglauben mußte, falls sie auf ein nicht vermessenes Minenfeld fuhren. Als der Streifen breiter wurde, war die Wüste in Rot getaucht. Simon war für diese Fahrt, die sie über Sandebenen führte, auf denen man sich ebensoschwer orientieren konnte wie mitten auf dem Meer, mit einem Kompaß ausgerüstet worden. Die Sonne stieg, und die Stunden vergingen. Früh genug befanden sie sich in dem staubigen, grellen Schein der Mittagssonne, der unangenehmsten Tageszeit, in der sich Luftspiegelungen wie Wasser über die Fahrspur erstreckten. Ein Hügel tauchte in der Ferne auf, nicht hoch, aber einzigartig in diesem Teil der Wüste.

Simon raffte sich auf und fragte, was dies sei. Arnold sagte: »Es ist ein Buckel, Sir.«

Als sie näher heranfuhren, konnten sie sich den Buckel genauer betrachten: eine lange, schmale Felsnase mit zerfurchten Flanken, als ob unzählige Bäche seit Jahrhunderten an ihnen hinuntergeflossen seien. Simon war angewiesen worden, südlich des Buckels vorbeizufahren, deshalb bildete er sich ein, daß die Fahrt bald zu Ende sei. Als sie auf Höhe der Felsen anlangten, kam ein Wind auf und hob den Sand am Fuß des Hügels wie den Rand eines Teppichs hoch.

»Uns steht jetzt ein kleines Stürmchen bevor, Sir«, sagte Arnold. »Wir sollten vielleicht halten lassen?«

Simon war sich nicht sicher, aber als sie um das östliche Ende des Buckels herumfuhren, hatte sich der Sand wie Nebel in der Luft verdickt, und Arnold riet ihm: »Wenn wir jetzt Teepause machen, Sir, könnte alles vorüber sein, bis wir fertig sind.« Er hißte die Flagge, und der Jagdverband hielt an. Simon eilte zu Hardy zurück, um sich mit ihm zu beraten, und war dankbar zu erfahren, daß sie richtig entschieden hatten.

Sie tranken ihren Tee, alle auf einem Haufen und mit dem Rücken zum Wind und warteten auf das Nachlassen des Sturms. Als er statt dessen schlimmer wurde, sagte Ridley mißmutig: »Kann noch Tage so weitergehen.«

Die Männer atmeten Sand, aßen Sand, wurden geblendet und betäubt von Sand, weshalb sie sich zum Schutz neben den LKWs niederkauerten und Sand aus ihren Nasen und Ohren entfernten. Ridley wurde noch pessimistischer. »Kann auch *wochenlang* so weitergehen.« Doch bei Sonnenuntergang – die Luft brannte, als ob der Sand weißglühend sei – legte sich der Wind, und die Welt wurde wieder sichtbar. Im schräg einfallenden Licht sah der Buckel mit seinen zerfurchten Flanken wie ein riesiger Tausendfüßler aus. Darunter war ein großes Lager, und Simon wäre froh gewesen, dahinter zu lagern, doch Hardy ordnete an, noch eine Meile zurückzulegen, ehe die Dunkelheit hereinbrach. Als sie sich in Bewegung setzten, eröffneten Geschütze hinter ihnen das Feuer, und Simon, dessen Bauchmuskeln sich zusammenzogen, dachte, daß er nach Hause hätte schreiben sollen, bevor sie das Lager verließen. Zuerst dachte er an seine Mutter, dann erinnerte er sich an seine Frau. Er hätte an beide Briefe schicken sollen, sie vorbereiten sollen, was immer ihm auch zustoßen mochte, aber auf eine Weise, die die Wirklichkeit verharmloste. Er versuchte, an seine Frau zu denken, doch die paar Tage ihrer Flitterwochen waren im Nebel der Vergangenheit verblaßt. Er bemühte sich, sich an ihr Gesicht zu erinnern, sah aber statt dessen das blonde, lang über die Schultern hängende Haar von Edwina Little. Bekümmert über seine Untreue, zog er seine Brieftasche heraus und starrte auf das Foto von Anne, doch alles, was er fühlen konnte, war, daß ihr Gesicht nicht das richtige Gesicht war. Er wollte das lachende, sonnengebräunte Gesicht sehen, das sich vom Balkon in Garden City zu ihm hinuntergebeugt hatte, aber die Wahrheit war, daß ihn jetzt gar kein Gesicht ablenken konnte. Die ganze vergnügte Welt war aus dem Blickfeld verschwunden und ließ ihn zurück mit nichts anderem als einem Gefühl des Verlustes und einem Bewußtsein für die Gefahr, in der er sich befand.

Der Jagdverband lagerte bei einem rückwärtigen Umschlagplatz, wo Nachschubdepots und Fahrzeuge mit Netzen getarnt waren. Es sah recht sicher aus, eher wie eine riesige Werkstätte, doch die LKWs hatten gerade angehalten, als die Geschütze wieder anfingen und ihre Gehörnerven strapazierten, während sie um Hardys Radio saßen und auf die Nachrichten warteten. Der Nachrichtensprecher kündigte an, daß es später am Abend einen Kommentar zur ›El-Alamein-Front‹ gäbe. Simon fragte Hardy, was das sei, und Hardy, der seine Unwissenheit nicht zugeben wollte, sagte: »Wenn Sie aufpassen und zuhören, Boulderstone, werden Sie es herauskriegen.« Diese Ermahnung war Simon so vertraut, daß er den Eindruck hatte, Hardy könnte vor seiner Militärzeit Lehrer gewesen sein. Der Kommentator berichtete, daß sich die El-Alamein-Front von den Salzseen der Küste bis zu einem mysteriösen Loch in der Wüste erstreckte, das die Qattara-Senke genannt wurde, und seine Beschreibung ließ annehmen, daß es Panzerverbände in geschlossener Formation auf vierzig Meilen gäbe. Keiner der Offiziere stellte dies in Frage, außer Simon, der von solch einer Front nichts gesehen hatte und deshalb Ridley ansprach, bevor er in seinen Schlafsack kroch. »Sagen Sie mal, Sarge, Sie haben das über die El-Alamein-Front doch auch gehört. Wo genau ist das?«

Ridley, der ebensowenig Ahnung hatte wie er, dachte darüber nach und sagte: »Ich glaube, das ist so: Wir haben die Südafrikaner im Norden und zwei indische Divisionen unten im Süden, und die Kiwis sind hinter dem Buckel, und unsere Jungs sind dazwischen. Alles ein bißchen dünn vom Personal her, aber es ist tatsächlich eine Front.«

Ridley schien zufrieden zu sein, nicht jedoch Simon, der sich die Front als ein Gemetzel aus Geschützfeuer, berstenden Granaten und im Stacheldraht hängenden Toten und Sterbenden vorgestellt hatte, und nun sowohl Enttäuschung als auch Erleichterung empfand. »Es ist nicht gerade eine beeindruckende Front, Sarge.«

»Es ist alles, was wir haben. Doch, nicht was wir haben, sondern was sie nicht haben, das wird den Ausschlag geben. Ich habe heute über Funk gehört, daß der Auk versucht, eine Armee aus den Übriggebliebenen zu bilden. Das ist es – Übriggebliebene. Der Auk ist ein toller Bursche, aber ich glaube nicht, daß er Chancen hat.«

»Glauben Sie, daß überhaupt jemand Chancen hat, Sarge?«

»Na, jetzt aber, Sir!« Ridley zog sich hoch und sprach mit Zuversicht: »Wir werden sie schon noch fertigmachen – warten Sie es ab!«

Als man am nächsten Morgen mit den donnernden Geschützen im Rücken in die offene Wüste hinausfuhr, war der Jagdverband so exponiert, wie eine Fliege auf einer Fensterscheibe. Der nach Markierungen Ausschau haltende Arnold richtete gleichzeitig ein Auge gen Himmel, doch erst am Vormittag, als sie wegen einer Teepause Halt gemacht hatten, wurden sie von der feindlichen Luftwaffe entdeckt. Ridley trug gerade Teetassen zu den Offizieren hinüber, als drei italienische Macchis dicht an ihnen vorbeiflogen. Noch bevor einer der Manner sich zu Boden werfen konnte, zischten ihnen die Kugeln um die Ohren. Die Offiziere sprangen zurück, und Hardy, der Älteste und auch der Erschrockenste von ihnen, verlor das Gleichgewicht und fiel hin, wobei seine Stimme zu einem dünnen, gequälten Schrei anschwoll: »O meine Frau, meine Kinder!«

Nachdem die Macchis den Jagdverband von einem Ende

zum anderen unter Beschuß genommen hatten, flogen sie davon. Niemand war getroffen worden. Ridley half Hardy auf die Füße, und jeder verhielt sich so, als ob sein Sturz ein unglückliches Stolpern gewesen sei: »Pech gehabt, Sir!« Simon, der dachte, er alleine hätte Hardys Aufschrei gehört, beschloß, dies nie zu erwähnen, nicht einmal gegenüber Arnold.

Als sie weiterfuhren, kamen sie in eine Gegend, in der kleinere Felsnasen, Miniaturen des großen Buckels, eine nach der anderen sich aus dem flachen Gelände erhoben. Diese Felsnasen wechselten die Farbe; das normale Sahara-Gelb nahm einen Hauch von Rosa an, entwickelte sich weiter zu einem tiefen Rosa, bis die Felsen und der Sand das Blaßrosa alten, roten Sandsteins hatten. Hardy befahl einen Halt zwischen den Felsrücken, und der Jagdverband schlug in einem weiten, flachen Gelände, das wie ein rosaroter Ballsaal im Sonnenuntergang glühte, das Lager auf. Als der Abend die Luft klar werden ließ, konnte man in der Ferne am Horizont eine beeindruckende Kette hoher Felsrücken sehen. Hardy zog seine Landkarten zu Rate und teilte den Offizieren mit, daß die Kette das Ende der Front markiert. Dahinter war die Senke, und die Senke, so schien es, konnte nicht durchquert werden. Aus diesem Grund brauchte der Jagdverband nicht mehr weiterzufahren. »Morgen«, sagte er, »werden die Männer Schützengräben ausheben und die Fahrzeuge eingraben.«

Sie waren angekommen.

6

Nach Kairo drang ein Gerücht über eine Schlacht, die innerhalb Ägyptens an einer Eisenbahnhaltestelle namens El-Alamein stattgefunden haben sollte, doch bei der, wie es schien, nichts entschieden worden war. Die Deutschen waren noch eine Panzertagesfahrt entfernt, und sie behaupteten in ihren Radiosendungen, daß sie nur auf neuen Nachschub warteten. Der Vormarsch könnte jederzeit fortgesetzt werden. Ägypten würde befreit werden, und Rommel und seine Männer würden ihr Rendezvous mit den Damen von Alexandria einhalten.

Obgleich sich die Situation nicht verändert hatte, war die Panik verschwunden. Diejenigen, die in Gefahr waren oder sich in ihr glaubten, waren fortgegangen. Diejenigen, die blieben, hatten das Gefühl einer Atempause, wurden aber gewarnt, daß sie möglicherweise von heute auf morgen das Land verlassen mußten. Ihnen wurde geraten, eine gepackte Tasche bereitzuhalten.

Als Harriet bei der Rückkehr zum Mittagessen in ihrer Pension eine Notiz vorfand, die ihr mitteilte, daß Dobson angerufen hatte, vermutete sie, der Evakuierungsbefehl wäre ausgegeben worden. Sie nahm den kleinen Koffer heraus, das einzige Gepäckstück, das sie aus Griechenland herausgebracht hatte, und stellte ein paar Toilettenartikel zusammen. Der Koffer war bereits gepackt. Sie konnte innerhalb von Minuten aufbrechen, aber sie hatte nicht vor, ohne Guy zu gehen. Sie dachte sich ein Dutzend Argumente aus, die sie Dobson vortragen würde, wenn er wieder anrief, doch als sie seine Stimme hörte, war sie überrascht. Sein Ton war scherzhaft. Statt sie zum Bahnhof zu beordern, lud er sie ein, ihn auf ein paar Drinks im Groppi zu treffen: »Kommen Sie so um halb sechs.«

»Sie klingen, als hätten Sie gute Nachrichten?«

»Habe ich vielleicht«, sagte er neckend. »Ich werde es Ihnen sagen, wenn ich Sie sehe.«

Zurück im Büro, sah sie den Nachrichtenbogen durch, der aber keinen Grund zum Jubel bot. Was immer Dobson ihr sagen würde, konnte nichts mit dem Krieg zu tun haben.

Morgens hatte sie gehört, daß ihre Arbeit in der Botschaft bald beendet sein würde. Die angekündigte Mannschaft aus den Staaten war im Begriff, nach Ägypten zu fliegen. Da Mr. Buschman es ihr nicht selbst sagen mochte, hatte er ihr eine getippte Kurzmitteilung zukommen lassen. Entmutigt ging sie zur Wandkarte, wo die schwarzen Stecknadeln auf den Nahen Osten zuliefen.

Sie war seit den großen Tagen der russischen Gegenoffensive für die Wandkarte verantwortlich. Alle sagten, daß der russische Winter Hitler genauso besiegen würde, wie er Napoleon besiegt hatte. Wenn sie den russischen Vormarsch auf der Wandkarte nachsteckte, freute sie sich, als ob sie den Feind mit ihren eigenen Händen zurückstoßen würde. Guy hatte ein neues Lied von einem seiner linken Freunde aufgeschnappt und sang es oft nach einer Melodie, die mehr oder weniger die von *Der Wilderer aus Lincolnshire* war:

> Der Hitler sei unschlagbar –
> Wer das sagt ist ein Schmock,
> Denn Timoschenkos Männer
> Die scheißen auf von Bock.
> Der Führer macht die Fehler, seine Generäle werden verklopft,
> Doch Joe raucht seine Pfeife mit 'ner Kappe auf'm Kopf.

Auch in der Wüste hatten sich die Deutschen auf dem Rückzug befunden. Die britischen Truppen, die zuvor aus Rommel einen Helden gemacht hatten, schenkten nun ihre Bewunderung Stalin und den russischen Generälen. Aber das war alles vorbei. »Noch ein paar Meilen und dann werden sie den ganzen Kaukasus haben«, dachte Harriet, als sie die schwarzen Stecknadeln näher an den Kuban heransteckte.

Innerhalb Ägyptens erstreckten sich die schwarzen Stecknadeln von der Küste zu einem schraffierten Bereich in der Wüste, der auf der Karte ›Qattara Senke‹ genannt wurde. Als Mr. Buschman herüberschlenderte, um nachzusehen, wie die Dinge standen, fragte sie ihn, was diese ›Senke‹ sei. Er stand einige Momente lang da, strich mit der kleinen, rundlichen Hand über den Nacken und gab schließlich auf. »Alles was ich weiß, ist, daß es das Ende der Front ist.«

»Aber warum ist es das Ende der Front? Warum umgehen sie sie nicht? Wenn sie das täten, könnten sie die gesamte britische Armee umzingeln.«

»Sehr richtig, Mem. Das könnten sie sicherlich.«

Harriet fragte Iqal nach der ›Senke‹, doch der hatte nie davon gehört.

»Was macht denn Ihr Deutsch zur Zeit?«

Er lächelte schelmisch, wodurch die Falten seines Gesichts in zittrige Bewegung gerieten, so daß er wie kochende Kaffeemilch aussah. »Ich frische es immer wieder auf, aber ich weiß nicht! Die Deutschen sollten sich etwas mehr beeilen.«

»Ich sagte Ihnen, sie würden es nicht bis hierher schaffen.«

»Das stimmt, Mrs. Pringle, und vielleicht hatten Sie recht. Aber andererseits vielleicht auch nicht. In den Radiosendungen heißt es, daß sie ihre Streitkräfte neu organisieren, und dann kommen sie – zack, wie der Blitz! Was soll man also glauben? Schauen Sie her, Mrs. Pringle, sie ermahnen uns: ›Lehnt euch gegen eure Unterdrücker auf‹, sagen sie. ›Tötet sie und seid frei.‹«

»Sie halten die Engländer doch nicht für Unterdrücker, oder?«

Iqal zuckte mit seinen breiten Schultern. »Manchmal ja. Manchmal nein. Wenn sie die Tore des Palastes durchbrechen und meinem König sagen, was er zu tun hat, wie würden Sie sie nennen? Sind sie dann nicht Unterdrücker?«

»Wir kämpfen in einem Krieg, Iqal. Falls die Ägypter sich wirklich unterdrückt fühlten, würden sie doch auf uns losgehen, oder nicht?«

»Ach, Mrs. Pringle, wir sind keine Narren. Meine Freunde sagen: ›Hat Zeit, bis die Deutschen vor dem Tor stehen – *dann* schneiden wir die englischen Kehlen durch.‹«

»Also, nun kommen Sie, Iqal, Sie würden mir doch nicht die Kehle durchschneiden?«

Iqal kicherte. »Glauben Sie mir, Mrs. Pringle, falls ich Ihre Kehle durchschneide, mache ich es auf eine nette und rücksichtsvolle Weise.«

»Sie würden mir nicht weh tun?«

»Nein, nein, Mrs. Pringle, das würde ich bestimmt nicht.«

Harriet erreichte das Groppi, als die Sonne tief am Himmel stand. Sie schritt durch den Perlenschnurvorhang in die braune, nach Schokolade duftende Konditorei, wo die großen, runden, goldenen Pralineschachteln den goldfarbenen

Himmel reflektierten. Das von hohen Mauern umgebene Gartencafé lag schon im Schatten. Es war ein großes Café, wie eine Zisterne zwischen den Häusern eingelassen, mit einem Bodenbelag aus kleinen Steinen, und es war enttäuschend für diejenigen, die es zum ersten Mal sahen. Ein junger Offizier hatte einmal zu Harriet gesagt: »Die Jungs in der Wüste stellen sich das Groppi als den Garten der Lüste vor. Aber, meine Güte, es ist ja nicht einmal ein Garten!«

Es war ein Wüstengarten, sagte sie, der beste, den man sich so weit vom Fluß entfernt erhoffen konnte. Es war ein Garten des Verwöhnens, wo die levantinischen Damen die Stabsoffiziere zu Gesicht bekamen, die ihn als ein Zuhause, fern von Zuhause, ansahen.

Der Boden war bepflanzt, nicht mit Bäumen, sondern mit Tischen und Stühlen und bunten Sonnenschirmen. Aber am Fuß einer Mauer gab es ein schmales Beet mit importierter Erde, in dem Zinnien wuchsen, und eine alte, widerstandsfähige Kletterpflanze breitete sich aus und wanderte hoch, überzog Gitter und dehnte sich bis zur Einzäunung aus, die an dem einen Ende des Geländes stand, auf dem sich das Café befand. Die Kletterpflanze trieb manchmal ein paar kupferfarbene, trompetenförmige Blüten, die die Idee von einem Garten berechtigter erscheinen ließen. Aber dieses kleine Gartenszenario wäre ohne das Wasser, das kontinuierlich durch die Löcher eines Segeltuchschlauches sikkerte, verdurstet. Trotz des Wassers hing das Blättergewirr trocken und lose herab und bewegte sich raschelnd im heißen Wind. Nur die zähen, dickblütigen Zinnien gediehen in der Hitze.

Die Safragis nahmen gerade die Sonnenschirme ab, um die Tische zugänglich zu machen, als Harriet eintrat. Zu dieser Stunde drängten die Menschen herein, auf der Suche nach Freunden oder einem Platz. Dobson mußte frühzeitig eingetroffen sein, denn Harriet fand ihn an einem sehr guten Platz, genau vor den Zinnien. Er hatte sie gesehen, bevor sie ihn sah, stand deshalb auf und winkte ihr zu, mit einem Lächeln, das so überschwenglich war, daß sie überlegte, ob er wohl Nachrichten von einem Sieg brachte.

Sie fragte: »Ist etwas passiert?« Er antwortete nicht, sondern winkte sie zu einem Stuhl. Was immer er ihr zu sagen haben mochte, er hatte jedenfalls keine Eile damit.

Ein Safragi, dessen weiße Galabiya durch eine rote Schärpe und den Fes betont wurde, dem Merkmal des Dieners des Effendis, schob einen vergoldeten Teewagen herüber, der mit Sahnetorten beladen war. Harriet bat um ein Glas Weißwein. Dobson drang darauf, daß sie sich ein Stückchen aussuchte, wobei er sagte: »Schließen Sie sich doch mir an. Ich denke, ich nehme ein *Mille feuille.* Das tut Ihnen gut. Sie haben abgenommen, seit Sie hier sind.«

»Da gab es wirklich nicht viel abzunehmen.«

Dobson stach seine Gabel in das *Mille feuille* und sagte, als Sahne und Marmelade herausquollen: »Nam, nam.« Er steckte ein großes Stück in den Mund und erkundigte sich, wie er es manchmal tat, nach ihrer Arbeit in der amerikanischen Botschaft.

»Geht ihrem Ende entgegen, fürchte ich«, bekannte Harriet mit einem trockenen Lachen. »Vielleicht geht es auch mit uns allen bald zu Ende. Iqal macht Witze über das Durchschneiden englischer Kehlen; ist vielleicht nicht bloß ein Witz. Er scheint diesen Vorfall übelzunehmen, als der Botschafter im Panzer durch das Tor des Palastes fuhr.«

Dobson schob ein weiteres Stückchen in den Mund, wiegte wissend seinen Kopf hin und her, schluckte und sagte: »Wir haben ständig Ärger mit Faruk. Er ist ein dickes, verwöhntes Baby, aber er ist ein kluges Baby. Neulich wartete Seine Exzellenz über eine Stunde auf eine Audienz. Er nahm an, daß der König mit seinen Ministern zusammensitzen würde, aber statt dessen hatte er ein Mädchen bei sich. Sie streckte ihren Kopf zur Tür heraus, und als sie Seine Exzellenz in all seinen Insignien sah, brach sie in schallendes Gelächter aus und schlug ihm die Tür vor der Nase zu. Als er dann endlich hineinkam, fand er Faruk auf dem Sofa lümmelnd vor, matt und gereizt – post coitum, ohne Zweifel. Er glaubte, daß er uns rausschmeißen könnte, wo die Hunnen so nahe seien. Seine Exzellenz erklärte, warum wir um alles in der Welt Ägypten halten müßten. Faruk gab sich kaum die Mühe zuzuhören, und am Ende seufzte er und sagte: ›Sehr schön. Bleiben Sie, wenn es sein muß. Aber wenn der Krieg zu Ende ist, legen Sie, um Gottes willen, des weißen Mannes Bürde ab und *gehen Sie*.‹«

Nachdem er seine Geschichte erzählt hatte, warf Dobson einen Blick über den Garten, als ob er einen weiteren Gast erwartete. Harriet hoffte, daß sie jetzt erfahren würde, warum er sie hierher eingeladen hatte, doch bevor noch irgend etwas gesagt werden konnte, blieben zwei ägyptische Frauen an ihrem Tisch stehen, um mit Dobson zu sprechen. Er sprang hoch, wurde sofort diplomatisch und überschwenglich und sprach mit ihnen auf französisch. Die Frauen, gekleidet in einer ausgeschmückten Version der Pariser Mode, trugen schwarze Kleider, denen sie mit Broschen, Halsketten und Blumensträußchen noch zusätzliche Geltung verschafft hatten. Ihre Röcke hörten drei Zentimeter über dem Knie auf, doch ihre Ärmel reichten bis zu den Handgelenken herunter, wie es der Prophet verlangte. Ihre Augen wurden durch Augenschleier noch besonders hervorgehoben, und sie flirteten mit Dobson, wobei sie ihre Köpfe, mit kurzen, schnellen Drehungen in die eine oder andere Richtung bewegten, was ihre Ohrringe tanzen ließ. Harriet hatte gehört, daß Dobson, der der einzige Junggeselle unter den höheren Diplomaten war, in Kairo als eine ›recht gute Partie‹ betrachtet wurde. Die eine der beiden lud ihn zu einer Cocktail-Party ein, wobei er in einer Art und Weise zusagte, als fände er allein den Gedanken daran überwältigend. Doch als die Frauen weggingen, ließ er sich mit einem langen, erschöpften Seufzer in seinen Stuhl zurückfallen. »Meine Taktik ist es, alles anzunehmen und nirgendwo hinzugehen. Wo ist denn eigentlich Ihr Mann?«

»Erwarten Sie ihn?«

»Natürlich erwarte ich ihn. Das erste, was ich heute morgen machte, war, ihn anzurufen und ihn für halb sechs hierher zu bitten. Es ist jetzt schon fast sechs, und ich sollte in meinem Büro zurück sein.«

»Sie wollen ihn wegen etwas Bestimmtem sprechen? Ist es wichtig?«

»Für ihn schon.« Dobson lachte und tat somit Guys Nichterscheinen leichthin ab, doch es war ein gereiztes Lachen. Harriet schaute besorgt zum Eingang. Sie fürchtete, daß Dobson gehen könnte und sich diese wichtige Sache in Nichts auflösen würde, nur weil Guy niemals pünktlich sein konnte. Um ihn zu entschuldigen, sagte sie: »Die Leute nehmen ihn zu sehr in Anspruch, und deshalb hat er immer mehr Verpflichtungen, als an einem Tag zu schaffen sind. Die Folge ist, er kommt zu allem zu spät und verspätet sich noch mehr dadurch, daß er dauernd telefoniert, um zu erklären, warum er zu spät kommen wird.«

Dobson fand dies sehr lustig. »Wie kommt er damit durch?«

»Wenn er damit nicht durchkommen würde, müßte er lernen, nicht mehr zu spät zu kommen. Aber die Leute lassen ihm alles durchgehen und machen es dadurch schlimmer, als es sein müßte.«

Das Abendrot des Sonnenuntergangs nahm das Grün der Dämmerung an. Der Abendstern tauchte wie aus dem Nichts auf, hell, mit langen Strahlen weißen Lichts; gleichzeitig leuchteten farbige Glühbirnen unter der Kletterpflanze auf. Ringsherum an den hohen Häuserwänden wurden Fenster aufgerissen, aus denen Menschen auf den hell erleuchteten Garten hinunterschauten.

Harriet sagte: »Als wir zum ersten Mal nach Griechenland hierherkamen, jagten mir diese beleuchteten Fenster Angst ein. Ich dachte: ›Was wir doch für ein Ziel abgeben!‹«

Aber in diesem Augenblick bedeuteten diese Lichter nichts anderes, als daß die Zeit verging, und ihre Angst war die Angst, daß Guy überhaupt nicht auftauchen könnte.

»Ha, da ist er ja!« sagte Dobson und vergab Guy schon beim ersten Anblick die Dreiviertelstunde Verspätung.

Guy, zerzaust wie immer, war zwischen all den Tischen verloren. Er hatte seine Brille zerbrochen und sie nur behelfsmäßig mit Klebstreifen repariert. Wenigstens hatte er niemanden mitgebracht, tröstete sich Harriet.

Als ihm Dobson zuwinkte, kam er eilig herübergetrabt und erklärte ganz außer Atem, daß jemand oder etwas ihn aufgehalten hatte. Dobsons Verärgerung war verschwunden, und er sagte: »Macht nichts. Macht überhaupt nichts. Was trinken Sie?« Als der Tisch dann endlich wieder zur Ruhe gekommen war, sagte er eindrucksvoll: »Na denn!« Sie würden nun zu hören bekommen, was es mit diesem Treffen auf sich habe.

»Ich habe ein Telegramm von Bevington bekommen.«

»Unserem Vorsitzenden?«

»Von Lord Bevington selbst.« Dobson fing so sehr an zu lachen, daß sein Körper von einer Art nervösem Schluckauf geschüttelt wurde. »Ich erinnere mich, wie Bevington einmal auf einen Besuch hierherkam. Ich hatte in jener Nacht Dienst in der Botschaft und hatte mich gerade etwas hingelegt, als der Boab hereinschaute – ein großer, kohlrabenschwarzer Bursche – und mir zukrähte: ›Der Herr ist gekommen!‹ Meine Güte, sagte ich zu mir, das ist das Jüngste Gericht... Na, ja! Alles der Reihe nach. Colin Gracey ist rausgeschmissen worden.«

»Er scheidet aus der Organisation aus?«

»Sie brauchen nicht überrascht zu sein. Pinkrose telegrafierte ans Londoner Büro und beschuldigte ihn der Pflichtversäumnis, der Unfähigkeit, der Feigheit vor dem Feind und, als verabscheuungswürdigstes Verbrechen von allen, der Tatsache, daß er nach Palästina gegangen war, ohne es Pinkrose wissen zu lassen. Um noch etwas mehr in die Waagschale zu werfen, gab er auch an, daß er Beweise für unmoralisches Verhalten hätte.«

»Also wirklich!« Harriet zeigte Interesse. »Was für unmoralisches Verhalten? Das Hausboot? Mustapha Qunte?«

»Wahrscheinlich. Ein Türke wurde erwähnt.«

Guy schaute bedenklich drein. »Die in London können sich doch nicht einfach auf das verlassen, was Pinkrose sagt. Es muß eine offizielle Untersuchung durchgeführt werden.«

»Es gab eine offizielle Untersuchung. Auf alle Fälle standen Pinkrose' Beschwerden nur am Ende einer Reihe anderer von britischen Staatsangehörigen. Die von Pinkrose hatten natürlich das meiste Gewicht, da er mit Bevington bekannt ist, der daraufhin die Botschaft um Bestätigung antelegrafierte. Ich telegrafierte zurück, daß Gracey tatsächlich geflohen und das Büro geschlossen war. Damit war der Fall erledigt. Wir wurden davon in Kenntnis gesetzt, daß Gracey, falls er zurückkehrt, ein Brief überreicht werden soll, der ihn nach Aden beordert, was, wie ich glaube, die Teufelsinsel der Organisation ist.«

Guy nahm seine Brille ab, und da der Klebstreifen abging, fielen die Gläser auseinander. Er fragte: »Aber wer wird ihn ersetzen? Fliegen sie jemanden her?«

»Nein.« Dobson lächelte ausdruckslos und beobachtete dabei Guy, wie er an dem kaputten Rahmen herumfummelte. Dann sagte er: »Bevington hat einen vom Londoner Stammpersonal ausgewählt – den einzigen in Ägypten verbliebenen.«

»Guy?«

Dobson wandte sein Lächeln Harriet zu, die ihren Kopf zurückwarf und vor Freude lachte. Dobson betrachtete Guy und erwartete eine ähnliche Reaktion. Doch obwohl Guy vor Freude rot angelaufen war, sah er noch immer beunruhigt aus. »Ist das gegenüber Gracey wirklich fair?«

»Sie brauchen sich wegen Gracey keine Sorgen zu machen. Er wird sicherlich nicht nach Aden gehen. Noch bevor er von hier fortging, hat er sich wegen einer möglichen Schiffspassage zum Kap erkundigt, was er damit begründete, daß die Lebensumstände in einem Kriegsgebiet an seiner Gesundheit zehrten.«

Guy schien immer noch nicht zufrieden zu sein, weshalb Harriet ihm die Brille aus der Hand nahm und zu ihm sagte: »Vergiß Gracey. Woran du jetzt denken mußt, ist die Organisation. Wenn Bevington dich für diese Stelle ausgesucht hat, dann besteht dein Hauptproblem jetzt darin, etwas daraus zu machen. Verschwende deine Gedanken nicht an Gracey.«

Als er darüber nachdachte, hellte sich sein Ausdruck auf, und er erkannte, daß vor ihm ein ganz neuer Tätigkeitsbereich lag, auf den er seine Energie konzentrieren konnte. Alles, was er jetzt noch tun mußte, war, seine Angelegenheiten am Wirtschafts-College in Ordnung zu bringen. Wie Harriet vermutet hatte, ließen sich diese Angelegenheiten sehr leicht regeln, wenn nur die Notwendigkeit dafür bestand.

Guy sagte: »Ich habe zwei ausgezeichnete griechische Lehrer, die die Englische Abteilung übernehmen können. Ich werde hierher zurückkommen, sobald sie eingewiesen sind. Mein erstes Ziel wird sein, das Institut wieder auf die Beine zu stellen.«

»Und du wirst dich etwas zurechtmachen müssen«, sagte Harriet. »Hier«, sie gab ihm seine Brille zurück, sauber mit Klebstreifen zusammengeflickt, und sagte: »Kauf dir ein neues Gestell.« Dann nahm sie seine Hand und sagte mit liebevollem Stolz: »Ich weiß nicht, wie du es anstellst, aber du bleibst am Ende immer Sieger.«

Dobson mußte sie verlassen, aber beim Aufstehen sagte er: »Ich weiß nicht, wie es Ihnen in Ihrer Pension gefällt, aber ich habe noch ein freies Zimmer in Garden City. Es war Beakers Zimmer, und von ihm sind noch ein paar Dinge darin. Wenn Sie es sich mal anschauen wollen...«

»Meine Güte, ja! Wie wunderbar!« Überwältigt vom Glück dieses Tages, brachte Harriet nicht mehr als ein Flüstern heraus.

Es wurde vereinbart, daß sie sich am nächsten Abend nach der Arbeit das Zimmer ansehen würde.

Dobson sagte: »Gott segne Sie beide«, und machte sich durch den Garten davon, wobei er nach rückwärts geneigt ging, als ob seine Fersen niedriger als seine Zehen wären. Guy schaute der kleinen, rundlichen Gestalt nach und sagte: »Da hast du's. Ich habe immer gesagt, Dobson ist ein durch und durch netter Kerl.«

»Habe ich jemals etwas anderes gesagt?«

Da sie sich selbst minderwertig vorkamen, neigten die Männer der Organisation dazu, sich über die Diplomaten lustig zu machen, die in Zeiten der Gefahr die Organisation als ein zusätzliches und unnötiges Problem ansahen.

Jetzt hingegen sagte Guy: »Leider glaubten wir immer, sie seien eine andere Kategorie von Menschen. Aber wirklich, sie sind gar nicht übel, wenn man sie näher kennt.« Er gewann rasch an Selbstvertrauen und Vitalität, als er die Verantwortung betrachtete, die vor ihm lag. Die Falten auf seinem Gesicht waren verschwunden, und er war hellwach mit einem neuen Autoritätsbewußtsein. Harriet dachte: »Eines Tages wird er vielleicht noch ein richtiger Mann.« Guy, der sie bei ihrem abschätzenden Blick ertappte, sagte: »Wir werden jetzt bald mehr Geld haben, laß uns deshalb einen Pernod trinken.«

Dobson erzählte Harriet, daß die Wohnung der Botschaft gehörte. Er erklärte ihr, warum sie in zwei Teile geteilt war, und führte sie durch die Vorhangtür in den früheren Haremstrakt. Normalerweise vermietete er diese Zimmer an Botschaftspersonal, doch wenn keiner der Botschaftsangehörigen eine Unterkunft benötigte, konnte er sie auch an Freunde vermieten.

»Bis vor kurzem wohnte hier also Professor Beaker, und jetzt«, er machte dabei vor Harriet eine humorvolle Verbeugung, »hoffe ich, Guy und Harriet Pringle begrüßen zu dürfen. Was könnte schöner sein! Aber Sie sehen sich das Zimmer besser an, bevor Sie sich entscheiden. Es ist nichts Großartiges. Der größere Teil davon ist zwar dadurch geschützt, daß die Zimmer der Diener darüber liegen, doch dieser Flügel liegt direkt unter dem Dach. Und dort wird es schon ziemlich heiß.«

Als er die Tür öffnete, prallte ihnen ein Hitzeschwall entgegen und wickelte sich wie ein Daunenbett um sie. Die Diener hatten vergessen, die Jalousien herunterzulassen, weshalb die Hitze hereingekommen war. Die seit einem Jahrhundert ausgedörrten Holzteile schienen zu knacken, und der Fußboden federte nach, als sie darauftraten.

Das Zimmer war mit einem Diwan, zwei Stühlen und einem Hängeschrank möbliert. Der Professor hatte das Mobiliar von einem Geschäft im Muski gemietet, und die Pringles konnten es übernehmen, falls sie das wünschten.

»Ich weiß, es ist nicht viel, aber es ist mietfrei. Sie müssen sich nur an den Haushaltskosten beteiligen. Also – was meinen Sie?«

Bei dem Versuch, einen angemessenen Ausdruck für ihr Gefühl von Dankbarkeit zu finden, stieß sie einen kleinen Seufzer aus, wobei Dobson dieses Zögern gleich als Unsicherheit fehlinterpretierte und zu ihr sagte: »Ich lass' Sie ein wenig allein, damit Sie noch ein bißchen überlegen und sich umschauen können.«

Alleingelassen, sog Harriet die Atmosphäre des quadratischen und nicht sehr großen Zimmers in sich auf. Die gesamte Aussicht aus dem Fenster bestand aus dem Blick auf die Blätter eines Baumes. Die Hitze setzte ihr zwar sehr zu, machte ihr aber nichts aus, da sie von dem Gedanken entzückt war, mit Guy hier unter geistesverwandten Menschen zu leben. Sie saß auf der Kante des Bettes und starrte auf den Baum, als sie plötzlich das Telefon klingeln hörte. Angst erfüllte sie, daß jemand anderes Anspruch auf das Zimmer erheben könnte, und sie eilte zu Dobson, um ihm ihre Entscheidung mitzuteilen.

Dobson hatte das Telefongespräch beendet und kam ins Wohnzimmer. Sie sagte sofort: »Es ist ein wunderschönes Zimmer.«

»Na, das sicherlich nicht, aber wenn Sie es wollen, können Sie es haben. Schade, daß Edwina nicht da ist. Sie ist mit einem ihrer jungen Männer ausgegangen. Aber setzen Sie sich doch. Hassan hat für uns ein paar Limonen ausgepreßt. Möchten Sie Gin und Limonensaft oder Limonensaft pur mit Wasser?«

»Limonensaft? Was für ein Luxus!«

Dobson dachte, sie hätte dies auf das Auspressen der Limonen bezogen, und sagte: »Ach, das ist nicht schwierig. Wir haben da so ein kleines Maschinchen.«

Nachdem er es sich mit seinem Gin und Limonensaft gemütlich gemacht hatte, fragte er sie, ob sie in letzter Zeit amüsanten Klatsch gehört hätte. Da ihr keiner in den Sinn kam, erkundigte sie sich statt dessen nach der Qattara-Senke.

Er war imstande, dies zu beantworten, und die Freude darüber war ihm sichtlich ins Gesicht geschrieben. »Die Senke ist nichts anderes als eine gewaltige Salzmulde, die den Deutschen jedoch einen Strich durch ihre Rechnung gemacht hat. Sie sind sich darüber im klaren, daß ihre Panzer beim Versuch, sie zu durchqueren, versinken würden. Tweedie, der Militärattaché, fuhr hinaus, um sich das mal anzusehen, und er berichtete, daß man die deutschen Pioniere hinunterklettern und Stecken in die Oberfläche stoßen sehen kann. Solange die keinen Weg hindurch finden, dient sie als strategische Endstation.«

»Aber können sie nicht um sie herumfahren?«

»Zu weit. Fünfhundert Meilen oder mehr. Tweedie glaubt, daß sie damit überfordert wären, sozusagen.«

»Sie meinen, das ist der Grund, weshalb sie nicht weiter vorrücken? Glauben Sie nicht, daß sie einfach abwarten, bis der Kaukasus fällt? Wenn die deutschen Panzer es dann durch Persien schafften, würden sie mit Rommel zusammentreffen und die britischen Streitkräfte umzingeln. Die 8. Armee könnte dadurch aufgerieben werden.«

»Meine Güte«, lachte Dobson. »Sie denken aber auch immer nur das Schlimmste.«

»Wenn Hitler an das Öl in Baku und im Nahen Osten käme – was würde dann passieren?«

Heiter zog Dobson diese Möglichkeit in Betracht. Harriet bemerkte, daß seine Heiterkeit nur eine Form diplomatischer Höflichkeit war, doch sie konnte sehen, daß ihn ihre Vermutungen langweilten. »Ich denke, daß sich unsere Truppen nach Oberägypten zurückziehen würden, lange bevor dies geschähe. Wir würden weiterkämpfen.«

»Für immer? Wie im Hundertjährigen Krieg?«

»Das ist möglich.« Dobson sprach, als sei der Krieg ein langweiliges Thema, über das man besser nicht diskutierte. Harriet trank ihren Limonensaft aus und sagte, sie müßte gehen. Als er sie zur Tür führte, sagte Dobson in einem Ton, als machte er ein Geständnis: »Wenn ich das noch sagen darf: In meinem Telegramm an Bevington erwähnte ich, daß Guy der einzige Mann der Organisation war, der bis ganz zuletzt durchhielt.«

»Danke, Dobbie. Guy braucht einen Freund.«

»Braucht einen Freund! Aber niemand hat mehr Freunde.«

»Es gibt Freunde und Freunde. Es gibt die, die etwas von einem wollen, und jene, die für einen etwas tun. Guy hat viele von der ersten Sorte. Von der zweiten hat er nur sehr wenige.«

»Meinen Sie das wirklich?«

»Ja. Er sammelt Depressive, Neurotiker, schrullige Typen um sich, die glauben, er habe die Antwort auf ihre eigenen Unzulänglichkeiten.«

»Und hat er sie?«

»Nein, da gibt es keine Antwort.«

Als Harriet am nächsten Tag einige ihrer Habseligkeiten in die Wohnung brachte, fand sie Edwina im Wohnzimmer vor. Die beiden Frauen hatten sich auf Partys getroffen, hatten aber nur einmal miteinander gesprochen, und zwar während einer Tanzgesellschaft im Mena House, als sie zufällig zusammen im Waschraum waren. Während Edwina einen grellen, dunkelvioletten Lippenstift auftrug, bemerkte sie Harriets Blick im Spiegel und zwinkerte ihr zu, als ob sie beide sich gerade einen Witz erzählt hätten. Sie sagte: »Die Farbe ist ein bißchen grell, oder?« Harriet war nicht dieser Meinung, worauf Edwina wieder sagte: »Einige sagen, ich sei ausschweifend, aber das bin ich eigentlich gar nicht. Ich möchte mich nur amüsieren.«

Und warum auch nicht? fragte sich Harriet. Von Edwinas Gutmütigkeit angezogen, hätte sie sich gerne noch länger unterhalten, doch Edwina war von den vor ihr liegenden Aufregungen so aufgedreht, daß sie den Lippenstift in ihre Tasche warf und dabei zu Harriet sagte: »So, zurück in den Kampf. Wir können uns ja ein anderes Mal unterhalten.« Und weg war sie. Dieses andere Mal kam nicht. Obwohl sie gleich alt waren, hatten sie kaum Gemeinsamkeiten. Edwina war unverheiratet und hatte den Ruf, das begehrteste Mädchen in Kairo zu sein. Sogar die weniger hübschen englischen Mädchen waren begehrt, und Edwina, die eine Schönheit war, vielleicht sogar eine klassische Schönheit, war so oft zum Essen oder zu Partys eingeladen, daß sie beim besten Willen keine Zeit für Freundinnen finden konnte.

Jetz begrüßte sie Harriet wie eine alte Freundin und sagte: »Oh, ich bin so froh, daß du das Zimmer genommen hast. Das wird einen Spaß geben, dich hier zu haben!« Sie schob das sonnengebleichte Haar aus den Augen und beobachtete Harriet mit solch herzlicher und offener Bewunderung, daß

Harriet das Gefühl hatte, die Welt würde sich nun für sie ändern. »Ja«, sagte sie, »und was für einen Spaß!« Und das Leben, das vor Krieg und Niederlage dunkel gewesen war, nahm für einen Moment den hellen Glanz von Edwinas vergnügtem Dasein an.

Edwina sagte: »Wie schade, ich muß mich jetzt umziehen, aber wir werden uns noch so oft sehen, jetzt, wo wir eine Wohnung teilen, nicht wahr?«

Natürlich. Natürlich. Harriet ging in ihr Zimmer und hörte Edwina unter der Dusche singen. Während sie ihre Sachen in den Hängeschrank legte, registrierte sie einen trockenen Kräuterduft in der Luft, wie der Duft von *potpourri*. Sie dachte zuerst, er käme von dem trockenen Holz, sah dann aber, daß das Fenster geöffnet worden war, und leise, monotone Geräusche sagten ihr, daß sich draußen ein Garten befinden mußte. Sie hörte das Zischen von Wasser und erkannte, daß das Wasser dem trockenen Gras den Duft entzog. Und zudem ließ sich der schwache Klang einer Flöte vernehmen, die immer und immer wieder dieselbe Weise spielte.

Sie trug einen Stuhl an das Fenster, stellte sich darauf und versuchte, durch die dunklen, glänzenden, eiförmigen Blätter des Baumes zu sehen, doch sie wuchsen zu dicht, und man konnte nichts erkennen, außer dem verschwommenen Sonnenlicht unterhalb der niedrigsten Zweige. Die Sonne sank gerade, und ihre Strahlen, die durch die Blätter hindurchdrangen, erfüllten das Zimmer mit einem staubigen Glanz. Da sie in der Nähe des Baumes war, sah sie, daß seine Laubkrone mit grünen Früchten übersät war, die hie und da eine orange- oder pinkfarbene Tönung annahmen.

Als sie in den Baum schaute, sich durch seine Anwesenheit beschützt fühlte, die schwache Flötenmelodie sich endlos wiederholen hörte, fühlte sie sich wohl wie bei der Prophezeiung eines zukünftigen Glücks.

Als sie ins Wohnzimmer zurückkehrte, schlenderte Dobson aus seinem Zimmer, nackt bis auf ein Badetuch, das er wie einen Sarong um seine Hüfte gewickelt hatte. »Wir sind hier sehr zwanglos«, sagte er. »Weswegen wir uns auch fast alle duzen.« Harriet nahm dankbar an.

Sie erkundigte sich nach dem Garten vor ihrem Fenster, worauf ihr gesagt wurde, daß er dem Besitzer eines der großen Kaufhäuser Kairos gehörte. »Ein sehr reicher Mann«, sagte Dobson mit Befriedigung.

»Jemand spielt da draußen Flöte.«

»Das ist der Schlangenbeschwörer, ein häufiger Besucher. Die Safragis machen sich ein bißchen über ihn lustig und sagen, er könne einen ganzen Sack Schlangen herbeiflöten, weil er sie selbst mitbringt. Er beschwört immer dieselben Schlangen.«

Harriet freute es zu hören, daß die Schlangen nicht getötet wurden, sondern dieses ständig von Flötenmusik beschworene Leben führten.

Als sie am Ende der Woche die Pension verließ und ihre letzten Sachen in die Wohnung brachte, fragte Dobson: »Und wann gibt uns der große Mann persönlich die Ehre?« Edwina kam gerade herein, als er dies sagte, und wollte wissen, wer der große Mann sei: »Warum habe ich ihn noch nicht kennengelernt?«

Harriet sagte: »Das wirst du bald. Er ist mein Mann.« Sie erwartete ihn zum Abendessen und hatte ihm erzählt, er würde auch Edwina sehen, doch Edwina war für einen aufwendigeren Anlaß als ein Abendessen in der Wohnung gekleidet. Während sie auf ihren Begleiter wartete, bat sie Harriet, mit ihr auf den Balkon zu gehen. Die Balkontüren waren geöffnet, und das erste kühle Abendlüftchen wehte ins Zimmer. Draußen standen ein paar alte Korbsofas und -sessel. Während sie so in der milden, jasminduftenden Dämmerung saß und über die Palmen, Ahorn- und Mangobäume schaute, die in den Ufergärten wuchsen, hatte Harriet das Gefühl, daß sie und Guy nun endlich in Kairo ein Zuhause gefunden hatten.

Edwina hatte die Einkaufslisten mit herausgebracht, die sie für den ältesten Safragi, Hassan, erstellte, und während sie sie Harriet zeigte, sagte sie: »Du kannst dich am Haushalt beteiligen, wenn du willst, aber du mußt auf Hassan ein Auge haben. Er erwartet, hier und dort ein bißchen für sich abzweigen zu können, doch es darf nicht zuviel werden. Außerdem neigt er dazu, auf dem Markt mehr als nötig zu zahlen, um zu zeigen, für welch großes Haus er arbeitet. Deshalb mußt du auch die Preise im Auge behalten. Sie nutzen uns alle aus, wo's nur geht, und Hassan ist nicht schlimmer als die meisten.«

»Sind wir nur zu viert: Du, Dobbie, Guy und ich?«

»Nein, noch jemand: Percy Gibbon.« Edwina schien es zu bedauern, daß es diese zusätzliche fünfte Person gab, sagte jedoch nichts mehr dazu. »Ich freue mich schon, Guy kennenzulernen«, seufzte sie. »Ich wünschte, ich hätte so einen netten Mann. Dobbie sagt, er sei ein wahrer Schatz.«

Dadurch geschmeichelt, fragte sich Harriet, ob Edwina unter den jungen schneidigen Offizieren, die sie ausführten, jemals einen finden könnte, den sie heiraten möchte. Eingelullt in ein Gefühl der Behaglichkeit, das Edwinas liebenswürdiges Geplapper über Essen und Marktpreise bei ihr hervorrief, hatte Harriet ganz vergessen, daß ihre Freundin ausgehen wollte, und empfand deshalb plötzlich das bestürzende Gefühl, daß man ihr etwas wegnehmen wollte, als Hassan kam um anzukündigen: »Captain gekommen, Sa'ida.« Edwina sprang sofort auf. Wieder beklagte sie, daß sie gehen mußte, doch war sie ganz gespannt auf die Vergnügungen des Abends. Sie stand einen Moment lang im Gegenlicht da, hob ihren mit Pailletten besetzten Schal und ihre kleine, glitzernde Abendhandtasche auf, lächelte kurz und verschwand. Nur ein Hauch ihres Gardenienparfums blieb zurück.

Der Schlangenbeschwörer kehrte mehrere Tage lang nicht wieder, aber als Harriet eines Nachmittags vom Büro heimkam, vernahm sie, wie eine kompliziertere und ausdrucksvollere Musik den Raum erfüllte.

Durch das Wohnzimmer gelangte man in Dobsons Zimmer, dessen Tür einen Spalt offenstand. Als sie davon stehenblieb, schaute Dobson heraus und sagte: »Du hast mein Grammophon noch nicht gesehen, oder?« Er bat sie in sein Zimmer, das größer war als die anderen Schlafzimmer, aber ebenso spärlich möbliert. Das einzige Außergewöhnliche darin war ein altmodisches Grammophon mit einem riesigen

Trichter. Der aus Papiermaché gefertigte Trichter richtete sich gegen die Zimmerdecke und wies eine Öffnung auf, die mehr als 1,20 m maß.

»Ich habe noch nie etwas Ähnliches gesehen.«

Dobson war entzückt über ihr Erstaunen. »Prächtig, nicht wahr? Es muß das einzige Exemplar im ganzen Nahen Osten sein. Ich kaufte es Beaker ab, der es vor dem Krieg erstand, als man noch alles außer Landes bringen lassen konnte. Er wollte nicht die Mühe auf sich nehmen, es nach Bagdad zu transportieren, und so nahm ich es ihm gerne ab. Es ist natürlich handgefertigt. Die Nadel ist aus Amethyst und nutzt sich deshalb nie ab.«

Die Schallplatte war schon zu Ende, weshalb Dobson sie hochhob, vorsichtig am Rand hielt und dann umdrehte, wobei er sagte: »Ich leg' sie nochmal auf, damit du dich von der Klangqualität überzeugen kannst.«

Das Grammophon mußte mit der Hand angekurbelt werden. Dobson, in seinem um die Hüften gewickelten Handtuch-Siestagewand – das er nicht aus Sittsamkeit trug, sondern um Magenverkühlungen abzuwehren – drehte an der Kurbel, wodurch sein dicker, kleiner Bauch, der über den Rand des Handtuches ragte, seine schmalen, zarten Schultern und seine schlaffen, blassen Arme bei dieser Mühe zu schwabbeln anfingen. Er sah mollig aus, dachte Harriet, mit einem Busen wie eine Frau, wenngleich ihn diese Tatsache nicht störte. Er plazierte die Nadel auf der Schallplatte, trat zurück, und die Musik breitete sich wie Samt im Zimmer aus.

Harriet kannte sich in Musik nicht aus und tippte auf Mozart.

»Ja. Das Klarinettenquartett. Vorzüglich, nicht wahr?«

Den ganzen Sommer hindurch erfüllten in den Nachmittags- und Abendstunden die tastenden Töne der Klarinette die Wohnung, wenn Dobson seine neue Schallplatte spielte und wieder spielte.

Harriets Arbeit konnte nun jeden Tag zu Ende gehen. Sie endete, wie es mit vielen Dingen in diesen Tagen häufig geschah, ohne vorherige Warnung. Harriet stand gerade an der Wandkarte und rückte mit den schwarzen Nadeln über den

Kuban nach Krasnodar vor, als Iqal hinter sie trat und ihr hastig zuflüsterte: »Aus Amerika sind bedeutende Männer angekommen. Ich warne Sie, einer wird gleich hereinkommen.«

Sie wandte sich um und sagte: »Ich glaube, er ist schon hereingekommen.«

Der Mann sah ebenso adrett wie Mr. Buschman aus, nur jünger, und er wirkte sonderbar blaß und gelassen unter den aufgeregten, sonnengebräunten Menschen im Untergeschoß. Er war gekleidet wie Mr. Buschman: dunkelblauer, elegant geschnittener Popelinanzug, weißes Seidenhemd und schmale, schwarze Krawatte. Mr. Buschman war vom Golfspielen noch nicht zurückgekehrt, und der Neuankömmling kam mit ausgestreckten Armen geradewegs auf Harriet zugeschritten. »Wie Sie sehen, sind wir endlich da. Wir landeten vor einer halben Stunde.« Unbeeindruckt von der Alten Welt, unbeeindruckt vom Krieg, lächelte er mit einer feinen Selbstsicherheit und zeigte dabei perfekte Zähne. Als er die Wandkarte sah, fragte er: »Wie läuft's?«

»Weiter und weiter und weiter.«

»Es wird jetzt besser werden.«

»Sie werden sie aus dem Wasser pusten?«

Er fand das sehr lustig. »Sie sagen es, Mem.«

Harriet legte die Nadeln hin. »Die Deutschen haben die Kuban überquert. Sie werden das vielleicht markieren wollen.«

»Ach, geben Sie die meiner Sekretärin. Sie ist im Moment auf der Toilette. Sie wird begeistert sein, mit diesen kleinen Nadeln spielen zu dürfen.«

Harriet verabschiedete sich von allen und wandte der Karte den Rücken zu, wie sie am liebsten dem ganzen ermüdenden Konflikt den Rücken zugewandt hätte.

Als Guy als Direktor und neuer Leiter das Institut betrat, stieß er in der Eingangshalle auf eine Ankündigung, die besagte, daß Professor Dubedat und Professor Lush abwechselnd Abendvorlesungen über Shakespeare, Milton, Wordsworth und andere hervorstechende Figuren der englischen

Literatur halten würden. Abgesehen von diesem Versprechen, war wenig von den kulturellen Aktivitäten übriggeblieben, die einst die sechs Räume und den Vorlesungssaal des Gebäudes im Zentrum von Kairo gefüllt hatten. Das Institut machte einen heruntergekommenen Eindruck. Drei ägyptische Lehrer waren noch übrig, um die ständig kleiner werdenden Kurse zu halten, und als sie hörten, daß ein neuer Leiter eingetroffen war, belagerten sie Guy sofort mit Beschwerden und Fragen.

»Wo, wenn ich fragen darf, Sir, sind die Professoren namens Dubedat und Lush?« fragte einer von ihnen. »Von ihren Vorlesungen haben wir kein einziges Wort gehört.«

Guy wußte es nicht. Er beriet eine Sitzung des noch verbliebenen Personals ein – das waren eine koptische Sekretärin, zwei griechische Frauen, die sich um die Bibliothek kümmerten, und die drei Lehrer – und hielt eine Rede, in der er ihnen die Bedeutung der Arbeit klarmachte, die er von ihnen verlangte.

Harriet saß am hinteren Ende des Vorlesungssaals und staunte einmal mehr über Guys Fähigkeit, Begeisterung zu wecken und Dinge möglich zu machen, die zuvor unmöglich erschienen waren. Sie war vom gleichen Staunen erfüllt gewesen, wie er in Bukarest, als er *Troilus und Cressida* inszenierte, die Apathie der Bühnenarbeiter überwunden und die Mitwirkenden mit seiner eigenen Energie angesteckt hatte. Und das alles für eine einzige Abendaufführung. Jetzt hatte er aber eine Aufgabe zu bewältigen, die seinen Fähigkeiten noch mehr entgegenkam. Er teilte seinem Personal mit, daß er an einem neuen Lehrplan für das Herbsttrimester arbeitete, in dem nicht nur Englischkurse angeboten werden würden, sondern auch Vorträge von so bedeutenden Persönlichkeiten wie Professor Lord Pinkrose, dem berühmten Dichter William Castlebar, Professor Beaker aus Bagdad und einem halben Dutzend Englisch-Professoren der Fuad al Awal-Universität.

Als Guy diese Namen aufzählte, war Harriet höchst erstaunt festzustellen, daß er sie alle kannte und bereits an sie herangetreten war. Sogar Pinkrose hatte ihm aus dem King

David Hotel in Jerusalem geschrieben und ihm mitgeteilt, daß er, wenn er sicher nach Ägypten zurückkehren könne, mit Freude seinen Vortrag wiederholen würde, den er in Phaleron vor einer großartigen Zuhörerschaft am Tag der Kriegserklärung Deutschlands an Griechenland gehalten hatte. Guy las den Brief laut und mit solchem Nachdruck vor, daß die Zuhörer tief beeindruckt in Applaus ausbrachen. Als nächstes die Bibliothek! Bisher folgten die Bibliothekare dem veralteten Verfahren, die Bücher hinter einer Absperrung bewacht aufzubewahren und sie auf Verlangen auszuhändigen. Das würde sich alles ändern. Die Bibliotheksregale würden den Entleihern zugänglich gemacht werden, damit diese nach Lust und Laune aussuchen, auswählen und schmökern konnten. Guy fertigte eine Liste von tausend kürzlich erschienenen Büchern an, die er zu bestellen beabsichtigte und die früher oder später eintreffen würden. Er lachte und sagte: »Eher später als früher, stell' ich mir vor.« Und wieder klatschten seine Zuhörer.

Die englische Bibliothekarin, eine Miß Pedler, zählte zu denen, die nach Palästina gefahren waren, und die Bibliothek war von den beiden griechischen Frauen betreut worden – sie waren beide mit Ägyptern verheiratet –, die nun die Namen der Bücher nannten, die die Bibliothek benötigte.

»Schreiben Sie sie auf. Ich werde mich darum kümmern, daß wir sie bekommen.«

Guy sagte, er beabsichtigte eine Schallplatten-Bibliothek einzurichten, deren Bestände sowohl an Musikgruppen der Streitkräfte als auch innerhalb des Instituts verliehen werden würden. Er plante einen wöchentlichen Institutsabend, an dem es Musik, Dichterlesungen und Schauspiele geben sollte.

»Und Tanz?« fragte einer der Lehrkräfte aufgeregt.

»*Und* Tanz. Etwas sehr Wichtiges: Wir benötigen mehr Lehrer. Machen Sie das unter Ihren englischsprachigen Freunden publik. Sagen Sie ihnen, es handelt sich um einen festen und gutbezahlten Arbeitsplatz.«

Die ägyptischen Lehrer kugelten sich vor Lachen in ihren Stühlen und riefen: »Professor Pringle, Sir, wir haben kein Geld mehr bekommen seit Professor Gracey wegging.«

Guy versicherte ihnen, daß dies in Ordnung gebracht werden würde. Niemand erwähnte das deutsche Vorrücken oder stellte Guys Überzeugung in Frage, daß das Institut bleiben würde und mit ihm die Briten. Harriet, die einmal die Befürchtung gehabt haben mochte, daß Guy mehr versprach, als er erfüllen konnte, war jetzt überzeugt, daß er das, was er sagte, auch in die Tat umsetzen würde, ohne Wenn und Aber.

Auf dem Weg zurück nach Garden City fragte er sie: »War ich gut?«

»Du warst wunderbar.«

Guy war so von seinem neuen Aufgabenbereich in Anspruch genommen, daß Harriet noch keine Möglichkeit gehabt hatte, ihn zu fragen, was er über den Umzug in Dobsons Wohnung dachte. Darauf angesprochen, sagte er jetzt: »Das Zimmer ist in Ordnung, aber dieser Baum ist lästig. Er hält das ganze Licht ab.«

»Ich liebe diesen Baum. Was hältst du von Edwina?«

»Scheint ein nettes Mädchen zu sein. Eine kleine Partymaus.« Bei dem Gedanken an Edwina mußte Guy lachen, und Harriet dachte, sie müßte dankbar sein, daß ›Partymaus‹ eine Kategorie war, für die er keine große Vorliebe hatte.

»Was hältst du von Percy Gibbon?«

»Der Knabe, der am Tisch sitzt und nie spricht?«

»Ja. Ich glaube, ihm gefällt es nicht, daß wir da sind.«

Wieder lachte Guy, der nicht glauben konnte, daß seine Anwesenheit jemand stören könnte. »Ich glaube, er ist bloß schüchtern.«

Guy hatte zu viel zu tun, um das Leben in der Wohnung zu beobachten. Tagsüber fand er kaum Zeit für all die Aufgaben, die er sich selbst auferlegt hatte. Er ließ sich vom Institut einen zusammenklappbaren Tisch schicken, damit er zu Hause arbeiten konnte. Der Tisch wurde im Schlafzimmer der Pringles aufgestellt, wo er sehr im Wege war. Da Guys Augen schlecht waren, konnte er den Halbschatten des Zimmers nicht ertragen. Er schaute sich deshalb um und fand heraus, daß das Zimmer neben ihnen leer stand. Er fragte Dobson, ob er den Tisch da hineinstellen dürfte. Das Zimmer war so klein, daß Dobson es für unzumutbar gehalten hatte, es längerfristig zu vermieten, und er sagte: »Aber natürlich, benutz es, mein Lieber.«

Während Guy gerade seine Unterlagen in dem leeren Zimmer verteilte, hörte er, wie sich die Tür öffnete, und als er sich umschaute, sah er Percy Gibbon, der ihn mit böser Mißbilligung betrachtete. »Ich mach' hier drinnen meine Gymnastik«, sagte Gibbon.

Freundlich erwiderte Guy: »Oh, lassen Sie sich nicht stören. Mir macht das nichts aus.«

Percy ließ sich jedoch stören; er schlug die Tür krachend hinter sich zu, als er ging.

In der ganzen Zeit, in der sie in der Wohnung lebten, hatte er ein einziges Mal mit Harriet gesprochen. Als sie am Frühstückstisch gesagt hatte: »Ich habe das Gerücht gehört, demzufolge wir den Canberra verloren haben«, sah er mit vorwurfsvoll verzerrtem Gesicht auf und sagte: »Wenn Sie das gehört haben, sollten Sie es für sich behalten.«

Später dann sagte Harriet zu Dobson: »Ich glaube nicht, daß Percy Gibbon uns mag. Er ist offensichtlich der Meinung, daß wir kein Recht haben, hier zu sein.«

»Er ist derjenige, der kein Recht hat, hier zu sein. Er bat mich, ihn ein paar Tage hierbleiben zu lassen, während er sich eine eigene Unterkunft sucht. Das war vor einem Jahr, und ich werde ihn nicht mehr los. Er beschwert sich über sein Zimmer, über die Diener, über alles und jeden. Ich deutete an, sehr taktvoll natürlich, daß er anderswo glücklicher sein würde, aber er sagt, daß er keine Zeit habe, sich nach etwas anderem umzusehen.«

»Er ist zu bedauern, wirklich. Er ist in Edwina verliebt.«

»Du machst doch sicherlich einen Witz?« Bei der Vorstellung eines verliebten Percy lachte Dobson laut auf. Doch Harriet hatte ihn gesehen, wie er voll verzweifelter Sehnsucht Edwina betrachtet hatte, und deshalb konnte sie nur Mitleid für ihn empfinden.

7

Simon spürte zum ersten Mal, daß der Jagdverband so etwas wie eine eigene Identität gewonnen hatte, als er hörte, wie einer der Männer ihn als ›Hardys‹ bezeichnete. Bald bezeichneten sich Ridley und Arnold und der Rest selbst als Hardys Haufen und sprachen damit von Hardy, als sei er ein zweiter Popski und sie seine Privatarmee.

Wenn Hardy auch nur ansatzweise bewunderungswürdige Qualitäten gezeigt hätte, hätten die Männer einen Helden aus ihm gemacht, aber alles an dem Major wirkte eher abschreckend. Zur Mannschaft hatte er wenig Kontakt, und seine unnahbare Art suggerierte eine auf Kompetenz beruhende Überheblichkeit, der sie aber nicht trauten. Simon hatte mit seiner Vermutung recht gehabt, daß Hardy vor dem Krieg Lehrer gewesen war. Laut Ridley war er Direktor an einer kleinen privaten Vorschule in Surrey gewesen. Simon, dessen Klassenlehrer dem Major nicht unähnlich gewesen war, erkannte, daß Hardy ein ängstlicher Mann war, dessen schweigsame und verschlossene Art nichts als Unfähigkeit verbarg. Bishop, der Klassenlehrer, blieb seinen Jungs gegenüber auf Distanz, und sie wußten nicht, was sie von ihm halten sollten. Einige von ihnen wollten in ihm fast eine überragende Persönlichkeit erkannt haben, aber als er nach nur einem Trimester wieder ging, sagte der Hausmeister zu ihnen: »Armer Mann, er war dem Ganzen nicht gewachsen.«

Weil er Bishop gekannt hatte, den er nicht mochte, hatte Simon das Gefühl, daß er Hardy bereits kannte, und merkwürdigerweise verspürte er aus diesem Grund keine Abneigung gegen ihn. Im Gegenteil! Wenn er sich an die verlorenen Unterlagen und die fahrigen Handbewegungen erinnerte, entwickelte er ihm gegenüber so etwas wie einen Beschützerinstinkt. Er konnte sich Bishop in der gleichen Situation vorstellen und spürte, daß Hardy – ein Mann mittleren Alters und aus einer geregelten Tätigkeit herausgerissen – schlechter dran war als jeder andere von ihnen.

Am Tag, nachdem sie zwischen den rosafarbenen Felsen

am südlichen Ende der Front gelagert hatten, überwachte Simon das Ausheben der Schützengräben. Einer aus der Mannschaft namens Brookman, ein großer, schwerer Bursche, der Simon erzählt hatte, daß er vor dem Krieg im Obsthandel tätig gewesen war, klopfte seine gewohnten Straßenhändlersprüche. Er warf seinem Kameraden einen Felsbrokken zu und rief: »Hier bitteschön, Oma, du kannst sie auch ohne Zähne essen.« Der Kamerad warf den Stein zurück, worauf Brookman in die Luft sprang und dabei einen hohen, qualvollen Schrei ausstieß: »Oh, meine Frau, meine Kinder.«

Dies verursachte ein derart starkes Gelächter, daß Simon sehen konnte, wie weit die Geschichte schon die Runde gemacht hatte. Der Übeltäter war natürlich Ridley. An Brookman wandte sich Simon mit scharfen Worten: »Hören Sie auf damit, Brookman, jeder kann mal bei einem schwachen Augenblick erwischt werden. Sie sind doch selbst ein verheirateter Mann, oder?«

Brookman erschrak über Simons ungewohnte Strenge und murmelte: »Nehme an, Sie haben recht, Boß.« Von da an wurden über Hardys Frau und Kinder keine Witze mehr gemacht.

Sie sollten sich eigentlich an der Frontlinie befinden, aber das einzige, was in diesem Niemandsland neben dem Schrott, der aus früheren Kämpfen stammte, auffiel, war ein kleiner Hügel in mittlerer Entfernung. In der Nacht zeigten gelbes Mündungsfeuer und Leuchtkugeln die deutschen Stellungen im Norden an, doch während des Tages war vom Feind nichts zu sehen.

Simons nervöse Ängstlichkeit hatte sich gelegt, aber zur gleichen Zeit verspürte er Enttäuschung bei dem Gedanken an eine mögliche Rückkehr in die schläfrige Langeweile des früheren Lagers.

Als er Hardy durch seinen Feldstecher gucken sah, fragte er ihn: »Warum greifen sie nicht an, Sir?«

Hardy starrte weiter auf die deutschen Linien, als ob er dort draußen die Antwort finden könnte, dann sagte er: »Ich nehme an, sie mußten irgendwann einmal Halt machen. Auch der Deutsche besteht schließlich nur aus Fleisch und Blut.«

»Aber wenn sie es in nicht mal einem Monat so weit geschafft haben, warum erledigen sie dann nicht gleich den Rest?«

»Ich vermute, sie gingen es zu schnell an. Falls sie ihre Vorräte aufgebraucht haben, könnten sie jetzt einige Zeit festsitzen.«

An einem Morgen einige Tage später, als der Tau noch auf dem Kameldorn lag, wurde ein halbes Dutzend feindlicher LKWs gesichtet, die langsam und vorsichtig um den Fuß des Hügels fuhren. Sie wurden von Ridley zuerst gesehen, der gleich zu Martin rannte. Martin gab den Befehl, das Feuer zu eröffnen, und Ridley kam vor Selbstzufriedenheit grinsend zu Simon herüber und sagte: »Jetzt ist es soweit, Sir. Kopf runter und Ohren zu.«

Simon folgte Ridley in einen Schützengraben, duckte den Kopf gegen den Sand und schützte seine Ohren. Das Geräusch, das ihn durch seine Hände hindurch erreichte, war das furchterregendste, das er je gehört hatte. Die Artilleristen, die bis dahin wenig zu tun gehabt hatten, machten nun ihre Untätigkeit wett. Als das Feuer anhielt, kam es Simon wegen des Lärms so vor, als ob sein Körper durchgeprügelt wurde, aber er bildete sich ein, sich gut gehalten zu haben, bis er nach Beendigung des Gefechts zu seiner Bestürzung feststellte, daß seine Wangen naß waren. Während er seine Tränen wegwischte, legte jemand eine Hand auf seine Schulter. Er drehte sich um, wütend und beschämt, doch es war nur Arnold.

»Das ist schon in Ordnung, Sir. Beim ersten Mal nimmt es einen immer so mit.«

»Was ist passiert?«

»Wir erwischten einen LKW, und die anderen sind mit Vollgas abgehauen.«

Beim Hinausklettern aus dem Graben konnte Simon den einsamen deutschen Lastwagen schwelend am Fuß des Hügels sehen. Drei leblose Körper lagen der Länge nach dort, und Simon sagte zu Arnold: »Was ist mit diesen Burschen? Sollten wir nicht irgend etwas tun, um ihnen zu helfen?«

»Da gibt es für uns nichts mehr zu tun, Sir. Die anderen zogen die Verwundeten auf ihre Wagen, bevor sie abhauten. Diese Burschen sind fertig.«

Simon wurde zur Erkundung hinausgeschickt und nahm Arnold und drei weitere Männer mit. Dies war seine erste Unternehmung zu Fuß in die ungeschützte Wüste, und obwohl das Gelände vor ihm dem des Lagers sehr ähnelte, hatte er doch das beunruhigende Gefühl, sich als Ziel anzubieten. Er konnte sich vorstellen, daß alle Geschütze des Afrikakorps auf seinen Trupp gerichtet waren, und er sagte zu Arnold: »Laufende Zielscheiben sind wir, oder?«

»Bei so einem Auftrag lassen sie einen für gewöhnlich in Ruhe, Sir.«

Ob dies nun der Wahrheit entsprach oder nicht, der Begräbnistrupp wurde auf seinem Weg zum LKW in Frieden gelassen und untersuchte die Leichen. Obwohl sie erst kurze Zeit vorher gestorben waren, begannen sie dennoch schon, steif zu werden. Simon betrachtete sie mit ehrfürchtiger Scheu. Sie waren nicht nur die ersten toten Deutschen, die er zu Gesicht bekam, sie waren überhaupt die ersten Deutschen: Und was noch stärker wog, sie waren die ersten Toten, die er in seinem ganzen Leben gesehen hatte. Einer lag mit dem Gesicht nach unten, und als er ihn umdrehte, sah Simon, daß er noch ein Jugendlicher war, genau wie Arnold. Beim Durchsuchen der Uniformtaschen fand er die üblichen Sachen: Ausweispapiere, Briefe, Schnappschüsse von Mutter und Vater, jedoch keine Freundin oder Ehefrau. Zu jung dafür, dachte Simon und sagte zu den Männern: »Gut, machen Sie weiter.«

Die Gräber waren nicht tief. Es hatte keinen Sinn, länger als nötig hier draußen zu bleiben, und doch, weil es eben Brauch war, banden die Männer Stecken zu Kreuzen zusammen und steckten eines an das jeweilige Kopfende. Was das doch für eine Idiotie war, dachte Simon. Man tötete Männer und markierte dann die Stelle mit dem Symbol des ewigen Lebens. Auf dem Rückweg sagte er so etwas in der Art zu Arnold, der aber erwiderte: »Sie hätten uns getötet, wenn sie gekonnt hätten.«

»Genau das haben die anderen über den Skorpion gesagt.«

»Ich weiß, Sir, aber die Skorpione muß man nicht töten. Bezüglich dieser Männer verhält es sich anders: Da geht es um das, weswegen wir hier sind.«

Dem Angriff auf die feindlichen LKWs folgte eine lange Periode, in der kein Feind zu sehen war. Ridley hatte herausgefunden, daß die Neuseeländer zu einem Lager in der Nähe des Buckels verlegt worden waren und daß Captain Hugo Boulderstone sich noch immer bei ihnen befand. Als die Tage einfach so mit Sonne, Hitze und dem Summen von Fliegen verstrichen, entschloß sich Simon, einen weiteren Antrag auf Urlaub zu stellen, um seinen Bruder zu besuchen. Das Fernglas wie gewöhnlich auf nichts gerichtet, fuhr der Major aufgebracht herum, als Simon sein Anliegen vorbrachte.

»Wohl verrückt, Boulderstone, oder was?«

»Ich dachte nur, Sir...«

»Es ist nicht Ihre Aufgabe zu denken. Ihre Aufgabe ist es, sich bereitzuhalten und auf Befehle zu warten.«

Auf dem Rückweg zu seinem Biwak murmelte er Ridley zu: »Der Major leistet großartige Arbeit mit seinem Feldstecher.«

Ridley blies die Backen auf und ließ die Luft durch die geschlossenen Lippen entweichen, doch dies war sein einziger Kommentar. Da jetzt Hardy das Kommando hatte, kritisierte Ridley ihn nicht mehr öffentlich, und Simon verspürte das Bedürfnis, seine Bemerkung zu rechtfertigen.

»Ich bat um Urlaub, um meinen Bruder zu besuchen, worauf er aufsprang und mich anfuhr.«

»Nicht überraschend, Sir, wenn Sie erlauben. Der Divisionsfunk spricht davon, daß die Kiwis etwas vorhaben.«

»Einen Angriff?«

»Könnte sein. Aber keine Sorge, Sir. Vielleicht wollen sie die Deutschen nur ein bißchen pieksen.«

Als Simon einige Tage später vor Tagesanbruch aufwachte, hörte er das Donnern weitentfernter Artillerie und das dumpfe Dröhnen eines Bombardements, und er wußte, daß dies der Angriff war. Er stellte sich Hugo mitten darin vor. Er stützte sich auf seinen Ellenbogen und sah Ridley, nur in Unterhosen, zwischen den abgestellten Lastwagen in

Richtung Hügel starren. Das große, schiefe Gesicht des abnehmenden Mondes warf ein düsteres Dämmerlicht über das Lagergelände. Simon ging hinüber zu Ridley und flüsterte: »Was tut sich?«

Ridley flüsterte zurück: »Ich weiß es nicht, Sir, aber ich glaube, daß der Deutsche dort drüben etwas im Schilde führt.« Er nickte zum Hügel hinüber, wo sich im oberen Teil schwache Lichter, wie von einer dunklen Laterne, bewegten.

»Ich glaube, ich sollte den Major wecken, Sarge?«

»Zwecklos. Kann vor Tagesanbruch auch nicht viel machen.«

Aber Simon war nicht in der Lage, seine Informationen für sich zu behalten, sondern ging zu dem Platz, wo Hardy lag, fand ihn wach und berichtete, was gesichtet worden war.

»Wer sah diese Lichter?«

Simon mußte zugeben, daß Ridley sie als erster gesehen hatte. »Aber ich bestätigte es, Sir. Ich dachte, Sie würden sofort davon wissen wollen, Sir.«

»Ganz richtig, Boulderstone. Wenn es hell ist, lassen wir sie wissen, daß wir hier sind.«

Sie standen alle noch vor Sonnenaufgang auf. Simon war auf den Lärm des Geschützfeuers vorbereitet, stand mit den anderen Offizieren neben dem LKW des Gefechtsstandes und sah den Hügel im plötzlichen, erschreckenden Weiß des ersten Lichts auftauchen. Sie konnten schwarze Gestalten sich eilig fortbewegen sehen, als wollten sie in Deckung gehen, bevor der Tag ihre Anwesenheit enthüllte.

Martin rief den Artilleristen einen Befehl zu: »Also los, gebt ihnen sechs Gruppen.«

Als die Geschütze losfeuerten, verschwanden die Gestalten aus dem Sichtbereich. Hardy, der den Hügel mit seinem Fernglas absuchte, sagte: »Kein Lebenszeichen mehr. Wahrscheinlich nur eine Patrouille, aber ich werde die Luftaufklärung verständigen und eine Überprüfung vorschlagen.«

Kurze Zeit später flog ein Leander langsam und gemächlich wie ein alter Moskito über den Jagdverband und umkreiste einige Mal den Hügel. Eine halbe Stunde später traf der Bericht ein, daß der Hügel noch immer besetzt war und es

Anzeichen dafür gab, daß der Feind ihn in eine Miniaturfestung verwandelte. Auf der östlichen Seite gebe es Spuren im Boden, als ob Minen gelegt worden seien, und auf der westlichen Seite seien Waffendepots eingegraben worden.

Die Geschütze feuerten erneut und setzten dies in Intervallen den Nachmittag hindurch fort. Nach dem Vier-Uhr-Tee mußten sich Simon und Trench bei Hardy melden. Der LKW des Gefechtsstandes war im Schutz eines Felsüberhangs eingegraben worden. Hardy und Martin lagen oben auf dem Felsrücken und hatten beide ihre Feldstecher auf den Hügel gerichtet.

Simon und Trench, die ein paar Meter auseinanderstanden, sahen sich nicht an, während sie warteten. Obwohl die Umstände sie zwangen, miteinander zu verkehren, taten sie es nur widerwillig. Jeder spürte im anderen das Bewußtsein, daß etwas nicht stimmte, obwohl keiner hätte sagen können, was es war. Sogar jetzt, wo sie beide in ängstlicher Angespanntheit die nächsten Befehle erwarteten, bestand die Gegnerschaft zwischen ihnen weiter.

Hardy drehte den Kopf, um sie anzuschauen und sagte mit einem langen Seufzer voller Unzufriedenheit: »Der Feind ist immer noch in Stellung. Ich hatte die Hoffnung, unser Feuer würde sie in die Flucht schlagen, doch es sind mehr, als wir dachten. Das Problem ist, wir haben zu wenig Munition.« Er sagte etwas zu Martin, rutschte dann vom Felsrücken herunter und sprach mit seinen zwei Leutnants. »Es gibt leider keine andere Möglichkeit, als die Infanterie vorzuschicken. Machen Sie einen Frontalangriff, versetzen Sie ihnen einen Schlag, einen richtigen K.O.-Schlag. Das wird sie vom Hügel vertreiben.«

Die beiden jungen Männer sagten: »Jawohl, Sir«, und klangen dabei so enthusiastisch, wie sie konnten.

Simon blickte schräg auf Trench und sah, wie dieser auf seine Füße starrte – seinen schönen, langgezogenen Mund dabei halboffen. Offensichtlich wußte er nicht, was von ihm erwartet wurde.

Hardy sagte: »Sie führen Ihre Züge morgen ins Gefecht, noch vor Tagesanbruch geht es los.«

Simon blickte wieder auf Trench und dachte, als er dessen Lippen zucken sah: »Er hat mehr Angst als ich.« Einen Moment lang verspürte er ein hämisches Triumphgefühl, dann überkam ihn seine eigene Angst. Als sie sich später beim Abendessen wiedertrafen, fühlte sich Simon zum ersten Mal, seit Trench zum Jagdverband gestoßen war, imstande, mit ihm offen zu sprechen. »Denkst du, wir sollten Briefe zurücklassen oder Telegramme vorbereiten oder irgend so was?«

»Du meinst, für unsere Leute zu Hause?«

»Ja, ich hab' auch eine Frau. Was meinst du?«

Sie hatten von Männern gehört, die Briefe schrieben, Briefe, die sich oft als Abschiedsbriefe herausstellten, und sie überlegten etwas befangen, ob sie das gleiche tun sollten oder nicht. Trench entschied: »Ich glaube nicht, daß wir es tun sollten. Es ist fast, als ob man es herausforderte.«

»Wahrscheinlich hast du recht.«

Da sie die Angst vor dem unmittelbar bevorstehenden Angriff teilten, schien ihre Feindseligkeit wie eine Luftspiegelung zu verschwinden. Sie fingen an, sich gegenseitig an Begebenheiten während ihrer gemeinsamen Tage auf der *Queen Mary* zu erinnern, und fast gleichzeitig kamen auch ihre alte Vertrautheit und das gegenseitige Verständnis zurück. Sie erinnerten sich an ihr Gelächter an Bord des Schiffes, entsannen sich an Codleys Witze und fingen wieder zu lachen an. Ihre Erregung war wie das Wiederaufleben einer Liebe, aber es war eine fiebrige Erregung. Sie konnten die Tatsache nicht aus ihrem Denken verbannen, daß sie bei Tagesanbruch unter Feuer stehen würden. Doch verlieh ihnen das Lachen, ähnlich wie Alkohol, Mut, und als Hardy seine Lagerrunde machte, steckten sie noch immer zusammen und konnten kaum den Gedanken einer Trennung ertragen. Hardy machte bei ihnen halt. »Boulderstone? Trench? Versuchen Sie etwas zu schlafen, bevor die Sache steigt.« Er sprach auf eine nette Art mit ihnen, wie er es mit seinen eigenen Kindern tun mochte, und beide Männer waren vor Dankbarkeit gerührt und bereit, ihm bis zum Ende zu gehorchen.

Simon hatte nicht erwartet, einschlafen zu können, doch er schlief, als die Stimme der Wache das Lager weckte. »Auf,

auf, ihr müden Leiber.« Er setzte sich in der Dunkelheit auf, sah Arnold neben sich stehen und fragte: »Um Himmels willen, Arnold, wie spät ist es?«

»Drei Uhr, Sir.«

Der Grund für das Wecken zu dieser Stunde war zu entsetzlich, um noch weiter darüber nachzudenken. Stöhnend und fluchend wegen der großen Kälte standen die Männer auf. Simon, noch ganz benommen, konnte noch nicht an die schwere Prüfung denken, die vor ihm lag, sondern verblieb in einer Art Halbschlaf und stolperte, als er seinen Pullover anzog. Hardy war auch schon auf und kam fertig angezogen zu den sich formierenden zwei Zügen, um ihnen mitzuteilen, daß Martin und seine Artillerie sie begleiten und ihnen Feuerschutz geben würden. Die Pioniere würden vorausgehen, um zu prüfen, ob am Fuße des Hügels Minen gelegt worden waren oder nicht.

Simon mußte die Übelkeit hinunterschlucken, die aus seiner Magengrube hochstieg, während sie auf das »Alles fertig« warteten, seine Männer schweigend hinter ihm. Er fragte sich, wo er hingehen könnte, um sich ungesehen zu übergeben, falls es sich doch nicht zurückhalten ließ? Doch es blieb, was es war: eine eingebildete, von den Nerven hervorgerufene Übelkeit; als sie loszogen, hatte er sie vergessen.

Der Feind schien auf der Hut zu sein. Wiederholt blitzten Geschütze entlang der deutschen Stellungen auf, und die in geschlossener Ordnung vorrückenden Männer hielten sich instinktiv dichter als nötig beieinander, während sie in das Niemandsland hineinmarschierten. Der Mond war untergegangen, und sie bewegten sich im Sternenlicht. Man konnte wenig sehen, und Simon betrachtete es als unwahrscheinlich, daß jemand sie gesichtet haben konnte, doch ein paar hundert Meter vor ihrem Angriffsziel ging von der Spitze des Hügels eine Leuchtrakete hoch, tauchte die Wüste in bleiches Licht und gab die beiden dicht aufgerückten Züge preis. Auf der Stelle entstand ein Tumult. Rote und gelbe Leuchtspurgeschosse zischten gleich tödlichen Feuerwerkskörpern über sie hinweg, und Maschinengewehre ratterten nervtötend und bösartig ohne Unterbrechung. Simon schrie: »Lauft was ihr könnt!« Doch die Männer hatten gar nicht erst auf einen Befehl gewartet. Sie rannten um ihr Leben, durch die kreischende, pfeifende, rauschende, dröhnende Luft.

Zum Hügel hinrasend, sagte sich Simon: »Wir rennen geradewegs hinein.« Doch der Hügel selbst bot Deckung. Simons Zug war ohne Verluste angekommen, und er rief Trench zu: »Wie steht's mit deinen Jungs?« Trench' atemlose Stimme erreichte ihn aus der Dunkelheit: »Alles in Ordnung, hoff' ich.«

Das Geschützfeuer vom Hügel ließ nicht nach, aber jetzt kam von Martins Artillerie ein Gegenschlag. Simon wartete mit seinen Männern zusammengekauert auf das Ende des Sperrfeuers; er hoffte, daß die Geschütze die Lage bereinigen würden. Doch dann kam Martin herüber und erteilte ihm durch den Lärm hindurch die Anweisung, seinen Zug auf die linke Seite des Hügels zu führen und bergauf vorzurücken, bis sie auf Widerstand trafen. Trench und sein Zug würden auf die rechte Seite gehen. Mit tiefer Stimme schimpfend deutete Martin an, daß die ganze Sache langweilig sei, und machte den beiden jungen Männern klar: »Der Befehl lautet: nicht mehr Verluste hinnehmen, als es die Situation rechtfertigt.«

Simons Stimme war zu einem einzigen Krächzen geworden, als er fragte: »Verluste, Sir?«

»Reißen Sie sich zusammen, Boulderstone. Bilden Sie sich etwa ein, es gäbe keine Verluste? Vorwärts jetzt – und ran an den Feind!«

Das Feuer hatte aufgehört, aber als Simon sich in Bewegung setzen wollte, schien Martin es sich anders zu überlegen. Er sagte: »Warten Sie.« Vom Hügel war kein Ton mehr zu hören, und einen beschwingten Moment lang stellte sich Simon vor, daß der Feind aufgerieben worden war – dann setzten die Maschinengewehre wieder ein.

Der Himmel riß auf, und ein fahles Licht ließ sie sich gegenseitig erkennen. Als er von einem verzerrten Gesicht zum nächsten sah, dachte Simon: »Es ist völlig verrückt, hier zu sein.« Ridley ließ mißmutig den Kopf hängen und wartete darauf, ein Feldtelefon aufstellen zu können. Martin wartete ebenfalls, doch niemand wußte worauf. Arnold lächelte Simon liebevoll und beruhigend an, als ob er dies alles schon einmal durchgemacht hätte und wüßte, daß alles gut ausgehen würde.

»Jetzt macht schon«, flüsterte Martin. »Macht den Hunnen fertig. Sollte eigentlich ein Kinderspiel sein, doch falls ihr in Schwierigkeiten kommt, schickt einen Melder zurück, und wir werden euch raushaun. *Falls möglich.* Also los, und viel Glück.«

Simon schaute hinter sich und konnte einen flüchtigen Blick auf das jämmerlich verzerrte Gesicht Trench' werfen und dachte: »Armer, alter Trench.« Er selbst war jetzt, da der Kampf begonnen hatte, wieder mit Leben erfüllt. Als sie die linke Flanke des Hügels erreicht hatten, zog er seinen Revolver und befahl seinen Männern auszuschwärmen. Sie gingen seitlich den grauen, aschefarbenen unteren Hang hinauf. Ihre in den Boden einsinkenden Füße konnte man zwar fast nicht hören, trotzdem waren die Verteidiger auf sie vorbereitet. Als der erste von ihnen in Sichtweite der Maschinengewehre war, hagelten Handgranaten auf sie nieder. Sie krümmten und wandten sich, krochen zum gegenseitigen Schutz aufeinander zu, während Simon schrie, »Ausschwärmen... ausschwärmen«, ohne eigentlich zu erwarten, daß sie ihm gehorchten.

Eine Palisade flacher Steine und Felsen war auf der Kuppe des Hügels errichtet worden. Als er sah, wie ein Kopf sich darüberschob und eine Hand erhoben wurde, um eine Handgranate zu werfen, feuerte Simon und war verblüfft, den Mann hochspringen und rückwärtsfallen zu sehen. Sein Schuß, sein erster Schuß mit der Absicht zu töten, hatte ins Schwarze getroffen. Er hatte jemanden verletzt oder sogar getötet. Was auch immer, er hatte ein deutsches Schwein außer Gefecht gesetzt. Die Befriedigung berauschte ihn. In seiner Erregung verlor er jedes Gefühl für Gefahr und hörte auch Arnolds Schreie nicht: »Unten bleiben, Sir. Um Gottes willen, unten bleiben!« Ekstatisch vor Freude und in dem Gefühl, das gefunden zu haben, was er sein Leben lang gesucht hatte, stürzte er sich in eine Maschinengewehrsalve.

Seine Euphorie ließ abrupt nach, als eine Kugel an seinem Ohr vorbeipfiff. Er bemerkte, daß der Boden um ihn herum mit Kugeln gepflügt wurde, und plötzlich ergaben Arnolds Schreie auch einen Sinn. Er warf sich hinter einen Felsen und sah, daß die anderen Männer bereits Deckung gesucht hatten. Es gab nicht viel Deckung, lediglich viele kleine Felsnasen auf dem oberen Hang, die aber so niedrig waren, daß die Männer mit dem Kopf auf dem Boden dahinterlagen. Der Kampf wurde nun beiderseitig mit Gewehrfeuer ausgetragen; dann hörte man plötzlich Schmerzensschreie. Die Deutschen hatten eine Mörsergranate geworfen. Von Fels zu Fels springend, erreichte Arnold Simon und legte sich neben ihn. »Drei Männer getroffen, Sir. Zwei schwer. Einer von ihnen hinüber.«

»Wer ist es?«

Der Tote war Brookman, und Simon fragte sich, wieviel Verluste diese Situation *rechtfertigte?* Das Maschinengewehrfeuer, das aufgehört hatte, wurde auf der rechten Flanke des Hügels wieder eröffnet. Er erkannte, daß jetzt Trench dran war und daß er selbst Handlungsspielraum hatte. Er sagte zu Arnold: »Laufen Sie zurück. Sagen Sie Martin, wir sind unter schwerem Feuer, aber im Moment ist Pause. Sagen Sie, ich schlage vor, die feindlichen Linien zu stürmen. Erbitten Sie weitere Befehle.«

Arnold lief den Hügel in großen Sprüngen hinunter, während Simon den anderen befahl, die Bajonette aufzupflanzen und zu warten. Wenn sie bald angriffen, könnten sie das Feuer von Trench abziehen. Hier gab es eine Möglichkeit, die Palisade zu stürmen und vielleicht wurde sie nur von ein paar Männern gehalten. Er wurde wegen der Verzögerung ungeduldig, und als er den Hügel hinunterschaute, sah er, daß Arnold gerade beim Heraufsteigen war. Geduckt ging er den Aufstieg vorsichtig an. Simon rief ihm zu, sich zu beeilen, worauf Arnold, voller Eifer, dem Befehl nachzukommen, sich aufrichtete, nach vorne rannte, die Arme hochwarf und niederfiel.

Simon rief ihn, aber er bewegte sich nicht. Während er seinen Namen brüllte, rannte Simon dorthin, wo er mit weißem

Gesicht und offenen Augen lag. Er war in die Brust getroffen worden. Trotz des starren Blicks glaubte Simon, daß man noch etwas für ihn tun konnte. Er probierte aus, wie schwer er war, und als er fand, daß er ihn leicht tragen konnte, hob er den dünnen, jungen Körper auf seine Schulter und rannte im Dauerlauf zum Fuß des Berges.

Von seinem Anblick verblüfft, schrie Martin voll Wut: »Sie verdammter Narr, was denken Sie eigentlich, was Sie hier machen?«

»Es ist Arnold. Er ist mein Putzer und Fahrer. Er wurde in die Brust getroffen.«

»Legen Sie ihn sofort ab und gehen Sie zurück zu Ihren Männern.«

»Sie kümmern sich um ihn, ja?«

»Gehen Sie zurück. Sie könnten deswegen vor ein Kriegsgericht gestellt werden.«

Bis er oben am Hügel ankam, waren die Deutschen schon über die Palisaden gesprungen und befanden sich im Nahkampf mit seinem Zug. Als er einem blonden, rosigen, jungen Deutschen von Angesicht zu Angesicht gegenüberstand, feuerte Simon voller Wut und sagte: »Zum Teufel! Zum Teufel mit euch allen!« Das rosige Gesicht öffnete sich und vergoß eine Röte, ähnlich der eines Granatapfels.

Dies war Haß, eindeutig. Simon fühlte, daß er den Kampf mit dem ganzen Haufen aufnehmen konnte, doch die Verteidiger hatten schon genug. Sie machten kehrt, kletterten zurück über die Palisade und stolperten an der westlichen Seite des Hügels hinunter. Ihre LKWs erwarteten sie, und während die Sieger ihnen im Triumph nachgrölten, stiegen sie ein und fuhren zu den deutschen Hauptkampflinien.

Auf der Rückkehr zum Lager holte Ridley Simon ein und sagte: »Keine schlechte Vorstellung, Sir.«

»Nicht allzu schlecht, Sarge.«

»Haben Sie's gehört, Sir? Mr. Trench hat's erwischt.«

»Tot?«

»Mausetot. Armer Kerl. Sie sagen, kurz bevor er getroffen wurde, hätte er noch einen unglaublichen Kampf geliefert.«

»Exakt was ich erwartet hatte«, sagte Simon und schämte

sich im gleichen Atemzug, da er nichts Derartiges erwartet hatte. Er konnte jetzt seine frühe Verachtung Trench gegenüber nicht verstehen. Trench und Arnold waren seine Freunde gewesen, und er hatte sie beide verloren. Er fragte sich, genau wie Arnold sich gefragt hatte, als Ted und Fred von ihm gingen, wie er ohne sie würde leben können.

Das Gefecht hatte den Jagdverband insgesamt acht Männer gekostet. Die Leichen wurden zurückgebracht und noch vor dem Abendessen beerdigt. Hardy sagte zu Simon: »Sie handelten unklug, als Sie Ihre Männer verließen, aber ich verstehe Ihren Wunsch, Arnold zu helfen. Sie haben Ihre Sache recht gut gemacht; deswegen vergessen wir, was geschehen ist. Haben Sie noch etwas zu sagen?«

Als Simon die Ereignisse des Tages noch einmal Revue passieren ließ, fiel ihm nichts ein. Er schüttelte den Kopf. Mit dem Gefühl des Verlustes und großer Müdigkeit wollte er nur noch schlafen.

8

Ein neuer General löste Auchinleck ab. Man diskutierte in Kairo über die Ablösung, aber niemand konnte darüber Auskunft geben, warum der eine General gegangen war und ein anderer das Kommando übernommen hatte. Bei einem Spaziergang in Suleyman Pascha sah Harriet Auchinleck auf dem Gehweg gegenüber. Wie sie später erfuhr, war es genau der Tag, an dem er Ägypten für immer verließ. Sie blieb stehen, um ihn zu betrachten. Er war ein sehr großer, gutaussehender Mann mit einem ernsten Gesicht und einer breiten Stirn: das Idealbild eines jener Führer, jener Halbgötter, die das Leben einfacher Menschen bestimmten; und doch schuldete auch er Gehorsam und war fortgeschickt worden. Obwohl sie ihn nie kennengelernt hatte und wahrscheinlich auch nie wieder sehen würde, erfüllte sie doch eine tiefe Traurigkeit, als sie ihn in der gleichgültigen Menge verschwinden sah.

Auch Harriet hatte ihre Bedeutung verloren, so klein diese auch war. Niemand fragte sie mehr nach Neuigkeiten, da sie nicht mehr wußte als jeder andere auch. Wenn sie unter all den Gerüchten, die sich aufgrund allgemeiner Unwissenheit verbreiteten, einmal von einem wahren Ereignis erfuhr, konnte sie nicht darauf reagieren oder eine Stecknadel in die Wandkarte stecken. Sie wollte auf der Stelle einen neuen Job und brachte deswegen in Umlauf, daß sie frei war und nach Arbeit suchte; aber für weibliche englische Zivilisten gab es wenig Arbeit in Ägypten. Sie fragte Guy, ob sie Miß Pedlers Stelle in der Bibliothek übernehmen könne, doch bevor irgend etwas entschieden werden konnte, kehrte Miß Pedler zurück. Obwohl nichts geschehen war, das die Situation, aus der sie geflohen waren, geändert hatte, fanden die meisten Flüchtlinge, des Lagerlebens in Jerusalem müde, ihren Weg nach Kairo zurück. Allein die Tatsache, daß nichts geschehen war, reichte aus. Ein Feind, der zum Kommen so lange brauchte, kam vielleicht überhaupt nicht.

Sogar Pinkrose war zurückgekehrt. Als die Pringles einmal zu Groppi gingen, um Aidan Pratt zu treffen, sahen sie Pinkrose vor einem großen Teller Kuchen sitzen. Es war Mittag, die Sonne brannte durch den Stoff des Sonnenschirms, aber Pinkrose war eingemummt wie ein Beduine, und vielleicht aus dem gleichen Grund. Er hoffte, daß sein Hut, Schal und Wollanzug ihn vor der Hitze schützen würden. Den Hut ins Gesicht und den Schal bis hinauf zu den Nasenlöchern gezogen, war er vollkommen auf seine vier gezuckerten, mit Früchten und Süßigkeiten garnierten Sahnetörtchen konzentriert, das Üppigste, was Groppi zu bieten hatte.

Als Guy und Harriet an seinem Tisch stehenblieben, hob er zuerst nicht einmal den Kopf, sondern streckte eine Hand aus, als ob er sie abwehren wollte. Dann ließ er seine Augen an den Eindringlingen hinaufwandern und sagte: »Ach, Sie sind's, Pringle!« Da er die Einladung, einen Vortrag zu halten, angenommen hatte, mußte er Guy zumindest etwas Höflichkeit erweisen.

Guy sagte: »Sie wissen, daß ich hier zum Leiter ernannt wurde?«

»Ja, ja, ich habe dies vernommen. Hm, hm, ich habe dies vernommen.«

»Ich meine, daß ich für die Ernennung Ihnen Dank schulde. Wie ich glaube, war es das Ergebnis Ihres Telegramms an Bevington.«

»Oh, war es das!« Aus Pinkrose' Ton wurde deutlich, daß dies nicht das Ergebnis war, das er beabsichtigt hatte. Ein Schimmer ironischer Verachtung für Guys Einfältigkeit trat in seine steingrauen Augen, doch da er durch die Entgegennahme dieser Dankbarkeit nichts zu verlieren hatte, nickte er also und sagte: »Ist dem so?«

»Im Büro sind einige Briefe für Gracey. Ich würde sie ihm nachschicken, wenn ich wüßte, wo er sich aufhält. Ich dachte mir, daß Sie mir vielleicht seine momentane Adresse sagen könnten?«

»Momentane Adresse? Momentane Adresse?« Pinkrose verlor bei dieser Unterhaltung immer mehr die Geduld, da er sich gierig wieder seinen Törtchen widmen wollte. »Ich kann sie Ihnen wirklich nicht sagen. Ich hörte, ja tatsächlich, man *berichtete* mir, der Leiter in Jerusalem berichtete mir, daß Gracey versucht, ein Schiff zum Kap hinunter zu finden. Wie und wann, kann ich nicht sagen. Ich fürchte, ich kann Ihnen nicht helfen, Pringle. Nein, nein, ich kann Ihnen nicht helfen.« Sein Wunsch, die Pringles loszuwerden, ließ ihn am ganzen Körper zucken, dann erinnerte er sich, daß Harriet einst eine Informationsquelle gewesen war, worauf er seinen Kopf leicht hob, um sie zu fragen: »Die Lage in der Wüste hat sich beruhigt, hm? Die Deutschen haben ihre Kräfte überschätzt. Kein Biß mehr in ihnen, hm? Kein Biß. Kein Biß.«

Niemals abgeneigt, Pinkrose etwas zu beruhigen, konnte Harriet der Gelegenheit nicht widerstehen. »Was die Wüste anbelangt, weiß ich nicht Bescheid. Niemand macht sich deswegen groß Gedanken in diesen Tagen. Die Hauptsorge ist jetzt die Ukraine. Der Oberbefehlshaber vermutet, daß sie noch vor Ende des Monats fallen wird. Wenn das passiert, wird der Feind über uns herfallen wie der Wolf über die Schafherde.«

Pinkrose war fassungslos, seine graue Farbe wurde noch

grauer, dann fragte er stockend: »Haben wir denn keine Truppen im Irak?«

»Eine Handvoll. Was könnten die wohl gegen zwanzig Panzerdivisionen ausrichten?«

»Zwanzig? Sagten Sie zwanzig? Niemand sagte mir, daß sie möglicherweise diesen Weg nehmen.«

»Die Leute leben hier in einem Traumland. Sie glauben, daß sie nichts zu befürchten hätten, solange in der Wüste alles in Ordnung ist. Sie vergessen, daß wir an einer anderen Front bedroht werden.«

Pinkrose war in seinem Sitz zusammengesunken und starrte auf seine Törtchen, als ob sie ihn enttäuscht hätten, und lachte plötzlich gequält auf. »Jetzt verstehe ich. Ja, ja... Sie wollen mir Angst machen. Aber mich erschreckt man nicht. Nein, mich erschreckt man nicht. Das heißt, Sie können verschwinden. Wenn Sie Unruhe und Mutlosigkeit zu verbreiten wünschen, können Sie dies anderswo tun.«

»Warum sollte ich Ihnen Angst machen wollen, Lord Pinkrose?«

»Das ist leicht zu beantworten.« Pinkrose' Stimme wurde vor Triumph schrill. »Ich war einer derjenigen, die der Major auf sein Schiff einlud – *Sie nicht*. Sie drängten sich an Bord. Ja, ja, Sie drängten sich an Bord. Es wäre eine angenehme Reise geworden – eine sehr angenehme Reise sogar –, aber Ihr ganzer Haufen drängte an Bord und verdarb alles. Vier Personen machten es sich in meiner Kabine bequem. *Vier* von ihnen. Dadurch wurde alles sehr ungemütlich, für mich und auch für die anderen Gäste des Majors. Ihr jungen Leute denkt nur an euch selbst. Also, ziehen Sie ab...« Pinkrose hob seine Kuchengabel und winkte sie von sich.

Als Harriet nach Luft schnappte, um zu protestieren, gab Guy ihr einen kleinen Schubs, und beide gingen zu einem freien Tisch. Außerhalb von Pinkrose' Hörweite sagte Guy: »Warum willst du dem armen, alten Knaben Angst einjagen?«

»Ich habe nichts gesagt, was nicht der Wahrheit entspricht. Er wird vielleicht noch sehr viel mehr Angst bekommen, bevor dieser Krieg zu Ende ist. Falls wir hier abgeschnitten werden, was wird dann aus ihm oder uns werden? Oder auch aus jedem anderen? Wer würde uns repatriieren? Wen würde es kümmern, ob wir leben oder sterben? Wir wären verloren, wir wären der Abschaum der Kriegshierarchie: Bettler, auf moslemische Wohltätigkeit angewiesen. Und wir können dankbar sein, daß die Moslems Sinn für Wohltätigkeit besitzen. Wir werden keine anderen Freunde haben.«

»Darling.« Guy hob ihre rechte Hand und legte sie auf seine Lippen. »Kleine Affenpfote. Die Russen werden sich nicht so leicht ergeben. Wart's nur ab, die Ukraine wird halten, du wirst sehen.«

»Woher willst du das wissen? Was läßt dich so sicher sein?«

»Ich bin mir sicher.« Er gab keine Begründung für seine Gewißheit, sondern drückte ihre Finger und übermittelte seine Zuversicht durch den Druck und die Wärme seiner Hand. Er betrachtete ihre Hand, bevor er sie losließ und sagte: »Zierliche, kleine Hand!«

»Zu zierlich. Ich bekomme ständig diese Magenverstimmungen.«

»Das geht so nicht weiter«, sagte er und wechselte schnell zu einem Thema, das ihn weniger beunruhigte. »Wer glaubst du, ist heute morgen ins Büro gekommen? Toby Lush. Angeblich kam er, um mir zu meiner Ernennung zu gratulieren; aber sie wollen Arbeit, die zwei. Sie hatten eine ganz schön eintönige Zeit im Lager, während Gracey und Pinkrose im King David Hotel in Saus und Braus lebten. Sie sagten, daß Gracey es nicht für nötig gehalten hatte, sich mit ihnen in Verbindung zu setzen, und wenn sie Pinkrose über den Weg liefen, tat er so, als würde er sie nicht kennen.«

»Du wirst sie doch nicht anstellen wollen, oder?«

»Warum nicht? Was sind sie denn mehr als Strandgut des Krieges? Ich finde für sie schon Verwendung.«

Aidan Pratt hatte auf einer, wie er es nannte, ›kurzen Mission‹ in Alexandria versucht, Guy anzurufen, und hatte, als er ihn dort nicht erreichte, die Spur der Pringles bis zu Dobsons Haus verfolgt. Als er Harriet am Telefon antraf, bat er sie, ihn zum Muski zu begleiten. Er wollte ein Geschenk für seine Mutter kaufen. Als sie einwilligte, schickte er noch nach: »Ich nehm' an, Guy hätte keine Lust dazu?«

Harriet hatte Guy einmal dazu überredet, mit ihr zum Muski zu gehen, doch am Eingang zu den engen, halbdunklen Muski-Gassen, hatte er kehrtgemacht und gesagt, daß nichts ihn dort hineinbringen würde. Sie erkannte, daß er sich so fühlte, wie sie sich in der zerfallenen Pyramide gefühlt hatte. Obwohl sie sagte: »Ich werde ihn fragen«, wußte sie, daß Aidan enttäuscht sein würde.

Als sie ihn so, halb einen Aufruhr fürchtend, auf sie zukommen sah, flüsterte sie Guy zu: »Komm doch mit uns mit...«

Guy war ganz entschieden gegen einen Besuch im Muski. »Unmöglich.« Aidan spürte seine Weigerung und sagte mit gespielter Bescheidenheit: »Du kommst nicht mit? Ich nehme an, du hast wichtigere Dinge zu tun?«

»Ich würde nicht sagen wichtig. Ich habe zu arbeiten.« Guy grüßte Aidan mit gewohnter Liebenswürdigkeit, konnte aber nicht lange bleiben. Sie unterhielten sich ein paar Minuten lang, doch er ließ sich bei seinem Glas Wein keine Zeit. Er trank es in einem langen Zug aus, sagte: »Bis später«, und ging, ohne Zeit oder Ort auszumachen.

»Ist er immer so *engagé?* Es ist unwahrscheinlich, daß ich ihn später sehe. Mein Zug geht um sechs.«

Um Guy zu entschuldigen, sagte Harriet: »Er hat zur Zeit mehr als gewöhnlich zu tun, da er das Institut wieder auf Vordermann bringen will.«

Aidan stieß ein verblüfftes Lachen aus und willigte ein, gleich zum Muski zu gehen. Vor dem Groppi fanden sie eine Pferdekutsche, die sie bis zu den Esbekiya Gärten mieteten. Aidan, stellte Harriet fest, hate sich vom ersten Schmerz über den Tod seines Freundes erholt, und sie fühlte sich in seiner Gesellschaft jetzt wohler. Die Fahrt durch die Nachmittagshitze war wie eine Fahrt durch greifbaren Dunst, der nach Sand und dem alten Droschkengaul roch; Harriet versuchte dabei, Guys Abwesenheit zu kompensieren. Sie erzählte Aidan, was sie über die Dinge wußte, an denen sie vorbeifuhren. Der Eskebiya, sagte sie, hatte noch immer das eingesunkene Aussehen eines Seebettes, und in früheren Zeiten, wenn der Nil anstieg, war er immer mit Wasser gefüllt gewesen. Jetzt diente der Platz den Straßenbahnen zum Wenden.

Es gab jedoch noch ein paar alte Häuser mit Bäumen, die sich über die Gartenmauern senkten, als ob sie das nicht mehr vorhandene Wasser erreichen wollten. Napoleon hatte in dem Herrenhaus Quartier bezogen, das sich mittlerweile in Shepherd's Hotel verwandelt hatte. Sie war der Meinung, daß der Platz noch immer einen Hauch der orientalischen, pränapoleonischen Pracht ausstrahlte, obgleich er zu einem Zentrum liederlichen Lebens und liederlicher Medizin geworden war. An den schäbigen Flachdachhäusern, die die meisten Herrenhäuser ersetzt hatten, waren Reklametafeln von Ärzten angebracht, die ›alle Krankheiten der Liebe‹ heilten und den Impotenten ›pferdegleiche Kraft‹ versprachen. Gigantische Holzzähne mit blutigen Wurzeln waren herausgehängt worden, als Zeichen dafür, daß hier billige Zahnärzte bei der Arbeit waren.

Aidan, dessen dunkle und düster blickende Augen von einer Seite zur anderen wanderten, fragte: »Warum ist alles so heruntergekommen?«

Harriet zeigte auf den kleinen, ausgedörrten Garten in der Mitte und erklärte, daß der Attentäter Klébers dort aufgespießt worden war und es drei Tage gedauert hatte, bis er tot war. »Wer wollte nach so etwas hier schon wohnen?«

Der obere Teil des Platzes mündete in den Muski, und Harriet sagte, sie sollten jetzt besser die Droschke bezahlen, da es nun mehr Spaß bereiten würde, zu Fuß zu gehen. Durch das Wort ›Spaß‹ wachgerufen, sprang Aidan auf die Straße hinunter, als ob er sich nun redlich Mühe geben wollte, sich zu amüsieren.

Danach gefragt, was er kaufen wolle, zeigte er sich unsicher: »Schmuck oder Silberzeug oder ein Stück Seide.«

Der Muski bot solche Dinge in Hülle und Fülle an, und Harriet, die die Geschäfte kannte, dachte, Aidan würde schnell finden, was er wollte. Doch da täuschte sie sich.

Die Gassen brüteten ruhig unter der Hitze. Die Ladenbesitzer lagen im hinteren Teil ihrer nach vorne offenen Geschäfte träge im Schatten, schliefen oder ließen Bernsteinketten durch ihre Hände gleiten. Die meisten ignorierten ihre Besucher, wohlwissend, wer zum Kaufen und wer nur aus Neugierde kam, und Harriet sah, daß sie wenig oder kein Zutrauen zu Aidans Kaufabsichten hatten. Mit der Zeit bekam sie das Gefühl, daß sie recht hatten.

Er befingerte die Seiden- und Rayonballen und legte sie geringschätzig weg. Sie hielten den Vergleich mit den Seiden in Damaskus nicht stand, sagte er. Harriet führte ihn in ein kleines, verglastes Geschäft, in dem Parfüm verkauft wurde. Das Parfüm konnte in einfache Flaschen oder in ein mit Gold verziertes Flakon aus venezianischem Glas gefüllt werden. Er gab zu, daß die Flakons schön waren, aber die Parfüms – Rose, Moschus, Jasmin oder Sandelholz – waren für Aidans Geschmack zu süß. Dann dachte Harriet, sie wüßte genau, welcher Ort sein Interesse wecken könnte: Es war ein großes Geschäft ohne Fenster, ähnlich einem großen Zelt. Hier, im Halbdunkel, waren die Regale und der Boden voll mit altem Silber, Tafelgold, graviertem Glas, viktorianischem Nippes, indischem Spielzeug, burmesischen Tempelvögeln, Staffordshire-Hunden, Pferden, Schwänen und menschlichen Figuren. Harriet gefielen besonders einige der eisernen, mit Blumen und Gebäuden und fantasievollen Szenerien bemalten Tabletts, die auf Beine gestellt werden konnten, um so als Kaffeetischchen zu dienen; doch Aidan schüttelte den Kopf. Er wendete einige Brücken und sagte: »Auch nicht gerade die allerbesten.« In der Mitte des Geschäftes stand eine Glasvitrine, gefüllt mit antikem Schmuck aus Rotgold und Rosendiamanten. Harriet, die es sich nicht leisten konnte, solche Dinge für sich selbst zu kaufen, berührte die kunstvollen Broschen, Ringe und Anhänger mit der Hand und bewunderte die großen Diamanten, die wertvoller aussahen, als sie tatsächlich waren. »Ich bin sicher, Ihrer Mutter würde so etwas gefallen.«

»Viel zu protzig für sie.«

Sie zogen wieder weiter. Vor einem Schaufenster, an dem sie vorbeischlenderten und in dem ein abgestoßener griechischer Kopf und einige kleine ägyptische Grabfunde auslagen, blieb er stehen. »Hier könnte es etwas geben.«

»Diese Sachen sind wahnsinnig teuer.«

»Ich schau' nur mal rein.«

Harriet blieb draußen, da sie spürte, daß er von Natur aus verschlossen war und sich vielleicht eher zu etwas entschließen konnte, wenn er allein war. Als er mit seiner Rückkehr auf sich warten ließ, spazierte sie ans Ende der Gasse, wo der Bazar sich zu einer gewöhnlichen Einkaufsstraße hin öffnete. Zwischen Gasse und Straße gab es ein arabisches Café, vor dem drei Holztische und Bänke auf der Straße aufgestellt waren. Der Besitzer, in einer schmutzigen Galabiya, saß, ein Bein untergeschlagen, mit dem Rücken gegen die Hauswand gelehnt. Harriet fragte, ob sie sich setzen dürfe, während sie auf einen Freund wartete. Er fragte sie nicht, was sie trinken wollte, sondern winkte sie zu einer Bank und murmelte die konventionelle Höflichkeitsfloskel, daß alles in seinem Haus auch ihr gehöre.

Ermattet von ihrem langen Spaziergang in der Hitze, setzte sich Harriet dankbar nieder und beobachtete, wie die Straße sich mit der Kundschaft des frühen Abends füllte. Irgendwo in der Nähe gab es einen Laden, der getrocknete Lebensmittel verkaufte, und die ganze Gegend war erfüllt von dem Duft nach Hülsenfrüchten und Gewürzen, dem typischen Geruch jeder ägyptischen Seitenstraße. Ein Lautsprecher, der über ihrem Kopf an der Wand befestigt war, erzählte gerade eine der endlosen Sagen aus der arabischen Welt. Sie hörte den Namen Akbar und wußte, daß es um den großen Helden ging, dessen Vater König und dessen Mutter Sudanesin war. Da er schwärzer war als seine Freunde, meinte er, er müsse mutige Taten vollbringen, um sich selbst zu beweisen, aber da er auch faul war, lag er oft in seinem Zelt und konnte nur durch die sanften Überredungskünste seiner Mätresse geweckt werden, die die Vollkommenste des weiblichen Geschlechts war.

Zwischen den Geschäften gab es eine Moschee, deren filigran gearbeitetes Minarett sich ockerfarben gegen das tiefe Azurblau des Himmels erhob. Sie konnte nicht sagen, ob es aus Sandstein gebaut oder nur mit Sand überzogen war. Am Anfang, als sie ankam, hatte sie noch beabsichtigt, alle großen Moscheen in Kairo zu besuchen, aber bald stellte sie fest, daß es hier leichter war, Pläne zu machen, als sie auszuführen. Wenn man bis morgen wartete oder übermorgen oder nächste Woche, mochte es weniger heiß sein und der Körper war vielleicht eher bereit, sich anzustrengen.

Als Aidan freudestrahlend auf sie zukam, sagte sie: »Dann haben Sie also etwas gefunden!«

Er zeigte ihr nicht, was es war, sondern setzte sich und schlug vor, Pfefferminztee zu trinken. Er sprach nicht, während sie ihn tranken, doch er stellte dann seine Tasse nieder und bat zögernd: »Erzählen Sie mir von Guy. Ist er denn wirklich so naiv und warmherzig, wie es den Anschein hat? Er muß seine *terra incognita* haben – seine Komplexe, Fimmel, Fehler? Als was könnte man sie bezeichnen? Als Schrullen?«

Da sie erkannte, daß er nichts lieber wollte, als über Guy zu sprechen, sagte sie: »Wahrscheinlich ist es einfacher, als Sie denken. Ich werde Ihnen etwas erzählen, das in Bukarest passierte, kurz nach unserer Heirat. Ich wollte gerade in einen Bus steigen, als Guy mich auf die Seite zog, damit eine andere Frau – eine Frau meines Alters – vor mir einsteigen konnte. Ich war wie vom Donner gerührt. Und was mich am meisten ärgerte, war das affektierte Lächeln der Frau, als sie Guy mich zurückhalten sah. Ich war wütend, und er war wegen mir bestürzt. Er erklärte mir wie einem Kind, daß man gegenüber anderen Leuten höflich sein müßte. Ich sagte: ›Was du gemacht hast, war verdammt unhöflich mir gegenüber.‹ Und er sagte: ›Aber du bist ein Teil von mir – ich muß dir gegenüber nicht höflich sein.‹«

Aidan schien verlegen zu werden, als er diese Geschichte in sich aufnahm, aber schließlich sagte er: »Und doch, weil Guys Wesen voller Güte ist, war es Ihnen möglich, darüber hinwegzusehen?«

»Ich sah nicht darüber hinweg. Ich bin immer noch wütend, wenn ich daran denke.«

»Aber es war nicht seine Absicht, Sie zu kränken. Solch eine wesenhafte Einfachheit hat ihre bewundernswerte Seite.«

»Ja, wenn Sie nicht damit verheiratet sind.«

»Ich verstehe.« Aidan lächelte, so als ob die Geschichte sie einander nähergebracht hätte, und er griff mit der Hand in seine Seitentasche und brachte eine kleine grüne Schachtel zum Vorschein. Er schob sie ihr zu und sagte: »Sehen Sie, was ich gekauft habe.« Sie öffnete die Schachtel und fand darin, in Watte eingewickelt, eine Katze, weniger als fünf Zentimeter hoch, aus Eisen, aufrecht auf einem Sockel aus Karneol sitzend. Harriet erkannte, warum Aidan so lange gebraucht hatte, bis er gefunden hatte, was er wollte. Das Geschenk, das er suchte, mußte einmalig sein, und er hatte diese eine Sache gefunden, die sie, hätte sie das Geld gehabt, vielleicht selbst ausgewählt hätte. Sie legte den Deckel wieder darauf und schob die Schachtel zurück. Er nahm sie in die Hand, betrachtete Harriet und legte die Schachtel erneut vor sie hin. »Bewahren Sie es für mich auf.«

»Aber ist es nicht für Ihre Mutter?«

»Ja. Ich werde ihr mitteilen, daß ich ein Geschenk habe, aber daß ich nicht riskieren kann, es mit der Post zu schicken. Sie müssen darauf aufpassen, bis ich es mit nach Hause nehmen kann.«

»Das mache ich lieber nicht. Es ist viel zu wertvoll, um bei mir zu Hause aufbewahrt zu werden.«

»Bitte. Ich kann auf Dinge nicht aufpassen. Wenn ich es behalte, werde ich es irgendwo hinlegen und es vergessen. Ich habe das Gefühl verloren, daß irgend etwas es wert ist, daß man es aufbewahrt.«

»Sie haben das Gefühl *verloren*? Sie wurden nicht ohne es geboren – Sie haben es verloren?«

»Ja, aber damals war es der geringste Verlust. Ich verlor viel mehr – alles, was ich hatte, um genau zu sein, einschließlich dem Gefühl, daß irgend etwas Übriggebliebenes einen Wert besitzt.«

»Was ist passiert?«

»Ach.« Er starrte auf den Tisch und machte die Geste, die er gemacht hatte, als er vom Tod seines Freundes sprach. »Es ist nicht leicht, darüber zu reden... ich erzähle Ihnen vielleicht ein andermal davon.«

»Haben Sie Guy davon erzählt?«

»Noch nicht. Als wir unseren Spaziergang machten, redete er die meiste Zeit.«

»Hatte es irgend etwas mit dem Krieg zu tun?«

»Ja, alles.« Er hielt ein, sagte dann halb flüsternd: »Der Krieg hat mein Leben zerstört.«

»Er hat niemandem von uns etwas Gutes gebracht.«

»Ich bin mir da nicht so sicher. Da gibt es einen Knaben in unserer Einheit; er war Busfahrer und ist jetzt Major. Er meint, er hätte nun endlich seine Bestimmung gefunden. Er genießt jede Minute des Krieges. Aber für mich war es eine Katastrophe. Meine Karriere hatte gerade angefangen, als der Krieg ausbrach. Wenn er vorüber ist – falls er jemals vorüber ist –, werde ich auf meine mittleren Lebensjahre zugehen. Nur ein weiterer nicht mehr junger Schauspieler auf der Suche nach Arbeit. Genauer gesagt: ein Vertriebener.«

»Wir sind alle Vertriebene in dieser Zeit. Guy und ich haben in zwei Jahren Krieg mehr Erinnerungen an Verlust und Flucht angesammelt, als wir es in Friedenszeiten in einem ganzen Leben hätten tun können. Und, wie Sie sagten, es ist noch nicht vorüber. Aber wir sehen etwas von der Welt. Wir können genausogut versuchen, diesen Umstand zu genießen.«

»Ja, aber es gibt einige Erinnerungen, die über das erträgliche Maß hinausgehen, bloß müssen wir sie ertragen.«

»Sie wollen mit mir nicht darüber sprechen?«

»Nicht jetzt. Nicht jetzt. Ich muß den Zug erwischen.«

Sie gingen, bis sie eine Pferdedroschke fanden. Harriet bat, im Esbekiya abgesetzt zu werden, von wo sie eine Straßenbahn nach Kasr el Aini nehmen konnte. Die grüne Schachtel war noch immer in ihrer Hand, und da sie ungern ein Objekt zur befristeten Aufbewahrung annahm, das sie selbst so sehr begehrte, bat sie ihn, es zurückzunehmen.

»Nein. Eines Tages werde ich Sie danach fragen.«

»Na gut.« Er wollte andeuten, daß ihre Freundschaft andauern würde, und sie sagte: »Ich werde sie sicher für Sie aufbewahren.«

»Wußten Sie, daß die Linie nach Syrien offen ist? Wenn Sie und Guy nach Beirut kommen könnten, würde ich Sie mit einem Auto abholen. Und wir könnten nach Damaskus fahren und dabei auf dem Weg Baalbek anschauen. Es gibt dort oben ein paar eindrucksvolle Sehenswürdigkeiten. Und die Bazare in Damaskus sind geheimnisvoller als die in Kairo.«

Als er so sprach, nahm sein Gesicht einen verführerischen Ausdruck an. Der aber, sie spürte es, galt eigentlich Guy – und das war das Problem. Guy wollte keine beeindruckenden Sehenswürdigkeiten anschauen. Er wollte seine Freizeit, wenn er eine hatte, lieber mit Reden und Trinken in einer Kellerbar verbringen.

»Guy würde vielleicht kommen...«

»Wenn nicht, kommen Sie ohne ihn.«

Sie lachte und sagte: »Eines Tages werde ich das vielleicht machen.«

9

Es gab für Harriet keine Arbeit in Kairo, nicht einmal als freiwillige Helferin. In Athen hatten die Frauen eine Kantine für die Truppe organisiert, in Kairo hingegen wachten die Ladys des Roten Kreuzes eifersüchtig über paramilitärische Arbeiten, die Weiterleitung von Spenden und die Betreuung der Soldaten. Von Außenstehenden erwartete man, daß sie draußen blieben.

Da sie keine Tätigkeit finden konnte, fragte sie sich, ob sie nicht die Führung des gemeinsamen Haushalts in der Wohnung übernehmen könnte. Sie glaubte nicht, daß Edwina sie sehr gerne abgeben würde, doch es stellte sich heraus, daß sie sehr froh war, diese Verpflichtung los zu sein.

»Darling, wie lieb von dir. Es wäre göttlich – und würde mir *so* viel Mühe ersparen. Ich weiß oft nicht, wie ich alles erledigen soll.«

Als ihr das Haushaltsbuch mit den Einnahmen und Ausgaben übergeben wurde, stellte Harriet fest, daß Edwina sich lediglich durchgewurstelt hatte und daß die Diener eingekauft hatten, wo es ihnen gerade Spaß machte. Edwina sagte: »Wenn du Probleme mit Hassan hast, bin ich immer bereit, dir zu helfen.« Doch Harriet glaubte, daß sie mit Hassan alleine fertig werden konnte. Es würde ein neuer Wind wehen, und Edwina könnte sich voll und ganz ihrer Hauptbeschäftigung widmen – dem gesellschaftlichen Leben.

Edwina wiederholte häufig ihr Versprechen einer Freundschaft, jedoch entwickelte sich nichts weiter. Sie wechselte ein paar Worte mit Harriet, wenn sie auf einen Telefonanruf oder auf die Ankunft des abendlichen jungen Mannes wartete, doch das Gespräch war immer kurz und wurde häufig unterbrochen. Harriet, die die angenehme, klatschfreudige Vertrautheit erwartet hatte, die zwischen Frauen bestehen kann, die zusammen wohnen, erkannte nun, daß Edwina für so etwas nie Zeit haben würde. Ihre Nachmittagspause zwischen eins und fünf verbrachte sie im Schwimmbad von Gesira. Meistens ging sie zum Dinner aus. Und morgens beim Frühstück war sie erschöpft von der Mühe, die es ihr bereitete, aus dem Bett zu kommen. Sie saß dann Harriet gegenüber, das Haar über dem einen Auge, mit dem andern Auge zwinkernd, und grinste kläglich im Bewußtsein ihres angeschlagenen Zustandes. Manchmal ließen sie die Aktivitäten der vorherigen Nacht völlig zusammenbrechen. Dobson sagte dann: »Die arme Edwina hat wieder mal eine Migräne.« Aber so schlecht sie sich auch am Morgen fühlen mochte, zu der Zeit, wo ihre Abendbegleitung eintraf, war sie fertig angezogen, und ihre Mattigkeit war vergessen. Sie gingen dann weg mit großem Gelächter, und Harriet konnte sich vorstellen, daß das Gelächter die meiste Zeit als Ersatz für Konversation diente. Edwina hatte ihr einmal gesagt, daß sie sich ausschließlich amüsieren wollte, und die benachteiligten und kaputten jungen Männer, die auf Urlaub kamen – ein Urlaub, der vielleicht ihr letzter sein konnte – hatten ihr auch nichts anderes zu bieten.

Eines Tages, als sich Edwina zum drittenmal innerhalb von zwei Wochen wegen Migräne krank gemeldet hatte, fragte Harriet Dobson: »Was sagen denn die Mädchen, mit denen sie arbeitet, dazu? Macht es ihnen nichts aus, daß sie im Büro fehlt?«

Dobson, der alles, was Edwina tat, mit amüsierter Toleranz betrachtete, sagte: »Eigentlich nicht. Um die Wahrheit zu sagen, man läßt ihr alles durchgehen. Sie ist schon etwas Besonderes, oder nicht?«

Harriet stimmte ihm zu, war sie doch selbst verzaubert von Edwinas besonderen Fähigkeiten. Sie bedauerte nur, daß diese Fähigkeiten auf so vielen perspektivlosen Rendezvous verschwendet wurde. Sie sagte eines Abends, als sie zusammen auf dem Balkon standen: »Wird es dir nicht langweilig, so oft auszugehen?«

»Ja, schon, aber was gibt es sonst für mich? Du hast Glück. Du hast diesen netten Mann. Du hast etwas, wofür es sich lohnt, zu Hause zu bleiben.«

Harriet nahm an, daß sie tatsächlich Glück hatte, obwohl sie die meisten Abende, die sie daheim blieb, alleine verbrachte. Sie sagte: »Wir sind zur falschen Zeit jung.« Der Krieg mit allen seinen Ansprüchen diktierte ihre Jugend, und wenn er vorüber war, würden sie, wie Aidan Pratt, nicht mehr jung sein.

Dann, eine oder zwei Wochen später, fand mit Edwina eine Wandlung statt. Sie begann, zu Hause zu Abend zu essen. Wenn das Telefon klingelte und ein ungeduldiger junger Mann sie um ihre Begleitung bat, konnte man hören, wie sie sich süß entschuldigte und sich dabei auf ihr gewohntes Kopfweh berief, ehe sie mit einem Seufzer ins Wohnzimmer zurückkehrte. Harriet bemerkte, daß sie einen anderen Anrufer erwartet hatte, und schloß daraus, daß jemand von Bedeutung in Edwinas Leben getreten war.

Percy Gibbon starrte sie an, als ob diese Änderung ihrer Gewohnheiten ihm Schrecken und Hoffnung gleichzeitig brachte, doch Edwina nahm ihn gar nicht wahr. Sie schien entrückt, als ob alle ihre Sinne auf etwas weit Entferntes konzentriert seien. Nach dem Abendessen ging sie auf ihr Zimmer oder saß, ohne etwas zu sagen, auf dem Balkon. Für Harriet gab es jetzt kein komplizenhaftes Zwinkern oder Grinsen mehr, aber wenn sie beide ihren Kaffee mit hinaus in die duftende Luft nahmen, schenkte Edwina ihr ab und zu ein mattes Lächeln und erweckte schon fast den Eindruck, sich ihr anvertrauen zu wollen. Aber es kam zu keinerlei Bekenntnissen. Eines Abends, als Guy zum Arbeiten in das leere Zimmer gegangen und Dobson in die Botschaft zurückgekehrt war, saßen die beiden Mädchen auf dem wackeligen Korbsofa, und Harriet versuchte, Edwina mit einer Geschichte über Hassan abzulenken.

»Weißt du was: Hassan hat die ganze Zeit den Gin aus Dobbies Karaffe gestohlen und sie mit Wasser aufgefüllt! Ich sprach mit ihm darüber, und er schwor, es seien die bösen Geister gewesen. Na gut, ich dachte, ich stelle ihm eine Falle. Ich leerte den Gin aus und füllte Arak hinein, der trüb wird, wenn man Wasser hinzufügt. Am nächsten Tag verschwand die Karaffe. Als ich Hassan ansprach, sagte er, die bösen Geister hätten sie zerbrochen.«

»O je!« Edwina legte ihren Kopf zurück und lachte, doch es war kein echtes Lachen, sondern eher ein angestrengter Versuch, Aufmerksamkeit zu zeigen, während ihre Gedanken woanders waren.

Percy Gibbon, der ruhelos im Wohnzimmer umhergegangen war, kam heraus, als ob er nun zum Handeln entschlossen sei, und herrschte Edwina aggressiv an: »Ich nehme an, Sie gehen später aus?«

Edwina antwortete mit sanftmütiger Gleichgültigkeit: »Kann sein.«

Percy schnaubte angewidert, eilte zur Eingangstür und verließ die Wohnung. Harriet sagte: »Ich glaube, er wollte dich ausführen.«

»Armer Percy«, sagte Edwina, was so klang, als sei Percy ein kleiner Hund, auf den man versehentlich getreten war. Harriet dachte: Ja, armer Percy. Arme häßliche Kreatur. Wie anders er vielleicht wäre, wenn er nur sein Aussehen ändern könnte!

Das Telefon begann zu läuten. Edwina hörte so lange zu, bis sie es nicht mehr länger aushielt und voller Qual ausrief: »Warum geht Hassan nicht hin?« Sie sprang auf, ging in die Eingangshalle und kam zurück, um zu sagen, daß der Anruf für Guy war. Als sie sich wieder hinsetzte, glänzten ihre Augen feucht.

»Wen hast du erwartet?«

»Oh, niemand Bestimmten.« Verwirrt sagte Edwina: »Es

wird spät«, warf dann ihren Kopf zurück und fing ein irisches Lied zu singen an: »My love came to me, he came from the south...« Ihre Stimme war hell, klar und melodiös. Als sie den Vers erreichte: »His breast to my bosom, his mouth to my mouth«, stockte sie und verstummte aus Angst, sie könnte zusammenbrechen.

Auf dem Rückweg vom Telefon war Guy stehengeblieben, um zuzuhören, und als das Lied erstarb, kam er auf den Balkon, lobte ihren Gesang wie jemand, der wußte, wie Gesang sein sollte. Er hatte davon gehört, daß sie singen konnte, aber nicht gewußt, daß sie eine Stimme dieser Qualität besaß. Er sagte: »Du hast eine schöne Stimme. Eine ergreifend schöne Stimme. Wenn ich ein Unterhaltungsprogramm für die Soldaten organisiere, dann singst du doch für sie, ja?«

Edwina war von ihrem eigenen Lied aufgewühlt und konnte ihre Zustimmung nur durch ein Nicken ausdrücken.

Guy war gerade dabei, sich über seine Konzertpläne näher zu äußern, doch während er sprach, klingelte wieder das Telefon, und Edwina rannte, eine Entschuldigung flüsternd, hin. Diesmal war der Anruf für sie.

Harriet sagte: »Meinst du das im Ernst mit diesem Unterhaltungsprogramm? Hast du nicht schon genug zu tun?«

Guy sagte: »Ich habe nie genug zu tun«, und kehrte an seinen Arbeitstisch zurück.

Am nächsten Tag lernte Harriet Edwinas neuen Freund kennen und erkannte, daß er tatsächlich ein Mann war, der sich von ihren alltäglichen Bewunderern unterschied. Er war älter als die meisten, Ende zwanzig, und sein Benehmen ließ auf einen vermögenden Mann schließen.

Als er Edwina abholen kam, war sie noch in ihrem Zimmer. Statt im Hintergrund aufgeregt, erwartungsvoll und von den anderen mehr oder weniger ignoriert zu warten, warf er sich aufs Sofa im Wohnzimmer und plauderte, als ob er der Gesellschaft – in diesem Fall Dobson und Harriet – die Befangenheit nehmen müßte. Dobson behielt angesichts dieser Umgänglichkeit seine Unbekümmertheit bei, doch ein- oder zweimal vergaß er sich etwas und klang überraschend ehrerbietig.

Als er Harriet den Neuankömmling vorgestellt hatte, hatte er gesagt: »Du kennst Peter, oder?« Er war offensichtlich der Meinung, daß sie ihn andernfalls unbedingt kennenlernen sollte. Peter richtete seine sehr dunklen Augen auf Harriet und schien zufrieden mit dem zu sein, was er sah.

Er war klein, stämmig gebaut, sah gesund aus, hatte schwarze Haare, eine breite Sattelnase und einen festen Mund. Er hatte das Aussehen eines Bauern, und zwar nicht das eines jungen Bauern. Trotz seiner Jugend war er so massig wie ein Mann von fünfzig. Er ergriff Harriets Hand, ließ sich gleichzeitig zurück in das Sofa sinken und zog sie neben sich. Er hatte geredet, als sie hereinkam, und er redete weiter, legte Harriet gleichzeitig einen Arm um die Taille und drückte sie gelegentlich an sich. Alle jungen, attraktiven Frauen, erkannte sie, waren seine Frauen, und er zweifelte nicht im geringsten an seinem Recht auf sie oder an seiner Anziehungskraft, die er auf sie ausübte. Da seine Schultern auf Höhe von Harriets Augen waren, konnte sie sehen, daß er schon fast Oberst war, und genau darüber beschwerte er sich. »Ich bin jetzt drei Monate im GHQ, und ich bin schneller aufgestiegen als in den drei Jahren bei der kämpfenden Truppe. Nicht aufgrund von Verdiensten, nein, nein. Weit gefehlt. Ich bin ein Landser. Mit all diesem Papierkram hab'ich nichts am Hut. Nein, ich wurde befördert, damit Schnupfer Metcalf befördert werden kann. Um sich selbst zu befördern, muß er zuerst den unteren Teil seiner Pyramide verbreitern. Wenn er noch einen Major unterbringen kann, steigen wir alle eine Stufe höher. Sie glauben vielleicht, daß es unser wichtigstes Ziel sei, Rommel in die Cyrenaica zurückzujagen? Nicht die Spur. Das einzige, was unsere Abteilung beschäftigt, ist die brennende Frage: Schafft es der Schnupfer, sich bis zum Generalmajor hochzustrampeln, bevor irgendein Wichtigtuer von ganz oben unseren Schnupfer schnupft.«

Peters Lachen war laut und lang anhaltend, und er drückte Harriet an sich und legte seinen Kopf gegen ihre Schulter, als Edwina hereinkam, still und jungfräulich in einem langen Kleid aus weißem, glatten Satin. Ihre Aufmachung deutete auf ein bevorstehendes Dinner im feierlichen Rahmen hin.

»Ah, da bist du ja endlich!« Peter, jovial, väterlich, hielt Harriet weiterhin fest, betrachtete Edwina von oben bis unten, ließ dann Harriet los, richtete sich ruckartig auf und deutete auf Dobson. »Und ich sage Ihnen noch etwas anderes...«

Dieses neue Thema, was immer es auch war, wurde von Edwina unterbrochen, die einen Schrei ausstieß und sagte: »O Gott, mein Absatz!« Sie zog einen ihrer weißen Schuhe aus und überprüfte den hohen, schmalen Absatz.

»Stimmt etwas nicht?« fragte Peter.

»Ach, nein...« Während sie versuchte, den Schuh wieder anzuziehen, ließ sie ein Paar lange Kinderhandschuhe fallen. Sie ließ sie liegen, bis Peter seinen schweren Körper aus dem Sofa wuchtete und sie aufhob. Als könnte sie das mit dem Schuh alleine nicht schaffen, reichte sie ihn Peter und balancierte, eine Hand auf seinem Arm, während er ihn anzog.

Harriet war es gewohnt, Edwina ihre Begleiter dominieren zu sehen, und ihr mißfiel, sie so zu sehen, wie sie jetzt war: durcheinander, albern und nervös. Ihre Haut, deren goldbraune Farbe durch den weißen Satin noch betont wurde, hatte einen rötlichen Unterton, und sie schaute von Peter weg, da sie fürchtete, dem energischen Blick seiner schwarzen Augen zu begegnen. Sein Benehmen war zwanglos und doch, dachte Harriet, was immer er tat, war richtig, weil er es tat. Dann, als Edwina aufgeregt mit ihrer Handtasche und ihrem Schal herumspielte, gab er ihr einen Klaps auf den Allerwertesten, der eher grob als neckisch war. Ihr Schrei war diesmal ein Schmerzensschrei, und Peter sagte: »Entschuldigung, altes Mädchen«, und führte sie davon.

»Wer ist dieser Bursche?« fragte Harriet und ärgerte sich über Edwinas Erniedrigung.

»Das weißt du nicht? Es ist Peter Lisdoonvarna.«

»Was für ein komischer Nachname!«

Dobson lachte über ihre Unwissenheit. »Mein liebes Mädchen, er ist Lord Lisdoonvarna, aber, wie du vielleicht schon gehört hast, sind Titel bis zum Ende des Krieges *de trop;* deswegen ist er schlicht Peter Lisdoonvarna.«

»Ich verstehe«, sagte Harriet, die wirklich verstand. Edwina hatte ihren Traum gefunden, und die Möglichkeit einer solchen Heirat hatte sie aus der Fassung gebracht.

»Es ist beachtlich, in seinem Alter Oberstleutnant zu sein. Ich nehme an, daß er wegen seines Titels befördert wurde?«

»Mit Sicherheit nicht.« Dobson war schockiert von dieser Mutmaßung. »Während er im Feld war, blieb er die ganze Zeit Leutnant. Er wurde zum Stab versetzt – sehr gegen seinen Willen, möchte ich betonen –, und du hast ja gehört, was er uns erzählte: umgehende Beförderung war die Folge. So etwas passiert im GHQ. Er lacht darüber, aber ich nehme an, daß ihn das ziemlich anwidert. Irgendein Verwandter muß seine Beziehungen eingesetzt haben, um ihn von der Front wegzubekommen.«

»Ich wußte nicht, daß das möglich ist.«

»Theoretisch ist es nicht möglich, aber ich glaub' schon, daß da ab und zu gemauschelt wird. In seinem Fall ist es sogar erklärlich. Er ist der einzige Sohn, und es gibt keine männlichen Verwandten. Wenn er fallen würde, würde der Titel aussterben.«

Edwinas Lied noch im Ohr, sagte Harriet: »Ich nehme an, er ist Ire?«

»Anglo-Ire. Die besten Kämpfer. Die besten auf der ganzen Welt, würde ich sagen. Was für eine schreckliche Vergeudung von Talent, ihn in ein Büro zu stecken. Aber andererseits wäre es auch wieder schreckliche Vergeudung, wenn er nicht überleben würde.«

»Edwina scheint ganz hingerissen zu sein. Glaubst du, sie hat bei ihm eine Chance?«

Dobson fragte nicht, was Harriet wohl meinte, sondern sagte: »Wer weiß? Es gab schon unwahrscheinlichere Ehen, und dies sind keine gewöhnlichen Zeiten. Vielleicht kann sie ihn sich angeln, aber ich hoffe nur, sie verliert nicht den Kopf.«

Der reiche Besitzer des Nachbargartens schickte Dobson einen Korb Mangos, den dieser auf den Frühstückstisch stellte.

Harriet, die das Fruchtfleisch aus der rosaroten Schale löffelte, sagte: »Sagenhaft und womöglich von unserem eigenen Baum.«

Dadurch an etwas erinnert, teilte Dobson den Pringles mit, daß sie das freie Zimmer würden aufgeben müssen, weil eine Bekannte zu Besuch käme.

Guy sagte: »Ach, nicht das freie Zimmer. Laß uns lieber den verdammten Baum aufgeben. Ich hasse seinen Anblick, wenn er mich durch das Fenster anstarrt.«

»So etwas kannst du sagen, während du gerade Mangos ißt?« sagte Harriet.

Dobson grinste verschmitzt. »Dennoch mag Guy recht haben. Es könnte sich bei ihm um eine instinktive Abneigung handeln. Die Leute hier nennen den Mango-Baum den Baum der Gefahr. Ihr wißt, daß in England jedes Jahr jemand am Verzehr von Enteneiern stirbt? – Nun, in Ländern, wo viele Mangos gegessen werden, stirbt jedes Jahr jemand an Mangovergiftung.«

Edwina, die ihre Hand nach einer weiteren Mango ausgestreckt hatte, zog sie zurück und sagte: »Dobbie, wie kannst du nur! Was für ein abscheulicher Witz!«

»Es ist kein Witz. Die Stiele sind giftig, und manchmal kriecht das Gift in die Frucht. Es passiert nicht häufig, aber Menschen *sind* daran gestorben.«

Harriet stimmte in Edwinas Entrüstung ein. »Du bist ein schrecklicher Lügner, Dobbie. Wenn es wahr wäre, hättest du es uns gleich erzählt.«

»Ha!« lachte Dobson. »Hätte ich es gleich erzählt, hättet ihr gesagt: ›Dieser gierige Kerl will seine Mangos für sich behalten.‹«

Percy Gibbon brummelte wie üblich vor sich hin und verließ den Tisch. Während Guy sich mit einer weiteren Mango bediente, sagte er zu Harriet: »Siehst du, ich hatte recht. Der Baum ist ein schlechter Baum. Wir müssen ihn aufgeben.«

Harriet wußte, daß sie ihn aufgeben mußte. Guy erbat selten etwas für sich, weshalb er, wenn er es tat, seinen Willen haben mußte. Sie sagte nichts, und er fügte einschmeichelnd hinzu: »Es macht dir doch nichts aus, ihn aufzugeben?«

»Nein, es macht mir nichts aus. Eigentlich gar nichts.« Harriet fragte Dobson, wann sie umziehen müßten.

»Leider bald. Ich weiß nicht ganz genau, wann sie eintreffen wird, aber das Zimmer muß natürlich erst geschrubbt werden.«

Das Zimmer war für Guy und Harriet nicht geschrubbt worden, die es vollkommen verstaubt übernommen hatten. Als er über seine Bekannte sprach, die bald ankommen würde, hatte Dobson den gleichen Respekt offenbart, der bei ihm durch Peter Lisdoonvarna hervorgerufen worden war. Dobsons Freunde gehörten einer höheren gesellschaftlichen Schicht an als Dobsons Untermieter, weshalb Harriet erst gar nicht nach dem Namen des Neuankömmlings fragte, da es unwahrscheinlich war, daß sie sie kannte.

Peter Lisdoonvarna kehrte drei Tage später zurück. Diesmal wartete Edwina fertig angezogen auf ihn, doch Peter hatte es nicht eilig, sie auszuführen. Er machte es sich auf dem Sofa bequem, erzählte Dobson noch mehr Militärklatsch und amüsierte sich so gut, daß Edwinas Blick unnatürlich starr wurde bei dem Bemühen, interessiert zu erscheinen. Als er sich endlich aus dem Sofa herausquälte, war Edwina schon vor ihm auf den Beinen, doch dies war noch nicht der Aufbruch. Peter stand in der Mitte des Zimmers und ging dann ohne Warnung oder Erklärung zum Eßtisch und schlug mit der Faust darauf. Er rief: »Ehre sei dem blutenden Lamm«, marschierte dann um den Tisch herum, während er wiederholt daraufschlug und grölte, wobei seine Stimme immer lauter wurde: »Ehre sei dem blutenden Lamm, ich liebe den Klang von Jesu Namen. Sein Geist läßt in mir die Glut entflammen, Ehre sei dem blutenden Lamm.«

Als dies immer weiterging, lachte Harriet, um Edwina zu trösten, doch Edwina lachte nicht, sie sah verletzt und verblüfft aus. Als er aus bloßer Erschöpfung endlich innehielt, sagte er: »Ich erzähle euch was«, und warf sich zurück aufs Sofa. »Wir haben daheim diese Sekte im Dorf. Ich habe vergessen, wie sie sich nennen – die heiligen Dingsbums oder so ähnlich. Nicht ›Rollers‹, nein, nicht ›Rollers‹. Tja, das ist es, was sie tun, der ganze Haufen, Männer und Frauen, auch Kinder: Sie marschieren im Kreis im Zimmer rundherum und brüllen alle: ›Ehre sei dem blutenden Lamm!‹ Das machen sie so lange, bis sie betrunken davon sind.« Unfähig, seine Ausgelassenheit zu zügeln, stand er auf und kehrte zum Tisch zurück, hämmerte los und fing den Singsang von neuem an. Edwina sank in einen Sessel, aber diesmal waren ein paar Runden genug, dann zog er sie hoch und führte sie davon, während seine Stimme noch weiter in der Luft vibrierte.

»Wie kann Edwina das aushalten?«

Dobson schüttelte den Kopf. »Ich gebe zu, er ist ein ungestümer Kerl, aber er ist noch jung. Er wird da herauswachsen.«

Peter tauchte unregelmäßig auf. Manchmal holte er Edwina an drei Abenden hintereinander ab, dann war er wieder eine Woche nicht zu sehen. Edwina blieb zu Hause, spitzte die Ohren und wartete sehnsüchtig auf das Klingeln des Telefons. Harriet machte sich Sorgen um sie und sagte, nachdem er wieder einmal nichts von sich hören ließ: »Keine Sorge. Er ruft morgen an.«

»Wer?« Edwina sah aufgeschreckt aus.

»Na, Peter natürlich.«

Edwina, der anscheinend nicht bewußt war, daß jemand ihre Obsession bemerken könnte, starrte, verwundert über ein solches Einfühlungsvermögen, Harriet an, dann endlich wagte sie es auszusprechen, wurde von ihrem Gefühl überwältigt und weinte: »O Harriet, ich sehne mich so nach ihm.«

»Ich weiß. Ich kann sehen, daß du ganz hingerissen bist.«

»Das ist mehr als hingerissensein. Ich... ich bete ihn an. Ich weiß, daß er nicht sehr gut aussieht, aber er ist faszinierend.«

»Ja, mit all dieser Energie und Selbstsicherheit ist er schon unwiderstehlich. Aber du mußt zugeben, Edwina, du bist etwas von seinem Titel geblendet.«

Edwina verzog das Gesicht, lachte über sich selbst, sagte jedoch: »Jedes Mädchen wäre geblendet, oder? Ich meine, das wärst du doch sicherlich auch?«

»Ich weiß nicht. Mir wurde nie so etwas geboten. Aber Edwina, unter uns, denkst du, es ist wahrscheinlich, daß er seinen Titel mit dir teilt?«

Edwina zuckte mit den Schultern, seufzte und machte ein

erbärmliches Gesicht. »Ich kann es nicht sagen. Er ist nie ernst. Wenn jemand ständig nur herumalbert, wie sollst du ihn da festnageln?«

»Und du hast es versucht, ihn festzunageln?«

Edwina mußte es zugeben, und Harriet fragte sie: »Nimmt er dich auf den Arm?«

»Ja, ziemlich.«

»Dann ist das leider eine Form von Sadismus. Er ist sich deiner zu sicher, und einige Männer wollen nicht sicher sein. Ungewißheit erregt sie. Wenn du deine Gefühle verbergen und vorgeben könntest, daß all die Ausgelassenheit dich langweilt, und wenn du Interesse an jemand anderem zeigen könntest – das würde ihn vielleicht zur Vernunft bringen.«

Edwina stimmte ihr leidenschaftlich zu. »Du hast recht. Ja, ich bin sicher, du hast recht.«

»Laß ihn derjenige sein, der zappelt.«

Edwina stimmte zu, ließ aber immer noch den Kopf hängen aus Sehnsucht nach der einen Person, und nur nach der einen.

»Das nächstemal, wenn er anruft, gerate nicht gleich aus dem Häuschen bei seiner Einladung. Sag, du hast schon eine Verabredung.«

»Das mach' ich.« Voller Entschlossenheit betrachtete Edwina Harriet mit glühender Bewunderung. »Harriet, wie clever du bist!«

»Nicht clever, ich werde nur langsam älter.«

Harriet verspürte schmeichelhafte Gefühle, etwas geleistet zu haben, aber als das nächstemal das Telefon klingelte, rannte Edwina hin, nahm den Hörer ab und sagte: »Peter, o Peter!« Während sie so ihrer verzückten Stimme lauschte, wußte Harriet, daß sie in Zukunft ihre Ratschläge genausogut für sich behalten konnte.

Dobson erwartete seinen Gast für Sonntag. Am Samstagabend, als Harriet mit ihren und Guys Sachen in das kleine, freie Zimmer umzog, bohrte sich die tiefstehende, prächtig goldene Sonne durch die Mangoblätter. Die Zimmerdecke, die den ganzen Tag über der glühenden Sonne ausgesetzt war, strahlte Hitze ab. Halb erstickt und schwindelig konnte sich Harriet nicht vorstellen, daß Dobsons Gast die klösterliche Schlichtheit dieses Zimmers oder die Hitze, die sich hier während des Tages sammelte, lange Zeit ertragen würde. Aber falls diese Frau sich dennoch entschließen würde zu bleiben, dann würde dieses Zimmer ihr Zimmer sein, der Baum ihr Baum, und Harriet würde vielleicht nie wieder hinkommen. Sie schaute nochmals zurück auf den Baum, der zu ihr hereinschaute, und sagte: »Goodbye, Mangobaum.« Sie ließ sich auf das Bett fallen, verschob die mühselige Arbeit des Kleiderumräumens, und war halb eingeschlafen, als sie von einem Tumult vor der Tür aufgeschreckt wurde.

Sie sah hinaus und fand Percy Gibbon vor, nackt, in einem offensichtlichen Zustand sexueller Erregung und außer sich vor Wut, wie er mit den Händen gegen Edwinas Tür schlug und schrie: »Aufmachen, aufmachen.«

»Was in aller Welt machen Sie hier?«

»Sie ist dort drinnen mit diesem verdammten Lord.«

»Ja, und wenn schon? Das geht doch Sie nichts an.«

Percy deutete mit vor Entrüstung verzerrtem Gesicht auf die Vorhangtür, die Hassan und Aziz einen Spalt offenhielten, während sie sich vor Heiterkeit aneinander festhielten. Percys Zustand, der zunächst eher grotesk gewesen war, wurde skandalös, nachdem Harriet erschienen war, und Hassan hob zu einem langanhaltenden »Uh, uh, uh!« schokkierten Vergnügens an.

»Was denken Sie, was die darüber denken?« fragte Percy.

»Was denken Sie, was die über Sie denken? Schauen Sie sich an. Können Sie nicht sehen, daß die Sie auslachen?«

Percy betrachtete sich, und sein Zorn schwand. Er fing an zu wimmern: »Es ist ihre Schuld. Es ist alles ihre Schuld.«

»Gehen Sie in Ihr Zimmer zurück.«

Harriet sagte es in einem herrischen Ton, und als er gehorchte, wandte sie sich den Safragis zu und schickte sie mit solcher Verachtung weg, daß sie zusammen die Flucht ergriffen. Sie beschloß, ihrer Unverschämtheit ein Ende zu bereiten. Sie wußte, daß sie die Bewohner des Apartments für unmoralisch und lächerlich hielten und daß sie diese Lebensart verachteten, die sie nicht verstehen konnten. Vor kurzem war ihr klar geworden, daß die Safragis der Meinung waren, daß Dobsons Untermieter auf Kosten von Dobsons Wohltätigkeit lebten. Ein moslemischer Haushalt war immer voll von Familienangehörigen und Schmarotzern und Edwina, Percy und die Pringles wurden wegen ihrer scheinbaren Armut verachtet. Dobson, argwöhnte sie, war sich dessen bewußt und tat nichts, um es zu entkräften. Er ordnete an, daß ihm von den Dienern kein Geld gegeben werden sollte, doch Guy, der sich solch belanglose Verbote nie merken konnte, hatte kürzlich ein Bündel Geldscheine über den Tisch geworfen, während Hassan im Zimmer war. »Unser Anteil am Haushaltsgeld«, sagte Guy, worauf Dobson schnell die Banknoten vom Tisch verschwinden ließ, aber Hassan hatte sie schon gesehen und rollte vor Erstaunen die Augen.

Hassan wußte jetzt, daß die Untermieter ihren Anteil zahlten. Er hatte Geld von einer Hand in eine andere wechseln sehen, und für ihn war Geld Macht. Harriet, Ehefrau des Mannes, der das Geld gezahlt hatte, hatte an Format gewonnen, und sie kam zu der Ansicht, daß Hassan und Aziz ihre Verachtung in Zukunft für sich behalten würden.

Es war Mittwoch, als der Gast schließlich auftauchte. Sie kam am Spätnachmittag, als Harriet sich gerade auf den Weg zum Mitsommer-Empfang des anglo-ägyptischen Unionclubs machte. Guy hatte eingewilligt, sie zu begleiten. Doch wie gewöhnlich hatte ihn irgendeine Verpflichtung aufgehalten, und er rief an, um zu sagen, daß er nachkommen würde. Der Empfang war eine Teeparty, die in eine frühabendliche Weinparty überging. Er sagte: »Die Party wird die ganze Nacht lang dauern; ich komm' hin, sobald ich kann.«

Harriet ging in den kleinen Vorgarten hinunter, wo Weihnachtssterne wie Unkraut wuchsen, und sah an der Bordsteinkante zwei Pferdedroschken. Eine, so schien es, war ausschließlich für zusätzliches Gepäck gemietet worden, und Hassan, Aziz und der Boab aus der unteren Wohnung waren hinausgerufen worden, um sie abzuladen. Die Koffer, vornehmlich aus Schweinsleder oder Krokodil, waren elegant, und deren Besitzerin, eine große Frau in einem pinkfarbenen Anzug aus indischer Seide, sah so elegant wie die Koffer aus. Sie bezahlte die Fahrer, und irgend etwas an ihrer Stimme störte Harriet, die sich gerne außer Sichtweite gehalten hätte, wenn dies möglich gewesen wäre. Da sie wußte, daß sie früher oder später aufeinandertreffen mußten, ließ sie das Tor einrasten, worauf sich die Frau umdrehte.

»Hallo. Ich bin Angela Hooper. Wohnen Sie hier?«

»Ja. Kann ich Ihnen mit Ihren Sachen behilflich sein?«

Angela Hooper sagte: »Wir sind uns schon mal begegnet, stimmt's?« Da sie sich offensichtlich an nichts Peinlicheres als irgendein gesellschaftliches Zusammentreffen in der Vergangenheit erinnerte, streckte sie ihre Hand aus: »Wie schön, Sie wiederzusehen. Ich wußte, daß ich bei Dobbie passende Gesellschaft vorfinden würde.«

Weder Dobson noch Edwina waren zu Hause, weshalb Harriet mit zur Wohnung zurückging und Angela ihr Zimmer zeigte. »Leider ist es um diese Zeit recht heiß.«

»Ach, ich bin die Hitze gewöhnt. Mir ist es egal, wo ich wohne. Hauptsache, ich bin bei Freunden.«

Harriet zeigte ihr das Bad und ging dann ins Wohnzimmer. Da sie es als Unhöflichkeit empfand, einen Neuankömmling alleine in der Wohnung zu lassen, wartete sie, während die Koffer heraufgebracht und im Flur abgestellt wurden.

Als Angela Hooper zu Harriet ins Wohnzimmer kam, war sie nicht im geringsten von der neuen Umgebung beeinträchtigt, sondern sah Harriet mit strahlenden Augen und lebhafter Neugier an und sagte: »Sie waren dabei auszugehen, stimmt's? Irgend etwas Aufregendes?«

»Nicht sehr. Im Grunde eher langweilig. Ein Empfang im anglo-ägyptischen Union Club. Später gibt es Wein, aber die Hauptattraktion ist die Teeparty, da wahrscheinlich die ägyptischen Gäste, die früher kommen und früher gehen, dort sein werden. Sie haben sicher keine Lust mitzukommen?«

»Warum nicht? Ich bin zu allem bereit. Schauen wir mal, ob wir die Droschken noch aufhalten können.« Sie rannte zum Balkon und rief zu den Kutschern hinunter, die in der Hoffnung geblieben waren, eine Fahrt zurück ins Stadtzentrum zu bekommen. Sie ergriff Harriets Arm und sagte: »Kommen Sie. Ich hatte eine extrem langweilige Reise. Geh'n wir aus und stürzen uns in den Trubel.«

Es war nun schon spät für die Teerunde, aber, wie Guy gesagt hatte, würde das Trinken die ganze Nacht fortdauern. Auf der Bulak-Brücke wurden die Trittbretter der Droschken von zwei kleinen Jungen bestiegen, die Halsketten gemacht hatten, indem sie Jasminblüten auf Garn auffädelten. Sie klammerten sich mit schmutzigen Händen und Füßen an die Gharry, wobei ihre Galabiyas im Wind flatterten, riefen: »Kaufen! Kaufen! Kaufen!« und ließen die Halsketten wie Rauchfäßchen vor den Frauen hin- und herbaumeln. Ihre Arme waren mit Halsketten behangen, und der Duft überdeckte sogar den Geruch der Gharry. Angela feilschte mit den Jungen, die über jeden Lohn für ihre Tagesarbeit froh waren. Sie nahmen das Geld, sprangen hinunter und ließen einen Berg Jasmin in ihrem Schoß zurück. Die Dämmerung nahm zu, und Angela sagte, indem sie zu dem glühenden Türkis des Himmels hinaufsah: »Ah, wie schön, zurück in Kairo zu sein!«

Dann war sie also zurück in Kairo! Aber von wo, fragte sich Harriet, war sie hergekommen? Und warum hatte sie eines von Dobsons kleinen Zimmern genommen, wenn sie ihr eigenes herrliches Haus im Fayum hatte?

Sie sagte: »Ich bin schon lange hier. Ich liebe Ägypten. Ich möchte eigentlich gar nicht weg.«

»Gehen Sie weg?«

»Ich weiß nicht. Ich überlege noch immer. Man sagt, daß einige englische Frauen und Kinder auf dem Seeweg zurückgeschickt werden. Das würde bedeuten, um das Kap herum. Es könnte eine interessante Reise sein – oder aber entsetzlichste Langeweile. Deshalb ... um Ihnen dic Wahrheit zu sagen, ich bin ziemlich *bouleversé.* Ich weiß nicht, was ich tun soll.«

Die ägyptischen Gäste hatten den Union Club schon verlassen, und die Engländer hatten sich auf einen Abend eingerichtet, der wie jeder andere Abend sein würde, außer daß das Komitee jeden Tisch mit einer Karaffe Wein versorgt hatte.

Die Lichter im Clubhaus waren angegangen. Drinnen konnte man Männer sehen, die sich um einen Billardtisch herumbewegten, während draußen Leute unter dem dunkel werdenden Laubwerk der Bäume saßen. Die Lichter des Clubhauses schienen heraus auf das Gras und die Bambusbeete und die Pflanzen, die zwischen den Fenstern hinaufkletterten. Jasmin parfümierte die Luft.

Harriet und Angela fanden einen freien Tisch am Rande des Rasens, und sobald sie sich setzten, brachte ein Safragi eine Karaffe und vier Gläser. Angela hob die Karaffe hoch, die nicht mehr als einen halben Liter roten Latrun-Wein enthielt, und machte sich über den Mann lustig. »Das soll wohl lange reichen, was?« Sie sah sich um, verströmte ihr Lachen, sagte: »Und mehr gibt's wohl nicht? Du lieber Himmel! Da wollen wir lieber etwas Fröhlicheres haben«, und bestellte eine Flasche Whisky.

Denjenigen, die in der Nähe saßen, mißfiel ihre Überschwenglichkeit, bis sie erkannten, wer sie war, und ihr dann lächelnd Aufmerksamkeit zollten. Sie war als eine reiche Frau bekannt, und die Reichen kamen nicht oft in den Union Club. Und sie war nicht nur reich, sondern war auch der Mittelpunkt dieser außergewöhnlichen Geschichte vom Tod des Hooper-Jungen gewesen. Zwei Tische weiter erhob sich Clifford, um einen besseren Blick auf sie zu haben, und Harriet fürchtete schon, er würde herüberkommen, um sich zu ihnen zu gesellen. Er überlegte es sich aber noch einmal. Als er sich wieder niederließ, beugte er sich zu seinen Tischgenossen und redete eifrig, beschrieb wahrscheinlich zum wiederholten Mal seinen Besuch im Fayum-Haus.

Der Union Club teilte seine Rasenfläche mit dem ägyptischen Offiziersclub, aber die Rasenfläche ging weit über die Grundstücke der beiden Clubs hinaus und erstreckte sich ostwärts bis zu einer Reihe dicker, alter Bäume. Hinter den Bäumen führten einige Schauspieler eine arabische Version von *Romeo and Juliet* auf, und Stimmen, obwohl entfernt, hallten wider in der Nachtluft. Man hörte einen irren Schrei nach »Julietta« und als Antwort ein eintöniges, sonores und feierliches »Nam«.

»Oje, unsterbliche Leidenschaft!« Angela schüttelte sich vor Lachen, und Harriet dachte – wie andere sicherlich auch –, während sie Angela beobachtete, an den toten Jungen. Angela wußte, daß sie Harriet schon einmal irgendwo getroffen hatte, aber war ihr bewußt, wann und wo? Wenn ja, was war der Grund ihrer Fröhlichkeit? War sie defensiv oder hysterisch, oder hatte sie sich bereits von diesem tragischen Nachmittag erholt?

Der Mond ging hinter den Bäumen auf. Es war nur eine dünne Mondsichel, nicht größer als ein abgeschnittener Fingernagel, doch so strahlend, daß er ein aschfahles Licht über das Gras warf. Der Offiziersclub hatte sein eigenes Licht, grün wie Grünspan, das von der Markise auf die Männer fiel, die wie Wachsfiguren dasaßen, still und nachdenklich. Die meisten von ihnen waren untersetzt, doch ein paar wenige, die noch sehr jung waren, sahen schlank und männlich aus. Einer von diesen, der alleine saß, war sehr gutaussehend, und seine Figur wurde noch betont durch eine Uniform und Reitstiefel von tadellosem Schnitt.

»Ich muß schon sagen«, meinte Angela, »der gefällt mir recht gut. Meinen Sie, wir könnten ihn herüberkriegen?«

Harriet meinte, daß dies unwahrscheinlich sei. Man hatte nie gehört, daß die Offiziere die trennende Rasenfläche überschritten hätten, und niemand hatte je daran gedacht, sie dazu aufzufordern. Obwohl sie wie die Kavallerie-Offiziere der meisten europäischen Länder gekleidet waren, trugen sie den Fes, und das unterschied sie. Sie waren Orientalen. Sie waren Moslems. Obwohl sie höflich zueinander waren, wenn sie sich zufällig trafen, konnten sich Engländer und Ägypter doch nicht länger miteinander unterhalten. Angela jedoch war in keiner Weise dadurch gehemmt, daß nichts sie mit ihnen verband. Sie hielt ihren Blick auf den jungen Offizier gerichtet und versuchte, durch ihre Willensanstrengung bei ihm eine Reaktion auszulösen, doch er blieb gelassen, sah in eine andere Richtung und offensichtlich ins Leere.

Harriet sagte: »Ich glaube, sie warten nur darauf, uns los zu sein.«

»Da werden sie vielleicht nicht mehr lange warten müssen.«

»Sie denken, daß wir hier erledigt sind? Ist das der Grund, weshalb Sie wegwollen?«

»Nein.« Angela vergaß den Offizier, und als sie Harriet betrachtete, verschwand ihre Heiterkeit. »Sie glauben, ich hätte vergessen, wann und wo wir uns getroffen haben?«

»Ich hoffte, Sie könnten sich nicht mehr daran erinnern.«

»Ich erinnere mich an alles, und zwar an jedes Detail. Ich erinnere mich an jeden, der in jenem Zimmer war. Ich erinnere mich an den Typen dort drüben. Wie heißt er?«

»Clifford.«

»Und an einen britischen Offizier?«

»Simon Boulderstone.«

»Ich brachte meinen Jungen herein, und das Zimmer war voller Leute. Er war ein schöner Junge, nicht wahr? Sein Körper war unversehrt – da war nur diese Wunde in seinem Kopf. Ein Metallstück war in seinen Kopf eingedrungen und hatte ihn getötet. Er war fast vollkommen, ein kleiner, vollkommener Körper, und doch war er tot. Wir konnten es nicht glauben, aber am nächsten Tag, klar... Wir mußten ihn begraben.«

Harriet hätte gern von etwas anderem gesprochen und sagte: »Wir waren bestürzt und fragten uns, ob es etwas gab, was wir tun konnten, aber alles, was wir tun konnten, war zu gehen. Wir wußten, wir hätten nicht da sein sollen.«

»Ich ging auch fort, kurz danach. Ich konnte in diesem Haus nicht bleiben. Ich wußte nicht, was ich mit mir anfangen sollte. Bertie war auch der Meinung, daß ich eine Luftveränderung brauchte, deshalb ging ich nach Zypern. Ich sagte es ihm nicht, doch noch bevor ich ging, hatte ich beschlossen, nie mehr zurückzukehren. Alles endete an diesem Nachmittag: Kind, Ehe, dieses lächerliche Leben der Dinner-Partys, der Spielabende, der Jagdgesellschaften. Es war nie mein Leben gewesen. Ich war Kunststudentin in Paris gewesen und hatte eine ganz andere Welt kennengelernt. Wissen Sie, daß die Engländer hier am Marcotis See auf Entenjagd gehen und die Vögel zu Tausenden töten? Ganz wörtlich, zu Tausenden. Und wenn sie sie getötet haben, wissen sie nicht, was sie mit ihnen anfangen sollen. Das alles machte mich krank. Ich versuchte, durch das Malen zu entfliehen, doch ich hörte zu malen auf, nachdem dies geschehen war. Ich tat gar nichts mehr. Ich blies nur noch Trübsal und wollte nicht mehr ausgehen. Ich wußte, daß die Leute redeten. Sogar Bertie dachte, es wäre besser für mich wegzugehen.«

»Aber was ist mit ihm? Er muß schrecklich gelitten haben...«

»Ja, aber er ist viel älter als ich. Er ist ein alter Mann, während ich jung genug bin, wieder zu heiraten.«

»Sie lassen sich scheiden?«

»Ich habe die Scheidung eingereicht. Bertie wird einwilligen müssen. Es wäre grausam, sie mir zu verweigern.«

Während sie so in Angelas Gesicht mit seinen zarten Zügen und seinem milden Ausdruck blickte, fragte sich Harriet, wo in dieser traurigen Geschichte Grausamkeit begann und wo sie endete. Und Angela konnte tatsächlich wieder heiraten. Ihre zarte, bleiche Haut war nur um die Augen leicht gealtert. Sie mochte Mitte Dreißig sein, jung genug, um das verlorene Kind zu ersetzen und das neue die Identität des toten annehmen zu lassen. Für sie konnte es eine Art Entschädigung geben, aber den zu alten Vater würde der Verlust bis an das Ende seiner Tage begleiten.

Harriet war still, und Angela sagte: »Sie halten mich für skrupellos, stimmt's? Aber was hätte ich denn tun können? Ich habe mir die Schuld gegeben an dem was geschah. Manchmal meinte ich, ich wäre besser tot. Wenn ich geblieben wäre, hätte ich mich vielleicht umgebracht. Und Bertie war ein Teil des Problems. Er beschuldigte mich nicht. Im Gegenteil, er war die Güte selbst, aber ich spürte, daß seine große Güte im Grunde ein Vorwurf war. Verstehen Sie das?«

»Ich verstehe, wie Sie sich fühlten – aber Ihren Mann zu verlassen, ihn zurückzulassen, um alleine damit fertig zu werden! War das nicht sehr hart?«

»Nein, weil es nichts gab zum Zurücklassen. Die Ehe war schon seit langem zu Ende. Nur der Junge hielt uns noch zusammen. Es ist ein Fehler, einen älteren Mann zu heiraten, wie charmant er auch sein mag. Es kann nicht lange gutgehen.«

Während Angela redete, trat Castlebar aus dem Clubhaus. Er blickte in Harriets Richtung, bemerkte ihre Begleiterin und schritt zu ihnen herüber. Er hielt kurz vor dem Tisch an, blieb dort stehen, bis sich Angela umdrehte, um ihn anzusehen.

Umgehend fiel sie in ihre Heiterkeit zurück, lachte bei seinem Anblick, wie er hin- und herschwankte, mit einem müden Lächeln auf dem Gesicht. »Wer ist das?« fragte sie Harriet.

»Bill Castlebar, einer der Freunde meines Mannes, die nichts zu tun haben. Bezeichnet sich selbst als Dichter.«

Angela stieß ein schrilles Gelächter aus, und Castlebar, der dadurch munter und erwartungsvoll wurde, kam zu ihnen und erkundigte sich nach Guy: »K-kommt das alte Haus?«

»Ja, später.«

Castlebar, der diese Frage als Vorwand benutzt hatte, wandte sich Angela zu und machte eine kleine Verbeugung. Die Nervosität verschlimmerte sein Stottern. »D-darf ich mich zu Ihnen setzen?« Er sprach Angela an und betrachtete es offensichtlich als selbstverständlich, daß Harriet nichts gegen ihn einzuwenden hatte.

»Selbstverständlich!« Als er sich niederließ, schob sie den Whisky zu ihm hinüber.

»Na, ich s-sag's ja! Doch nicht etwa auf Kosten des Hauses, oder? Ich glaubte es auch nicht. Oh, wie nett!« Castlebars Dankbarkeit gluckerte die Kehle hinunter, als er, sobald er sein Glas gefüllt hatte, den Whisky pur hinunterstürzte. Nachdem er das Glas halb ausgetrunken hatte, machte er eine Pause, um seine Zigarettenschachtel in der gewohnten Art aufzustellen, eine Zigarette halb herausgezogen, bereit, den Platz derjenigen in seiner Hand einzunehmen.

Harriet fragte: »Wo ist Jake Jackman?« Die beiden Männer waren nämlich selten getrennt.

»Oh, e-er ist drinnen, gibt sein Zeug telefonisch in die Schweiz durch.«

»Gibt es denn Schwierigkeiten?«

»Nicht mehr als sonst. Er hat irgendeine Geschichte aufgegabelt.«

Dies war das erstemal, daß Harriet Castlebars Gesellschaft

hatte, ohne daß Guy und Jackman anwesend waren, und sie nahm die Gelegenheit wahr, um nach Jackmans Tätigkeit in Spanien zu fragen. »Sag mir, Bill, du kennst Jake schon einige Zeit. Kämpfte er wirklich in der Internationalen Brigade?«

»K-k-k-kämpfte?« Castlebar, vollkommen unvorbereitet, war von der Frage zu überrascht, um etwas anderes als die Wahrheit zu sagen: »Jake hat nie irgendwo gekämpft. Er hat in seinem ganzen Leben noch kein Gewehr in der Hand gehalten.«

»Aber er war doch in Spanien, nicht wahr?«

»Ja, aber nicht, um zu kämpfen. Irgendein linkes Blatt schickte ihn dorthin, schon ziemlich spät. Zu spät, wie sich herausstellte. Die Front der Regierung brach bald zusammen, und Jake sprang auf ein Auto auf und schaffte es über die Grenze. Rechtzeitig abgehauen. Er nahm sich nicht einmal die Zeit, seine Kleider einzusammeln. Seine Frau hatte nicht dieses Glück.«

»Dann hat er also eine Frau?«

»Er hatte eine Frau. Niemand weiß, was aus ihr wurde. Sie leitete ein Lager für Kriegswaisenkinder, und Jake sagt, er konnte sie nicht überreden, die Kinder zu verlassen.«

»Ich verstehe. Er nahm sich nicht die Zeit, seine Kleider einzusammeln, aber er nahm sich die Zeit, um zu versuchen, seine Frau zu überreden, mit ihm zu gehen.«

Castlebar senkte den Kopf, rümpfte die Nase über Harriets Ungläubigkeit und sagte: »Tja, Ehefrauen sind zu entbehren.«

Jake Jackman trat aus dem Clubhaus, schaute sich um, und als er Castlebar mit Angela Hooper sah, wurden seine großen Augen größer. Er bewegte sich flink zum Tisch hin, wollte sich schon setzen, als ihm einfiel, daß Angelas Gegenwart ungewohnte Höflichkeit verlangte. Ein »O. k.?« brummelnd, warf er sich in einen Stuhl, ehe er eine Antwort erhielt, und zog ein Glas zu sich hin. »Was dagegen, wenn ich mich bediene?«

Angela schob die Flasche zu ihm hinüber. Sie war halbleer. Sie hatte ein Glas getrunken, Castlebar den Rest.

Harriet hatte nichts für Jackman übrig, und sie befürchtete, daß Angela, an die Zirkel der Sport-Clubs gewöhnt, beide Männer als nicht akzeptabel betrachten könnte, doch Angela beobachtete sie mit dem entschlossenen Vergnügen von jemandem, der es sich leisten konnte, das Leben zu genießen. Harriet dachte an eine Geschichte, die Guy gerne erzählte. Fitzgerald soll zu Hemingway gesagt haben: »Die Reichen, die sind anders als wir«, worauf Hemingway erwiderte: »Ja, sie haben mehr Geld.« Guy verstand dies als eine vernichtende Abfuhr für Fitzgerald, aber Harriet war der Meinung, daß Fitzgerald mehr Beobachtungsgabe zeigte als Hemingway. Eine Person, die in der Sicherheit des Wohlstands aufwuchs, war anders. Ihr schien es, als ob sie diese Andersartigkeit im toleranten, sogar bewundernden Vergnügen erkannte, mit dem Angela die Männer beobachtete, wie sie ihren Whisky hinuntergossen.

Castlebar sagte zu Jackman: »Hast du dein Zeug gut durchgebracht?«

»Yep.« Jackman zupfte an seiner Nase, saß auf dem Rand seines Stuhls und schaute Angela direkt an. »Ne ganz schöne Geschichte. Der Vatikan hat endlich Farbe bekannt. Der Papst hat Hitler seinen Segen gegeben. Sagte, die Opfer der Nazis seien selbst dran schuld. Ich wußte, daß dies passieren würde, sobald Rußland in den Krieg eintritt.«

Harriet sagte: »Aber es ist schon über ein Jahr her, seit Rußland in den Krieg eingetreten ist.«

»So was sickert nur langsam durch.«

»Ich kann es nicht glauben.«

»Du kannst es nicht glauben? Genau deswegen kommen die Gauner davon. Die Leute sind zu einfältig, um zu glauben, was vor sich geht. Ich kann dir eines sagen: Der ganze verdammte Krieg wird vom Vatikan finanziert.«

Angela lachte: »Auf beiden Seiten?«

»Yep, auf beiden Seiten.«

Harriet fragte: »Wo hast du das gehört?«

»Ich habe meine Quellen. Wenn du von den Schiebereien wüßtest, die vor dem Krieg zwischen Krupp, Chamberlain, dem Vatikan und einer bestimmten britischen Bank stattfanden, würde dich nichts mehr überraschen.«

»Welche britische Bank?« Angela redete wie jemand mit einer Kenntnis internationalen Finanzwesens, und Jackman, schniefend und unbehaglich umherschauend, gab den Namen einer Bank preis, der für Harriet neu war. Angela gab dazu keinen Kommentar, und Jackman, da er die Frauen zum Schweigen gebracht hatte, fuhr fort, die Vorkriegsbeziehung zwischen den Waffenherstellern und Banken der Alliierten und der Achsenmächte zu beschreiben, wobei er eine derart komplexe Korruption aufzeigte, daß Harriet und Angela nicht den geringsten Überblick mehr hatten.

Castlebar, der all dies schon viele Male zuvor gehört hatte, saß da mit geschlossenen Augenlidern, während sein Unterkiefer herabsank, als ob er gerade dabei sei einzuschlafen.

Von Jackmans Geschwätz mehr und mehr gelangweilt, schaute Harriet in Richtung Tor, in der Meinung, es sei an der Zeit, daß Guy eintraf, um sie zu unterhalten. Jackman hörte endlich auf, und Castlebars weiche, lilafarbene Lippen versuchten zittrig zu artikulieren. »Sch-sch-schlechte Nachrichten von allen Seiten in diesen Tagen. Meine Frau läßt ihre Beziehungen spielen, denkt, sie könnte hierher zurückkommen.«

Castlebars Frau war nach England in Urlaub gefahren und dort vom Ausbruch des Krieges überrascht worden. Harriet, die erstaunt darüber war, daß ein normaler Zivilist überhaupt eine Überfahrt nach Ägypten bekommen konnte, fragte: »Wie willst du denn das deichseln?«

»Ich deichseln? Du glaubst doch nicht etwa, daß ich sie zurückhaben will?«

»Ja, dann, wie könnte *sie* es deichseln?«

»Wenn du meine Frau kennen würdest, würdest du nicht fragen. Die kürzeste Entfernung in der Welt ist die Entfernung zwischen meiner Frau und dem, was sie will.«

Angelas amüsierter Blick konzentrierte sich auf Castlebar, während er sprach. Er betrachtete sie, und ihre Augen fesselten einander einen ernsten Augenblick lang, dann lachte Angela und sagte neckend: »Sie wollen Ihre Frau also nicht hier haben! Ich frage mich, gibt es dafür einen speziellen Grund? Eine andere Dame vielleicht?«

Castlebar kicherte, nahm die bereitliegende Zigarette auf, zündete sie am Stummel ihrer Vorgängerin an und legte diejenige zurecht, die ihr folgen würde. Er begann zu sprechen, wurde aber durch einen Hustenanfall daran gehindert, und so sagte Harriet: »Er hat eine ganze Bibliothek von anderen Damen.«

Angela zog ihre Augenbrauen hoch, unsicher, was gemeint war, bis sie dann plötzlich vor Lachen kreischte. »Jetzt weiß ich's. Sie kaufen diese schrecklichen kleinen Bücher, die sie in Clot Bey und in Esbekiya verkaufen!«

Grinsend steckte Castlebar die Hand in seine Brusttasche seines lappigen, schmutzigen Leinenjacketts und zog die Ecke eines lappigen, schmutzigen kleinen Buches heraus. Bevor er es wieder zurückstecken konnte, grapschte Angela danach und fing an, es durchzublättern. Er machte einen halbherzigen Versuch, es wiederzubekommen, überließ es ihr dann aber und schaute dabei recht stolz drein wegen seines sensationellen Besitzes.

Angela schob ihren Stuhl zurück, hielt das Buch so außer Reichweite und las den Titel: »*Das Goldene Glied* – was haben wir denn hier? Die Lebensgeschichte irgendeines nützlichen Glieds der Gesellschaft? Hm, hm, hm...« Sie blätterte die Seiten aus grauem, grobem Papier durch und stückelte die Geschichte zusammen. »Meine Güte! Der Autor behauptet, daß seiner so schö-ö-ö-n war, daß die weiblichen Bewunderer sich ein Modell aus purem Gold davon machen ließen und eine Zeremonie organisierten, bei der mehrere Jungfrauen sich auf diesem Objekt selbst entjungferten. Wie interessant!« Angela musterte Castlebar und täuschte mit großen Augen Unschuld vor. »Glauben Sie, daß das alles wahr ist?«

Jackman schnalzte mit der Zunge, war von Castlebars Sexualfantasien ebenso gelangweilt, wie es Castlebar von Jackmans Politik war. Zu zweit hatten sie den Whisky und den Wein ausgetrunken, und Jackman unterbrach Castlebars Spiel mit Angela, indem er einem Safragi zurief: »Encore garaffo.«

Der Safragi nahm die Herausforderung an und erwiderte: »Mafeesh garaffo.«

Jackman widersprach, worauf der Safragi vergnügt zu ihm hinüberschlenderte und dabei eine Geste der Endgültigkeit machte. »Garaffo alles zu Ende. Nichts mehr.«

Die gute Laune dieser Ablehnung nicht beachtend, rief Jackman: »Hast du gehört, du Gyppo-Bastard. Encore garaffo.«

»Warum Sie sagen ›Gyppo-Bastard‹?« fragte der Safragi voller Würde. »Gyppo sehr guter Mensch. Sie gehen. Party zu Ende.«

»Und eine verdammt beschissene Party war's!«

Angela sprach hinter vorgehaltener Hand mit Castlebar, während er, vor Lachen geschwächt, versuchte, *Das Goldene Glied* zurück in seine Tasche zu stecken. Ein Taxi fuhr durch das Tor, und Harriet schaute sehnsüchtig zu ihm hin, doch es war ein leeres Taxi, gekommen, um Leute abzuholen. Sie bemerkte, wie wenige dablieben. Die Party war wirklich zu Ende. Der Safragi kam mit der Rechnung für den Whisky zurück. Jackman schien zu gedankenverloren zu sein, um es zu bemerken, aber Castlebar machte eine vage Bewegung in Richtung der Rechnung. Wie erwartet, nahm Angela sie an sich, wobei sie sagte: »Das geht auf meine Rechnung. Ich lade Sie ein.«

Nachdem dies erledigt war, wurde Jackman vergnügter. »Laßt uns irgendwo weitermachen«, sagte er, und dann, als Finale der Union-Club-Party, schlug er sich aufs Knie und begann zur Melodie der ägyptischen Nationalhymne zu singen:

König Faruk, König Faruk
Häng deine Eier an einen Pflock...

Seine Stimme war hoch, und er richtete sie mit giftiger Absicht auf die ägyptischen Offiziere, die immer noch in gelassenem Schweigen unter dem grünen Licht saßen.

Farida fühlt sich, ach, so gut
Sobald Faruk es mit ihr tut
Doch nicht so glücklich fühlt sie sich
Wenn sie in anderen Umständen ist...

Als die Strophen weitergingen, schienen die Offiziere aufzuwachen. Einer erhob sich und ging zu einem Tisch, wo drei andere saßen, und die vier steckten die Köpfe zur Beratung zusammen.

Ängstlich sagte Castlebar: »Wir gehen besser von hier weg.« Doch Jackman, betrunken und aufsässig, sang lauter, dann verebbte seine Stimme allmählich. Der Offizier, der sich erhoben hatte, ein korpulenter Mann, überquerte den Rasen und steuerte auf die Gruppe der Engländer zu. Ein angewiderter Ausdruck erschien auf Jackmans Gesicht, aber der Offizier war freundlich. Als er den Tisch erreichte, verbeugte er sich, lächelte sie alle an und begann arabisch zu sprechen. Angela, die einzige, die ihn verstand, wurde von dem, was sie hörte, ganz aus der Fassung gebracht. »Er sagt, die Offiziere möchten uns danken, für die Huldigung, die wir ihrem König dargebracht haben.«

»Ist er ironisch?« fragte Harriet.

»Ich glaube nicht. Er sagt, er bedauert, daß keiner von ihnen Englisch sprechen kann.«

Der Offizier hatte noch mehr zu sagen, und Angela übersetzte. »Er sagt, sie seien schon seit einiger Zeit der Meinung, daß der Union Club ein Piano haben sollte. Sie kamen zu dem Entschluß, Ihnen eines zum Geschenk zu machen.«

Der Offizier dankte Angela für ihre Hilfe, küßte ihr die Hand, küßte dann Harriets Hand und verbeugte sich vor Jackman und Castlebar, ehe er wieder über das Gras zurückging.

Castlebar hatte das Gefühl, daß der Vorfall einen schnellen Abgang verlangte und sagte: »Also los.« Aber Harriet bat sie zu warten. »Guy taucht immer in der letzten Minute auf.« Doch das Clubhaus war dunkel, und die Safragis warteten darauf, die Tore zuzusperren. Sie mußten gehen. Angela schlug vor, daß sie alle zusammen zum Extase fahren und sich den Bauchtanz ansehen sollten, doch Harriet hatte jetzt keine Lust auf das Extase oder irgend etwas anderes und bat darum, in Garden City abgesetzt zu werden.

»O nein, das tun Sie nicht«, sagte Angela nachdrücklich. »Sie lassen mich nicht mit diesen beiden alleine. Außerdem, dies ist mein erster Abend in Kairo, deshalb wollen wir uns amüsieren. Und ihr Männer, seid keine Spielverderber – laßt mich eure Gastgeberin sein.«

Dieser Appell an die männliche Ritterlichkeit rührte Castlebar, und er murmelte: »Wir können Sie doch nicht...« Aber als Angela darauf bestand, stimmte er ohne weiteren Protest zu. Angela war es erlaubt, Gastgeberin zu spielen.

Harriet sagte: »Guy muß inzwischen zurück sein. Ich sollte wirklich heimgehen.«

»Ich würde mich darauf nicht verlassen«, sagte Jackman. »Wahrscheinlich macht er die Stadt unsicher. Bleib lieber bei uns. Ich wette, wir treffen ihn irgendwo.«

Das Extase, einer der größten Open-air-Nachtclubs, befand sich in einem Garten neben dem Nil. Es war immer überfüllt. Angelas Gruppe mußte in einer Schlange anstehen, die sich hauptsächlich aus Offizieren und deren Mädchen zusammensetzte. Als die Safragis Nottische in allen freien Ecken, die sie finden konnten, aufstellten, schrumpfte die Schlange zusehends. Harriet begab sich in die Mitte des Clubs und schaute suchend über die Tische, ungerechtfertigt erwartungsvoll gestimmt durch Jackmans Wette, daß sie Guy finden würden. Dies war der allerletzte Ort in Kairo, an dem sie Guy finden würde, und doch, da sie ihn nicht fand, war der ganze überfüllte, laute, geschäftige Garten für sie von einer trostlosen Leere erfüllt.

Auf der Bühne imitierte ein Mann in Flanellhosen und einem gestreiften Blazer das Geräusch eines Autos, das beim Bergauffahren den Gang wechselt. Seine Imitation war treffend, und das Publikum, das am Geräusch eines richtigen Autos Anstoß genommen hätte, applaudierte begeistert.

Im Extase gab es nur Champagner, und einige der Offiziere waren in einem ausgelassenen, betrunkenen Zustand. Die Bogenlampen, die die Bühne beleuchteten, vergrößerten die Sommerhitze. Das Publikum schien eine kompakte, schwitzende, schreiende, ruhelose, amouröse Menge von Männern und Mädchen zu sein, die, genau wie Edwina, sich nur amüsieren wollten. Harriet fragte sich, wie lange sie würde bleiben müssen.

Ein Safragi führte Angelas Gruppe in die entlegenste Ecke der Zuschauerfläche, und dort sah Harriet Guy. Er war mit Edwina da. Harriet stand da, starr vor Schreck, und starrte sie an, während Angela sagte: »Kommen Sie, Harriet, setzen Sie sich.« Harriet blieb wie angewurzelt stehen, und Angela packte sie am Arm.

»Meine Liebe, ist irgendwas los? Sie gucken, als ob Sie einen Geist gesehen hätten.«

Harriet setzte sich, doch mußte sich noch einmal umblikken, um sicher zu sein, daß Guy Guy war und keine Halluzination. Sie konnte nicht ertragen, was sie sah, doch das änderte nichts. Guy beugte sich zu Edwina hin, und ihre Hand, die auf dem Tisch ruhte, war von seiner Hand bedeckt. ›Ich hatte zuviel Vertrauen zu ihr‹, dachte Harriet. Sie war entschlossen, nicht wieder hinüberzuschauen, aber dann kam es ihr: Vielleicht war es gar nicht Edwina! Sie konnte nicht anders und wandte ihren Kopf und sah Edwinas Haar über Edwinas rechtes Auge fallen, ganz so, wie es immer fiel. Basta.

Angela sagte: »Fühlen Sie sich nicht wohl?«

»Nein, nicht sehr. Ich habe immer diese Magenverstimmungen.«

»Wir gehen, sobald Calabri ihren Tanz vorgeführt hat.«

Die Tänzerin Fawzi Calabri hatte es nicht eilig zu erscheinen. Als Star des Kabaretts kam ihr Auftritt zum Schluß, und sie zögerte ihn so lange hinaus, bis sich das Publikum in einem Taumel der Erwartung befand. Sie wurde angekündigt, und Harriet mußte ihren Stuhl verrücken, um die Bühne zu sehen. Während sie das tat, fiel ihr Blick auf den Tisch, an dem Guy und Edwina gesessen hatten. Sie waren nicht mehr da. Die Stühle waren leer. Der Anblick brachte sie vollends aus der Fassung. Sie wollte davonrennen und Guy suchen, konnte aber nur bleiben und zuschauen.

Calabri, eine pummelige, mondgesichtige Schönheit, deren Haut so weiß gepudert war, daß sie schon nicht mehr menschlich aussah, war auf die Bühne getreten. Sie ging zur Mitte und stand dort, Arme erhoben, Hände über dem Kopf, mit Diamanten und ein paar durchsichtigen, glitzernden Tüllfummeln bekleidet, bis der Tumult nachließ. Dann begannen die Diamanten, Feuer zu versprühen, der Tüll hob sich, und ihr Unterleib bewegte sich. Die Bewegung fing sachlich an, ein leichtes Rollen und Schwingen, das sich allmählich zu einer starken muskulösen Rotation steigerte, so daß es den Anschein hatte, als ob sich die Bauchmuskulatur in Kreisen drehte. Die Musik wuchs mit dem Tempo an, während die Calabri auf ihren Bauch starrte, als ob er ein nicht zu ihr gehöriges Objekt sei, das sie wie ein Lasso schwang. Musik und Bewegung erreichten einen krampfartigen Höhepunkt, verlangsamten sich dann, bis Ruhe einkehrte und die Tänzerin sich nicht mehr rührte.

Inmitten des danach einsetzenden Spektakels flüsterte Harriet Angela zu, daß sie nun alleine gehen würde.

»Nein, wir gehen alle.«

Ein Taxi wartete draußen vor dem Club. Harriet wurde nach Garden City gefahren, doch Angela machte keine Anstalten mit ihr auszusteigen.

»Ich habe das Gefühl, ich muß meinen Dichter sicher nach Hause bringen«, machte sich Angela über Castlebar lustig, der selbstgefällig lächelte und einen Arm um sie legte.

An seiner Nase zupfend und vor düsterer Entrüstung schniefend, sagte Jackman: »Sie können mich in Munira rauslassen, wenn Sie schon dabei sind.«

Harriet konnte zu diesem Zeitpunkt der an und für sich erstaunlichen Tatsache, daß Angela sich von Castlebar angezogen fühlen konnte, kaum einen Gedanken widmen. Was sie wollte, war nur eine Erklärung von Guy, und sie war erleichtert festzustellen, daß er in der Wohnung war. Im Bett sitzend, ein Buch in der Hand, erkundigte er sich sanft: »Wo bist du gewesen? Es ist schon nach Mitternacht.«

»Wo bist *du* gewesen? Ich habe auf dich gewartet, bis der Union Club dicht machte.«

»Das tut mir leid, mein Schatz, aber Edwina bat mich, sie ins Extase zu begleiten.«

»Ausgerechnet ins Extase! – Wo du mir versprochen hattest, mich im Union Club zu treffen!«

»Sei nicht verärgert. Du wirst es verstehen, wenn ich dir sage, was passiert ist. Ich wollte zum Union Club gehen, kam aber vorher zurück, um mich zu duschen und umzuziehen und fand Edwina in einem schrecklichen Zustand vor. Sie hatte über eine Stunde auf Peter Lisdoonvarna gewartet. Als ihr klar wurde, daß er offensichtlich nicht vorhatte vorbeizukommen, brach sie zusammen. Ich fand sie auf dem Sofa liegend und sich die Augen ausweinend. Was konnte ich also tun? Ich mußte ihr helfen. Sie glaubte, er sei ins Extase gegangen... Und zudem darf ich hinzufügen, es war alles deine Schuld.«

»Wie konnte das meine Schuld sein?«

»Du gabst ihr den Rat, die Gleichgültige zu spielen und mit jemand anderem auszugehen. Sie tat dies und ging mit dem neuen Bekannten ins Extase. Das erste, was sie dort sah, war Peter, der sich riesig amüsierte mit einem anderen Mädchen – irgendeine levantinische Schickse, laut Edwina. Sie war davon überzeugt, daß Peter mit derselben Schickse wieder im Extase sei, und sie war außer sich vor Eifersucht. Das einzige, was sie besänftigen konnte, war, ins Extase zu gehen und selbst nachzusehen. Ich hatte wirklich Angst, sie würde etwas Verzweifeltes anstellen. Ich spürte, ich mußte sie begleiten.«

»Angenommen, Peter wäre dort gewesen, was hätte sie gemacht?«

»Naja, ich bin dankbar, daß er nicht dort war. Aber du siehst, ich mußte sie etwas trösten...«

»Du hast sie mehr als nur etwas getröstet. Ich sah euch. Du hieltest ihre Hand.«

Guy war geschockt, aber nicht lange. »Mir tat das arme Kind leid.«

»Sie ist kein Kind. Sie ist genauso alt wie ich. Ich ging alleine in den Union Club. Sie hätte ebenso alleine ins Extase gehen können.«

»Sei vernünftig, Schatz. Das Extase und der Union Club sind zwei Paar Stiefel. Und du bist eine verheiratete Frau, du hast einen Status. Sie ist nur ein verängstigtes Kind.«

»Verängstigt weswegen?«

»Angst, den kürzeren zu ziehen, nehme ich an. Ihr Herz hängt an diesem Kerl, diesem Lisdoonvarna, Gott weiß warum. Komm schon, Schatz, schau nicht so böse. Kleine Affenpfote, komm ins Bett . . .« Er versuchte, ihre Hand zu nehmen, aber weil ihr die Erinnerung zurückkam, wie Guy Edwinas Hand gehalten hatte, rückte Harriet von ihm ab. Er versuchte, sie zu überreden, zu ihm zurückzukommen, doch sie blieb auf der anderen Seite des Zimmers und betrachtete das Fenster, wo kein Baum mehr war, der sich ihrer annahm.

Das Gefühl von Kälte und Distanz zwischen ihnen verwirrte Guy so sehr, daß er sich anschickte, aus dem Bett zu steigen. Sie sagte wütend: »Laß mich in Frieden«, worauf er blieb, wo er war und sie beobachtete, als ob er durchs Beobachten erahnen könnte, was mit ihr nicht stimmte. Er fand es schwierig einzusehen, daß möglicherweise sein eigenes Verhalten nicht richtig war. Und sollte dem so sein, sah er keine Möglichkeit, etwas zu verändern. Er war, wie er immer gewesen war, nämlich rational, deshalb mußte, wenn sie Kummer hatte, irgend etwas Äußerliches – Krankheit, die Sommerhitze, die Entfernung von England – sie beeinflussen. Was seinen Teil anbelangte: Er war vernünftig, gütig, aufrichtig, hart arbeitend, so großzügig, wie es seine Mittel erlaubten, und er war tolerant gewesen, als sie die Bekanntschaft mit diesem jungen Offizier in Griechenland gemacht hatte. Was konnte man mehr von ihm erwarten? Und doch, als er sie in diesem neuen Licht sah, bemerkte er, wie zerbrechlich sie geworden ist. Sie war von Natur aus dünn, aber jetzt ließ sie der Gewichtsverlust krank erscheinen. Schlimmer noch, er spürte an ihr das Leiden an einer tiefsitzenden Unzufriedenheit. Daß sie unglücklich war, machte ihm Sorgen, und doch, was konnte er dagegen tun? Er hatte schon jetzt mehr als genug zu tun, und er versuchte, an ihren guten Willen zu appellieren. »Schatz, sei nicht so sauer!«

Sie ging auf ihn los. »Ich *bin* sauer, und zwar aus gutem Grund. Ich habe deine Besorgnis für andere satt – das ist nämlich nur Angeberei. Vor mir gibst du nicht an. Ich bin ein Teil von dir, wie du sagst, deshalb kann ich mich mit allem abfinden. Du kommst nicht, wie versprochen, in den Union Club, und wo finde ich dich? Ich glaubte, meinen Augen nicht trauen zu können. Es war . . . es war unglaublich.«

»Das Mädchen brauchte Hilfe.«

»Jeder braucht Hilfe. Außer mir, natürlich. Ich kann alleine durch die Gegend spazieren. Ich kann auf mich selbst aufpassen. Hier bin ich meist mehr krank als gesund, aber das beunruhigt dich nicht, oder?«

»Klar beunruhigt es mich. Du verträgst dieses Land nicht. Du bist zu dünn, du siehst kränklich aus. Ich habe das bemerkt. Ich habe mir Gedanken darüber gemacht«, sagte Guy und machte sich zum erstenmal Gedanken darüber. »Weißt du, Schatz, die haben vor, einige Frauen und Kinder nach Hause zu schicken. Warum beantragst du keine Überfahrt?«

»Ich? Zurückfahren ohne dich?« Sie war sprachlos, sank auf einen Stuhl und starrte ihn ungläubig an. »Du willst, daß ich dich verlasse?«

Durch ihren Gesichtsausdruck verunsichert, schaute er von ihr weg. »Natürlich nicht, aber du sagtest selbst, daß du meist mehr krank als gesund bist. Und du bist nervös.«

»Ich bin nicht nervöser als jeder andere. Es ist eine nervöse Zeit.«

»Das ist wahr. Niemand weiß, was geschehen wird, wenn die Verstärkungen der Deutschen eintreffen. Das könnte jeden Tag sein. Du sagtest selbst, sie könnten nahezu ohne vorherige Warnung eintreffen. Wenn wir in einem Kriegsgefangenenlager enden sollten, glaube ich wirklich nicht, daß du es überleben würdest.«

»Zumindest wären wir zusammen.«

»Wir wären nicht zusammen. Wir wären in verschiedenen Lagern. Wir könnten unter Umständen sogar in verschiedenen Ländern sein. Wenn du in England wärst, wüßte ich wenigstens, wo du bist. Und du hättest eine kriegswichtige Arbeit. Das würde deine Gedanken von anderen Dingen ablenken. Du wärst glücklicher, und deine Gesundheit würde dort wieder in Ordnung kommen. All diese Bazillen sterben ganz einfach ab in einem nördlichen Klima. Nun, mein Schatz, sei vernünftig. Denk darüber nach.«

»Ich habe nicht die Absicht, darüber nachzudenken.« Sie ging hinüber zur Kommode, die als Frisierkommode diente, und trug Reinigungscreme auf ihrem Gesicht auf. »Wir kamen zusammen hierher. Wenn wir weggehen, werden wir zusammen weggehen.«

Sie ließ sich Zeit, sich fürs Bett zurechtzumachen, war voller Schmerz und mißtrauisch. Er hatte nie zuvor den Vorschlag gemacht, daß sie nach England zurückkehren und dort alleine leben sollte; warum dieser Vorschlag jetzt? Mit Bestürzung kam ihr der Gedanke, daß er den Weg frei haben wollte, um sich vielleicht an Edwina heranzumachen. War das möglich? Alles war möglich. Wenn sich die Affäre mit Peter in nichts auflöste, was sehr gut passieren konnte, wäre Guy bei der Hand, wäre wieder der Tröster und, vielleicht, am Ende mehr als nur der Tröster. Sie hatte hier schon viele Ehen zerbrechen sehen, und Männer, deren Frauen aus der Gefahrenzone geschickt worden waren, fanden schnell Trost.

Als sie ins Bett stieg, legte Guy die Arme um sie, da er sich einbildete, er könnte sie mit körperlicher Liebe versöhnlich stimmen, aber ihre Reaktion war kühl. Die Tatsache, daß er an eine Trennung denken konnte, selbst zu ihrem Besten, war nicht so einfach zu vergessen.

Trotz ihres Vorsatzes war ihr der Gedanke an England ins Bewußtsein gedrungen, und sie entsann sich der Vision von England, die sie einmal in einer Straße in Kairo überwältigt hatte. Sie kehrte in ihre Erinnerung zurück – ein Bild von gepflügten Feldern und Ulmen und einem Wind, der nach Erde roch. Sie dachte, wenn sie dort wäre, ginge es ihr wieder gut. Hier war ihr nicht nur unwohl, sondern sie war allen Leiden der Menschheit ausgesetzt. Sie erinnerte sich, wie sie im Turf Club mit einem Offizier getanzt hatte, der leichtes Fieber hatte und sich über Kopfschmerzen beklagte, und der wegging, um sich zu übergeben.

Am nächsten Tag hörten sie, daß er Pocken hatte und jeder, der bei der Party gewesen war, mußte seine Impfung auffrischen lassen und vierzehn Tage lang überwacht werden.

Sie flüsterte sich selbst zu: »Da bin ich gerade noch einmal davongekommen.«

Guy, im Halbschlaf, fragte: »Was war? Worüber denkst du nach?«

»Ich denke über England nach«, sagte sie.

10

Trench wurde ersetzt durch einen Mann namens Fielding. Fielding, etwas älter als Simon, hatte ein alltägliches, angenehmes Gesicht, und sein Haar war so ausgebleicht wie Trench' Haar. Da sie eng zusammenarbeiten mußten, hätten er und Simon Freunde sein sollen, aber Simon wurde vorsichtig, was Freundschaften anbelangte. Sein Instinkt riet ihm, nun jegliche Beziehung zu vermeiden, die ihm wieder die Trostlosigkeit eines Verlustes zufügen konnte. Die einzige Person, deren Gesellschaft er suchte, war Ridley. Ridley hatte auch Arnold und Trench gekannt, und die gemeinsame Erinnerung an sie half kurzfristig über ihren Tod hinweg.

Es passierte nicht viel in dieser Zeit. Der Jagdverband machte ein paar Ausfälle mit kleineren Granatfeuerüberfällen, aber es gab keinen Nahkampf mehr. Sogar die Hauptstellungen waren ruhig, und es sah so aus, als ob auch der Kampf von der Last der Augusthitze zu Boden gedrückt werden würde.

Ridley lieferte noch immer Klatsch und Neuigkeiten, aber es gab nicht viel zu berichten. In der Mitte des Monats, als Auchinleck sein Kommando verlor, fragten sich die Offiziere, warum dies geschehen war. Ridley, der den abgesetzten General einmal durch ein Loch in einem Kombi in voller Größe aufrecht hatte stehen sehen, sprach voller Bedauern von ihm, als ob er wie Arnold und Trench ins Reich der Toten gegangen sei. »Er war ein großer Kerl, groß in jeder Hinsicht, sagen sie. Er schlief auf dem Boden, genau wie wir. Ohne Getue, sagen sie. Ein echter Soldat.«

»Was ist der Neue für ein Bursche?«

»Weiß nicht. Könnte ein netter Kerl sein, aber wir hatten eben alle das Gefühl, daß der Auk einer von uns war.«

Später im selben Monat traf der Jagdverband während einer Patrouille in einer einsamen Gegend auf drei Skelette, zwei nebeneinander, und ein drittes in einiger Entfernung davon. Der Sand war hier dunkelrot, und die Skelette, weiß und blank, waren auf dem roten Untergrund deutlich sichtbar. Die Nomaden hatten alles geraubt; nicht nur die Kleidung, auch Erkennungsmarken, Papiere, sogar Briefe und Fotografien hatten sie genommen, denn diese Dinge konnten an deutsche Agenten verkauft werden, um die Tarnungen von Geheimdienstleuten authentisch zu machen.

Der Stabswagen hielt an, und Hardy und Martin stiegen aus, um sie sich anzusehen. Simon, der ihnen aus Neugierde hinaus folgte, war erschrocken, als Martin sagte, daß die Skelette von Männern stammten, die erst vor kurzem gestorben waren. Hätten sie dort lange gelegen, wären sie vom Sand zugeweht worden. Sie konnten die Besatzung einer Boston gewesen sein, die in einem einsamen Teil der Wüste notlanden mußte, und die Männer hatten es trotz ihrer Verletzungen fertiggebracht, sich so weit zu schleppen, ehe sie aufgaben. Er berührte die Knochen mit seiner Zehe und sagte: »Die Milane haben sie abgezaust.«

Simon war schockiert, daß Knochen so schnell abgenagt werden konnten, erinnerte sich an seine toten und begrabenen Freunde und stand gedankenvoll da, bis Hardy ihm zurief: »Setzen Sie sich in Bewegung, Boulderstone.«

Simon wandte sich ihm zu mit einem Ausdruck des Leidens, der Hardy veranlaßte, eine Hand auf die Schulter des jungen Mannes zu legen und mit humorvollem Mitgefühl zu sagen: »Sie bringen sie nicht dadurch ins Leben zurück, daß Sie sie anstarren.«

An jenem Abend wurde der Nahe Osten in den Nachrichten nicht erwähnt. »Totenstille, was?« sagte Martin. »Ich frage mich, wie lange die andauern wird.« Als er sich entfernte, um seine Whiskyflasche zu holen, sprach Hardy Simon an. »Ich erinnere mich, daß Sie Ihren Bruder erwähnten, Boulderstone. Ich konnte Sie zu dieser Zeit keinen Urlaub nehmen lassen, aber ich verstand, wie Sie sich fühlten. Haben Sie eine Ahnung, wo er sich befindet?«

»Ja, Sir. Ridley sagt, daß es einen Boulderstone bei den Neuseeländern gibt, in der Nähe des Buckels.«

»Gut. Ich gebe Ihnen ein paar Tage; Sie können den Stabswagen benutzen und ihn besuchen.«

Als Simon gerade seine Dankbarkeit ausdrücken wollte,

dehnte Hardy sein Zugeständnis noch aus. »Ich sehe nicht ein, warum Sie nicht eine ganze Woche nehmen sollten, da nichts zu tun ist. Aber überprüfen Sie seinen Aufenthaltsort. Sie könnten sonst eine Menge Zeit verschwenden, wenn Sie erst die einzelnen Lager abklappern.«

Sobald er sich entfernen konnte, ging Simon zu Ridley, um ihm von seinem Glück zu erzählen, aber Ridley brummelte nur: »Was denkt er bloß, was er tut, wenn er Kerlen zu dieser Zeit Urlaub gibt?«

»Warum? Liegt was in der Luft?«

»Die Jungs weiter unten meinen es. Dann ist da noch der alte Rommel. Er rückt nicht vor, aber er zieht sich auch nicht zurück. Falls seine Verstärkung eintrifft, dann pfeift er durch uns durch wie ein Abführmittel.«

»Aber doch nicht innerhalb einer Woche.«

»Woher wissen Sie das? Ich habe das Gefühl, es könnte jeden Tag passieren. Wenn es sich zuspitzt, wird es sich urplötzlich zuspitzen.«

Simon bat Ridley, seine Vorahnungen für sich zu behalten und sagte: »Dies ist vielleicht meine einzige Chance, meinen Bruder zu sehen.« Ridley lenkte insofern ein, als er zugab, daß sein ›Gefühl‹ auch nur ein nervöses Zucken sein konnte. Es kam Simon in den Sinn, daß Ridleys Verärgerung vom Neid über Simons Glück herrühren konnte oder vielleicht einfach von einem Widerwillen, Simon außerhalb seines Blickfelds zu haben. Was immer es war, er fing an, Interesse an dem Urlaub zu zeigen und sagte: »Wenn Sie eine Woche haben, könnten Sie kurz mal nach Alex gehen. Oder sogar nach Kairo. Was würden Sie vorziehen – Kairo oder Alex?«

Simon wußte es nicht. Der Gedanke an die Stadt am Meer lockte ihn, aber in Kairo kannte er ein paar Leute. Wäre ihm Urlaub während seiner ersten Tage in der Wüste genehmigt worden, hätte er nur eines gewollt: nach Garden City zurückzukehren. Jetzt, obwohl er manchmal an Edwina dachte, hatte sie in seiner Vorstellung doch an Substanz verloren, und ihre Schönheit war wie die Schönheit einer Statue. Sie war ein Verlangen, das er nicht mehr verspürte.

Hier in der Wüste hatten die Männer, entweder aus Mangel an Anreiz oder wegen irgendeiner Eigenschaft der Luft, keine Probleme mit dem Sex. Das Bedürfnis zu überleben war ihr Hauptanliegen – und sie überlebten. Trotz der Hitze des Tages, der Kälte der Nacht, der Fliegen, der Moskitos, der Sandfliegen, des Gestankes des Todes, der mit dem Wind kam, des Sandes, der in alle Ritzen des Körpers blies und in allem knirschte, was man aß – das menschliche Tier überlebte nicht nur, es gedieh. Simon fühlte sich wohl und kraftvoll, und er dachte an Frauen, wenn er überhaupt an sie dachte, mit einer wohlwollenden Gleichgültigkeit. Er gehörte nun einer Männerwelt an: einer abgeschlossenen, autarken Welt, wo das Leben von Sonnenaufgang bis Sonnenuntergang geregelt war. Sie hatte ihn so vollkommen im Griff, daß er nur einen Fehler dabei sehen konnte: Seine Freunde starben jung.

Der Stabswagen, der ihm 24 Stunden zur Verfügung stand, würde ihn zuerst zum Buckel bringen, wo er hoffte, Hugo aufzustöbern, dann an die Küstenstraße, wo er ein Militärfahrzeug anhalten konnte, um ins Delta mitgenommen zu werden. Sein neuer Fahrer und Putzer, ein junger, rothaariger, sommersprossiger Soldat namens Hugman, hatte wenig Kontakt zu Simon. Er erwartete von Simon nicht,daß er ihn ansprach, und Simon hatte nicht das Verlangen zu sprechen. Er nahm sich vor Hugman genauso in acht wie vor Fielding, saß auf dem Rücksitz des Autos, hielt sich abseits. Hugman hielt ihn wahrscheinlich für einen jener dienstgeilen Offiziere, die er verachtete, aber Hugman konnte denken, was er wollte. Simon riskierte keine Zuneigung, keine emotionalen Aufwallungen mehr. Um sein Schweigen zu rechtfertigen, machte er es sich in der Ecke des Autos bequem, lehnte den Kopf gegen die Seite und hielt die Augen geschlossen. Sie waren früh losgefahren. Simon wollte verschwunden sein, bevor Hardy noch seine Meinung ändern könnte, und war fast vor Ridley davongerannt, als dieser mit Schicksalsblick auf ihn zukam. »Da, was habe ich gesagt, Sir? Informationen zufolge, bereiten die Deutschen eine Offensive auf Alam Halfa vor.«

»Himmel!« Simon warf sich ins Auto und befahl Hugman,

mit Vollgas loszufahren. Sie befanden sich schon außerhalb der Sichtweite des Jagdverbands, bevor er sich daran erinnerte, daß er sich bei Hardy nicht abgemeldet hatte.

Als die Sonne aufging, brauchte er Schlaf nicht mehr vorzutäuschen, sondern sank in einen Halbschlaf, der ihm Bilder einer zivilisierten Welt lieferte, die er bald wieder betreten würde. Weder konnte noch brauchte er Frauen weiter aus seinen Träumen ausschließen. Jetzt, da ihm eine Woche normalen Lebens zustand, konnte er es sich leisten, seinen Sinnen ein wenig nachzugeben. Er erinnerte sich nicht nur an Edwina, sondern auch an das dunkelhaarige Mädchen, das ihn die Pyramide hinaufhetzte, und sogar die arme, vergessene Anne kehrte zu ihm zurück und wurde mit der sich verändernden Umgebung wirklicher als Arnold. Seine Aufmerksamkeit kehrte zu Edwina zurück. Sie war der Gipfel an Schönheit, obwohl er zu geblendet gewesen war, um zu wissen, ob sie schön war oder nicht. Eine andere Frau schob sich in seine Gedanken, eine Frau, älter als die anderen, mit einem Ausdruck der Bestürzung, der ihm Rätsel aufgab. Er konnte sich nicht sofort an den toten Jungen im Fayum-Haus erinnern, aber als dies der Fall war, verbannte er die Frau und den Jungen als Eindringlinge aus seinen Träumereien. War es nicht genug, daß er seine Freunde verloren hatte?

Als er seine Augen öffnete, war der Buckel in Sicht. Sie fuhren gerade durch ein rückwärtiges Instandsetzungs- und Nachschublager, wo Kraftstoff-Depots, Lebensmittel-Depots, Kantinen-LKWs, Ansammlungen von Jeeps und Ambulanzen, eine medizinische Einheit und ein Reparatur-Depot alle im Sand eingegraben und mit einer Sandschicht überzogen waren, die die grünen und beigen Tarnflecken überdeckte. Es war eine Rumpfstadt, mit Drahtnetzen anstelle von Häuserwänden und Sandpisten anstelle von Straßen. Die Mittagssonne schien grell vom Himmel, und Männer, denen eine Stunde Ruhepause gegönnt war, lagen mit verborgenen Gesichtern im kleinsten Schatten, den sie finden konnten. Simon wollte sie nicht stören und wies Hugman an weiterzufahren, bis er den LKW des Lagerkommandeurs fand. Beide Männer waren von Schweiß durchnäßt, und als

Simon aus dem Auto stieg, klatschte ihm der Wind den feuchten Stoff seines Hemdes und seiner Shorts an den Körper. Es war ein heißer Wind, und dennoch zitterte er in der Hitze.

Der Kommandeur, weggeholt von seinem Mittagsmahl in der Offiziersmesse, hieß Simon nicht gerade willkommen. »Wie, zum Teufel, haben Sie zu einer Zeit wie dieser Urlaub bekommen?«

Simon, gewiefter als früher, sagte: »Nur ein paar Tage, Sir.«

»Ein paar Tage!« Der Kommandant blies seine Backen auf, als Kommentar zu Hardys Idiotie, doch die Idiotie ging ihn nichts an. Er klärte Simon auf, wo er das HQ der Neuseeland-Division finden konnte. »Ungefähr eine Meile die Straße hinunter. Sie können es nicht verfehlen. Sie werden das weiße Farnblatt auf einer Tafel sehen.«

Aus der Instandsetzungszone in die offene Wüste hinausgelenkt, schaukelte das Auto in der furchigen Straße hin und her, wirbelte Sandwolken auf, was die beiden Männer zwang, die Fenster zu schließen und in der eingeschlossenen Hitze fast zu ersticken.

Die Tafel tauchte auf, das Farnblatt unter der Sandschicht kaum zu erkennen, und jenseits davon, auf beiden Seiten der Piste, waren Geschütze und LKWs in Stellungen eingegraben und durch Sandsäcke und Tarnnetze geschützt. Simon wurde bewußt, daß sie sich in unmittelbarer Nähe der Front befanden.

Beim Gefechtsstand-LKW hörte ein neuseeländischer Major, ein großer, schlanker, ernster Mann, mit gesenktem Kopf zu, wie Simon erklärte, daß er nach einem Captain Boulderstone suchte. Der Major warf seinen Kopf hoch und lächelte ihn an. »Sie glauben, es ist Ihr Bruder, was? Nun, mein Sohn, ich denke, vielleicht ist er es sogar. Sie gleichen sich wie ein Ei dem anderen. Aber ich weiß nicht, wo er hin ist – jemand muß nach ihm suchen. Wenn Sie einstweilen in der Messe was essen oder trinken, werden wir es Sie wissen lassen, sobald wir ihn gefunden haben. O. K.?«

»O. K., und danke sehr, Sir.«

Die Messe war ein Dreivierteltonner, von dem eine Plane über ein paar Klapptische und -stühle gespannt war. Simon setzte sich in den Schatten, der die Farbe und den Geruch bitter gewordenen Tees hatte. Der LKW selbst diente als Feldküche, und Simon sagte zu dem Mann drinnen: »Eine Menge Fliegen hier.«

»Ja, sie sind eine richtige Plage in diesem Monat. Unser Chef sagte, man müsse was dagegen tun, aber er sagte nicht was. Ich sprühe DDT umher, und die verdammten Dinger machen sich nur darüber lustig.«

Die Fliegen waren vor Hitze lethargisch. Nachdem er sein Cornedbeef-Sandwich gegessen und seinen Tee getrunken hatte, hatte Simon nichts Besseres zu tun, als sie zu beobachten, wie sie auf die Tischplatten hinuntersanken. Er erinnerte sich an das, was Harriet Pringle über die Plagen gesagt hatte, die nach Ägypten gekommen und dort geblieben waren. Die Fliegen waren die dritte Plage gewesen, und sie waren noch immer da und krochen so langsam vor ihm umher, daß es den Anschein hatte, sie würden sich durch Sirup schleppen. Die erste Aufregung der Ankunft war verflogen, und er konnte nicht verstehen, warum Hugo sich so lange Zeit ließ, um zu kommen. Langeweile und Gereiztheit überkamen ihn, und als er eine Fliegenklatsche auf dem Tisch des Lastwagens sah, borgte er sie sich, um die Fliegen zu attackieren.

Ungefähr ein Dutzend kroch auf seinem Tisch, und gleichgültig, wieviel er tötete, die Anzahl wurde nie kleiner. Wenn die Klatsche auf dem Tisch aufschlug, flogen die überlebenden Fliegen langsam hoch und drehten eine Runde, ehe sie wieder herabsanken. Er schob die toten Fliegen vom Tisch, und sie fielen auf eine Plane, die den Boden bedeckte. Als er hinuntersah, um seine Fliegenbeute zu zählen, mußte er feststellen, daß sie alle verschwunden waren. Er tötete eine weitere und beobachtete, was aus ihr wurde. Sie hatte kaum den Boden berührt, als eine Ameisenprozession entschlossen darauf zusteuerte, sie umzingelte und sie forttrug.

Simon lachte lauthals. Die Ameisen hielten sich nicht mit der Frage auf, woher das Manna stammte, sie nahmen es ganz einfach. Vom Himmel regnete es Futter, und Simon, gottähnlich, konnte einen endlosen Vorrat hinuntersenden. Er freute sich darauf, Hugo von den Fliegen und Ameisen zu erzählen. Er tötete weiter bis zur Teatime, und die Fliegen waren so zahlreich wie je. Dann, mit einemmal, ekelte ihn das Töten an. Immer noch wartend, trank er Tee; er dachte an den jungen Deutschen, den er auf dem Hügel getötet hatte. Abseits der Hitze der Schlacht ekelte ihn auch dieses Töten an, und er hätte geschworen, nie wieder zu töten, wenn es die Situation erlauben würde.

Die Messe füllte sich mit Offizieren, aber keiner von ihnen war Hugo. Gegen fünf Uhr kam ein Stabsunteroffizier, um ihm mitzuteilen, daß Captain Boulderstone mit einer Patrouille hinausgefahren sei, um Verletzte zurückzubringen.

»Dann hat's dort draußen wohl geknallt?«

Der Stabsunteroffizier schaute Simon nicht direkt an, als er sagte: »Es hat vor zwei Tagen in der Mreir-Senke geknallt. Letzte Nacht hörten wir Granatfeuer. Es könnte sein, Sir, daß sich die Patrouille dort verschanzt hat.«

»Sie meinen, es ist schon einige Zeit her, daß er losfuhr?«

Der Mann warf Simon einen schnellen, unbehaglichen Blick zu, ehe er ihn wissen ließ, daß die Patrouille das Lager am vorherigen Morgen verlassen hatte. Tatsächlich war Hugo schon so lange weg, daß sein Putzer am Abend hinausgefahren war, um nach ihm zu sehen.

Ein Gefühl von Unheil überkam Simon, und er stand auf. »Sie sollten bald zurückkommen. Ich werde ihnen entgegenfahren.«

»Bei allem Respekt, Sir, Sie sollten besser hierbleiben. Wind kommt auf, und es könnte sich ein Sturm zusammenbrauen.«

Simon weigerte sich zu warten. Er wollte etwas tun, als ob er dadurch Hugos Rückkehr ins Lager beschleunigen könnte. Er hatte Hugman in die Kantine geschickt und beschloß, ihn dort zu lassen. Der Corporal sagte ihm, daß es in den Minenfeldern eine Lücke gab, wo die Piste durch die vorderen Stellungen hindurch ins Niemandsland führte und weiter zu den gegnerischen Stellungen bei El Mreir und Miteiriya. Als Simon zum Wagen ging, folgte ihm der Corporal.

»Sie fahren doch nicht alleine, Sir?«

»Doch.«

Der Wagen, dessen Lenkrad fast zu heiß war, um es zu berühren, stand neben dem Gefechtsstands-LKW. Der Corporal sagte: »Möchten Sie, daß ich mitkomme, Sir? Dauert nur eine Sekunde, um Erlaubnis zu bekommen.«

»Danke, nein. Ich komme schon zurecht.«

Sogar eine Sekunde zu warten, war zu lange, wo er die Hoffnung hatte, Hugo zu treffen. Der Sand wehte die Bankette zwischen den Geschützstellungen entlang. Kleine Sandteufel wirbelten über die Piste, trieben auseinander, sanken nach unten und sammelten sich wieder mit jedem Wechsel des Windes. Der Himmel wurde dunkel, und noch ehe er die vorderen Stellungen erreichen konnte, war seine Sicht gleich Null. Er war direkt in den Sturm gefahren, und er konnte nichts anderes tun, als auf die Seite zu fahren, anzuhalten, in den Sandnebel zu starren und nach dem LKW des Putzers Ausschau zu halten. Nichts kam. Er stieg aus dem Wagen und versuchte, die Piste entlangzugehen, doch der Wind war so wütend und peitschte die glühendheißen Sandpartikel in Augen und Haut, daß er gezwungen war, zurückzugehen und sich im Wagen einzuschließen. Er saß fest und würde weiter festsitzen, bis der Sturm sich ausgetobt hatte.

Bei Sonnenuntergang wurde die sanderfüllte Luft blutrot. Als die Farbe verschwand, wurde es sofort dunkel, und in der Dunkelheit würde er bleiben müssen. Er konnte nichts sehen. Er konnte nichts hören als das Tosen des Windes. Er öffnete die Wagentür zwei Zentimeter, erwartete, daß ein Licht angehen würde, doch der Sand wehte herein, und es gab kein Licht. Er schaltete die Scheinwerfer an, die ihm eine Sandwand zeigten. Da ihm klar wurde, daß wahrscheinlich niemand sie sah, schaltete er sie wieder aus, um die Batterie zu schonen. Dann wußte er, daß er nichts mehr tun konnte, und versank in todesähnlicher Schwärze. Die Leuchtzeiger seiner Armbanduhr zeigten an, daß es fast neun Uhr war. Er kletterte nach hinten auf den Rücksitz, legte seinen Kopf nieder und schlief.

Er erwachte beim ersten Licht. Alles war ruhig. Er war der Kampflinie näher, als ihm klar war. Vor ihm war die flache Weite der Wüste, wo das Licht hinausrollte wie eine Welle über den Sand. Zwei Panzer standen in mittlerer Entfernung, und da er sich einbildete, sie hätten zum Morgentee haltgemacht, entschloß er sich, zu ihnen hinüberzufahren und zu fragen, ob sie etwas von der Patrouille oder den LKW des Putzers gesehen hätten. Zu Fuß war es zu weit, deshalb fuhr er mit dem Wagen, folgte der Piste, bis er auf gleicher Höhe mit den Panzern war, und ging dann hinüber. Ein Mann stand in einem der Türme, regungslos, ganz so, als ob er Simons Näherkommen nicht bemerkte. Simon hielt in ein paar Metern Entfernung an, um die Figur zu beobachten, sah dann, daß es kein Mensch war. Es war ein menschenähnliches Kohlestück, das ihn mit weißen und vollkommenen Zähnen aus einem verkohlten schwarzen Schädel ansah. Er konnte die Augenhöhlen ausmachen und das Dreieck, das einmal eine Nase gestützt hatte, und kehrte dann rennend zurück, drehte das Auto und fuhr zwischen den Geschützen zurück, derart benommen, daß für eine kleine Weile seine eigene Angst vergessen war. Der Major wartete schon auf ihn am Gefechtsstand-LKW, und sein langes, ernstes Gesicht war noch ernster, als ob es Simon vorwarnen wolle, daß man Hugo gefunden hatte. Er war noch am Leben gewesen, aber nicht lange. Alles, was der Major tun konnte, war zu versuchen, die Nachricht dadurch zu mildern, daß er voller Lob von Hugo sprach, Simon erzählte, daß Hugo bei allen beliebt gewesen war, bei Offizieren und bei einfachen Soldaten. Sein Putzer, Peters, hing so sehr an ihm, daß er bereit gewesen war, sein eigenes Leben zu riskieren, um ihn zu finden. Und er war noch am Leben, als Peters auf ihn stieß, aber beide Beine waren abgeschossen. Der Sand um ihn herum war von Blut getränkt. Er hatte keine Chance.

»Und der Rest der Patrouille? Hätten sie nicht etwas tun können?«

»Alle tot. Der junge Boulderstone konnte nichts tun als dort zu liegen, und sein Lebensblut lief aus ihm raus, bevor sie ihn fanden.«

Der Major schickte nach Peters, damit dieser Simon erzählen konnte, was noch zu erzählen blieb. Peters war ein schlanker, junger Bursche, der an seinen eigenen Worten würgte. »Als ich ihn fand, sagte er, ganz fröhlich: ›Hallo, Peters, alter Knabe, ich wußte, Sie würden kommen.‹« Tränen füllten Peters' Augen, und Simon war überrascht, daß dieser Fremde weinen konnte, während er selbst nichts fühlte.

Als Peters wieder zu sich kam, erklärte er, daß die Patrouille auf dem Rückweg ins Lager gewesen war, als sie von deutschen Mörsern angegriffen wurde. Das Sanitätsfahrzeug mußte gegen den roten Himmel ein unwiderstehliches Ziel gewesen sein. »Sie wußten, was es war, diese Scheißkerle. Und sie feuerten weiter, bis es den ganzen Haufen erwischt hatte.«

Als Peters Hugo gefunden hatte, konnte er ihn nicht bewegen, da Bewegung die Blutung verstärkt hätte. Er hatte ins Lager zurückkehren und Hilfe holen wollen, aber der Sturm brach los, weshalb er die Nacht mit dem Verwundeten verbringen mußte.

»Er sagte Ihnen, was passierte?«

»Ja, Sir. Sein Sprechen war recht klar, bis zum Ende. Um zwei Uhr morgens sagte er: ›Ich glaube, es ist jetzt soweit, Peters. Auch recht. Ein Kerl taugt zu nichts mit zwei hölzernen Stelzen.‹ Ich sagte: ›Halten Sie durch, Sir. Sie können heutzutage Wunder vollbringen mit diesen Stelzen.‹ Und er lachte. Er sprach nicht wieder.«

»Danke, Peters.«

Peters hatte die Leiche ins Lager gebracht. Der Bestattungstrupp war schon losgezogen. Es gab für Simon nichts mehr zu sehen, und er dachte: Gott sei dafür gedankt. Da er wußte, daß seine Anwesenheit für das Lager peinlich war, streckte er dem Major seine Hand entgegen und sagte, er mache sich auf den Weg. Hugman, der auf ihn gewartet hatte, starrte ihn mit verstohlenem Mitgefühl an und murmelte: »Tut mir leid, was geschehen ist, Sir.«

Simon nickte: »Ja, Pech.« Dann war Stille zwischen ihnen, bis sie die Küstenstraße erreichten, und Simon sagte: »Warten Sie nicht auf mich, Hugman. Der Wagen muß zurück. Sie können vielleicht Ridley erzählen, was geschah. Er wird es verstehen.«

Noch bevor Hugman außer Sichtweite war, tauchte ein LKW auf. Der Soldat neben dem Fahrer bot Simon seinen Sitz an, aber Simon lehnte ab und sagte, er würde hinten auf dem LKW Platz nehmen. Die hintere Klappe wurde für ihn heruntergelassen. Er warf seine Sachen hinauf, sprang nach, und der LKW setzte sich wieder in Bewegung.

Mit dem Rücken zur Fahrerkabine sitzend, schaute Simon hinaus über die Wüste, die ihm so vertraut geworden war wie die Straßen seiner Kindheit. Er war versöhnt mit ihrer unbestimmten Farbe, ihrem grobkörnigen Wind, den endlosen Strecken von ödem Stein und Sand; doch jetzt hing eine Finsternis über allem. Er spürte den Tod, als ob er und Hugo aus einem Fleisch gewesen wären, und er war geradezu besessen von der Gewißheit, daß er auch getötet werden würde, wenn er hierher zurückkehrte.

»Wir beide. Sie würden uns beide verlieren.«

Er dachte an seine Mutter, wie sie ins Gewächshaus ging, um das Telegramm zu lesen, sich dabei vielleicht vorstellte, daß einer ihrer Söhne auf Urlaub nach Hause kam. Er fand einen Schreibblock in seinem Rucksack und fing an zu schreiben.

›Liebe Mama, lieber Papa, wenn Ihr dies bekommt, werdet Ihr schon wegen Hugo Bescheid wissen. Ich war im Lager der Neuseeländer, als er nicht zurückkam. Sein Putzer fand ihn mit abgerissenen Beinen...‹ Simon hielt inne, wußte nicht, ob er ihnen dies mitteilen sollte, und begann eine neue Seite.

›Liebe Mama, lieber Papa, wenn Ihr dies bekommt, werdet Ihr schon wissen, daß Hugo...‹ aber er konnte das Wort ›tot‹ nicht schreiben, und was konnte er sonst sagen?

Hugo war tot. Die Wirklichkeit von Hugos Tod überkam ihn, und seine empfindungslose Gelassenheit brach zusammen. Er würgte und legte die Hände über sein Gesicht. Tränen rannen durch seine Finger. Es gab niemanden, der ihn sah, und die Männer in der Fahrerkabine würden sein Schluchzen durch das Motorengeräusch hindurch nicht hören. Er gab sich seinem Schmerz hin. Er weinte um Hugo –

aber Hugo war sicher aus dem Ganzen heraus. Er weinte um seine Eltern, die mit ihrer Trauer leben mußten, vielleicht jahrelang.

Am Ende, nachdem er sich mit Weinen betäubt hatte, lag er auf dem Boden des LKWs und schlief. Er wurde vom vorbeifahrenden Verkehr geweckt, setzte sich auf, las, was er geschrieben hatte, und wußte, daß keiner der beiden Briefe etwas taugte.

Es gab nichts zu sagen. Er zerriß die Briefe zu Schnipseln und warf sie in den Wüstenwind.